UN AMANT NAÏF ET SENTIMENTAL

En 1971, au royaume de sa Majesté, tandis que la décolonisation fait rage, le souffle de libération des années soixante est suivi d'une certaine agitation sociale. C'est dans ce contexte que Cassidy entreprend de s'inventer une généalogie. Mais alors qu'il visite un manoir, en vue d'en « faire » la demeure de ses ancêtres, il y trouve un couple de squatters, artistes et bohèmes, qui se sont eux aussi inventé une enfance : Shamus, homme-orchestre sans tabous ni principes, écrivain à succès qui se fait passer pour mort, et Helen, l'éternel féminin, qu'il entrevoit nue. Cassidy oublie alors sa réussite professionnelle, son fils à Eton, son épouse pieuse et pudibonde, pour emboîter le pas aux deux énergumènes. De Londres à Paris, en passant par tous les pubs des environs de Haverdown, le champagne coule à flots, les dialogues hilarants et imbibés, les insultes aux bonnes mœurs et les prophéties fulgurantes s'enchaînent. Et Shamus en tient la chronique insolente.

Une chronique qui sera d'ailleurs publiée, bien plus tard, – sous le titre de « Trois pour la route », en hommage à Stanley Donen – lorsque tout le monde sera rentré tant bien que mal dans le rang.

Un amant naïf et sentimental est un météore singulier dans le parcours de John le Carré qui invente ici une machine à remonter le temps, une parabole sur l'amour et son contraire. Un roman surprenant qui nous laisse la nostalgie d'une insouciance et d'une folie perdues que Shamus, le bouffon et l'escroc, parvient à pointer du doigt.

John le Carré est né en 1931. Après avoir étudié à Berne et Oxford, il enseigne à Eton, puis travaille pendant cinq ans pour le Foreign Office. Son troisième roman, L'Espion qui venait du froid, *lui vaut la célébrité. La consécration viendra avec la trilogie* La Taupe, Comme un collégien *et* Gens de Smiley. *À son roman le plus autobiographique,* Un pur espion, *succèdent* La Maison Russie, Le Voyageur secret, Le Directeur de nuit, Notre jeu, Le Tailleur de Panama, Single & Single, La Constance du jardinier *et* Une amitié absolue. *John le Carré vit en Cornouailles.*

JOHN le CARRÉ

UN AMANT NAÏF ET SENTIMENTAL

ROMAN

*Traduit de l'anglais par
Jean Rosenthal*

Éditions du Seuil

La première édition en langue française de cet ouvrage a paru
aux éditions Robert Laffont en 1972.

TEXTE INTÉGRAL

TITRE ORIGINAL
The Naive and Sentimental Lover

ÉDITEUR ORIGINAL
Hodder & Stoughton, Londres

© 1971, le Carré Productions, et David Cornwell, 2000 pour la préface

ISBN original : 0-340-51592-9
ISBN 2-02-047244-9

© Éditions Robert Laffont, 1972, pour la traduction française
© Éditions du Seuil, octobre 2003, pour la présente édition
et la traduction française de la préface

Le Code de la propriété intellectuelle interdit les copies ou reproductions destinées à une utilisation collective. Toute représentation ou reproduction intégrale ou partielle faite par quelque procédé que ce soit, sans le consentement de l'auteur ou de ses ayants cause, est illicite et constitue une contrefaçon sanctionnée par les articles L. 335-2 et suivants du Code de la propriété intellectuelle.

www.seuil.com

*Pour John Miller
et Michael Truscott,
à Sancreed,
avec mon affection*

Les personnages de ce livre sont entièrement inventés et toute ressemblance avec des personnages existants est purement fortuite.

Préface

Un amant naïf et sentimental est souvent considéré comme un accident de parcours dans mon œuvre, une aberration ou, pour le dire plus crûment, un ratage. Dès sa publication, les critiques anglais s'en sont donné à cœur joie, y voyant presque unanimement la preuve, si preuve il fallait, de ce que je devais m'en tenir au roman de « genre » au lieu d'aspirer à la « vraie » littérature, dont eux seuls détenaient la clé d'or. Au cours des trente années qui se sont écoulées depuis lors, certaines voix discordantes se sont parfois fait entendre, mais leur analyse n'est guère plus rassurante : *Un amant naïf et sentimental* marquerait mon louable renoncement à la littérature de « genre » et mon accession aux horizons sublimes de la « vraie » littérature ; n'eussent été ce chœur de critiques philistins et mon hypersensibilité à son endroit, je ne me serais jamais écarté du chemin de la vertu littéraire pour me fourvoyer sur les sentiers plus accessibles, plus vils mais aussi plus lucratifs du roman d'espionnage.

Avec le recul, aucune de ces deux interprétations ne me paraît juste. Certes, j'avais abandonné la panoplie du roman d'espionnage – au grand dam d'un lectorat boulimique de Smiley, de Mur de Berlin et de barbouzeries en tout genre, ce qui m'a d'ailleurs coûté cher, tant en ventes qu'en popularité. Mais mon thème central (me semblait-il alors et me semble-t-il encore) restait le même.

Tout comme Smiley, Aldo Cassidy est un Hamlet naïf, sans cesse tiraillé entre ses engagements institutionnels et ses espoirs chimériques. Tout comme Smiley avant lui et, après lui, un autre personnage dont je me sens proche, le pauvre Magnus Pym d'*Un pur espion*, Cassidy semble s'inventer son propre dilemme, un dilemme inextricable car issu de la fracture irréductible entre rêve et réalité. Une fois embarqué dans son voyage initiatique, Cassidy ne peut plus rien occulter de sa vie. Ainsi donc, l'histoire se termine comme elle a commencé et comme elle pourrait recommencer demain. À mes yeux, c'était là aussi l'éternel problème de Smiley : il luttait contre le principe de continuité, et sa seule échappatoire était l'illusion.

À l'époque, je n'avais pas plus le droit d'être «drôle» que d'être «littéraire». *Un amant naïf et sentimental* est un roman des années soixante. J'avais voulu écrire une tragi-comédie sur les espoirs et les rêves d'un Anglais inhibé de la classe moyenne, pur produit d'école privée devenu cadre supérieur, en proie à la crise de la quarantaine à une époque de notre histoire sociale où les partisans de la révolution sexuelle s'imaginaient livrer une lutte sans merci contre les esclaves des conventions. L'histoire nous apprend que les deux camps ont perdu, ce qui nous donne l'Angleterre d'aujourd'hui. L'introspection nous apprend que les deux camps cohabitent en chacun de nous, sans doute pour toujours. L'hypocrisie que brocardait Shamus perdure, et perdurera tant que le gouvernement permanent et non élu de l'Angleterre moyenne continuera de régenter nos vies. Nous lui devons notre stabilité, mais aussi notre emprisonnement.

Au fil de mon œuvre, m'apparaît-il, j'ai constamment enfoncé le même clou. Si vous lisez *La Constance du jardinier*, écrit trente ans après le présent ouvrage, vous me reprendrez à nouveau marteau en main. Loin d'être une aberration, *Un amant naïf et sentimental* est dans le droit-fil de tout ce qui me ramène à ma table de travail depuis tant d'années. Vous êtes seuls juges de ses qualités romanesques. Mais quelle que soit votre opinion, n'oubliez pas d'y glaner quelques sourires pendant votre lecture, car aujourd'hui vous en avez le droit.

John le Carré
Londres, novembre 2000
Préface traduite de l'anglais par Isabelle Perrin

HAVERDOWN

1

Cassidy roulait avec satisfaction dans la lumière du soir, le visage aussi proche du pare-brise que le lui permettait la ceinture de sécurité, son pied passant avec méfiance de la pédale d'accélérateur à celle du frein cependant qu'il scrutait l'étroite route de campagne, à l'affût de dangers invisibles. Auprès de lui, à la place du passager, soigneusement pliée dans un étui en matière plastique, se trouvait une carte d'état-major du centre du Somerset. Une boussole du modèle le plus récent était fixée par une ventouse au panneau de noyer du tableau de bord. Sur un coin du pare-brise, de façon à être dans son champ de vision, un exemplaire de la notice de l'agence immobilière qui répondait au nom distingué de Messrs. Grimble et Outhwaite, de Mount Street, à Londres, W. 1, était disposé sur un petit support en aluminium de son invention. Il conduisait, comme toujours, avec la plus extrême concentration, et il fredonnait de temps en temps, avec cette sincérité furtive si répandue chez les gens qui n'ont aucune oreille.

Il traversait une lande. Un brouillard fragile flottait sur les fossés et les saules, dérivait en petites bouffées sur le capot luisant de sa voiture, mais devant lui le ciel était clair et sans nuages et le soleil printanier teintait d'émeraude les collines qui approchaient. Pressant un bouton, il abaissa la vitre électrique et pencha un peu la tête dans le vent. Aussitôt de riches odeurs de tourbe et de fourrage lui emplirent les narines. Par-dessus le ronronnement respectueux du moteur de la voiture il perçut les rumeurs du bétail et les cris d'un vacher qui insultait benoîtement ses bêtes.

« C'est une idylle, déclara-t-il tout haut. Une véritable idylle. »

Mieux encore, c'était une idylle parfaitement protégée car dans tout ce vaste monde merveilleux Aldo Cassidy était la seule personne à savoir où il était.

Au-delà de ce qu'il avait conscience d'entendre, dans une chambre bien fermée de sa mémoire retentissaient les accords maladroits d'une apprentie virtuose. Sandra, l'épouse d'Aldo, développe ses dons artistiques.

« Bonnes nouvelles de Bristol, dit Cassidy en parlant par-dessus la musique. Ils pensent qu'ils peuvent nous offrir un bout de terrain. Il faudra le niveler bien sûr.

— Bon, dit Sandra, en réarrangeant soigneusement ses mains au-dessus du clavier.

— C'est à quatre cents mètres de la principale école primaire et à huit cents du collège technique. La municipalité dit qu'il y a de bonnes chances que, si nous effectuons le nivellement et que nous fassions don des vestiaires on nous installe une passerelle au-dessus de la dérivation. »

Elle frappa une note un peu molle.

« Pas une vilaine construction, j'espère. L'urbanisme est quelque chose *d'extrêmement* important, Aldo.

— Je sais.

— Je peux venir?

— Voyons, mais tu as ta clinique », lui rappela-t-il avec un soupçon de sévérité.

Un autre accord.

« Oui. Oui, j'ai ma clinique, reconnut-elle d'une voix qui chantait un peu en contrepoint. Alors il va falloir que tu y ailles tout seul, n'est-ce pas? Pauvre Pailthorpe. »

Pailthorpe était le surnom qu'elle lui donnait, il ne se rappelait plus pourquoi. Pailthorpe l'Ours, probablement: les ours étaient leurs animaux favoris.

« Je suis désolé, dit Cassidy.

— Ça n'est pas ta faute, dit Sandra. C'est celle du maire, n'est-ce pas ?
— Vilain maire, dit Cassidy.
— Vilain maire, renchérit Sandra.
— Il faudra le fesser, proposa Cassidy.
— Oui, le fesser, le fesser », dit gaiement Sandra, son visage luttant avec ses ombres.

C'était un homme aux cheveux blonds de trente-huit ans et fort beau sous certains éclairages. Comme sa voiture il était d'une élégance attentive. De la boutonnière gauche à la poche de gilet de son costume sans défaut, une mince chaîne d'or d'une utilité évidente mais dont l'objet n'en était pas moins mal défini. Esthétiquement elle était en parfaite harmonie avec la discrète rayure du tissu sur lequel elle était tendue.

Comme une pièce de gréement, elle reliait la tête de l'homme à son cœur, mais rien ne révélait lequel des deux, en admettant que ce fût le cas, avait le pas sur l'autre. Tout à la fois par sa stature et son apparence il aurait pu servir de prototype architectural à l'Anglais bourgeois élevé dans une institution privée entre les deux guerres ; quelqu'un qui avait senti le vent de la bataille mais n'en avait jamais senti le feu. Un peu empâté à la taille, court de la jambe, toujours prêt à être châtelain, il possédait ces traits obstinément juvéniles, tout à la fois mûrs et retardés, qui expriment toujours le faible espoir que ce sont ses parents qui paieront peut-être ses plaisirs. Non qu'il fût efféminé. Certes la bouche dépassait un peu du reste du visage et était profondément burinée sous la lèvre inférieure. C'était vrai aussi qu'en conduisant il avait certaines affectations qui avaient un caractère un peu féminin : par exemple, il écartait une mèche qui lui tombait sur le front ou bien il rejetait la tête en arrière en plissant les yeux comme si une brusque migraine venait d'interrompre de brillantes pensées. Mais si ces maniérismes avaient la moindre signification, alors ils reflétaient sans doute une aimable sensibilité envers un monde parfois trop criard pour lui, une empathie tout autant parentale qu'enfantine, plutôt qu'aucune de ces tendances fâcheuses, héritées du collège.

De toute évidence c'était un familier de la note de frais. On discernait une prospérité non imposable dans le renflement de la partie inférieure du gilet (pour sa sécurité et son confort il avait défait le premier bouton de son pantalon) et dans la largeur des manchettes blanches qui isolaient ses mains du travail manuel ; et on remarquait déjà sur son cou et sur son teint une riche et somptueuse patine, un hâle presque flambé plutôt qu'acquis au soleil et que seuls les verres ballons, les becs Bunsen et le fumet des crêpes Suzette parviennent à reproduire fidèlement. Malgré ces signes de bien-être physique, ou peut-être par contraste avec eux, le Cassidy apparent possédait par on ne sait quel tortueux détour le pouvoir, et même l'autorité de troubler. Bien qu'il ne fût pas le moins du monde pathétique, il y avait quelque chose chez lui qui arrêtait le regard et demandait secours. Il parvenait dans une certaine mesure à donner l'impression que les empiétements de la chair n'avaient pas encore tué la magie de l'esprit.

Comme pour souligner ce rôle protecteur que Cassidy imposait inconsciemment à son environnement, l'intérieur de la voiture était muni de nombreux et importants aménagements conçus pour lui épargner les affligeantes conséquences d'une collision. Non seulement on avait généreusement doublé les parois, le plafond et les portières de couches supplémentaires de capitonnage ; le volant, les poignées de portière qu'on pouvait bloquer pour des enfants – et qui étaient déjà profondément enfouies dans de succulentes épaisseurs de feutre –, la boîte à gants, le frein à main, même l'extincteur discrètement dissimulé, tout était enfermé séparément dans une housse de cuir piquée sellier et rembourrée d'une substance qui ressemblait plaisamment à de la chair et conçue pour réduire à tout au plus une caresse le choc le plus violent. Sur la lunette arrière, un store à commande électrique et bordé de petites boules de soie, était prêt à défendre à tout moment le cou de notre homme contre un soleil trop zélé ou sa vue contre le dangereux éblouissement de phares étrangers. Quant au tableau de bord, c'était une véritable armoire à pharmacie de physique préventive : depuis les clignotants avertisseurs de verglas, depuis la batterie de réserve aux réserves d'huile, du réservoir d'essence type safari au système de refroidissement auxiliaire, ces commandes étaient là pour prévenir toutes les catastrophes connues de la nature et de l'industrie. L'automobile de Cassidy était une voiture qui véhiculait plutôt qu'elle ne transportait ; une matrice, aurait-on même pu penser, dont l'occupant devait encore quitter l'intérieur capitonné et lubrifié pour faire son entrée dans un monde bien plus rude.

« Pourriez-vous me dire à combien est Haverdown ?
– Hein ?
– *Haverdown*. » Devrait-il l'épeler ? Selon toute probabilité l'homme était un analphabète. « Haverdown. La grande maison. Le manoir. »

La bouche pendante s'ouvrit et se referma partiellement, mimant le nom sans le prononcer, un bras crasseux se braqua sur la colline. « Tout droit jusqu'en haut et de là vous verrez.

– À votre avis, c'est loin ? demanda Cassidy d'une voix forte comme s'il s'adressait à un sourd.

– Ça ne vous prendra pas plus de cinq minutes, sûrement pas, dans cette machine-là.

– Merci infiniment. Bonne chance, mon vieux. »

Dans le rétroviseur, le visage brun du rustre, figé dans une expression d'incrédulité comique, le suivit des yeux aussi longtemps qu'il put. Allons, songea Cassidy, le gaillard a vu un peu ce qu'était le monde aujourd'hui et ce ne sont pas deux shillings qui vont l'enivrer.

Toute la nature, semblait-il, était en alerte pour lui faire procession. Dans les jardins des chaumières, les enfants des paysans qui s'ébattaient abandonnaient leurs jeux anciens pour le dévisager au passage. Que c'était pastoral, se dit-il ; que c'était rude, vital. Des arbres et des haies, des bourgeons de diverses nuances de vert jaillissaient avec l'énergie de la saison, tandis que dans les champs des narcisses se mêlaient à d'autres fleurs qu'il n'arrivait pas à identifier. Dans le village, il aborda une côte. Les hauts talus cédaient la place à des clairières en pente parsemées de petits bois. Au-dessous de lui des fermes, des champs, des églises et des rivières s'effaçaient vers les horizons lointains. Bercé par un aussi charmant point de vue il s'abandonna à la contemplation de sa quête.

Mon agréable quête, comme disait celui qu'on choisissait toujours pour porter un toast, ma très agréable quête.

« Une quête pour quoi ? demandait en lui une voix narquoise. Une quête pour *trouver* ou une quête pour *fuir* ? »

En secouant la tête d'un air désinvolte, Cassidy écartait ce genre de pédanterie. Allons donc, affirmait-il à son auditoire intérieur, je suis venu acheter une maison. Pour la visiter, pour en évaluer le prix, pour l'acheter et si je n'en ai pas informé ma femme, c'est mon affaire.

« Tu ne rentreras pas ce soir ? » observa Sandra d'un ton très nonchalant. Ses exercices au piano momentanément interrompus, ils terminaient leur repas du soir.

« Il se peut que nous ne partions pas avant cinq heures, répondit Cassidy, évitant de répondre directement. Ça dépend du moment où le maire sera libre. » Il ajouta à titre de conciliation : « J'ai pensé que je pourrais emporter un livre à lire. Si tu pouvais m'en trouver un. »

Lentement, la main dans la main de son conseiller culturel, Cassidy, l'aspirant lecteur, passait en revue les rayons de la bibliothèque de Sandra.

« Voyons, murmura-t-elle, prenant son rôle très au sérieux, qu'est-ce que les Pailthorpes lisent quand ils s'en vont courir le guilledou à Bristol ?

– Il faut que ce soit quelque chose que je puisse lire quand je suis un peu gris », précisa-t-il. Ils éclatèrent de rire tous les deux. « Et pas... » – il se rappelait une sélection antérieure – « et surtout pas Jane Austen. »

Ils arrêtèrent leur choix sur une œuvre non romanesque,

un livre sans complications qui conviendrait à un Pailthorpe fatigué et peu fantaisiste.

« Je me demande parfois, dit Sandra en plaisantant, si tu vois vraiment tous ces gens.

— Je ne les vois pas, répliqua l'agile Cassidy en montant au filet. C'est une blonde et elle a deux mètres quarante.

— Comme c'est sexy, dit Sandra en l'embrassant. Comment s'appelle-t-elle ? »

Haverdown.

Il espérait qu'il avait prononcé le mot correctement. Ces choses-là changent tout quand on est nouveau venu dans une région.

Haverdown.

L'A était-il long ou bref ?

Un pigeon lui barrait la route. Cassidy donna un coup de klaxon. Prudemment le pigeon battit en retraite.

Et le *down* : que signifiait *down* ? Un gentilhomme campagnard devait connaître l'étymologie de ses terres. Était-ce *down* comme une descente ou *down* comme les dunes onduleuses d'Angleterre ? Une joyeuse repartie lui vint à l'esprit, comme, avec les gestes exagérés de ceux qui savourent leur propre compagnie, l'homme prompt à la réplique haussait les sourcils en souriant de son air de tranquille supériorité académique. Ou bien était-ce *down* comme dans le duvet de canard, les édredons ? Répondez-moi donc à cela, je vous prie, Messrs. Grimble et Outhwaite de Mount Street, Londres, W. 1.

Haverdown.

C'était un joli nom au fond, mais les noms bien sûr ne signifient rien dans ce cas-là. Et c'était imposant aussi. Ça n'était pas Haverdown Hall, ni Court, ni Grange, ni Manor. Simplement, Haverdown. Un concept souverain, comme aurait dit son professeur d'Oxford, n'exigeant pas d'épithète. *Haverdown.* Un homme pourrait fort bien le choisir comme titre si jamais on le lui demandait. « Vous connaissez le jeune Cassidy d'Haverdown ? Un garçon remarquable. Une affaire florissante à Londres, il a tout abandonné pour venir s'installer ici. Deux ans plus tard il vivait des revenus de ses terres. Il n'y connaissait rien quand il a commencé, il est vraiment parti de zéro. Un type qui a le génie des finances. Les gens du pays l'adorent bien sûr. Et généreux comme il n'est pas permis.»

Sur le point de consulter le rétroviseur, afin d'adapter pour s'amuser son visage à cette image baronnale, Cassidy donna un brusque coup de volant. *L'entrée est marquée par une paire de piliers de pierre finement ciselés, surmontés de monstres ornementaux datant du XVIe siècle.* Juste devant lui, deux griffons délabrés, les pattes tristement crispées sur des armoiries, se dressaient dans l'ombre verte d'un hêtre. Leurs pattes étaient enchaînées à la plinthe et leurs épaules voûtées par la fatigue. Cassidy examina attentivement leurs écussons. Une croix diagonale érodée en formait le thème central, des plumes ou des serpents assoupis emplissaient le triangle supérieur. Perplexe, il fronça les sourcils. Les plumes, c'était le pays de Galles, ça il le savait, mais n'était-ce pas la croix de Saint-André ? Et saint André n'était-ce pas l'Écosse, d'où le terrain de golf ?

Passant une vitesse, il s'engagea sur l'allée. Patience. Le moment venu il ferait des recherches là-dessus, ce serait une occupation pour les mois d'hiver. Il s'était toujours imaginé sous les traits d'un historien local, fouinant dans les bibliothèques de campagne, provoquant des fouilles, envoyant des cartes postales à de doctes vicaires.

«Peut-être, dit Sandra comme ils s'apprêtaient à se coucher, la prochaine fois que tu iras je pourrais venir ?
— Bien sûr, dit Cassidy. Nous en ferons un voyage extraordinaire.
— Un voyage ordinaire suffira», dit Sandra en éteignant la lumière.

Brièvement le taillis se referma autour de lui. Au-delà d'un tapis de jacinthes, il aperçut un reflet d'eau entre les arbres. L'allée le fit revenir à la lumière, passer devant une chaumière en ruine, contourner une grille de fer rouillée.

Comme un bras d'ivrogne, un panneau démoli divisait les approches : les fournisseurs à gauche et les visiteurs à droite. Je suis les deux, se dit gaiement Cassidy en prenant le chemin de droite. Des tulipes s'alignaient sur les bordures, pointant leurs têtes entre les orties. Il y avait plein de bois là, si seulement on pouvait arracher les mauvaises herbes à temps. L'étang était envahi. Des libellules filaient sur la surface lisse des feuilles de nénuphars, des buissons de jonc obscurcissaient presque le hangar à bateaux. Comme la nature était prompte à revendiquer son bien, songea Cassidy de plus en plus ravi, comme sa volonté était inexorable, maternelle !

Sur son plateau d'herbe, entre une chapelle en ruine et le squelette becqueté d'une serre, Haverdown se dressa brusquement devant lui.

> *MANOIR FORTIFIÉ AVEC DONJON, demeure historique et classée, à cinquante kilomètres de Bath (une heure quarante de Paddington). Haverdown est une GENTIL-HOMMIÈRE ENTIÈREMENT ÉQUIPÉE POUR L'OCCUPATION IMMÉDIATE AVEC CINQ BÂTIMENTS DE DÉPENDANCES ET SEIZE HECTARES DE BONS PÂTURAGES. Le style est en partie Tudor en partie antérieur avec des restaurations datant principalement de la période géorgienne, époque à laquelle le donjon original a été reconstruit de façon substantielle grâce au génie de lord Alfred de Waldebere. Ses nombreuses additions comprennent un magnifique escalier incurvé dans le style d'Adam et un certain nombre de splendides BUSTES ITALIENS de grande valeur qui sont compris dans le prix d'achat. Depuis les temps les plus reculés Haverdown a toujours été la demeure et la forteresse de la famille de Waldebere.*
>
> *LA PARTIE GÉORGIENNE. Parfaitement située sur un éperon naturel, la remarquable façade sud domine discrètement un des plus beaux paysages du Somerset. Les élévations sont en vieilles briques, auxquelles les ans et le temps ont fait prendre une patine d'un roux*

agréable à l'œil. Le bloc central est couronné par un fronton creux en pierre de Bath. Huit marches de grès usées par les âges conduisent à un imposant portique cintré supporté par six colonnes. À l'ouest, entre la chapelle et la serre, une superbe coupole ne nécessitant que des réparations mineures vient rompre la symétrie. Le pigeonnier est demeuré intact dans son état originel et offre un espace commode pour une chaudière, une chambre d'invité ou UN CABINET DE TRAVAIL. DANS LE JARDIN DE DERRIÈRE *se trouve un Cupidon de fonte dans* UNE POSTURE TRADITIONNELLE, *et dont l'évaluation figure en annexe.*

LA PARTIE ANTÉRIEURE *comprend une magnifique* TOUR *à créneaux avec escalier d'origine et clocher jouxtant une rangée de petites dépendances de style Tudor. Au centre se trouvent le grand hall et le réfectoire bâtis dans le style féodal avec de magnifiques sous-sols et* D'ANCIENNES DOUVES. *Dans le grand hall, sûrement un des plus beaux de l'ouest de l'Angleterre, une tribune de ménestrels datant du règne du roi Édouard I*er *en constitue le principal ornement. C'est là, suivant la tradition locale, que les musiciens ambulants venaient rendre hommage à sir Hugo de Waldebere, le premier propriétaire enregistré de Haverdown, jusqu'en l'an 1261 où il fut mis hors la loi pour félonie. La maison passa à son fils cadet après quoi elle est inoccupée jusqu'en 1760 date à laquelle lord* ALFRED *revint de l'étranger pour rebâtir la demeure de ses ancêtres, sans doute après que les persécutions catholiques les eurent provisoirement dispersés. Les jardins sont conçus suivant le style* CLASSIQUE *anglais qui s'efforce de contenir la nature sans formalisme exagéré et nécessitent quelques frais d'entretien. Pour tous renseignements* S'ADRESSER EXCLUSIVEMENT À L'ADRESSE CI-DESSUS JR/P MR. GRIMBLE.

Reposant soigneusement le prospectus sur son support et décrochant un manteau de cachemire clair de la patère ingénieusement disposée près de la vitre arrière, Cassidy jeta par hasard un coup d'œil en arrière par-delà le siège de bébé et les boules de soie du store, et se trouva en proie à une remarquable hallucination. L'allée avait disparu. D'épaisses murailles de verdure, percées de sombres tunnels, s'étaient refermées sur son chemin et l'avaient coupé du monde extérieur. Il était seul dans une caverne magique de verdure sombre ; invité de son père à la pantomime ; dans son enfance, trente ans auparavant...

Il n'eut par la suite aucun mal à expliquer cette illusion d'optique, un rideau de vapeur, se dit-il, comme il y en avait sur la lande, s'était déployé au-dessus du niveau de son champ de vision et, par quelque jeu de lumière, avait pris la couleur du feuillage. Il avait plu récemment et l'humidité de l'allée, favorisée par le soleil bas à l'horizon, faisait monter un chatoiement vert qui lui donnait l'apparence de hautes herbes. Ou bien c'était lui-même, par le brusque mouvement de sa tête après cette longue randonnée, qui avait transposé par-dessus sa propre vision des images venues d'ailleurs..., une de ces coïncidences bien naturelles donc, qui sont à l'origine des mirages.

Néanmoins, pour l'instant et peut-être pour plus longtemps en termes de l'expérience intérieure d'Aldo Cassidy, il eut l'impression d'être prisonnier d'un monde qui n'était pas aussi contrôlable que celui dont il avait l'habitude : un monde en bref capable de consternants bonds métaphysiques, et bien qu'un second examen ne tardât pas à remettre l'allée à sa place normale dans l'ordre des choses, cette agilité dont elle avait fait preuve, ou plutôt le souvenir qu'il en gardait, l'amena à rester assis un moment pendant qu'il reprenait ses esprits. Ce fut donc avec quelque méfiance, en même temps qu'avec un sentiment qui s'attardait d'incohérence, qu'il finit par ouvrir la portière et par poser avec précaution un pied bien chaussé sur la surface capricieuse du sol.

« Amuse-toi bien, lui avait dit Sandra au petit déjeuner de sa voix d'officier de carrière. Ne les laisse pas te brusquer. Souviens-toi que c'est toi qui es le donateur.

— J'essaierai », lui promit Cassidy avec un sourire de héros anglais.

Sa première impression, loin d'être agréable, était qu'il venait de débarquer au milieu d'une alerte aérienne. Un violent vent du soir s'était levé de l'est, lui battant les oreilles et retentissant comme une canonnade au milieu des ormes. Au-dessus de lui des freux qui tournoyaient sans trêve plongeaient et protestaient en croassant contre son intrusion. La maison elle-même avait déjà été frappée. Elle gémissait de toutes ses portes et de toutes ses croisées, agitant dans sa rage ses membres inutiles, les frappant désespérément contre ses propres murs sans défense. À sa base gisaient les débris de maçonnerie et de tuiles. Un câble abattu passait tout près de sa tête et traversait toute la longueur du jardin. Pendant un moment de dégoût, Cassidy, en levant les yeux, crut voir un pigeon mort pendu à une corde effilochée, mais ce n'était qu'une vieille chemise abandonnée par un gitan insouciant et qu'un vent non moins insouciant avait enroulée sur elle-même. C'est étrange, se dit-il en retrouvant son calme : on dirait une des miennes, celles qu'on portait il y a quelques années, à rayures, avec des cols empesés et des manchettes très larges.

Il avait extrêmement froid. Le temps, qui de la voiture semblait si doux et accueillant, l'attaquait maintenant avec un venin incompréhensible, gonflant son léger manteau de courants d'air barbares et frottant les revers de son costume d'été. Si brusque et si violent fut le premier choc de la réalité sur son rêve intérieur que Cassidy se trouva tenté de regagner sur-le-champ l'abri de sa voiture, et ce fut seulement un dernier sursaut de l'esprit de bouledogue qui le retint. Après tout, s'il devait passer le restant de ses jours ici, il ferait aussi bien de commencer à s'habituer au climat. Pour lui, le trajet qu'il venait de faire était long, une cinquantaine de kilomètres, sinon plus ; se proposait-il sérieusement de rebrousser chemin pour une simple vétille ? Boutonnant résolument son col, il se lança avec détermination dans la première phase de son inspection.

Il appelait ça *prendre le pouls des lieux*. C'était quelque chose qu'il avait souvent répété et qui comprenait l'appréciation de nombreux éléments intangibles. Le décor par exemple : est-il hostile ou amical ? Offre-t-il la retraite, qui est désirable, ou l'isolement qui ne l'est pas ? Enveloppe-t-il l'occupant ou l'expose-t-il ? Se sentait-il – c'était là une question vitale – né ici, était-ce une chose faisable ?

Malgré le froid, ses premières impressions n'étaient pas défavorables. Le parc, qui de toute évidence était ce qu'on voyait des principales fenêtres de la maison, avait une qualité de luxuriance pastorale qui était fort apaisante. Les arbres étaient des espèces caduques (un rare avantage car au fond de son cœur il trouvait les conifères trop sinistres) et leur grand âge leur conférait une douceur paternelle.

Il tendit l'oreille.

Le vent était tombé et les freux se posaient lentement. De la lande, où le brouillard de la mer s'accrochait encore, le raclement d'une scie luttait avec les rumeurs du bétail : il examina le pâturage. Une bonne clôture, bien assez d'espace pour des chevaux à condition qu'il n'y eût pas d'ifs pour les empoisonner. Il avait lu quelque part, sans doute dans Cobbett, dont il avait étudié les *Chevauchées rurales* pour son certificat d'enseignement, que les baies de l'if empoisonnaient les poneys, et c'était une de ces cruautés sans but de la nature qui était restée gravée dans sa mémoire.

Des palominos, c'était ça le mot.

Il faudra que j'aie des palominos. Pas besoin d'abri, les châtaigniers les abriteront. La variété galloise est la meilleure : des bêtes robustes, avait-il entendu dire de tous côtés, qui se suffisaient à elles-mêmes et qui ne coûtaient pas cher d'entretien. Et qui avaient aussi le caractère qu'il fallait : les citadins pouvaient les mener sans danger de représailles.

Il huma l'air.

Une odeur de feu de bois, de pins humides et cet indéfinissable relent de moisi qu'engendre l'abandon. Je n'ai rien à lui reprocher.

Enfin, l'air apparemment très détaché, il se tourna vers la maison puis la considéra d'un œil critique. Un profond silence était tombé sur la colline. Dans les arbres rien ne bougeait. La chemise pendait immobile à sa ficelle. Pendant de longues minutes il resta comme en prière, ses mains gantées mollement croisées sur son ventre, les épaules bien en arrière, la tête blonde un peu de côté, comme un survivant pleurant des camarades perdus.

Aldo Cassidy au crépuscule de son trente-neuvième printemps, inspectait la masse d'une douzaine de générations d'Anglais.

La lumière déclinait sans heurt tandis qu'il restait planté là. Des reflets rouges étincelaient sur la girouette gauchie, effleuraient ce qui restait de vitres sur les fenêtres à guillotine et disparaissaient. Un roc, songea-t-il avec un grand élan de fièvre pourpre victorienne. Un pic montagneux sur le ciel du soir, inviolable et immuable, un affleurement organique d'histoire d'Angleterre. Un roc, se répéta-t-il, son cœur romantique battant aux vagues souvenirs d'héroïques poésies anglaises ; arraché à la terre dont le nom est Angleterre. Un roc, façonné par la main des siècles, taillé par les maçons de Dieu, gardé par Ses soldats.

Que ne donnerais-je pas pour être né dans un endroit pareil ! Comme je pourrais être plus grand, plus brave ! Tirer mon nom, ma foi, mon ascendance, peut-être même ma profession d'un pareil monument des âges héroïques : être encore un croisé, servant non pas avec une folle témérité, mais avec un humble courage une cause trop évidente pour être définie. Nager dans mes douves, faire la cuisine dans mon réfectoire, dîner dans mon grand hall, méditer dans ma cellule ? Arpenter ma crypte parmi les étendards de mes ancêtres déchirés par les balles ; entretenir des locataires, conseiller des serviteurs égarés et labourer la terre en veston de tweed élégamment délabré ?

Une vision peu à peu se formait devant le regard intérieur du rêveur.

C'est le soir de Noël et les arbres se découpent nus sur le ciel où le soleil se couche tôt. Une silhouette solitaire, qui n'est plus celle d'un jeune homme, vêtue de façon coûteuse mais discrète, passe à cheval sous les longues ombres de l'avenue bordée de châtaigniers. La monture, consciente du précieux fardeau qu'elle transporte, reste docile même en voyant l'écurie. Une lanterne s'agite sous le portique, des serviteurs joyeux se précipitent à la porte. « Bonne promenade, Mr. Aldo ? – Pas mauvaise, Giles, pas mauvaise. Non, non, je vais le panser moi-même, merci. Bonsoir, Mrs. Hopcrest. Les préparatifs de la fête sont bien avancés, j'imagine ? »

Et à l'intérieur, quoi donc ? Pas d'enfants, de petits enfants le tirant par la main ? Pas d'aimable dame en longue jupe de tweed tissé dans le domaine et descendant le magnifique escalier incurvé dans le style d'Adam en tenant dans ses mains que n'ont pas durcies les travaux une coupe où sèchent des pétales ? Pas de Sandra, plus jeune de douze ans, sans piano, libérée de ses ténèbres et ne mettant pas en question la souveraineté masculine d'Aldo ? Éveillée à cette vie charmante, toute fraîche à ses yeux, spirituelle, diverse et adorable ? *« Pauvre amour, tu dois être gelé, j'ai allumé du feu dans la bibliothèque. Viens, laisse-moi t'aider à ôter tes bottes. »*

Il n'y avait rien à l'intérieur. Cassidy dans ces cas-là s'attachait résolument à l'extérieur.

Ce fut donc d'autant plus surprenant pour lui, alors qu'il levait par hasard un regard irrité vers un vol de colombes dont les battements d'ailes nerveux avaient troublé ses réflexions, de remarquer un filet de fumée léger mais indéniable qui s'élevait de la cheminée de l'est et une vraie lumière, très jaune comme celle d'une lampe à pétrole, qui s'agitait doucement sous ce même portique que, dans son imagination, il avait traversé un instant plus tôt.

« Bonjour, trésor, dit une voix aimable. On cherche quelqu'un ? »

2

Cassidy s'enorgueillissait de son sang-froid dans les moments de crise. Dans les milieux d'affaires il avait la réputation d'avoir les pieds par terre, et il la considérait comme méritée. «Adroit», l'avait-on appelé dans *The Time Business News* lors d'une récente offre publique d'achat. «Cet habile négociateur.» Cette qualité avait tout simplement son origine dans un refus de reconnaître l'étendue de n'importe quel péril, et elle s'appuyait sur une solide compréhension des usages de l'argent. La première réaction de Cassidy fut donc de ne tenir aucun compte de l'étrange façon dont on l'interpellait et de dire bonsoir à l'homme.

«Seigneur, dit la voix. C'est bien ça?»

Sa seconde réaction fut de se diriger nonchalamment vers sa voiture, non point pour s'échapper, mais plutôt pour s'identifier comme en étant le propriétaire et donc, par définition, comme un acheteur potentiel sérieux. Il pensait également à la description fournie par l'agence immobilière sur son support d'aluminium et qui donnait la preuve, si besoin en était, que ce n'était pas délibérément qu'il se livrait à une violation de propriété. Il était très mécontent envers les gens de l'agence. C'étaient eux après tout qui l'avaient envoyé, c'étaient eux qui lui avaient donné toutes les assurances que la maison était inoccupée, et dès demain ils allaient payer très cher cette erreur. «C'est une vente à la suite d'un héritage, mon cher», lui avait croassé Outhwaite au téléphone, de ce ton stupide de complicité que seuls semblent acquérir les agents immobiliers. «Offrez-leur la moitié et ils vous couperont les bras.» Eh bien, Cassidy allait voir s'il perdrait un bras dans cette aventure. Ressortant de sa voiture avec les pages ronéotypées bien en vue dans sa main libre, il prit péniblement conscience de la fixité du regard de son interlocuteur représenté par le faisceau de la lanterne qui ne bougeait pas.

«C'est bien Haverdown, n'est-ce pas?» demanda-t-il, parlant tout en montant les marches et prononçant l'A bref. Son ton était soigneusement calculé. Étonné mais non pas déconcerté, un soupçon d'indignation pour préserver son autorité: le citoyen respectable se trouve dérangé dans la conduite de ses légitimes activités.

«Je crois que oui, trésor, répondit la lanterne d'un ton qui n'était pas totalement enjoué. On veut l'acheter, c'est ça?»

Les traits de l'homme étaient encore cachés par la lueur de la lampe, mais d'après l'endroit où la tête se détachait contre le linteau de la porte, Cassidy pouvait deviner qu'il s'agissait de quelqu'un de sa taille; et à la largeur des épaules, comme il pouvait les délimiter contre les ténèbres à l'intérieur de la maison, quelqu'un qui avait aussi sa corpulence. Les autres renseignements, tandis qu'il escaladait les huit marches de grès usées par le passage des ans, ce fut par l'oreille qu'il les recueillit. L'homme avait son âge aussi, mais il avait plus d'assurance, il avait le talent de haranguer les troupes et de faire face aux Maures. La voix en outre imposait remarquablement le respect. Elle était même théâtrale, dirait-il. Tendue. En équilibre au bord de la séduction. Cassidy décela aussi – car il avait l'oreille sensible à la musique sociale – une certaine déviation régionale peut-être dans la direction du gaélique, une intonation de terroir plutôt qu'un accent, qui n'affectait nullement l'excellente opinion qu'il avait de la bonne éducation de l'étranger. La croix de Saint-André et les plumes de Galles: eh bien, voilà s'il ne se trompait pas, qu'apparaissait la harpe d'Irlande. Il était arrivé sur la dernière marche.

«Ma foi, j'aimerais l'envisager, certainement. Ce sont

vos agents Grimble et Outhwaite qui m'ont envoyé…» Il agitait légèrement les feuilles ronéotypées pour indiquer qu'il tenait la preuve à la main. «Est-ce qu'ils se sont par hasard mis en rapport avec vous ?

— Pas un mot, répondit tranquillement la lanterne. Rien, pas un faire-part.

— Mais j'ai pris rendez-vous il y a près d'une semaine ! Je trouve qu'ils auraient pu téléphoner ou vous prévenir. Enfin, vous ne trouvez pas ?

— Le téléphone est coupé, trésor. C'est le bout du monde ici. Il n'y a que les vaches et les passereaux. Et les freux, bien sûr, cherchant qui ils pourraient bien dévorer, les pauvres bougres.»

Il parut à Cassidy plus nécessaire que jamais de sauvegarder la raison de sa visite.

«Mais tout de même, ils auraient bien pu vous écrire, protesta-t-il, anxieux d'insérer entre eux le spectre d'un ennemi commun. Vraiment, ces gens sont impossibles.»

La réponse mit un bon moment à venir.

«Peut-être qu'ils ne savent pas qu'on est ici.»

Durant toute cette conversation, Cassidy avait été soumis à un examen minutieux. La lampe, jouant lentement sur son corps, avait examiné d'abord ses chaussures sur mesure, puis son costume et était occupée maintenant à déchiffrer l'écusson sur sa cravate bleu sombre.

«Seigneur, qu'est-ce que c'est que ça ? demanda la douce voix. Des Indiens ?

— En fait, c'est un club gastronomique, avoua Cassidy, enchanté de cette question. Quelque chose qui s'appelle les Inclassables.»

Un long silence.

«Oh ! non, protesta enfin la voix, sincèrement choquée. Oh ! Seigneur, quel abominable nom ! Bonté divine, qu'est-ce que Nietzsche ferait d'un nom pareil ? Si ça continue vous vous appellerez les "Chameliers sans Filtre".»

Cassidy n'avait pas du tout l'habitude d'être traité ainsi.

Dans les endroits où il dépensait son argent, même sa signature était une formalité inutile, et normalement il aurait protesté avec vigueur contre toute insinuation mettant en doute son crédit ou sa personne – pour ne pas parler de son club. Mais les circonstances n'étaient pas normales : au lieu d'éprouver un sursaut d'indignation, Cassidy se trouva une fois de plus envahi par le même étrange sentiment d'incohérence. C'était à croire que la silhouette derrière la lampe n'était pas une silhouette séparée, mais la sienne, se reflétant mystérieusement des profondeurs liquides du crépuscule ; c'était comme si un moi plus prompt, plus libre examinait à la lueur de cette lanterne insolite les traits bien prosaïques de son autre moitié. Et au fond les Inclassables étaient en effet un groupe assez minable ; l'idée récemment lui en était venue plus d'une fois. Écartant d'aussi bizarres inventions, il parvint enfin à donner l'impression qu'il s'emportait :

« Écoutez, dit-il avec énergie, je ne veux pas être un intrus, je peux parfaitement revenir une autre fois. À condition bien sûr, ajouta-t-il pour donner plus de mordant à sa phrase, que vous teniez à vendre. »

La voix ne s'empressa pas de le consoler.

« Mais vous n'êtes pas un intrus, trésor, dit-elle enfin, comme si elle rendait un verdict mûrement réfléchi, vous êtes superbe, voilà ce que je pense. De première bourre. Sans blague. Ça fait des années que nous n'avons pas eu de bourgeois ici. »

Le faisceau de la lampe descendit. Au même moment un rayon du soleil couchant, qui se réfléchissait sur le vitrail supérieur de la chapelle, vint se briser comme une aube minuscule juste au-dessus du perron et donna à Cassidy l'occasion de voir pour la première fois l'homme qui l'examinait. Comme Cassidy s'en doutait déjà, il était très beau. Là où Cassidy n'était que rondeurs, l'autre était tout droit. Là où Cassidy était faible, l'autre était résolu ; là où il faisait des concessions, l'autre était plein de zèle ; là où Cassidy était fluide, l'autre était un roc, et là où il était pâle ou blond l'autre était brun, brusque et tendu.

Dans un beau visage des yeux sombres brillaient avec la plus grande animation : un sourire gaélique, tout à la fois rapace et entendu illuminait ses traits.

Jusque-là parfait. Mais cherchant toujours à le ranger dans une des catégories sociales qui régissent tout naturellement le monde, Cassidy concentra son attention sur la tenue de l'homme. Il portait une veste noire comme on en voit aux Indiens, à mi-chemin entre la veste de smoking et le blazer, mais d'une coupe résolument orientale. Il avait les pieds nus et la partie inférieure du corps enveloppée dans ce qui semblait être une jupe.

« Seigneur », dit Cassidy malgré lui, et il allait ajouter quelque autre excuse comme : « Oh ! mon Dieu, vous étiez dans votre bain » ; ou bien : « Oh ! mais c'est monstrueux de ma part de vous avoir tiré du lit », quand la lanterne se détourna brusquement de lui pour venir éclairer la voiture.

La lanterne, là, était inutile. La carrosserie pâle se détachait admirablement dans la pénombre – un élément de sécurité dont Cassidy avait parfaitement conscience – mais l'homme l'utilisait quand même, moins pour observer peut-être que pour caresser les purs contours de mouvements lents et délibérés du faisceau, exactement comme un moment plus tôt il en avait inspecté le propriétaire.

« Elle est à vous, trésor ?
— Ma foi, oui.
— Vraiment à vous ? Entièrement ? »

Cassidy eut un rire tranquille, devinant là une allusion voilée au système de location-vente, forme de paiement que (puisqu'il n'en avait aucun besoin) il considérait comme une des plaies de sa génération.

« Mon Dieu, oui. Je crois que c'est la seule façon vraiment, vous ne trouvez pas ? »

Pendant un moment l'homme ne répondit pas mais demeura plongé dans sa contemplation, le corps immobile, la lanterne se balançant doucement dans sa main, les yeux fixés sur la voiture.

« Bon Dieu, murmura-t-il enfin, bon Dieu. Quel corbillard pour un Inclassable. »

Cassidy avait déjà vu des gens admirer sa voiture. Il les y avait même encouragés. Il était parfaitement capable, un samedi matin, par exemple, en revenant de faire des courses ou au retour de quelque occupation de semi-divertissement, s'il trouvait un petit groupe d'enthousiastes rassemblés autour de son élégant châssis, de leur donner un aperçu de son historique et de ses qualités puis de faire la démonstration à l'arrêt de quelques-unes de ses modifications les plus insolites. Il considérait cette cordialité démocratique comme un de ses traits de caractère les plus sympathiques : certes, la vie avait créé des distinctions, mais quand on en arrivait à la camaraderie de la route, Cassidy ne se considérait guère mieux que son prochain. Mais l'intérêt de son hôte était d'un autre ordre. Il semblait une fois de plus être un examen de principe, une mise en question fondamentale de certaines valeurs non exprimées inhérentes à l'existence de la voiture, et cela ne faisait qu'ajouter au malaise de Cassidy. L'homme la considérait-il comme vulgaire ? Était-elle inférieure à la sienne ? Les gens de la haute société, il le savait pertinemment, avaient des opinions très arrêtées sur l'étalage de la richesse, mais certainement le caractère *spécial* de la voiture la mettait à l'abri d'accusations aussi superficielles. Après tout, il faut bien qu'elle soit à quelqu'un. Tout comme il faut bien que Haverdown soit à quelqu'un, ha ! ha ! Il devrait peut-être dire quelque chose, lancer une petite phrase pour prévenir d'avance les critiques ? Il en avait plusieurs qu'en d'autres circonstances il aurait pu risquer : « Au fond, ce n'est qu'un jouet… Je la considère un peu comme une sorte de manteau de vison pour homme… Bien sûr, il ne serait même pas question que je roule avec sans la société… Il faut bien le dire, c'est un cadeau du contribuable… » Il en était encore à envisager une ouverture de ce genre lorsqu'il sentit son bras gauche serré dans une étreinte d'une force inattendue.

« Venez, trésor, dit la voix se faisant séductrice. Maniez-vous le train, je gèle.

— Ma foi, si vous êtes certain que ça ne vous dérange pas… », commença Cassidy tout en trébuchant presque sur le seuil délabré.

Il ne devait jamais savoir s'il dérangeait ou non. La lourde porte s'était refermée sur lui. La lanterne avait disparu. Il était planté dans l'obscurité totale d'un intérieur inconnu avec seulement la poigne amicale de son hôte pour le guider.

En attendant que ses yeux s'habituent à l'obscurité, Cassidy subit un certain nombre des hallucinations qui frappent l'homme momentanément aveugle. Il se trouva tout d'abord au cinéma Scala à Oxford, glissant devant des rangées de genoux invisibles, piétinant en s'excusant des pieds insoupçonnés. Les uns étaient durs, les autres mous ; tous étaient hostiles. Il y avait sept cinémas à Oxford du temps où Cassidy avait le privilège d'y recevoir une éducation supérieure, et en une semaine il en faisait agréablement la tournée. Bientôt, se dit-il, le rectangle gris va se déployer devant moi et une brunette en costume d'époque va déboutonner son corsage en français au milieu des sifflements admiratifs de mes compagnons d'étude.

Mais avant qu'un pareil délice ne lui fût accordé, il se trouva brusquement transporté au Muséum d'histoire naturelle de South Kensington où une de ses belles-mères avait menacé de l'expédier pour le punir de s'être masturbé. « Tu ne vaux pas mieux qu'un animal », lui avait-elle déclaré avec fureur. « Alors tu ferais mieux d'aller les rejoindre. Pour toujours. » Bien que sa vision commençât à s'éclaircir, il découvrait de nombreuses preuves à l'appui de ces cauchemars : des meubles au capitonnage anguleux qui sentaient la salle de cinéma, les âcres relents de formol, de fourrure qui perdait ses poils, les têtes coupées des élans et des gnous qui le contemplaient dans la terreur pétrifiée de leur ultime agonie, vagues silhouettes colossales drapées dans des housses blanches.

Peu à peu, à son grand soulagement, des images plus familières vinrent lui assurer qu'il se trouvait dans une habitation humaine. Une horloge rustique, un buffet de chêne, une table de salle à manger en bois patiné ; une cheminée en pierre décorée de mousquets croisés, les armes agréablement familières des Waldebere.

«Fichtre, dit enfin Cassidy de ce qu'il espérait être un ton empreint de respect.

— Ça vous plaît?» demanda son compagnon. Ramassant la lanterne d'on ne sait où, il en promena nonchalamment le faisceau sur les dalles inégales.

«Superbe. Absolument superbe.»

Ils étaient dans le grand hall. Des rais de lumière grise marquaient les hauts contours des fenêtres aux volets clos. Des piques, des sagaies et des bois de cerf ornaient le haut des murs; des caisses et des livres poussiéreux jonchaient le sol. Juste devant eux s'ouvrait une galerie de chêne sombre. Derrière, des voûtes de pierre masquaient l'ouverture de lugubres corridors. On sentait l'odeur bien reconnaissable du bois pourri.

«Vous voulez voir le reste?

— J'adorerais.

— Tout le reste? Avec les verrues et tout?

— De la cave au grenier. C'est fabuleux. Au fait, de quand date la galerie? Je devrais savoir, mais j'ai oublié.

— Oh! mon vieux, une partie en a été faite avec le bois de l'arche de Noé, sans blague. En tout cas c'est ce qu'on m'a dit.»

Riant poliment, Cassidy ne put néanmoins s'empêcher de déceler, dominant les odeurs familières des antiquités, des relents de whisky dans l'haleine de son hôte.

Ha! ha! se dit-il en souriant intérieurement. Les aristos. On peut les découper comme on veut, tous pareils. Décadents, je-m'en-foutistes…, mais en fait assez merveilleux dans un style d'un autre monde.

«Dites-moi, demanda-t-il poliment comme ils tournaient une fois de plus un coin dans les ténèbres, est-ce que le mobilier est à vendre aussi?» Il avait pris un ton plus mondain qu'il offrait à la considération de l'aristocrate.

«Pas tant qu'on n'a pas déménagé, trésor. Faut bien qu'on s'asseye quelque part, non?

— Bien sûr. Mais plus tard?

— Oui. Ce que vous voulez.

— Ce ne serait que les plus petites choses, dit prudemment Cassidy. En fait, j'en ai déjà beaucoup. Mis de côté, vous savez.

— On est collectionneur ?

— Oh ! un peu certainement. Mais seulement quand le prix est normal », ajouta-t-il sur le même ton défensif. *S'il y a une chose qu'un gentleman anglais comprend c'est la valeur de l'argent.* « Dites-moi, croyez-vous que vous puissiez éclairer un peu plus haut ? Je n'y vois rien. »

Dans le couloir s'alignaient des portraits d'aimables soldats et de civils meurtriers. La lanterne ne les révélait que capricieusement, et c'était regrettable car Cassidy était certain que, s'il en avait eu l'occasion, il aurait pu retrouver sur leur visage des traits de son excentrique compagnon : le sourire fantasque, par exemple, les yeux de pirate qui brillent de l'intérieur, les cheveux noirs en désordre qui tombaient si noblement sur le front puissant.

La lanterne descendit ce qui semblait être un court escalier, le laissant une fois de plus dans les ténèbres les plus profondes.

« C'est interminable, dit Cassidy avec un air nerveux, puis il ajouta : Je n'aurais jamais fait ça tout seul. Pour être franc, j'ai un peu peur du noir, j'ai toujours été comme ça. Il y a des gens qui n'aiment pas les hauteurs, moi je n'aime pas le noir. » À vrai dire Cassidy n'aimait pas les hauteurs non plus, mais il lui parut inutile de gâter sa comparaison. « Vous êtes ici depuis longtemps ? demanda-t-il, comme il ne recevait pas d'absolution après cette confession.

— Dix jours.

— Je voulais dire votre famille. »

Le faisceau lumineux éclaira brièvement un portemanteau rouillé puis descendit vers le sol. « Oh ! mon Dieu..., depuis toujours, mon vieux, depuis toujours.

— Et c'est votre père qui... »

Pendant un moment de malaise Cassidy craignit de s'être aventuré une fois de plus sur un terrain très délicat :

un décès récent, après tout, n'est pas un sujet qu'on discute dans le noir. Il y eut un long moment avant que lui vînt une réponse.

« En fait, c'était mon oncle, avoua la douce voix avec un petit soupir révélateur. Mais nous étions très proches.

— Je suis navré, murmura Cassidy.

— Il a été encorné par un taureau, continua son guide d'un ton plus gaillard qui renforçait son accent du terroir. En tout cas ça a été rapide. Je veux dire qu'il n'a pas traîné vilainement, avec les paysans venant défiler à son chevet.

— Ah ! c'est toujours une consolation, dit Cassidy. Il était âgé ?

— Très. Et vous savez, ce taureau...

— Oui ? » fit Cassidy intrigué.

La lanterne parut secouée par un brusque accès de chagrin. « Le taureau était très vieux lui aussi. Vous comprenez, ça a été une sorte de mort au ralenti. Quand j'y réfléchis je ne sais pas comment ils ont pu se rattraper. »

La comédie avait de toute évidence chassé la tragédie, car voilà qu'un rire de collégien s'élevait vers le toit invisible, que le faisceau de la lampe s'agitait joyeusement au rythme de ses échos et qu'une main tiède s'abattait gaiement sur l'épaule de Cassidy.

« Vous savez, c'est formidable de vous avoir. Formidable. Vous me faites un bien fou, parole d'honneur. Seigneur ! je m'ennuyais tellement ; je lisais John Donne aux souris. Vous vous rendez compte. Bel esprit poétique, mais quel public ! Elles ont une façon de vous regarder. Seigneur ! Vous savez, je viens de boire un petit coup, ça ne vous gêne pas ? »

À sa vive surprise Cassidy sentit qu'on le pinçait nettement sur ce que les tribunaux appellent la partie charnue de l'individu.

« Vous aussi, vous ne détestez pas une petite goutte de temps en temps, hein ?

— Ma foi, oui.

— Surtout quand vous vous sentez seul ou un peu cafardeux ?

— Et d'autres fois aussi, je vous promets !

« – Ne faites pas ça, dit sèchement l'étranger, changeant brusquement d'humeur. Ne faites pas de promesse. »

Ils descendirent deux marches.

« D'ailleurs, qui voulez-vous qu'on rencontre par ici ? reprit-il de son ton badin. Même les gitans ne veulent pas vous parler. Vous savez, bon sang, c'est la classe, la vraie classe.

– Oh ! mon Dieu », dit Cassidy.

La main le guidait toujours par l'épaule. Cassidy en général n'aimait pas qu'on le touche, surtout s'agissant d'un homme, mais ce contact le gênait moins qu'il n'aurait cru.

« Et tous ces hectares ? demanda-t-il. Ça ne continue pas à vous prendre tout votre temps ? »

L'odeur de fumée de bois dont Cassidy avait jusqu'alors admiré le parfum rustique devint brusquement oppressante.

« Oh ! les hectares, on s'en fout. Qui est-ce que ça intéresse encore, la terre ? De la paperasserie... La rage... La pollution... Les bases américaines. C'est fini, je vous le dis. À moins d'être dans le vison bien sûr. Le vison, ça marche.

– Oui, acquiesça Cassidy, quelque peu déconcerté par cette description très personnelle des problèmes du fermier. Oui, il paraît que le vison peut rapporter beaucoup d'argent.

– Dites donc. Vous avez de la religion ?

– Oh ! comme ci, comme ça...

– Il y a ce type dans le comté de Cork qui s'appelle l'Unique Dieu Vivant, vous en avez entendu parler ? J. Flaherty de Hillside, à Bechmin. C'était dans les journaux. Vous croyez qu'il y a quelque chose là-dedans ?

– Je ne sais vraiment pas », dit Cassidy.

Docile aux volontés de son compagnon, Cassidy s'immobilisa aussi. Le visage brun s'approcha très près du sien, et tout d'un coup il sentit une tension.

« Vous voyez, moi, je lui ai écrit pour le provoquer en duel. J'ai cru que ça pourrait être vous.

– Oh! dit Cassidy. Oh! non! je regrette, mais ce n'est pas moi.
– Quand même, vous avez quelque chose de lui, vous avez un petit côté un peu divin, ça se sent à une lieue.
– Ah?
– Oh! que oui!»

Ils avaient tourné un second coin et s'étaient engagés dans un autre couloir encore plus long et plus délabré que le premier. À son extrémité la lueur rougeoyante d'un feu jouait sur un mur de pierre et des volutes de fumée s'insinuaient vers eux par la porte ouverte. Pris d'une soudaine lassitude, Cassidy avait l'étrange sensation de marcher à contre-courant. L'obscurité tirait sur ses pieds comme des tourbillons d'eau tiède. C'est la fumée, se dit-il, c'est la fumée qui m'étourdit.

«Cette saloperie de cheminée est bouchée. On a essayé d'appeler le type pour la réparer mais ils ne viennent jamais, vous savez.
– C'est la même chose à Londres, renchérit Cassidy, accueillant avec empressement son sujet de conversation favori. On peut leur téléphoner, leur écrire, prendre un rendez-vous, ça ne change absolument rien. Ils viennent quand ils veulent, ils prennent ce qu'ils veulent.
– Les salauds. Bon Dieu, mon grand-père les aurait tous cravachés.
– On ne peut plus faire ça aujourd'hui malheureusement, dit tout haut Cassidy de la voix de quelqu'un qui avait également la nostalgie d'un ordre social plus simple. Ils vous tomberaient dessus à bras raccourcis.
– Je vous le dis, il est grand temps qu'on ait une autre guerre. Vous savez, on dit qu'il a à peu près quarante-trois ans.
– Qui ça?
– Dieu. Ce type de Cork. C'est un drôle d'âge qu'il a choisi là, vous ne trouvez pas? Je veux dire qu'il soit jeune ou vieux, voilà ce que je lui ai dit, qui va croire qu'il est Dieu à quarante-trois ans? Quand même, quand j'ai vu

la voiture et puis vous... Ah! vous ne pouvez quand même pas me le reprocher. Je trouve que si Dieu devait conduire une voiture, ma foi votre Bentley...

— Quelle est la situation par ici en ce qui concerne les domestiques? demanda Cassidy en l'interrompant.

— Abominable. Tout ce qu'ils veulent c'est fumer tranquillement, regarder la télé et baiser.

— J'imagine qu'ils se sentent seuls. Comme vous.»

Cassidy n'avait plus du tout maintenant sa nervosité du début. Les propos pleins de verve de son compagnon qui retentissaient devant lui étaient, malgré toute leur étrangeté, agréablement rassurants; la lueur du feu était maintenant plus proche et cette vue, après le long trajet à travers les pièces sans cesse plus sombres de l'énorme demeure, achevait de le ragaillardir. Toutefois il avait à peine retrouvé son calme quand un phénomène nouveau et totalement imprévu vint violemment l'ébranler. Une soudaine bouffée de musique un peu grêle sortit d'une porte sur le côté et une femme croisa leur chemin.

Cassidy en fait la vit deux fois.

Une fois, se découpant sur la lueur fuligineuse du feu au bout du couloir, et une fois en plein dans le faisceau de la lanterne lorsqu'elle s'arrêta et tourna la tête pour les regarder, Cassidy d'abord, puis, d'un air tranquillement interrogateur, le porte-flambeau.

Son regard était direct et totalement dépourvu de chaleur. Elle tenait une serviette sur un bras et un petit poste de radio à transistors à la main. Ses abondants cheveux châtains étaient relevés sur sa tête comme pour les empêcher de se mouiller, et Cassidy reconnut, tandis qu'ils échangeaient un bref coup d'œil, qu'elle écoutait le même programme que lui tout à l'heure dans la voiture, une sélection de chansons de Frank Sinatra sur le thème de la solitude masculine. Ces impressions, fragmentées par le faisceau mouvant de la lanterne, la lueur dansante du feu et les volutes de fumée qui montaient des bûches, ne se succédaient pas dans un ordre précis. L'apparition de la jeune femme, son imperceptible hésitation, son double coup d'œil n'étaient que des éclairs venant frapper sa conscience exacerbée. Un instant plus tard elle n'était plus là, elle avait disparu par une autre porte, mais non sans que Cassidy eût observé, avec le détachement désemparé qui accompagne souvent une expérience totalement inattendue, qu'elle était non seulement belle mais nue. À vrai dire, cette apparition avait quelque chose de si profondément invraisemblable – tout à la fois bourgeoise et cependant totalement déconcertante –, elle avait un effet si violent sur la rêverie dont Cassidy était la proie qu'il n'aurait tenu aucun compte de sa présence – qu'il l'aurait jetée aussitôt dans l'appareil toujours prêt de son incrédulité – si le faisceau de la lanterne ne lui avait pas nettement montré la preuve de son existence terrestre.

Elle marchait sur la pointe des pieds. Elle devait avoir une grande habitude de marcher pieds nus car la marque de chaque orteil se dessinait séparément en taches rondes sur les dalles comme l'empreinte d'un petit animal sur la neige.

3

Il y avait longtemps, dans un grand restaurant, une vieille dame avait volé le poisson de Cassidy. Elle était assise auprès de lui à une table voisine, tournée vers la salle, et d'un seul mouvement elle avait escamoté le poisson – une sole Walewska généreusement garnie de fromage et d'un assortiment de fruits de mer – dans son sac écossais ouvert. Elle avait admirablement calculé l'opération. Cassidy levait justement les yeux, répondant à un appel intérieur – une fille qui passait probablement, mais peut-être un plat aperçu qu'il avait failli commander de préférence à sa sole –, et lorsqu'il baissa de nouveau les yeux, le poisson avait disparu et seule une traînée rose en travers de l'assiette, une trace gluante de farine, de gratin et de particules de crevettes indiquait la direction qu'il avait prise. Sa première réaction fut l'incrédulité. Il avait mangé le poisson et dans sa distraction il n'en avait même pas senti le goût. Mais *comment* l'avait-il mangé? se demanda le grand détective. Avec ses doigts? Son couteau et sa fourchette étaient propres. Le poisson était un mirage: le garçon ne l'avait pas encore apporté, Cassidy contemplait l'assiette sale laissée par un client qui l'avait précédé.

Puis il vit le sac à main écossais. Ses poignées étaient étroitement serrées, mais une trace rose révélatrice était nettement visible sur une des boules de cuivre du fermoir. Il songea à appeler le garçon: «Cette dame m'a volé mon poisson.» Confronter la voleuse, appeler la police, exiger qu'elle ouvre son sac.

Mais son air de vieille fille tranquille tandis qu'elle continuait à boire à petits coups son apéritif, une main délicatement posée sur sa serviette, en était trop pour lui. Signant l'addition, il quitta sans un mot le restaurant pour ne jamais y revenir.

En suivant la lanterne dans le salon empli de fumée, Cassidy éprouva les mêmes symptômes de désarroi psychique. La fille avait-elle existé ou bien était-elle la création de ses fantasmes érotiques ? Était-elle un fantôme ? Une héritière de Waldebere, par exemple, assassinée dans son bain par le cruel sir Hugo ? Mais les fantômes de famille ne laissent pas d'empreinte, ils ne se promènent pas avec des postes à transistors et ne sont certainement pas taillés dans une chair éminemment persuasive. À supposer alors que la fille fût vraie et qu'il l'eût vue, devrait-il par respect du protocole lancer quelque remarque nonchalante donnant à penser qu'il ne l'avait pas remarquée ? Laisser entendre qu'il était en train d'examiner un portrait ou un détail architectural au moment critique de son apparition ? Demander à son hôte s'il vivait seul ici ou qui s'occupait de lui ?

Il débattait encore le problème quand il s'entendit interpeller dans ce qui lui parut être une langue étrangère.

« Alc ? »

Pour ajouter encore au sentiment d'irréalité qu'éprouvait Cassidy, il avait l'impression d'être coupé par le brouillard, car l'énorme cheminée émettait comme un canon des torrents de fumée au-dessus du sol dallé et de lourds voiles pendaient déjà des poutres du plafond. C'était le même feu, semblant consister entièrement de petit bois qui constituait leur unique source de lumière, car la lanterne était maintenant éteinte et, comme dans le grand hall, les volets des fenêtres étaient solidement fermés.

« Je suis absolument désolé, mais je n'ai pas compris.

— *Alc*, trésor. De l'alcool, du whisky.

— Oh ! merci. De l'alcool. Alc, répéta-t-il en riant. Ma foi, oui, je prendrai bien un peu d'alc. À vrai dire, c'est un long trajet depuis Bath. Compliqué, vous savez. Tous ces petits chemins et ces virages. *Alc.* Ha ! »

C'était sa maîtresse ? Une servante lubrique ? Une sœur incestueuse ? Une putain gitane arrivée furtivement des bois ? Cinq livres la passe et bain gratis après ?

« Vous devriez essayer de le faire à pied. » Verre en main, la grande silhouette se dressait massivement devant lui dans la fumée. Nous sommes de la même taille, songea Cassidy, comment se fait-il que vous soyez plus grand maintenant ? « Ça nous a pris huit heures, cette saloperie, avec toutes les limousines du bon Dieu qui manquaient nous écraser. Il y a de quoi pousser un homme à boire, je vous le dis. » Son accent de terroir était encore plus fort. « Mais vous, vous ne feriez pas ça, trésor ? Vous aplatir dans les fossés sans même vous arrêter pour ronger les os ? »

Une call-girl peut-être, envoyée par une agence sans vergogne ? Question : comment appelle-t-on une call-girl quand votre téléphone est coupé ?

« Certainement pas. Je crois fermement à la courtoisie au volant.

— Et maintenant ? »

Avec cette question, les yeux sombres semblaient pénétrer plus avant encore dans la conscience sans protection de Cassidy.

« Écoutez, je m'appelle Cassidy », dit-il tout autant pour se rassurer que pour informer son hôte.

« Cassidy ? Seigneur, c'est un joli mot indigène. Mais dites donc, c'est vous qui avez attaqué toutes ces banques ? C'est de là que vient votre argent ?

— Figurez-vous que non, dit Cassidy d'un ton suave, il a fallu que je travaille un peu plus dur que ça pour le gagner. »

Enhardi par l'habileté de sa repartie, Cassidy entreprit de faire subir à son hôte une inspection aussi franche que celle à laquelle lui-même venait d'être soumis. Le vêtement qui protégeait ses jambes brunes n'était ni une jupe, ni une serviette de bain, ni même un kilt, mais un très vieux rideau brodé de serpents effacés et déchiré sur les bords comme par des mains en colère. Il le portait autour des hanches, plus bas devant que dans le dos, comme un homme sur le point de se baigner dans le Gange. Sa poitrine sous la veste noire était nue, mais garnie de touffes de poils noirs et drus qui formaient une ligne étroite à travers son ventre avant de s'épanouir de nouveau dans la masse franche d'une toison pubienne.

« Ça vous plaît ? demanda son hôte en lui tendant un verre.

— Je vous demande pardon ?

— Mon nom, c'est *Shamus*, trésor. *Shamus*. »

Shamus. Shamus de Waldebere... Il faudrait regarder dans le Debrett.

Venant du pas de la porte, Cassidy entendit Frank Sinatra chanter des paroles à propos d'une fille qu'il avait connue à Denver.

« Hé ! Helen, lança Shamus par-dessus l'épaule de Cassidy. Ça n'est pas Flaherty, tu sais, c'est Cassidy. Butch Cassidy. Il est venu acheter la maison maintenant que le pauvre oncle Charlie est mort et enterré. Cassidy, mon vieux, permettez-moi de vous présenter une très charmante dame, jadis de Troie et réduite maintenant à l'abominable condition de...

— Comment allez-vous, Helen ?

— ... femme mariée », conclut Shamus.

Elle était couverte, sinon totalement vêtue.

Sa femme, songea-t-il tristement. J'aurais dû m'en douter. Dame Helen de Waldebere, toutes portes closes.

Il n'existe pas de méthode établie, même pour un formaliste de la trempe de Cassidy, pour saluer une dame de noble extraction qu'on vient de rencontrer nue dans un couloir. Il parvint tout au plus à un grognement porcin, accompagné d'un sourire pâle et figé et d'un plissement des yeux, tout cela conçu pour indiquer à ceux qui connaissaient son code de signaux qu'il était un myope à la libido peu développée se trouvant en présence de quelqu'un qui jusque-là avait échappé à son attention. De son côté, Helen, qui avait pour elle l'allure, la classe et le temps de réfléchir dans son boudoir, affichait un calme imposant. Elle était encore plus belle habillée. Elle portait une robe d'intérieur d'une simplicité monacale. Un col très haut entourait son noble cou, des manchettes de dentelle ses poignets délicats. Ses cheveux châtains étaient peignés long comme ceux de Juliette et elle avait encore les pieds nus. Ses seins, que malgré sa myopie simulée il ne pouvait s'empêcher de remarquer, étaient libres et tremblaient délicatement à chacun de ses mouvements. Rien non plus n'enfermait ses hanches et à chaque pas mesuré un genou blanc, lisse comme du marbre, pointait d'un air mutin entre les pans de sa robe. Anglaise jusqu'à la moelle, se dit Cassidy avec soulagement, quelle entrée ! Quel effet elle ferait comme professionnelle. Arrêtant le poste de radio d'un simple mouvement de l'index et du pouce, elle le plaça sur la table basse devant le canapé, dont elle lissa la housse comme si c'était la toile la plus fine, puis elle agita gravement la main et l'invita à s'asseoir. Elle accepta un verre et le pria de pardonner le désordre d'une voix sourde, presque humble. Cassidy dit qu'il comprenait très bien, qu'il savait ce que c'était que d'emménager, qu'il était passé par là plusieurs fois ces dernières années. Et sans effort il parvint à faire comprendre que chacun de ces déménagements avait été un progrès.

« Mon Dieu, même déménager le bureau, quand on a des secrétaires et des assistants, et même ses propres ouvriers, ça prend des mois. Littéralement des mois. Alors, qu'est-ce que ça doit être ici...

– Où est votre bureau ? » demanda poliment Helen.

Elle monta encore plus haut dans l'opinion de Cassidy.

« South Audley Street, s'empressa-t-il de répondre. West One. En fait, c'est à deux pas de Park Lane. Nous nous sommes installés au printemps dernier. » Il avait envie d'ajouter qu'elle aurait pu lire la nouvelle dans *The Times Business News* mais il s'en abstint modestement.

« Oh ! mais c'est tout à fait charmant. » Réarrangeant

chastement les plis de sa robe pour couvrir ses cuisses sans pareilles elle s'assit sur le divan.

Envers son mari elle faisait montre d'une plus grande réserve. Elle le quittait rarement des yeux et Cassidy ne manqua pas de remarquer leur expression soucieuse. Comme il comprenait bien, comme toujours, les sentiments d'une jolie femme! C'était déjà assez lourd d'avoir un mari qui buvait. Mais qui pouvait dire quels autres coups son orgueil avait souffert au cours des derniers mois, entre les luttes avec les avocats, les droits de succession qui s'accumulaient, les pénibles séparations d'avec les serviteurs de la famille, les souvenirs délabrés dans le bureau silencieux? Et combien d'acheteurs éventuels pendant ce temps n'avaient-ils pas brutalement envahi le précieux décor de sa jeunesse, exprimé de grossières objections et pris congé sans un mot d'espoir. Je vais lui faciliter la tâche, décida-t-il; je vais me charger de la conversation.

Ayant brièvement rappelé les raisons de son arrivée inopinée, il en rendit carrément responsables les sieurs Grimble et Outhwaite:

« Je n'ai rien contre eux, ce sont de braves gens dans leur genre. Cela fait un certain nombre d'années que j'ai affaire avec eux et je continuerai sans aucun doute, mais comme dans toutes ces vieilles maisons ils deviennent trop contents d'eux. Ils se relâchent. » Sous le velours, l'acier apparaissait. « J'ai d'ailleurs l'intention de leur exprimer clairement mon opinion là-dessus. »

Shamus, qui avait croisé les jambes sous son rideau et qui s'était renversé en arrière dans une attitude de réflexion critique, se contenta d'approuver énergiquement en hochant la tête et en disant « Bien dit, Cassidy », mais Helen lui assura que sa visite ne causait aucun dérangement, qu'il était toujours le bienvenu et que ça n'avait vraiment aucune importance:

« N'est-ce pas, Shamus?

— Absolument, trésor, dit Shamus avec entrain. On s'amuse bien. »

Sur quoi, avec un contentement qui était presque l'orgueil de la possession, il reprit l'examen de son hôte inattendu.

« Je suis désolée pour la fumée, dit Helen.

— Oh! ça n'a aucune importance, dit Cassidy, en s'empêchant non sans mal d'essuyer une larme. À vrai dire, j'aime plutôt ça. Un feu de bois est une des choses qu'on ne peut tout simplement pas se permettre à Londres. À n'importe quel prix.

— C'est absolument ma faute, avoua Shamus, nous étions à court de bois alors j'ai scié la table. »

Shamus et Cassidy rirent bruyamment de cette bonne plaisanterie et Helen au bout d'un moment se joignit à eux. Son rire, remarqua-t-il avec satisfaction, était modeste et admirateur : en général il n'aimait guère l'humour des femmes, craignant de le voir dirigé contre lui ; celui de Helen était différent, il le sentait : elle savait où était sa place et ne riait qu'avec les hommes.

« C'est ce qu'il y a de terrible avec l'acajou. » Se levant d'un bond, Shamus pivota jusqu'à l'endroit où était la bouteille. « Cette saloperie ne veut pas brûler comme les bois de basse extraction. Ça résiste positivement au martyre. Personnellement, je trouve ça très mal élevé, pas vous ? Je veux dire qu'il arrive un moment où il faut se laisser aller en douceur, vous ne pensez pas, Cassidy ? »

Bien que la question fût facétieuse, Shamus la posait avec le plus grand sérieux et il attendit, immobile, d'avoir une réponse.

« Oh! bien sûr, dit Cassidy.

— Il est d'accord, dit Shamus avec un soulagement visible. Helen, il est d'accord.

— Bien sûr que oui, dit Helen. Il est poli. » Elle se pencha vers Cassidy. « Ça fait des semaines qu'il n'a pas vu âme qui vive, lui confia-t-elle à voix basse. Je crois qu'il commence à désespérer un peu.

— Ne vous inquiétez pas, murmura Cassidy, j'adore ça. »

« Dites donc, Cassidy, parlez-lui de votre Bentley. » L'accent de terroir de Shamus imprégnait maintenant chacun de ses mots : l'alcool l'avait fait s'épanouir. « Tu entends ça, Helen ? Cassidy a une Bentley, un grand machin interminable avec le bout en argent, pas vrai, trésor ?

— Vraiment ? fit Helen par-dessus son verre. Fichtre.

— Oh ! bien entendu elle n'est pas neuve.

— Mais n'est-ce pas plutôt une bonne chose ? Je veux dire est-ce que les anciennes ne sont pas meilleures à bien des égards ?

— Oh ! absolument, en tout cas à mon avis, dit Cassidy. Les modèles d'avant 63 étaient très supérieurs. Celle-ci d'ailleurs s'est révélée un excellent achat. »

Sans même y réfléchir, et à peine poussé par Shamus, il leur raconta toute l'histoire, comment il traversait Sevenoaks dans sa Mercedes – il avait une Mercedes en ce temps-là, des voitures très fonctionnelles certes, mais auxquelles il manquait la véritable touche du fait main, s'ils voyaient ce qu'il voulait dire – et comment il avait repéré une Bentley dans le magasin d'exposition de chez Cassyns.

« À Sevenoaks, tu entends ça ? reprit Shamus. Acheter une Bentley à Sevenoaks, tu te rends compte. Bon sang.

— Mais c'est justement ce qu'il y a de drôle, insista Cassidy. Certains des plus beaux modèles viennent d'aussi loin que l'Inde. Des mahārājah les ont achetés pour des safaris.

— Dites donc, trésor.

— Oui ?

— Vous n'êtes pas un mahārājah vous-même par hasard ?

— Malheureusement non.

— C'est qu'avec cet éclairage on ne peut pas toujours voir la couleur de peau des gens. Alors, vous êtes catholique ?

— Non, dit Cassidy aimablement. Erreur encore.

— Mais vous avez de la religion ? insista-t-il, revenant à un thème précédent. Vous pratiquez ?

— Bah ! dit Cassidy en hésitant, pour Noël et pour Pâques, vous savez.

— Est-ce que vous vous considéreriez comme un homme des Évangiles ?

— Continuez, je vous en prie, dit Helen. Je suis fascinée.

— Ou bien diriez-vous que vous êtes plutôt en faveur des qualités barbares et sans contrainte des juifs de l'Ancien Testament ?

— Oh !... Ni l'un ni l'autre, je crois.

— Prenez ce Flaherty du comté de Cork...

— Je t'en prie », dit Helen, adressant un second coup d'œil apaisant à son mari.

Donc Cassidy avait eu cette impression que la voiture était bien. Il ne pouvait pas l'expliquer vraiment, alors il avait fini par s'arrêter et par revenir sur ses pas pour l'examiner de plus près. Bref, ce jeune vendeur ne l'avait pas poussé du tout mais avait reconnu en quelque sorte un amateur éclairé et en cinq minutes ils avaient fait affaire. Cassidy avait rédigé sur-le-champ un chèque de cinq mille livres et était reparti avec la voiture.

« Bonté divine, murmura Helen, que c'est courageux.

— Courageux ? répéta Shamus. Courageux ? Voyons, mais c'est un lion. Tu aurais dû le voir là-bas sur la terrasse. Il m'a fait une peur de tous les diables, je t'assure.

— Évidemment j'avais tout le week-end pour faire opposition au chèque », avoua Cassidy de façon assez peu judicieuse, et il aurait poursuivi en donnant d'autres détails – par exemple, le rapport de l'Automobile Club qui avait été un long péan d'éloges techniques, la généalogie de la voiture sur laquelle il n'était tombé que des mois après l'avoir achetée – si Shamus, soudain ennuyé, n'avait pas suggéré que Helen lui fît visiter la maison.

« Après tout, il achète comme ça sur des coups de tête, peut-être qu'il va nous acheter aussi, hein : car enfin, on ne peut pas laisser passer une occasion comme ça. Alors Cassidy, vous avez apporté votre chéquier ? Parce que sans ça vous feriez mieux de remonter dans votre grande péniche grise et de retourner dare-dare dans le West End pour le chercher, je vous le dis, vous comprenez, on ne montre pas la maison à n'importe qui. Après tout, si vous n'êtes pas Dieu, qui êtes-vous donc ? »

Une fois de plus le sismographe intérieur de Cassidy enregistra la réticence de Helen et la comprit. Le même regard inquiet ombrait ses yeux graves, la même courtoisie innée l'empêchait d'exprimer en mots son souci. « On ne peut guère lui faire visiter dans le noir, chéri, dit-elle tranquillement.

— Bien sûr que si qu'on peut lui montrer dans le noir. On a la lampe, pas vrai ? Bon Dieu, il pourrait acheter la baraque en braille si ça lui disait, pas vrai, trésor ? Enfin, voyons, Cassidy est évidemment quelqu'un qui a beaucoup d'influence et les gens qui ont beaucoup d'influence et qui sont capables d'aller traîner à Sevenoaks en signant des chèques de cinq mille livres n'aiment pas qu'on leur fasse perdre leur temps, Helen, c'est une chose qu'il faut que tu apprennes dans la vie... »

Cassidy comprit que le moment était venu pour lui d'intervenir. « Oh ! je vous en prie, ne vous dérangez pas. Je peux parfaitement revenir une autre fois. Vous avez déjà été si bons... »

Dans un effort pour concrétiser son intention, il se leva d'un pas incertain. La fumée du feu et le whisky l'avaient plus affecté qu'il ne s'en doutait. La tête lui tournait et ses yeux le piquaient.

« Je peux parfaitement revenir une autre fois, répéta-t-il stupidement. Vous devez être épuisés, avec tout ce déménagement. »

Shamus était debout lui aussi, les mains posées sur les épaules de Helen et ses yeux sombres fixaient intensément Cassidy.

« Alors pourquoi ne prenons-nous pas un rendez-vous pour la semaine prochaine ? proposa-t-il.

— Vous voulez dire que la maison ne vous plaît pas », dit Shamus d'un ton uni et menaçant, plus une affirmation qu'une question. Cassidy s'empressa de protester mais Shamus ne le laissa pas parler. « Ça n'est pas assez bien pour vous, c'est ça ? Pas de chauffage central, pas de plomberie de luxe, pas de décorations de style souteneur comme à Londres ?

— Pas du tout, seulement...

— Qu'est-ce que vous voulez, bon Dieu ? Un salon de bordel ? »

Cassidy avait déjà affronté des scènes comme celle-là. Des syndicalistes en colère avaient frappé du poing sur son bureau en bois de rose, des concurrents battus lui avaient montré le poing, des filles ivres l'avaient traité d'obèse. Mais pour finir il était toujours resté maître de ce genre de situations, survenant pour la plupart sur un terrain qu'il avait déjà acheté au milieu de gens qu'il avait encore à payer. La situation actuelle était tout à fait différente, et ni le whisky ni son regard embrumé ne faisaient rien pour améliorer ses réactions.

« Bien sûr que j'aime la maison. Je croyais m'être clairement fait comprendre, pour tout dire c'est ce que j'ai vu de mieux depuis longtemps. Elle a tout ce que je recherche..., le calme..., l'isolement..., de quoi garer.

— Encore, l'exhorta Shamus.

— Elle est ancienne... Qu'est-ce que vous voulez que je dise d'autre ?

— Alors venez. »

Un sourire radieux et contagieux avait remplacé le bref nuage de colère. Empoignant d'une main la bouteille de whisky et la lanterne de l'autre, Shamus leur fit gaiement signe de le suivre dans le grand escalier. Ainsi pour la seconde fois ce soir-là Cassidy se trouva entraîné, pas totalement contre son gré, dans un voyage forcé qui semblait à sa conscience un peu noyée osciller à chaque pas entre le passé et l'avenir, l'illusion et la réalité, l'ivresse et la sobriété.

« Venez, Flaherty ! cria Shamus. La maison de Dieu a bien des pièces et Helen et moi on va vous montrer tout le tremblement, n'est-ce pas, Helen ?

— Voulez-vous me suivre ? » demanda Helen avec un charmant sourire d'hôtesse de l'air.

Sir Shamus et lady Helen de Waldebere. C'était symptomatique de l'état de confusion où se trouvait Cassidy qu'il ne s'arrêta jamais pour se demander lequel des deux mettait en fait son héritage en vente. Ayant classé Shamus comme une sorte d'officier de cavalerie mis à pied qui noyait dans l'alcool les humiliations d'une vie sans cheval, il revêtait Helen du courage et de la résignation pleine de dignité qui sont de mise avec la disparition d'une grande lignée : il ne se demanda jamais non plus comment il se faisait, dans le cadre d'une union conventionnelle, qu'ils eussent passé tous les deux leur enfance dans la maison. Même s'il s'était posé la question, l'attitude de Helen n'aurait qu'ajouté à son étonnement, elle était dans son élément : la jeune châtelaine avait quitté d'un pas léger son cadre et leur faisait visiter son domaine. Toute la retenue qu'elle manifestait dans le salon s'était trouvée balayée par l'évident dévouement qu'elle mettait à sa tâche. Tour à tour grave, pensive, prodiguant les renseignements, elle le guidait avec une tendre familiarité dans le labyrinthe des couloirs poussiéreux. Cassidy marchait sur ses talons, suivant le parfum de savon de toilette et le balancement de ses hanches fermement moulées ; Shamus était à quelque distance avec la bouteille et la lanterne, évoluant au bord de leur conversation ou leur lançant quelque plaisanterie. « Hé ! Cassidy, dites-lui de vous raconter comment Manny Higgins a pris du bon temps avec le pasteur au bal des serviteurs. » Dans le grand hall, il trouva une pique et livra un duel d'ombres avec le fantôme de son père ; dans la serre il insista pour offrir à Helen un cactus en fleur, et quand elle l'eut accepté il lui déposa un long baiser sur la nuque. Helen, dans sa sérénité, prit tout cela du bon côté.

« C'est l'attente et l'inquiétude, expliqua-t-elle à Cassidy cependant que Shamus entonnait dans la crypte un plain-chant grégorien. C'est si frustrant pour lui.

— Je vous en prie, dit Cassidy. Je vous assure que je comprends.

— Oui, je le crois, dit-elle en lui lançant un regard reconnaissant.

— Que va-t-il faire maintenant ? Chercher un travail ? demanda Cassidy, d'un ton qui admettait que pour Shamus prendre un emploi était l'ultime dégradation.

— Qui voudrait de lui ? » demanda simplement Helen.

Elle l'emmena partout. Dans le crépuscule où faisaient irruption les premières étoiles, ils arpentèrent les remparts croulants et s'émerveillèrent devant les douves vides. À la lueur de la lanterne ils restèrent en admiration devant les lits à colonnes mangés aux vers et se penchèrent dans des confessionnaux pleins de poussière, ils caressèrent des paravents moisis et tâtèrent des boiseries criblées de trous par les insectes. Ils discutèrent le problème du chauffage et Cassidy déclara que ce serait des canalisations de petit calibre qui feraient le moins de mal. Ils examinèrent quelles pièces pourraient être fermées sans grande modification : comment on pourrait refaire l'installation électrique derrière les panneaux des murs et comment un circuit d'électrolyte ferait parfaitement office de couche isolante.

« Ça fait de la maison une pile sèche, expliqua Cassidy. Ça n'est pas bon marché, mais au fond qu'est-ce qui l'est de nos jours ?

— Vous connaissez un tas de choses, dit Helen. Vous ne seriez pas architecte par hasard ?

— J'adore simplement les vieilles choses », dit Cassidy.

Derrière eux, mains jointes, Shamus attaquait le *Magnificat*.

4

«Vous êtes un homme charmant, dit tranquillement Shamus en lui offrant de boire à la bouteille. Vous êtes vraiment un homme tout à fait charmant. Dites-nous, avez-vous une théorie sur la nature générale de l'amour?»

Les deux hommes sont dans la Minstrel's Gallery. Helen est plantée en bas, elle regarde par la fenêtre, le regard perdu sur la longue perspective de l'allée de châtaigniers.

«Oh! je crois que je comprends ce que vous éprouvez à propos de la maison. Disons cela comme ça, voulez-vous? propose Cassidy avec un sourire.

— Oh! mais c'est pire pour elle, quand même.

— Ah! oui?

— Nous autres hommes, vous savez, nous sommes les survivants. On fait face à tout au fond. Mais elles, dites donc, elles.»

Elle leur tourne toujours le dos: les dernières lueurs qui filtrent par la fenêtre brillent à travers le mince tissu de la robe d'intérieur et soulignent les contours de sa nudité.

«Une femme a besoin d'une maison, déclare Shamus avec philosophie. Des voitures, des comptes en banque, des gosses. C'est un crime de les priver de ça, à mon avis. Parce que vous comprenez, comment voulez-vous qu'elles s'accomplissent sans ça? Voilà ce que je dis.»

Un sourcil noir s'est légèrement soulevé et l'idée vient à Cassidy, mais sans grande force, que Shamus au fond se moque de lui, encore qu'il ne comprenne pas très bien comment.

«Je suis sûr que ça va s'arranger, dit Cassidy d'un ton suave.
— Dites-moi, est-ce que vous en avez jamais eu deux à la fois ?
— Deux quoi ?
— Deux femmes.
— Figurez-vous que non », dit Cassidy très choqué ; non pas par l'idée qu'il a souvent caressée, mais par le contexte dans lequel elle est exprimée. Comment un homme qui a la chance d'avoir Helen pourrait-il nourrir des pensées aussi viles ?
«Ou trois ?
— Pas trois non plus.
— Vous jouez au golf ?
— De temps en temps.
— Et le squash ? C'est un jeu auquel vous joueriez ?
— Oui, pourquoi ?
— Je tiens à ce que vous restiez en forme, voilà tout.
— Nous ne devrions pas descendre ? Je crois qu'elle attend.
— Oh ! trésor, dit doucement Shamus tout en prenant encore une lampée de la bouteille. Une fille comme ça attendra toute la nuit des gens comme vous et moi.»

« Vous ne pourriez pas en faire don au National Trust ? demanda Cassidy de sa voix de conseil d'administration tandis qu'ils descendaient l'escalier branlant. Je croyais qu'il existait un arrangement aux termes duquel l'administration entretient la maison et vous laisse y vivre à condition qu'on l'ouvre au public un certain nombre de jours par an.
— Ah ! tous ces salauds rendraient l'endroit invivable, répliqua Shamus. Nous avons essayé une fois. Les gosses ont pissé sur l'Aubusson et les parents s'envoyaient en l'air dans l'orangerie.
— Et puis il faut payer aussi quelque chose pour les frais d'entretien », expliqua Helen en lançant à son mari un autre de ces brefs coups d'œil suppliants qui révélaient si tristement sa détresse.

Pause-pipi, comme disait Shamus. Ils avaient laissé Helen dans le salon à éteindre le feu qui fumait et ils étaient maintenant plantés épaule contre épaule au bord de la douve, à écouter l'eau qu'ils évacuaient ruisseler sur les pierres sèches. La nuit était d'une majesté alpine. Dans sa splendeur déchiquetée la silhouette noire de la maison s'élevait en pics sans nombre sur le ciel pâle, où des essaims poudreux d'étoiles suivaient le contour baigné de lune des nuages comme des lucioles figées dans une glace éternelle. La rosée étincelait sur l'herbe non coupée.

« L'arbre céleste des étoiles, dit Shamus. Chargé des humides fruits de la nuit.

— C'est beau, dit Cassidy avec respect.

— Joyce. Une ancienne petite amie qui le lisait tout le temps. Je l'ai toujours dans la peau. Hé! trésor, attention aux gelures, bon sang. Je vous préviens, ça vous le ferait tomber en un rien de temps.

— Merci, dit Cassidy en riant. Je vais faire attention. »

Shamus s'approcha plus près. « Hé !... dites-moi, demanda-t-il d'un ton complice. Vous pensez qu'elle vous ira ? Je veux dire la maison... Elle vous conviendra ?

— Je ne sais pas. J'espère que oui, il faut que je la fasse examiner par un architecte évidemment. Il faut sans doute que je fasse faire un devis aussi. Ça va coûter une fortune de la remettre en état.

— Hé ! trésor, écoutez.

— J'écoute. »

Un long silence.

« Vous la voulez pourquoi ?

— Je pense que je cherche un peu de tradition. Mon père est un homme qui s'est fait lui-même.

— Oh ! mon Dieu, fit Shamus d'un ton traînant et, comme pour montrer que cet aveu l'avait tout à fait découragé, il se mit rapidement hors de portée. Tout de même, c'est une grande baraque, vous ne trouvez pas, comme maison de week-end ? Vingt chambres ou davantage...

— Je pense que oui.

— Je ne cherche pas à mettre mon nez dans vos affaires, vous savez. Pour nous, vous pouvez en faire ce que vous voulez, à condition de payer le prix. Mais permettez-moi de vous dire que vous pouvez toujours louer quelques étages.

— Si j'y étais obligé, oui.

— Et louer la terre aussi, non? Le fermier du coin vous en débarrasserait sans aucun doute.

— Oui, j'imagine.

— J'ai toujours pensé en fait que ça ferait une bonne école.

— Oui, une école.

— Ou un hôtel d'ailleurs.

— Peut-être.

— Tiens, pourquoi pas un casino? Voilà une idée. Avec quelques-unes de ces hôtesses londoniennes délurées, hein? Faire venir quelques bons bourgeois pour rigoler un peu.

— Je ne voudrais pas de ça», dit sèchement Cassidy. Il était parfaitement à jeun mais le whisky semblait affecter ses gestes.

« Mon Dieu, pourquoi pas?

— Je ne voudrais pas, c'est tout.

— Oh! pour l'amour de Dieu, s'écria Shamus d'un ton exaspéré. N'allez pas nous raconter que vous êtes un puritain. Enfin, voyons, nous ne cédons pas Haverdown aux Cottes de Fer, trésor, même si nous sommes à pleurer pour un croûton de pain.

— Je ne crois pas que vous me compreniez tout à fait», dit Cassidy, avec l'impression de s'entendre de loin.

Dûment reboutonné il contemplait la grande maison et l'unique fenêtre rose où frissonnait la lueur du feu. Pendant qu'il regardait, il aperçut la silhouette parfaite de Helen qui passait en silence, vaquant gravement à ses tâches domestiques.

« J'ai l'impression que nous ne sommes pas du même avis sur tout ça. J'aimerais certainement remettre la maison d'aplomb. J'aimerais aussi la garder comme elle était.»

Une fois de plus il sentit le regard de Shamus qui le fixait dans l'obscurité, et il poursuivit d'un ton aigu pour éviter de se laisser gagner par la sentimentalité.

« Ce que je veux dire par là, c'est que j'aimerais faire certaines des choses que vous auriez pu faire si…, si vous en aviez eu l'occasion. Je comprends que ça vous paraisse un peu stupide, mais malheureusement c'est comme ça que je pense.

– Écoutez, dit soudain Shamus. Chut ! »

Ils s'immobilisèrent tandis que Cassidy tendait l'oreille, guettant un bruit campagnard insolite – le cri d'un butor peut-être, ou le grognement d'une bête de proie –, mais tout ce qu'il entendait, c'étaient le craquement de la maison et les bruits assoupis du faîte des arbres.

« J'ai cru entendre quelqu'un chanter, fit doucement Shamus. En fait, ça n'a pas d'importance. C'était peut-être tout simplement une sirène. » Il était planté là, immobile, et l'agressivité avait disparu de sa voix. « Où en étiez-vous ?

– Peu importe.

– Non, allez-y. J'adore ça !

– J'essayais simplement de vous expliquer, dit Cassidy, que je crois à la continuité. Je crois à conserver la qualité de la vie. Ce qui selon vous me rend sans doute un peu ridicule, n'est-ce pas ?

– Cher, cher trésor, murmura enfin Shamus, contemplant toujours la nuit.

– Je ne vous suis pas, dit Cassidy.

– Bah ! qu'est-ce que ça fout ? Helen ! Hé ! Helen ! »

Attrapant les pans de sa veste noire, il se précipita comme une chauve-souris en vastes zigzags à travers la pelouse jusqu'au moment où ils atteignirent le portique.

« Helen ! cria-t-il en débouchant dans le salon. Tu te rends compte ! Un événement fantastique, incroyable, historique est arrivé ! La rédemption est venue pour nous. Butch Cassidy est tombé amoureux de nous. Nous sommes son premier couple marié ! »

Helen était agenouillée devant le feu, les mains croisées sur ses genoux, le dos bien droit, elle avait l'air de quelqu'un qui avait pris une décision en leur absence.

« Il n'a pas attrapé de gelures non plus, ajouta Shamus, comme si c'était le reste de ses bonnes nouvelles. J'ai regardé.

— Shamus, dit Helen regardant toujours le feu. Je crois que Mr. Cassidy devrait partir maintenant.

— Allons donc. Cassidy est bien trop bourré pour conduire une Bentley. Pense à la publicité.

— Laisse-le partir, Shamus, dit Helen.

— Racontez-lui, dit-il à Cassidy, encore essoufflé par sa course. Racontez-lui ce que vous m'avez dit. Là-bas, quand on était en train de pisser. Helen, il n'a pas envie de partir, n'est-ce pas, trésor ? Vous voulez rester pour jouer, je le sais ! Et il est bien Flaherty, je le sais, je l'aime, Helen, parole d'honneur !

— Je ne veux rien entendre, dit Helen.

— Racontez-lui ! Ça n'a rien de dégoûtant, parole d'honneur, Helen. Allons, dites-lui ! »

Des gouttes de sueur perlaient sur son front et il avait le visage tout rouge d'avoir couru.

« Ça n'est ni plus ni moins qu'une bénédiction pontificale, insista-t-il, toujours essoufflé. Cassidy nous admire. Cassidy est profondément ému. Vous et moi nous sommes l'épine dorsale de son empire, les fleurs de cette foutue Angleterre. De preux chevaliers. La fine fleur de la chevalerie. Les Beaux Sabreurs. C'est Flaherty, et il est venu acheter le paradis ! *C'est vrai*. Dites-lui, bon Dieu, Cassidy, déboutonnez-vous et dites-lui ! »

Empoignant Cassidy par l'épaule, il le poussa brutalement jusqu'au milieu de la pièce. « Dites-lui ce que vous allez faire de la maison quand vous l'aurez achetée !

— Au revoir, Cassidy, dit précipitamment Helen. Conduisez prudemment.

— Dites-lui ! insista Shamus toujours hors d'haleine. *Dites-lui ce que vous allez faire de la maison ! Bon sang, mon vieux, vous êtes venu l'acheter, non ? »*

Se sentant vivement embarrassé – pour ne pas dire menacé – par la véhémence des exigences de Shamus, Cassidy entreprit d'exposer les grandes lignes de sa thèse.

« Bon, commença-t-il. Si j'achète la maison, je promets d'essayer de la garder dans votre style. Digne d'une grande famille anglaise avec un passé... De la respecter. Je voudrais essayer d'en faire ce que vous vous en auriez fait si vous aviez eu l'argent... »

Le silence était total, on n'entendait que le souffle rauque de Shamus. Même l'eau qui s'égouttait du plafond tombait sans bruit dans sa cuvette d'émail. Helen avait toujours les yeux baissés. Cassidy ne voyait que le contour doré que dessinaient les flammes du feu sur sa joue et le rapide mouvement de ses épaules lorsqu'elle se leva, se dirigea rapidement vers son mari et vint enfouir sa tête contre l'épaule de celui-ci.

« Je vous en prie, murmura-t-elle. Je vous en prie.

– C'était magnifique, trésor, lui assura Shamus en hochant la tête de côté. Vraiment un bel exposé. Helen, je vais te dire autre chose, le mahārājah est un amateur du grand James Joyce. Il m'en a cité tout un passage là-bas, j'aurais voulu que tu l'entendes.

– Mais c'était vous, protesta Cassidy. Ça n'était pas moi, c'était vous.

– Et il a entendu des sirènes qui chantaient, Helen, et il connaît les poètes anglais par cœur...

– Shamus, supplia Helen. Shamus.

– Écoutez, Cassidy. J'ai une idée formidable. Passez le week-end avec nous ! Venez chasser ! Nous pourrons vous trouver une monture.

– Malheureusement je ne fais pas de cheval. Sinon, j'aimerais beaucoup.

– Ça ne fait rien ! Écoutez, on vous aime, alors des détails comme ça ne nous intéressent pas, pas plus que le cheval ! Et d'ailleurs, vous avez une jambe qui est faite pour les bottes, trésor, n'est-ce pas Helen ? C'est vrai.

– Dis-lui, Shamus, dit Helen d'une voix calme, dis-lui ou bien je le dis.

— Et le soir – son enthousiasme pour son nouvel ami montait à chaque image –, le soir venu nous jouerons au mah-jong, et vous nous lirez de la poésie et vous nous parlerez de la Bentley. Pas la peine de s'habiller, le smoking suffira et on dansera. Pas une grande réception, juste une vingtaine de couples, les gens de la région et quelques comtes pour corser un peu le tout, vous savez, et quand enfin la dernière voiture aura repris en tanguant l'allée...
— Shamus ! »

Un instant plus tard elle avait traversé la pièce et se plantait devant Cassidy, les bras le long du corps et les cheveux tout droits comme une enfant qu'on envoie dire bonsoir.

« Et on fera venir les Montmorency ! cria Shamus. Cassidy adorera les Montmorency ! Ils ont deux Bentley, eux ! »

D'une voix très douce, ses yeux noisette bravement fixés sur ceux de Cassidy, Helen commença :

« Cassidy, il y a quelque chose qu'il faut que vous sachiez. Nous sommes des squatters, dit-elle. Des squatters volontaires. Shamus ne croit pas à la propriété, il dit que c'est un refuge de la réalité, alors nous allons d'une maison vide à l'autre. Il n'est même pas irlandais, il a simplement des dons d'imitateur et il croit que Dieu vit dans le comté de Cork, déguisé en chauffeur de taxi de quarante-trois ans. C'est un écrivain, un merveilleux, un extraordinaire écrivain. Il change le cours de la littérature mondiale et je l'adore. Et quant à vous, ajouta-t-elle en se dressant sur la pointe des pieds, passant les bras autour de ses épaules et s'appuyant de tout son corps contre lui, quant à Cassidy, c'est l'homme le plus charmant qui soit au monde quelles que soient ses opinions.

— Mais qu'est-ce qu'il fait, bon Dieu ? cria Shamus. Demande-lui d'où il tire tout son fric !

— Je fabrique des accessoires pour voitures d'enfant, répondit Cassidy. Des freins, des capotes et des châssis. »

Il avait la bouche toute sèche et mal à l'estomac. De la musique, songea-t-il, il faut que quelqu'un fasse de la musique. Elle me tient pour danser, l'orchestre ne veut pas jouer et tout le monde nous regarde en disant que nous sommes amoureux.

« Les attaches Cassidy. Nous sommes cotés à la Bourse, deux livres quatre-vingt-dix l'action d'une livre. »

Helen est dans ses bras et le mouvement de ses seins blottis contre lui révèle ou bien qu'elle rit ou bien qu'elle pleure. Shamus est en train de déboucher la bouteille de whisky. Toute sorte de visions s'entassent dans l'esprit troublé de Cassidy. La piste de danse a disparu. Sa douce toison le caresse à travers le tissu léger de sa robe d'intérieur. Des cascades suisses alternent avec des châteaux qui s'écroulent et des cours qui s'effondrent ; des coupés Bentley gisent accidentés sur les bas-côtés de la route. Il est à Carey Street sur les marches du tribunal des faillites où des créanciers furieux le lapident tandis que Helen leur dit d'arrêter. Il est tout nu à un cocktail, sa toison pubienne s'est étendue jusqu'à son nombril, mais Helen le couvre avec sa robe de bal. À travers tous ces signes annonciateurs de catastrophes, un instinct lui signale comme un phare : elle est tiède et vibrante dans mes bras.

« J'aimerais vous inviter tous les deux à dîner, dit Cassidy. Si vous promettez de porter de vrais vêtements. Ou bien est-ce contraire à votre religion ? »

Soudain Helen est arrachée à ses bras et voilà qu'à sa place Cassidy sent le cœur de Shamus qui bat derrière la veste noire : il sent la sueur, la fumée de bois et les relents de whisky enfouis dans la douceur du tissu ; il entend la voix étouffée qui murmure tendrement.

« Au fond vous n'avez jamais eu envie d'acheter cette foutue baraque, n'est-ce pas ? C'était pour rêver un peu, non, trésor ? C'est pas vrai ?

— C'est vrai, avoua Cassidy, en rougissant violemment. Je n'avais aucune envie de l'acheter. »

Mus par un même instinct ils se retournèrent pour regarder Helen, mais elle avait disparu, emportant son poste de radio avec elle. Par la porte ouverte des accents lointains leur parvenaient encore.

« Pauvre gosse, fit soudain Shamus. Elle croyait vraiment que la maison lui appartenait.
— Je pense qu'elle est allée mettre ses chaussures, dit Cassidy.
— Venez. Faisons-lui faire un tour dans la Bentley.
— C'est ça, dit Cassidy. Elle aimerait ça, n'est-ce pas ? »

5

En repartant pour Londres, le lendemain matin de bonne heure, dans l'euphorie d'une gueule de bois sans douleur, Cassidy évoquait chaque incident de cette soirée miraculeuse.

Tout d'abord, pour surmonter une certaine timidité dont ils étaient tous la proie, ils burent encore du whisky. Dieu seul savait où Shamus se l'était procuré. Il semblait avoir des bouteilles dans toutes ses poches et les exhibait comme un prestidigitateur chaque fois que l'action languissait. D'abord avec hésitation puis avec un enthousiasme croissant ils rejouèrent les plus joyeux moments de ce que Cassidy appelait leur petit malentendu et ils incitèrent Shamus à reprendre encore pour eux l'accent irlandais, ce qu'il fit bien volontiers, et Helen dit que c'était stupéfiant, qu'il n'avait jamais vécu en Irlande mais qu'il pouvait prendre des accents comme on enfile un manteau, que c'était un don chez lui.

Puis ils firent ôter ses bretelles à Cassidy et ils jouèrent tous au billard aux chandelles. Il n'y avait qu'une seule queue, dont ils se servaient à tour de rôle, une seule boule et une seule bougie, aussi Shamus inventa-t-il un jeu qu'il appela le Papillon. Cassidy aimait les jeux et ils convinrent que c'était très astucieux de la part de Shamus d'en trouver un sur-le-champ. Shamus édicta les règles d'une voix de sergent-major dont Cassidy (qui était en train de devenir un imitateur à son tour) se souvenait encore parfaitement.

« Pour jouer au Papillon, vous mettez la bougie au milieu, ici. Ensuite vous faites tourner la boule autour de la bougie dans le sens des aiguilles d'une montre, attention dans le sens des aiguilles d'une montre. On compte les points de la façon suivante. Un point pour chaque tour complet de la bougie, cinq points de pénalité pour chaque fois qu'on sort des limites de la table. Helen, commence. »

Helen gagna par six points, mais Cassidy en secret se proclama vainqueur, car Helen avait deux fois fait tomber la boule hors de la table et ils ne l'avaient pas pénalisée ; mais peu lui importait parce que c'était seulement pour s'amuser. D'ailleurs, c'était un jeu d'hommes ; une victoire féminine n'était que chevaleresque.

Après le Papillon, Shamus alla se changer et Helen et Cassidy restèrent installés sur le Chesterfield à finir leur whisky. Elle avait une robe noire et des bottes de cuir noires et Cassidy trouvait qu'elle ressemblait à Anna Karénine dans le film.

« Je trouve que vous êtes d'une merveilleuse galanterie, lui dit Helen. Et Shamus a été absolument abominable.

– Je n'ai jamais rencontré personne comme aucun de vous, assura sincèrement Cassidy à Helen. Si vous m'aviez dit que vous étiez la reine d'Angleterre, ça ne m'aurait absolument pas surpris. »

Puis Shamus revint l'air très pimpant et dit : « *Bas les pattes, on ne touche pas à ma femme !* » d'une voix de cow-boy de western, et ils montèrent tous dans la Bentley pour se rendre à l'auberge de l'Oiseau et du Bébé, qui était le surnom que Shamus donnait au restaurant de l'Aigle et de l'Enfant. Leur intention était de dîner là, mais Helen expliqua en confidence à Cassidy qu'ils ne mangeraient probablement pas là car Shamus ne s'en tenait jamais au premier endroit.

« Il aime bien construire sa soirée », dit-elle.

Shamus voulait conduire mais Cassidy dit que malheureusement il n'était couvert par l'assurance que si c'était lui qui conduisait, ce qui n'était pas tout à fait vrai mais c'était une précaution raisonnable, alors Shamus s'assit devant auprès de Cassidy et quand Cassidy changeait de vitesse Shamus appuyait sur la pédale d'embrayage de façon à être copilote. «Un échange de femmes», disait Shamus. La première fois ils passèrent en marche arrière à vingt à l'heure mais Cassidy parvint à appuyer son pied à lui sur l'embrayage et la boîte de vitesses n'en souffrit pas. Shamus ne s'intéressait pas aux voitures, mais il était très admiratif.

«Seigneur, ne cessait-il de répéter, c'est ça la vie, hein, Helen, tu m'entends là-bas au fond?... J'en ai marre d'écrire, à partir de maintenant je vais être un gros bourgeois plein de sous... Vous avez votre chéquier, Cassidy?... Tiens où sont les cigares?»

Tout cela dans un monologue ininterrompu d'éloges qui amenait Cassidy à se demander comment un homme qui convoitait si ouvertement la propriété avait pu trouver le courage d'y renoncer.

Le fait est qu'ils n'étaient pas dans le bar depuis dix minutes que Shamus se dirigea vers la porte.

«Ça pue ici, dit-il d'une voix très haute.

— Positivement, renchérit Helen.

— Le patron pue aussi, déclara Shamus et une ou deux têtes se tournèrent vers eux avec surprise.

— Le patron est un péquenaud, acquiesça Helen.

— Patron vous êtes un homme du commun, un trafiquant de moutons et vous venez de Gerrards Cross. Bonsoir.

— Ne revenez jamais», dit Helen. Ils regagnaient la voiture, marchant les premiers dans l'espoir que Shamus leur emboîterait le pas. «Promettez de ne jamais le faire.

— Je ne voudrais même pas essayer, lui assura Cassidy. Ce serait un crime pur et simple.

— Vous vous intéressez vraiment aux autres, n'est-ce pas? fit Helen. Je vous vois le faire tout le temps.

— Pourquoi Gerrards Cross? demanda Cassidy, qui savait seulement de cet endroit que c'était une ville dortoir semi-rurale et pas déplaisante de la bordure ouest du grand Londres.

– C'est de là que viennent les pires péquenauds, dit-elle. Il y est allé et il sait.

– Chippenham », cria Shamus derrière eux.

À la gare de Chippenham ils burent encore du whisky au buffet. Shamus avait une passion pour les têtes de ligne, expliqua Helen, il concevait toute la vie comme des arrivées et des départs, des voyages pour des destinations inconnues.

« Il faut toujours bouger, dit-elle. Vous n'êtes pas d'accord, Cassidy ?

– Mon Dieu, si », dit Cassidy en pensant – l'analyseur en lui pensait –, oui, c'est ce qu'il y a d'excitant chez eux, ils partagent le désir de voir quelque chose arriver.

« Les heures normales ne lui suffisent pas, dit Helen. Il a besoin de la nuit aussi.

– Je sais, dit Cassidy. Je le sens. »

Le distributeur de tickets de quai était en dérangement mais le contrôleur était écossais et les laissa passer pour rien car Shamus lui déclara qu'il venait de l'île de Skye, que le Talisker était le meilleur whisky du monde et qu'il avait un ami du nom de Flaherty qui pourrait bien être Dieu. Shamus baptisa le contrôleur Alastair et l'emmena avec eux au buffet.

« Il n'a aucune notion de classe, expliqua Helen tandis que Shamus et Alastair à l'autre bout du bar discutaient des similitudes de leurs professions respectives avec un fort accent écossais. Au fond, c'est une sorte de communiste. Un Juif.

– C'est fantastique, dit Cassidy. J'imagine que c'est ce qui fait de lui un écrivain.

– Mais au fond vous aimez ça aussi, n'est-ce pas ? dit Helen. Est-ce que vous n'êtes pas obligé de vous entendre avec vos ouvriers et tout ça ?

– Je n'avais pas pensé à ça », dit Cassidy.

Le train arriva pendant qu'ils buvaient, prochain arrêt Bath, et ils se retrouvèrent tout d'un coup, tous debout dans un compartiment de première classe, en train de faire de grands gestes à Alastair.

« Au revoir, Alastair, au revoir. Mon Dieu, regardez-le, fit Helen. Quel visage à la lueur de sa lampe ! c'est immortel.

— Fantastique, reconnut Cassidy.

— Pauvre petit bougre, dit Shamus. Quelle façon de mourir !

— Tu sais, dit Helen un peu plus tard quand ils eurent refermé la fenêtre, Cassidy remarque vraiment les choses. » S'aidant de ses bras, elle étendit ses longues jambes sur les coussins. « Il a vraiment l'œil, si seulement il s'en servait », ajouta-t-elle d'un ton ensommeillé, et bientôt elle s'endormit.

Les deux hommes étaient assis sur l'autre banquette, ils se passaient la bouteille et la contemplaient chacun à la lueur de son expérience. Elle était allongée sur le côté dans une pose aussi classique que naturelle, les genoux repliés et croisés, comme la Maja de Goya, nue et tout habillée.

« C'est la plus belle femme que j'aie jamais vue, dit Cassidy.

— C'est une bêcheuse, dit Shamus en buvant une lampée, elle est absolument ossifiée.

— Shamus prétend, dit Helen d'un ton ensommeillé, que je serais une putain si jamais il me laissait la bride sur le cou.

— Oh ! mon Dieu, dit Cassidy comme si c'était là une opinion bien superficielle.

— Pas du tout, n'est-ce pas, Cassidy ?

— Jamais de la vie.

— C'est pourtant vrai que je le serais, dit Helen en se retournant. Et puis il me bat, n'est-ce pas, Shamus ? J'aimerais avoir un amant gentil, fit-elle songeuse en s'adressant aux coussins, comme Cassidy ou Mr. Heath.

— Vous savez, dit Cassidy, contemplant toujours son long corps, peu m'importe que Haverdown vous appartienne ou non. Cette maison sera toujours à vous.

— Toujours c'est maintenant, dit Shamus en buvant une autre lampée.

— Shamus, commença Cassidy, tandis que rêves et visions déferlaient sur lui.

— Qu'est-ce qu'il y a, trésor ?
— Rien », dit Cassidy car l'amour n'a pas de langage.

À la gare de Bath, où l'air frais rappela à Cassidy qu'il avait bu une grande quantité de whisky pur, Shamus passa par un de ces brusques changements d'humeur qui avaient rendu sa compagnie si déconcertante à Haverdown. Ils étaient sur le quai et Helen contemplait une pile de sacs postaux, tout en pleurant sans bruit dans le mouchoir de Cassidy.

« Mais qu'est-ce qu'il y a ? insista Cassidy une nouvelle fois. Il faut nous dire, Helen, n'est-ce pas qu'elle doit nous dire, Shamus ?

— Ils ont été cousus par des prisonniers, s'écria-t-elle en se remettant à pleurer.

— Bonté de merde, s'écria Shamus avec fureur et il se tourna vers Cassidy. Et vous, cessez de tripoter vos manchettes comme ça. Christopher Robin est mort, vous avez compris ? Tu entends ça, Helen ? Mort.

— Pardonnez-moi », dit Cassidy et l'incident fut oublié.

Les repas dans l'univers de Cassidy étaient sacro-saints. C'étaient des trêves pour festoyer bruyamment ou en silence ; un entracte où ni la passion ni l'hostilité n'avait le droit de venir gâcher la communion.

Ils mangèrent dans un restaurant qui s'appelait Bruno, dans une rue en pente car Shamus était d'humeur italienne et ne voulait pas parler anglais, et parce que les pentes (expliqua Helen) ont une certaine tension, opinion que Cassidy trouva extrêmement profonde. Bath était dégueulasse, dit Shamus. C'était la plus abominable ville du monde. Bath était une ville irréelle, quelque chose entre le Vatican et Disneyland à l'usage des péquenauds.

« Shamus est véritablement terriblement innocent, lui dit Helen. Bien sûr on est toujours terriblement innocent quand on cherche sans arrêt l'amour, vous ne trouvez pas ? »

Surpris par la profondeur, sans parler de l'urbanité de cette observation, Cassidy acquiesça.

« Il déteste l'imposture, il la déteste plus que tout au monde.

— C'est une chose que j'ai en horreur aussi », affirma catégoriquement Cassidy et, jetant subrepticement un coup d'œil à sa montre, il pensa : Il faut que j'appelle Sandra bientôt sinon elle va se demander ce que je fais.

Chez Bruno également ils jouèrent à un autre jeu que Shamus appelait la Braguette, qu'il avait inventé tout exprès pour déconcerter les péquenauds et démasquer l'imposture. Shamus choisissait la victime en entrant. Son choix se portait en général sur le genre jeune cadre qu'il classait aussitôt dans certaines catégories arbitraires : natifs de Gerrards Cross, évêques, éditeurs, et, par déférence pour Cassidy, fabricants de voitures d'enfant. C'était là, expliqua-t-il, les composants essentiels des quidams, les habitués du compromis pour qui la liberté était une terreur ; c'était la toile de fond devant laquelle se jouait le vrai drame de la vie. Le but du jeu était de démontrer l'uniformité de leurs réactions. Dès que Shamus donnait le signal, tous trois devaient tourner leurs regards vers la braguette du type, Shamus fixement, Helen avec une réserve papillotante et Cassidy avec un embarras habilement feint qui était particulièrement efficace. Les résultats étaient variés mais satisfaisants, le visage s'empourprait, on voyait le pouce droit descendre précipitamment le long de la couture révélatrice, les pans du veston hâtivement rassemblés. Dans un seul cas — une tapette refoulée, déclara Shamus, typique du commerce des voitures d'enfant à notre époque, les vraies tapettes ne se laissaient pas refouler — la victime battit bel et bien en retraite en marmonnant quelque chose d'un air égaré à propos des lumières de sa voiture pour revenir quelques minutes plus tard après ce qui avait dû être une vérification prolongée.

« Qu'est-ce que vous feriez, trésor, demanda Shamus à Cassidy, si c'était à vous qu'on faisait le coup ? »

Ne sachant pas quelle réponse Shamus voulait, Cassidy chercha refuge dans la vérité.

« Oh ! je m'en irais à toutes jambes, dit-il. Absolument. »
Un petit silence pendant que Helen jouait avec sa cuiller.

« Mais qu'est-ce que je devrais faire ? demanda Cassidy, soudain déconcerté. Qu'est-ce que vous voudriez que je fasse ?

— L'exhiber », dit aussitôt Helen à la grande consternation de Cassidy, car il n'était pas habitué à l'esprit chez les femmes ni à la grossièreté, fût-elle de style masculin et inoffensif.

« Mais au fond vous n'y connaissez rien, hein ? dit enfin Shamus en cherchant doucement sa main à travers la table. Vous n'avez jamais vu la lumière du jour, pas vrai, trésor ? Bon sang, je me rappelle maintenant, vous êtes Flaherty.

— Oh ! mais non, pas du tout, lui assura modestement Cassidy.

— Il pense tout le temps, dit Helen. Je le sens.

— Qui êtes-vous donc ? demanda Shamus, tenant toujours la main de Cassidy et observant son visage avec une expression de vif étonnement. Qu'est-ce que vous avez ?

— Je ne sais pas, dit Cassidy en prenant un air timide. Je crois que j'attends de trouver.

— C'est l'attente qui vous tue, trésor. Il faut aller chercher.

— Regardez Alastair, déclara Helen. Toute sa vie Alastair a attendu un train. Ils arrivent et repartent mais jamais il ne saute à bord, n'est-ce pas, Shamus ?

— Peut-être bien qu'après tout il est Dieu, dit Shamus examinant toujours son nouvel ami.

— Pas assez vieux, lui rappela Helen. Dieu a quarante-trois ans. Cassidy est beaucoup plus jeune, n'est-ce pas, Cassidy ? »

Ne trouvant aucune réponse immédiate à ces questions, Cassidy les écarta d'un haussement d'épaules avec un sourire triste d'homme du monde destiné à laisser entendre que ces problèmes étaient trop profonds pour qu'on pût les résoudre en une seule séance.

« En tout cas je suis très fier d'être avec vous. Vraiment.

— Nous sommes très fiers d'être avec Cassidy, dit Helen après un bref silence. N'est-ce pas, Shamus ?

— *Ecstatica* », dit Shamus dans son italien maison et il embrassa Cassidy.

6

Et c'était encore chez Bruno, qu'avant de partir vers d'autres aventures, ils abordèrent pour la première fois le sujet du nouveau roman de Shamus et de sa réputation d'écrivain. Dans les souvenirs de Cassidy, c'était cet instant qu'il se rappelait le mieux.

Helen parlait.

« Je veux dire franchement, Cassidy, c'est vraiment si, si fantastique, vous n'avez pas idée. Enfin, bon Dieu, quand on voit les saletés qui ont de bonnes critiques et qu'on lit ça, qu'on le lit simplement, c'est ridicule qu'il se fasse du souci. Vraiment, j'en suis sûre.

– Ça parle de quoi ? demande Cassidy.

– Oh ! mon Dieu, de tout, n'est-ce pas, Shamus. »

L'attention de Shamus a été attirée par la table voisine où une dame blonde de Gerrards Cross écoute un évêque déguisé parler de la Poubelle des Idées, qui est la métaphore par laquelle Shamus désigne la politique.

« Bien sûr, dit-il vaguement. La vision totale », et il déplace un peu sa chaise pour mieux observer sa proie.

Helen reprend.

« Je veux dire qu'il a mis toute sa vie dedans : moi et…, oh ! tout. C'est le dilemme de l'artiste, la façon dont il a besoin de gens ayant une existence réelle, je veux dire des gens comme vous et moi, de façon qu'il puisse se comparer à eux.

– Continuez, insiste Cassidy. Je suis absolument fasciné. Sincèrement. Je n'ai jamais..., jamais rencontré ça auparavant.

— Voyons, vous savez ce qu'a dit Henry James, n'est-ce pas ?

— Quel passage exactement ?

— *Notre doute est notre passion et notre passion est notre doute. Le reste est la folie de l'art.* C'est Shamus, franchement, n'est-ce pas, Shamus ? Shamus, je parlais d'Henry James.

— Connais pas », dit Shamus.

L'évêque ayant pris la main de la résidente de Gerrards Cross, semble en train de rassembler son courage pour lui voler un baiser.

« Et puis le problème de l'identité, poursuit Helen, revenant à Cassidy. Vous savez, qui sommes-nous en fait ? À vrai dire cette partie du livre rappelle un peu Dostoïevski, ce n'est pas du plagiat, bien sûr, simplement c'est le même ton sec, n'est-ce pas, Shamus ? » L'esprit toujours ailleurs, Shamus ne fait pas attention à elle. « Franchement, le symbolisme à ce niveau seul est incroyable, et il y a tant de niveaux, vous comprenez je l'ai lu une demi-douzaine de fois au moins et je n'ai pas encore tout découvert.

— Vous suivez, Cassidy ? demande Shamus par-dessus son épaule. Vous avez pigé, trésor ? »

Ennuyé finalement par les mœurs amoureuses des quidams, il tire sa chaise et s'empare du menu qu'il lit, en remuant les lèvres dans un murmure italien caressant. « Bon sang, marmonne-t-il, je croyais que les *cacciateri* c'était du perroquet. »

Helen baisse la voix.

« C'est la même chose avec la souffrance. Regardez Pascal, regardez, au fond n'importe qui... Il faut souffrir profondément. Sinon comment voulez-vous qu'on puisse surmonter la souffrance ? Comment voulez-vous qu'on crée ? Comment ? C'est pourquoi il a tout bonnement horreur de la bourgeoisie. Et au fond est-ce qu'on peut le lui reprocher ? Ces gens-là ne font que des concessions. Des concessions à la vie, à la passion, ma foi, à tout. »

Elle est interrompue par les applaudissements de Shamus. Il bat des mains très bruyamment et beaucoup de gens regardent, alors Cassidy détourne la conversation vers la politique : il raconte comment il envisage de se présenter comme candidat, comment son père était un membre dévoué du Parlement, à la retraite, bien sûr, mais encore passionnément lié à la cause, comment Cassidy croit aux efforts personnels plutôt qu'à la théorie démodée des libéraux...

« Miaou, dit Shamus et, cessant de s'intéresser à ce qui l'entoure, il se met à écrire au dos du menu.

— Il écrit sur n'importe quoi, murmure Helen. Des enveloppes, de vieilles factures, c'est fantastique.

— J'ai écrit jadis, avoue Cassidy, mais seulement des textes publicitaires.

— Alors vous savez ce que c'est, dit Helen. Vous aussi vous avez été au fond de la fosse. »

Ils le regardent tête baissée à la lueur de la bougie, toujours à écrire sur le menu.

« Combien de temps ça lui prend-il d'en terminer un ? demanda Cassidy en le regardant toujours.

— Oh ! mon Dieu, des années... Bien sûr, *La Lune* ça a été différent, parce que c'était son premier. En galopant ça lui a pris quatre mois. Mais maintenant, eh bien, il est... conscient. Il exige plus de lui-même. Il sait ce qu'il a à faire pour... justifier son succès. Naturellement ça met plus longtemps.

— *La Lune* ? » répéta Cassidy abasourdi, et il n'en fallut pas plus pour la lancer.

Avant de répondre à l'hérésie de Cassidy, Helen jeta un regard inquiet à travers la table pour s'assurer que Shamus était toujours occupé avec le menu. Sa voix n'était plus qu'un souffle.

« Vous voulez dire que vous ne connaissiez pas ?

— Que je ne connaissais pas quoi ?

— *La Lune en plein jour*. C'était le premier roman de Shamus. C'est Shamus qui l'a écrit.

— Bonté divine...
— Pourquoi ?
— Mais c'était un film. Je me souviens ! dit Cassidy tout excité. Un film, répéta-t-il. Il était question de l'Université, d'être à la fleur de l'âge et comme c'était moche d'être obligé d'entrer dans le commerce... Et il y avait l'histoire de cet étudiant et de son amour pour cette fille qui était tout ce dont il avait rêvé et... »

Helen attendait, l'orgueil et le soulagement se reflétant également dans son regard grave.

« J'étais son amour, annonça-t-elle. La fille, c'était moi.
— Bonté divine, répéta Cassidy, sa joie s'affirmant. C'est vraiment un écrivain ! Bonté divine. Et tout ça c'était de lui ? »

Il contempla Shamus, examinant son profil à la lueur de la bougie et observant avec un respect nouveau comme le crayon du maître glissait sans heurt sur le menu.

« Bonté divine, répéta-t-il, c'est merveilleux. »

La révélation était d'une grande importance pour Cassidy. Si jusqu'à cet instant il y avait eu la moindre infime trace de réserve dans son esprit à propos de ses nouveaux amis, c'était précisément parce qu'ils n'avaient pas de lettres de créance ; car si Cassidy était loin d'être un snob, cela faisait plusieurs années qu'il n'était pas à l'aise en présence des gens qui n'avaient pas réussi. Et bien qu'il ne fût pas cynique par nature, il n'avait jamais tout à fait réussi à surmonter le préjugé selon lequel renoncer à la propriété était un geste réservé à ceux qui n'avaient rien à quoi renoncer. Apprendre donc d'un seul coup que Shamus était non seulement un nom connu – le titre était célèbre durant la dernière année que Cassidy avait passée à Oxford, et il se souvenait même avoir éprouvé une certaine envie pour un contemporain qui s'était si vite fait un nom –, mais encore que ses excentricités étaient soutenues par une solide réussite, c'était là un sujet de grande joie pour Cassidy qui ne tarda pas à en faire part à Helen :

« Mais nous avons tous entendu parler de lui ! Il était

brillant, tout le monde le disait. Je me rappelle que mon professeur était emballé...
— Oui, dit Helen. Tout le monde l'était. »
Là-dessus Cassidy se souvint que cela faisait dix-huit ans maintenant qu'il avait quitté Oxford.
« Qu'est-ce qu'il a fait depuis ?
— Oh ! le circuit habituel. Des scenarii, de la télévision... Même une abominable revue un jour. Pour Abingdon, figurez-vous.
— Des romans ?
— Ces vampires voulaient tous qu'il écrive une nouvelle *Lune*, dit-elle. *Le Fils de la lune, La Lune à Pâques, La Lune revient*... Bien sûr il ne voulait pas. Il ne voulait pas se répéter.
— Forcément, dit Cassidy d'un ton hésitant.
— Vous comprenez, il ne veut pas être vulgaire, il refuse absolument. Il a cette forme d'intégrité. De vertu, ajouta-t-elle en lui jetant un coup d'œil et Cassidy comprit au fond que la vertu, le mot aussi bien que le concept, était un élément de leur profonde complicité.
— J'en suis sûr, dit-il avec respect.
— Alors pour finir il a placé une bombe sous tout ça. » Avec une joie soudaine, Helen ouvrit les mains, révélant la solution évidente. « Il a tout simplement décampé. Comme Gauguin, sauf que je suis partie avec lui bien sûr. C'était... il y a trois ans.
— Mais, Seigneur, qu'est-il advenu de tous ces éditeurs et de tous ces gens, ces vampires ne se sont pas lancés à sa poursuite ? »
Helen écarta la question d'un mot.
« Oh ! je leur ai dit qu'il était mort », déclara-t-elle nonchalamment.

Il était juste que Cassidy payât ; le mécénat occupait une place importante dans les élans de son âme, apportant tout à la fois protection et justification de sa richesse en même temps que les plaisirs d'un sacrifice public. Demandant l'addition, en recourant au geste habituel du riche – qui consiste à passer un crayon imaginaire sur un bloc imaginaire –, il tira discrètement son chéquier d'une poche de son veston et attendit, les épaules légèrement voûtées, de fondre sur la note et d'en dissimuler le total sans laisser à Shamus (au cas où il se révélerait être ce genre d'invité) le temps de protester.

« Bon Dieu, je l'envie, dit-il, mais tout en suivant le garçon des yeux.

— Au début bien sûr, dit Helen, il faut du courage. Pour être libre. Il est vrai que le courage, il n'en manque pas. Peu à peu... on se rend compte, vous voyez, qu'on n'a pas besoin d'argent, que personne n'en a besoin. C'est un vaste bobard. »

Attendant toujours, Cassidy secoua la tête devant sa propre absurdité.

« À quoi ça m'a-t-il jamais avancé ? demanda-t-il.

— Nous avons même renoncé à notre appartement à Dulwich.

— Comment, fit Cassidy. Tout ça pour être libre ?

— J'en ai peur, reconnut Helen en hésitant un peu. Mais naturellement nous allons rouler sur l'or dès que le nouveau livre sera sorti. Il est fabuleux, vraiment. »

L'addition arriva et Cassidy la régla. Loin de contester le rôle d'hôte à Cassidy, Shamus ne semblait pas s'être du tout rendu compte que la transaction était opérée. Il continuait à griffonner sur son menu. Ils restaient assis à l'observer, ayant trop de tact pour interrompre ce flux.

« C'est sans doute sur Schiller, dit Helen tout bas.

— Qui ça ? »

Attendant toujours que la vague d'inspiration de son mari se fût tarie, Helen expliqua :

« Shamus avait mis au point une théorie, dit-elle, qu'il avait exposée dans son dernier livre. Elle était fondée sur un nommé Schiller qui était un dramaturge allemand extrêmement connu mais naturellement les Anglais, insulaires comme ils l'étaient, n'avaient jamais entendu parler de lui, et d'ailleurs Schiller avait scindé le monde en deux.

« Ça s'appelle être naïf, dit-elle ou être sentimental. Ce

sont deux choses différentes qui réagissent l'une sur l'autre.»

Cassidy savait qu'elle lui expliquait cela très simplement pour qu'il puisse comprendre.

« Et lequel des deux suis-je ? demanda-t-il.

— Eh bien, Shamus est naïf, répondit-elle prudemment, comme si elle se rappelait une leçon durement apprise, parce qu'il vit la vie sans l'imiter. Le sentiment est la connaissance, ajouta-t-elle d'un ton peu assuré.

— Je suis donc l'autre.

— Oui. Vous, vous êtes sentimental. Ça veut dire que vous brûlez d'envie d'être comme Shamus. Vous avez laissé derrière vous l'état naturel et vous êtes devenu... un élément de la civilisation, vous êtes devenu un peu... corrompu.

— Il ne l'est pas, lui ?

— Non, dit Helen d'un ton décisif.

— Oh ! dit Cassidy.

— Ce que Nietzsche appelle l'innocence, c'est ce que vous avez perdu. L'Ancien Testament est terriblement innocent, vous comprenez. Mais le Nouveau Testament est totalement corrompu et fade et c'est pourquoi Nietzsche et Shamus le détestent, et c'est pourquoi Flaherty est un symbole aussi important. Il faut lancer un défi.

— À quoi ? demanda Cassidy.

— Aux conventions, à la morale, aux usages, à la vie, à Dieu. Oh ! à tout. Absolument à tout. Flaherty est important parce qu'il conteste. C'est pour ça que Shamus l'a provoqué en duel. Vous comprenez maintenant ?

— C'est ce que dit Schiller ? demanda de nouveau Cassidy, complètement déconcerté cette fois. Ou bien l'autre ?

— Et Shamus, poursuivit Helen en évitant sa question, comme il est naïf, comme en fait il fait partie de la nature, brûle d'être comme vous. C'est l'attraction des contraires. Il est naturel, vous êtes corrompu. C'est pour ça qu'il vous aime.

— Vraiment ?

— Je le sens, dit Helen simplement. Vous avez fait une conquête, Cassidy, voilà tout.

– Et vous alors, reprit Cassidy, ne parvenant que partiellement à dissimuler sa satisfaction. De quel côté êtes-vous ? Du côté de Shamus ou du mien ?

– Je ne crois pas que ça marche pour les femmes, répondit enfin Helen. Je crois qu'elles sont simplement elles-mêmes.

– Les femmes sont éternelles », reconnut Cassidy tandis qu'enfin ils se levaient pour partir.

En échange, au pub, il lui parla de ses accessoires.

Avec le recul, cette conversation à elle toute seule aurait suffi à rendre sa soirée inoubliable.

Même s'il n'avait jamais vu Helen avant d'entrer dans le bar ; s'il ne l'avait jamais revue, après en être parti, s'il lui avait simplement payé un double whisky et bavardé avec elle dans le jardin, il aurait rangé sa visite à Bath – ces dix minutes compteraient pour tout le temps – parmi les expériences les plus stupéfiantes de son existence.

Le pub était un peu plus haut sur la colline – sur la pente de tension, comme le voyait maintenant Cassidy –, c'était un endroit feuillu avec une véranda et un vaste panorama sur les lumières de la vallée. Les lumières allaient jusqu'à l'horizon, se fondant dans une brume dorée avant de rejoindre les étoiles déclinantes. Shamus s'était dirigé droit vers le bar et jouait aux dominos avec d'autres naïfs, si bien qu'ils restèrent tous les deux assis dehors à regarder la nuit avec des yeux agrandis par la sagesse, partageant en silence cette vision de l'infini. Et pendant un moment, Cassidy eut l'impression qu'une sorte de mariage s'était conclu. Pendant un moment, il en aurait juré, avant qu'aucun d'eux eût prononcé un mot, Cassidy et Helen découvrirent en secret dans l'air immobile de la nuit une union de leurs destins et de leurs désirs, de leurs rêves et de leurs enchantements. C'était une impression si forte, en fait, qu'il s'était tourné vers elle dans l'espoir de surprendre dans son expression pleine de ferveur quelque preuve de l'expérience qu'ils partageaient, lorsqu'un éclat de gros rires, venant de l'intérieur du pub, leur rappela leur compagnon.

« C'est Shamus, soupira Helen, mais sans aucune critique dans sa voix. Il adore tellement avoir un public. Au fond nous en sommes tous là, n'est-ce pas ? Quand on y pense, ça n'est pas plus que la chaleur du contact humain.

— J'imagine que ce n'est pas ça, dit Cassidy, qui n'avait jamais pensé jusqu'à maintenant qu'on pourrait trouver une excuse pour faire de l'esbroufe.

— Depuis que je le connais, dit-elle d'un ton rêveur, c'est le parfait enchanteur. Quand nous étions riches, c'étaient la bonne, les gens du garage, le laitier. Et quand nous avons décidé d'être de nouveau pauvres, c'était... n'importe qui. Des péquenauds, des gens de Gerrards Cross, il les a tous envoûtés. C'est ce qu'il y a de plus charmant chez lui.

— Mais ça a toujours été vous, dit Cassidy. Riche ou pauvre, vous avez toujours été son vrai public, n'est-ce pas, Helen ? »

Elle n'accepta pas aussitôt cette idée, mais parut s'attarder dessus comme si elle était neuve, et peut-être un rien trop facile pour son caractère réfléchi.

« Pas toujours. Non. Juste quelques fois. Parfois c'était moi. Au début peut-être. (Elle but une gorgée.) Au début, répéta-t-elle courageusement.

— Mais vous devez l'aider énormément dans son travail, dit Cassidy. Est-ce qu'il ne s'appuie pas terriblement sur vous, sur vos connaissances, Helen ? Sur vos lectures ?

— Un peu, dit Helen, du même ton désinvolte et hésitant. De temps en temps, bien sûr.

— Dites-moi : quelles matières avez-vous étudiées à Oxford ? Je parie que vous êtes couverte de diplômes.

— Parlons de vous, proposa modestement Helen. Voulez-vous ? »

Et ce fut ainsi que cela arriva.

Pour commencer, il avait délibérément souligné l'aspect humain de ses produits, *la motivation maternelle* comme on disait dans le métier. Après tout, il n'y avait aucune raison au monde pour qu'elle s'intéressât à l'aspect technique :

ce n'était le cas d'aucune de ses autres clientes. Les ressorts en C, la suspension, les mécanismes de freinage : autant parler à une femme de tabac à pipe que d'essayer de lui expliquer tout ça. Il avait donc commencé par lui raconter en termes narratifs simples, encore qu'un peu apocryphes, comment l'idée tout d'abord lui était venue. Comment il se promenait un samedi matin, à l'époque où marcher était la seule récréation qu'il pouvait se permettre – il venait tout juste de débuter dans la publicité mais il avait toujours été un touche-à-tout, si elle voyait ce qu'il voulait dire, avec la passion des gadgets, toujours prêt à manier le tournevis – et il pensait vaguement à prendre un verre avant le déjeuner (« Merci, dit Helen, ça va très bien avec un seul ») lorsqu'il aperçut une mère qui essayait de traverser la route.

« Une jeune mère, dit Helen, le reprenant.
— Comment le savez-vous ?
— J'ai deviné. »

Cassidy eut un sourire un peu mélancolique. « Eh bien, en fait vous avez raison, avoua-t-il. Elle était jeune.
— Et jolie, dit Helen. Une jolie mère.
— Bonté divine, comment avez-vous...
— Continuez », dit Helen.

Bien sûr, poursuivit Cassidy, il n'y avait pas de passage zébré sur la chaussée en ce temps-là, simplement des passages cloutés avec un clignotant à chaque bout et la circulation était pratiquement ininterrompue.

« Alors elle a commencé à explorer.
— Avec la voiture d'enfant, dit aussitôt Helen.
— Oui. Exactement. Elle était sur le trottoir comme si elle tâtait l'eau avec ce bébé, abaissant la voiture sur la chaussée et la remontant sur le trottoir en attendant que la circulation s'arrête. Tout ce qu'il y avait entre ce gosse et le flot des voitures, c'était... cet unique frein à pied. Rien qu'un petit tirant de frein fragile avec une poignée de caoutchouc au bout, dit-il, décrivant le système de blocage du frein.

— Un tirant ? répéta Helen qui ne connaissait pas bien le mot.

— Une tige dans un alliage pauvre, répondit Cassidy. Pratiquement aucune résistance. Le taux de fatigue est voisin de zéro.

— Oh ! mon Dieu, dit Helen.

— Eh bien, c'est justement ce que j'ai ressenti.

— Je veux dire, Seigneur, on peut risquer son propre cou si on y est obligé, mais pas celui d'un enfant.

— Vous avez absolument raison. C'est exactement ce que je me suis dit. J'étais horrifié.

— Vous vous êtes senti responsable », dit gravement Helen.

Oui, c'était précisément ce qu'il avait éprouvé. Personne ne lui avait encore exposé la chose comme ça, mais c'était vrai : il s'était senti responsable. Il n'avait donc pas pris de verre, il était rentré chez lui pour réfléchir un peu. Pour réfléchir sérieusement.

« Chez vous, c'était où ? demanda Helen.

— Oh ! mon Dieu, dit Cassidy, évoquant le long chemin parcouru et les épreuves passées sous silence. Où était-on en ce temps-là ? »

Et Helen hocha la tête pour montrer qu'elle aussi comprenait les caprices de l'existence.

« J'ai cru un moment que c'était peut-être votre propre femme que vous observiez, dit-elle en passant, pas du tout du ton de quelqu'un qui l'accusait d'être marié, mais qui simplement reconnaissait son état et en tenait compte.

— Oh ! Seigneur, non », dit Cassidy comme pour dire que même s'il avait une femme et que cette femme avait une voiture d'enfant, il ne perdrait certainement pas son temps à l'observer ; et il repartit dans son récit. Donc il avait eu cette idée : s'il pouvait construire un frein, un frein vraiment imbattable, à plusieurs systèmes et qui s'adapterait sur n'importe quelle voiture – un frein qui maintiendrait les moyeux plutôt que, n'ayons pas peur des mots, plutôt que de traîner sur la route comme le vieux modèle de frein…

« Un frein à disque, s'écria Helen. Vous avez inventé le frein à disque ! Cassidy !

— C'est une très bonne analogie, dit Cassidy après un

léger temps, n'étant pas tout à fait certain si c'était le mot analogie qu'il avait voulu employer.

– C'était votre idée, dit Helen. Pas la mienne.

– Bien sûr il ne s'agissait que de voitures d'enfant, lui rappela-t-il. Pas pour grandes personnes.

– Est-ce que les enfants sont plus importants ? interrogea Helen. Ou les adultes ?

– Ma foi, dit Cassidy très surpris. Je n'avais pas pensé à la chose comme ça, je dois dire.

– Moi, si », dit Helen.

Étant allé chercher une autre tournée au bar, Cassidy poursuivit son récit.

Donc, au cours des jours suivants, il s'était livré à quelques recherches. Rien de trop précis bien sûr, rien qui risquât de lever le lièvre, il s'était simplement livré à quelques sondages auprès de gens sérieux qu'il connaissait. Question vitale : un frein de qualité serait-il universellement accepté ? Un système à double circuit, par exemple, quelque chose qu'on pourrait fixer aux moyeux ?

« Vous vous êtes imposé de bonne heure, n'est-ce pas ? dit Helen. Comme Shamus.

– Je pense que c'est vrai », reconnut Cassidy.

En tout cas très vite il avait trouvé la solution. S'il pouvait construire un frein qui tenait vraiment, un frein sûr à cent pour cent, fonctionnant sur le principe de frottement sur le moyeu, alors il bénéficierait d'une telle publicité, d'un tel soutien de la Ligue pour la sécurité routière, de la Société royale pour la prévention des accidents, sans parler de tous les médias, de *Pour vous madame* et autres émissions à la noix, qu'il pourrait obtenir le financement et ramasser une fortune du jour au lendemain rien que sur le brevet.

« Et rendre un service fantastique à la société, lui rappela Helen.

– Oui, dit Cassidy avec respect, ça surtout. Et dès l'instant où ça a pris, bien sûr, j'ai engagé des collaborateurs, nous avons pris de l'extension, nous nous sommes développés, diversifiés. Un tas de gens sont venus nous poser leurs problèmes et au bout de peu de temps... Écoutez, est-ce que je suis pompeux ? »

Helen ne répondit pas immédiatement. Elle regarda son verre puis Shamus à l'autre bout de la salle et enfin Cassidy, de ce regard long, franc et sans crainte de la femme du monde qui sait ce qu'elle veut.

« Je vais vous dire une chose, dit-elle. Si j'ai besoin jamais d'une voiture d'enfant, ce qui ne sera jamais le cas si Shamus y est pour quelque chose, il faudra que ce soit une des vôtres. »

Pendant un moment aucun d'eux ne parla.

« Vous voulez vraiment dire jamais ? demanda Cassidy, gêné, mais ayant l'impression qu'il la connaissait assez bien.

— Mais oui, vraiment, dit-elle en riant. Vous vous imaginez Shamus passant par tout ça ? Mon Dieu, il deviendrait fou au bout d'une semaine ! Comment peut-on lier un artiste comme ça ?

— Mon Dieu, vous avez tellement raison », dit Cassidy et une fois de plus il jeta à la dérobée un coup d'œil à sa montre.

Encore dix minutes et je téléphone.

De là à l'exposé technique, il n'y avait qu'un pas. Comment ils avaient pris de l'expansion jusqu'à devenir leur propre client (Quelle brillante idée, dit Helen, ça vous fait double bénéfice !), comment ils avaient sans cesse réinvesti les bénéfices dans la recherche, explorant toujours plus avant l'application de ces mêmes principes de sécurité jusqu'au moment où le nom de Cassidy était devenu légendaire, des grands hôpitaux à la simple ménagère, un synonyme de confort et de sécurité dans le monde du transport du bébé. Dieu sait qu'il ne lui avait rien épargné. Des volants fluides et des systèmes de freinage à double circuit, il était passé sans presque souffler aux subtilités d'un guidon à double soudure et à la suspension variable. L'intérêt de Helen n'avait jamais faibli. Il devinait à la façon dont elle le fixait de ses yeux sombres qu'elle absorbait chaque mot ; rien, pas même le joint universel, ne vint jeter de nuage sur leur parfaite compréhension. Il dessina pour elle, faisant des esquisses sur les nappes en papier jusqu'au moment où le bar fut comme un atelier de dessinateurs : gravement elle sirotait son whisky et gravement hochait la tête d'un air approbateur.

« Oui, dit-elle, vous avez pensé à tout. » Ou bien : « Mais comment la concurrence a-t-elle réagi ?

— Oh ! les Japonais ont essayé de me copier comme d'habitude.

— Mais ils ne pouvaient pas, dit Helen, et ce n'était pas une question mais une affirmation catégorique.

— En effet, répondit Cassidy avec complaisance, préférant l'esprit de la vérité à la vérité elle-même. Ils ont mis leurs meilleurs ingénieurs là-dessus. Échec total.

— Alors comment avez-vous réagi, vous ?

— Moi ?

— À la richesse soudaine, à la gloire, à la reconnaissance de vos talents... Ça ne vous a pas rendu un peu fou, Cassidy ? »

On avait souvent posé cette question à Cassidy et il y avait répondu en son temps de bien des façons différentes, suivant son humeur et les exigences de son public. Parfois, et surtout en présence de sa femme, il affirmait qu'il était resté intact, qu'un sens naturel des valeurs était une parade trop forte à la simple tentation matérialiste, que l'acte de gagner de l'argent lui en avait montré aussi la futilité, bref qu'il était resté inaccessible. D'autres fois, auprès d'amis intimes ou d'étrangers rencontrés dans des compartiments de chemins de fer, il confessait un profond et tragique changement, une effrayante perte du goût de la vie.

« Plus rien ne m'amuse, disait-il. Avoir de l'argent ôte toute joie à la réussite. »

De temps en temps aussi, dans des moments de grande appréhension, il désavouait purement et simplement son argent. Le système fiscal britannique était de la confiscation pure et simple, aucun contribuable honnête ne pouvait garder plus qu'une fraction de ce qu'il gagnait, tous ceux qui y parvenaient dansaient sur la corde raide et on devrait faire plus pour les contrôler. Mais dans la bouche de Helen la question était neuve et fondamentale pour l'avenir de leurs relations. Ayant donc rapidement considéré diverses alternatives, il eut un petit haussement d'épaules et déclara dans un élan de charmante inspiration : « On juge un homme d'après ce qu'il recherche, Helen. Pas d'après ce qu'il trouve.

– Seigneur », murmura Helen.

Pendant un long moment elle le contempla avec une expression intense. Cassidy d'ailleurs avait du mal à la soutenir ; il se surprit à fuir son regard ou à fermer les yeux comme si c'était à cause de la fumée de sa cigarette. Jusqu'au moment où, prenant une lampée de whisky, elle rompit le charme.

« Au fait, dit-elle, marquant un obstacle à quelque proposition non exprimée, comment votre femme l'a-t-elle pris ? »

Cette question-là aussi, on la lui avait posée plus d'une fois. Où fait-elle ses courses maintenant ? Lui avez-vous acheté un manteau de fourrure ? Une fois de plus il éprouva la plus grande difficulté à répondre. Sa première pensée fut : je me suis débarrassé d'elle. Je suis divorcé ; je suis veuf. Ma femme a succombé à une longue et tragique maladie ; elle s'est enfuie récemment avec un grand pianiste. La réapparition de Shamus vint bienheureusement le sauver.

Cela faisait quelque temps maintenant que Shamus ne leur accordait guère d'attention. Déjà au dîner ses premières manifestations débordantes d'intérêt pour Cassidy avaient cédé la place à un intérêt plus général pour son semblable, et Helen avait expliqué que, comme en général il sortait très peu quand il travaillait, il devait emmagasiner beaucoup d'expériences en une très brève période de temps.

« C'est ça être un artiste, dit-elle. Il doit vivre de façon terriblement intense, sinon il reste simplement immobile.

— Ce qui est désespérant», reconnut Cassidy.

Quoi que Shamus ait pu faire d'autre en l'occurrence, il n'était pas immobile. Il avait une fille avec lui qu'il avait prise par la taille, plutôt par le haut de la taille, une main confortablement installée sur son sein gauche, et il n'était guère assuré sur ses pieds.

«Hé! Cassidy, dit-il, regardez ce que je vous ai trouvé.»

Hélas! l'offre est à peine faite qu'on la reprend. Deux hommes arrivent d'on ne sait où et arrachent calmement la jolie fille à son étreinte, quelqu'un qui doit être le patron suggère qu'ils aillent prendre un peu l'air et les voilà tout d'un coup qui s'ébattent sur un carrousel d'herbe, jouant à saute-mouton par-dessus des bornes sous le regard d'un jeune policeman surpris.

«En tout cas, dit Helen, tandis qu'ils se dirigeaient vers le pub suivant, elle était bien trop jeune pour Cassidy.

— Oui, dit loyalement Cassidy, ne souhaitant blesser personne avec ses goûts personnels. C'est vrai.»

Dans le souvenir de Cassidy, la suite des événements était désormais plus floue. Elle demeura floue le restant de la soirée. Le voyage à Bristol, par exemple, ne laissa aucune image nette dans sa mémoire. Il supposait qu'ils y étaient allés en auto-stop — un chauffeur de camion du nom d'Aston jouait un rôle vague dans cet épisode, et le lendemain matin le costume de Cassidy sentait fortement le gas-oil. Ils étaient allés là-bas, de cela il se souvenait nettement, parce que Shamus avait besoin d'eau et qu'il avait entendu dire de source autorisée que Bristol était un port.

«Il ne peut pas survivre sans eau, expliqua Helen.

— C'est le bruit, dit Cassidy.

— Et la permanence aussi, lui rappela Helen. Pensez aux vagues.»

Shamus insulta Aston et le traita de pédale, sans doute parce que Aston était méthodiste et désapprouvait l'usage de l'alcool. Quelle qu'en fût la raison, le voyage s'acheva dans le dissentiment et Cassidy se tint à l'écart. La brasserie en revanche lui avait laissé un souvenir très vif. Il se rappelait parfaitement chaque blanche rondeur du décolleté de la serveuse – elle portait un costume bavarois qui soulevait presque jusqu'à sa gorge les globes laiteux de sa poitrine – et il se souvenait de la stupéfaction du joueur d'accordéon quand Shamus, au grand plaisir de l'assistance, chanta tous les couplets du *Horst Wessel Lied* sur un rythme lent et romantique.

Mais c'était de Bath et non pas de Bristol que Cassidy, après un dernier coup d'œil à sa somptueuse montre en or, finit par faire ce bref séjour dans un monde qu'à tous autres égards il avait depuis plusieurs heures rigoureusement banni de ses pensées.

7

Un nouveau pub, non pas sur une pente mais qui faisait partie d'un bâtiment annexe du Vatican; et au bar parce que la salle était envahie d'habitants de Gerrards Cross.

Helen et Shamus jouaient aux fléchettes, les Agiles contre les Lourdauds, mais les Lourdauds s'en tiraient très bien parce qu'ils ne faisaient qu'un avec la nature. Shamus avait dessiné un cochon d'un côté de l'ardoise et un chapeau melon de l'autre.

« Mes chéris, je ne vous demande pas de voter, leur assura-t-il. Je suis en train de vous apprendre à lire. »

C'était le tour de Helen. Elle manqua la cible et cloua la tirelire à la boiserie. Des rires sonores secouèrent le bar.

« Excusez-moi, dit Cassidy d'un ton assuré au patron, avez-vous un téléphone dont je pourrais me servir?

— Ce sont vos amis, n'est-ce pas?

— Mon Dieu, dans une certaine mesure, oui.

— Je ne veux pas d'histoires. J'aime bien qu'on rigole mais je ne veux pas d'histoires.

— Ne vous inquiétez pas, dit Cassidy. Je paierai la casse.

— Vous savez, c'est un couple charmant. Des comme lui on n'en voit pas beaucoup, pas vrai? Et elle, c'est une fille adorable. Ça fait un bout de temps que je n'ai pas vu un couple comme ça.

— C'est un auteur de télévision très connu, expliqua Cassidy, ajustant d'instinct le talent de Shamus à son public. Il a trois feuilletons qui passent en ce moment. Il est riche à tuer.

— Vraiment ?
— Je voudrais que vous voyiez sa Bentley, un coupé deux portes, gris colombe avec glaces électriques.
— Bonté divine, fit le patron. Il n'y en a pas beaucoup de comme ça, n'est-ce pas ?
— C'est un modèle unique. Tenez, vous prendrez bien quelque chose ? Ce que vous voulez. Qu'est-ce que vous diriez d'une montre en or ? proposa-t-il en se mêlant à la foule.
— Quoi ?
— Un scotch, dit Cassidy un ton plus bas.
— D'accord, fiston, je vais en prendre pour un shilling, merci. Santé.
— Santé, dit Cassidy. Il y a du monde ici, n'est-ce pas ? »

De Bath, c'est automatique.
« Bonjour, fait-il. Comment ça s'est passé à la clinique ? »
Sandra n'est pas une femme vive. C'est le changement de tempo qu'il remarque tout d'abord. Le son met plus longtemps à l'atteindre, surtout au téléphone.
« Très bien. Où es-tu ?
— Dans un pub. Heather tient le coup ? »
Bien sûr, c'est peut-être le contraire : que sa voix met plus longtemps à franchir la distance. Elle m'a déjà répondu, mais que les mots traînent sur la ligne.
« Désolé, monsieur, il y a un bouchon sur la ligne téléphonique de la M 4. Voulez-vous essayer plus tard ? » Il y a trop de maris qui font leurs excuses à trop d'épouses au tarif réduit peu avant l'heure de la fermeture. Ou bien une bombe atomique est tombée, ça n'est jamais impossible ; rentre vite pour abattre les enfants.
« Avec qui ? » entend-il soudain dans l'écouteur.
Elle a l'instinct militaire de son père pour les mots brefs. Les cinq questions fondamentales. De Montgomery : Qui, pourquoi, quand, où, comment ? Et, bon sang, les gars le respectaient.
« La municipalité », dit Cassidy. *La municipalité est*

avec moi en perruque, hermine et chaînes, nous venons de signer un contrat de cinq ans avec le joueur de flûte. « La municipalité, les conseillers municipaux. Des types épatants, ils te plairaient beaucoup. Nous avons terminé il y a une heure. »

Des paroles ailées, qui volent mais qui ne rassurent pas. Il manifeste un enthousiasme encore plus grand. « Écoute, tout ça s'organise. Le terrain est tout à fait central, il y aura très peu de nivellement à faire. Et les gens de la municipalité m'assurent que, dès l'instant où nous aurons les premières vingt mille livres, ils financeront la passerelle. Gratis. Ils y croient vraiment, je suis stupéfait. »

Silence. Est-ce qu'elle me croit ? Bonté divine, Sandra, c'est notre point de rencontre, qu'est-ce que ça fait que ce soit vrai ou pas ? Dis oui, admire l'exploit, qu'est-ce que ça peut foutre ?

« Il y a un type ici qui est entrepreneur, il a des engins lourds, ce genre de choses. Il nivellera le terrain pour rien et il va nous faire un devis des frais de main-d'œuvre pour construire les vestiaires.

— Ils se sont vraiment emballés. » Mais pas Sandra. Sandra a été coupée, Sandra est devenue sourde, sa mère m'a branché sur un autre poste.

« Sandra ? »

Dans le bar, le juke-box joue un air en sourdine. Dans l'écouteur il entend un chien de bonne race qui aboie. Sandra a plusieurs chiens, tous gros et tous avec pedigree. Encouragé par ce signe de vie, Cassidy retrouve quelque entrain.

« Ils m'ont même montré un dessin..., enfin une esquisse, tu sais. À la va-vite, bien sûr, mais vraiment bien. Parfait pour les gosses. Comme un pont pour rire.

— Tais-toi, maman, dit Sandra. Je suis navrée, c'était maman qui s'occupait des chiens.

— Sandra, tu n'es pas contente ?
— De quoi ?
— De la passerelle. Du terrain de jeux. Mon Dieu... Allô ?
— Ne crie pas.

— Vous parlez toujours ? demande l'opératrice.
— Est-ce que Hugo a vu le spécialiste ? » interroge soudain Cassidy, choisissant dans sa colère un point de querelle.

Bruissement dans l'écouteur. C'est son soupir d'impatience, contrairement à son soupir de déception, il n'est pas si fort. Le soupir d'impatience commence par un clappement de langue liquide contre la voûte du palais et il est suivi par une décision de ne pas respirer, en fait comme une grève de la faim, mais qui porte sur l'air au lieu de la nourriture.

« Simplement parce qu'un médecin ne peut pas se permettre un cabinet à Harley Street, commence-t-elle d'une voix qui sonne un peu faux mais en insistant bien pour les oreilles des illettrés, simplement parce qu'il y a des gens qui sont prêts à payer vingt guinées pour ne pas faire la queue, ça ne veut pas dire qu'un spécialiste soit le moins du monde meilleur qu'un docteur ordinaire parfaitement convenable qui ne s'intéresse pas autant à l'argent.

— Donc tu ne l'as pas emmené ? » dit Cassidy. Le témoin s'est condamné par sa propre déposition.

« Des pièces de huit », dit Shamus.

Il était planté sur le seuil, coiffé d'une casquette marron et portant sur un doigt un mainate. Il avait replié une jambe sous son manteau noir et faisait semblant d'être Long John Silver tout en s'appuyant contre le linteau. « Des pièces de huit, des pièces de huit, disait-il en s'adressant à l'oiseau.

— On ferme, cria le patron derrière le bar en faisant sonner une cloche de navire, bang, bang.

— Bonsoir, dit Cassidy dans le téléphone.

— C'est tout ce que tu as à me dire ? demanda Sandra. Ça ne valait guère la peine d'appeler.

— Bonsoir et merci beaucoup, dit Shamus en lui prenant le combiné des mains et en parlant avec son accent italien. Allô, allô, allô ? »

Cassidy reprit l'appareil mais la communication était interrompue. Il le reposa.

« Alors, Shamus, dit-il enfin en souriant. Prenez une bière. »

Ils étaient encore dans la salle du fond. Le brouhaha des buveurs arrivait de tous côtés, mais la salle du fond était quand même tranquille ; une machine à calculer et des cartons de bonbons en vrac étaient posés sur la table recouverte de serge.

« C'était la patronne ? demanda Shamus.
— Comment ?
— Votre femme. La patronne.
— Ah ! je vois. Non, je vérifiais simplement, dit Cassidy. Il ne s'agit quand même pas de la laisser sortir avec le pensionnaire, hein ? »

Le bruit dans le bar devint soudain assourdissant, mais aucun d'eux n'éleva la voix.

« Qu'est-ce qui ne va pas ? »

Le mainate aussi observait Cassidy. Ses plumes se confondaient presque avec le noir de la veste de Shamus, mais ses yeux brillaient comme du jais.

« C'est mon petit garçon, dit Cassidy. Hugo. Il s'est cassé la jambe dans un accident de ski. L'os n'a pas l'air de bien se ressouder.
— Pauvre petit bonhomme, dit Shamus sans bouger.
— En tout cas, des spécialistes s'occupent de lui.
— Vous êtes sûr que ce n'est pas votre jambe ? » demanda Shamus.

Dans la salle de café, quelqu'un s'était mis au piano et jouait tout un morceau.

« Je ne comprends pas.
— Réfléchissez, trésor, ça viendra.
— Je voulais vous dire d'ailleurs, dit Cassidy d'un ton nonchalant. J'ai une maison en Suisse. Un chalet. Très modeste mais étonnamment confortable pour deux. C'est un endroit qui s'appelle Sainte-Angèle. C'est inoccupé presque toute l'année. Si vous aimez les fortes pentes vous pourriez essayer celles-là un jour. »

Cela n'éveilla aucun rire.

« Je veux simplement dire que si vous avez besoin d'un

endroit pour travailler, pour être tranquille, je serai ravi de vous le prêter pour rien. Emmenez Helen.
— Ou un substitut, suggéra Shamus. Trésor?
— Oui?
— Vous auriez dû vous mettre en colère contre moi. Pour m'être mêlé de ce coup de téléphone et avoir foutu la pagaille. C'était très grossier.
— Vous croyez?
— Oui. Vous auriez dû me frapper, trésor. Vous savez, je compte sur la discipline. J'y crois. C'est à ça que sert cette saloperie de bourgeoisie : à inhiber des types grossiers comme moi. »

Cassidy eut un rire embarrassé. « Vous êtes trop fort pour nous », dit-il. Fouillant dans sa poche pour trouver la monnaie, il s'apprêtait à ouvrir la porte.

« Dites donc, trésor. Vous n'avez jamais tué quelqu'un?
— Non.
— Pas même physiquement?
— Je ne comprends pas, dit Cassidy.
— Je parierais que la patronne en est capable, dit Shamus. Alors, trésor.
— Quoi ? » D'un ton un peu nerveux, comme il convient à un homme fatigué avec un fils infirme.

Shamus ouvrit les bras. « Un petit câlin, trésor. Je meurs de faim.
— Il faut que je paye la communication », dit Cassidy.

Les bras toujours étendus, Shamus restait sur le pas de la porte à contempler Cassidy avec stupéfaction pendant que celui-ci menait à bien ses transactions au bar ; jusqu'au moment où, sans attendre l'embrassade promise, il plongea au milieu de la foule un peu crasseuse.

« Allons, bande de péquenauds, cria-t-il, boutonnez vos blouses, Butch Cassidy est en ville !
— On ferme, s'empressa de dire le patron, et je ne plaisante pas. »

Après le pub, le taxi. Oh! mon Dieu, le taxi.
Ils avaient manqué le dernier train quittant Bristol, alors

Shamus demanda radio-taxi avec son accent italien pendant qu'ils s'entassaient tous dans la cabine téléphonique. Shamus s'assit devant pour pouvoir parler au chauffeur, un vieil homme pas mécontent de conduire des gens de la haute éméchés. Très vite Shamus s'intéressa à la radio.

« Écoutez », leur ordonne-t-il en augmentant le volume.

Ils se concentrent tous.

« Allô Peter Un... Ici le contrôle... Peter Deux... Quatre voyageurs à la gare, pas de bagages, ils se mettront trois derrière. Les clients attendent, Peter Trois. Répondez Peter Un, ici le contrôle... »

Cassidy trouve que l'opératrice a une voix aussi autoritaire, maladroite, stridente et hachée que n'importe quelle autre speakerine, mais Shamus est enthousiasmé.

« Ça n'est pas votre fille, non ? demande-t-il au chauffeur avec respect.

— Ça m'étonnerait. Elle a cinquante ans quand on le dit vite.

— Elle est formidable, dit Shamus. Cette dame est remarquable. Croyez-moi.

— Absolument », dit Cassidy sur le point de s'endormir.

La tête de Helen est appuyée sur son épaule et elle a passé les doigts dans sa main et il est prêt à acquiescer à n'importe quoi quand ils entendent tout d'un coup Shamus qui parle dans le micro avec son accent italien.

« Zé vous veux, murmure-t-il avec ferveur. Zé vous aime et zé vous veux. Zé envie de vous. Elle est brune ? demande-t-il au chauffeur.

— Brunette.

— Venez au lit avec moi, souffle Shamus dans le microphone. Baisez-moi.

— Hé ! doucement », dit le chauffeur. Ils attendent tous la réponse.

« Elle est en train d'appeler la police, dit Cassidy.

— Elle fait ses bagages, dit Helen.

— Quelle femme », dit Shamus.

D'un ton au bord de la crise de nerfs, la radio lance : « Peter Un. Peter Un... Qui est-ce ?

— Ça n'est pas Peter Un. Peter Un est mort. Je m'appelle Dostoïevski, insiste Shamus, prenant avec dextérité un accent russe. Je viens d'assassiner Peter Un sans une trace de regret. C'était un crime passionnel. Je vous veux toute à moi, je vous aime. Une nuit avec vous vaut bien toute une vie en Sibérie.» La radio crépite mais sans trouver de mots. «Écoutez, je suis Nietzsche. Je ne suis personne. Je suis de la dynamite. Vous ne comprenez donc pas» – poursuit-il avec un violent accent russe – «que l'immortalité est le préambule nécessaire aux valeurs nouvelles ? Écoutez, nous fonderons ensemble une classe nouvelle. Nous engendrerons tout un monde de magnifiques garçons meurtriers et innocents ! Nous...»

Le chauffeur s'empare doucement du microphone. «Ne vous en faites pas, ma chère, dit-il aimablement. J'ai un drôle de client, voilà tout.

— Drôle ? hurle la radio au milieu des parasites. Vous appelez ça drôle ? Un sale étranger qui assassine les chauffeurs au milieu de...»

Le chauffeur la coupe. «Qu'est-ce qu'elle va me passer demain matin», déclare-t-il sans avoir l'air trop inquiet.

Shamus s'est endormi. «C'est une sacrée femme, mon vieux, murmure-t-il.

— J'aimerais bien qu'on puisse encore jouer au Papillon, dit Cassidy.

— Le Papillon, c'était formidable», dit Helen en donnant encore à sa main une petite pression amicale.

Lors de la dernière partie du trajet du retour, ils arrêtèrent la Bentley devant une cabine téléphonique et appelèrent Flaherty pour que Shamus puisse de nouveau mettre à l'épreuve la sincérité de sa conviction. «Un homme est ce qu'il croit être, expliqua Helen en citant le maître. C'est ce que Shamus entend par la foi.

— Il a absolument raison», dit Cassidy.

Ce fut Cassidy qui demanda le numéro parce qu'il avait une carte de crédit des Postes et Shamus, chose stupéfiante, avait le numéro soigneusement écrit dans la marge d'une coupure du *Daily Mail*. « C'est le pub du village de Bechmin, expliqua-t-il. Il est là presque tous les soirs. » FLAHERTY POUR DIEU, lisait-on sur la coupure. Ils s'entassèrent là-dedans tous les trois et refermèrent la porte. Flaherty, hélas ! n'était pas là. Pendant cinq minutes peut-être ils écoutèrent la sonnerie. Cassidy en était secrètement ravi – après tout, ç'aurait pu être embarrassant – mais Shamus était vexé et déçu, il retourna à la voiture avant eux et s'installa derrière sans un mot. Un long moment ils roulèrent en silence ; Helen, assise maintenant près de son mari, le consolait à grand renfort de baisers et de petites attentions.

« Quel salaud, déclara enfin Shamus d'une voix mal assurée. Il ne devrait même pas avoir besoin d'un téléphone.

– Bien sûr que non, acquiesça tendrement Helen.

– Oh ! regardez, dit Shamus en se redressant pour regarder le clair de lune qui baignait d'une lueur étrange les haies. Ce que ça éclaire fort !

– Ce sont des phares à iode, dit Cassidy. C'est le dernier cri.

– Fichtre », dit Shamus et il revint à Helen.

De retour à Haverdown – après une petite pause pour se rafraîchir – ils organisèrent une course de chevaux. Shamus était Nijinsky, Cassidy était Dobbin. Le départ lui parut confus et pour une fois il oublia qui gagna, mais il se rappelait fort bien le tonnerre de leurs six pieds quand ils descendaient au galop les escaliers fantastiques et Shamus prenant sa voix de maître d'hôtel tout en s'attaquant à une porte fermée à clef.

« Voici la chambre de la dame de mon cœur ! » Il chargea de nouveau. « Pour la bonne et joyeuse Angleterre, assommons ce bougre !

– Helen, murmura Cassidy, il va se fracasser. »

Mais ce fut la porte qui se fracassa et ils se retrouvèrent tout d'un coup s'effondrant sur des matelas qui sentaient la lavande et la naphtaline.

« Shamus, tu ne t'es pas fait mal ? » demanda Helen.
Pas de réponse.
« Shamus est mort », déclara-t-elle nullement alarmée.
Shamus était sous eux, à gémir.
« On dirait qu'il s'est brisé le cou, dit-elle.
— C'est un cœur brisé, pauvre sotte, dit Shamus, à l'idée de ce qu'ils vont faire pour massacrer mon chef-d'œuvre. »

Elle le déshabillait déjà quand Cassidy quitta la chambre pour se faire un lit sur le Chesterfield. Il resta un moment éveillé à écouter les secousses du lit tandis que Helen et Shamus consommaient une fois de plus leurs parfaites relations. Un instant plus tard Helen l'éveillait en le secouant doucement par l'épaule et il entendit de nouveau le poste à transistors qui jouait une musique funèbre dans la poche de sa robe d'intérieur à grand col.

« Non, dit doucement Helen, vous ne pouvez pas lui dire au revoir parce qu'il travaille le matin. »
Elle avait apporté un petit déjeuner complet sur un plateau de nacre : un œuf bouilli, des toasts et du café, et elle portait la lanterne parce qu'il faisait encore noir. Elle était très nette et n'avait aucun maquillage. On aurait dit qu'elle avait dormi douze heures et qu'elle était allée ensuite faire une promenade dans la campagne.
« Comment va-t-il ?
— Il a le cou raide, dit-elle gaiement, mais il aime bien avoir un peu mal.
— Pour écrire ? dit Cassidy, maintenant qu'il était du clan, et Helen fit oui de la tête.
— Vous aviez assez chaud ?
— C'était parfait. »
Il s'assit en couvrant partiellement son ventre nu avec les manteaux jetés sur le lit et Helen s'assit auprès de lui en l'observant avec une indulgence maternelle.
« Vous n'allez pas le laisser, n'est-ce pas, Cassidy ? Il est temps qu'il ait de nouveau un ami.
— Qu'est-il arrivé aux autres ? dit Cassidy, la bouche

pleine de toast et ils éclatèrent de rire tous les deux sans regarder son ventre. Je veux dire pourquoi moi ? Au fond je ne lui apporte pas grand-chose.

— Shamus est extrêmement religieux, expliqua Helen après un silence. Il croit que vous êtes susceptible de rédemption. Vous le croyez, Cassidy ?

— Je ne sais pas ce qu'il veut dire. » Helen attendait, alors il poursuivit.

« Une rédemption de quoi ?

— Ce que dit Shamus c'est que n'importe quel imbécile peut donner, c'est ce qu'on prend dans la vie qui compte. C'est comme ça qu'on découvre ses contours.

— Oh !

— Ça veut dire... notre identité..., notre passion.

— Et notre art, dit Cassidy, en se souvenant.

— Il n'aime pas des gens qui renoncent au combat, qu'ils s'appellent Flaherty, le Christ ou Cassidy. Mais vous, vous n'avez pas renoncé au combat, n'est-ce pas, Cassidy ?

— Non. Pas du tout. J'ai parfois l'impression... que je viens juste de commencer. »

Doucement Helen dit : « C'est le message que nous avons compris aussi. » Elle alla déposer le plateau à l'autre bout de la pièce, la lanterne de bateau éclairant son visage par en dessous. Un Caravaggio, songea Cassidy, en se rappelant une carte postale envoyée par Mark de Rome. Mon Dieu, comme il aimait la peinture.

« Je lui ai parlé de votre remarque à propos de l'argent.

— Oh !... dit Cassidy, ne se rappelant plus quelle remarque, mais se demandant non sans nervosité si elle était à son avantage.

— On juge un homme par ce qu'il cherche, non pas par ce qu'il trouve.

— Qu'est-ce qu'il en a pensé ?

— Il s'en sert, dit-elle simplement, comme s'il n'y avait pas de plus grand compliment. Vous savez que Shamus a écrit sa propre épitaphe ? continua-t-elle avec entrain. *Shamus qui avait tant à prendre.* Je crois que c'est la plus belle épitaphe qu'on ait jamais écrite, vous ne trouvez pas ?

— C'est magnifique, dit Cassidy, je suis tout à fait d'accord. C'est très beau. » Et il ajouta : « Je l'aimerais pour moi aussi.

— Vous comprenez, Shamus aime les gens. Vraiment. C'est la différence entre pagayer et nager. Il est comme Gatsby. Il croit à la lumière au bout de la jetée.

— Il me semble que c'est ce à quoi je crois aussi, dit Cassidy, en essayant de se rappeler qui était Gatsby.

— C'est pourquoi il a adoré votre remarque à propos de l'argent », expliqua Helen.

Elle l'accompagna jusqu'à la voiture.

« Il croira même à Flaherty si Flaherty lui donne seulement une chance.

— Je croyais qu'il voulait le tuer.

— Est-ce que ça n'est pas la même chose ? dit Helen en le regardant au fond des yeux.

— Je pense que si, reconnut Cassidy.

— Embrassez Londres pour moi.

— Je n'y manquerai pas. Helen ?

— Oui ?

— Est-ce que je peux vous donner de l'argent ?

— Non. Shamus avait dit que vous me le proposeriez. Merci quand même. » Elle l'embrassa, pas un baiser d'adieu, mais un baiser de gratitude, léger et précis sur la joue. « Il dit que vous devez lire Dostoïevski. Pas les œuvres, rien que la vie.

— Je vais le faire. Je vais commencer ce soir. » Il ajouta : « Je ne lis pas beaucoup, mais quand je m'y mets j'aime bien prendre mon temps.

— Il va bouger d'ici à une semaine ou deux. Dès qu'il aura fini le livre, il ira voir les agents et tout ça. Il aime bien être seul pour ça. » Elle eut un rire résigné. « Il appelle ça recharger ses batteries.

— Les vampires, dit Cassidy.

— Les vampires », dit Helen.

Le soleil matinal jaillit soudain au milieu des araucarias, colorant les briques de la demeure d'un rose chaud.

« Dites-lui de me téléphoner au bureau, dit Cassidy. Nous sommes dans l'annuaire. À n'importe quel moment, je prendrai toujours sa communication.

— Ne vous inquiétez pas, il le fera. » Elle hésita. « Au fait, vous vous rappelez qu'hier soir, vous avez offert à Shamus une maison en Suisse pour travailler ?

— Oh ! le chalet. Oui, oui. Oui, bien sûr. Une pente forte, ah !

— Il dit qu'il pourrait bien vous prendre au mot.

— Mon Dieu, dit Cassidy avec gratitude, ce serait merveilleux.

— Il ne peut rien promettre.

— Non, bien sûr. »

Un bref instant de supplication silencieuse : « Cassidy.

— Oui ?

— Vous n'allez pas être un lâcheur, non ?

— Bien sûr que non. »

Elle l'embrassa de nouveau sans cérémonie, sur la bouche cette fois-là, comme les sœurs embrassent leurs frères quand elles ne s'inquiètent plus de l'inceste.

Cassidy quitta donc Haverdown avec le goût de sa pâte dentifrice sur les lèvres et l'odeur de son talc de toilette dans les narines.

8

La bohème.

Ce fut sa première pensée et elle ne le quitta pas pendant tout le trajet jusqu'à Bath. J'ai visité la bohème et j'en suis revenu indemne. Cela faisait bien des années qu'il n'avait pas rencontré d'artistes. À Oxford, de son temps, il y avait une vieille maison près du pont de Foley qui avait la réputation d'en abriter un certain nombre et parfois, en rentrant du cinéma Scala, il avait vu leurs vêtements accrochés au balcon de fer ou bien une grande quantité de bouteilles vides qui débordaient de leurs poubelles. Le dimanche, avait-il entendu dire, ils se rassemblaient au George Bar, les hommes portant des boucles d'oreilles et leurs compagnes fumant des cigares, et il les imaginait se disant des choses stupéfiantes sur leurs parties sexuelles : au collège il y avait un professeur de peinture qu'on appelait Badigeon, un homme doux et d'un certain âge qui portait des nœuds papillons et qui faisait poser les garçons les uns pour les autres en tenue de gymnastique, et un mercredi, Cassidy avait pris le thé en tête à tête avec lui, mais il avait à peine dit un mot, il s'était contenté de sourire tristement en le regardant manger des beignets. À part ces expériences sommaires, sa connaissance de la gent artistique était négligeable, bien qu'il se fût longtemps considéré comme en étant un membre honoraire.

S'arrêtant à Bath, il passa à son hôtel prendre ses bagages et régler la note, et se surprit à jeter furtivement un coup d'œil à la lumière du jour qui brillait sur le théâtre de leur bombance. Un sale petit patelin, se dit-il. Un Vatican envahi de péquenauds. Et il fit le vœu de ne jamais y retourner.

Il avait rempli sa fiche sous le nom de vicomte Cassidy de Mull.

« Vous êtes content de votre séjour, milord ? demanda le caissier d'un ton un peu plus complice que Cassidy ne l'estimait nécessaire.

— Très content, je vous remercie », dit-il en donnant deux livres de pourboire au concierge.

Le processus de lâchage que Helen avait si justement prévu ne commença qu'aux alentours de Devizes. Durant la première heure du trajet, alors que sa gueule de bois n'avait pas encore atteint la phase vengeresse, Cassidy demeura déconcerté mais encore ravi de sa rencontre avec Helen et Shamus. Il n'avait qu'une vague idée de ce qu'il éprouvait ; son humeur semblait changer avec le paysage. Sur la grand-route vers Frome où les plaines bleues l'entouraient de chaque côté, une innocence puérile dorait tout ce qu'il voyait. Tout son avenir n'était qu'une longue aventure avec ses nouveaux amis, ensemble ils allaient chevaucher le monde, voguer sur des mers lointaines, monter vers le ciel sur les ailes du rire. À Devizes, où la pluie commença et où un sourd malaise envahit son système digestif, il était encore modérément enchanté, mais la vue des ménagères qui faisaient leurs courses et des mères qui poussaient des landaus lui donna matière à réflexion. Lorsqu'il atteignit Reading, il avait terriblement mal à la tête et il s'était convaincu que Helen et Shamus étaient ou bien un rêve ou bien une paire d'imposteurs qui jouaient les célébrités.

« Après tout, se dit-il, s'ils sont ce qu'ils disent être, pourquoi s'intéresseraient-ils à moi ? »

Et plus tard : « Je fais partie d'une rangée. Les gens comme moi n'ont pas de place dans la vie d'un artiste. »

Reconstruisant le tour d'horizon de Helen à propos de l'argument de Shamus pour la relation entre l'artiste et le bourgeois, tout cela lui parut fragile, confus et piètrement raisonné.

Si j'avais eu cette opinion, je l'aurais mieux exprimée, se dit-il : au fond, tout ça c'est du vent.

Lorsqu'il aborda les faubourgs de Londres, il en était arrivé à certaines conclusions utiles. Il n'entendrait plus jamais parler de Helen ni de Shamus ; c'étaient probablement des escrocs et il avait de la chance de s'en être tiré avec son portefeuille ; et d'ailleurs qu'ils réapparussent ou non, ils appartenaient avec certains autres phénomènes à cette région du monde de Cassidy que mieux valait pour la paix générale ne pas revisiter.

Il les aurait donc chassés de ses pensées sur-le-champ, si un accident minime ne lui avait pas énergiquement rappelé les intuitions désagréablement personnelles de Shamus.

Garé dans une aire de stationnement, il inspectait les différentes poches de la voiture en quête de souvenirs compromettants lorsqu'il tomba sur une feuille de papier froissé qu'on avait fourrée dans la boîte à gants. C'était le menu du restaurant Bruno à Bath sur lequel, dans sa simplicité, il avait cru que Shamus écrivait une prose immortelle. Sur un côté du dos, se trouvait au crayon un portrait de Cassidy par Shamus avec des indications en marge et des flèches montrant à quels traits elles se référaient. « Des joues de bébé, bonnes pour rougir ; front noble, creusé par de vagues angoisses ; derrière des sourcils en broussaille des yeux très très mobiles. » Au-dessus de la tête, en majuscules, on lisait le mot RECHERCHE et en dessous un signalement plus complet de Cassidy.

NOM : Cassidy Butch. Connu aussi sous les noms de Hopalong, Christopher Robin et Paul Getty.

CRIME : innocence (cf. Greene : un lépreux sans sa clochette).

RELIGION : Première Église du Christ Pessimiste.

SENTENCE : survie à perpétuité.

De l'autre côté du menu il y avait une lettre adressée à TRÉSOR :

Cher Trésor,

J'espère que vous allez bien. Moi ça va. Merci beaucoup pour un charmant casse-graine. Par deux ou trois fois je t'avais aimé avant de connaître ton visage et ton nom. Alors pardonnez ce méchant dessin, on ne peut pas arrêter l'œil, mais le cœur est à vous si vous en voulez.

Tendresses, tendresses, tendresses,

P. SCARDANELLI, *alias*
FLAHERTY, *alias* SHAMUS.

Un vrai billet de collégien, songea Cassidy avec indignation ; très embarrassant. En soupirant, il jeta le menu.
« *Vous n'avez jamais tué personne, trésor ?* » demanda une voix en lui. Allumant le poste de radio, il vira vers le sud en direction d'Acton. L'art, c'est très joli, se dit-il, mais parfois ça va un peu trop loin.

L'affaire qui l'appelait à Acton fut rondement réglée. Un grossiste du nom de Bobbs, notoirement difficile mais relation influente, protestait contre les nouvelles poussettes en similicuir et flirtait avec un fabricant concurrent. Cassidy n'avait jamais beaucoup aimé les poussettes qu'il considérait comme un triste croisement entre le fauteuil roulant et la voiture d'enfant, mais au printemps, quand la demande était capricieuse, elles constituaient un utile substitut. Il estimait à juste titre qu'une visite personnelle mettrait un terme à la querelle.

« Ma foi je ne m'attendais pas à Le voir en personne, avoua Bobbs nerveusement. Qu'est-ce qui est arrivé au représentant ? »

Il avait perdu beaucoup de cheveux, remarqua Cassidy ; son second mariage l'use. C'était un homme épuisé, toujours en nage et à qui s'attachait un parfum de scandale.

« J'aime bien vérifier ces choses-là moi-même, voilà tout. Quand un client auquel je tiens fait une réclamation, dit Cassidy non sans quelque sévérité, j'aime bien m'en occuper personnellement.

— Vous savez, ça n'est pas une réclamation, Mr. Cassidy. La poussette est un article très élégant et votre châssis l'améliore encore, bien sûr. J'en vends beaucoup, je ne jure que par elle, vous savez.

— Une réclamation est une réclamation, Andy, dès l'instant qu'elle suit la voie habituelle.

— C'est la façon de les replier qu'elles n'aiment pas, Mr. Cassidy, protesta Bobbs, mais sans aucune conviction. Elles claquent leurs bas sur les tiges d'assemblage.

— Allons voir, voulez-vous, Andy ? »

Ils grimpèrent les marches de bois jusqu'à l'entrepôt et examinèrent les assemblages.

« Oui, dit Cassidy en s'agenouillant pour caresser un modèle particulièrement bien tourné, je vois ce que vous voulez dire.

— Attention à votre pantalon, s'écria Bobbs. Ce plancher est très sale. »

Mais Cassidy feignit de ne pas entendre. S'allongeant de tout son long sur un plancher qu'on n'avait pas balayé depuis longtemps, il passa une main dévote sur le dessous de la poussette, tâtant du bout des doigts les tétons, les filets et les couplages de son brevet le plus ancien et le plus fructueux.

« Je vous suis très reconnaissant, Andy, dit-il, tandis qu'ils regagnaient le bureau. Je vais demander à mes collaborateurs de voir ça tout de suite.

— C'est seulement qu'elles claquent leurs nylons dessus, vous comprenez, répéta Bobbs tout en époussetant le costume de Cassidy. C'est ce qui s'est passé avec le dernier lot en tout cas.

— Vous savez ce qu'un nylon disait à l'autre, Andy ? » demanda nonchalamment Cassidy en déchargeant la caisse de sherry qu'il avait préparée dans la malle. Le sherry, lui avait-on dit, était ce qu'il buvait.

« Je ne la connais pas, celle-là.

— Il y a entre nous quelque chose de plus gros que de la sympathie », dit Cassidy. Leur rire couvrit l'agitation de leur transaction. « C'est un cadeau de Pâques, expliqua

Cassidy. Nous distribuons un peu des bénéfices de la dernière année fiscale.

— Je dois dire que c'est très gentil, dit Bobbs.

— Pas du tout. Et merci de nous avoir indiqué cette tige défectueuse.

— Il y a des moments où je m'inquiète, avoua Bobbs, en le raccompagnant jusqu'à la Bentley. Il me semble qu'on m'a oublié.

— Je comprends, dit Cassidy. Comment va votre femme ?

— Oh ! vous savez, dit Bobbs.

— Je sais », dit Cassidy.

Changeant d'avis, il alla au cinéma. Ce qu'il préférait, c'étaient des films qui chantaient les louanges de l'effort de guerre britannique ou qui décrivaient avec une franchise courageuse la vie sexuelle intime des adolescents scandinaves. Cette fois-là il eut la bonne fortune de trouver une salle où on passait un double programme.

Sandra était sortie. Elle avait laissé une quiche lorraine sur la table de la cuisine et un mot pour dire qu'elle était allée à sa clinique d'alcooliques. Le vestibule sentait l'huile de lin. Des housses et des échelles de peintre lui rappelaient de façon gênante Haverdown. Est-ce qu'on ajoutait ou est-ce qu'on supprimait ? Il essaya de se rappeler. Les moulures, il le savait, étaient de mauvaise qualité et il faudrait les ôter. C'était la cheminée peut-être ? Ils en avaient acheté une chez Mallets il y avait un mois ou deux, en pin du XVIIIe siècle, pour trois cents livres avec de belles sculptures. Le manteau de cheminée avait du cachet, leur avait assuré leur architecte, et Dieu seul savait que du cachet c'était ce dont leur maison manquait le plus.

La mère de Sandra était dans sa chambre. Quelques volées d'escalier plus haut il entendait les accents moelleux de John Gielgud en train de lire *Héloïse et Abélard* sur son phonographe pour aveugles. Cela le mit aussitôt dans un état de violente fureur. Quelle idiote, *quelle pauvre idiote*, elle voit très bien quand elle veut.

Très doucement il gagna la nursery et, se contentant de la lumière qui entrait par la fenêtre, il s'avança sur la pointe des pieds jusqu'au lit de Hugo en marchant avec précaution au milieu des disques. Pourquoi n'avait-il pas de veilleuse? Cassidy était convaincu qu'il avait peur du noir. L'enfant dormait, étendu comme s'il était mort sur les couvertures, sa jambe plâtrée brillant d'un éclat pâle dans la lumière orange et sa veste de pyjama ouverte jusqu'à la taille. Sur le parquet auprès de lui se trouvait le fouet à battre les œufs dont il se servait pour faire mousser son bain. L'un après l'autre Cassidy boutonna les boutons du pyjama, puis posa doucement sa paume ouverte sur le front sec de l'enfant. Allons, au moins il n'avait pas trop chaud. Il écouta, l'examinant intensément dans la lumière tachetée du crépuscule. Avec en bruit de fond la rumeur incessante de la circulation, le souffle du jeune garçon allait et venait en petites bouffées régulières. Tout allait bien apparemment, mais pourquoi suçait-il son pouce comme ça? Un enfant de sept ans ne suce pas son pouce, à moins qu'il ne soit privé d'affection. Cassidy soupira sans bruit. Hugo, songea-t-il, ô Hugo, crois-moi, mon fils, on va s'en étirer. S'agenouillant, il examina minutieusement la surface extérieure du plâtre, cherchant les craquelures révélatrices qui pourraient trahir un nouvel écartement de l'os fracturé à l'intérieur; mais la lumière qui venait par la fenêtre n'était pas suffisante et tout ce qu'il distingua, c'étaient des graffiti et des dessins de maisons griffonnés au stylo feutre.

Un camion grimpait la côte. Se levant rapidement, Cassidy tira les rideaux et ferma la fenêtre pour empêcher l'air pollué d'entrer. Le jeune garçon s'agita, posa son bras sur ses yeux.

Quelle innocence, se dit Cassidy, quelle tragique innocence pour affronter le hurlement cruel de la vie.

Une clef tourna dans la porte du palier.

«Salut, voyageur», lança Sandra.

Un discours préparé, un effort vers l'humour moderne.

«Bonjour», dit Cassidy.

Elle s'arrêta.

« C'est tout ce que tu as à dire ? demanda-t-elle, toujours dans l'entrée.

— Qu'est-ce que je suis censé dire d'autre ? Tu as dit salut, j'ai dit bonjour. Je crois qu'il devrait voir un spécialiste, toi pas. »

Il attendit. Elle était capable de rester immobile comme ça pendant des minutes entières ; c'était le premier à bouger qui perdait. Elle perdit et monta lentement l'escalier pour aller voir sa mère.

LONDRES I

9

Mon cher Mark,

La lettre pesait sur lui comme un nuage humide. Incolore, inodore et sans saveur ; une lettre d'après-déjeuner, cherchant un soutien qu'il ne voulait pas. Une lettre du foie plutôt que du cœur.

Le papier portait comme en-tête 12 Abalone Crescent mais il écrivait de South Audley Street pour avoir la paix. Le bureau de Cassidy ressemblait un peu à sa voiture : c'était un bastion d'acajou contre les risques de l'existence terrestre difficiles à écarter. À Audley Street il n'était ni Aldo ni Cassidy, mais Monsieur Aldo. À Audley Street aucun pied ne se posait sur le sol, aucune porte ne se fermait sur son cadre, mais des capitonnages habiles réduisaient l'impact. Même les divers téléphones de son bureau ancien avaient été désarmés : au lieu du cri rauque de femme qui depuis son enfance l'énervait tellement, les divers instruments n'émettaient qu'un ronronnement reconnaissant de satisfaction sexuelle, indiquant non pas la colère, non pas la panique, mais plutôt une caresse le long de leur dos blanc et soumis.

Alors, fiston, comment vas-tu ? Je dois dire que je t'envie d'être là-bas dans le calme campagnard du Dorset, avec tout ce brouhaha et cette activité frénétique qui semblent de plus en plus en ces jours de concurrence forcenée être le lot de l'honnête commerçant qui cherche à gagner sa vie ! Le temps en tout cas continue d'être doux et agréable, mais tout le reste n'est qu'activité, formulaires à remplir et luttes toujours plus âpres avec la concurrence étrangère. Je crains parfois qu'on ait tendance en rentrant à la maison à se demander si le jeu en vaut la chandelle. Même mes pauvres efforts afin de faire quelque chose pour les membres les moins fortunés de la communauté semblent voués à l'échec : tu serais consterné de la cupidité et de l'égoïsme des intérêts locaux quand on leur demande de collaborer à un projet pour aider les jeunes. Même la municipalité de Bristol sur qui je fondais les plus grands espoirs vient soudain de tourner casaque et nous revoilà à la première case. Mais en avant quand même, comme dit la devise du collège. Nous sommes en train de faire un grand effort pour la Foire de Paris : si jamais tu entres dans la maison, et comme tu le sais je ne veux pas t'y forcer, le département exportation pourrait bien être un endroit agréable pour tes débuts, à condition bien sûr que ton français soit à la hauteur...

Une liasse de documents envoyée par son avoué arrêta son regard, bord vert et ruban rose. Sans marquer d'arrêt il entama un second paragraphe et écrivit :

Mark, tu as probablement lu que dans le commerce nous étions tous très inquiets à propos de l'inflation. J'ai pensé que cela te rassurerait de savoir que le fonds, qui est également réservé à Hugo et à toi, se compose d'une grande variété d'actions et de valeurs sûres et qu'il devrait être bien à l'abri de ces folies d'aujourd'hui. Je ne mentionne cela qu'en passant.

Ayant relu ce qu'il avait écrit, Cassidy soupira, reposa son stylo en or et son regard se perdit à travers les rideaux de tulle pour contempler le défilé des piétons élégamment vêtus et des automobiles étincelantes.

Mark s'intéressait-il aux actions ? Savait-il même ce que c'était ? Était-ce à souhaiter ? Lui dont la mémoire n'était pas sans défaut quand il s'agissait des détails de son enfance essaya de se rappeler si lui-même connaissait ces choses-là à onze ans. À onze ans, selon toute probabilité, il était encore en pension chez une certaine tante Nell, une grosse dame bruyante qui avait un bungalow près de Pendeen Sands. Est-ce que cet enfant-là étudiait les pages financières ? La dame était-elle du genre à l'y encourager ? Il ne se rappelait que ses sous-vêtements lorsqu'elle pataugeait dans la mer, le traînant à sa suite vers une mort certaine : roses, couleur de pétale fané et noir, flottant sur des cuisses qui ne voyaient jamais le soleil. S'il n'était pas avec tante Nell, il était avec l'Araignée, une maîtresse répudiée de son père qui le gardait au lit pour le protéger des microbes.

Non. Son cas n'avait aucun rapport avec celui de Mark.

Un sentiment profond de malaise envahit le pays. Chacun compte ses poulets pendant que les politiciens nous exhortent à retrouver l'esprit de Dunkerque. Hier soir, le Premier ministre a demandé instamment au pays de travailler plus dur pour son argent. Rares sont ceux qui croient que son discours changera quoi que ce soit. Les syndicats ont résolument tourné le dos à toute réconciliation. Il ne peut en résulter qu'une explication brutale.

Il reposa son stylo.
Ridicule.
Il fallait déchirer cette lettre.
Me voilà assis là, m'ennuyant à périr et qu'est-ce que je fais ? Je résume les éditoriaux du *Financial Times*. Les affaires m'ont corrompu : je n'ai aucun rapport avec mon fils.
Il y a quelques années il lui aurait dessiné des ours et des petits cochons : il gardait même dans son bureau un jeu de crayons suisses rien que pour cela. Mais Mark avait passé l'âge des petits cochons et il était très difficile de savoir quoi d'autre avait des chances de lui faire plaisir. Peut-être que l'argent après tout, c'était la solution. Connaître la sécurité n'était jamais inutile. Même s'il ne comprend pas les détails, il en conservera la notion ; cela le réconfortera par les nuits sombres où le monde des parents le déconcerte.

Maman a dû te dire que Heather Ast et elle essaient d'installer une seconde clinique ouverte toute la nuit pour les clochards. Heather a trouvé un entrepôt d'Oxfam désaffecté à la lisière sud de Hampstead Heath, où nombre de ces pauvres malheureux passent la nuit à dormir d'un sommeil agité sous de vieux journaux. Heather, comme tu le sais, a eu un grand choc dans sa vie lorsque son mari l'a quittée sans raison valable. Ta mère essaie de la remettre sur pied...

Entendant un pas plus léger sur le trottoir tiède dehors, il leva de nouveau les yeux, plein d'espoir, mais sa vigilance ne lui accorda qu'une rousse et les rousses l'inquiétaient. Et puis elle avait un pas décidé ; l'entendre c'était savoir déjà qu'elle ne se laissait pas facilement détourner de son chemin. C'était un pas qui allait du talon à l'orteil, exigeant une bonne action rotative des coudes et un solide désir de vengeance.

Cassidy soupira. Le pas de Sandra.

Devrait-il l'appeler ?

Une grande part de leurs relations avaient lieu par téléphone. Cassidy d'ailleurs affirmait toujours en plaisantant qu'avec le temps tout ce qu'il leur faudrait pour un mariage réussi, ce seraient deux téléphones en état de marche.

Non, ça n'était pas l'occasion de donner un coup de téléphone.

Alors, lui envoyer des fleurs ?

« Cher amour, je t'en prie, pardonne-moi, je n'avais que de bonnes intentions, je ne veux que ton bonheur, Aldo. »

Ou alors la brutalité : « Souris ou fous le camp. »

Ou bien supplier ?

« Sandra, tu me brises le cœur. Je t'en prie, je t'en prie, je t'en prie... »

Prier de quoi ? Qu'est-ce qu'elle peut faire encore pour moi ?

Quant à moi, je dois t'avouer ma foi que j'ai pas eu beaucoup de temps pour faire autre chose que de m'occuper des papiers qui s'entassent sur mon bureau et de ce fléau de l'existence humaine, le téléphone...

Quant à lui-même, quoi donc ?

D'un air maussade, la lettre inachevée encore devant lui, il fit le point. Quatre semaines s'étaient écoulées depuis sa visite à Haverdown. Il avait dirigé des réunions, lu la presse professionnelle, composé un «Billet de votre président sur la prochaine Foire de Paris», adopté une politique nouvelle pour les soins médicaux des employés, la retraite et l'assurance décès, passé une longue séance avec les comptables sur les chiffres d'avril pour la nouvelle année fiscale, fait des provisions de discours pour l'assemblée annuelle des actionnaires. Il avait déjeuné avec les dirigeants de certaines œuvres de charité auxquels – vaguement – il avait proposé de fortes sommes moyennant d'obscures conditions. Il avait dîné avec les Inclassables et répété avec un vif succès sa plaisanterie sur ce qu'un nylon avait dit à l'autre. Il avait congédié un contremaître qu'il soupçonnait d'espionnage industriel et grâce à sa diplomatie avait évité une grève. Il avait ouvert un dépôt de pièces détachées à Amsterdam ; livré et remporté une farouche bataille avec le Service de garantie des crédits à l'exportation. Il avait assisté à une matinée dans un des petits théâtres de Soho, et poursuivi sa longue et coûteuse correspondance avec Somerset House à propos de sa généalogie. La discussion tournait autour d'un Cassidy qui avait combattu à Marston Moor dans la grande charge de Cromwell contre la cavalerie du prince Rupert ; mais il semblait que cet effort l'eût épuisé car on n'avait jamais plus entendu parler de lui. Au bout de six ans, Cassidy avait maintenant l'impression que la correspondance risquait de devenir aussi longue et vaine que la guerre civile elle-même. Il avait amené la Bentley à Park Ward, l'avait laissée là pendant que les mécaniciens traquaient respectueusement un bruit fugitif à la portière gauche. Il avait joué au golf avec ses concurrents et au squash avec de jeunes cadres. Ses concurrents avaient ricané devant la quantité de ses clubs et ses jeunes collaborateurs disaient : «Désolé, monsieur» et lui racontaient comment Oxford avait changé. Il avait dicté des lettres à sa secrétaire, miss Mawdray, et contemplé ses formes juvéniles par-dessus la monture de ses lunettes inutiles. (Il ne fallait absolument pas comparer ces lunettes avec celles de la mère de Sandra. Les lunettes de Cassidy étaient là pour lui donner de l'autorité, celles de Mrs. Groat pour proclamer sa fragilité.)

Son front se rembrunit.

Là, il voulait bien en convenir, certains agréables frémissements avaient été enregistrés sur le sismographe de Cassidy. Miss Mawdray était une fille nette, désirable, brune comme Sandra mais plus grande, avec un corps de nageuse et une passion pour la Grèce. Le vendredi elle portait un poncho avec des pompons en laine de chèvre et le mardi elle lui lisait son horoscope, les genoux serrés comme de petites fesses, le bout de ses oreilles pointant à travers ses longs cheveux bruns.

« Quelles horreurs m'avez-vous réservées cette semaine, Angie ? » lui avait-il demandé hier matin, dissimulant sa concupiscence sous une attitude d'indulgence paternelle, tout en écoutant attentivement les hardies prophéties qu'elle lui lisait dans un quotidien d'un niveau indigne de son état. Elle avait récemment acquis une bague de fiançailles mais avait refusé de répondre à toutes les questions qu'on lui avait posées sur son origine. Le type devait être marié, conclut Cassidy avec une désapprobation hautaine ; aujourd'hui ces filles sont toutes les mêmes.

Une seule autre fois durant toute cette période Cassidy avait éprouvé un choc. Assistant à une assemblée ordinaire de l'association de fabricants à laquelle il appartenait, l'honorable membre s'était lancé, sans aucune raison qu'il puisse aujourd'hui élucider, dans une attaque violente et injustifiée contre le ministère du Commerce. On considéra dans l'ensemble ce discours comme tout à fait déplacé et pendant plusieurs jours il avait envisagé de se suicider. Par bonheur, le bon sens l'avait emporté et au lieu de cela il s'était offert un magnifique déjeuner. Il avait découvert un nouveau restaurant dans Lisle Street où on faisait des mille-feuilles avec une crème au chocolat et il en avait pris deux portions avec son café.

Qu'est-ce que j'ai éprouvé ? se demanda-t-il en regardant d'un air morose par la fenêtre. Qu'est-ce que j'ai appris ? De quelle façon ai-je profité de l'humanité ? Plus important encore, en quoi l'humanité a-t-elle profité de ma présence ? Réponse : en rien. Un vide. Cassidy vit dans un vide. Pauvre Cassidy. Pauvre Ours. Pauvre Ours Pailthorte.

Et c'est probablement afin de combler ce vide, songea Cassidy, que j'ai maintenant péché. Grossièrement péché, ma mère, contre le paradis et contre toi. Contre Sandra et (il était prêt à le confesser) contre sa propre chair aussi...

C'en était trop pour lui. Bannissant le honteux souvenir de sa transgression maritale la plus récente et la plus provocante, Cassidy reprit son manteau de père sagace.

Hugo est en pleine forme, mais bien sûr il a hâte de te rejoindre à Hearst Leigh l'an prochain. L'autre jour je l'ai emmené au cinéma. Nous avons téléphoné au directeur d'abord, qui a été très gentil et a installé un fauteuil roulant dans la travée. Nous avons vu *Le train sifflera trois fois*. Hugo a adoré les scènes de bagarres mais les scènes d'amour l'impatientaient.
HUGO : « Est-ce qu'il est en train de la tuer ? »
MOI : « Non. Ils s'embrassent. »
HUGO : « Pourquoi est-ce qu'ils ne tirent pas de coups de fusil ? »
MOI : « Ils le feront quand ils auront fini de s'embrasser. »
Effondrement général.
En fait, il est tout à fait habitué à son plâtre et je crois vraiment que ce sera une grande déception pour lui quand on le lui enlèvera ! Encore que parfois, bien sûr, notamment quand le temps est aussi beau que maintenant et que les petites Elderman sont dehors à jouer sur la lande, il devienne un peu difficile et alors on fait appel à papa pour jouer les croque-mitaines...

« Entrez ! »
On avait frappé à la porte. La panique lui serra l'estomac. Un télégramme de Sandra ? SUIS PARTIE POUR TOUJOURS DÎNER AU FRIGO SANDRA ?

La visite d'un inspecteur des impôts : Une vérification, monsieur, si vous permettez, voici mon mandat.

Sa mère, Mrs. Groat, est arrivée en tapotant tout le long du corridor avec sa fausse canne blanche. Bonjour ma chère, gros éclats de rire, je crois bien qu'elle est morte, n'est-ce pas ?

C'était Meale, un stagiaire surqualifié, qui hésitait sur le seuil. Un garçon peu attirant, aux airs de chèvre, piqué à Bébé-Confort, leur principal concurrent. Auteur de projets sans fin ; sans charme mais non sans énergie. Fortes études commerciales : nouveau. Allons, Cassidy allait être juste avec lui. Meale avait bénéficié de quelques avantages indéfinissables et Cassidy devait en tenir compte. Il ne reprochait pas non plus à Meale d'avoir amélioré sa situation. Après tout, où serait Cassidy s'il n'avait pas insisté pour prendre le maximum de bénéfices que le marché était capable de supporter ? Et puis Meale apportait une distraction, et c'était justement ce dont Cassidy avait besoin.

Affectant une petite moue de surprise, le président-directeur général s'arracha à ses profondes délibérations.

« Qui est-ce ? Meale. Bonjour, Meale, asseyez-vous. Non, pas là, ici. Café ?
— Non, je vous remercie, monsieur.
— Moi, j'en prends.
— Alors je vous remercie, oui. Je me demandais si vous aviez eu l'occasion de lire mon programme de projection, monsieur. »

Les manières d'abord, Meale, les manières d'abord, je compte sur vous pour boire avec moi.

« Sucre ? demanda aimablement Cassidy.
— Oui, monsieur.
— Et lait ?
— Oui, volontiers, monsieur. »

Dans le téléphone intérieur : « Du café, miss Orton, voulez-vous ? Lait et sucre, pour moi comme d'habitude. » On coupe le contact. On tripote ses lunettes. On feuillette des papiers confidentiels. On examine un lustre qui est une coûteuse copie. Et on ne trouve pas dans son cœur le courage de décevoir un homme qui est venu vous demander conseil.

« Je l'aime bien, Meale. Je crois qu'il est bon, et je crois que vous avez raison.

— Vraiment, monsieur ?

— Oui. Très bon. Vous devez être très content de vous. Je le suis. Je veux dire content de vous, ah ah ! pas de moi. »

Un hiatus ; un léger nuage de mécontentement, de méfiance. « Dites-moi... » – une fois de plus il tend la main vers le petit bouton provocant de miss Orton – « vous ne préférez pas le thé, non ?

— Oh ! non, monsieur.

— Ah ! »

On réarrange ses mains dans la posture du juge bienveillant, voir notre photographie dans le *Times* du 8 mars de cette année : *Rapide mais sûr. Aldo Cassidy au travail dans ses bureaux d'Audley Street.*

« Alors allons-y, voulez-vous, Meale ? »

La porte se referma.
Rien.
Pas même un creux sur le fauteuil de cuir noir pour marquer l'endroit où le jeune homme éperdu de reconnaissance s'était assis. Ou alors... Tiens tiens... Peut-être ne s'était-il pas assis ? N'était-il pas venu, n'avait-il pas parlé ?

Avec un petit sourire d'une séduisante supériorité, Aldo Cassidy, docteur en philosophie, membre du collège d'All Souls et président-directeur général, exposa ainsi la proposition relative à la non-visite du nommé Meale :

« Il y a des philosophes, mon cher garçon, et sans nul doute des psychiatres et des mystiques aussi, qui réfutent bruyamment toute idée d'une ligne de démarcation entre nos désirs et leurs contreparties externes. Cela étant, mon cher garçon : leur doctrine ne s'étend-elle pas aussi aux gens ? Ainsi : si une rencontre avec quelqu'un se trouve annulée par un acte d'oubli, ne s'ensuit-il pas, mon cher garçon, que ceux que nous gardons en mémoire sont maintenus en existence par le fait que nous nous souvenons d'eux ? Par nos actes à nous ? Et puisqu'il en est ainsi, est-ce qu'un pareil système n'impose pas à chacun de nous une responsabilité bien accablante sur ses créations ? Hein ? Hein ? Je veux dire si tu oubliais Sandra, est-ce qu'elle existerait ? »

Perdant le fil, Cassidy but le café froid qui restait dans sa tasse et continua son tour d'horizon de la scène domestique.

Tu sais, Mark, le travail de restauration à la maison continue lentement mais sûrement. – Le dessus de cheminée en marbre est à peu près *in situ* (latin, quatrième déclinaison, ou bien est-ce la cinquième ?) et M. La Boue, le maçon, a réussi, non sans de rudes encouragements, à poser la plaque de marbre d'aplomb sans briser les soutiens. Il voulait, j'imagine, couper, parfaitement, couper un bout du pilier de pin sculpté, mais maman l'a surpris en flagrant délit et il a bel et bien fait acte de contrition !

À la maison.

Il jeta autour de son bureau un regard éteint. Mon *dulcis domus*, mon sanctuaire, mon refuge. Sa compensation pour toutes les chambres désagréables de son enfance. C'est ici que j'ai administré, que j'ai dispensé mes bienfaits, distribué mes éloges, et c'est ici qu'il recevait en retour cette auréole de sécurité maternelle qu'aucune femme parmi celles qu'avait connues Cassidy n'avait jamais été prête à lui donner. Jadis, même approcher du bâtiment, ç'avait été connaître la paix. La façade de brique, cette chair d'un rouge sombre et terne, les pignons de bois baroques avec leur peinture crème, comme des jupons soulevés par une main anonyme en attendant sa pénétration ; la plaque de cuivre étincelante sur la porte d'entrée en bois de rose, plus éblouissante que n'importe quel sourire de femme, tous ces détails lui avaient toujours jeté au visage de rassurantes sensations d'achat, de conquête et d'expansion. « Tu en as tellement, lui disaient-ils, et tu gères tout ça si bien. » Cependant que le « Bonjour, monsieur Aldo » murmuré par miss Mawdray et jaillissant, semblait-il, des profondeurs de sa poitrine juvénile, lui rappelait les nombreux actifs qu'il avait encore à transformer en espèces. Ici – quoi qu'il eût laissé d'autre derrière lui au 12 Abalone Crescent –, ici dans ce cercueil doux et profond, sept heures par jour et cinq jours par semaine, il était en paix. Il pouvait s'allonger ou s'asseoir bien droit. Il pouvait arborer un air sévère, sourire, prendre un verre ou un bain avec la même tranquillité et, ainsi mignoté, déployer tout à loisir les nombreux talents dont Dieu l'avait gratifié, l'art de diriger, l'élan et le charme.

Et maintenant c'est ma prison. Lamentable Cassidy. Abject crapaud. Pauvre Pailthorpe.

Nous aurions dû rester à Acton, songea-t-il, en bâillant après son copieux déjeuner – Boulestin n'était pas mal en fait, il devrait y aller plus souvent, c'était un des rares établissements où on s'occupait de vous quand vous étiez seul –, nous n'aurions jamais dû nous faire introduire en Bourse. Nous étions des pionniers en ce temps-là ; des aventuriers du commerce, des rêveurs, des lutteurs. Lemming, son principal lieutenant, aujourd'hui un homme corpulent, était alors un vrai lévrier, svelte, rapide et infatigable. Faulk, son directeur de publicité, aujourd'hui une tapette affichée au front dégarni, était en ce temps-là l'homme à la langue déliée qui concevait des coups publicitaires fumants. Maintenant, avec une situation assise derrière eux et des comptes publics devant eux, un rythme ralenti, un début de digestion commerciale en quelque sorte avait tacitement remplacé leur frénésie juvénile. Six mois auparavant, il avait été lui-même le premier à chanter les louanges de ce calme. « Il s'agit de se retrancher », avait-il déclaré dans une longue interview ; « de s'assagir », et par sa propre attitude il avait donné le ton. La bataille est terminée, nous voici maintenant dans les eaux plus calmes d'une paix longue et prospère, avait-il assuré à ses actionnaires à l'assemblée de l'an dernier. Parfait. Et quand on s'est retranché ? Et quand on s'est calmé ? Alors qu'est-ce qu'on a ? Des souvenirs et pas grand-chose d'autre. « Tu te souviens du soir où on a soudé ce premier prototype ? » disait Cassidy à Lemming lors du verre de Noël. « Dans ce vieux hangar à vélos derrière le magasin de jouets ? Tu te souviens qu'on s'est trouvé à court de jus et qu'il a fallu tirer ta bourgeoise du lit, hein, Arthur ?

— Seigneur, répondait Lemming, en tirant sur son cigare pendant que les jeunes buvaient ses paroles, ce qu'elle pouvait être furieuse ! »

Ah ! comme hier les faisait rire.

Il faut que je me dépêche maintenant. J'ai promis de faire ma visite bimensuelle à grand-père et puis de rejoindre maman à la maison. Je me demande ce qu'elle a préparé pour le dîner, pas toi ? Tiens, Mark..., je viens d'avoir une idée : n'est-ce pas que c'est drôle de penser qu'un jour, assis à ce même bureau, ce sera peut-être toi qui seras en train d'écrire ces mêmes mots à ton fils bien-aimé ? Allons, salut. N'oublie pas que la vie est un cadeau et non pas un fardeau et que tu es encore à peine à l'âge où l'on ouvre le paquet.

PAPA.

P.-S. Au fait, est-ce que tu as lu l'histoire extraordinaire de cet Irlandais du nom de Flaherty, dans le comté de Cork, qui se promène en prétendant qu'il est Dieu ? Je suis sûr qu'il n'y a rien là-dedans mais on ne sait jamais. J'imagine que ça t'a échappé et je sais que tu ne reçois là-bas que le *Telegraph*, malgré la lettre de ta mère à Mr. Grey.

« Prenez votre temps », dit-il au chauffeur.

Les sentiments de Cassidy à l'égard de son père variaient. Celui-ci habitait dans un penthouse de Maida Vale, un immeuble qui figurait parmi les actifs de la compagnie et il y séjournait sans payer de loyer en échange de consultations dont la nature demeurait imprécise. De ses nombreuses grandes baies, semblait-il à Cassidy, il suivait le progrès de son fils dans le monde comme jadis l'œil de Dieu avait suivi Caïn à travers le désert. Pas moyen de se cacher de lui ; son service de renseignements était étendu et là où il faisait défaut l'intuition le remplaçait. Dans les mauvaises passes, Cassidy le considérait comme indésirable et élaborait des plans compliqués pour le supprimer. Dans ses bons jours il l'admirait beaucoup, et surtout son flair. Quand il était plus jeune, Cassidy s'était livré à d'abondantes recherches sur le compte du vieil Hugo, interrogeant d'anciennes relations de clubs et compulsant des archives; mais les faits le concernant, comme ceux qui concernaient Dieu, ne se trouvaient pas facilement. Durant la première enfance de Cassidy, semblait-il, le vieil Hugo avait été ministre du culte, fort probablement pas de l'Église d'Angleterre. À l'appui de cette hypothèse, Cassidy pouvait citer l'apparentement cromwellien et certains souvenirs d'une chaire en pin: par un jour froid le vieil Hugo coincé dedans comme un œuf dans un coquetier et le tendre enfant tout seul sur un des premiers bancs comme le Christ au milieu des anciens. Avec le temps toutefois – un facteur très variable dans les incarnations du vieil Hugo –, le Seigneur était apparu à Son Berger en rêve et lui avait expliqué que cela rendait mieux de nourrir le corps que l'esprit, et le brave homme avait en conséquence renoncé à la vie ecclésiastique en faveur de l'hôtellerie. La source de ses informations, comme il fallait s'y attendre, était le vieil Hugo lui-même, puisque personne d'autre sauf Dieu n'avait eu connaissance de ce rêve. Souvent, affirmait-il, il regrettait sa décision d'inspiration divine, à d'autres moments il se la rappelait comme un acte de courage, et parfois, se lamentant sur ses malheurs, il songeait avec une profonde rancœur aux années qu'il avait gaspillées sur le Verbe.

« Dire que j'étais là à essayer d'enseigner la sagesse à ces pauvres bougres, et qu'est-ce que j'avais comme audience ? Quatre vieilles fées et un contractuel. »

À un moment de sa vie, il avait été également membre du Parlement, encore que les recherches de Cassidy auprès du Bureau de la Chambre des communes ne lui eussent pas permis de confirmer cette prétention; et il n'avait participé à aucune élection dont un parti politique eût gardé le souvenir. Néanmoins, les initiales M. P. le suivaient partout, même sur ses factures ; et elles figuraient en gros caractères sur la plaque au-dessous de sa sonnette.

C'était un jour à acheter le Savoy.

« Tu ne peux pas te tromper, insista le vieil Hugo. Qu'est-ce qu'un hôtel, veux-tu me le dire ?

— Dis-le-moi, toi, fit Cassidy avec admiration, car il ne connaissait que trop bien la réponse.

— Des briques et du mortier, de la nourriture et des boissons, voilà ce qu'est un hôtel. Ces éléments fondamentaux, c'est la base de la vie. Le gîte et le couvert ; qu'est-ce que tu veux de plus ?

— C'est parfaitement exact, dit Cassidy, se demandant en secret, comme toujours au cours de ces conversations, comment, si son père connaissait si bien les questions d'affaires, il avait réussi à être sans le sou depuis vingt ans. Il y a du vrai dans ce que tu dis, ajouta-t-il avec un enthousiasme docile.

— Oublie les fixations. Les fixations, c'est mort. Et les voitures d'enfant aussi. Tout ça est mort. Regarde la pilule. Regarde le Viêt-nam. Est-ce que tu vas me dire, mon garçon, que ce monde où nous vivons aujourd'hui est un monde où les hommes et les femmes vont élever leurs bébés comme ta mère et moi l'avons fait ?

— Non, reconnut Cassidy, je pense que non, et il lui rédigea un chèque de cent livres. Ça te suffira pour le moment ? demanda-t-il.

— N'oublie jamais, remarqua son père, en lisant les mots aussi bien que les chiffres, les sacrifices que j'ai faits pour toi.

— Je ne pourrais jamais, lui assura Cassidy. Franchement. »

Disposant avec soin les plis de sa robe de chambre sur ses genoux blancs et lisses, le vieil Hugo se traîna jusqu'à la fenêtre pour examiner les toits embrumés d'un Londres à la Dickens.

« Un pourboire, lança-t-il dans un brusque élan de

mépris, distinguant peut-être parmi les pots de cheminée des générations de serveurs mal payés, des Cypriotes du Waldorf à Yarmouth, des Anglo-Saxons sur le quai principal de Pinner. Le pourboire, c'est une saloperie, voilà tout. J'ai vu ça je ne sais pas combien de fois. Le premier imbécile venu peut donner un pourboire pour peu qu'il ait dix shillings et un gilet.

— C'est simplement que je sais que tu as besoin d'un petit extra de temps en temps.

— Tu ne me paieras jamais ce que tu me dois. *Jamais*. Tu as des atouts dont personne ne peut comprendre la valeur, et surtout pas toi. Et d'où les tiens-tu ? De ton vieux père. Et quand on me jugera, comme un jour je ne manquerai pas de l'être, aussi sûrement que la nuit suit le jour, mon garçon, ne t'y trompe pas, on me jugera uniquement et exclusivement sur les nombreux talents et remarquables attributs que je t'ai transmis, bien que tu n'en sois pas digne.

— C'est vrai, dit Cassidy.

— Ton éducation, ton esprit brillant, ton don de l'invention, tout ça. Regarde ton sens de la discipline. Regarde ta religion. Où seraient-ils si je ne t'avais pas élevé comme il faut ?

— Nulle part.

— Un délinquant, voilà ce que tu serais. Un triste délinquant, tout comme ta mère, si je n'avais pas payé à ces gens de chez Sherbone une véritable fortune pour t'inculquer la vertu et le patriotisme. Tu as vraiment eu toutes les occasions du monde. Comment est ton français ?

— Toujours aussi bon.

— C'est parce que ta mère était française. Tu n'aurais jamais eu une mère française sans moi.

— Je sais bien, dit Cassidy. Au fait, tu ne saurais pas où elle est, par hasard ?

— Eh bien, entretiens-le », poursuivit le vieil Hugo d'un ton pressant. Sa paume exsangue décrivit un arc impérieux, comme si elle allait arrêter le soleil. « Avec les langues tu peux arriver n'importe où, annonça-t-il à l'univers. N'importe où. Tu dis toujours tes prières, n'est-ce pas ?

— Bien sûr.

— Tu continues à t'agenouiller et à joindre les mains comme un petit enfant alors ?

— Tous les soirs.

— Tu parles, répliqua le vieil Hugo d'un ton amer. Dis un peu les prières que je t'ai enseignées.

— Pas maintenant, dit Cassidy.

— Pourquoi donc ?

— Ça ne me dit rien.

— Ça ne te dit rien ! Seigneur. »

Il but une gorgée, s'appuyant d'une main au châssis métallique de la fenêtre.

« L'hôtellerie, répéta-t-il. C'est ça ta ligne. Tout comme pour moi ; rien que tes manières ça vaut cinq mille livres par an, tu n'as qu'à demander à Hunter. »

Hunter, mort aujourd'hui, avait été une autre source d'informations. Cassidy l'avait rencontré en secret au Club national libéral mais n'avait rien appris. Le père et le fils avaient suivi ensemble son enterrement.

« Ce sont *tes* manières », dit Cassidy courtoisement.

Le vieil homme eut un hochement de tête approbateur et pendant un moment parut oublier totalement son fils, pour se plonger dans la contemplation du ciel de Londres.

« Il y a un homme dans le comté de Cork qui prétend qu'il est Dieu, dit Cassidy avec un brusque sourire.

— C'est une escroquerie, répliqua le vieil Hugo avec cette immédiate certitude que Cassidy adorait en lui. C'est la plus vieille escroquerie du monde. »

Découvrant le chèque toujours dans sa main, le vieil Hugo le relut. C'est tout ce qu'il lit, songea Cassidy, c'est tout ce qu'il a jamais lu, les journaux du soir et les chèques et quelques lettres en diagonale, pour en flairer le contenu.

« Reste avec elle, dit enfin le vieil Hugo, toujours en train de lire le chèque. Tu serais devenu un délinquant si tu n'avais pas épousé une garce.

— Mais elle ne m'aime pas, protesta Cassidy.

– Pourquoi diable veux-tu qu'elle t'aime ? Tu es encore un plus foutu menteur que moi. C'est toi qui as épousé l'honnêteté, pas moi. Alors arrange-t'en et tais-toi.

– Oh ! pour ce qui est de me taire, je n'ai rien à me reprocher, reprit Cassidy avec quelque entrain. Nous ne nous sommes pas adressé la parole depuis une semaine. »

Le vieil homme pivota vers lui.

« Qu'est-ce que tu veux dire, *nous ne nous sommes pas adressé la parole depuis une semaine* ? Bonté divine, avec ta foutue mère ça a duré des mois. *Des mois*. Et tout ça à cause de toi, parce que je t'avais donné la vie. Sans moi tu n'existerais pas. Tu entends ? » Il revint vers la fenêtre. « D'ailleurs, tu n'aurais pas dû le faire.

– Bon, dit docilement Cassidy, je n'aurais pas dû le faire.

– Une garce, déclara enfin le vieil Hugo d'une voix morne, mais Cassidy aurait été bien en peine de dire s'il désignait par là Sandra ou quelque autre créature du sexe. Une garce », murmura-t-il encore, et penchant en arrière son grand torse pâle aussi loin qu'il voulait bien aller, il y déversa le reste de son cognac comme s'il emplissait une lampe.

« Et tâche d'éviter les tapettes », lui lança-t-il, comme si cette catégorie-là aussi l'avait laissé choir.

Kurt était suisse, c'était un homme aimable et neutre vêtu dans des gris prudents. Sa cravate était d'un brun terne, ses cheveux d'un blond terne, et il portait sur ses mains pâles de médecin un rubis dans les tons pastel, mais le reste de sa personne n'était qu'ardoise, ski hors saison et ses chaussures étaient en cuir gris et mat natté.

Ils étaient assis dans un bureau au mobilier de matière plastique auprès d'un globe en plastique, à discuter des grandes courses qu'ils feraient cet été, et à étudier des prospectus de sacs à dos, de crampons et de cordes de nylon. Cassidy avait très peur des hauteurs, mais il avait l'impression que maintenant qu'il possédait un chalet il devait s'attaquer à la montagne. Kurt approuvait.

«Vous êtes fait pour ça, ça se voit à vos épaules, vous comprenez», dit-il, ses yeux le jaugeant avec un plaisir pâle. Kurt et Cassidy commenceraient par de petites courses pour tenter ensuite des escalades plus difficiles. «Et puis peut-être qu'un jour vous ferez l'ascension de l'Eiger.

– Oui, dit Cassidy, j'aimerais bien.»

Cassidy était prêt à payer, dit-il, si Kurt prenait les dispositions nécessaires.

Il y eut un petit silence. Était-ce l'heure des affaires?

Le métier de Kurt n'avait jamais paru très défini à Cassidy, mais sa fonction était sans équivoque. Il maniait l'argent. L'argent en tant que fin, que marchandise, que produit. Il le recevait en Angleterre et le rendait à l'étranger, et quelque part au-dessus de la Manche il prélevait une petite commission pour braver les fatigantes lois anglaises...

L'heure de prendre un verre.

«Vous voulez un kirsch?

– Non merci.

– Il faut vous entraîner.

– Oui», dit Cassidy. Et il eut un rire timide, en essayant de deviner ce que serait sa consommation dans les Alpes. Ça n'est pas possible qu'il ait envie de moi, songea-t-il; il est simplement une tante en général, mais il n'y a rien de personnel, j'en suis sûr.

«Comment ça va? demanda Kurt en baissant la voix pour prendre un ton complice.

– Bah... Vous savez ce que c'est. Des hauts et des bas. En fait, pour l'instant, c'est plutôt le bas. Elle se remet à apprendre le piano.

– Ah!», dit Kurt. Un ah! bref, désapprobateur. Un chiot vient de s'oublier sur mon tapis d'Orient. «Elle est bonne?

– Pas très.

– Ah!

– C'est simplement..., poursuivit Cassidy. C'est simplement qu'on ne parle jamais. Sauf des œuvres de charité, de choses comme ça. Au fait, et mes œuvres à moi... ? Vous savez.

— Bien sûr », dit Kurt. Le sourire vint plisser les pâles coussins qui enveloppaient sa mâchoire. « Mon Dieu, remarqua-t-il d'un ton uni. Alors c'est le piano ?

— Le piano, fit Cassidy en écho. Et vous, Kurt, comment ça va ?

— Moi ? » La question le déconcertait.

En Suisse, songea Cassidy, ils ont pas mal de suicides et de divorces, et Kurt lui semblait parfois être l'explication de tout cela.

Kurt avait un stylo à bille en argent posé comme une balle de fusil bien polie sur son bureau en fibre de verre. Le soulevant, il en contempla un long moment la pointe, y cherchant des défauts de fabrication.

« Merci, je vais bien.

— Bon.

— Est-ce que je peux vous rendre service, Cassidy ?

— Ma foi, si vous pouviez me faire cinq cents ?

— Pas de problème. À dix francs suisses la livre, d'accord ? On vous vole de quelques centimes.

— Je vais vous donner un chèque, dit Cassidy et il le rédigea au porteur, en se servant du stylo de Kurt.

— Vous savez, dit Kurt. Je n'aime pas critiquer votre gouvernement mais ce sont des règlements insensés.

— Je sais », dit Cassidy.

Le vieil Hugo les gardait prêts à être aussitôt présentés, mais Kurt pliait tous ses chèques, il les tenait comme un joueur tient ses cartes, les empaumant pour les faire sortir ensuite entre le pouce et l'index.

« Alors pourquoi ne les changez-vous pas ? demanda-t-il.

— Nous devrions, n'est-ce pas ? Malheureusement c'est cette stupide tradition anglaise. Les règlements font partie de notre tradition. Nous les faisons et puis nous en tombons amoureux. »

Cette expression laissa Kurt immobile pendant quelques secondes de chronomètre. « Amoureux ? répéta-t-il.

— Au figuré.»

Kurt l'accompagna jusqu'à la porte. «Présentez, je vous prie, mes hommages à votre femme.

— Je n'y manquerai pas. Merci. Dites donc, je ne sais pas si vous lisez les journaux anglais, mais il y a un Irlandais du Sud qui a annoncé qu'il était Dieu. Pas le nouveau Christ, semble-t-il. Dieu.»

Un pli barrait le front de Kurt aussi léger qu'un trait de crayon après le passage de la gomme.

«L'Irlande du Sud est catholique, dit-il.
— C'est exact.
— Je suis désolé, mais je suis un tenant de l'évangélisme.
— Bonsoir, dit Cassidy.
— Bonsoir», dit Kurt.

Pendant une heure, peut-être davantage, il prit des taxis pour se rendre à divers endroits. Certains sentaient les cigares du vieil Hugo, certains le parfum de femmes qu'il aimait mais qu'il n'avait jamais rencontrées. La nuit tombait lorsqu'il arriva à Abalone Crescent et les lumières brillaient dans les maisons voisines. Faisant arrêter le taxi, il fit à pied les cent derniers mètres et la petite place lui parut comme le soir où ils l'avaient vue pour la première fois, comme un coffret plein de volets pastel, de vieilles lampes, de portes cochères, de livres reliés, de rocking-chairs et de couples heureux.

«*Tu peux avoir n'importe laquelle des trois, celle-ci, celle-ci, celle-ci.*
— *Prenons-les toutes*», s'était écriée Sandra, en lui tenant la main, debout auprès de lui sous la pluie. «*Mon Dieu, Pailthorpe* – en utilisant leurs mots de code et en lui pressant la main – *qui donc aurons-nous pour emplir tant de pièces?*
— *Nous fonderons une dynastie*, dit fièrement Cassidy. *Nous serons les Grecs, les Crétois, les Romains. Il y aura des masses de petits Pailthorpe, gras comme du lard. Voilà.*»

C'étaient des gants de laine qu'elle portait, et une écharpe de laine trempée, et la pluie sur son visage était comme des larmes d'espoir.

«*Alors il n'y aura jamais assez de chambres*, dit-elle fièrement, *parce que j'ai l'intention d'en avoir des portées et des portées, dix à la fois comme Sal-Sal. Jusqu'à ce que tu trébuches dessus dans les escaliers. Voilà.*»

Sal-Sal était une chienne du Labrador, leur première, aujourd'hui disparue.

Elle avait tiré les rideaux de bonne heure, comme si elle avait peur de voir chaque jour mourir. Quand ils étaient jeunes elle aimait le soir, mais les rideaux maintenant leur donnaient une nuit précoce et le crépuscule restait dehors. La maison se dressait dans l'ombre, comme une colonne vert sombre, sur cinq étages, un coin avançant comme une proue sur le trottoir et écornée à hauteur de guidon là où les petits livreurs passaient à bicyclette. Ce fut à peine s'il remarqua l'échafaudage, il était là depuis si longtemps. Il vit la maison comme un visage sous la chevelure des poutrelles, ne changeant que là où les maçons la changeaient en remplaçant les linteaux de bois par de la pierre taillée.

«*Nous en ferons quelque chose de parfait. Nous l'arrangerons comme elle l'aurait été au XVIIIe siècle.*

— *Et si tu décides d'entrer dans les ordres*, dit Sandra, *nous la louerons pour une bouchée de pain à un club de jeunes.*

— *Oui*, acquiesça Cassidy, *c'est ce que nous ferons.*»

Courbant le dos sous les échafaudages, il ouvrit la porte et entra. Dans le vestibule il y avait des ballots de tissus pour l'ouvroir, un petit canot de sauvetage en matière plastique pour servir de tirelire.

On entendait de la musique.

Elle s'exerçait sur un hymne simple ; rien que la mélodie, elle n'essayait pas d'harmoniques.

«*Le jour que tu nous as donné, Seigneur, est terminé.*»

Il chercha du regard le manteau de Heather. Disparu.

Seigneur, se dit-il ; pas un témoin, pas un arbitre. Il leur faudra un mois pour découvrir nos corps.

«Salut», lança-t-il dans l'escalier.
La musique continuait.

Sandra avait son propre salon et le piano était trop grand pour la pièce. Il était installé entre sa maison de poupée et une caisse de bric-à-brac qu'elle avait achetée chez Sotheby's et qu'elle n'avait pas encore ouverte, et on aurait dit qu'on l'avait descendu là comme un canot qu'on aurait mis à la mer et que personne ne savait vers quel rivage diriger.

Elle était assise très droite, seule à bord, une unique lampe pour l'éclairer et le métronome égrenant son signal. À sa proue se dressait une pile de circulaires poussiéreuses sur le Biafra. Sous les mots «Le Biafra, les faits», un bébé noir terriblement émacié lançait un cri muet vers le lustre de cristal. Sandra portait une robe d'intérieur et sa mère lui avait relevé les cheveux comme pour dire qu'ils ne serviraient plus ce soir-là. Il y avait un trou dans le mur derrière elle, au bord déchiqueté comme un trou d'obus. Des bâches d'entrepreneur couvraient le parquet et un énorme lévrier afghan l'observait des profondeurs d'un fauteuil de style XVIIIe.

«Salut, répéta-t-il. Comment ça va?»

Sandra se concentra davantage encore sur son clavier. C'était une femme frêle au corps un peu osseux avec des yeux bruns masculins et, comme la maison, elle avait un air désenchanté et inhabité qui dans une certaine mesure décourageait toute invasion sans empêcher qu'on déplorât tant d'esseulement. Quelque chose jadis avait été planté là qui s'était flétri. En la regardant et en attendant que la tempête éclate, Cassidy avait la désagréable impression que ce quelque chose était lui-même. Pendant des années il avait essayé de vouloir ce qu'elle voulait sans trouver de raison extérieure de vouloir quoi que ce fût d'autre. Mais pendant toutes ces années il n'avait jamais vraiment su ce qu'elle voulait. Depuis quelque temps elle avait inscrit à son actif diverses réalisations mineures, non pas pour elle-même, mais pour les transmettre à ses enfants

avant de mourir. Pourtant ses enfants la fatiguaient et elle était souvent cruelle avec eux pour de petits détails un peu comme les enfants sont cruels entre eux.
Les ténèbres tombent à ta requête.
« Tu t'en tires très bien, dit Cassidy. Qui est ton professeur ?
— Personne, répondit-elle.
— Comment ça a marché aujourd'hui ?
— Où ça ?
— À la clinique. Beaucoup de clients ?
— Tu appelles ça des clients ? » demanda-t-elle.
Le jour que tu nous as donné, Seigneur, est terminé.
« Personne n'est venu, fit-elle.
— Peut-être qu'ils sont guéris », proposa-t-il, son ton ralentissant au rythme de la musique.
Les ténèbres tombent à ta requête.
« Non. Ils sont quand même là. Quelque part. »
Le battement du métronome ralentit puis s'arrêta.
« Tu veux que je te le remonte ?
— Non merci », dit-elle.
Le jour que tu nous as donné, Seigneur, est terminé.
Gauchement, ne voulant pas déranger l'afghan, il posa une fesse en équilibre sur le bord du fauteuil. C'était très inconfortable et la broderie picotait sa peau tendre.
« Alors qu'est-ce que tu as fait ?
— La baby-sitter.
— Oh ! pour qui ? »
Les ténèbres tombent à ta requête.
« Les Elderman. »
Elle parlait avec une infinie patience, comme si elle acceptait tristement l'insondable mystère. Les Elderman étaient le docteur et sa femme, un couple cordial et perfide, les plus proches alliés de Sandra.
« Ah ! c'est gentil, dit Cassidy d'un ton affable. Ils sont allés au cinéma ? Qu'est-ce qu'ils ont vu ?
— Je ne sais pas. Ils avaient simplement envie d'être ensemble. »
Elle joua sans souplesse une gamme descendante. Elle

termina très bas et l'afghan poussa un grognement agacé.

«Je suis désolé, dit Cassidy.

— De quoi?

— Pour Hugo. C'est simplement que je me suis inquiété.

— Inquiété de quoi? demanda-t-elle en fronçant les sourcils. Je ne te comprends pas.»

Le jour que tu nous as donné, Seigneur, est terminé.

Au fond de son cœur, Cassidy était prêt à avouer n'importe quoi: les crimes humains n'avaient pas de logique pour lui, et il était tout prêt à admettre qu'il les avait tous commis. Mais la confession ouverte lui était pénible et contraire à ses conceptions sur le maintien.

«Eh bien, commença-t-il à regret. Je t'ai trompée. Je l'ai emmené chez un spécialiste. J'ai fait semblant de l'emmener voir *Le train sifflera trois fois* et au lieu de cela je l'ai emmené chez un spécialiste.» Comme il n'obtenait même pas de réponse, et encore moins d'absolution, il ajouta d'un ton plus crispé: «Je croyais que c'était à propos de ça que nous nous disputions depuis huit jours.»

Les ténèbres tombent à ta requête.

Avec un bruit de clapotis l'afghan se mit à se mordiller une patte, essayant d'attraper quelque chose d'enfoncé dans sa peau.

«Arrête!» lança Sandra, et se tournant vers Cassidy: «Nous nous disputions? Je suis sûre que non.»

L'afghan ne tint aucun compte de son avertissement.

«Oh! bon! très bien», dit Cassidy. Et comme il était au bord de la colère, il laissa l'hymne le calmer, les deux vers. «Où est Heather? demanda-t-il.

— Sortie avec son petit ami.

— Je ne savais pas qu'elle en avait un.

— Oh! si!»

Le jour que tu nous as donné, Seigneur, est terminé.

«Il est gentil?

— Il l'adore.

— Oh! alors! c'est parfait.»

Le trou dans le mur donnait sur ce qui avait jadis été un cabinet de travail. Le projet était de relier les deux pièces, ce qui, ils en convenaient tous les deux, avait été l'intention première de l'architecte.

« Qu'est-ce que le spécialiste a dit ? interrogea-t-elle.

— Il a pris d'autres radiographies. Il m'appellera demain.

— Eh bien, tiens-moi au courant, veux-tu ?

— Je suis désolé de t'avoir trompée. C'était... l'émotion. Je l'aime beaucoup. »

Elle joua lentement une autre gamme. « Bien sûr, dit-elle, comme si elle acceptait l'inévitable. Tu es très attaché à tes enfants. Je le sais. C'est parfaitement naturel, pourquoi t'en excuser ? Est-ce que tu as eu une bonne année ? demanda-t-elle poliment. Le printemps, c'est l'époque où tu fais tes comptes, n'est-ce pas ?

— Une année utile, répondit Cassidy avec prudence.

— Tu veux dire que tu as fait beaucoup de bénéfices ?

— Oh ! avant impôts, tu sais. »

Repliant sa musique, elle s'approcha de la longue fenêtre pour fixer des choses qu'il ne pouvait pas voir.

« Bonsoir, chérie, lui lança d'en haut sa mère d'un ton de reproche.

— Je monte dans une minute, dit Sandra. Tu as acheté un journal du soir ?

— Non, j'ai oublié.

— Tu n'as pas entendu les nouvelles par hasard ? »

Il songea à lui parler de Flaherty mais décida de s'abstenir. La religion était un des sujets dont ils étaient convenus de ne pas discuter.

« Non », dit-il.

Elle n'en dit pas plus et se contenta de soupirer, alors il finit par demander :

« Quelles nouvelles ?

— Les Chinois ont lancé leur satellite.

— Oh ! mon Dieu », dit Cassidy.

Le monde politique ne signifiait rien ni pour l'un ni pour l'autre, Cassidy en était convaincu. Comme une langue morte cela leur donnait l'occasion d'examiner avec un certain recul la signification de leur univers à eux. Si elle parlait de l'Amérique c'était pour protester contre sa fortune à lui et Cassidy répliquait de la même façon en faisant allusion à la baisse de la livre; si elle parlait de la pauvreté dans le monde c'était pour remâcher le souvenir de leurs jeunes années où un maigre budget leur imposait une attitude d'abstinence désintéressée. Lorsqu'elle parlait de la Russie, un pays pour lequel elle professait la plus profonde admiration, il savait qu'elle avait la nostalgie de lois passionnées et plus simples gouvernant une vie sexuelle plus vigoureuse, la nostalgie d'un pays de rêve où les sophismes de Cassidy pourraient une fois de plus céder à des désirs qu'il n'éprouvait plus pour elle.

Ce n'était que récemment toutefois qu'elle avait abordé le domaine de la Défense nationale. Ne sachant trop ce qu'elle voulait dire il adopta un ton jovial.

« Est-ce qu'il était jaune ?
— Je ne sais malheureusement pas de quelle couleur il était.
— Bah, fit-il, je parie que ça a raté.
— Ça a été un succès complet. Jodrell Bank a confirmé le communiqué chinois.
— Oh! Seigneur, eh bien, ça va mettre un peu d'animation, j'imagine.
— Oui. J'oubliais combien tu es amateur de sensations. »

Elle s'était approchée davantage de la fenêtre. Son visage près de la vitre semblait illuminé par l'obscurité et sa voix avait un accent aussi esseulé que si elle parlait d'un amour perdu. Que si le jour que tu nous as donné, Seigneur, était terminé.

« Tu te rends bien compte, n'est-ce pas, que les estimations des risques de guerre faites par le Pentagone prévoient un accroissement annuel de deux pour cent ? » Du bout de son petit doigt elle dessina un triangle et le barra. « Ça nous donne tout au plus cinquante ans.
— Pas à nous, dit-il, s'efforçant toujours de garder un ton joyeux.
— Je parlais de la civilisation. De nos enfants au cas où

tu les aurais oubliés. Ça n'est pas très drôle, tu ne trouves pas ? »

Sous le piano, deux chats, qui jusqu'alors avaient dormi paisiblement dans les bras l'un de l'autre, s'éveillèrent et se mirent à crachoter.

« Peut-être que ça va changer, suggéra-t-il. Peut-être qu'il va redescendre ; ça se pourrait. Comme la Bourse. »

D'une secousse de ses cheveux noirs elle écarta toute chance de survie.

« En tout cas même s'il ne tombe pas nous n'y pouvons pas grand-chose, n'est-ce pas ? commit-il l'imprudence d'ajouter.

— Alors continuons donc à gagner de l'argent. Ce sera agréable pour les enfants de mourir riches, n'est-ce pas ? Ils nous en remercieront. » Son ton avait monté.

« Oh ! non ! dit Cassidy, je ne veux pas dire ça du tout. Mon Dieu, tu fais de moi une sorte de monstre...

— Mais tu proposes de ne rien faire du tout, n'est-ce pas ? Aucun de nous.

— Je ne sais pas... Il y a les clubs de jeunes..., les terrains de jeux..., la fondation Cassidy... Tu comprends, je suis navré que tout ça ne soit pas encore réalisé, mais ça va venir.

— Vraiment ?

— Bien sûr ! Si je continue à persévérer. Et si tu m'encourages suffisamment. Après tout nous sommes arrivés bien près du but à Bristol. »

Si tu crois en Dieu, pensa-t-il, tu peux sûrement croire quelques simples mensonges comme les miens ? Sandra, tu as besoin de foi, le scepticisme te va mal.

« En tout cas, reprit-elle, ça n'est quand même pas avec un terrain de jeux qu'on va éviter la guerre. Mais quand même.

— Eh bien, et toi ? Le Biafra... Les alcooliques... Le Viêt-nam... L'Oxfom... Regarde cette pétition que tu as signée pour la grève... Tu dois bien faire un peu de bien...

— Tu crois ? demanda-t-elle à la fenêtre embuée tandis que les larmes commençaient à ruisseler sur ses joues enfantines. Tu appelles ça faire ? »

Sans s'en rendre compte il avait traversé la pièce, contourné le piano et pris dans ses bras ce corps qui ne lui était plus familier. Tout surpris, il la serrait tandis qu'elle sanglotait, sans rien éprouver qu'une tristesse qu'il ne pouvait pas changer et qu'un vide qu'il ne pouvait pas emplir, comme la faim de l'enfant qui criait sur le piano.

« Emmène-le chez tous les spécialistes que tu veux, dit-elle enfin, roulant la tête contre son épaule tandis que les larmes coulaient toujours. Ça m'est bien égal. Emmène-le où tu veux, c'est toi qui es malade, pas lui.

— Allons, allons, murmura Cassidy en lui tapotant le dos. Le spécialiste ne valait pas mieux que John Elderman. Sincèrement. Ce n'était qu'un vieux gâteux. John va s'occuper de lui. John va le soigner. Tu verras, il s'en tirera très bien.»

Il la serra encore un peu contre lui jusqu'au moment où se dégageant avec douceur elle quitta la pièce, traînant ses jupes derrière elle comme des chaînes. Lorsqu'elle ouvrit la porte, les échos du poste de radio de sa mère arrivèrent jusqu'à eux, de la musique de danse d'entre les deux guerres. Les animaux la regardèrent s'en aller.

Le lendemain matin, essayant au petit déjeuner de chasser l'ombre qui obscurcissait le regard de Sandra, il l'invita à l'accompagner à la Foire de Paris.

« Ça n'est que pour affaires, mais nous pourrions nous amuser un peu.

— Nous amuser, voilà de quoi nous avons besoin », dit Sandra en l'embrassant d'un air absent.

10

L'attente.

L'heure des fleurs.

« En principe je suis tout à fait pour, insiste Lemming avec conviction. Personne n'aime les fleurs plus que moi, j'ose le dire. Seulement ce sont les détails qui me tracassent, pour être franc, les détails. »

Et c'étaient les détails qu'avec l'habileté d'un vieux routier il entreprenait maintenant d'attaquer.

On était lundi, un lundi plus calme si possible que le lundi précédent, plus doux que le lundi d'encore avant, c'était la séance de prières de Monsieur Aldo, tout le monde était présent, un jour où attendre c'est rêver; croire à Nietzsche et à J. Flaherty.

« Jolie boutonnière, monsieur Aldo, dit Faulk.

— Merci, Clarence.

— Vous l'avez achetée chez une marchande des quatre-saisons ? demanda Lemming avec un gros rire.

— Chez Moyses Stevens, répondit Cassidy, rappelant à Lemming qu'il était membre des Inclassables, Berkeley Square, ou bien est-ce que vous n'avez jamais entendu parler d'eux ? »

Il s'agit toutefois non pas de fleurs mais de la Foire de Paris qui est maintenant dans deux semaines. Lemming déteste les Français plus que tout au monde, et après les Français les exportations, qu'il considère comme synonymes des plus abominables méfaits de la gestion commerciale. Un soleil doré tombe en bandes sur la surface luisante de la table du XVIIIᵉ siècle et les grains de poussière y montent en minuscules étoiles. Miss Mawdray, habillée comme une fleur d'été, sert du café et du cake et le lugubre monologue de Lemming est une offense à la beauté de cette journée.

« Vous allez emporter votre nouveau prototype avec le châssis tout aluminium, n'est-ce pas ? J'admire ce châssis-là. En s'y prenant bien je suis convaincu que ça va faire un malheur sur le marché intérieur. Mais ce que je dis moi c'est ceci : il ne va certainement pas faire un malheur sur n'importe quel marché je ne sais où alors qu'il est encore en pièces détachées éparpillées sur le carrelage de l'atelier. »

Là-dessus une claque sur la table, pas trop forte, laissant des marques de sueur sur l'encaustique de Mrs. Croft.

« Allons, proteste Cassidy, bien sûr qu'il sera prêt, ça fait des mois qu'ils travaillent là-dessus ; ne soyez pas stupide. »

La piété de Lemming, l'objectivité de Lemming, le statut de Lemming n'apprécient pas beaucoup cette rebuffade, alors il rentre son menton et prend sa voix de leader syndicaliste.

« J'ai l'assurance aussi bien du service construction que des services mécaniques, annonce-t-il dans une déclaration où le mordant l'emporte sur la précision grammaticale, et approuvée par quatorze commissions, qu'ils n'ont pas l'ombre d'un espoir en ce moment de monter ce châssis avant la date limite d'expédition. Merci, mon petit. »

Et il puise une autre tranche de cake dans les abondantes provisions de miss Mawdray.

La rose à la boutonnière de Cassidy sent le paradis, les jeunes filles en vert au visage criblé de taches de rousseur et aux blouses couleur d'arbres. *« Et ajoutez-moi ça »*, *dit Gaylord Cassidy, le play-boy londonien bien connu, en signant un chèque. « Je vais vous chercher une épingle », dit la fille en vert avec des taches de rousseur.*

« Eh bien, voilà qui règle la question », susurre cette pédale de Clarence Faulk, qui subit beaucoup l'influence de Lemming ces temps-ci et qui vient toujours de se donner, comme il dit, un coup de peigne. Le coup de peigne de

Kurt, cette façon de corriger d'une main molle un arrangement qui n'existe que dans le miroir. «Oh! je suis désolé, monsieur Aldo, je vous ai interrompu.

— Vraiment? dit Cassidy. Je ne crois pas. Mr. Meale, qu'est-ce que vous avez là?

— Un rapport plutôt déprimant sur les amortisseurs scellés, monsieur Aldo. On dirait qu'ils n'ont pas fait bonne figure aux essais non plus.

— Autant le voir, dit Cassidy avec un sourire encourageant. Prenez votre temps.» Car Meale a toujours tendance, lorsqu'il est en réunion avec les huiles, à bafouiller et à perdre le fil de son discours.

Meale prend une profonde inspiration.

«L'amortisseur Cassidy autonettoyant, commence-t-il, débutant un peu péniblement avec le titre, logé dans son propre étui et conçu pour toutes les poussettes et petits landaus. Brevet déposé, cinquante shillings, réservé aux professionnels.» Il s'arrête. «Faut-il que je lise en entier? demande-t-il avec un certain embarras.

— S'il vous plaît, Meale.»

S'il vous plaît, Meale. Votre voix, Meale, n'est pas moitié aussi gênante que vous le supposez et elle est infiniment plus sympathique que la voix de ce péquenaud de Lemming ou de cette tapette de Faulk. Il y a de l'espoir dedans, vous comprenez, Meale. Il y a de la vie, il y a demain, Meale. Continuez avec notre bénédiction.

«L'action du ressort, enfermé dans une gaine étanche, a provoqué une surchauffe et même dans un cas la combustion. Soumis à une vitesse simulée équivalant à huit kilomètres à l'heure, le maximum que puisse se permettre un piéton, on a pu observer le ressort percer l'enveloppe, ce qui a provoqué également une rapide détérioration de la matière plastique…»

Sur quoi, Meale, c'était un ressort libre ayant échappé comme vous le laissez justement entendre de l'enveloppe qui l'enfermait contre nature. Un joyeux ressort tout vibrant d'une vie à vivre et d'un cœur à donner.

«Miss Mawdray.

– Oui, monsieur Aldo. »

Je t'y prends, petite garce.

Elle se retourna si brusquement qu'on aurait cru que Cassidy l'avait pincée. Elle lui tournait le dos. Elle était penchée, généreusement penchée la chère enfant, pour verser du thé frais à Meale, opération risquée compte tenu du fait que sa tasse à lui était vide et que ses seins lui frôlaient dangereusement le cou lorsque le coup de semonce de Cassidy la rappelle à la loyauté. Est-ce cela qui cause sa surprise ? Est-ce la raison pour laquelle elle s'est retournée vers lui, la poitrine généreuse, la jupe froissée lui moulant le bassin, les sourcils levés, la langue pointant sur la lèvre ? Y avait-il dans sa voix un accent inconsciemment pressant de jalousie mal contenue, en voyant l'espace resserré entre les deux globes épanouis et la rude épaule de ce rustre ? *C'était seulement pour vous taquiner, monsieur Aldo.*

« Miss Mawdray – pardonnez-moi, Meale –, miss Mawdray, le courrier. Il n'y avait que ça comme courrier. Vous êtes sûre ?

– Oui, monsieur Aldo.

– Il n'y avait rien... de personnel. Pas de courrier personnel ? »

Une rose, par exemple ?

« Non.

– Vous avez regardé dans la salle des paquets ?

– Oui, monsieur Aldo. »

On recommence. On recommence à attendre. Nous avons le temps d'attendre, le temps d'attendre.

« Eh bien, voilà qui élimine le ressort, n'est-ce pas ? dit Lemming avec satisfaction, en posant un de ses doigts trop payés sur le rapport de Meale.

– Pas complètement, dit Cassidy. Meale, voulez-vous continuer ? Lentement, Meale, nous avons tout le temps du monde. »

Attendre.

En attendant, il languissait comme une jeune fille fin de siècle au milieu des parterres de fleurs de ses souvenirs. Il se promenait dans les parcs matinaux et regardait les premières tulipes s'ouvrir sous les rayons d'un soleil incertain; il portait d'autres roses à sa boutonnière, il couchait au Savoy sous le prétexte de quelque mission de bienfaisance, il achetait à Sandra des cadeaux somptueux, notamment une paire d'interminables bottes noires à la Anna Karénine et une longue et simple robe d'intérieur qui lui allait bien mais sans plus.

En attendant, il musardait d'un air coupable devant les librairies, hésitant mais n'osant jamais, jusqu'au jour où il envoya Angie acheter un exemplaire qu'il fourra dans un tiroir de son bureau, puis il ferma le tiroir à clef pour le mettre à l'abri de sa propre curiosité.

En attendant il emmena Hugo au zoo.

« Où est-ce qu'habite Heather ? » demanda Hugo tandis qu'ils voguaient sur la rivière enchantée passant sous des hêtres aux branches pendantes. Il était assis sur les genoux de Heather, sa jambe cassée pendant négligemment entre les grosses cuisses de cette dernière.

« À Hampstead, dans un tout petit appartement à côté d'une crémerie.

— Tu devrais venir habiter avec nous, dit Hugo d'un ton de reproche, parce que tu es mon amie, n'est-ce pas, Heather ?

— J'habite presque avec toi », dit Heather en le serrant plus fort contre son corps doux et vague tout en mâchant une pomme rouge qu'elle avait prise dans son sac.

C'était une créature blonde et douce, dans les quarante ans, qui jadis avait été la femme d'un éditeur. Elle était maintenant divorcée et marraine du fruit d'autres mariages. Hugo semblait la préférer à Sandra et, dans une certaine mesure, Cassidy aussi car elle possédait ce qu'il appelait un calme convenable, il émanait de son corps large et confortable une sorte de repos pastoral. Sandra disait que son divorce lui avait brisé le cœur, qu'elle pleurait beaucoup et qu'elle avait souvent des crises de violente colère, surtout contre les hommes, mais Cassidy n'en décelait auprès d'elle aucun signe.

« Regarde, Heather, des hérons.

— J'aime bien les hérons, dit Hugo. Pas toi, papa ?

— Beaucoup », dit Cassidy.

Heather sourit et une fois de plus le soleil éclaira la ligne dorée d'un duvet sur sa pommette.

« Vous êtes si bon, Aldo, dit-elle. N'est-ce pas, Hug ?

— C'est le meilleur papa du monde, renchérit Hugo.

— Vous faites tant pour les autres. Si seulement vous pouviez faire quelque chose pour vous.

— J'ai envie de rendre les gens heureux, dit Cassidy. C'est tout ce qui m'intéresse. »

D'une cabine téléphonique non loin des gibbons, il appela le standard du bureau. Rien, lui dit-on, rien que des coups de fil d'affaires.

« Vous avez les instructions ?

— Oui, monsieur Aldo, nous avons tout.

— C'est la course à l'exportation, expliqua-t-il à Heather en émergeant de la cabine. Nous attendons une expédition urgente.

— Vous travaillez si dur », dit Heather dont le sourire brillait comme le soleil.

Et attendant toujours, il alla à Sherborne, où le vieil Hugo lui avait acheté son vernis et son instruction.

Il s'assit dans l'abbaye sous les drapeaux criblés de balles des régiments dissous à lire les noms des grandes batailles, Alma, Égypte, Sébastopol et Plassey en chérissant passionnément l'héritage qu'il n'avait jamais eu. Et ainsi assis, il priait.

Cher Seigneur, c'est Aldo Cassidy qui pour la dernière fois vous a adressé une prière sous ces mêmes drapeaux à l'âge de quinze ans. J'étais un collégien alors et pas heureux. C'était à l'occasion du 11 novembre, mes joues, qu'on le note, ruisselaient d'amour tandis qu'on jouait le couvre-feu et je vous ai précisément demandé une mort rapide et utile en face de forces très supérieures en nombre. J'aimerais maintenant revenir sur ma requête. Je ne veux plus la mort; je veux la vie et seul Toi, ô Seigneur, peux me la donner. Alors je t'en prie, ne me fais pas attendre trop longtemps, amen.

Et assisté à un match de rugby sur le terrain numéro un et acclamé son vieux collège, en pensant à Sandra et en se demandant s'il avait péché contre elle, tout en craignant que la réponse ne fût oui. Là, regardant d'un œil vague l'équipe de son collège en cherchant le genre de garçon qu'il avait pu être, il rencontra Mrs. Harabee, qui faisait partie de cette petite armée de femmes qui avait essayé de lui enseigner la musique.

« Tiens, mais c'est l'Indécis, s'écria Mrs. Harabee, une petite dame brune aux cheveux courts coiffés d'un béret. Et avec une boutonnière ! L'Indécis, comment ça va ? »

Indécis parce qu'il s'était sans entrain porté volontaire pour des cours de musique et qu'il était resté dans ces dispositions jusqu'au moment où elle avait désespéré de lui.

Indécis parce que le vieil Hugo leur avait fait une proposition concernant le règlement des frais de scolarité scandalisant ainsi l'économe. Cette offre comprenait une seconde hypothèque sur un hôtel de Henley, mais l'économe n'était pas amateur d'hôtellerie. Indécis, parce que...

« Bonjour, Mrs. Harabee, dit Cassidy. Et vous, comment allez-vous ? »

Vous avez entendu parler de Flaherty, Mrs. Harabee ?

Et il se rappela qu'elle avait aussi été une mère pour lui, qu'elle l'avait logé dans une chambre d'un immeuble de Yeovil Road à une époque où il était en guerre ouverte avec le vieil Hugo.

« Comment ça a marché pour vous ? demanda-t-elle, comme s'ils se retrouvaient au paradis.

— Pas trop mal, Mrs. Harabee. J'ai commencé par entrer dans la publicité, et puis j'ai inventé des choses et j'ai fondé une société.

— Très bien, dit Mrs. Harabee du ton qu'elle employait pour approuver l'exécution d'une phrase musicale facile. Et qu'est-il advenu de votre abominable père ?

— Il est mort, répondit Cassidy, estimant qu'il était plus facile de tuer le vieil Hugo que de l'expliquer. Il est allé en prison et il est mort.

— Pauvre agneau, dit Mrs. Harabee. J'ai toujours eu un très grand faible pour lui.»

Ils descendirent lentement l'allée, portés par le flot des canotiers qui se soulevaient sur leur passage.

«Vous pouvez venir pour le thé si vous voulez», proposa Mrs. Harabee.

Mais Cassidy savait qu'il était trop vieux pour elle.

«Il faut malheureusement que je rentre, dit-il. Nous avons une grosse affaire en train avec l'Amérique. J'attends un coup de téléphone.»

Avant qu'ils ne se séparent, elle prit un air très sévère.

«Dites-moi, l'Indécis, vous avez des garçons?

— Oui, Mrs. Harabee. Deux.

— Vous les avez inscrits à Sherborne?

— Pas encore, Mrs. Harabee.

— Eh bien, vous devriez.

— Je vais le faire.

— Sinon comment voulez-vous que nous continuions? Si les anciens ne sont pas loyaux, qui le sera? Et après tout vous pouvez de toute évidence vous le permettre.

— Je vais le faire la semaine prochaine, dit Cassidy.

— Faites-le maintenant. Allez jusqu'à la loge du portier et faites-le maintenant, avant d'oublier.

— Je n'y manquerai pas», promit Cassidy et il la regarda remonter la colline, le pas régulier et la démarche saine.

Se promenant encore comme le soir venait, il se retrouva dans les petites rues derrière le Digby, et il respira la fumée de bois et l'odeur humide et pénétrante de la terre anglaise; sortant par les fenêtres des pavillons du collège arrivaient des bribes de flûtes jouées par des lèvres inexpertes; il se rappelait la souffrance d'aimer et de n'avoir personne à aimer, et il enviait Mrs. Harabee d'avoir un amour qui pouvait être à la fois si unique et si diffus.

Et il chercha parmi les visages qu'assombrissait le soir la fille de l'agent de police.

Bella ? Nellie ? Ella ? Il ne savait plus. Elle avait quinze ans. Cassidy seize ; et depuis lors ses goûts n'avaient jamais sérieusement progressé, ils n'avaient dépassé ni son âge ni l'expérience qu'elle lui avait donnée. Elle avait des seins envahissants, des hanches rondes comme du pain de campagne, et des cheveux longs et blonds. Il l'avait à lui les jours de semaine en été après le cricket, derrière les plus lointaines banquettes du terrain de golf de Sherborne, où ils s'allongeaient côte à côte, et les mains seulement. Elle ne lui avait jamais permis de la pénétrer. Il n'aurait pas été surpris qu'elle fût encore vierge aujourd'hui, car elle avait une terreur de la grossesse et une conception très exagérée de l'agilité des spermatozoïdes :

« Ils marchent, lui assura-t-elle un jour où ils étaient allongés sur leur petite dune, ses yeux verts tout grands de sincérité. Ils se repèrent à l'odeur et ils marchent. »

Malgré ces restrictions, il n'avait jamais possédé personne aussi pleinement, ni désiré quelqu'un de façon aussi pressante. Elle savait le caresser aussi bien qu'il se caressait lui-même ; en retour il pouvait la toucher comme il lui plaisait, s'attarder pendant des heures sur les trésors de sa chair. Son corps plein et sans plis était tout à la fois adolescent et maternel ; ses feux moites, filtrant à travers des membranes de soie bon marché, étaient les couveuses qui abritaient la vie et son désir ; quant à l'extraordinaire inquiétude que lui inspiraient ses qualités reproductrices, elle ne servait qu'à renforcer leurs rapports. Tout comme elle l'avait porté, elle pouvait concevoir de lui : mère et fille l'assumaient également.

Et de nouveau il pensa à Sandra et il se demanda s'il l'avait jamais aimée ainsi, peut-être que oui, peut-être que non.

Dans le pub, la télévision avait sa propre veilleuse bleue et un petit chien aboyait pour réclamer des biscuits parfumés au bacon.

« Zéro, dit Angie au téléphone. Pas un mot. »

« C'est fichu », dit-il à Sandra en faisant semblant d'appeler de Reading, où il avait prétendu se rendre sous le

prétexte d'une course charitable; les faux-semblants étant son seul moyen de mieux gagner éloges et tranquillité.
« C'est fichu, répéta-t-il avec conviction. L'Association nationale des terrains de jeux a mis la main sur le seul site possible. »

Et il but six whiskies, du Talisker, depuis peu sa marque favorite.

Et il acheta une demi-bouteille d'un scotch de moins bonne qualité, la flasque pour qu'elle tienne dans sa poche.

11

Cher Mark, écrivit-il au lit ce soir-là dans un vieil hôtel de Marlborough, dans les pages imaginaires des phantasmes que faisait naître en lui l'alcool. Pour que tu n'aies jamais à te demander qui sont tes parents ni comment tu es venu au monde, je m'en vais te donner un bref résumé de la façon dont tout ça s'est passé, afin que tu puisses décider toi-même combien tu dois au monde et combien le monde te doit.

Papa et maman se sont rencontrés à Dublin à un bal, papa portait son premier smoking et grand-papa Cassidy était le maître d'hôtel…

Il recommença. Ça n'était pas Dublin, mais Oxford. Pourquoi diable avait-il pensé à Dublin ? *Il n'y a rien d'irlandais chez nous mon garçon, les Cassidy sont anglais jusqu'à la moelle*. Oxford. Oxford parce que Sandra étudiait les arts ménagers dans une sombre maison de Woodstock. C'était donc Oxford, un bal de mai à cinq guinées le billet. Le vieil Hugo n'était même pas à l'horizon.

Maman était une jeune fille maigre et à l'air hanté, mais très jolie dans un style un peu Dame aux Camélias et elle portait une robe de Cendrillon qui semblait tantôt argentée et tantôt couverte de cendres…

Détestant ses parents, elle appuyait la tête contre son plastron de chemise plissée tandis qu'ils évoluaient au rythme de la musique de leurs parents.

Papa fit bénéficier maman des charmes de sa conversation que maman écoutait avec une intensité pleine de mélancolie, et plus tard, quand papa l'abandonna pour danser avec quelqu'un de plus gai, elle s'assit sur une chaise et déclina toutes les autres invitations. Quand papa revint, maman se leva pour le retrouver avec une docilité impassible. Le matin de bonne heure, en partie par politesse, en partie parce que l'occasion se présentait, en partie peut-être pour mettre au défi une intégrité aussi flagrante, papa emmena maman faire un tour dans une de ces barques plates qu'on manœuvre avec une perche et là il lui expliqua à l'aide d'une succession de phrases d'excuses qu'il était tombé amoureux d'elle. Il adopta un style de confession inspiré d'une vedette du cinéma français très romantique du nom de Jean Gabin et qu'il avait récemment vue à la Scala : c'était un style de perdant plutôt que de vainqueur. Elle n'avait absolument pas de raison de s'inquiéter, lui assura-t-il, elle ne devrait en éprouver aucun sentiment de culpabilité ni d'obligation, après tout il était un homme et il trouverait bien à s'en arranger. Avant que papa eût tout à fait terminé, maman le saisit comme on embrasse un réfugié en disant qu'elle l'aimait aussi et ils restèrent allongés là dans la barque à échanger des baisers, en regardant le soleil se lever au-dessus de la chapelle Sainte-Madeleine cependant qu'ils tendaient l'oreille pour entendre le chœur qui chantait dans la tour. Parce que tu sais, chaque 1er Mai, le chœur monte au sommet de la tour pour chanter une chanson, mais tout ce que papa entendit ce fut les premiers camions qui passaient en grondant sur le pont et le rire des étudiants riches qui lançaient des bouteilles dans l'eau.

Un camion changea de vitesse ; le plafond trembla dans la pénombre. Surveillez-moi ce paradis, Flaherty.

« Je vous aime, dit maman en fermant les yeux et en aspirant les mots comme une drogue.
— Je vous aime, lui assura papa, je n'ai jamais dit cela encore à personne », ce qui, Dieu sait pourquoi, est censé renforcer la sincérité de cette déclaration. Glissant sa main

à l'intérieur de la robe de Cendrillon, papa sentit les pépins glacés du sein de maman et c'était un peu comme s'il touchait un orphelin, comme s'il se touchait lui-même, seulement c'était une dame. Puis il vit la lueur de l'éternité briller dans son œil virginal et il éprouva une extrême satisfaction à penser que tant d'énergie animale lui était exclusivement réservée.

Flaherty errait dans la chambre et ses lèvres d'alcoolique lançaient des slogans de l'Ancien Testament. Ouvrant tout grand les yeux, Cassidy parvint à s'en débarrasser.

Pendant tout le trimestre, pour autant que je m'en souvienne, nous nous sommes vus régulièrement. Maman semblait s'y attendre et papa (qui était par nature quelqu'un de très poli) était évidemment tout à fait prêt quand il en avait le temps à accueillir l'admiration de quelqu'un, comme c'est notre cas à tous. Nous nous retrouvions donc le dimanche matin à l'écluse de je ne sais quoi quand maman sortait de l'église et le mercredi soir au restaurant Machin quand papa sortait du cinéma. Maman apportait parfois un de ses délicieux pique-niques confectionnés dans les cuisines de l'art ménager. Papa ne disait pas à maman qu'il allait au cinéma parce qu'il pensait qu'elle désapprouverait peut-être, alors il lui racontait qu'il allait prendre le thé au collège d'All Souls avec Rowse. A. L. Rowse est un très grand historien et aussi un nom connu alors naturellement papa pensait que ce serait quelqu'un de tout trouvé pour le protéger. Rowse l'avait pris sous sa protection, expliquat-il, à la suite de divers essais qu'il avait écrits et pourrait fort bien le recommander pour une bourse au collège, qu'à son avis tout étudiant devrait avoir.

« Est-ce qu'ils ne sont pas tous célibataires à All Souls ? demanda maman.

— Ça change », fit papa, parce que bien sûr les célibataires ne sont pas mariés et que papa et maman devaient se marier pour vous avoir toi et Hug, tu comprends ?

Peut-être te demandes-tu de quoi papa et maman parlaient. Eh bien, ils parlaient de leurs papas et de leurs mamans. Grand-papa Groat était en Afghanistan (où il est toujours) occupé à terminer ses années de service. La seule mention de son nom mettait maman extrêmement en colère. «Il est tellement stupide», disait-elle en tapant du pied sur le chemin de halage. «Et maman est stupide aussi», désignant par là mémé. Par-dessus tout elle méprisait leur échelle de valeurs. Grand-papa Groat, disait-elle, ne s'intéressait qu'à sa pension et grand-maman Groat qu'à ses domestiques et ni l'un ni l'autre n'avait jamais pris le temps de se demander quel était vraiment le sens de la vie. Maman espérait qu'ils resteraient pour toujours en Afghanistan, ça leur apprendrait d'avoir commencé par y aller.

Pour ne pas être en reste, papa parla à maman de grand-papa Cassidy et comment pendant toute sa vie papa avait campé dans divers endroits sans jamais y vivre, fuyant sans cesse devant le courroux des créanciers de grand-papa; comment son professeur principal à Sherborne lui avait raconté que grand-papa Cassidy était le diable et comment grand-papa Cassidy avait dit à peu près la même chose de son professeur; et comment papa avait eu beaucoup de mal à savoir lequel des deux il faudrait éventuellement croire.

«Enfin quelle façon d'élever quelqu'un, protesta papa.
— Surtout vous», dit maman et il fut entendu entre eux que leurs propres enfants seraient mieux lotis, c'est-à-dire toi et Hug. Tu comprends, papa et maman étaient des enfants martyrs dans un monde d'adultes et c'est ce que je ne te laisserai jamais être si jamais je peux l'éviter, je te promets. Ils voulaient être meilleurs et dans une certaine mesure ils le sont encore. Le malheur c'est qu'ils n'ont jamais découvert comment parce qu'on ne peut pas vraiment répandre beaucoup d'amour autour de soi à moins qu'on ne s'aime soi-même aussi. Je suis désolé de jouer les prédicateurs, mais c'est vrai.

Alors papa et maman se sont observés mutuellement de très, très près, chacun attendant que l'autre revienne aux folies de ses parents, et en fin de compte c'est ce que nous avons fait tous les deux, parce que comme tout le monde nous sommes des héritiers et parce que la seule façon quelquefois de punir nos parents c'est de les imiter. Mais tout cela est venu plus tard.

Enfin bref.

Bref un jour grand-maman Groat a débarqué avec une grosse malle, arrivant tout droit de je ne sais quel pays de sauvages et ne ressemblant pas du tout à la petite vieille dame des albums de Babar, comme elle en a l'air; oh! non! Elle est arrivée avec cette beauté muette et déclinante que papa a toujours prise pour une grande intelligence et papa aussitôt a adoré grand-maman Groat, il l'aimait plus que maman en fait parce qu'elle n'était pas de mauvaise humeur et il l'a nommée mère à vie, ce qui était très, très imprudent. Maman le savait mais papa ne voulait pas l'écouter, parce qu'il voulait de l'amour autour de lui même s'il ne pouvait pas en avoir tout près. Et bien sûr grand-maman s'est beaucoup excitée parce qu'elle n'avait jamais eu de fils et elle était particulièrement contente que papa fût blond après tous les enfants noirs qu'elle avait dû regarder si longtemps.

« Vous êtes bien sûr de vouloir l'épouser? lui demanda-t-elle avec un petit rire terriblement intelligent. C'est une si drôle de petite créature.

— Je l'aime », dit papa, ce qui quand on est jeune est quelque chose d'assez snob à dire et vous donne bonne impression, surtout quand on n'en est pas sûr.

« Fichez le camp, Flaherty. »
Flaherty refusa de bouger.
« Fichez le camp! » dit Cassidy en se redressant sur son fauteuil. Quelqu'un frappait au mur.
« Fichez le camp! » cria-t-il une troisième fois et la silhouette disparut.

Mark, contrairement à tout ce que tu as pu entendre dire, le mariage n'a pas été un succès. Maman voulait l'église de saint je ne sais qui auprès de l'écluse, à côté du chemin de halage où papa et elle avaient tant parlé d'amour. Elle ne voulait personne de son côté sauf un pépiniériste du nom de Bacon qui habitait à Dagshot et qui avait été son jardinier quand elle était petite fille, et elle ne voulait personne pour papa que A. L. Rowse et de simples témoins ramassés dans les champs. Nous avons fini par nous marier à Bournemouth où grand-maman Groat avait pris un appartement, dans une église en brique rouge de style vaguement mauresque beaucoup plus grande même que l'abbaye de Sherborne, avec un très vieil organiste qui jouait *Soutiens-moi, mon Dieu*. Mr. Bacon malheureusement n'est jamais venu. Peut-être qu'il ne pouvait pas quitter ses pépinières, peut-être qu'il était mort, nous ne l'avons jamais su.

Ou peut-être, songea Cassidy, en examinant les gravures représentant des chevaux de course déformés, peut-être n'avait-il jamais existé, sauf dans les tristes lieux imaginaires où s'était déroulée l'enfance de Sandra.

A. L. Rowse ne vint jamais non plus. Il était en Amérique où il donnait des conférences. Il n'envoya pas de cadeau mais papa (qui avait intercepté l'invitation) expliqua qu'ils se connaissaient beaucoup trop pour ce genre de formalité. La demoiselle d'honneur était ta tante Snaps, la sœur de maman, quinze ans et qui faisait très jeune fille dans sa robe de velours rouge décolletée, ce qui ne l'empêcha pas de bouder pendant toute la cérémonie. Quelques semaines plus tard, de retour en pension, elle donna son pucelage à un ouvrier agricole au fond d'une serre. « Tu l'as bien fait, dit-elle à maman, alors pourquoi veux-tu que je m'en prive ? »

En tant que cérémonie religieuse le service rappela à papa sa confirmation : un contrat impressionnant avec quelqu'un qu'il ne connaissait pas. Et il ne pouvait s'empêcher de regretter, tandis que les accents des hymnes le ramenaient à la lumière du jour, d'avoir été si séduit par Jean Gabin.

Mais Mark, dis-moi. Est-ce l'amour ? Après tout tu es innocent, toi, tu devrais savoir. Tu comprends peut-être que c'est tout, que c'est ce que le monde a de mieux à offrir et que tout le reste c'est attendre, comme papa attend maintenant.

Bonsoir, Mrs. Harabee.
Bonsoir, Flaherty.
Bonsoir, Sandra.
Mon amour, bonsoir.

12

Et incroyablement, de retour à Londres, il attendait encore. «Votre horoscope est tout simplement formidable», annonça miss Mawdray.

Des seins comme des colombes, songea-t-il, la convoitant dans son oisiveté, avec les petits becs picorant l'angora. Des jambes de garçon, des hanches de putain, et Dieu sait ce qu'elle a là-dessous. Pas de blanc ou de noir pour marquer l'emplacement; rien que la bourre brune et brumeuse comme une photographie retouchée, un fantôme de vagin que la pellicule n'a même pas enregistré... Ah! Regardez comment elle croise les cuisses pour serrer ce membre invisible!

«C'est un nouveau livre», expliqua Angie, voulant dire un magazine.

Il était planté auprès de sa fenêtre habituelle. Son bureau lui répugnait, symbole d'inertie sédentaire. Miss Mawdray, qui n'avait pas de telles inhibitions, se balançait sur son fauteuil de bébé.

«Ça ne me ferait pas de mal d'avoir un peu de chance», avoua Cassidy.

Elle commença à lui lire une longue prophétie; ça devait faire une demi-page. Il l'entendit dans le lointain sans rien entendre. Son signe était sous une influence bénéfique, dit-elle: la Balance était dans une bonne période. Le commerce allait lui sourire, promit-elle, des amitiés allaient s'épanouir; ayez du courage, exhorta-t-elle, allez de l'avant, progressez, foncez. Ne laissez pas des entraves inutiles vous empêcher, des empêchements vous entraver, des obstacles vous gêner; une rare conjonction d'influences bénira toutes vos initiatives.

« Toutes ? répéta Cassidy sur le ton de la plaisanterie. Tiens, tiens, tiens, il faut que j'en essaie de nouvelles.

— Et dans le domaine de l'amour, lut-elle, gardant la tête baissée et suivant la ligne avec son doigt tout en haussant légèrement le ton, Vénus et Aphrodite souriront toutes deux devant vos entreprises les plus hardies.

— Parfait, dit Cassidy. Parfait. Pourquoi ne nettoie-t-on jamais ces rideaux ? demanda-t-il en tirant sur le store.

— On vient de le faire, répliqua Angie avec feu. Vous le savez très bien. Vous vous plaigniez encore la semaine dernière parce qu'on les avait enlevés. »

Cassidy n'aimait pas qu'on lui répliquât sur ce ton.

« Dites-moi, fit-il d'un ton désinvolte en lui tournant toujours le dos, qu'est-il arrivé à votre bague de fiançailles ? »

Il ne lui aurait pas posé la question s'il n'y avait pas été poussé par un esprit de revanche. « Votre bague de fiançailles, insista-t-il, se retournant et désignant les quelques millimètres supplémentaires de peau nue. Vous ne l'avez pas perdue, n'est-ce pas, Angie ? Ce serait très dommage.

— Je ne la porte pas, tout simplement, dit-elle d'une petite voix et bien qu'elle ait dû se douter qu'il était toujours devant elle, elle ne releva pas la tête.

— Pardonnez-moi, dit-il, je ne voulais pas être indiscret. »

L'air sinistre il revint à la fenêtre. Une scène, pensa-t-il navré, nous allons avoir une scène. Je me suis de nouveau conduit comme un mufle et voilà qu'elle est vexée. La dernière scène avait été à propos de Meale, il s'en souvenait; Angie voulait que Cassidy lui trouve une excuse pour ne pas accepter une invitation de sa part et Cassidy s'était dérobé.

« Il faut vous en tirer toute seule, lui avait-il dit, Cassidy, le champion de l'honnêteté et de la droiture. S'il ne vous plaît pas, dites-le-lui. Sinon il continuera à vous inviter. » Et voilà que cette fois il avait fait une seconde et non moins regrettable incursion dans sa vie privée et qu'il allait en payer le prix.

Il attendit.

« Je la porte quand j'en ai envie », dit enfin Angie, s'adressant à son dos. Elle avait la voix encore calme mais on la sentait déjà vibrer de colère. « Et si je n'en ai pas envie c'est comme ça et pas autrement.

— Je vous ai fait mes excuses, lui rappela le président.

— Je me fiche que vous les ayez faites ou non. Les excuses ça ne m'intéresse pas. Je l'ai plaqué, voilà tout, et ça ne vous regarde pas.

— Je suis sûr que ça n'est qu'une petite brouille, lui assura Cassidy. Vous verrez, ça s'arrangera.

— Ça ne s'arrangera pas, insista-t-elle, furieuse. Je ne veux pas que ça s'arrange. Il ne vaut rien au lit et il ne vaut rien hors du lit, alors pourquoi voulez-vous que je l'épouse si je n'en ai pas envie ? »

Ne sachant trop s'il devait en croire ses oreilles, Cassidy garda le silence.

« Ils sont trop jeunes, dit Angie, en claquant son magazine sur son genou. J'en ai marre de tous ces bon Dieu de jeunots qui se croient tous formidables et qui ne sont que des bébés. Lamentables bébés égoïstes et stupides.

— Ma foi, dit Cassidy en battant en retraite à l'abri de son bureau, ça, je n'en sais rien, et il se mit à rire comme si son ignorance était drôle. Angie, ça vous arrive souvent de jurer comme ça ? »

Elle se leva d'un seul mouvement, sa tasse à la main et tirant de l'autre sur l'ourlet de sa jupe. « Pas à moins qu'on ne m'y pousse.

— Comment ça s'est passé chez le dentiste ? demanda-t-il, en espérant par un échange de banalités revenir à un certain formalisme.

— Formidable, dit-elle avec brusquement un sourire très tendre, il était mignon à croquer. »

Le dentiste de Cassidy ; ça faisait partie d'un système privé de sécurité sociale pour le personnel. Un homme de quarante-cinq ans ; marié.

«Bon.»

Il posa la question suivante d'un ton encore plus détaché : «Pas de message... Rien d'extraordinaire?

— Un prêtre un peu braque a téléphoné, c'est tout. Il voulait des landaus gratis pour les orphelins. J'ai laissé une note sur votre bureau. Un Irlandais.

— Irlandais? Comment le savez-vous?

— Parce qu'il avait un accent irlandais, c'est simple.

— Il n'a pas laissé de message?

— Non.»

Plus cordial. «Il n'a pas laissé son numéro?

— Écoutez, je vous ai dit qu'il était braque! Laissez tomber.»

Elle le dévisageait, la main sur la poignée de la porte, un ange à la bouche si pure, toute compassion, intriguée.

«Si vous me disiez de quoi il s'agit, Aldo, finit-elle par dire très doucement, je saurais quoi chercher, vous ne croyez pas?»

La rancœur, l'agressivité, tout cela avait disparu. Il ne restait qu'une supplication puérile. «Vous ne risquez rien avec moi, ma parole, Aldo. Vous pouvez me dire n'importe quoi, on ne me l'arracherait pas, personne n'y arriverait. Pas s'il s'agit de vous.

— C'est personnel, dit enfin Cassidy, sa langue glissant difficilement sur la voûte desséchée de son palais. C'est quelque chose de très personnel : merci.

— Oh! dit Angie.

— Désolé», dit Cassidy, et il retourna auprès de sa fenêtre où les rideaux nettoyés s'ouvraient sur un monde muet.

Et attendant toujours, il se rendit à un dîner crucial au domicile sans éclat du docteur John et de Mrs. je ne sais qui Elderman.

Mrs. Elderman était une étudiante montée en graine et elle dirigeait la petite troupe théâtrale locale ; cependant qu'incombait à son mari le rôle important de conseiller médical de Cassidy. Les Cassidy n'avaient pas tant rencontré les Elderman qu'ils n'étaient descendus vers eux, revenus à eux en quelque sorte, quand des espoirs mondains plus riants s'étaient éteints. John Elderman était un homme de petite taille, et bien qu'il restât soigneusement fidèle à la médecine générale, on savait qu'il s'intéressait beaucoup à la psychologie. Quelques années auparavant, il avait écrit un article intitulé « Le divorce positif », et les épreuves en étaient encore généreusement exposées dans toutes les pièces au décor toujours audacieux. Depuis lors, les Elderman avaient été fréquemment consultés à Abalone Crescent, et pas seulement par les Cassidy, si bien qu'ils jouissaient d'une grande réputation de conseillers matrimoniaux et dans tous les domaines relevant de l'amour. Leur principe, et Cassidy était d'accord avec eux, était d'encourager l'expression des sentiments dans l'intérêt d'une discipline librement consentie ; personne, affirmaient-ils, n'était obligé d'être malheureux ; l'amour était un don qui venait des fleurs et des rochers.

L'obscurité de ce conseil se trouvait encore renforcée par la personne même de Mrs. Elderman, une très forte femme qui portait des robes de chanvre brun et cultivait un jardin broussailleux dessiné par Rudolph Steiner. Ses cheveux, gris dans l'ensemble, s'épanouissaient également dans le désordre. Séparés plutôt que coiffés en raie, ils étaient noués en natte de chaque côté comme deux énormes sabliers découpés dans des éponges métalliques. Comme il la trouvait abominable, Cassidy avait définitivement oublié son prénom.

Avant même d'arriver là-bas, cette soirée avait pris pour Cassidy une qualité d'horreur irréelle. Il était rentré tard, après une halte au pub d'Audley Arms, faisant suite à une longue et épuisante réunion de son groupe d'exportation et Sandra l'avait accusé de sentir l'alcool.

« Combien de verres as-tu pris ?
— Un seul. Mais c'est de l'alcool de pomme de terre.
— Comment peux-tu être aussi vulgaire ?
— Prends-en un toi-même. Il y en a plein dans le placard à balais.

— Tu ne trouverais pas le courage, n'est-ce pas? de me dire ce qui au nom du ciel te rend de si mauvaise humeur?

— Le printemps», dit Cassidy en se brossant les dents. Du grand salon arriva brusquement le bruit d'une rafale de mitrailleuse. «Bon Dieu, qu'est-ce que c'est que ça?

— Qu'est-ce que c'est que quoi?

— Ce fracas? Qu'est-ce qui frappe comme ça, Seigneur?»

Il savait parfaitement ce que c'était.

«Les ouvriers sont en train de poser une moulure. Une moulure du XVIIIe siècle que Heather et moi avons achetée il y a dix mois pour dix shillings dans un chantier de démolition. Je t'en ai parlé cinquante fois, mais ça ne fait rien.

— Dix shillings! fit-il en prenant sa voix de chiffonnier juif. Dix shillings pour la moulure, parfait. Dix shillings, je peux me les permettre. Mais bonté divine, c'est la main-d'œuvre?

— Ça ne t'ennuierait pas de parler normalement?

— Il est huit heures du soir, ces types se font payer dans les vingt guinées l'heure!»

Sandra choisit le silence. Il reprit son accent de Juif des bas quartiers.

«Quelqu'un voudra-t-il me dire à quoi diable ça sert d'avoir une moulure du XVIIIe siècle dans une maison du XIXe? Tout le monde sait que c'est une construction victorienne sauf nous, demande à n'importe quel rabbin.»

Elle choisit toujours le silence.

«Enfin, nom de Dieu», lança Cassidy au miroir de la salle de bains dans lequel, comme une sentinelle veillant sur les portes de Downing Street, Sandra attendait, verticale et immobile.

«Nom de Dieu, répéta-t-il, avec un accent irlandais qu'il cultivait depuis plusieurs jours, je voudrais bien savoir pourquoi on ne peut pas vivre au XXe siècle pour changer?

— Parce qu'on ne peut pas t'y faire confiance, riposta-t-elle, et Cassidy au fond de son cœur lui donna le set et le match. Et il n'y a pas de courrier, ajouta-t-elle méchamment, si c'est ça qui te tracasse.»

Cassidy, fort occupé à s'appliquer davantage de mousse, ne répondit pas.

« D'ailleurs, pourquoi Hugo n'est-il pas couché ? demanda-t-il, sachant la réponse.

— Il est invité.

— Où ça ?

— Chez les Elderman. Comme nous. Comme tu le sais. S'il est encore temps d'y aller », ajouta-t-elle en regardant sa montre.

Les Elderman avaient toute une horde d'enfants et dînaient de bonne heure pour que leurs invités puissent en profiter.

« C'est intelligent. Inviter à dîner un gosse de sept ans ! L'exposer inutilement au danger : voilà ce que c'est. Et un docteur, je te demande un peu. Un toubib avec tous ses diplômes, même s'il vient de Gerrards Cross. Et si Hugo tombe ? Et s'il se cogne l'orteil ? Et s'il reçoit un coup de pied ? Hugo déteste ses enfants, tu le sais. Moi aussi. Ce sont d'odieux petits snobs, conclut-il.

— Vous savez ce que moi je pense. » La mère de Sandra, qui rôdait timidement sur le seuil de leur chambre à coucher, avec ses lunettes à verres bleutés et une robe d'un jaune petite fille, eut un petit rire terrifié plein de bonne volonté. « Je pense que la charité et la vérité font bon ménage.

— Maman, tais-toi, dit Sandra.

— Allons, mes chéris, insista sa mère, embrassez-vous. À votre âge c'est ce que je ferais.

— Maman, dit Sandra.

— Ma chérie, est-ce que tu ne devrais pas donner quelque chose aux ouvriers ?

— Il l'a fait, répliqua Sandra. Il leur a donné cinq livres. Il n'a aucun sens de la mesure. »

Ils partirent en procession, à cinq mètres l'un de l'autre sur le trottoir. Cassidy portant Hugo dans ses bras comme un blessé de guerre et la mère de Sandra fermant la marche, dans le tintinnabulement précaire des clochettes qui lui servaient de bijoux.

« En tout cas c'est un docteur, mon cher, lança-t-elle d'un ton séduisant à Cassidy par-dessus la tête de sa fille.

— Aldo a horreur des docteurs, rétorqua Sandra, tu le sais. Sauf des spécialistes, bien sûr, ajouta-t-elle méchamment. Les spécialistes ne peuvent pas se tromper, n'est-ce pas ? Les spécialistes sont absolument parfaits, même s'ils prennent cinquante guinées pour une radio.

— Pourquoi maman est-elle de mauvaise humeur ? demanda Hugo des profondeurs de sa couverture.

— Parce que papa a bu, riposta Sandra.

— Elle n'est pas de mauvaise humeur, dit Cassidy, c'est simplement que mémé l'énerve », et il pressa la sonnette marquée « Domicile ».

« Je parie que tu t'es trompé de soir, dit Sandra.

— Salut mon vieux ! » s'écria John Elderman. Peut-être pour avoir l'air plus grand, il portait un bonnet de chef. Sous cette coiffure des yeux d'un bleu très pâle et cernés de rose contemplaient Cassidy avec une sagacité innocente. Il se tenait très droit, ses maigres épaules bien tendues, mais cet effort ne l'avançait pas à grand-chose.

« Pardonnez-nous d'être en retard, dit Cassidy.

— Superbe boutonnière, dit Elderman.

— Il en a porté une toute la semaine », déclara Sandra, comme si elle l'accusait.

Elle les a prévenus, se dit Cassidy ; et maintenant ils vont m'observer.

Heather Ast était déjà arrivée. Il la voyait agenouillée sur le seuil, sa croupe agréable soulevée vers lui pendant qu'elle jouait avec les abominables enfants Elderman.

« Salut, Heather ! cria-t-il avec entrain.

— Oh ! bonsoir, Sandra, dit Heather sans lui répondre.

— Salut, Ast », dit Cassidy, mais il ne trouva pas de public.

Il était, observa-t-il, dans une ménagerie de singes humains. De singes stupides et qui prenaient des poses. Il n'avait encore jamais vu les Elderman tout à fait sous ce jour, mais il se rendait compte maintenant que ce n'étaient pas des gens mais des gorilles, que leurs enfants étaient de jeunes gorilles, qui grandissaient vite. Les Niesthal seuls échappèrent à sa censure. C'était un vieux couple imposant vêtu de noir et ils donnaient des soirées musicales pour de gentils amateurs dans une superbe maison de St. John's Wood. Cassidy les aimait parce qu'ils étaient charmants et désemparés. Les Niesthal étaient arrivés un peu en retard parce que lui ne fermait sa galerie de Vieux Maîtres qu'à sept heures ; et ils étaient debout au milieu des enfants qui se battaient comme des bienfaiteurs visitant un asile.

« Qui est celui-là ? s'écria Mrs. Niesthal, maîtrisant courageusement un jeune Elderman. Ah ! naturellement, c'est un Cassidy. Regarde Friedl, ça se voit aux yeux que c'est un Cassidy.

— Tiens, c'est John, dit Cassidy.

— Mais oui, mon vieux.

— Ces Niesthal ont horreur des gosses, vous savez.

— Ça ne fait rien. Il n'y a qu'à les faire dîner et les envoyer se coucher. »

Pas Hugo, pas question, espèce de boucher.

« Il paraît que nous devenons coquet, lança perfidement Heather. En l'honneur de qui cette boutonnière au fait ?

— Miaou », dit Cassidy, de façon un peu plus audible qu'il ne le comptait ; et les deux petites Elderman, suivant son exemple, répétèrent très fort, miaou, miaou.

« Comme un chat », expliqua Mrs. Niesthal à son mari et ils firent leur entrée dans la salle à manger, enjambant plusieurs chiens blanc et noir installés comme des charognards devant la porte.

Cassidy se sentait malade et personne ne s'y intéressait. Il était sûr qu'il avait l'air pâle, il savait qu'il avait la fièvre, mais personne ne le réconfortait, personne ne baissait la voix auprès de lui.

Il avait mangé de la langue bouillie, ce qui lui rappelait l'armée, et il avait bu du vin fait à la maison qui ne lui rappelait rien qu'il eût jamais goûté de sa vie. Ils avaient fait cela, paraît-il, avec des orties, cueillies à Burnham

Beeches et transportées dans leur petit break qui tombait fièrement en ruine.

« Mon Dieu, que c'est fort, dit une femme. Franchement, John, je me sens tout éméchée.

— Est-ce qu'il y a de la cannelle dedans ? » demanda une autre – Mrs. Groat, qui n'aimait pas la cannelle car cela relâchait les intestins.

« Non », dit Cassidy, ce qui lui valut un silence embarrassé.

Devant le fourneau, John Elderman ajoutait du marc de Bourgogne à un pudding dont personne ne voulait.

Cassidy était assis entre deux divorcées, une catégorie de femmes que les Elderman protégeaient. À ma gauche, Heather Ast, en général aimable avec moi, mais qui ce soir me déteste, ayant été corrompue par le Front de libération des femmes d'Abalone. À ma droite, pesant environ vingt-huit kilos, une plante de mer émaciée du nom de Felicity, vigneronne elle aussi, elle aussi divorcée, elle aussi appartenant à la gauche non alignée, vedette de la troupe théâtrale d'Abalone et célèbre dans les rôles voluptueux. Mais la conversation est accaparée par un couple du Foreign Office ; ils ont été amenés par une enfant qui ne parle que portugais, assise à côté de Hugo, portant des boucles d'oreilles et son costume national. La femme a dû se bagarrer dans quelque conflit lointain et a un air très désenchanté. « Qui va enseigner l'anglais à Libby ? gémit-elle. Voilà ce que c'est que de vivre comme les indigènes ; l'école anglaise en Angola était trop réactionnaire.

— Oh ! elle s'y mettra, affirma Mrs. Niesthal avec assurance. Vous savez, nous avons connu ce problème-là aussi. » Les Niesthal se mettent à rire tous les deux, et nous sommes tous trop progressistes pour admettre que les Juifs européens ne descendent pas d'Oliver Cromwell.

« C'est une telle joie, dit Ast, en admirant Elderman, de trouver un homme qui sache vraiment faire la cuisine.

— Il y en a tant qui ne sont que des imposteurs, renchérit la plante marine, ondulant lentement dans le courant.

— C'est notre cas à tous, dit Cassidy.

— Des imposteurs ? s'écria le vieux Niesthal. Ne me parlez pas d'imposteurs, mon Dieu, tous les jours je leur achète des toiles par douzaines. »

Un rire bon enfant éclata sous la conduite de John Elderman.

« Friedl dit des choses abominables, déclara Mrs. Niesthal avec bonhomie.

— Heather aussi », dit Cassidy, regrettant trop tard son intervention.

On avait placé les enfants tout au bout de la table et Hugo lisait l'*Evening Standard*, son pouce enfoncé dans sa bouche comme une pipe. Deux petites Elderman gavées de nourriture s'embrassaient dans une étreinte un peu poisseuse.

« Varsovie, lança John Elderman au milieu des fumets de sa concoction, et revenant à une conversation précédente à propos de l'Est libre. Ça c'est une ville. Je n'ai jamais rien vu de pareil. » Il portait une chemise à manches courtes qui découvrait ses bras minces et soyeux comme ceux d'une fille. « Cul sec, insista-t-il en renversant la tête en arrière. Allons. De l'entrain.

— Oh ! fit Mrs. Groat, toujours anxieuse de montrer qu'elle était dans le coup. Oh ! pas trop quand même, et elle se mit à rire derrière les fenêtres bleues de ses lunettes inutiles.

— Allons, allons, dit Cassidy, et Sandra lui lança un regard de mépris. Allons, allons, allons, allons, allons. »

L'épouse Elderman déclara qu'elle souhaiterait l'abolition de la médecine privée. Elle était assise non pas à la table, mais par terre, à demi allongée, victime de la cuisine de son mari, et tout en parlant elle tirait sur ses longs cheveux crêpés dans une horrible imitation d'une princesse médiévale. Elle portait une ceinture avec une boucle de plomb brut.

« Surtout les spécialistes, ajouta-t-elle sans regarder Cassidy. Je trouve absolument honteux que n'importe qui puisse aller *acheter* les soins d'un spécialiste pour un oui ou pour un non dès l'instant qu'il est riche. C'est tellement contraire à tous les principes. Si contraire au système. Après tout s'il existe vraiment une sélection naturelle, ce n'est pas par l'argent qu'elle doit se faire, vous ne trouvez pas?»

Le vin d'orties avait coloré son visage.

«Absolument, dit Sandra, et elle s'empressa de se taire, attendant le round suivant.

— Ma chérie, en es-tu sûre? demanda sa mère avec un mouvement de mâchoire affolé. Nous n'aurions jamais pu nous en tirer sans cela sous les tropiques.

— Oh! maman! fit Sandra avec rage.

— Sandra est née là-bas, dit Cassidy d'un ton encourageant. N'est-ce pas, Sandra? Pourquoi ne leur en parlez-vous pas, belle-maman, ils aimeraient ça. Parlez-leur du docteur qui était bourré.»

Hugo, tournant une page, renifla dans son pouce.

«Nous étions au Nebar, commença aussitôt Mrs. Groat à l'intention de la plante marine. Ça s'appelait autrefois la Côte-d'Or et puis ç'a été le Liberia – c'est bien le Liberia, chérie, je ne me souviens jamais de ces nouveaux noms? – Ou bien est-ce Liberia l'ancien nom? Allons, bien sûr qu'il n'y avait pas de Liberia de notre temps! (elle avait dit ça comme s'il n'y avait pas de pénicilline non plus) ça devait donc être la Côte-d'Or, n'est-ce pas? Nous n'avions pas de Liberia, déclara-t-elle d'une voix forte avec un sourire malicieux pour souligner sa plaisanterie. Au lieu de cela nous avions l'armée.

— Tu vois, murmura triomphalement Sandra à l'oreille de sa mère, personne ne trouve ça drôle. Aldo, tais-toi.»

Elle arriva trop tard; Cassidy applaudissait déjà. Ce n'était pas de la provocation délibérée. C'était plutôt comme si ses deux mains, lasses d'être posées sur la table, avaient décidé de se lever pour faire quelque chose; ce ne fut qu'après, en revivant avec gêne ce moment avec Sandra, que Cassidy se rappela en secret une autre paire de mains applaudissant Helen dans le restaurant de Bath.

« On rit quand c'est ton père qui le dit », répondit sa mère quand les applaudissements eurent cessé ; et elle rougit.

« Voilà, voilà, dit John Elderman, tandis qu'une colonne de fumée jaillissait de la poêle surchauffée. Qui est le numéro un ? »

Sans s'occuper de lui, sa femme sans prénom roula sur sa hanche massive et, fourrant un biberon dans la bouche du bébé qu'elle avait à portée de la main, elle aborda le sujet du Sud-Est asiatique. Avaient-ils tous entendu la nouvelle ? demanda-t-elle, nommant un pays dont Cassidy n'avait jamais entendu parler. Mais non. Eh bien, les Américains l'avaient envahi, annonça-t-elle, le gouvernement local avait demandé leur intervention. Ils avaient franchi la frontière à cinq heures ce matin et les Russes menaçaient de représailles.

« Vive les Marines, dit Cassidy, mais pas assez fort cette fois pour que quelqu'un sauf Heather pût l'entendre.

— Dites donc, vous, fit-elle à voix basse en lui posant une main sur le genou, doucement, vous allez effrayer le gibier. »

Au même moment Hugo posa sa question. Il n'avait pas jusqu'à maintenant participé à la conversation, aussi son intervention avait-elle au moins l'avantage de la nouveauté.

« Pourquoi est-ce qu'on n'aime pas la neige ? »

Il avait toujours son pouce enfoncé dans sa bouche et ses sourcils étaient froncés sur ses yeux gris.

Un silence recueilli précéda la salve :

« Parce que ça fond ! cria Prunella Elderman. Parce que c'est trop froid, parce que c'est blanc et mouillé. »

Les autres sœurs firent chorus. Un bébé hurlait. Un enfant frappait sur la table avec une cuiller, un autre sautait sur un fauteuil. S'emparant de la carafe de vin d'orties, Cassidy remplit son verre.

« Parce que ça n'est pas vivant ! se mirent à hurler les sœurs vêtues de velours. Parce qu'on ne peut pas le manger ! Alors pourquoi ? Alors pourquoi, pourquoi, pourquoi ? »

Hugo prit son temps, déplaça sa jambe plâtrée, tourna

une page de son journal. «Parce qu'on ne peut pas l'épouser», annonça-t-il gravement.
Ce fut dans le tumulte général que Shamus fit son apparition.

Il n'aurait pu être plus loin de l'esprit de Cassidy. Celui-ci se rappela clairement par la suite que ses pensées étaient un moment parties à la dérive, entraînées par les inquiétants sous-entendus de l'énigme posée par Hugo; il se demandait si cela révélait quelque sourde inquiétude provoquée par la tension qui régnait à la maison ou si les souffrances d'une jambe cassée avaient momentanément dérangé la raison du cher petit. S'il pensait à autre chose, alors c'était à la main d'Ast: était-ce une main qui entendait le retenir? Savait-elle qu'elle était toujours posée sur son genou; l'avait-elle abandonnée là comme un sac à main? Était-ce un rameau d'olivier après son accès d'humeur injustifié de tout à l'heure? Cherchant peut-être le réconfort d'un allié masculin en cet instant d'incertitude sexuelle, Cassidy reporta son attention sur John Elderman, choisissant délibérément un sujet qui les intéressait tous les deux, un match de football, les problèmes du vieux break de John; et il fut donc surpris de trouver à sa place Shamus, non pas debout mais flottant dans la vapeur et tournant le pudding aux relents inquiétants avec la cuiller de bois d'Elderman, ses yeux noirs fixés sur Cassidy derrière la flamme de la bougie, son visage moite rayonnant d'une malicieuse complicité.

«Alors, trésor, disait-il. N'est-ce pas qu'on s'emmerde? Des péquenauds de la ville qui font un compromis d'orgie.»

Juste au même instant ou peut-être une fraction de seconde avant, puisque l'expérience psychique n'a pas d'équivalent dans le temps, il entendit le nom de Shamus, son nom et son prénom, brusquement lancés sur sa gauche.

«Quel dommage qu'il soit mort si jeune, déclara Ast, sa main remontant un peu sur la cuisse de Cassidy. Après tout, qui d'autre peut-on lire qui soit moderne?»

Là-dessus John Elderman lui donna sa part de pudding et il se brûla la bouche.

Avec le recul, bien sûr, Cassidy se trouva mieux à même de comprendre ce qui s'était passé. Ses sens, absorbés par la question de Hugo et par la main compréhensive d'Ast, n'avaient pas remarqué qu'une seconde conversation se poursuivait entre les femmes qui l'entouraient : c'est-à-dire entre Ast et la plante marine. Depuis un moment, il s'en rendit compte plus tard, elles échangeaient d'une voix étouffée des banalités intellectuelles puisées dans les journaux du dimanche et sans nul doute à propos du roman moderne. C'est ainsi que le nom de Shamus, surgissant sans tambour ni trompette en envahissant un coin de son esprit qui ne s'y attendait pas, l'avait amené dans sa confusion à prêter à la silhouette présente d'Elderman les traits de son ami banni. Il était vrai aussi que les quatre grands whiskies de l'Audley Arms – sans parler d'une récente visite aux toilettes où il avait avalé un petit rien d'un flacon clandestin – n'avaient fait que renforcer la monotonie de la soirée.

Et puis il avait bu beaucoup de vin d'orties.

Mais toutes ces réflexions ne lui vinrent à l'esprit que trop tard, car cependant que sa discrétion naturelle le suppliait de garder le silence, il s'était déjà remis de sa première rencontre avec un fantôme pour se lancer dans une discussion animée encore que mal avisée à propos du grand auteur.

« Mort ? répéta-t-il sitôt qu'il eut vidé son verre. Mort ? Il n'est pas mort du tout. Mais il s'est tellement fait taper dessus qu'il a déguerpi. On ne peut quand même pas lui en vouloir pour ça. Et d'ailleurs, je sais justement qu'il est sur le point de donner un nouveau livre...

– J'ai horreur de ce pudding », lança bruyamment Hugo, mais personne ne lui accorda la moindre attention.

La main d'Ast avait atteint un point qu'aucune femme, si distraite soit-elle, ne peut atteindre sans s'en rendre compte. Brusquement elle se retira.

« ... qui à tous égards, conclut-il avec assurance, enfoncera tous ses autres livres. Y compris *La Lune*. »

Comment, si peu de temps après le choc qu'avait été pour lui la réapparition fantomatique de Shamus – ou comme cela semblait possible sa réincarnation –, comment Cassidy avait trouvé le courage de parler si hardiment, c'était un mystère qu'il ne résolut jamais, bien qu'il se demandât quand il fut d'humeur plus enjouée, si Shamus n'appartenait pas à une petite élite, connue de lui seul, de fantômes qui avaient le don de donner confiance plutôt que d'inquiéter.

« Il est mort en 61 », fit Ast, en articulant soigneusement pour les sourds. Sa vaste poitrine, soulevée par la colère, menaçait dangereusement la couture de son corsage.

« Il se cache, annonça Cassidy.

– Comment le sais-tu ? interrogea Sandra. Tu n'as jamais lu un roman de ta vie.

– Y a de l'essence dedans, dit Hugo en repoussant avec bruit son assiette au milieu de la table.

– Tais-toi, fit Sandra.

– Moi, je l'adore », déclara Prunella Elderman en tirant la langue vers l'Anglo-Portugaise.

Là-dessus Cassidy se rappela le mari de Heather Ast, un homme frêle et qui portait des nœuds papillons, et qui, racontait-elle, s'était réveillé un beau matin en décidant qu'il était une pédale. Il l'imaginait très précisément en pyjama et en bonnet de nuit, se redressant en sursaut au moment où on apportait le thé. « Heather, dit-il, grande nouvelle. Je suis une tante. » Ce portrait imaginaire le fit pouffer un moment, si bien que Sandra était folle de rage.

« Je le sais tout simplement, dit-il, retrouvant enfin son sang-froid. Simplement parce que je me tiens au courant de la chose littéraire.

– Oh ! oh ! oh ! fit Sandra, les poings serrés.

– Je voudrais d'autre pudding, dit Prunella Elderman, nullement découragée.

– Alors mange celui de Hugo, cria une autre Elderman à l'abri sur le parquet.

– Il est mort en France », reprit Ast, de la voix sourde et frémissante d'une femme martyrisée par la patience, et, posant fermement sa main errante sur la table, elle l'emprisonna dans son autre main.

« De quoi est-il mort alors ? demanda Cassidy avec un sourire résolument narquois. Quel est votre diagnostic, mon cher John ?

— Tubard, je suppose, riposta Ast. N'est-ce pas de quoi ils meurent tous ?

— Miaou », dit Cassidy, et les enfants reprirent aussitôt : « Miaou, miaou, miaou. »

Le calme précaire d'Ast l'abandonnait rapidement. Sous la tente de sa chevelure blonde, son visage émacié par une intelligence sans objet s'obscurcissait soudain.

« Vous n'avez pas la moindre idée des épreuves par lesquelles ils passent, n'est-ce pas ? Vous êtes si abominablement riche que vous ne vous rendez même pas compte de ce que ça veut dire de mourir à l'étranger sans le sou..., de se voir refuser un enterrement décent par un idiot de prêtre catholique..., d'aller pourrir dans quelque fosse commune...

— Non, reconnut Cassidy avec entrain. C'est vrai que je n'ai pas fait cette expérience. Toutefois, reprit-il, en adoptant son ton de conseil d'administration le plus suave, je crains que vous ne soyez dans l'erreur. Mes renseignements sont incontestables. C'est peut-être vrai qu'on l'a donné pour mort. Peut-être aussi a-t-il délibérément fait courir ce bruit. La raison en est simple... » Il les laissa attendre un moment – « il a été poussé au bord de la folie par les gens de l'édition. » Du coin de l'œil il vit la silhouette jadis convoitée d'Ast s'agiter puis s'immobiliser. « Qu'il décrit comme des vampires, des banlieusards et tout ce qui lui passe d'autre par la tête. Ils l'ont harcelé jusqu'au moment où c'est à peine s'il pouvait aligner deux idées, et encore moins deux phrases. Il était leur poule aux œufs d'or et comme d'habitude ils ont essayé de le tuer. La fuite était la seule solution... » Il se servit une rasade de vin d'orties... « Dieu merci, c'est ce qu'il a fait, ajouta-t-il en vidant son verre. À la reine, Dieu la bénisse. »

Seuls les Niesthal se joignirent à son toast.

« À la reine », murmura le vieil homme. Ils burent les

yeux baissés, dans une communion que les autres ne partageaient pas.

Laissant commodément errer son regard, Cassidy vit les gros doigts de Machine Elderman se refermer sur ses perles, brunes et ratatinées comme des noix, et son mari reposer la bouteille de marc de Bourgogne. Au même moment, la mère de Sandra se mit à parler de la pluie en Afrique en expliquant comment elle tombait beaucoup plus que les gens ne s'en rendaient compte et ne nettoyait rien :

« On a vraiment l'impression qu'elle ne fait que renforcer les odeurs. Je ne sais pas pourquoi. » Le seul endroit où l'on pouvait aller, c'étaient les collines, mais son mari, le général de brigade, n'aimait pas les hauteurs : « Il fallait donc que je l'élève toute seule, dit-elle. Avec simplement une nurse et cet abominable docteur ivre envoyé par le commissaire. Il élevait des chiens, je me rappelle, il avait toujours des poils sur ses manches, ça n'est pas vous qui feriez ça, John. C'était une drôle de petite bonne femme, ajouta-t-elle comme personne ne parlait. Toute rouge et coléreuse. Hugo était exactement pareil, n'est-ce pas, Hug ?

— Non », dit Hugo.

Sandra avait de toute évidence décidé qu'il était temps de mettre Hugo au lit. Le prenant par le poignet elle l'entraîna vers la porte.

« Faites attention à lui, conseilla John Elderman, la serrant d'une étreinte réconfortante dont il gratifiait toutes les femmes affligées, il m'a l'air un peu énervé. » Il parlait de Cassidy et pas de Hugo. « Donnez-lui un de vos tranquillisants de temps en temps, ça le calmera. Ça ne fait rien s'il boit.

— Monsieur le carabin, dit Cassidy. Vous vous croyez un grand toubib, mais vous n'êtes qu'une sale petite sangsue. Mon pauvre vieux.

— Une bonne nuit de sommeil ça vous fera du bien, dit Elderman en souriant sportivement. Bonsoir, mon vieux.

— Flaherty est Dieu, déclara Cassidy. Flaherty gouverne le monde. Un homme est ce qu'il croit qu'il est. »

Et il lança sa boutonnière à Ast.

13

La nursery était également pleine de fleurs. Il dormait souvent au milieu d'elles, quand il se retrouvait banni là pour son effronterie. Des fleurs bleues et molles dans différents tons pastel. Le lit de Mark était très étroit, ça n'était guère plus qu'un matelas posé sur le linoléum et sur lequel on avait jeté une douce couverture de laine : une couche monacale, se plaisait-il à songer, propre à engendrer de sombres pensées. Le coffre à jouets de Mark fermait à clef, c'était là où Cassidy rangeait ses livres de poche, recette d'une culture secrète. Les uns étaient sur la Grèce antique, les autres sur le grand état-major allemand ; d'autres concernaient des talents qu'il se proposait un jour d'acquérir, l'art de naviguer, l'art de faire la cuisine, l'art d'entretenir sa voiture ou d'avoir une vie conjugale idéale. Bien enfermé entre les étroites parois du lit, la couverture tirée bien haut, Cassidy choisit *Le Prophète* de Khalil Gibran et l'ouvrit au passage sur l'amour.

« Papa, dit d'une voix ensommeillée Hugo de son petit lit.
– Oui.
– Papa.
– Oui, Hug.
– Si maman s'en va, je vais avec toi ou avec elle ? »
C'était une question très pratique.
« Personne ne s'en va. »
On l'entendait de là-haut téléphoner à tante Snaps à Newcastle en proposant de lui payer le voyage jusqu'à Londres.

C'est ça, se dit-il, *organise donc une battue*.
« Papa.
— Oui.
— Fais-moi Shane. »
Cassidy prit sa voix du Far West : « Je suis le shérif de ce pays et voilà mes adjoints. »
Allons donc, disait Sandra. Il n'a même jamais entendu parler de cet homme. Il ne l'a certainement pas lu. D'ailleurs il en serait incapable, il est bien trop paresseux pour lire un livre... Mais non, il n'est pas du tout surmené. Ses parasites s'occupent du bureau, moi je m'occupe de la maison et chaque fois qu'il veut faire une escapade il invente quelque mensonge ridicule à propos de ses œuvres de charité. Il a fait ça pour agacer Heather et Beth et Mary et... Bien sûr qu'il méprise les femmes, ça n'est pas sa faute, c'est son éducation, je m'en rends compte, mais quand même.
« Papa.
— Oui, Hug.
— Tu as bien entendu parler de lui, n'est-ce pas ?
— Oui.
— Vrai ?
— Vrai.
— Je le savais bien. Bonsoir, papa.
— Bonsoir, fiston.
— Papa.
— Oui, Hug.
— Fais-moi Sturrock. »
De nouveau le western : « Allons, Sturrock, sale chien de Yankee, fichez-moi le camp de ma plantation.
— Bang, dit Hugo.
— Bang », dit Cassidy.
Nouveau tintement du téléphone.
« *John, je suis absolument désolée*, dit Sandra, *vous comprenez je ne sais vraiment pas quoi dire...* »
Allons, la réalité est aussi un problème. Pas pour toi bien sûr. Pour moi. Les Elderman. Je m'en fous des Elderman. Qui leur a prêté six mille livres sans intérêt pour se

débarrasser de leur propriétaire ? Qui leur a prêté le chalet l'année dernière pour que leurs affreux gosses mettent tout en pièces ? Qui…

Un pas martial approchait.

« C'est maman », expliqua Hugo, et se levant il rassembla ses affaires.

Un pogrom, pensa Cassidy en plongeant sous les couvertures.

« Viens mon chéri, dit Sandra, ton père est ivre. » Et du seuil de la pièce, d'où elle lançait toutes ses flèches du Parthe : « Comment au nom du ciel peux-tu avoir le toupet de faire semblant de t'intéresser à tes enfants alors que tout ce que tu fais c'est t'enivrer devant eux, jurer et lancer des sous-entendus répugnants concernant des gens qu'ils respectent… »

Elle s'arrêta, épuisée par son emphase.

« Allons, proposa Cassidy à travers l'épaisseur des couvertures écossaises. Ayons un verbe principal. Un peu de grammaire dans cette maison, non ? Il faut donner l'exemple aux enfants, tu ne trouves pas ? »

Sandra soupira et tira la porte plus près d'elle comme un bouclier.

« Maintenant, dis-moi que je suis pire que mon père, suggéra-t-il.

— Si sa jambe ne guérit pas, dit-elle enfin, ce sera entièrement ta faute.

— Bonne nuit, Sturrock, dit Hugo.

— Bonne nuit, Shane, fit Cassidy.

— Et au matin, dit Sandra, je te quitterai. »

Peu à peu la maison s'endormit. L'un après l'autre les escaliers cessèrent de craquer et le silence se fit. La mère de Sandra alla aux toilettes. Il resta un moment éveillé à compter les heures sur le coucou de Hugo, attendant au cas où elle viendrait le rejoindre. À un moment, alors qu'il sommeillait vaguement, il crut entendre de nouveau le bruit sourd du lit à colonnes qui s'agitait en mesure et le long cri de plaisir de Helen retentissant dans le bel escalier de style Adam. Et à un autre moment, en luttant contre les derniers effets du vin d'orties, il découvrit les bras solides de Shamus lui ceinturant ses côtes endolories et Helen, dont on entendait la voix mais qu'on ne voyait pas, qui commentait l'assaut.

« Vous comprenez, Shamus aime les gens. C'est la différence qu'il y a entre pagayer et nager. »

« Quand l'amour vous fait signe, écrivait le prophète, suivez-le. Même si c'est par un chemin ardu et malaisé. Et quand ses ailes vous enveloppent, cédez-lui. Même si l'épée dissimulée dans ses serres risque de vous blesser. »

Il s'endormit en rêvant de l'enfer, et du vieil Hugo qui marchait sur le crâne de Cassidy.

« D'ailleurs, annonça Sandra le matin, je ne vais pas à Paris avec toi.
— Très bien, dit Cassidy.
— Alors tu n'as pas besoin de penser que j'y vais, dit Sandra.
— Je ne le pensais pas, répondit Cassidy.
— Ne t'en fais pas, dit Hugo. Tu iras, n'est-ce pas maman ? »

Hugo, l'ardoise vierge, pensa-t-il, Hugo est moi avant qu'on ait écrit dessus.

Il atteignit cent quarante-cinq sur l'autoroute avant de se faire arrêter par la police. Dieu sait pourquoi ils le crurent quand il expliqua qu'il n'avait jamais roulé aussi vite.

« C'est ma mère, dit-il. Elle est mourante. »
Ils crurent ça aussi.
« Elle est à l'hôpital de Bristol, expliqua-t-il. Elle est née en Angleterre mais elle a vécu toute sa vie à l'étranger... Elle ne parle même pas anglais. Elle a très peur.
— Quand même, monsieur, la route n'est pas qu'à vous, répondit l'aîné des deux policiers, embarrassé.
— Qu'est-ce qu'elle parle alors ? demanda le plus jeune.
— Français. Elle a vécu là-bas toute sa vie. Elle a voulu être ici pour la fin.

— Allons, faites attention à l'avenir, dit le plus âgé, en essayant bravement de ne manifester aucune émotion.
— Je vous promets, dit Cassidy.
— Qu'est-ce que c'est que ce cadran, demanda le plus jeune. Celui avec la lumière orange ?
— Un avertisseur de verglas, dit Cassidy, et il allait leur montrer comment ça marchait quand le sergent intervint.
— Laisse-le partir, Syd, dit-il tranquillement.
— Bien sûr. Pardonnez-moi », dit le policier en rougissant.

Avant même d'atteindre la maison, il savait qu'ils étaient partis. La chemise ne pendait plus à la corde et les tourterelles, espérant quelque nourriture, voletaient nerveusement sur le perron. Un vagabond avait laissé une marque à la craie sur la porte, une flèche pointant vers le bas et deux croix blanches côte à côte. Il tira la sonnette et l'entendit tinter dans le grand vestibule. Il attendit mais personne ne vint. Seules les écuries avaient eu de leurs nouvelles. Un peloton de bouteilles de whisky était aligné épaule contre épaule sur la paille humide, rangé là par la main soigneuse de Helen. Il en prit une. Le col était poisseux de cire de bougie ; une pellicule recouvrait le goulot ; en son centre, comme le minuscule trou d'une balle, un point de noir de fumée rappelait la flamme éteinte.

Ses fleurs étaient posées contre la porte de derrière. « S'il n'y a pas de réponse, avait-il dit à la fille en blouse verte, laissez-les sur les marches. » Et elles étaient là, comme une fontaine de rouge gaspillé enveloppée de cellophane, un bouquet assez gros pour permettre aux garçons qui étaient restés derrière de célébrer la mémoire d'un régiment d'infanterie. Elles avaient dû passer là toute une quinzaine et la pluie les avait conservées. Des roses, avait-il dit ; de beaux boutons bien serrés, trois douzaines de la meilleure qualité : une douzaine pour chacun de nous, vous comprenez. Et il avait rédigé l'étiquette avec leur stylo grinçant et rechignant.

Prenant la carte de son enveloppe détrempée, il lut ce qu'il avait écrit :

« Pour Shamus et Helen. Pour m'être amusé comme jamais, je vous en prie, revenez, Cassidy. » Ensuite son numéro de téléphone à Londres. *« Vous n'avez qu'à appeler en PCV. »*

Il y avait un endroit qu'il connaissait, une verte colline, loin du côté de Kensal Rise, qu'il avait découverte cinq ans plus tôt en attendant des nouvelles de l'opération de Mark. C'était entre un cimetière et une école maternelle et on appelait cela le Valhalla. Aucun instinct ne lui en avait montré le chemin, seul un sentiment de vide, d'absence, de disponibilité avait avec l'aide de Dieu guidé les pas du père égaré. Il avait appelé l'hôpital de Marble Arch: Rappelez à sept heures, à sept heures on saurait si l'opération avait réussi.

En marchant il s'était retrouvé dans un cimetière, se penchant de dalle en dalle en quête de Cassidy inhumé là. Et en cherchant ainsi il remarqua une sorte de flottement, un courant marqué dans le mouvement de la foule. De jeunes hommes en tenue du samedi, jusqu'alors dispersés au hasard par petits groupes, jetaient un coup d'œil à leur montre, se mettaient en rang et s'éloignaient. Et peu après un homme corpulent en smoking mauve descendit d'un taxi et se précipita à leur suite en portant ce qui semblait être un tromblon dans un étui de moleskine noire.

Là-dessus un miracle s'était produit.

À peine le veston mauve avait-il disparu par la petite porte d'osier qu'une troupe de jeunes filles, tourbillonnant et tremblant sur de longues jambes incertaines, éclatant comme des oiseaux tropicaux dans leurs légers corsages et leurs jupes en cloche, sans bas, peut-être sans culotte, tombèrent en riant des cieux pour atterrir à ses pieds, le frôlant sur le même mystérieux sentier. Cassidy enthousiasmé leur emboîta le pas, sa rêverie bondissant d'une folle vision à une autre. Quel rituel, quelle cérémonie célébrait-on ici? Une pendaison? Un prophète? Ou bien une orgie à la scandinave? Le sens du temps, du lieu, même la prudence l'avaient abandonné. Il ne sentait que la proximité de l'accomplissement qui lui desséchait la bouche et agaçait ses reins. Il flottait. Un vertige sexuel l'entraîna sur l'asphalte municipal. Des arbres, des étangs, des barrières, des mères, dans un même brouillard, et tout cela passait à l'extrême nord de son champ visuel le guidant au long de ce chemin secret.

La péritonite était oubliée. Mark était guéri.

Il ne vivait que devant lui au milieu de cet escadron coloré, parmi ces jambes qui dansaient et ces hanches dodues, dans le nuage de talc qui suivait leur sillage. À un moment il trébucha, à un moment il entendit un chien aboyer sur son passage, un vieil homme qui criait «Hé! attention», mais déjà il était à l'intérieur, le ticket de trois shillings comme une hostie au creux de sa main. Autour de lui des étoiles de couleur tournoyaient dans l'église sans fenêtres. Du milieu d'un sanctuaire, des prêtres se balançaient en marquant le rythme d'une musique qu'il pouvait presque fredonner.

Il dansait.

Il dansait en tenant à bout de bras des filles muettes. En décrivant de petits cercles autour de leur sac à main posé sur le sol. En traçant des rondes sur la craie. Jamais il n'avait su leurs noms. Comme des religieuses ayant fait vœu de silence elles l'avaient emmené, réconforté par le calme qu'inspirait une dévotion plus noble et l'avaient abandonné ensuite pour s'occuper d'autres victimes. Quelques-unes, pas beaucoup, l'avaient repoussé en invoquant la différence d'âge; d'autres l'avaient abandonné parce qu'il était maladroit ou quand un partenaire plus séduisant s'était présenté. Mais il ne leur en voulait pas: leur refus était une discipline qui l'attachait plus étroitement à leur impénétrable communauté.

«Allons, dit une petite brune, pourquoi cette longue figure?

— Pardonnez-moi», dit Cassidy en souriant.

C'étaient les filles qu'il pouvait aimer. Les filles qui le croisaient en autobus et qui installaient des vitrines, qui travaillaient pour lui comme secrétaires, qui le regardaient du trottoir tandis qu'il passait en taxi, c'étaient ses infirmières, ses figures de proue éternellement belles sur une mer changeante.

« Vous pouvez me raccompagner si vous voulez, dit une blonde, à condition de me faire un joli cadeau. »

Mais Cassidy refusa. Dans le monde qu'elles habitaient pour lui, ces filles-là n'avaient pas d'autre chez-elles que celui-là.

De là il rentra directement de Haverdown, passant quatre heures et demie à regarder à travers un pare-brise. Il y était allé maintenant pour se guérir, pour suivre le même traitement qui avait été efficace pour Mark. Il avait roulé sans une pause, sans un repas, sans penser à rien parce qu'il ne restait rien. Il se gara auprès d'un parcmètre et fit à pied les deux cents derniers mètres. Inconnu même à ses propres yeux.

Le Valhalla avait disparu. Il n'avait pas été réquisitionné. Il n'avait pas été acheté par une université ni par un grand magasin. Bombardé. Supprimé. Rasé de chaque côté des murs de brique par un entrepreneur de démolition, picoré comme la viande de l'os par leurs engins jaunes qui n'avaient même pas laissé un seuil pour les roses.

14

Le jour de l'assemblée annuelle extraordinaire arriva, apportant toute la tension d'un soir de première où la moitié des costumes sont encore dans le train. Jadis ces assemblées avaient été l'innovation chérie de Cassidy, une idée absolument neuve dans la gestion de la société, visant à améliorer les relations entre actionnaires et membres du conseil d'administration. Jadis, comme du haut de la chaire de son père, l'habile directeur s'adressait à ses fidèles aînés: d'abord chaque trimestre, puis tous les six mois, il lavait leurs âmes de tout doute et leur insufflait une foi nouvelle. D'autres sociétés, expliquait-il, donnaient le moins d'informations possible, celle de Cassidy entendait renverser la tendance. Mais le temps, comme cela arrive si souvent, avait fait de la révolution une institution: l'assemblée avait lieu maintenant une fois par an, c'était devenu une combinaison bâtarde entre le conseil d'administration et l'assemblée annuelle ordinaire et, maintenant que Cassidy y avait mieux réfléchi, elle apportait plus d'ennuis que les deux réunis.

Vers trois heures on avait repéré les premiers arrivants dans les parages de la salle de conseil du rez-de-chaussée et la nouvelle en fut transmise à Cassidy par une succession de messagers shakespeariens. Le comte de la firme, un magnat de l'acier en retraite arrivé d'Écosse par avion, était resté assis une demi-heure dans la salle d'attente avant d'être reconnu et se trouvait maintenant dans la salle de conférences à boire de l'eau d'une carafe. Meale (parfait pour ses bonnes manières, l'insipide jeune homme) fut dépêché pour lui faire la conversation. Un syndicaliste en retraite du nom d'Aldebout, que l'on gardait pour apaiser les querelles d'atelier, avait été vu goûtant le thé à la cantine.

« Je lui ai dit que c'était offert par la maison, dit fièrement Lemming, ces bougres feraient n'importe quoi pour une tasse de thé. »

Deux dames de Shepton Mallet en manteaux bruns avaient eu leur Mini conduite en fourrière par la police.

« Ils ont esquinté le pare-chocs avant », dit Angie Mawdray qui avait observé la manœuvre de sa fenêtre.

On envoya un magasinier payer l'amende et récupérer la voiture.

En coulisse c'était le chaos à peine contrôlé. On était vendredi. La Foire de Paris ouvrait lundi. Le nouveau châssis à ressorts en C enfin monté, malgré les tentatives de sabotage de Lemming, était déjà parti par fret avion pour Le Bourget, mais le transitaire français avait téléphoné pour dire qu'il avait été dérouté sur Orly. Il rappela une heure plus tard. Le châssis avait été confisqué par les douanes françaises qui le soupçonnaient, pensait le transitaire, d'être un engin de guerre.

« Alors soudoyez-les! Soudoyez-les, bon Dieu! » cria Cassidy en anglais dans le téléphone, son français maternel l'ayant totalement abandonné. Et se tournant vers Angie plantée à côté de lui avec un dictionnaire : « Comment diable est-ce qu'on dit soudoyer en français ?

— B…r…, commença Angie.

— Corrompez-les… ! hurla Cassidy toujours en anglais. *Corruptez* » mais son interlocuteur expliquait qu'ils étaient déjà corrompus.

Peu après cela la communication fut coupée. Un coup de fil désespéré à Bloburg, leur agent de Paris, n'eut aucun résultat. C'était la fête de saint Antoine de toutes les villes, Bloburg respectait les coutumes locales. À quatre heures quand l'assemblée commença, on n'avait toujours pas de nouvelles du front. Ailleurs dans le bâtiment une bataille se livrait à propos de la brochure révisée. La première édition, envoyée en toute hâte à la dernière minute aux imprimeurs après d'interminables discussions entre l'exportation et la promotion, avait été imprimée de travers et dut être renvoyée. Pendant que l'on attendait encore anxieusement la seconde édition, Cassidy découvrit à sa grande fureur qu'elle ne contenait pas de texte allemand.

« Seigneur ! cria-t-il. Est-ce qu'il faut que je pense à tout moi-même ? »

Qui parlait allemand ? Lemming s'était battu contre eux pendant la guerre et ne se souvenait d'eux qu'avec une haine noire. Il refusa de coopérer. Faulk, qui n'aurait pas demandé mieux, ignorait l'allemand. Est-ce qu'un peu d'italien aiderait ? Un bureau de traduction de Soho envoya une dame qui avait des cheveux bleus et des connaissances d'anglais sommaires et qui en ce moment même était enfermée dans un bureau cependant qu'Angie Mawdray, ravie de cette crise, passait au peigne fin la bibliothèque municipale à la recherche d'un dictionnaire technique anglo-allemand.

Personne ne fut donc étonné de voir la séance commencer en retard. S'efforçant de créer une atmosphère de calme, Cassidy débuta par de menues questions de routine. Mrs. Aldo Cassidy envoyait ses excuses. On avait également reçu les excuses du général Hearst-Maundy qui se trouvait à la Jamaïque. Tout le monde avait été désolé d'apprendre le décès prématuré de Mrs. Bannister, qui avait été longtemps un membre loyal du conseil d'administration. Mrs. Allan, après sept ans de service, avait accepté un poste de direction dans une autre firme ; Cassidy proposa de lui faire verser la prime habituelle d'un mois de salaire pour chaque année de service. La motion fut votée sans commentaires. Seul Lemming, qui avait obtenu sa démission après des mois d'intrigues venimeuses, marmonna : « Une grande perte pour nous tous, une vaillante petite femme », en faisant semblant d'essuyer une larme.

Il était donc près de quatre heures et demie quand Aldo Cassidy, fils du distingué hôtelier, le révérend Hugo Cassidy, membre du Parlement et du barreau, fut en mesure de prononcer son allocution si attendue de président du conseil d'administration à propos des exportations. Parlant d'abondance et sans notes, il lança un cri de guerre qui aurait glacé le cœur du prince Rupert.

« Les idéaux sont comme les étoiles, leur dit-il – un dicton favori du grand hôtelier –, nous ne pouvons pas les atteindre mais nous profitons de leur présence. Le Marché commun – continua-t-il sans leur laisser presque le temps d'applaudir –, le Marché commun…, merci !… Le Marché commun est un fait. Il nous faut adhérer ou le vaincre. Mesdames et messieurs, chers actionnaires anciens et nouveaux, les Établissements Cassidy sont prêts aux deux éventualités. »

Ayant brossé un tableau quelque peu paradoxal d'une Europe croulant sous les assauts de sa firme, mais maintenue mystérieusement par ses fixations, il en arriva enfin au problème précis de la Foire de Paris.

« Je ne vais pas m'excuser devant vous d'emmener une forte, une très forte équipe de vente à Paris. Nous avons les armes et nous avons les effectifs ! »

Nouveaux applaudissements. Cassidy baisse la voix.

« Sachez-le, nous allons dépenser votre argent et nous allons en dépenser beaucoup. Personne n'a jamais fait de bonnes affaires avec une chemise sale. Il y aura deux équipes. Je les appellerai l'équipe A et l'équipe B. L'équipe B, sous la direction de Mr. Faulk, dont les brillants antécédents dans la promotion seront d'un grand service – bruyants applaudissements –, va partir ce soir. C'est une équipe jeune – coup d'œil hostile à Meale, qui depuis quelque temps s'était mis à porter des chaussures pointues et à fredonner dans les couloirs –, c'est une équipe solide. Pour vendre. Pour tenir le stand, pour faire la démonstration du prototype, pour stimuler l'intérêt, certes. Mais avant tout, elle va *vendre*. Et j'espère que quand la Foire sera inaugurée officiellement lundi, un ou deux carnets de commandes ne seront pas tout à fait aussi vides qu'ils le sont en cet instant. Le problème est le suivant : nombre de ces acheteurs étrangers ont des ressources limitées. Ils arrivent avec tant à dépenser, ils repartent quand ils l'ont dépensé. »

Brandissant une feuille de papier blanc pliée, il la fit passer devant leurs yeux enchantés.

« En outre nous avons fait un peu d'espionnage. J'ai ici une liste de tous les principaux acheteurs assistant à la Foire, ainsi que leurs adresses durant leur séjour à Paris. Il me semble, voyez-vous, que si ces gens n'ont pas tellement à dépenser – une pause habilement ménagée –, alors la meilleure chose qu'ils puissent faire c'est de le dépenser sur du matériel Cassidy, et cela avant qu'ils ne l'aient dépensé à autre chose ! »

Tandis que les rires et les applaudissements se calmaient peu à peu, on vit l'expression du président se durcir et sa voix prendre un ton plus sévère.

« Chers actionnaires, membres du conseil d'administration, je vous laisse là-dessus. » Lentement une main se leva, les doigts à demi courbés comme dans un geste de bénédiction. « On juge un homme – comme on nous jugera tous, mes amis – à ce qu'il recherche et non à ce qu'il trouve. Qu'on ne dise jamais que les Établissements Cassidy ont manqué d'esprit d'entreprise. Nous chercherons et nous trouverons. Merci beaucoup. »

Il se rassit.

Pendant l'interruption où l'on servit le thé, le comte, en tant qu'homme d'État plein d'expérience, le prit à part. C'était un homme décrépit aux cheveux argentés et il venait de déjeuner au Connaught aux frais de la société.

« Écoutez le conseil d'un vieil homme, dit-il en parlant très lentement à travers les fumées d'un vieux whisky, j'ai vu ça avec l'acier, j'ai vu ça avec les fers. Ne vous épuisez pas. N'essayez pas de faire toute la course avant le petit déjeuner.

– Je ne le ferai pas, lui assura Cassidy, en posant sur son épaule une main apaisante. Sûrement pas.

— Ce que vous faites quand vous avez vingt ans, vous le payez quand vous en avez trente, ce que vous faites à trente ans vous le payez quand vous en avez quarante...

— Oui, mais voyez-vous... – ils étaient arrivés aux toilettes directoriales –, j'ai vous autres dont je dois me préoccuper, n'est-ce pas, monsieur?

— Vous n'avez pas bu par hasard, non? demanda le comte.

— Bonté divine, non!

— Vous savez, poursuivit le comte, sa tête confortablement appuyée contre la chasse d'eau, je vous ai observé. Vous êtes un épouvantable menteur. Dites donc, fit le comte en se rapprochant et en faisant semblant de se laver les mains. Vous avez l'air de faire des bénéfices formidables. Vous n'auriez pas besoin par hasard d'un rien de capital en plus? Discrètement, vous comprenez. Pour que nous n'ayons pas à déranger les petits gars du fisc, vous voyez.»

Le public de l'assemblée extraordinaire s'était quelque peu clairsemé après le thé, et Cassidy avait également perdu un peu de sa verve. Glissant sur le détail des fonctions de l'équipe B (responsable de *la logistique de la seconde phase*), il s'attarda un moment et sans trop d'entrain sur les problèmes que posaient la création de nouvelles agences et l'ouverture de dépôts de pièces détachées.

«Il est même possible, dit-il, je parle bien sûr à long terme, ne nous méprenons pas là-dessus, que les Établissements Cassidy finissent – je pense là à l'avenir lointain – par prendre des arrangements pour une fabrication locale, même régionale de leur production sous licence et sur la base d'un partage des bénéfices.»

Cette fois, personne ne se sentit enclin à applaudir.

«Je vous précise que l'équipe A sera logée séparément au centre de la ville, où elle pourra profiter de la mobilité, de communications séparées et d'autres avantages, et elle sera presque entièrement constituée – il entendait en faire une plaisanterie, il s'y était préparé, avait répété ses effets et calculé ses cadences – par moi-même. Je dis presque car je suis heureux de vous annoncer que ma femme va m'accompagner. »

Seul un murmure dénué de tout entrain accueillit cette révélation de belle union familiale.

« Voulez-vous que nous passions à autre chose ? demanda Lemming d'une voix forte. Je crois que ça suffit comme ça. »

Dans le couloir on entendit des pas précipités : quelqu'un courait répondre au téléphone du président.

« Ça doit être Paris, dit Faulk en se levant.

– Veuillez rester où vous êtes, Mr. Faulk, ma secrétaire m'appellera si c'est nécessaire. »

Furieux, mais ne le manifestant pas, Cassidy prit un ordre du jour et jeta un coup d'œil à la question suivante.

« Approvisionnement », lut-il tout haut en frissonnant de gêne intérieurement.

L'argent de poche du vieil Hugo. Il s'agissait de marcher sur des œufs, de prendre un ton de ferme nonchalance, de regarder n'importe où dans la direction du comte, qui proteste toujours contre cette déplaisante passation d'écritures.

« Approvisionnement. Étant donné la situation satisfaisante des bénéfices je propose le versement d'une gratification rétrospective à... – là-dessus il prit une petite inspiration et leva les yeux vers le plafond comme si le nom lui avait momentanément échappé –, à notre estimé conseiller en approvisionnement, Mr. *Hugo* Cassidy, dont les sages conseils ont ajouté tant d'agrément à la cantine de l'usine. » On frappait à la porte. « Puis-je considérer que ce versement est approuvé ?

– Combien ? » demanda Aldebout.

La porte s'ouvrit et Angie Mawdray passa la tête dans la salle.

« Mille livres, répondit Cassidy. Pas d'objections ?

– Absolument aucune », dit Larry Faulk.

Du coin de l'œil, il vit la tête blanche du comte se lever

et ses sourcils blancs se froncer, puis une main blanche se lever pour une intervention tardive.

« Monsieur Aldo, c'est Paris, dit Angie.

— Si vous voulez bien tous m'excuser un moment, demanda-t-il d'un ton suave. Il s'agit, je le sais, d'un problème qui exige mon attention personnelle. »

Silence respectueux.

« Puis-je considérer, mesdames et messieurs, que nous pouvons passer à la question suivante de l'ordre du jour? Mr. Lemming, vous avez cela dans le procès-verbal? Mr. Faulk, peut-être voulez-vous me remplacer jusqu'à ce que je revienne? Peut-être voudrez-vous bien dire un mot de notre projet de promotion en Écosse. Mr. Meale, je puis avoir besoin de vous. »

Lemming leur ouvrit la porte. « Les Frenchies ont annulé le marché, siffla-t-il à Cassidy au passage. Vingt contre un qu'ils l'ont annulé.

— *C'est un Français*, dit Angie Mawdray d'un air triomphant. Il a l'air *extrêmement* excité.

— Vous avez trouvé ce dictionnaire technique?

— Non.

— Dommage. » Meale lui tendit l'appareil. « Allô?

— Allô, allô, allô!

— Allô, répéta Cassidy, en élevant la voix pour lui faire franchir la Manche. Allô.

— Allô, allô, allô?

— Allô! Vous m'entendez? Meale, appelez le standard. Dites-leur de nous donner une autre ligne. »

Meale décrocha le second téléphone.

« *Cassidii?*

— *Oui.*

— *Comment ça va?*

— Écoutez, écoutez, vous avez reçu le *pram*?

— Oui, oui, oui, oui. Tous les *prams*.

— Où est-il? Où? » Et s'adressant à Meale qui s'excitait à son tour : « Ça va. Il l'a reçu!

— Cassidy?

— Oui?

— Comment ça va ?
— Très bien. Écoutez : *Où-est-le-pram ?*
— Ici Shamus.
— Qui ?
— Mon Dieu, trésor, ne dites pas que vous nous avez déjà tués. »

Lemming l'avait suivi dans l'escalier et était planté sur le seuil.
« Alors ? » dit-il, espérant de mauvaises nouvelles.
Cassidy contempla Lemming puis le téléphone. Il posa sa main sur le pavillon.
« Je suis désolé, dit-il d'un ton ferme. Ça ne vous ennuierait pas de vous taire ? Je ne peux pas avoir deux conversations à la fois. Je suis à vous dans un instant. Allez là-bas me remplacer. Rendez-vous utile. »
L'air maussade, Lemming battit en retraite. Meale lui emboîta le pas.
« Shamus, murmura-t-il, où êtes-vous ? »
Il y eut un bref silence avant que la réponse arrive et il crut entendre une seconde voix à l'arrière-plan comme si Shamus discutait avec quelqu'un auprès de lui.
« Au lit, dit-il enfin. Un lit de Labdroke Grove.
— Helen est avec vous ?
— Non, trésor, il n'y a que papa cette fois-ci. Venez donc nous rejoindre. »
Nouvelles consultations en arrière-fond, suivies d'étranges cajoleries comme entre un chien et son maître : « Dis bonjour à Butch..., allons..., dis bonjour à Butch. (Et d'une voix beaucoup plus forte :) Butch, dis bonjour à Elsie. » Léger bruissement tandis que le combiné changeait de main. Rire timide d'une fille, grêle comme de la rayonne.
« Bonjour Butch, dit Elsie.
— Allô, bonjour, Elsie. Elsie... Il va bien ?
— Bien sûr que je vais bien, dit Shamus. Venez donc.
— Je suis en pleine réunion.
— Moi aussi.

— Une assemblée du conseil d'administration, dit Cassidy. C'est censé être mon grand jour. Ils m'attendent tous en bas. »

Shamus n'était nullement impressionné. « J'ai essayé de vous appeler toute la semaine, protesta-t-il. Personne ne vous l'a dit ? Dites donc, qui était cette garce à la voix sexy à qui j'ai parlé ?

— Ma secrétaire, dit Cassidy.

— Pas elle, l'autre.

— Ma femme, dit Cassidy en adressant des prières au Seigneur.

— Une sacrée femme, mon garçon. Très naturelle. Et elle adore les Russes. Il faudrait l'avoir à l'œil.

— Écoutez, Shamus, j'allais vous écrire... Quand est-ce que je peux vous voir ?

— Ce soir.

— Ce soir ça ne va pas. Je pars pour Paris lundi, il y a un congrès. Nous avons d'épouvantables problèmes..., avec l'imprimeur et Dieu sait...

— Vous partez pour où ?

— Paris.

— Pour la bonne ville de Paris ?

— Lundi.

— Pour vendre des landaus ?

— Oui.

— Je viens avec vous. Et amenez la Bentley, nous aurons besoin de la banquette arrière. »

15

La maison était plongée dans l'obscurité quand il rentra.

Cela lui rappela, tandis qu'il montait l'escalier à tâtons, le jour où le père du vieil Hugo était mort et où les tantes avaient mis la maison en deuil. Elles n'avaient jamais eu de décès auparavant mais elles savaient exactement comment tout arranger, aussi bien elles-mêmes que la maison, où trouver du noir et jusqu'où tirer les rideaux, où il y avait des émissions religieuses à la radio et ce qu'il fallait faire de tous les magazines humoristiques.

La porte de la chambre était fermée.

« Je crois bien qu'elle dort, lança Mrs. Groat de la cuisine. Hu-ha. »

On avait déposé une serviette sur le lit de la nursery avec sa brosse à dents à côté. Hugo dormait. Il se déshabilla lentement en pensant qu'elle allait peut-être venir, puis décida de se raser pour embêter sa belle-mère. Cette irritation datait de la naissance de Mark, que Sandra avait eu à la maison. Sandra avait affirmé qu'elle accoucherait sans douleur – elle avait lu des livres là-dessus – mais son assurance s'était révélée mal fondée. La maison n'avait pas tardé à retentir de ses vociférations tandis qu'elle refusait obstinément le pentothal et que sa mère sanglotait dans la cuisine en revivant ses propres combats comme un boxeur qui a raccroché ses gants. « Oh ! mon Dieu, vous les hommes », criait-elle à Cassidy tout en faisant bouillir de l'eau à des fins auxquelles il n'osait pas songer. « Mon Dieu, si seulement vous saviez ! » Bourré de remords mais furieux de ce qu'il considérait comme une odieuse manifestation d'égoïsme féminin, Cassidy avait exercé la seule prérogative masculine qu'on lui eût laissée. Il s'était rasé.

Pour des raisons analogues, la même envie le prenait maintenant. Déboutonnant sa chemise, il agita bruyamment le rasoir dans l'eau chaude, heurta le blaireau contre l'étagère de verre, puis rasa bien inutilement son visage étonnamment juvénile.

Elle le fit attendre un long moment.

« Je sais que tu es réveillé, dit-elle, je l'entends à ton souffle. »

Elle était plantée sur le seuil de la nursery, sa silhouette se découpant sur la lumière du palier, et il imaginait son visage crispé dans la tension d'un ressentiment qui ignorait toute compréhension. Elle devait être là depuis un bon moment car il l'avait entendue soupirer pour la première fois dix minutes plus tôt.

« Tu es sans noblesse, poursuivit-elle tranquillement de sa voix d'Ophélie. Tu n'as pas la moindre trace de décence, de fibre morale ni de compassion humaine. Tu n'as qu'un seul instinct vaguement honorable. Je sais pertinemment que tu mens encore. Pourquoi ne le reconnais-tu pas ? »

Cassidy grommela et remua un bras comme s'il s'agitait dans son sommeil mais son esprit fonctionnait vite.

Je mens, oui. Je t'ai toujours menti et je te mentirai toujours, et quel que soit le nombre de fois où tu me prends en faute je ne te dirai jamais la vérité parce que tu ne sais pas plus t'en arranger que moi. Mais cette fois-ci, crois-tu que c'est drôle, je mens parce que je commence à découvrir la vérité et que la vérité, mon ange, nous est étrangère.

Il attendit.

Silenzio.

Ou bien si nous abordions le problème du point de vue académique puisque tu n'as pas de diplôme ? Si je suis dépourvu des qualités que tu énumères, et pour l'intérêt

de la discussion je veux bien convenir dans l'ensemble que c'est vrai, pourquoi aurais-je la noblesse, la décence et la fibre morale de l'avouer ?
Silenzio.
« J'imagine, suggéra-t-elle perfidement, que tu emmènes A. L. Rowse à ma place. »
Remontant les couvertures Cassidy fit son numéro de cygne, agitant la tête dans l'eau boueuse du loch Machin.
« Qui était ce Russe qui t'a téléphoné ? »
Je ne sais pas.
« Qui était ce Russe qui t'a téléphoné ? »
Lemming.
« Aldo ! »
Une relation d'affaires. Comment diable veux-tu que je sache ?
« À vrai dire, fit Sandra tristement, il avait l'air plutôt drôle. »
À vrai dire, songea Cassidy, *il l'est.*
Va. Grandis, reste.
« Tu es un véritable enfant. Et c'est exactement ce que sont les homosexuels. Tu ne peux pas supporter la menstruation, ni les bébés, ni la mort, ni rien. Tu n'as absolument aucun sens des réalités. Tu voudrais que le monde entier soit joli, bien en ordre et plein d'amour pour Aldo. »
Elle se fit plus mordante.
« Eh bien, le monde n'est pas comme ça, et c'est une chose, mon garçon, qu'il faut que tu apprennes. Mais quand même. Aldo ? »
Miaou.
« Le monde est un endroit dur et âpre, poursuivit-elle en prenant le ton de son père, les coudes et les pieds écartés. Un endroit rudement dur et rudement âpre. Aldo, je sais que tu ne dors pas. »
Je crois à Flaherty, le Père, le Fils et le petit Garçon.
« Je m'en vais te quitter, Aldo, je l'ai décidé. Je m'en vais emmener les enfants dans le Shropshire. Maman a trouvé une maison près de Ludlow. C'est simple mais ça me conviendra parfaitement si tu ne dois pas y être. Nous

vivons tous de façon beaucoup plus frugale quand tu n'es pas là. Quant aux enfants il leur faudra des substituts de père. J'en chercherai à Ludlow. Thisbée et Gillian iront au chenil en attendant que nous ayons emménagé.»

Thisbée et Gillian étaient les afghans. Des chiennes bien sûr.

«Je suis navrée pour toi, continua-t-elle. Tu ne connais rien à l'amour, ni à la vie et encore moins aux femmes. Mais quand même.»

Sous les couvertures Cassidy approuva vigoureusement.

C'est pour ça que je vais à Paris, tu comprends. C'est pour ça que je ne t'emmène pas. Je m'en vais chercher ce que tu prétends toujours avoir trouvé, alors va te faire voir. Mais quand même.

«John Elderman dit que tu as fait le vœu inconscient de te venger de ta mère. Tu l'as détestée pour avoir couché avec ton père. Pour cette raison tu me détestes moi aussi. Mais quand même.»

Bon Dieu, ne va pas me dire que tu t'es fait sauter par le vieil Hugo. Ah! vraiment, vraiment, ça n'est pas une maison convenable.

«Oui, je suis navrée pour toi, répéta-t-elle. Ça n'est pas ta faute, tu n'y peux rien. J'ai essayé de t'aider mais j'ai échoué.»

C'est ça, songea-t-il, levant mentalement une main. *Tiens-t'en là. Tu as totalement échoué. Tu n'as pas réussi à lire mes pensées, mes expressions ni la détresse immense que je trouvais en ta compagnie. Tu crois avoir le monopole de la métaphysique dans cette maison, mais je t'assure ma chère que tu ne reconnaîtrais pas Dieu s'Il te donnait un direct à la mâchoire.*

Agacée apparemment qu'il n'eût pas encore parlé, qu'il ne l'eût même pas contredite, elle se fit plus précise.

«Tes réactions sont totalement homosexuelles, déclara-t-elle en reprenant une accusation précédente. Aussi bien envers ton père qu'envers tes fils. Tu ne les aimes pas en tant que parents…»

Parents, parents, qu'est-ce que ça veut dire? Pourquoi

termines-tu toutes tes phrases par mais quand même ? Très bientôt, jeune personne, vous allez me pousser trop loin et je vais être obligé de m'endormir.

« Tu ne les aimes pas en tant que parents, tu les aimes en tant qu'hommes. »

Mais quand même, songea Cassidy, *tu restes là, n'est-ce pas ?*

« En attendant tu me racontes des mensonges à propos de ces stupides œuvres de charité. Je sais bien que tu mens, maman sait que tu mens, tout le monde le sait. Ce ne sont que des excuses stupides. Bristol ! Tu crois vraiment que Bristol a besoin que tu lui offres un terrain de jeux ? La municipalité ne te regarderait même pas si tu le leur donnais. Une passerelle. Un pavillon. Le nivellement. Peuh ! »

Elle regagna sa chambre.

Blanc, répéta-t-il. Blanc, blanc, blanc, blanc. Il faut que je me fasse un lavage de cerveau. Cassidy lave plus blanc. Pas de mensonge, pas de vérité, rien qu'un état, rien que survivre, rien qu'avoir la foi. Flaherty nous avons besoin de vous. « Si je n'étais pas blanc et vide, songea-t-il, en abritant ses yeux de l'obscurité derrière ses mains en visière, je vous appellerais un impossible raseur. Vous me bloquez. Je pourrais être un écrivain sans vous. Et me voilà coincé dans mes foutus landaus. »

Les larmes revenaient, glissant entre ses doigts. Il les nomma l'une après l'autre : le remords, la fureur, l'impuissance, la Sainte-Trinité. Je te baptise au nom de l'apathie. Il avait bien envie d'aller les montrer à Sandra, après tout c'était ce qu'elle faisait, elle attendait d'être bien sous pression et puis elle répandait toutes ses larmes sur lui goutte à goutte et sanglots compris. « J'en ai assez de tes larmes, crierait-il, regarde les miennes. »

« Bonne nuit, papa », dit Hugo.

Au petit déjeuner, comme d'habitude après de pareilles scènes, Sandra se montra extrêmement aimable. Elle le gratifia d'un baiser maternel, lui lança des coups d'œil de grande complicité, s'arrangea pour que sa mère reste au lit et lui servit du thé à la place du café, ce qu'elle considérait normalement comme vulgaire.

« À propos de ce qu'a dit John Elderman, risqua Cassidy comme elle lui caressait la nuque.

— Oh! ne t'inquiète pas de ça, j'étais simplement de mauvaise humeur, répondit-elle d'un ton léger en lui embrassant la tête.

— À part ça tu as passé une bonne nuit?

— Très bonne et toi?

— Je regrette pour Paris.

— Paris, répéta-t-elle en souriant. Quel bébé tu fais.» Nouveau baiser. «Ça va être une vraie bagarre pour toi, n'est-ce pas?

— Ma foi peut-être bien.

— Ne sois pas stupide, je le sais. Je ne suis pas dupe, tu sais.» Elle l'embrassa de nouveau. «Les femmes aiment bien les lutteurs», dit-elle.

Mais Cassidy n'en avait pas encore fini avec John Elderman.

«Tu comprends, Sandra, la vérité c'est que je n'ai pas de motifs.

— Je sais, je sais.»

Nouveau baiser. Cassidy essaya un autre biais. «Je veux dire même pas inconscients. Tu comprends, je pourrais disposer tous ces arguments de façon qu'ils aient un air absolument différent.

— Bien sûr, je n'en doute pas, dit-elle. C'est simplement John qui veut faire de l'épate. Et tu es beaucoup plus intelligent que John, et il s'en rend parfaitement compte. Mais quand même.

— Je me mets dans le pétrin et je réagis. Ça n'a rien à voir avec le fait d'être une tante.

— Bien sûr que ça n'a rien à voir, et c'était gentil de ta part de lui prêter tout cet argent, ajouta-t-elle généreusement. C'est simplement que par moments je ne comprends pas tes mobiles. Et bien sûr que je crois à tes terrains de football. C'est simplement que j'aimerais que ces horribles gens disent oui une fois pour toutes.

— Mais Sandra, ils sont si corrompus.

— Je sais, je sais.

— Il faut des années pour en venir à bout... »

Habilement il prépara ses opérations défensives. « Je ne serai pas là de la journée ni de la soirée... L'ambassade envoie une voiture me chercher à l'aéroport... Après cela n'importe quoi peut arriver... Ne m'appelle pas, laisse-moi plutôt le faire aux frais de la société...

— C'est bien normal qu'ils envoient une voiture, dit-elle. Toutes leurs voitures. Un cortège rien que pour Aldo. Avec fanfares et trompettes. »

Le temps qu'il s'en aille, les femmes de ménage arrivaient déjà, les unes en taxi, les autres conduites par leurs maris. Dans le vestibule, les chiens aboyaient, le téléphone sonnait à divers étages. Les entrepreneurs étaient déjà au travail ; le maçon se préparait du thé.

« Je t'appellerai si ça s'arrange, promit-il. Comme ça tu prendras l'avion suivant.

— Au revoir, Pailthorpe, dit-elle. Au revoir, trésor. »

Échappant à son regard il aperçut sa mère plantée derrière elle comme une infirmière sénile prête à la rattraper si elle tombait. Il faillit revenir sur ses pas. Il faillit l'appeler d'une cabine téléphonique. Il faillit manquer l'avion. Mais Cassidy avait failli faire bien des choses toute sa vie et cette fois, quoi qu'il puisse arriver, il entendait bien les faire.

À Paris.

PARIS

16

Les histoires d'amour, Cassidy l'avait toujours su, sont éternelles, ce qui donne un caractère insaisissable à leur déroulement. Quand elles se produisent, c'est par-delà les branches de nos arbres familiers, dans certaines nuées à demi éclairées d'où sont exclues les créatures diurnes ; elles se produisent à des moments où l'âme, de quelque insondable façon, est plus sublime que le plus merveilleux environnement, et où tout ce que l'œil perçoit illustre le monde intérieur.

Ainsi en était-il de Paris.

Haverdown n'avait été qu'une nuit, la Foire de Paris (à en croire l'Association des fabricants de landaus, car Cassidy ne put jamais faire corroborer cette information) dura quatre jours. Chacun pourtant imposait à Cassidy le même rythme : la même première rencontre hésitante, la même démarche aveugle du prévisible à l'imaginable, une marche intérieure vers les chambres fermées de son cœur ; extérieure vers les quartiers fermés d'une ville. Chacun commençait tout d'abord sur un instinct d'échec ; chacun était couronné du même triomphe final ; chacun l'instruisait et lui laissait davantage à apprendre.

Ils se rencontrèrent comme convenu à l'aérogare numéro deux, dans le hall des départs. Il y avait des quidams partout mais Shamus s'était trouvé un coin, l'emplacement réservé aux fauteuils roulants. Il fallut quelque temps à Cassidy avant de le découvrir et il commençait à s'affoler. Shamus était assis de guingois dans le cadre d'acier, comme s'il était tordu par quelque horrible infirmité, et il portait des verres fumés et un béret. Ses puissantes épaules étaient penchées en avant sous le tissu familier de la veste noire et il n'avait pour tout bagage qu'une orange qu'il roulait sans bruit d'une main à l'autre comme pour redonner la vie à ses membres. Il parlait dans un murmure étouffé. C'était Elsie, expliqua-t-il, Elsie avait formulé des exigences. Et puis elle buvait de l'acide formique, ce qui avait pour effet d'attaquer la glotte et de provoquer des spasmes des vertèbres. C'était la première fois que Cassidy le voyait de jour.

« Comment marche le livre ?
— Quel livre ?
— Le roman. Vous deviez l'apporter à Londres. Est-ce qu'ils l'ont aimé ? »

Shamus ne connaissait aucun roman. Il avait envie de café et il voulait qu'on le pousse dans le hall pour pouvoir voir les gens en bonne santé et entendre les rires des petits enfants. Pendant qu'ils prenaient le café – les serveurs étaient aux petits soins, nettoyaient la table, écartaient les chaises inutiles –, Cassidy demanda des nouvelles d'Alastair le cheminot et d'autres personnages de cette grande soirée, mais Shamus n'était pas prodigue de renseignements. Non, Helen et lui n'étaient pas retournés à Chippenham ; le chauffeur de taxi avait disparu de leurs existences. Non, il n'arrivait pas à se rappeler quand ils avaient quitté Haverdown. Les salauds avaient coupé l'eau alors ils étaient partis pour l'East End de Londres, chez deux amis qui s'appelaient Hall et Sal, Hall était boxeur, un être pur et primitif.

« Ils me cognent dessus », ajouta-t-il, comme si c'était une recommandation. Et il n'en dit pas plus.

« Je ne m'accroche pas au passé, trésor, je ne l'ai jamais fait. Le passé ça pue. »

De ses mains tremblantes il approcha de sa poitrine la tasse bien chaude. Seule la mention de Flaherty alluma une étincelle dans son regard sans vie. La correspondance était florissante, dit-il ; il avait la quasi-certitude que les prétentions de Flaherty étaient justifiées. Ils mangèrent l'orange en silence, une moitié chacun.

Dans l'avion, à bord duquel Shamus prit place avec l'assistance de robustes stewards, il dormit avec son béret appuyé contre le hublot comme un coussin, et à Orly il y eut un épisode un peu gênant. D'abord à propos d'un autre fauteuil roulant – les Français en avaient apporté un sur la piste, mais Shamus le refusa avec indignation – puis à propos des bagages. Cassidy avait fait l'achat d'une valise neuve en peau de porc assortie à son manteau de globe-trotter en poil de chameau, et il surveillait avec inquiétude la glissière à bagages car il savait comment étaient les Français. Ayant réussi à la récupérer intacte, il trouva Shamus qui l'attendait déjà à la barrière de sortie, les mains vides.

« Où sont vos bagages ?

– Nous l'avons mangé », répondit Shamus. Une hôtesse, attirée par son air étrange, le toisa du regard. « Garce », lui cria-t-il, et elle s'éloigna, toute rouge.

« Hé ! dit Cassidy embarrassé, du calme », et Shamus murmura : « J'ai horreur des hôtesses de l'air. »

Une limousine les emmena et pendant un moment tous deux restèrent silencieux, abasourdis devant tant de beauté. La ville baignait dans une lumière parfaite. Le soleil enflammait le fleuve, étincelait sur les rues roses et transformait les aigles d'or en phénix de joie présente. Shamus s'était installé à sa place préférée auprès du chauffeur d'où il saluait lentement les foules, soulevant de temps en temps son béret. Des gens lui rendaient son salut et une jolie fille lui envoya un baiser, chose qui n'était jamais de sa vie arrivée à Cassidy. Au Saint-Jacques on les reçut avec toute la tolérance ostentatoire dont les hôteliers français gratifient les homosexuels et les couples non mariés. Le personnel décida aussitôt que c'était Shamus qui dirigeait les opérations. Cassidy avait retenu un appartement avec des lits jumeaux pour parer à toute éventualité et la direction avait envoyé une corbeille de fruits. *Pour Mon-*

sieur et Madame, lisait-on sur la carte, *avec mes compliments les plus sincères*. Shamus commanda du champagne par téléphone en français, en prononçant shampooing, ce qui fit beaucoup rire la téléphoniste. *« Ah ! c'est vous »*, dit-elle, comme si elle avait déjà entendu parler de lui. Ils burent le champagne tiède parce que la glace avait fondu le temps qu'on le monte, et ensuite ils se promenèrent dans la rue de Rivoli où ils achetèrent pour Shamus un costume, trois chemises et une paire de superbes chaussures vernies.

« Comment va la Bentley ?
— Très bien.
— La bourgeoise est en forme ?
— Oh ! oui !
— Et les gamins ?
— Aussi oui.
— La jambe ?
— La jambe va bien. Elle s'arrange. »

Et une brosse à dents, lui rappela Shamus ; ils achetèrent donc une brosse à dents aussi, car Shamus avait laissé la sienne chez Elsie au cas où son mari en aurait besoin en rentrant de son travail.

« Comment va Helen ? demanda Cassidy.
— Bien, bien. »

Dans une minuscule boutique de fleuriste où il acheta deux œillets, Shamus embrassa la vendeuse sur la nuque, salut qu'elle reçut sans se démonter. Il semblait avoir une façon de traiter les femmes qui ne les embarrassait pas, comme Sandra avec les chiens.

« C'est pour charmer les acheteuses à la Foire, expliqua-t-il, tandis qu'elle les épinglait à leur boutonnière. Ça représente une fortune. »

À six heures, Bloburg, l'agent de Cassidy à Paris, entra pesamment dans le vestibule, prodiguant des compliments extravagants avant même d'avoir tout à fait franchi la porte tournante et Shamus se retira dans la chambre à coucher pour lire la littérature sur les landaus.

« Aldo, mon Dieu, vous avez rajeuni de cent ans, comment faites-vous, mon cher, regardez-moi je suis mourant ! Aldo, comment ça va. Écoutez, demain je vous offre un dîner fantastique, un restaurant que seuls les Français connaissent, le meilleur, Cassidy, la crème ! »

Ce serait le lendemain qu'on savourerait toute l'hospitalité de Bloburg.

C'était un homme triste et bruyant qui avait tout perdu dans la guerre, enfants, maison, parents. Au cours de précédentes visites, Cassidy en était venu à beaucoup l'apprécier, lui donnant même des conseils à propos de sa vie amoureuse manquée.

« Cassidy, vous êtes le numéro un ! Tout Paris parle de vous. Je vous assure ! Vous êtes un artiste, Cassidy ! Paris est fantastique pour un artiste ! »

Paris est fantastique, les artistes sont fantastiques, Cassidy est fantastique ; mais même Cassidy, qui pouvait supporter pas mal de flatteries, ne croyait plus que le triste Bloburg fût son champion.

« Prenons un verre, proposa-t-il.

— Cassidy, vous êtes si généreux ! Tout Paris raconte... »

Il partit tard, il s'était attardé dans l'espoir d'être invité à dîner, mais Cassidy était endurci. Il voulait dîner avec Shamus et le temps pour lui comptait.

Ils dînèrent à l'hôtel, chacun cherchant le contact avec l'autre sans encore trouver le ton qui convenait, ils burent au livre.

« Quel livre ? dit Shamus en reposant son verre.

— Votre livre. Votre nouveau livre, crétin. Puisse-t-il être un énorme succès.

— Dites donc, trésor.

— Oui.

— Formidables les brochures. Du punch, de l'assurance, de la persuasion. J'ai savouré chaque mot.

— Merci.

— Vous les avez rédigées vous-même ?

— Pratiquement.

— Il y a du talent là, trésor. Il faut travailler là-dessus.

— Merci », dit Cassidy et il revint à son homard. Ils le préparaient très bien, songea-t-il, dans un beurre fondu à l'ail rehaussé de romarin.

« Ça fait longtemps que vous avez inventé ce système de frein ? demanda Shamus.

— Oh ! dix ans..., plus, j'imagine.

— Rien depuis ?

— Oh ! le côté commercial, vous savez. La fabrication, les études de marché, l'exploitation. Nous avons même commencé à produire nos propres carrosseries. Sur une petite échelle, vous comprenez.

— Bien sûr, bien sûr. »

Apercevant son reflet dans le miroir, Shamus s'interrompit pour admirer son nouveau costume, leva son verre et but à sa santé, puis leva de nouveau son verre pour répondre au toast.

« Mais pas de nouvelle invention fracassante ? reprit-il en se rasseyant, hein ? Hein ?

— Pas vraiment.

— Et ce nouveau châssis pliant ? »

Cassidy avoua dans un petit rire :

« J'ai mis mon nom dessus mais je dois dire que ce sont mes dessinateurs qui l'ont conçu.

— Bon Dieu, dit Shamus. On peut dire que vous avez réussi. »

Cassidy mentionna le nom de Helen. Helen allait très bien, dit Shamus. Elle était avec sa mère, les princesses, il fallait les enfermer dans des tours.

« Il était temps qu'elle soit un peu privée, expliqua-t-il. Elle devenait effrontée.

— Ça lui a plu Londres ? D'habiter avec Hall et... »

Comme il n'avait pas beaucoup la mémoire des noms, il avait failli dire Hall et Saul mais s'était retenu à temps.

« Bien sûr, bien sûr », dit Shamus, et sans plus parler de Helen, il se lança dans une enquête un peu ironique sur les dangers de la concurrence étrangère dans le commerce du landau. Est-ce qu'un landau français était plus sexy ? Un landau allemand plus solide ? Comment se débrouillaient les Russes ? Tandis qu'il posait ces questions, l'attention de Shamus se détourna vers une fillette dans un coin de la salle. Elle avait douze ans, pas davantage. Elle était assise toute seule sous un lustre et portait la robe argent qu'avait Sandra au bal de mai à Oxford. Elle avait commandé quelque chose de flambé qui nécessitait des fruits et pas mal de liqueurs. Deux jeunes serveurs, sous le regard du maître d'hôtel, préparaient son plat sur un chariot.

« Le Christ n'a jamais rien dit sur nous, n'est-ce pas ? remarqua-t-il soudain. Pas un mot dans tout le manifeste. Tout ce que nous sommes censés faire c'est tenir la marque. »

Pris au dépourvu, Cassidy balbutia :

« Qui ça nous ?

— Les écrivains. Qui croyez-vous ? »

Il observait toujours la petite fille mais avec une expression qui n'avait rien d'amical ni de curieux et sa voix, lorsqu'il poursuivit, avait une trace de son accent irlandais habituel.

« Je parle des vendeurs de landaus : ils sont pour le saut en hauteur. Ça n'est pas marrant mais au moins on sait où on en est. On a son compte en ce bas monde pour qu'on puisse chanter dans l'autre. »

La petite fille choisissait les bouteilles. Pas celle-ci, celle-là ; elle les désignait de sa petite main gantée. Elle portait un ruban noir autour du cou, un solitaire étincelait en son centre.

« Les pacifistes rigolent : ce sont les enfants de Dieu et personne ne pourrait souhaiter meilleur parent. Mais moi je ne suis pas un pacifiste à la noix, pas vrai ?

— Certainement pas, dit Cassidy avec chaleur, pas encore tout à fait adapté au changement de ton de Shamus.

— Je suis l'homme des collisions. Un diseur de vérités, voilà ce que je suis.

— Et un homme de l'Ancien Testament, lui rappela Cassidy, comme Hall. »

Shamus avait-il vraiment fait de la boxe ? Cassidy avait boxé à Sherborne. Il avait commis l'erreur de prendre un bain avant le combat parce qu'il voulait plaire à son directeur d'études qui avait une haute opinion de son potentiel religieux. Bien qu'il fût resté debout un long moment à se faire cogner, il avait été obligé d'aller au tapis au troisième round et pendant des années après cela, les sièges de voiture en cuir le rendaient malade.

« Ça suffit, dit Shamus.
– Quoi donc ?
– Ça suffit, bouclez-la à propos de Hall.
– Excusez-moi », dit Cassidy, déconcerté.

C'était la petite fille qui accaparait toujours toute l'attention de Shamus. Le maître d'hôtel versa un peu de citronnade dans son verre à vin. « Assez », dit sa petite main frêle et la bouteille s'éloigna.

« Et cette petite garce ne risque rien parce que c'est une gosse, poursuivit Shamus, toujours lancé sur le sujet de ceux qui seraient sauvés, et les gosses sont totalement protégés. C'est d'ailleurs bien normal. Je suis moi-même un fervent partisan de l'espèce bien que je pense que la limite d'âge devrait baisser un peu. Mais les écrivains, qu'est-ce qu'ils ont ? Je vais vous dire une chose : nous ne sommes pas humbles, c'est vrai, mais ce qui est certain c'est que nous n'hériterons pas de l'enfer. Et nous ne sommes pas pauvres d'esprit non plus, alors nous ne pouvons pas compter par exemple sur le royaume des cieux. »

Son expression hésita au bord de la colère. Prenant la main de Cassidy, il la caressa avec ferveur, pour se calmer.

« Doucement, trésor, doucement... Ne nous énervons pas... Doucement... » Se détendant, il sourit. « Voyez-vous, trésor, expliqua-t-il d'une voix plus calme, on n'a tout simplement pas assez d'informations, voilà mon avis. J'ai expliqué ça à Flaherty encore la semaine dernière. Flaherty, qu'est-ce que vous allez faire pour les écrivains ? lui ai-je dit. Est-ce qu'ils ont leur récompense maintenant ou plus tard ? Vous comprenez bien mon point de vue, n'est-ce pas, trésor ? Vous êtes le patron après tout, c'est vous qui payez.

— Vous avez quand même votre liberté », suggéra prudemment Cassidy.

Shamus se retourna vers lui.

« Une liberté de quoi, bon Dieu ? Être libéré de tout ce charmant argent ? Cette liberté-là ? Ou bien est-ce que par hasard vous pensiez à l'intolérable captivité de la célébrité ? »

Cassidy prit trop tard sa voix de conférence. « Je crois que je pensais plus à me libérer de l'ennui, dit-il nonchalamment, commandant un cognac à un serveur qui passait.

— Ah ! oui ? dit Shamus d'un ton bonhomme, son accent irlandais plus fort que jamais. Vous avez peut-être raison là-dessus. Je veux bien admettre que se libérer de l'ennui est un privilège que j'ai peut-être négligé. Mais après tout, je pourrais dormir toute la journée, c'est vrai, et personne n'y aurait rien à redire. Tout le monde ne peut pas en dire autant, n'est-ce pas ? Je veux dire que les gardiens ne viendraient pas frapper à la porte pour me dire de vider mon seau, j'entendrais le bruit des rires, voilà tout, et les types prendre l'exercice en plein air peut-être avec leurs petites amies. Le seul ennui c'est que les nuits sont un tel problème, vous ne trouvez pas ?

— Oui, c'est vrai », fit Cassidy.

Avec une fascination enfantine, Shamus le regarda donner un pourboire au serveur. C'était un très gros pourboire, mais Cassidy à l'étranger croyait à l'utilité d'ériger de fortes barrières contre le manque de respect.

« Qu'est-ce que vous ferez en 1980 ? demanda Shamus une fois la transaction terminée.

— Pardon ?

— La population mondiale augmente de soixante-dix millions par an, trésor. Ça en fait des gens à qui donner des pourboires, non ? Même pour vous. »

Leur séparation fut tout aussi énigmatique.

« Vous vous sentez bien ? demanda Cassidy d'un ton hésitant tout en escortant Shamus dans le hall.

— Ne vous en faites pas, trésor, je serai très bien cette nuit.

– Un peu trop d'Elsie sans doute.
– Qui ?
– Elsie.
– Bien sûr. Trésor…
– Oui ?
– Vous allez me laisser m'occuper un peu de ces landaus, n'est-ce pas ? » Une attitude étrangement désarmée avait remplacé l'air menaçant de tout à l'heure. « Seulement…, vous savez, c'est pour ça que je suis venu. J'ai l'impression que je pourrais le faire, vous comprenez Vendre, je veux dire. Je crois que je pourrais en faire une vraie vocation. Et, trésor.
– Oui.
– Merci pour le costume.
– Pensez-vous.
– Le homard était formidable.
– Je suis content qu'il vous ait plu.
– Le pain était formidable aussi. Craquant à l'extérieur, spongieux au milieu. Et il y a tellement de choses que vous pouvez m'apporter, remarqua soudain Shamus en posant les mains sur les épaules de Cassidy. Dites, écoutez… » Cassidy écouta. « Il faut qu'on s'aime, vous comprenez. C'est la grande expérience, comme les Noirs et les Blancs et tout ce blablabla. Mais si je ne vous ai pas totalement, je n'ai rien de vous, n'est-ce pas ? Vous êtes fuyant comme une anguille. Je peux mettre la main sur vous mais je ne sais pas où vous arrêter… Franchement vous êtes terrible… »

Cassidy eut un rire embarrassé. « C'est peut-être aussi bien que vous ne sachiez pas, dit-il, se dégageant au cas où Shamus envisagerait de l'étreindre en public. Dites donc, vous n'avez pas apporté un exemplaire du livre ? »

Quelque part dans les yeux sombres de Shamus une lumière d'alarme s'alluma et resta.

« Et si c'était oui ?
– C'est simplement que j'aimerais le lire, voilà tout. Si vous en avez apporté un exemplaire. À quel stade en êtes-vous vraiment ? » demanda-t-il. Comme il n'obtenait pas

de réponse, il jugea habile de poser une question subsidiaire. «Est-ce que ce sera un film comme *La Lune*? Je parie que rien que ça représente pas mal, non. Sans parler des ventes en librairie... Une édition de poche aussi, je suppose?» Il continuait à parler que Shamus reculait déjà dans l'ascenseur.

«Vous savez, dit Shamus tandis que ses pieds montaient lentement avec la cabine, si j'étais Flaherty je pourrais faire marcher ça tout seul.»

Il était minuit lorsque Cassidy vint le rejoindre. Il vit quelqu'un pour affaire au bar du Bristol, eut une autre entrevue avec Bloburg et à onze heures une fille des relations publiques vint vérifier le prospectus. Shamus était allongé comme un marchand d'oignons mort, de nouveau vêtu de son manteau noir, allongé à plat ventre sur le couvre-lit, le nez dans son béret. Son costume neuf était soigneusement accroché dans la penderie avec une carte d'exposant épinglée sur le revers. Les brochures jonchaient le sol auprès de lui. Une feuille de papier rayé était posée sur la cheminée.

«Honorable messire, disait le message, veuillez avoir la bonté de réveiller le soussigné demain matin à l'heure pour la Foire. Votre docile et humble serviteur, Shamus P. Scardanelli (vendeur).» En post-scriptum il y avait: «Je vous en prie, trésor. S'il vous plaît. C'est très important. Vital. Et, trésor, pardonnez-moi, je vous en prie, pardonnez-moi.»

Un camion était garé dans la rue et les ouvriers déchargeaient des caisses sur les pavés en échangeant des plaisanteries qu'il ne comprenait pas. J'aurais dû lui acheter des pyjamas aussi, songea Cassidy. Pourquoi faut-il qu'il s'enveloppe dans ce manteau?

Il dort comme Hugo mais plus calmement, les joues contre l'avant-bras dans une sorte de moue.

En bas dans la rue une femme vociférait, une putain à en juger par sa voix ivre. Est-ce cela que je veux de lui: qu'il me serve d'entremetteur ? *Pardonnez-moi, trésor, pardonnez-moi.* Tu es si sincère, songea Cassidy en le regardant de nouveau, qu'est-ce qu'il y a à pardonner ?

« Dale ? » Shamus marmonnait mais Cassidy ne distinguait pas les paroles. Tu rêves, se dit-il en se tournant pour le regarder, tu rêves d'Elsie et des ventes de landaus. Pourquoi ne pas rêver de Helen ?

Shamus soudain poussa un cri, un cri bref « Non, non ! » ou bien « Va-t'en ! » en agitant les épaules dans un geste de furieux refus.

« Shamus, fit doucement Cassidy en tendant la main pour le toucher. Shamus ça va bien, c'est moi, Cassidy. Je suis là, Shamus. »

Non, songea-t-il, tandis que Shamus se calmait, il vaut mieux être simplement tous les deux. Et rêver de Helen une autre fois.

« Dale, mon salaud.
— Ça n'est pas Dale. C'est Cassidy. »
Un long silence.
« Je peux venir à la Foire ?
— Oui vous pouvez.
— Dans mon costume neuf ?
— Dans votre costume neuf. »
Quelques minutes plus tard Shamus s'éveilla de nouveau, brusquement.
« Où est mon œillet ?
— Je l'ai mis dans le verre à dents.
— C'est pour les acheteuses, vous comprenez, à la Foire.
— Je sais. Ça va faire un massacre.
— Bonne nuit, trésor.
— Bonne nuit, Shamus. »

17

La journée fut morne pour Cassidy, pour Shamus un enchantement. Le vendeur de landaus se leva sans hâte, les oreilles retentissant déjà des clichés avides et improductifs de son commerce; mais le grand écrivain était déjà habillé sauf ses chaussures; il arpentait la chambre avec l'alacrité du jeune cadre qui tient à augmenter son rendement. Le valet de chambre avait rapporté ses souliers vernis. Cassidy avait prévu de partir tard, mais Shamus ne voulut rien entendre. De grandes conquêtes se préparaient, insista-t-il; Cassidy et Shamus devaient être sur le pied de guerre de bonne heure, pour insuffler du courage aux troupes.

Ils arrivèrent sous une pluie fine; les tentes pendaient tristement sur leur mât, ça sentait le rugby et le vestiaire.

« Baby-Roule? s'écria Shamus avec indignation. Baby-Roule? Jamais entendu parler d'eux.

— Nos principaux concurrents », dit Cassidy.

Deux hallebardiers gardaient l'entrée; d'autres servaient de la bière amère dans des chopes d'étain.

« Vous voulez dire que vous campez avec l'ennemi? Mon Dieu, trésor, il faut brûler tout ça! Violer leurs femmes, jeter leurs gamins au bûcher!

— Doucement, dit Cassidy. Bonjour, Mr. Stiles.

— Oh! bonjour, Mr. Cassidy. Comment vont les affaires? Ça marche?

— Pas fort; il paraît que c'est bien calme.

— Je crois que c'est la même chose partout, dit Stiles

avec satisfaction. Je ne crois pas que la dévaluation ait arrangé les choses comme cela devait, n'est-ce pas ?

— Certainement pas, dit Cassidy.

— Affreux bonhomme, dit Shamus comme ils s'éloignaient. Triste clown.

— Il faut rester en bons termes avec eux, expliqua Cassidy. Après tout, c'est nous contre les étrangers.»

La tente Cassidy lui fit retrouver sa bonne humeur. Présenté comme «une importante relation du Président», Shamus essaya le châssis, fit un tour dans une poussette, flirta avec les filles et parla de saint François avec Meale, qui depuis quelque temps était devenu extrêmement maussade et qui exprimait le désir d'entrer dans les ordres. Ils le possèdent tous, songea Cassidy, mystifié, ils le possèdent tous. Si c'était moi qui traînais comme ça ils ne seraient pas longs à me flanquer dehors. Tout un groupe venait d'entrer dans la tente, surtout des Scandinaves, des femmes d'un certain âge. Pendant le déjeuner, alors qu'il faisait des amitiés à une certaine Fröken Luritzen de Stavenger, Shamus lui vendit cent châssis au prix de treize à la douzaine. Elle paierait quand elle voudrait, dit-il, les Établissements Cassidy avaient les idées très larges en ce qui concernait l'argent.

«Trouvez-moi Lemming, souffla Cassidy à Meale. Dites-lui d'annuler le marché.

— Comment? fit Meale d'un ton agressif.

— Meale, qu'est-ce qui vous prend?

— Rien. Il se trouve que je l'admire, c'est tout; je crois qu'il est sincère et merveilleux.

— Perdez la commande, vous comprenez? Enfouissez-la quelque part. Elle n'a rien signé et nous non plus. Nous n'avons jamais de notre vie donné treize à la douzaine et ça n'est pas maintenant que nous allons commencer.»

«Ça y est, trésor! s'écria Shamus tandis que la limousine les ramenait en ville. J'y suis arrivé! Seigneur que je sais nager! Vous avez vu la façon dont je lui ai passé la pommade?

— Vous étiez formidable, reconnut Cassidy. Absolument extraordinaire.

— Mon Dieu, tout cet endroit, je pourrais mourir là-bas ; je vous assure, il n'y a pas de plus beau compliment que ça, vous ne trouvez pas ? *La tente*, la musique, les drapeaux... Écoutez, trésor, avant que ça ne me monte à la tête, est-ce que j'ai fait quelque chose qui n'allait pas ?

— Non.

— Je n'en ai pas trop fait ?

— Pas du tout.

— Pas trop familier, la main sous le bras ?

— C'était parfait. » Le temps qu'ils arrivent au Saint-Jacques, il était même capable de lui faire des reproches : « Vous savez, trésor, vous n'auriez jamais dû laisser ces Japs entrer. Enfin ils étaient plantés là à photographier les modèles. Pensez à ce qu'ils ont fait dans l'automobile. Il faudrait flanquer ces salauds-là dehors, franchement. Mettre une pancarte "Interdit aux Japs" c'est ce que je ferais. »

Allongé dans le bain, jouant avec les œillets, Shamus ajoutait ses commentaires bizarres aux tendances du marché :

« Dites donc, trésor, qu'est-ce qu'on fait maintenant pour Paisley ? Vous comprenez, si ce type nous massacre, nous tous qui procréons des catholiques, il n'y aura plus de bébés, voilà tout.

— Demandez à Flaherty.

— Vous savez, quand on y réfléchit, les landaus c'est une belle occupation. Je veux dire les landaus sont vos socs de charrue à vous, n'est-ce pas, pour le monde de demain. Il y a de pauvres diables qui manient l'épée par millions, mais vous et moi on est absolument dans le camp des non-belligérants, vous ne trouvez pas, trésor ?

— Je vous retrouve après le cocktail, dit Cassidy avec bienveillance.

— Pourquoi est-ce que je ne peux pas venir ? demanda-t-il d'un ton boudeur. C'est moi qui ai vendu les voitures d'enfant, pas vous.

– Je suis désolé, dit Cassidy, il n'y a que les directeurs.
– Pouah, dit Shamus. Tous ces gens m'adoraient, continua-t-il d'un ton songeur, et je les adorais aussi. Un mariage parfait. Très bon signe pour l'avenir. » Il chanta quelques mesures d'une mélodie irlandaise. « Dites donc, trésor, vous n'avez jamais répondu à ma question.
– Quelle question ?
– Je vous ai demandé une fois : Vous n'avez pas d'opinion sur la signification de l'amour ?
– Je dois dire que vous choisissez bien vos moments, vous ne trouvez pas ? » dit Cassidy en riant.
Du bout de l'orteil Shamus écarta un œillet du jet du robinet. « Oh ! ne meurs pas, déclama-t-il en s'adressant apparemment à la fleur, car je détesterai toutes les femmes quand tu auras disparu. Salut, salut, trésor.
– Salut, salut », dit Cassidy.
La dernière image qu'il emporta de Shamus, ce fut de le voir assis dans le bain, coiffé de son béret noir et étudiant les cotations en Bourse dans le *Herald Tribune*. Il avait dû utiliser tout le flacon de sels de bain de Cassidy, l'eau était vert foncé et les œillets flottaient dessus comme des lis sur un étang stagnant.

Le ministre britannique (de l'Économie) était un de ces petits hommes poseurs, très riches, et sans usage du monde que, Cassidy l'avait remarqué, le Foreign Office nommait invariablement pour s'occuper du commerce. Il se faisait petit et au fond d'une longue salle à l'abri d'une épouse puissante, auprès d'un dessus de cheminée caparaçonné de cellophane rouge, il recevait ses invités un par un après qu'un maître d'hôtel les eut filtrés à la porte. Cassidy arriva de bonne heure, juste après McKechnie de Baby-Roule et le ministre leur serra la main de façon très séparée comme s'il s'apprêtait à arbitrer leur combat.

« Nous connaissons des Cassidy à Aldeburgh, dit la femme du ministre, après avoir écouté soigneusement sa voix et l'avoir trouvée acceptable sur le plan phonique. Je ne pense pas que ce soient des parents à vous ?

– Ma foi nous sommes une assez grande tribu, reconnut Cassidy, mais il paraît que nous sommes tous plus ou moins parents.

– Qu'est-ce que ça veut dire ? protesta le ministre.

– D'origine normande », expliqua Cassidy.

McKechnie, qui n'avait pas bénéficié d'un intérêt aussi personnel, se tenait à l'écart, furieux. Il avait amené une Mrs. McKechnie. Cassidy l'avait rencontrée dans la tente ce matin-là, une dame rousse avec des taches de rousseur vêtue de jaune et de vert, et elle ressemblait à toutes les épouses qu'il avait jamais rencontrées depuis ses débuts dans le landau.

« Vous avez volé notre Meale », lui avait-elle dit, et elle s'apprêtait à récidiver ce soir. Elle avait relevé ses cheveux et s'était dénudé une épaule. Son sac à main était muni d'une longue chaîne d'or, suffisante au moins pour un prisonnier, et elle tenait son coude écarté au cas où elle aurait besoin de l'enfoncer dans les côtes de quelqu'un.

« Comment marche la Foire ? demanda le ministre. Ils ont aussi une foire, ajouta-t-il à l'intention de sa femme, dans la banlieue près d'Orsay, où cette pauvre Jenny Malloy allait promener son chien.

– Nous avons encaissé dix mille livres en huit heures », dit Mrs. McKechnie en regardant Cassidy droit dans les yeux. Elle venait des environs de Manchester et ne cherchait pas à en imposer. « Nous avons des carnets de commandes bourrés, n'est-ce pas, Mac ?

– Je pensais qu'ils arriveraient tous ensemble, dit le ministre désolé. En autocar par exemple. C'est extraordinaire. Si nous buvions quelque chose ?

– En voilà deux autres », annonça sa femme. Le maître d'hôtel annonça Sanders et Meyer d'Everton – Bon Dodo.

« Vous disiez normand ? reprit le ministre. Normand français, c'est ça ?

– Apparemment, dit Cassidy.

– Vous devriez leur dire. Ils seraient ravis. Nous nous en tirons parce que c'est une Fleurville par son père, c'est la seule raison. Ils nous ont tous en horreur comme du poison, ç'a toujours été comme ça. Ils nous détestent vraiment, sauf qu'elle est une Fleurville par son père.» Un groupe de jeunes attachés d'ambassade entra par une autre porte.

«Pouvons-nous vous entraîner à prendre un verre?» demandèrent-ils à Mrs. McKechnie, choisissant par la force de l'habitude parmi les femmes les plus moches de l'assistance. L'un d'eux offrait des sandwiches sur un plateau et un autre demandait si elle aurait le temps de se distraire un peu.

«Elle exagère un peu en parlant de dix mille, dit McKechnie à Cassidy en aparté. C'est plutôt deux que dix.

— Il y a largement de la place pour nous deux, dit Cassidy.

— C'est qu'elle est loyale, vous savez.

— J'en suis convaincu. Où êtes-vous descendu?

— À l'Impérial. Dites donc, vous avez eu la visite des Japonais?

— Ils sont venus ce matin.

— Il faut faire cesser ça, dit McKechnie, et à Sanders qui venait de les rejoindre: J'étais en train de dire au Jeune Cassidy qu'il faut faire quelque chose à propos des Japs.

— Les Japs? dit Sanders, déconcerté. Quels Japs?»

McKechnie regarda Cassidy et Cassidy regarda McKechnie et tous deux regardèrent Sanders, cette fois avec pitié.

«Je pense qu'ils ne s'intéressent qu'aux grosses firmes, dit McKechnie.

— J'en suis certain», dit Cassidy en s'éloignant comme s'il répondait à un appel.

Ils étaient une douzaine dans la salle, peut-être quatorze en comptant leurs hôtes, mais des renforts arrivaient rapidement. Le grand sujet de conversation, c'étaient les moyens de transport. Bland et Cowdry avaient partagé un taxi; Crosse était venu à pied et les putains avaient failli le dévorer vif : « Il y en avait certaines de ravissantes, des gosses, dix-neuf ou vingt ans, c'est honteux. » Martenson avait presque décidé de ne pas venir pour protester contre l'ambassadeur qui, estimait-il, aurait dû assister à l'inauguration. Dès son retour à Leeds, déclara-t-il, il se proposait de se plaindre à son député.

« Vaniteux comme un paon. Je le ferai moucher. C'est nous qui gagnons l'argent et lui qui le dépense. Regardez-moi la taille de cette pièce ! Un attaché commercial, c'est tout ce dont on a besoin. Une seule personne. À part lui on pourrait fermer toute cette foutue ambassade. »

C'était en écoutant ces doléances que Cassidy entendit le maître d'hôtel annoncer un nom qui ne lui était pas familier. Il ne le comprit pas avec précision mais ça sonnait comme Zola ; c'était en tout cas le comte et la comtesse, et il se retourna pour les regarder entrer. Il raconta plus tard qu'il l'avait fait instinctivement ; seul l'instinct, expliqua-t-il par la suite, pouvait expliquer pourquoi il s'était libéré de Crosse et de Cowdry et pourquoi il avait reculé d'un bon pas pour mieux voir Shamus s'incliner courtoisement sur la main de son hôtesse.

Il portait son costume de la rue de Rivoli et une chemise saumon appartenant à Cassidy, et que celui-ci gardait en réserve pour une grande occasion. Une fille brune attendait auprès de lui, une main légèrement posée sur son bras. Elle était sereine et très belle et se tenait juste sous le lustre. D'où il était, Cassidy remarqua, avec cette acuité de vision qui accompagne le choc de la surprise, la trace effrontée d'un suçon à la base de son cou.

« Vous n'avez pas eu d'ennuis avec lui ? demanda McKechnie qui était venu le rejoindre. Ma femme dit qu'il est pédale comme un phoque.
– Qui ça ?
– Meale.
– Je suis sûr que non, affirma Cassidy. En fait je crois même qu'il est tout le contraire. »

« C'est extraordinairement entreprenant de votre part, minaudait la femme du ministre, d'avoir votre propre

représentant à Varsovie. Qu'est-ce qu'il fait tout le temps ?
— Oh! nous avons beaucoup d'échanges commerciaux avec eux en fait, avoua modestement Cassidy. Vous seriez surprise. »

Ne le retenez jamais, murmura Helen. *Promettez de ne jamais le retenir.*

Shamus conquit tout le monde. Imposant et suave, il évoluait gracieusement de table en table, tantôt parlant, tantôt écoutant, tantôt se penchant doucement vers sa compagne pour lui offrir des sandwiches et du whisky. Ses gestes, pour ceux qui le connaissaient, auraient pu sembler un peu brouillons ; son accent polonais, lorsque Cassidy pouvait l'entendre, cédait parfois le pas à une intonation irlandaise à peine perceptible, mais jamais sa magie n'avait été plus efficace.

Le ministre était particulièrement impressionné.

« Si seulement vous étiez davantage à regarder vers l'Est, déplora-t-il. Qui est-elle ?
— Beaucoup de dignité, renchérit l'épouse du ministre. Elle ferait une merveilleuse femme de diplomate, même à Paris.
— Elle est ronde comme une bille, lui souffla Shamus entre deux femmes admiratives. Si on ne la sort pas d'ici elle va s'écrouler par terre.
— Passez-la-moi », dit Cassidy.

Supportant tout son poids, il l'entraîna hors de la salle.

« Tiens, entendit-il dire à McKechnie, voilà le type qui a donné des coups de pied sur mon stand. Il a donné des coups de pied partout ce salaud en disant au jeune Stiles que nos capotes ne valaient rien. Il n'est pas étranger. Il est irlandais ! »

« La Tour d'Argent », dit Shamus. Ils étaient debout sur le trottoir à regarder s'éloigner le taxi qui emmenait la fille. Shamus était un peu échevelé comme s'il avait été bousculé par plusieurs personnes à la fois.

« Shamus, vous êtes sûr ?

— Trésor, dit Shamus, en lui serrant le bras dans une étreinte de fer, je n'ai jamais été plus affamé de ma vie. »

« Au costume, dit Shamus.
— Au costume, dit Cassidy.
— Dieu la bénisse et tous ceux qui voguent sur elle.
— Amen. »

Une fois de plus l'imprévisible s'était révélé être la règle. Cassidy avait réclamé sa table de coin avec les pires appréhensions. Il ne savait pas quelle quantité d'alcool Shamus avait absorbée mais il savait que c'était beaucoup et il se demandait sérieusement s'il parviendrait à le contenir sans l'aide de Helen. Il ne savait pas si personne n'avait jamais joué à la Mouche à la Tour d'Argent, mais il se doutait de ce qui se passerait s'ils essayaient. Dans le taxi Shamus avait fait un de ses petits sommes rapides et Cassidy avait dû le réveiller sous l'œil du chasseur.

Et maintenant, contre toute attente, ils étaient au paradis : le paradis du vieil Hugo, avec la bonne chère et les serveurs, le parfum embaumé des anges et des fleurs célestes.

Des diamants les entouraient de tous côtés : ils pendaient en amas géants des vitres, ils piquetaient le ciel nocturne teinté d'orange, on les trouvait drapés dans les yeux des amants et dans la soie brune des cheveux des femmes. Cassidy n'entendait rien que des rumeurs d'amour et de bataille, les murmures de couples impatients et le cliquetis lointain d'un couteau qu'on aiguisait. Un vertige le saisit, plus fort qu'à Haverdown, plus fort qu'à Kensal Rise. De tous les endroits où il était jamais allé, c'était le plus excitant, le plus grisant. Ce qu'il y avait de mieux, c'était la compagnie de Shamus. Quelque chose – l'alcool, la fille, la façon dont il avait conquis l'ambassade, la magie de la ville – quelque chose avait libéré Shamus, l'avait apaisé, adouci et rajeuni. Il était plein d'entrain et pourtant paisible, il était miraculeusement à jeun.

« Shamus.
— Qu'est-ce qu'il y a, trésor ?

– Ça », dit Cassidy.

Les yeux de Shamus étaient dans l'ombre derrière les bougies, mais Cassidy se rendait compte qu'il souriait.

« Shamus, c'est merveilleux ce que vous avez fait. C'était fantastique. Ils ont vraiment cru à vous... Plus qu'à moi. Vous auriez pu leur raconter n'importe quoi, tout ce qui vous passait par la tête. Vous pourriez mener toute mon affaire de la main gauche.

– Formidable. Et vous vous écririez mes livres. » Ils levèrent également leurs verres à cette riante perspective.

« Je regrette que Helen ne soit pas là, dit Cassidy.

– Ça ne fait rien, trésor, on trouvera un substitut.

– Quelle impression ça fait d'être marié à quelqu'un comme Helen ? À quelqu'un qu'on aime vraiment ?

– Devinez », dit Shamus, mais Cassidy, qui avait l'oreille pour ce genre de choses, sentit qu'il serait mieux avisé de n'en rien faire.

Shamus parlait.
Par-dessus la nappe, les bougies, les calices et les plats, il parlait du monde et de ses richesses. Il parlait d'amour et de Helen, de la recherche du bonheur et du don de la vie, et Cassidy, comme un disciple préféré, écoutait chaque mot et ne se rappelait presque rien que son sourire et la douceur envoûtante de sa voix. Helen est notre vertu ; nous parlons, mais Helen agit. Helen est notre constante ; nous tournons mais elle est immobile.

« Je n'ai jamais rencontré une femme comme elle, avoua Cassidy. Elle pourrait être... Elle pourrait être... »

Elle est, corrigea Shamus. Helen n'a pas de potentiel ; Helen est totalement accomplie.

« Ça ne l'ennuie pas... Elsie et les autres, Shamus ?

– Pas tant qu'elles s'appellent Elsie », dit Shamus.

Il parla de l'obligation de mener une vie romanesque et d'avoir des sentiments profonds. Il parla de l'écriture et du peu d'effort que c'était auprès de la vocation.

« Un livre... Seigneur. Une si petite chose, rien qu'une poignée de jours. Une collection d'assez, voilà ce que c'est qu'un livre : être assez furieux, se sentir assez coupable, être assez dingue et tout d'un coup... ça devient naturel. Franchement, trésor. »

La création était un acte de modération, mais la vie – la vie, expliquait Shamus, n'existait que dans l'excès. Qui veut assez au nom du ciel ? Qui veut le crépuscule quand il peut avoir le soleil ?

« Personne », dit loyalement Cassidy, persuadé de dire la vérité.

Il parlait de l'inspiration, pour une grande partie c'était sincère mais inutile, on laissait son âme sortir par tous les temps, les oiseaux chiaient dessus, la pluie la délavait, mais il fallait la laisser là quand même, on ne pouvait pas reculer, alors merde. Il parlait de l'égalité, disant comme elle n'existait pas, la liberté non plus, tout ça c'était du blabla, et l'acte de la création en faisait la plus grande blague de toutes, que ce fût la création de Dieu ou de Shamus. Parce que la liberté signifiait l'accomplissement du génie et que l'existence du génie empêchait l'égalité. Alors les appels frénétiques à la liberté, c'était du boniment de Nouveau Testament, les appels à l'égalité, c'étaient les appels des quidams, et Shamus se foutait pas mal de tous. Il détestait la jeunesse, ça faisait un artiste du premier petit cochon qui pouvait se payer un pinceau ; il détestait la vieillesse, ça retardait le génie de la jeunesse ; le monde existait parce que Shamus était là pour en témoigner, et il mourrait sûrement avec lui.

Et quand Shamus lui eut parlé de la vie, il lui parla de l'art aussi. Non pas de l'art du Vatican, non pas des livres d'histoire de l'art, non pas des diplômes, mais essayez plutôt de répondre à l'une des deux questions suivantes.

L'art en tant que destinée. En tant que vocation et que merveilleuse agonie.

Et tout d'un coup, au milieu des détours mal définis de la conversation magique de Shamus, Cassidy découvrit que Shamus était élu.

Fatalement, merveilleusement élu.

Il appartenait à un groupe d'hommes qui ne se rencontraient jamais ; il faisait partie des êtres doués morts jeunes ; et leur étreinte était déjà sur lui.

De ceux que les serveurs aimaient et pourtant ils ne leur donnaient jamais de pourboires.

Il faisait partie d'une meute, d'une élite contre les quidams, mais chacun chassait seul, et personne n'avait d'assistance quand il en avait besoin, sauf le réconfort de savoir.

« De savoir quoi, Shamus ? »

Qu'on avait sa place quelque part et rien de plus.

Qu'on était le meilleur et qu'on pouvait se choisir ; que Flaherty était le seul vrai Dieu vivant, car Flaherty s'était nommé lui-même et que l'homme qui se désignait lui-même était divin et sans limites et hors du temps, comme l'amour.

Quant à ce que c'était au juste qui rattachait Shamus aux autres, ça, comme dirait le précepteur de Cassidy, c'était un concept plutôt qu'un fait. Le concept était de se choisir soi-même très tôt et d'acquérir une familiarité précoce avec la mort : avec la mort prématurée, la mort romantique, brusque et qui détruisait la chair. De vivre toujours en essayant les bords mêmes de son existence, les limites extrêmes de son identité. En ayant besoin d'eau et non pas d'air ; l'eau vous définissait, il y avait un poète allemand qui se baignait toujours dans les fontaines ; l'homme est invisible jusqu'au moment où les eaux froides de l'expérience lui ont montré qui il est, d'où la totale immersion, la violence, la boxe avec Hall, l'Église baptiste et (dans une certaine mesure) encore Flaherty.

Peu à peu, grâce à une troisième bouteille de vin et à divers noms fournis par Shamus, Cassidy se composa une image de cette magnifique fraternité, de cette élite : une escadrille de rampants de la bataille d'Angleterre avec Keats pour capitaine et soutenue par une escadrille de jeunes hommes.

Qui n'étaient pas tous anglais.

C'était plutôt une escadrille d'Europe libre, qui comptait parmi ses pilotes Novalis, Kleist, Byron, Pouchkine et Scott Fitzgerald. Leur ennemi c'était la société bourgeoise : de nouveau les gens de Gerrard Cross, les évêques en travesti, les médecins, les avocats et les conducteurs de Jaguar qui fonçaient sur eux dans leur flotte mécanique noire ; cependant que quelque part en Angleterre, attendant la dernière mêlée, il rédigeait de longues élégies et composait des vers pour chanter la paix.

Ces hommes-là par définition survivaient plus dans la promesse que dans l'accomplissement ; et c'était surtout par ce qu'ils avaient laissé inachevé qu'ils inspiraient le respect.

Et puis ils prenaient beaucoup, car ils ne tardaient pas à leur tour à être pris.

« Qui peut écrire à propos de la vie et la fuir en même temps ? interrogea Shamus.
— Personne », dit Cassidy.

De cette escadrille, Shamus était ce soir-là et pour tous les soirs à venir l'unique survivant : Cassidy en était convaincu. Il savait qu'il en serait toujours persuadé, parce que, au fond, ce soir-là et à jamais Shamus s'était glissé dans son enfance et qu'il resterait là comme un endroit favori ou un oncle aimé. Quant à Cassidy lui-même, il était leur écuyer, il faisait frire leur bacon, portait leurs casques, astiquait leurs bottes fourrées ; il postait leurs dernières lettres et donnait leurs bagues à leurs Helen, en effaçant leurs noms du tableau noir quand ils s'écrasaient au sol.

« Vous savez, Shamus, dit Cassidy beaucoup plus tard – ils ramaient quelque part, chacun maniant un aviron –, je serai toujours là quand vous aurez besoin de moi. »

Il le pensait. C'était une promesse, plus réelle pour lui que le mariage parce que c'était une idée, et une idée qu'avec l'aide de Shamus il avait trouvée tout seul ce soir-là à la Tour d'Argent dans le beau Paris.

« Pourquoi pleurez-vous ? demanda Cassidy en partant.

— Par amour, dit Shamus. Vous devriez essayer un jour. »

« Qui est Dale ?
— Qui ça ? »
Ils avaient pris un taxi qui les conduisait dans le VIIe arrondissement, Shamus avait des amis là-bas.
« Dale. Vous parliez de lui dans votre sommeil. Vous disiez que c'était un salaud.
— C'est un salaud. »
La tête de Shamus était appuyée parfaitement immobile contre la vitre, mais les lumières de la rue jouaient dessus comme des pièces d'or, le soulevant et le repoussant, si bien que sa silhouette avait l'air passif d'un homme qui n'est pas capable de contrôler les effets qu'a sur lui l'extérieur.
« Alors, pourquoi ne le laissez-vous pas tomber ?
— Parce que c'est lui qui m'a laissé tomber le premier, et que ceux-là sont plus forts que vous.
— Il vous aimait ?
— Je suppose.
— Autant que… »
Tendant le bras, Shamus prit dans ses mains la main de Cassidy. « Non, trésor, pas comme vous, lui assura-t-il doucement, retournant sa main pour en embrasser la paume. Pas comme vous allez apprendre. Il n'y aura pas mieux que vous Vous serez le numéro un. Au premier rang. Parole. »
Un instinct le poussa à le dire. Un moment de profonde empathie, d'angoisse prophétique.
« Shamus…, vous êtes le plus grand écrivain de notre temps. J'en suis convaincu. Je suis très fier. » Le visage s'était détourné, très beau soudain contre la nuit, contre l'étincellement de la rue qui défilait.
« Vous vous trompez sur mon compte, trésor, murmura Shamus, en repoussant doucement sa main Je ne suis qu'un homme d'affaires raté. »

Toujours au paradis, ils allèrent à Paris.

Pas le Paris de Cassidy avec ses portes à fermeture pneumatique et son mauvais accent américain, mais le Paris de Shamus avec ses bouches d'incendie, ses rues pavées, ses légumes pourris et ses portes qui n'arboraient aucun nom; un Paris dont Cassidy n'avait jamais rêvé, auquel il n'avait même jamais aspiré, puisque c'était un Paris répondant à des appétits dont il ne soupçonnait même pas chez lui la présence et qui lui montrait des gens qu'il n'avait jamais imaginés : des gens gais, détendus, d'une sagesse infinie qui serreraient gravement la main de Shamus et l'appelaient *maître* en lui demandant des nouvelles de son œuvre. Ils allèrent à Saint-Sulpice, une place pleine de librairies, traversèrent une cour sombre toute tintante de musique jusqu'à une porte qui menait droit à un ascenseur, et ils débouchèrent dans un brouhaha de conversations, de filles qui riaient et d'hommes aux torses nus sur lesquels brillaient des colliers.

«Ils vous aiment, Shamus, lui murmura Cassidy tandis qu'ils buvaient le whisky et répondaient à des questions sur Londres. Regardez-vous, ne cessait de répéter Cassidy, vous êtes célèbre.

– Oui, dit Shamus sans amertume. Ils se souviennent.»

Ils allèrent dans une île, dans une haute maison grise appartenant à un Américain, et quelqu'un donna à Shamus son livre à dédicacer, *La Lune*, dans l'édition originale, et il s'installa dans une chaire à en lire tout haut des passages à des couples assoupis qui respiraient dans le noir. Des Indiens, des filles blanches applaudirent doucement. Il lisait à voix très basse, si bien que Cassidy, même s'il l'avait désiré, n'aurait pas pu entendre les paroles, mais il savait d'après le rythme et la cadence que c'étaient les plus beaux mots qu'il eût jamais entendus, plus beaux que Shakespeare ou que Khalil Gibran ou que le grand état-major allemand; et il était assis tout seul, les yeux mi-clos, se laissant pénétrer par elles comme par le langage de l'amour, et son orgueil ne connaissait pas de bornes, l'orgueil de la possession, de la création, de l'amour.

« Shamus, restons. Je vous en prie, restons.
— Négatif.
— Et elle alors ? » Car Shamus avait trouvé une fille et lui caressait doucement un sein à l'intérieur de sa robe.

« Rien à faire, dit Shamus. C'est sa maison. Enfin la sienne », reprit-il en désignant le mari.

L'Américain leur versa à tous les deux un autre whisky. C'était un grand gaillard aimable, très batailleur dans sa sympathie et ardent adversaire de l'agressivité.

« Foutez le camp d'ici, leur conseilla-t-il. Prenez un verre et filez. » Et à Cassidy : « Je vais le crucifier. C'est un type formidable, mais emmenez-le.
— Bien sûr, dit Cassidy. Vous avez été très bon. »

Dans un bar violemment éclairé, buvant de la chartreuse parce que Shamus disait que c'était la liqueur la plus redoutable, se protégeant les yeux des tubes à néon, ils rencontrèrent leur première putain.

« Shamus, pourquoi vivez-vous si seul quand ils ont tous tellement envie de vous avoir ?
— Il faut bien continuer à remuer, dit vaguement Shamus. Pas moyen de rester tranquille, trésor, ils vous tireraient droit entre les yeux. Ça fait vingt ans que j'ai écrit ce livre. »

Son regard s'attardait sur la fille brune, jolie mais austère ; Angie Mawdray demandant de l'augmentation. Il l'examina un moment en silence, puis lentement leva son verre dans sa direction. Elle s'approcha de lui sans sourire. Le barman ne leva même pas les yeux quand ils partirent.

18

Assis sur le trottoir, en attendant que son maître revienne de la croisade, le fidèle écuyer observait le fleuve en rêvant d'amour parfait. De grands lits faits pour lui et pour Shamus et pour la fille aux yeux sombres, des péniches avec des guirlandes de lumière et une cargaison de corps nus qui jamais ne se froissaient et jamais ne se lassaient. Des bateaux blancs flottant vers un paradis hollywoodien, d'une aube interminable, se balançant à la musique de Frank Sinatra.

Tu comprends, Hug, pour Shamus et pour les Français c'est différent. Ils sont amoureux parce qu'ils croient à l'amour, non pas parce qu'ils croient aux gens. N'est-ce pas que c'est habile, Hug? Ils sont amoureux par joie, non pas parce qu'ils ont peur d'être seuls.

« J'ai besoin d'argent », annonça Shamus.

Il titubait un peu et son visage était très coloré.

« Combien ? »

Shamus prit cent francs.

« L'échange d'argent, lui expliqua Cassidy d'un air satisfait, est une transaction très sexuelle.

— Allez vous faire cuire un œuf, dit Shamus.

— C'était de l'amour ? demanda Cassidy tandis qu'ils s'éloignaient lentement.

— Le nôtre est éternel », répondit Shamus avec son vieux sourire en passant un bras autour de l'épaule de Cassidy.

« Trésor.

– Oui.
– Partez bientôt. Paris ça pue.
– D'accord, dit Cassidy en riant. Où vous voulez.»

Il allait vite maintenant et il était furieux, et ils avaient tous les deux pas mal bu. Le jeune écuyer s'essoufflait à suivre l'allure de son maître errant et toujours en quête. Ses pieds sont endoloris dans ses frêles chaussures de ville tandis que les deux hommes montent à grands pas le grand escalier de pierre. Au-dessus d'eux, le dôme blanc, incandescent, offre son unique sein au ciel piqueté d'étoiles. Des lanternes, des fenêtres allumées les attirent mais le maître se dirige vers un endroit, un endroit précis, un endroit vert avec une porte verte. Ils tournent un coin, les marches leur font tourner un coin et tout d'un coup il n'y a plus de maisons, même plus de balustrades pour l'apprenti saisi de vertige, rien que les ténèbres profondes d'une grotte et les lumières de Paris éparpillées par-dessus les murs, le plafond et le sol comme la richesse de souverains enterrés. Mais Shamus ne s'intéresse pas à la magie, le passé est son ennemi, il a son nouveau Vatican devant lui. Il court presque, se précipitant dans l'escalier sans fin, le visage mouillé là où la lueur des lampadaires le saisit, les épaules en avant et tout le corps suivant.

«Shamus, où allons-nous?
– En haut.»
Un jour, peut-être que nous gravirons l'Eiger, et il y aura une lumière verte qui nous attendra au sommet. Encore une, dit Shamus. Une putain de plus et nous quittons la ville.

Il était tôt pour ce commerce, ou bien tard. Un silence de rêve flottait dans la lueur verte des lampes et les filles de Kensal Rise étaient assises, sommeillantes, comme si elles avaient manqué le dernier train, à écouter les accords plaqués par Sandra sur un piano invisible. Shamus, qui adore les terminus, est entré devant Cassidy, les bras tendus comme s'il allait ôter sa veste. Les filles s'agitent pour l'accueillir, comme un troupeau qui s'approche du vacher.

« Monsieur ne veut pas ? demande poliment une dame entre deux âges qui rappelle un peu la femme du ministre, mais qui manifeste davantage d'intérêt. Vous voulez quelque chose à boire ? »

« Normand », pense Cassidy, Normand français. Peut-être que cet épisode n'a pas vraiment lieu ; peut-être que c'est bien un rêve.

« Shamus ! »

Les filles se sont rassemblées autour de lui : autour de Shamus, l'impeccable chevalier. Il a les bras levés au-dessus de la tête, et tout d'un coup voilà que ça arrive, voilà que se réalise le sujet d'innombrables rêves. Leurs mains fondent sur lui, le font prisonnier ; fouillent, envahissent sa chemise de chevalier, luttent avec l'arrangement profondément anglais de sa ceinture française ; le dérobent, le dépouillent à mesure que la musique joue plus fort, jettent sur le sol ces absurdes vêtements masculins, se partagent son manteau, c'est un vrai martyre. Certaines sont laides, certaines sont nues, mais une lumière verte fait de toutes des vierges, masque leurs zones d'ombre et confère à leurs mouvements une ardeur enfantine.

Soudain, au rythme sourd du piano lent de Sandra, Shamus a empoigné la fille la plus grande, une adversaire aux cheveux noirs et aux larges fesses, avec une grande bouche et un peu de moustache et de grosses cuisses. Et il s'abat sur elle. Il l'a renversée, en la tirant par les bras, et lui bloquant les bras il l'a clouée au sol. Elle agite maintenant les hanches pour échapper à l'épée, mais Shamus se bat avec sa tête, comme un requin, l'utilisant comme un marteau pour mater sa chair blanche.

Comme il est brun contre ses seins à elle, son ventre, même ses régions infernales ! Il la jette par terre. Elle est là à se rouler sur le sol en criant tout en le serrant docilement dans le sillon de ses cuisses.

« Shamus ! »

C'est la voix de Cassidy. Qui a touché la lumière ? Faute, coup franc pour l'Angleterre ! La lumière plus tamisée sur leurs corps soudés. C'est le corps à corps, la prise ! Attendez. Elle s'agite. Elle gémit, elle reprend son souffle, l'épée est au fourreau. Va-t-elle résister ? Elle se tord ; elle remue ses genoux écartés mais seulement pour l'admettre plus avant. Silence et musique, l'un sur l'autre.

Le public s'est rapproché pour assister à l'orgasme. La vaincue devient loquace.

Écoutez ! Aha ! La putain avoue son infamie ! Elle se reconnaît vaincue. Implorant le pardon, elle chante les louanges du roi éternel ! En vain. Personne ne lui porte secours. Pas de second pour lancer la serviette ; pas d'arbitre pour compter les coups, étouffer les cris, administrer la morphine. Il reste en elle un cri.

Un long soupir.

Accompagné d'un froncement du visage ; comme une grise confusion sexuelle tracée en fines rides profondes au milieu de ce front gaulois. Mon Dieu. Mon Dieu français. Mon Flaherty.

Il a fini ? Il n'a pas fini ? Est-ce prudent d'approcher ? Une confusion bien française.

Excusez-moi, madame, vous permettez ?

« Lumière s'il vous plaît. Lumière. »

Une minute, je vous en prie, vous permettez ?

« Je m'en vais », dit Cassidy et s'approchant d'un pas vif il aide le croisé trempé de sueur à se remettre debout.

« Monsieur ne veut pas ? » demande de nouveau Madame, en touchant l'arme acérée mais inutilisée de l'écuyer à travers le tweed tendu.

Il lui faut un public, explique Helen. *Quand nous étions riches c'était la bonne. Maintenant que nous sommes pauvres, c'est Cassidy.* Cinq cents francs, on accepte les chèques de voyage. Vert, le feu est au vert.

« Il me faut une église, trésor, murmure Shamus aux réverbères de la ville endormie. Vite ! J'ai besoin de Flaherty et j'en ai besoin tout de suite. »

À la grand-messe au Sacré-Cœur, parmi plus de bougies qu'ils n'en avaient eu à la Tour d'Argent, plus même qu'à Sherborne, Shamus et Cassidy suivaient les gestes dévots d'enfants de chœur à l'âme pure, tout en se passant discrètement de l'un à l'autre la flasque de whisky.

Mon Dieu, voici Aldo Cassidy qui, la dernière fois, vous a adressé une prière quand Helen et Shamus avaient disparu, que je les croyais tués et que j'envisageais le crime d'innocence pour le reste d'une vie longue et ennuyeuse. Eh bien, il faut que je vous dise que mes prières ont été exaucées et que j'ai envers vous une substantielle dette de gratitude. Il me faudra un temps considérable en fait pour établir le bilan des nombreuses expériences que cette réunion promet de m'apporter et en temps voulu il faudra que nous nous réunissions de nouveau avec le vieil Hugo, le célèbre membre du Parlement, pour discuter entre nous quelle est la nature de l'amour, ce qui est bien et ce qui est mal et quel est le rapport de tout cela avec notre commun mode d'existence. En attendant, une fois de plus, un merci en passant pour m'avoir fait franchir très vite pas mal d'échelons sur l'échelle des êtres, et tout cela soigneusement hors de portée des oreilles de Sandra.

« C'est pour la fabrique, expliqua Cassidy. Pour rebâtir l'église... Elle tombe en ruine !
— Seigneur, dit Shamus en contemplant la bouche muette du tronc. Seigneur. Il doit bien y avoir quelqu'un que vous ne payez pas. »

Ça n'est pas facile de quitter Paris quand on est ivre, fatigué et à pied ; quand on tangue entre des colonnes de ciment baignant dans une lumière jaune en cherchant un champ ; quand aucune putain ne connaît le chemin et que les chauffeurs de taxi refusent de vous charger. Ils essayèrent d'abord de trouver la Foire : ils se glisseraient sous la tente et dormiraient dans des landaus. Mais la Foire avait déménagé. Par deux fois ils reconnurent la route qui y menait ; à chaque fois, c'était une fausse route. Ils décidèrent donc de chercher plutôt une rivière qui les conduirait jusqu'à la mer, mais le sentier qui bordait la rivière se terminait à un pont et par-delà le pont se dressait une forêt d'immeubles hideux qui leur barraient la route. À une station de tramways, ils trouvèrent un tramway vide, mais Cassidy n'arrivait pas à trouver les commandes et les prières se révélèrent vaines.

« Dansez, proposa Shamus. Peut-être qu'il aime surtout la danse. »

Dans une petite ruelle aux pavés irréguliers, deux hommes de même taille, ne différant que par leur couleur, dansent. L'un d'eux est Shamus ; l'un d'eux, comme l'observe fort justement Cassidy l'œil toujours aux aguets, est lui-même.

C'est l'aube et non le soir car personne ne fait attention, personne n'est levé, personne n'est là. De temps en temps, du ciel, des voix s'adressent à eux dans leur langue maternelle, sans doute Flaherty, ou même Mrs. Flaherty, ils sont là incognito, un voyage d'une semaine pour venir inspecter les fidèles franco-irlandais. Mais le texte du message divin, comme c'est hélas ! si souvent le cas, leur parvient déformé ; il serait téméraire d'agir à partir de là. Leurs mouvements s'adressent à un public ; complexes, mais parfaitement exécutés. Un public divin ; qui les transportera loin d'une cité qui n'est plus hospitalière pour Shamus. Ils ont terminé le Lac des Cygnes et maintenant ils jouent aux Ombres, chacun chassant l'image de l'autre sur le stuc moite d'un mur muet, mais Shamus trouve que ce numéro n'est pas satisfaisant, et après avoir décoché au mur un coup de pied parfaitement injustifié, il invite Cassidy à le suivre dans une danse de son invention. Cassidy, toujours prêt à rendre service, s'efforce de suivre la mesure tout en adressant des salutations cordiales à ses anciens professeurs de musique, y compris Mrs. Harabee, de l'école de Sherborne dans le Dorset.

Voyons, l'Hésitant, réfléchissez.

Je réfléchis, Mrs. Harabee.
Réfléchissez plus fort, l'Hésitant.
Oui, Mrs. Harabee.
Allons, Pailthorpe, dit Sandra, *tu imites les voix des gens, eh bien, maintenant imite leurs chansons, voilà tout.*
Je ne peux pas.
Bien sûr que tu peux. Je t'ai entendu chanter parfaitement au service, mais quand même.
Mais c'était avec d'autres gens, Sandra.
Tu veux dire que tu ne peux pas me supporter toute seule ? Je suis désolée.

L'Hésitant, je vais faire un rapport sur vous à votre directeur.
« Oui, Shamus.
– Alors, écoutez, nom de Dieu. »
Shamus chante un vers comparant les seins de Helen aux collines jumelles de Shamaree. Docilement Cassidy essaie de répéter.
« Je n'y arrive pas, dit-il en s'interrompant. C'est très bien pour vous, vous êtes un artiste. »

Touché par l'incompétence musicale de Cassidy, Shamus le prend dans ses bras, l'embrasse sur les joues et sur la bouche, passant les doigts dans la coiffure conventionnelle et hétérosexuelle de Cassidy. Cassidy n'éprouve rien de particulier à ce contact oral, mais il est embarrassé parce qu'il n'est pas rasé. Au moment où il va présenter ses excuses à Shamus, qui semble s'être endormi sur son sein, l'étudiant d'Oxford est brusquement appelé par les cloches. Pas simplement le carillon comme l'expliqua plus tard Shamus, mais les cloches elles-mêmes envoyées à la place de la foudre par la main furieuse de Flaherty, dégringolant du haut des toits pour venir se fracasser dans la cour dans un chaos multiple, infligeant des tortures sonores réservées normalement aux habitants de Sodome. Terrorisé, Shamus porte les mains à ses oreilles en criant :
« Arrête ! Arrête ! Nous nous repentons. Pénitence, péni-

tence, Flaherty, laisse tomber ! Mon Dieu, trésor, pauvre imbécile, regardez ce que vous avez fait !

— C'est vous qui avez commencé », proteste Cassidy, mais le grand écrivain ayant déjà pris la fuite, son disciple lui emboîte le pas.

Ils courent donc, Shamus en tête, les mains toujours à ses oreilles, zigzaguant et plongeant pour éviter les cloches qui tombent, sa veste gonflée comme une ceinture de sauvetage.

« Ne regardez pas en arrière, crétin, courez ! Mon Dieu, pourquoi nous avez-vous emmenés dans cette église, pauvres connards ! Flaherty, tu vis ! Trésor ! Merde ! »

Cassidy est à terre.

Il tombe sans doute de tout son long, se cognant le genou contre le couvercle d'une poubelle parisienne et il sent nettement la rotule se déloger pour s'en aller rouler dans la mêlée. Shamus le remet debout. Le cheval les regarde tandis qu'ils desserrent le frein. Il a un certain âge ce cheval, sa tête est grise et des cernes noirs entourent ses yeux.

Les cloches se sont tues.

« Qu'est-ce que je vous disais ? dit Shamus avec satisfaction, au sud, dit-il au cheval. Au sud, répéta-t-il en français. Nous voudrions avoir du soleil. »

Remontant la couverture, il se tourne vers Cassidy et l'attire sur les coussins de cuir du fiacre.

« Allons, trésor, donne-nous un baiser. »

Une sueur salée unit les visages des aimés, la peau rugueuse du vieil Hugo rappelle la quête de toute une vie.

« Bon Dieu, j'ai horreur de cette ville, déclara Shamus. Je ne comprends pas pourquoi nous sommes venus.

— Moi non plus, dit Cassidy. C'est un trou. »

« C'est un brave gosse ? demanda Shamus.
— Formidable. Tous les deux.
— Vous ne pouvez pas les prendre avec vous, trésor, ces

petits bougres, ça vit. Et puis après ils veulent la même chose que vous : baiser, rire, boire, avoir une bourgeoise...
— Ce sera mieux pour eux, dit Cassidy.
— Pourtant ça n'était pas mieux pour nous, n'est-ce pas, trésor ? »

Pas de réponse. Cassidy dort. Pas de conversation. Shamus s'est endormi aussi. Seul le cheval vit, les emmenant vers le sud.

Mais en fait Cassidy était éveillé. Les sens aux aguets, la pensée en alerte. Son corps était raide et endolori, mais il n'osait pas bouger parce que Hugo dormait dans ses bras et que seul le sommeil guérirait la rotule de l'enfant blessé.

C'est une diligence, Hug, explique-t-il dans son esprit, traînée par un supercheval gris, comme ils en ont à Sainte-Angèle. Seulement à Sainte-Angèle c'est un traîneau.

Une diligence a des roues, Hug. Des roues de bois qui vacillent et le cheval est le cheval de chasse qu'on m'a offert à Haverdown, un pur-sang d'une grande docilité, envoyé par Dieu pour nous éloigner d'une ville abominable.

« Papa, combien as-tu d'argent ? demanda Hugo d'une voix ensommeillée. Combien dans le monde entier ?
— Ça dépend du marché, dit Cassidy. Suffisamment », ajouta-t-il en pensant : Suffisamment, qui se contente de ça ?

S'étirant – et libérant en même temps le bébé Shamus d'entre ses bras –, Cassidy se cala plus confortablement contre le dossier et, retroussant sa jambe de pantalon, examina avec précaution son genou blessé. Il était encore en place et on ne distinguait aucune marque. Ça doit être interne, songea-t-il en acceptant la bouteille ; ça saigne à l'intérieur et il versa un peu de whisky sur la région atteinte.

« Tout est investi dans les landaus ? demanda Shamus, s'intéressant toujours à l'argent.

— Mon Dieu, non, c'est réparti.
— J'étais riche autrefois », dit Shamus. Ils descendaient vers Haverdown : une interminable avenue bordée de grands arbres. Ça n'est pas vers le sud, mais vers l'est : un soleil rouge brillait tout au bout et l'asphalte était baigné de rouge.

« J'ai été riche autrefois, répéta Shamus en lançant la bouteille vide sur la route.
— Miaou, dit Cassidy, citant le maître. Il ne faut pas que je m'apitoie comme ça sur mon sort.
— Très bien », dit Shamus d'un ton approbateur le poussant sur la route. Mais Cassidy s'attendait à l'attaque et atterrit sans dommage grâce à son entraînement militaire.
« Trésor.
— Oui.
— Monte-Carlo c'est bien ?
— Pour une nuit ou deux, dit Cassidy qui n'y était jamais allé.
— Formidable. On va aller à Monte-Carlo. »
Et il donna de nouvelles instructions au cheval.

« Terrifié par tout dans la vie sauf par l'idée de la perpétuer », lut tout haut Shamus. « Comment ça ? Je l'ai écrit à propos de vous. Je m'en vais rendre ça tout à fait permanent. »
Fiez-vous à vos roues de bois. Les tombereaux. Les aristos sur le chemin de la guillotine. Miss Mawdray, allez tout de suite chez Park Ward, voulez-vous ? pour leur dire que je veux qu'on arrange les roues.

Sommeillant de nouveau, Cassidy était allongé cette fois avec Hugo l'aîné, son père, le soir où ils avaient pris un train pour Torquay afin d'acheter l'Imperial Hotel. Le vieil Hugo n'était pas revenu depuis longtemps à cette époque-là, ça faisait un mois, peut-être deux, il s'arrêtait toujours devant les portes en attendant que Cassidy les lui ouvre. Ils étaient convenus de faire une reconnaissance, après quoi ils discuteraient le côté financier de l'affaire, et contacteraient peut-être un partenaire éventuel ; Charles Clore ou l'Agha Khan, ça dépendait à qui ils pourraient se fier. Dans le train, en attendant le premier service au wagon-restaurant, le vieil homme se mit à pleurer. Cassidy, qui n'avait jamais entendu ce bruit, crut tout d'abord qu'il s'étranglait, car les sanglots venaient en hoquets aigus, comme une des chiennes de Sandra quand elle avait avalé un os.

« Tiens, dit-il en lui tendant un mouchoir, prends ça », et il s'était replongé dans son journal.

L'idée lui était venue que le vieil Hugo n'avait pas d'os à mâcher, rien sur quoi s'étrangler, en fait que sa honte ; et abaissant le journal il l'avait dévisagé, il avait regardé la silhouette découragée, tassée, pour tenir dans un si petit espace, et les épaules massives secouées par le désespoir, et le crâne chauve tacheté par la vieillesse.

Fallait-il reprendre le journal ?

Lui parler ?

« Je vais te chercher de quoi boire », dit-il et il alla quérir au bar une petite bouteille d'échantillon, courant pendant tout le trajet et passant devant tout le monde.

« Tu en as mis du temps », dit le vieil homme que Cassidy retrouva droit comme un piquet quand il revint. Il lisait son *Standard*, et la page des courses de lévriers avait attiré son attention. « Qu'est-ce que c'est ça ? fit-il en regardant le flacon.

— Du whisky.

— Quand tu achètes du whisky, dit le vieil homme en tournant dans son énorme main la petite bouteille, achète une marque convenable ou rien du tout.

— Pardonne-moi, dit Cassidy. J'ai oublié. »

« Trésor.

— Oui, Shamus. »

Une heure avait passé, peut-être un jour. Le soleil avait disparu, la route était morne et sombre, les arbres noirs contre un ciel vide.

« Regardez-moi très attentivement. Vous regardez ?

— Bien sûr, dit Cassidy, les yeux toujours fermés contre l'épaule du vieil Hugo.

— Tout au fond des profondeurs de mes yeux irrésistibles ?

— Plus profond que ça.

— Pendant que vous regardez cette image, trésor, des milliers de cellules cérébrales meurent de vieillesse. Vous regardez toujours ?

— Oui, dit Cassidy en pensant : cette conversation a déjà eu lieu plus tôt, c'est ce qui m'a fait penser à mon père.

— Tenez, tenez. Bang! Bang! Vous voyez ça? Des milliers de morts. Qui jonchent le champ de bataille du cerveau. Toutes ces petites vies qui expirent.

— Ne vous en faites pas, dit Cassidy d'un ton consolateur, vous tiendrez le coup à jamais.»

De longues étreintes sous les couvertures chaudes.

«Je ne parlais pas de moi, expliqua Shamus en l'embrassant. Je parlais de vous. Mes cellules à moi passent un temps merveilleux. Ce sont les vôtres qui m'inquiètent. Je note ça aussi pour m'en souvenir.»

En partie, se dit Cassidy, c'est un voyage intérieur. Aldo Cassidy, le terrestre en route pour Monte-Carlo, revit son existence en compagnie de son nomade habituel.

«Trésor.

— Mmmh.

— On ne reviendra jamais à Paris, n'est-ce pas, trésor?»

Il y avait une note d'angoisse dans la voix de Shamus. Tout n'est pas rose dans ce voyage.

«Jamais.

— C'est promis?

— Promis.

— Menteur.»

Cassidy, dégrisé, réexamine la question. «Dites-moi, Shamus, en fait, pourquoi ne voulez-vous pas rentrer à Paris?

— Ça n'a pas d'importance, n'est-ce pas? Nous n'y allons pas.»

Mais c'était en partie aussi, comme sa mémoire le lui rappelait, un voyage extérieur ; car quand il se réveilla la police leur contestait vivement la propriété du cheval.

Ils étaient auprès d'un petit terrain d'aviation, sur un petit chemin entre deux fourgons bleus. Un petit biplan faisait des cercles, se préparant à atterrir. Tout le monde parlait, mais le cocher, qui était arrivé séparément à bicyclette, parlait le plus fort. C'était un vieil homme grisonnant en pantalon de toile avec un long manteau militaire, et il donnait des coups de pied aux pattes de devant du cheval en le maudissant pour son infidélité. Le cocher, qui était d'avis comme la police que Shamus n'était en rien coupable, refusa d'accepter les chèques de voyage de Cassidy, si bien qu'ils allèrent dans une banque et que la police monta la garde pendant que Cassidy signait son nom dix fois sur la ligne en pointillé.

« Shamus, dit Cassidy, pensant à Bloburg et à Meale et aux lettres d'Abalone Crescent, est-ce qu'il n'est pas l'heure de rentrer ?
— Soufflez », dit Shamus.

Ils soufflèrent. Du tas de brindilles un filet de fumée monta mais pas de flamme. Leurs costumes étaient auprès d'eux sur la barrière comme des amis défunts ; plus loin une rivière asséchée, rien qu'un petit ruisseau où ils s'étaient baignés, et de l'argile craquelée importée des douves de Haverdown. De l'autre côté de la rivière, les champs, et par-delà les champs, un bois, une ligne de chemin de fer et une bande d'un ciel flamand qui s'allongeait sans fin.

« Vous n'y arriverez jamais sans papier », protesta Cassidy. Il avait froid et se sentait dégrisé. « Je pourrais appeler un taxi si vous me laissiez m'habiller. »

Un train passa sur le viaduc. Il n'y avait pas de voyageurs mais les lumières étaient allumées dans les compartiments.

« Je ne veux pas de taxi.
— Pourquoi donc ?

— Parce que je ne veux pas, alors allez vous faire voir. Je ne veux pas aller à Paris et je ne veux pas de taxi.» Il se remit à souffler en frissonnant. «Et si vous essayez de vous habiller je vous tuerai.
— Alors laissez-moi chercher du papier.
— Non.
— Pourquoi?
— Taisez-vous! Pauvre type! Taisez-vous!
— Miaou», dit Cassidy.

La dernière bouteille était vide alors ils l'enfilèrent sur un bâton et la brisèrent sous un tir d'artillerie, dix pierres chacun qu'ils lançaient à tour de rôle. Et ce fut alors que le garçon apparut, l'âge de Mark mais plus jeune de visage. Il portait une canne à pêche et un sac à dos et il était juché sur une bicyclette hollandaise dont Cassidy avait la concession pour le Royaume-Uni. Il commença par comparer leurs sexes, l'un blond l'autre brun mais à part ça pas grande différence, puis il ramassa une pierre et la lança avec violence et précision sur le quai où ils avaient planté la bouteille.

Cassidy rédigea une liste de courses et lui remit vingt francs trempés.

«Et fais attention en traversant la route», lança-t-il.

«Voyez-vous, à mon avis, dit prudemment Cassidy en arrachant le bouchon avec ses dents – le garçon, un enfant plein de ressources, avait persuadé l'épicier de le tirer à moitié –, si nous appelions un taxi…
— Trésor, interrompit Shamus.
— Oui.»

Encouragées par plusieurs éditions de la presse parisienne, les brindilles brûlaient avec conviction. Plus bas sur la rive, le jeune garçon lançait sa ligne.

«Trésor, vous estimez que c'est un heurt de personnalités?
— Non, dit Cassidy.
— D'inconscients?
— Non.

— L'*ego* contre l'âme ? Ibsen.
— Ça n'est pas un conflit du tout. Moi je veux revenir et vous pas. J'ai envie de prendre un bain et de me changer et vous êtes prêt à vivre comme un troglodyte jusqu'à la fin de vos jours… »

La pierre le frappa sur le côté de la tête, le côté gauche juste derrière l'oreille. Il sut tout de suite que c'était une pierre, il la vit venir en tombant, il vit la carte dessus, les Alpes suisses, avec au premier plan le massif de l'Angelhorn. La distance jusqu'au sol était beaucoup plus grande qu'il ne croyait. Il eut le temps de lancer la bouteille de côté avant d'atterrir et le temps de lever le bras avant que sa tête heurte la barrière. Puis Shamus le serrait contre lui, l'embrassait, lui versait du vin entre les dents, pardon, trésor, pardon, en pleurant, en sanglotant comme le vieil Hugo dans le train et le jeune garçon tirait de l'eau un petit poisson brun, un poisson d'enfant pour une canne à pêche d'enfant.

« Qu'est-ce qui vous a pris ? » demanda Cassidy.

Shamus était assis à l'écart dans un isolement qu'il s'était imposé, le béret tiré sur ses yeux en signe de remords, son dos nu séparé en deux par la laisse boueuse de la rivière asséchée. Il ne disait rien.

« Je dois dire que c'est une drôle de façon de se conduire. Surtout pour un maître du vocabulaire. »

Le garçon relança sa ligne. Ou bien il n'avait pas vu l'incident ou bien il en avait déjà vu beaucoup de ce genre et le sang ne l'alarmait pas.

« Bonté divine, cessez de vous frapper avec cette pierre, poursuivit Cassidy, agacé. Dites-moi simplement pourquoi vous avez fait ça, c'est tout. Nous avons fait tout ce que vous vouliez. On s'est gelé dans cette foutue rivière pour mieux sentir notre identité, on a gâché nos costumes neufs, attrapé une pneumonie et voilà tout d'un coup que vous me lapidez. Pourquoi ? »

Silenzio. Le béret a un imperceptible mouvement de rejet.

«Bon, vous me l'avez dit: vous ne voulez pas rentrer à Paris. Parfait. Mais même de grands amoureux ne peuvent pas camper toute leur vie auprès d'une rivière asséchée. D'ailleurs pourquoi ne voulez-vous pas rentrer? Vous n'aimez pas l'hôtel? Vous en avez assez des villes tout d'un coup?» Un silence. «Ça a un rapport avec Dale? Avec votre livre?»

Cette fois le béret ne bouge pas, que ce soit dans un geste de refus ou d'acquiescement, le béret est aussi immobile que Sandra sur le pas de la porte, quand elle est furieuse contre lui pour n'être pas cosmique, pour ne pas lui procurer la tragédie pour laquelle on l'a préparée.

«Shamus, bon sang. Tantôt nous sommes pratiquement dans les bras l'un de l'autre, tantôt vous essayez de me tuer. Enfin qu'est-ce qui vous prend?»

Comme s'il était frappé par le vent, le dos nu se balance. Finalement le pénitent lève la bouteille et boit.

«Hé! fit Cassidy s'accroupissant auprès de lui. J'en prendrai bien un peu.» Tendant la main il reçut non pas le vin, mais l'œillet fripé que Shamus avait ôté de sa boutonnière. Soulevant doucement le béret, Cassidy aperçut les larmes.

«N'y pensez plus, murmura-t-il. Ça ne m'a pas fait mal, je vous promets. Je ne crois pas que vous l'ayez même fait. Tenez, regardez, pas de bosse, pas de bleu, rien. Allons, tâtez, mettez votre main là.» Il prit la main boueuse de Shamus et la posa contre sa tête.

«Il faut m'aimer, trésor, murmura Shamus tandis que les larmes coulaient. J'en ai besoin, franchement. Ça n'est rien auprès de ce que je vous ferai si vous ne m'aimez pas.»

Sa main était comme une seconde Confirmation, légère et pleine de sentiment, tremblant sur le crâne de Cassidy.

«C'est vous tout entier, il faut que vous vous donniez à moi tout entier. Moi je vous ai donné un chèque en blanc, trésor. Parole.

— J'essaie de comprendre, promit Cassidy. J'essaie. Si seulement vous me disiez de quoi il s'agit.

— Sale petit bourgeois, dit Shamus désespéré. Vous n'y arriverez jamais. Seigneur ! » s'écria-t-il soudain. Lâchant la main de Cassidy il sauta en l'air. « Mon identité ! Elle est ruinée ! »

Il désignait une touffe d'herbe pelée où gisait son passeport. On aurait dit un papillon mort, les ailes désespérément écartées pour l'envol. La teinture bleue de la couverture suintait sur l'herbe.

« Il perd tout son sang, murmura-t-il en le prenant à deux mains. Trésor, appelez-moi une ambulance. »

Au bureau de poste du village, tout habillés maintenant, ils achetèrent une enveloppe et envoyèrent leurs œillets à Helen. La gomme avait goût de menthe et les œillets avaient perdu leur jeunesse.

Et deux planeurs pour les rapprocher de Flaherty. Et un cerf-volant pour envoyer leurs prières.

Et un carnet parce que sur la route du retour vers Paris, Shamus allait commencer un nouveau roman, sur le thème de David et Jonathan. Il avait perdu le vieux dans la rivière et n'était pas attaché au passé.

Les routes vers Paris, nota Cassidy dans son baedeker privé, de cette prose fleurie qui était encore un des dons innombrables du vieil Hugo, *sont longues et diverses, revenant souvent en arrière. Les unes sont bordées de grandes collines d'où l'on peut faire voler les cerfs-volants et les planeurs et adresser des invocations aux dieux irlandais, les autres bordées d'usines emplies de tristes péquenauds et de quidams chevauchant des bicyclettes sans freins ; d'autres encore par des auberges où les putains bannies de la ville procurent aux grands écrivains de médiocres aperçus sur l'infini. Mais toutes ces routes sont lentes, faites pour traîner les pieds ; car Paris n'est plus populaire ; Paris est menacé par le mystère de Dale.*

Allongé dans le fauteuil du coiffeur, drapé de blanc comme un enfant de chœur, le chroniqueur las s'endormit pendant qu'on le rasait et se mit à rêver de Helen nue debout sur la plage de Douvres, les deux œillets morts sur ses seins, occupée à lancer de petits bateaux à voiles dans des courses autour du monde. Lorsqu'il s'éveilla le coiffeur lui coupait les cheveux.

« Shamus, je ne veux pas qu'on me les coupe ! »

Shamus assis sur le banc écrivait dans son calepin.

« C'est bon pour vous, trésor. Une vie nouvelle comme un moine, dit-il d'un ton vague sans lever les yeux. Je crains bien que ce ne soit un sacrifice nécessaire.

— Non ! » dit Cassidy en repoussant le coiffeur. Dieu du ciel, comment affronter Trumper maintenant ? « Non, non, non. »

Shamus écrivait toujours.

« Il les veut plus longs, expliqua-t-il au coiffeur avec lequel il semblait très intime. Il les veut plus longs », précisa-t-il en français.

« Shamus, à quoi croyez-vous ? »

Au bord du monde le soleil rouge se levait ou se couchait derrière les contours gonflés d'une usine. Des lumières parsemaient les champs et les planeurs étaient humides de rosée. « Qu'est-ce que c'est que la lumière au bout de la jetée ?

— J'ai cru un moment à une putain, dit Shamus après une longue méditation. Elle travaillait sur un terrain de cricket. Je n'ai jamais connu personne qui se passionne autant pour le cricket. Elle avait dans son sac tous les résultats.

— Quoi d'autre ? »

Il avait horreur des *clergymen*, dit-il. Il les détestait avec une passion de fanatique.

« Quoi d'autre ? »

Il avait horreur du passé, dit-il, de la convention, de l'acceptation aveugle des contraintes et de l'emprisonnement volontaire de l'âme.

« Est-ce que tout ça n'est pas plutôt négatif ? dit enfin Cassidy.

– J'ai horreur de ça aussi, lui assura Shamus. Il faut absolument être positif. »

Ils étaient de nouveau à bicyclette, et Cassidy avait un côté de la tête maintenant beaucoup plus froid que l'autre. Et ça, dit Shamus, c'était le problème de Cassidy.
Miaou.

19

Qui Shamus voulait-il être ? se demanda Cassidy en le regardant écrire dans l'auberge.

La ville n'était pas loin maintenant ; c'était peut-être pourquoi il écrivait ; pour s'armer contre ceux qui le menaçaient à Paris. Une lueur rose attendait au bout de l'avenue et l'air du soir frémissait comme une chaudière. Ils étaient assis à une table au bord de la route, sous un parasol publicitaire de Coca-Cola, à boire du Pernod, pour s'éclaircir la tête. Le taxi attendait à côté, le chauffeur lisait de la pornographie.

Qui voudrait vivre avec l'ange chargé d'enregistrer vos actes, qui voudrait être Shamus, tenant la chronique quotidienne de sa propre réalité ? Attaquant toujours la vie sans jamais l'accepter ; toujours en marche sans jamais se poser.

« Ce sera vraiment un roman ? demanda-t-il. Un vrai roman comme les autres ?
— Peut-être.
— Sur quel sujet ?
— Je vous ai dit. Sur l'amitié.
— Lisez-m'en un passage, dit Cassidy.
— Allez vous faire voir, dit Shamus qui se mit à lire :
La réalité était ce qui les divisait, la réalité était ce qui les rapprochait. Jonathan, sachant qu'elle était là, la fuyait ; mais David n'était jamais sûr et s'en allait chaque jour à sa recherche.
— C'est un conte de fées ? demanda Cassidy.

— Peut-être.
— Lequel de nous est David ?
— Vous, vous, pauvre cloche, parce que vous êtes blond. *David était un grand sceptique, car il aimait le présent et toutes ses richesses. Jonathan diffamait le monde et était donc le prophète d'un monde meilleur ; mais David était trop obtus pour comprendre cela et Jonathan trop fier pour lui dire. Le monde de David était un monde où les idéaux du troupeau se réalisaient parce qu'il faisait partie du troupeau, il était le meilleur des quidams. Jonathan avait la naïveté du cœur, mais David avait le rococo de l'âme...*
— Mais qu'est-ce que ça signifie, Shamus ?
— Ça signifie que vous avez besoin d'un verre, dit Shamus. Avant que je ne vous lapide de nouveau pour être un sale hérétique. »

Pour repasser un passeport – c'est un truisme dont Cassidy n'a pas jusqu'alors suffisamment conscience – il faut une putain, ce sont les putains qui ont les doigts les plus sensibles.

« Ce sont les meilleures repasseuses du monde, expliqua Shamus. Elles sont célèbres pour ça. Et une fois qu'elle a repassé le passeport, ajouta-t-il avec l'orgueil d'un expert, vous pouvez la baiser. Il est temps que vous perdiez votre pucelage. »

Ils se rendirent donc à la gare du Nord, un terminus fort attirant, pour trouver une paire de mains.

Leur retour en ville n'avait pas été, ne pouvait peut-être pas être aussi triomphant que leur fugue. Cassidy avait pensé qu'ils se rendraient aussitôt au Saint-Jacques. Il avait même conçu une méthode pour entrer sans passer par le vestibule – en graissant la patte du concierge, et en se glissant par l'entrée du personnel, comme il convient au fils d'un hôtelier – car leurs costumes eux, bien que raisonnablement secs, avaient rétréci et manquaient de grâce. Et puis il avait aussi quelques positions à consolider : la Foire devenait une épreuve angoissante ; et que dire de son courrier et des appels téléphoniques ?

Shamus ne voulut rien entendre. La ville l'avait déjà assombri ; il était d'humeur plus âpre et moins facile.

« J'en ai marre de ce foutu Saint-Jacques. C'est une sale petite cellule de condamné. C'est plein d'évêques en goguette, j'en suis sûr !

— Mais, Shamus, ça vous plaisait bien avant...

— Je le déteste. Je vous emmerde. »

Il s'enfuit, songea brusquement Cassidy : je connais cet air-là, c'est le mien.

« De quoi avez-vous peur ? » allait-il demander ; mais apprenant la prudence il s'abstint. Ils allèrent donc dans un hôtel que Shamus connaissait, quelque part du côté de la rue du Bac, une maison blanche dans une cour près d'une ambassade ; la rue était bordée de voitures diplomatiques. Inspiré par la vue des voitures, Shamus insista pour les faire s'inscrire sous le nom de Burgess et de Maclean.

« Shamus, vous êtes sûr ? »

Bien sûr qu'il était sûr ; Cassidy n'avait qu'à s'occuper de ses oignons, n'est-ce pas ?

« Bon. »

Les bonnes mains ne manquent pas gare du Nord, même à l'heure des trains de banlieue par une soirée ensoleillée. Il y a les mains qui tiennent les bagages, les mains qui tiennent les parapluies et les mains tendres qui relient entre eux les amoureux et qu'on ne peut, hélas ! séparer. Déjà épuisés par leurs efforts, les deux amis s'assirent sur un banc et, vidant le contenu de leurs poches fripées, lancèrent des restes de pain aux pigeons français. Shamus, d'humeur morose, ne parlait guère. Cassidy souffrait de la tête et la rotule de son genou, qui l'avait jusqu'alors laissé tranquille, recommençait à le gêner après le trajet à bicyclette.

« Bien », dit Shamus, quand il le lui annonça.

Pour chasser l'abattement qui menaçait, Cassidy se mit

donc à chanter. Pas tellement à chanter qu'à fredonner. Des paroles de son invention qu'il débitait dans un français aux modulations monotones, une imitation très passable de Maurice Chevalier.

C'est ainsi qu'ils trouvèrent Élise, l'anagramme bien connue d'Elsie.

Les petits oiseaux de Paris
Vivent des jours heureux
Vivent des jours heureux, jusqu'au jour où la neige
Les prive de... pitance
Jusqu'au jour où la neige
Les prive de... pitance...

Tiré de sa mélancolie, Shamus le regardait avec des yeux ronds. C'était la première fois que Cassidy faisait une imitation pour Shamus, et Chevalier était un de ses meilleurs numéros.

« Continuez, trésor. C'est formidable. Surtout continuez ! Mon Dieu, c'est formidable, c'est humain. Pourquoi ne m'avez-vous pas dit ça ?

— Oh! vos imitations sont tellement meilleures.

— Mon œil! Continuez, malheureux, chantez! »

Cassidy poursuivit donc :

Ils agitent leurs ailes...
Ils agitent leurs queues...
Ils sautillent et chantonnent leur chanson d'amour...
Jusqu'au moment où la neige, la neige cruelle...
Les prive de... leur pitance...

« Encore, trésor! Bon Dieu, c'est formidable! Écoutez tous, écoutez Cassidy! »

Se levant d'un bond, Shamus allait convoquer un plus vaste public lorsqu'ils aperçurent la fille, plantée là, qui leur souriait, avec son élégant manteau fauve et un petit sac rouge brillant comme une sacoche de contrôleur suisse dans les petits trains qui escaladent l'Angelhorn.

Elle était jeune et très grande, les cheveux coupés court comme un garçon, une fille blonde et soignée dont la jolie peau se plissait de façon insensée parce qu'elle souriait. Elle avait les pieds joints et ses jambes, sans rien apporter à la restauration de l'identité de Shamus, étaient droites mais pas maigres du tout, en fait on aurait dit les jambes d'Angie Mawdray, révélées avec la même générosité.

« Demandez-lui de montrer ses mains », insista Shamus.

C'était à Cassidy qu'elle souriait, pas à Shamus ; elle avait l'air de penser que c'était plutôt son type.

« Elle porte des gants, protesta Cassidy.

— Alors dites-lui de les ôter, pauvre singe.

— Vous parlez anglais ? » demanda Cassidy.

Elle secoua la tête.

« Non, dit-elle.

— Bonté divine, trésor, c'est important !

— Vos mains, reprit Cassidy en français. Nous voulons voir... Vous ne voudriez pas vous asseoir ? » demanda-t-il poliment en lui offrant sa place.

L'air réservé, toujours souriant, elle s'assit entre eux sur le banc. Levant sa main gauche, Cassidy lui ôta doucement son gant. Il était de fin nylon blanc et glissa très facilement comme un bas. La main dessous était douce et lisse et se blottit tout naturellement dans celle de Cassidy.

« Maintenant, demandez-lui si elle repasse les passeports, dit Shamus.

— Je suis sûr que oui, dit Cassidy.

— Alors demandez-lui ce qu'elle prend. Un passeport, une passe. Avec taxes, service, tout compris.

— Je préférerais simplement la payer, Shamus. Je vous en prie. » Et se tournant vers la fille : « Je m'appelle Burgess, expliqua-t-il en français, mon ami est l'écrivain Maclean.

— Bonjour, Maclean, répondit poliment Élise dans la même langue pendant que ses mains s'agitaient dans celles de Cassidy comme un petit oiseau. Et moi je m'appelle Élise. »

Au bureau de la réception de l'hôtel tout blanc, Cassidy emprunta un fer à repasser, un lourd instrument noir qui devait dater de 1870, Sandra en avait un dans la cuisine et le préférait à son fer électrique. L'employé de la réception était un Algérien, aux airs de complice fatigué, mais la vue d'Élise parut lui donner quelque espoir.

« Elle aura besoin de papier buvard, dit Shamus. Du papier buvard pour mettre entre les pages. »

Son entrain provisoire l'avait quitté.

« Bon, bon », avait dit Cassidy.

Les couloirs étaient étroits et sombres. De l'autre côté de la cloison un bébé pleurnichait continuellement. Cassidy aida Élise à se débarrasser de son manteau et la fit s'asseoir dans un fauteuil avec un verre de vin pour la mettre à l'aise, et bientôt ils se trouvèrent échanger des banalités sur le temps et sur l'hôtel. Élise expliqua qu'elle vivait avec sa famille, ce n'était pas toujours commode mais c'était économique et comme ça on avait de la compagnie. Cassidy raconta qu'il vivait avec sa famille aussi, son père était un hôtelier, les clients étaient souvent fatigants. Shamus, cependant, indifférent à de telles formalités, était allé droit jusqu'à la fenêtre et avait tiré la table au milieu de la chambre. Posant le radiateur électrique sur le dos, il installa le fer dessus.

« Ah ! vous avez deux chambres », dit Élise en voyant Shamus émerger de la chambre à coucher avec une couverture. « Ça alors, c'est commode ? »

C'était tout un appartement, lui assura Cassidy, et la guidant il lui fit visiter les lieux. Dans la cour il y avait une vigne et une fontaine ; la salle de bains était dans du vieux marbre. Élise la trouva romantique mais pensait que c'était cher à chauffer.

« Bon Dieu ! s'écria Shamus. Elle n'achète pas l'hôtel, non ? Dites-lui de venir repasser mon passeport.

— Elle se lave, dit Cassidy. Shamus, je vous en prie...

— Elle se lave, tu parles. Elle se désinfecte. Elle s'asperge le trou du cul, c'est ce qu'elles font toutes. Pour peu qu'on leur en laisse l'occasion elles vous trempent carrément dans l'insecticide. Tenez, prenez six pence et le papier buvard.

— Pourquoi toute cette précipitation ? demanda Cassidy furieux. Qu'est-ce que ça change ? Le fer n'est même pas encore chaud. Détendez-vous.

— Prenez le papier buvard ! »

Brusquement prudent, Cassidy reprit : « Elle ne risque rien seule avec vous, n'est-ce pas ?

— Bien sûr que non. De quoi parlez-vous ? Vous vous rendez compte qu'en une seule journée de travail cet ange de lumière mange en moyenne tout crus dix d'entre nous ? Elle n'observe pas, elle ne s'attend pas à observer ni les inhibitions ni les priorités de la bourgeoisie britannique. Ça lui est bien égal... (Ils entendirent le bruit de la chasse d'eau et Élise revint.)... que vous et moi on la trousse comme une dinde et qu'on joue au football avec elle dès l'instant qu'elle se retrouve dans la rue à temps pour trouver deux autres clients. »

Il fourra le passeport dans la main de la fille.

« Mais, Shamus, je ne crois pas qu'elle en soit une. Je crois que c'est une fille ordinaire. »

Comme Heather Ast, avait-il envie de dire ; elle plairait beaucoup à Hugo.

Élise tourna les pages avec précaution. Elle avait les doigts déliés et compétents, des doigts qui trouvaient habilement leur chemin dans les recoins les plus étroits.

« Mais vous ne vous appelez pas Maclean, remarqua-t-elle enfin, en comparant Shamus avec la photographie.

— Maclean, c'est son nom de plume, s'empressa de dire Cassidy, toujours sur le seuil.

— Allez chercher le buvard ! »

La papeterie était de l'autre côté de la rue et Cassidy fit le trajet en courant. Lorsqu'il revint, hors d'haleine, Shamus et Élise étaient chacun à un bout de la pièce et ne se regardaient pas. Elle avait les cheveux défaits et semblait en colère.

« Bon, dit Shamus en les regardant tour à tour, je vous laisse à votre grande amitié. Christopher Robin et Wendy jouent à touche-pipi. Mais quand je reviens, je veux qu'elle ait filé et que le passeport soit repassé.

— Shamus...», cria Cassidy, mais la porte s'était refermée sur lui avec fracas.

«Il n'est pas gentil, votre ami, dit Élise.

— Il est inquiet», dit Cassidy et moi aussi. Et dans son meilleur français il expliqua que Shamus était un grand écrivain, peut-être le plus grand de son époque, qu'elle était la première personne au monde à ne pas le trouver irrésistible, qu'il venait tout juste d'achever son chef-d'œuvre et qu'il se préoccupait naturellement de l'accueil que celui-ci recevrait. Son angoisse en fait (Cassidy sentait qu'il pouvait se fier à elle) tenait à une question d'affaires. Une histoire de droits cinématographiques. Ils étaient vendus mais il fallait encore une confirmation ; ces négociations avaient une façon de tourner court. Peut-être avait-elle vu le film *Le Docteur Jivago* ? Eh bien, c'était Shamus qui l'avait écrit ; ainsi que *Good bye Mr. Chips*.

Élise écouta très gravement ces explications, mais bien qu'elle admirât l'œuvre de Maclean, elle ne la satisfaisait pas. Il ne fallait pas se fier aux hommes avec deux noms, dit-elle en rouvrant son passeport à la première page, et Maclean n'était pas gentil.

«*Vous êtes aussi artiste, Burgess?*

— *Un peu*», dit Cassidy. En l'entendant elle eut un sourire timidement complice.

«*Moi aussi*, murmura-t-elle avec un petit mouvement de la tête. *Un peu artiste, mais pas... entièrement.*»

C'était une fille très paisible. Il avait tout de suite deviné qu'elle était comme ça, mais maintenant, dans le crépuscule qui envahissait la chambre, elle l'emplissait de calme. Elle repassait lentement et avec concentration, la tête un peu de côté comme si elle attendait le retour de Shamus, et quand un bruit de pas se fit entendre dans le couloir elle s'interrompit et regarda dans cette direction. Sandra, quand elle repassait, écartait les pieds et tendait le cou de côté comme son père le général de brigade, mais Élise restait très droite, ne s'intéressant qu'à sa tâche.

« Je pensais que nous pourrions peut-être aller dîner, dit-il. Rien que nous deux. »

Elle leva la tête ; il ne distinguait pas son expression mais elle lui parut exprimer le doute.

« Nous pourrions aller à la Tour d'Argent si vous voulez. »

Elle repassa une autre page.

« Non, Burgess, dit-elle doucement. Pas de Tour d'Argent.

— Oh! mais je peux me le permettre. *Je suis riche, Élise... Vraiment*. Ce que vous voulez, le théâtre si vous préférez.

— *Vous n'avez pas de théâtres à Londres, Burgess?*

— Si. Bien sûr. Des tas. Seulement il se trouve que je n'y vais pas très souvent. »

De nouveau elle resta un moment sans répondre. Des pas montèrent l'escalier mais passèrent sans s'arrêter, et ils n'avaient pas la légèreté de ceux de Shamus. Refermant le passeport, Élise reposa le fer debout et plia la couverture sur la table, puis se mit à évoluer lentement dans la chambre en ramassant les verres sales et en vidant les cendriers.

« *Tu veux vraiment sortir, Burgess ?* demanda-t-elle du lavabo.

— Je veux vous rendre heureuse, dit-il. J'aimerais vous donner du bon temps. Franchement, vous ne risquez rien avec moi.

— *Bon*, dit-elle avec un sourire distant comme si ce qu'il désirait ne l'intéressait plus. *Bon, c'est comme vous voulez.* »

Cher trésor, écrivit-il, *vous avez vraiment un caractère de cochon. Élise m'emmène chez elle. Je serai de retour vers dix heures et demie.*

Et il laissa le mot auprès du passeport fraîchement repassé.

Sur le seuil, en le laissant l'aider à passer son manteau, Élise l'embrassa. Tout d'abord ce fut un baiser d'enfant, Mark sous le gui. Puis, comme un minuscule pinceau, sa langue suivit la ligne entre ses lèvres et monta vers ses paupières.

« Nous pourrions aller chez Allard », dit-il en la précédant dans le couloir. C'était un restaurant recommandé par Bloburg.

« *Burgess*…, fit-elle la main sur son bras.
– *Oui ?*
– *Je n'ai pas faim.* »

Cassidy se mit à rire. « Allons donc, dit-il. Le temps que nous arrivions là-bas vous aurez faim. » Et il laissa un autre mot sur le bureau, un double pratiquement du premier mais qui se terminait par « Affectueusement ».

Chez Allard, il lui offrit un voyage à Londres pour apprendre l'hôtellerie où, lui expliqua-t-il, son père avait une immense influence. Élise se montra fort reconnaissante mais déclina sa proposition : sa mère, dit-elle, lui interdisait de voyager seule. Après cela ils ne parlèrent plus beaucoup. Élise mangeait plus vite que Cassidy et quand elle eut fini elle demanda un taxi que Cassidy paya d'avance.

Elle aurait aimé rester plus longtemps, lui expliqua-t-elle, mais elle avait des obligations envers sa famille.

Néanmoins, quelque part dans une maison blanche de Paris, dans une mansarde au-dessus des rues tièdes et dominant une cour qui retentissait des détonations des tapis qu'on battait, dans une ville tremblant des efforts de l'amour, dans un grand lit de cuivre avec un duvet baigné de blanc par la lune, quelque part entre le crépuscule et l'aube, en cette heure qui, après de grands efforts, vient après une intense fatigue, seul enfin dans le monde intérieur de ses rêves romantiques, Cassidy aima Élise.

Elle s'approcha de lui en longues foulées de ses jambes blanches, éclairée par le clair de lune qui filtrait par les fentes des volets, elle se planta à la tête du lit en murmurant *Burgess*. Son corps se dressait comme une bougie blanche au-dessus de ses vêtements répandus, les petits boutons de ses seins étaient comme des taches roses dans la cire. *Burgess, tu es là?* Oui, Élise. *Burgess, tu es tellement gentil: tu veux vraiment m'épouser?* Oui, Élise. *Pourquoi es-tu habillé, Burgess?* J'allais venir te trouver, Élise. J'allais marcher dans les rues jusqu'au moment où je t'aurais trouvée, puis je t'aurais emmenée au Sacré-Cœur où des prêtres qui ont de l'influence attendent de célébrer la cérémonie. *C'est un arrangement très raisonnable. Mais qu'allons-nous faire pour l'argent?* J'ai versé en secret vingt mille livres à la Banque fédérale aux Champs-Élysées. J'y suis parvenu de façon illégale en effectuant des paiements fictifs pour des produits français. *Burgess*, souffla-t-elle.

Elle le déshabilla avec gravité, desserrant d'abord sa cravate en la soulevant en une large boucle au-dessus de ses oreilles afin de ne pas froisser la soie. *Burgess, mon artiste, mon inventeur, mon enfant, mon mari, mon protecteur, quelqu'un est-il aussi riche que toi?* Non, dit Cassidy, mais ce qu'il y a de mieux c'est que cela n'a pas affecté mon intégrité. *C'est vrai*, dit Élise. *Tu as un grand naturel.* Parfois en le déshabillant elle devait s'arrêter et le calmer pour son plaisir à elle, pressant la tête de Cassidy contre ses seins et contre son ventre, sa joue contre la toison soyeuse et sans odeur qui s'étendait entre ses longues cuisses serrées, l'arrangeant comme une sculpture aimée dans le clair de lune, vantant ses dimensions à des amies femmes invisibles, lui disant qu'il était bon et viril, doux, brave et vertueux. *Viens*, murmura-t-elle enfin en tournant vers lui la longue plaine de son dos. *Suis mon derrière espiègle et immaculé, mes pastèques jumelles qui masquent habilement la fente de l'amour interdit, la fleur secrète de l'Orient sans complexe.* Élise, ma personne se dresse toute droite. Voulez-vous cohabiter avec moi? *C'est ma plus grande ambition, Burgess.* Elle l'entraîna du centre de la chambre, prenant sa virilité entre ses longs doigts domestiques tandis qu'ils oscillaient sur le ciel de Paris. *Tu aimes ça, Burgess ? Est-ce que je te donne du plaisir ? Tu veux que je le fasse aussi avec ma bouche ? Je sens ce que tu sens, Burgess.* Mes réactions sont totalement homosexuelles : rien que les doigts, merci, répondit Cassidy. Ça va très bien avec les doigts. *Burgess, tu es si pur.* Élise, qui est-ce qui t'aide ? demanda-t-il au bout d'un moment. Est-ce que je ne détecte pas d'autres doigts au travail en même temps que les tiens, Élise ? Je suis sûr d'entendre Frank Sinatra chanter et je perçois les fumées d'un feu de bois dans tes cheveux.

Personne, lui assura-t-elle. *Il n'y a que mes mains, c'est toi qui rêves de quelqu'un d'autre.* En disant cela, elle lui écarta les jambes et suivit du bout de l'ongle la petite couture qui le fermait devant et derrière, une fois, deux fois, trois fois. *Encore, Burgess ?* Un peu, s'il te plaît. Ça ira, merci. *Et un peu ici ?* interrogea Élise, en prenant au creux de sa main les globes reconnaissants de Cassidy, en faisant émettre à leurs poils des signaux comme de petits feux, en lui faisant la peau tendue et aimante. *Maintenant je te quitte*, murmura-t-elle, *ta virilité suspendue dans l'ombre*. Et tu ne voudrais pas en finir, n'est-ce pas, maintenant que tu es ici ? demanda Cassidy. *Tu connais le règlement*, répliqua doucement Élise, en se fondant dans le clair de lune. *Rendez-vous au Sacré-Cœur.*

Ne sois pas en retard, cria Cassidy. Ne sois pas en retard. En retard. En retard.

« Shamus ? »

Comment pouvait-il affronter pareille solitude ? Que faisait-il là-bas dans la nuit ? Était-il avec l'Élite ? Je ne suis pas assez pour lui. Il a besoin d'écrivains, de gens qui lisent ses livres.

Une horloge en métal doré qui luisait au clair de lune sonna la demie de deux heures. Par la fenêtre le bruit des tapis qu'on battait s'éteignit doucement, lentement.

Shamus, revenez.

Je vous en prie.

Chérie,

Écrivit Cassidy sur une interminable feuille de papier blanc achetée dans une papeterie. Il était neuf heures du matin, Shamus n'était pas rentré.

Les choses jusqu'à maintenant ne se sont pas particulièrement bien passées, et si cela peut te consoler – ce dont je doute ! – tu as bien raison d'éviter la ville perverse et ses tentations. Les gens de l'ambassade, comme d'habitude, ont fait un gâchis complet de notre stand – pas de téléphone, pas de tente Cassidy séparée pour recevoir : nous sommes tous parqués ensemble comme du bétail –, malgré une grosse commande le premier jour, les affaires sont dans l'ensemble assez calmes. J'ai l'impression que comme tu le prédisais la guerre du Viêt-nam finit par avoir son effet : il y a tout simplement moins d'argent, les gens se méfient de ce qu'ils achètent et ils paient très mal. Notre unique grosse commande – trois cents châssis – vient d'une dame fort suspecte (entre deux âges) qui a pris mille poussettes de Baby-Roule l'an dernier et n'a pas encore payé. McKechnie a dû s'adresser au Fonds de garantie des exportations et ils ne veulent plus la couvrir. (Pardon !) Mais c'était le premier grand triomphe de Meale et je ne pouvais guère refuser d'accepter la commande de crainte de blesser sa confiance en lui, dont le moins qu'on puisse dire est que c'est une plante délicate.

Je dois avouer également que je ne vaux pas grand-chose quand je suis tout seul, mais je pense que tu l'as toujours su. D'autre part, les alternatives à la solitude ne sont pas non plus très séduisantes. J'ai évité Lemming et compagnie comme la peste : l'idée de « faire Paris » avec eux m'inspire une répulsion quasi physique.

Quant à Bloburg, c'est une véritable plaie. Je sais qu'à ton avis on doit lui témoigner une considération particulière, mais même la tolérance a ses limites. M'ayant préparé un programme épuisant et généralement sans intérêt de distractions, etc., il essaie constamment de « me refiler », comme il le dit, des amies à lui. L'une d'elles, une demoiselle du nom d'Élise, a bel et bien fait son apparition à la porte de ma chambre à une heure avancée de la nuit avec un mot de lui. N'aie aucune crainte : elle était tout à fait affolée, avec ces yeux bruns au regard fixe dont ta mère se méfie à juste titre. Je suis convaincu qu'elle était droguée et quand je l'ai renvoyée, elle est repartie dans le couloir comme si ça lui était complètement égal. C'est bien peu flatteur ! Autant pour le vice et l'infidélité, mais comme j'étais alors en compagnie du pauvre McKechnie – ça ne va pas du tout entre sa femme et lui et le pauvre diable était presque en larmes –, l'incident a plutôt fait figure de plaisanterie que d'autre chose, j'ai sincèrement l'impression que les gens qui en arrivent là devraient vraiment se faire soigner, tu ne trouves pas ?

Hier soir, Meale a disparu furieux après une ridicule dispute à l'hôtel avec Lemming : une histoire de fer à repasser, figure-toi, et qui devrait l'avoir le premier. Bref, il a filé et j'imagine que quand il reviendra il faudra que je leur passe un savon à tous les deux.

Je parle parce que je n'ai rien à dire, songea-t-il en numérotant la quatrième page ; elle m'aimerait mieux si j'avais bel et bien baisé Élise.

Durant les rares moments de tranquillité qui me restent, j'ai essayé de prendre contact avec les responsables français des terrains de jeux, mais sans grand succès. Hier j'ai quand même réussi à aller dans une des banlieues pour inspecter un site possible, un lit de rivière asséché, c'est une possibilité que tu pourrais envisager en Angleterre – qu'est-ce que fait donc le service des Eaux de ces lits de rivières desséchés ? Mais c'est surtout le terrifiant voyage en voiture aller et retour qui m'a frappé ! Nous avons roulé tout le temps à près de cent quarante : pas de freins et bien sûr pas de ceinture de sécurité.

Au fait, j'ai essayé de t'appeler hier soir et de nouveau ce matin – mais ça ne répondait pas –, où es-tu tout ce temps ? J'espère que tu ne te consoles pas de mon absence de façon inadmissible ! J'allais te proposer de venir ici pour quelques jours après la fin de la Foire – par exemple le lundi ou le mardi – et peut-être alors que je pourrais te consacrer l'attention que tu mérites depuis si longtemps, reposer un peu mes nerfs éprouvés par cette semaine folle et stupide et te retrouver comme nous nous connaissions autrefois. Si tu sais encore ce que je veux dire... Toute ma tendresse à Hug.

Je vous ai acheté à tous les deux des cadeaux superbes. J'ai hâte de vous les donner.

PAILTHORPE.

P.-S. — À propos, quelqu'un m'a arrêté dans la rue hier en me demandant si j'étais Guy Burgess : Tu te rends compte ? Ça doit être mon air louche. Comment va John E. ?

Il attendait encore, mais cette fois avec une inquiétude réelle.
Téléphoner à Helen ? Demander des renseignements au ministère de l'Économie : *C'est Cassidy, le Normand, nous nous sommes rencontrés dans des circonstances plus paisibles, vous vous souvenez, ha ha! Eh bien, en fait, il se promène sous le nom de Maclean, c'est difficile d'expliquer pourquoi. Et moi je suis Burgess, oui. Oh! c'est une plaisanterie vous comprenez, nous avons un problème d'identité.*

Tout en attendant, Cassidy renforça ses positions, ce qui justifiait une grande activité.

20

Quittant avec soulagement l'hôtel blanc derrière lui (avec des messages pour Shamus laissés à la réception, dans la chambre, dans le salon et dans les magnifiques toilettes rococo) le président-directeur général et principal actionnaire des Fixations Cassidy, compagnie récemment ajoutée à l'index de la Bourse, et considérée comme un placement à long terme intéressant pour le capitaliste en quête d'un petit bénéfice, ajuste sa cravate, remet son univers en ordre et en vérifie toutes les coutures menacées. S'arrêtant en chemin à l'hôtel Saint-Jacques, un établissement connu de lui grâce à de précédents voyages d'affaires à Paris, il achète avec le dernier de ses chèques de voyage un imperméable bon marché mais passable qui masque l'état pitoyable de son costume. À la réception, on accueille son retour sans commentaire, il prend possession de certaines lettres d'affaires sans aucun caractère d'urgence et s'enquiert de son associé qui partageait l'appartement avec lui, monsieur (notez bien le nom), non pas Maclean mais Shamus.

Les renseignements ne l'avancent pas à grand-chose.

M. Shamus est venu hier soir prendre son courrier. Oui, il en avait beaucoup ; naturellement ; M. Shamus était quelqu'un d'extrêmement distingué. Là-dessus M. Shamus est monté dans sa chambre d'où il a eu une conversation téléphonique de deux heures avec Londres, le directeur espérait que le prix pourrait en être couvert par un versement séparé et peut-être proche puisqu'il avait cru comprendre que M. Cassidy était chargé de régler les comptes de son supérieur. À cette demande, l'astucieux négociateur répondit favorablement à condition qu'on lui montre la fiche de la standardiste. Elle portait un numéro de Temple Bar que le célèbre agent secret Burgess nota subrepticement au dos de la note, mais qu'il perdit par la suite. Montant dans l'ascenseur de Flaherty, il gagna rapidement le nid d'amour et y poursuivit sa recherche de l'écrivain absent.

C'est là que le crime a eu lieu. La chambre est en désordre. Les vêtements de la penderie de Cassidy ont été mis au pillage et on a emporté ce qu'il y avait de mieux.

Se sentant nettement moins inquiet sur le compte de Shamus, Cassidy reporte son attention vers d'autres indices. Il s'était allongé sur son lit, sans doute pour donner ce coup de téléphone de quarante livres sterling. Trois messages dactylographiés de la standardiste de l'hôtel fournissent la même information : un monsieur Dale a téléphoné, il faut que Shamus le rappelle. Sur l'édredon, plusieurs cartes postales adressées à Shamus, écrites et envoyées par le destinataire avant son départ de Londres et signées tour à tour Keats, Scardanelli et Persée, lui souhaitent un retour dont il a bien besoin et le félicitent de son existence bien confirmée. Ces cartes comprennent des listes d'endroits qu'il doit visiter ainsi que des informations sur les fleuves, les fontaines publiques et les autels de grands écrivains morts aujourd'hui. Une de ces cartes le mettait sévèrement en garde contre les risques de l'amour ; une autre, de Helen, lui rappelait de rapporter une terrine et lui donnait le nom d'un magasin connu pour son épicerie fine.

Il trouva également sur la scène de l'enlèvement : un volume (en allemand, chose mystérieuse) de *Über naive und sentimentalische Dichtung* de Schiller, un pamphlet de Flaherty sur les hérésies modernes, citant notamment le pape et l'archevêque Ramsey ; un ouvrage en édition de poche intitulé *Les soucoupes volantes sont hostiles (avec seize pages de photographies et l'analyse par un labora-*

toire indépendant de résidus d'OVNI) ainsi qu'une brochure sur les pratiques mystiques rédigée par le maître Aethesius de la planète Vénus pour la conservation de la santé et du bien-être. Et encore un volume des poèmes de John Donne aux pages souvent marquées.

Et encore une bouteille de whisky vide, Glenn Grant 1953, de chez Berry Brothers and Rudd.

Renonçant provisoirement à sa recherche de Shamus, Cassidy donna à son tour un certain nombre de coups de téléphone, pour la plupart d'affaires, l'un à une agence pour faire envoyer des fleurs à Sandra, l'un à sa banque demandant un nouvel envoi de fonds. Le monde commercial, semblait-il, ne s'était après tout pas désintégré en son absence. Les commandes à la Foire étaient respectables mais rien de spectaculaire ; la femme de McKechnie était rentrée chez elle folle de rage. En jouant habilement de Bloburg contre Lemming et de Faulk contre Meale, Cassidy donna l'impression d'être trop occupé avec chacun pour s'occuper d'un autre. Peu avant le déjeuner, s'étant baigné, rasé et ayant absorbé une grande assiette d'œufs brouillés, il prit bel et bien une voiture jusqu'à la Foire et patrouilla ses avant-postes avec un air extrêmement préoccupé.

« C'est d'une importance vitale, dit-il à Meale. Plus important que vous ne pouvez vous en douter à ce stade. »

Ayant envoyé des cadeaux extravagants à Hugo et à Mark, il se souvint d'une promesse faite en riant à South Audley Street, juste avant son départ, et transféra un des envois de fleurs à miss Mawdray – aucune arrière-pensée, le bien-être de mon personnel avant tout – mais il estima néanmoins sage de payer en liquide afin d'éviter tout reçu compromettant.

Sur le chemin du fleuriste, toutefois, il se rappela également sa dispute avec Heather Ast et, ayant besoin de réconfort, il lui envoya des fleurs aussi. Ce n'était pas le moment de nourrir de vieilles rancœurs.

Il retourna à l'hôtel à temps pour le courrier de l'après-midi.

Cher Aldo,

Tu m'as demandé de t'écrire alors je le fais. Je pense que tu vas bien et je suppose que tu n'as pas envie que je te rejoigne comme tu l'avais proposé au début, mais quand même. La vraie raison pour laquelle je t'écris c'est pour te dire qu'hier soir maman et moi étions en train de faire des rangements dans la nursery quand nous sommes tombées sur une collection de littérature pornographique qui je suppose est à toi. Reprends-moi si je me trompe. Tu peux imaginer ce qu'a dit maman. Je pense qu'il est inutile que je te répète une fois de plus que peu m'importe ce que tu fais, dès l'instant que tu me le dis. Si j'avais su que tu aimais la pornographie, ce qui chez certains individus est parfaitement normal, j'aurais rangé la nursery toute seule. Si ton âme est emprisonnée par notre mariage, va-t'en. Je dois dire pourtant que j'aimerais voir ce que tu en fais quand elle n'est pas emprisonnée. Je n'ai bien entendu aucune objection au fait que tu entretiennes une maîtresse si tu ne le fais pas déjà. Je préférerais ne pas savoir qui c'est, mais cela ne changera rien si je suis au courant. Ci-joint le rapport de Mark.

SANDRA.

Conduite
Mark fait montre d'une attitude nonchalante et complaisante dans la vie, caractéristique de l'attitude britannique actuelle de paresse qui affecte la nation tout entière et notamment les syndicats. Il choisit ses activités et les abandonne à mi-chemin, il a du ressentiment quand on le chasse, quand on le bat ou qu'on le taquine. Il déteste la discipline.

Ces messages le ramenèrent dans les rues où il marcha pendant une heure le long de la Seine en cherchant un bon endroit pour sauter. Quand il rentra, Shamus était allongé sur le lit, le nez de nouveau dans son béret, les jambes écartées, comme s'il n'avait jamais quitté l'île.

« Votre passeport est sur la coiffeuse, dit Cassidy. Repassé par des mains aimantes.

— Un de ces jours, dit Shamus en s'adressant au béret noir, je trouverai une putain que j'aime bien. »

« Cassidy, fit doucement Shamus, la tête une fois de plus enfouie dans l'oreiller.

— Oui.

— Continuez à me parler de votre mère.

— Je ne parlais pas de ma mère.

— Eh bien, continuez quand même, voulez-vous ? »

La cellule de condamné n'avait pas d'horloge dorée mais le temps s'était arrêté un long moment. En tout cas ils avaient bien bu deux verres chacun — Shamus était au cognac et Perrier, il ne donna aucune explication à ce changement — mais c'était la première tentative qu'aucun d'eux faisait pour engager la conversation. Shamus avait pris sa voix de Haverdown, pas tout à fait l'accent irlandais, mais un peu goguenarde. Tendue, incertaine.

« Elle était française. Sans doute une putain, à en juger par mon père.

— Et la façon dont elle vous a abandonné, c'est cette partie-là que j'aime bien.

— Elle m'a abandonné quand j'étais petit. Sept ans.

— Vous aviez dit cinq ans.

— Alors cinq.

— Quel effet ça a-t-il eu sur vous, Cassidy ?

— Oh !... Ça a dû me donner l'impression d'être seul, je suppose... Ça m'a un peu... privé de mon enfance.

— Qu'est-ce que ça veut dire ? demanda Shamus en se redressant tout d'un coup.

— Quoi donc ? dit Cassidy.

— Qu'est-ce que vous voulez dire par privé de votre enfance ?

— Je n'ai pas pu avoir une croissance normale, j'imagine, balbutia Cassidy, m'amuser... Je n'avais pas de références féminines, personne pour me rendre les femmes... humaines.

— Autrement dit pas de croissance *sexuelle* normale.
— C'est ça. Ça m'a forcé à me replier sur moi-même. Qu'est-ce qui vous prend ? »

Posant le béret sur son visage, Shamus se recoucha.

« Nous ne parlons pas de moi, nous parlons de Cassidy. Nous parlons d'un homme chez qui l'absence d'amour maternel a provoqué l'apparition de certains symptômes négatifs. J'aimerais décrire ces symptômes de Cassidy de la façon suivante. Un, la timidité, exact ?
— Exact.
— Deux, le remords. Le remords né de la conviction secrète de Cassidy que c'était lui qui avait chassé sa mère de la maison. Possible ?
— Oh! oui! dit Cassidy, toujours prêt, quand il s'agissait de lui, à voir la force d'un argument.
— Trois, l'insécurité. Le sexe féminin, représenté par maman, l'a rejeté à un moment crucial. Il a depuis lors toujours ressenti ce refus et sous divers déguisements il a fait de vaines tentatives pour regagner sa faveur. En gagnant de l'argent par exemple, et en engendrant de petits bébés. Correct ?
— Je ne sais pas, dit Cassidy, très déconcerté. Je ne suis pas sûr.
— Ses relations avec les femmes se situent donc sur un plan de perpétuelles excuses, sur un plan morbide et fréquemment infantile. Elles sont condamnées. C'est bien cela, n'est-ce pas ? l'essentiel de vos doléances... Comment était la putain ?
— Qui ça ?
— Élise.
— Très bien.
— Vous l'avez baisée, n'est-ce pas ?
— Bien sûr.
— Elle vous a donné satisfaction ? Elle remuait d'une façon qui vous a intrigué ? Ou bien avez-vous dû l'obliger à vous fouetter avec des barbelés ?
— Shamus ? Qu'est-ce qui se passe ? Qu'est-ce qui vous prend ?

– Rien ne me prend. J'essaie simplement de poser un diagnostic.»

Roulant sur le dos, il porta à ses lèvres la bouteille de cognac et but une longue lampée.

«C'est tout, trésor, dit-il, avec cette fois un accent nettement irlandais, et il le gratifia d'un brusque et radieux sourire. C'était simplement pour donner un nom au diable, je ne voulais blesser personne. Il est bien évident que nous ne pouvons pas prescrire de traitement avant d'avoir diagnostiqué les symptômes, n'est-ce pas?»

Cassidy avait très envie de l'interroger sur la conversation téléphonique de deux heures avec Londres, mais il savait maintenant que Shamus n'aimait pas qu'on lui pose de questions, aussi eut-il la sagesse de rester tranquille.

«C'est vous mon traitement, dit-il d'un ton léger. Où allons-nous dîner?»

Après le dîner, qui dans l'ensemble fut silencieux, Shamus revint au thème de la mère française.

De quoi avait-elle l'air, demanda-t-il, en marchant d'un air méditatif aux côtés de Cassidy dans les rues qui s'assombrissaient, quels étaient les plus anciens souvenirs que Cassidy gardait d'elle, et le dernier? Comment s'appelait-elle, Cassidy se rappelait-il tous ses prénoms?

Ella, dit Cassidy.

«Dites-moi, demanda-t-il d'un ton bonhomme, mais gardant toujours son accent irlandais, est-ce qu'elle avait un signe particulier, un œil qui louchait, par exemple? Est-ce qu'elle avait un œil qui louchait, la pauvre créature?»

Ils s'engagèrent dans une petite ruelle.

«Pas que je me souvienne, dit Cassidy en riant.

– Pas de tic alors? J'essaie de me faire une image d'elle, vous comprenez, après tout, Cassidy, je suis un écrivain d'une certaine envergure, n'est-ce pas? Au fond mon sujet est l'homme, dans toute sa variété et sa complexité. Je veux dire est-ce qu'elle se mettait les doigts dans le nez ou est-ce qu'elle se grattait le cul au lit?

— Elle portait des pull-overs de cachemire, dit Cassidy. Elle adorait le rose, je me souviens. Est-ce qu'on ne peut pas parler d'autre chose, Shamus ? J'en ai un peu marre d'elle pour tout vous dire. »

Shamus apparemment n'entendit pas. Ils marchaient plus vite, Shamus hâtait le pas, regardant au passage les plaques des rues.

« Shamus, où allons-nous ? »

Ils traversèrent une avenue, puis s'enfoncèrent dans un nouveau labyrinthe de petites rues.

Une lumière au-dessus de la porte annonçait « Bar ». Ils entrèrent, Shamus ouvrant la voie.

Les filles étaient assises sur un banc en fer à cheval, en train de boire et de se regarder dans les miroirs, examinant leur corps, leur reflet fantomatique. Quelques souteneurs, quelques clients, un distributeur automatique de pilules pour vous empêcher de fumer.

« On demande Mrs. Cassidy », cria Shamus en tirant Cassidy par le poignet. Shamus avait la main moite mais la poigne aussi forte que jamais. « Son jeune fils la cherche. » Au bar, quelques visages se tournèrent. « Est-ce que Mrs. Cassidy est ici ? (Il se tourna vers Cassidy.) Vous la voyez, Œdipe ? demanda-t-il.

— Je vous en prie, Shamus...

— Elle ne serait pas chinoise, c'est peut-être une possibilité ? poursuivit-il en désignant une personne d'origine sud-est asiatique. Pas du continent, bien sûr, des îles côtières, vous savez.

— Shamus, je veux m'en aller.

— Vous auriez dû y penser plus tôt, vous ne trouvez pas ? Je ne suis pas de passage dans votre vie, vous savez. Je suis ici pour rester. Je vous ai prévenu, trésor, ne dites pas le contraire.

— Enfin, Shamus, elles vont nous massacrer.

— Pas de sang chinois. Une dame d'origine purement caucasienne. Très bien, je vous crois sur parole. Maintenant, voulez-vous cesser de vous agiter, je vous prie, et faire attention. Peut-être préféreriez-vous prendre un verre ?» proposa-t-il, le repoussant contre le bar.

Deux dames d'un certain âge, grandes et assez belles, proposèrent des rafraîchissements à l'affligé. Cassidy se demanda si elles étaient sœurs.

« Je ne veux rien boire.

— Voyons, deux whiskies homosexuels, je vous prie, mademoiselle, l'un avec lait et sucre. »

Il y avait des sièges vides mais Shamus préféra rester debout.

« Dites-moi, continua Shamus, s'adressant toujours aux sœurs, vous n'auriez pas vu entrer une créature à tête grise, taille environ un mètre cinquante-cinq et âgée de soixante-cinq ans, d'aspect assez fragile, aryenne, portant des chemises roses et répondant au nom d'Ella ? »

Les sœurs, épaule contre épaule, les gratifiaient tous deux d'un large sourire. Cassidy remarqua qu'elles collectionnaient les miniatures : il y en avait plusieurs centaines sur les étagères derrière elles, le vieil Hugo, un passionné lui aussi, serait enchanté.

« Tu es hollandais ? demanda l'une d'elles à Cassidy en français.

— *Anglais*, dit Cassidy.

— *Ella !* cria Shamus, les mains en porte-voix comme un matelot perdu. *Ella !*

— *Y a pas d'Ella* », lui assura une des deux sœurs.

De sa main libre Cassidy paya les consommations. Dix francs chaque et il laissa un troisième billet de dix, après quoi Shamus l'attira de nouveau.

« Ne les croyez pas, lui souffla Shamus à voix basse. Elles l'ont cachée là-haut. » Il but une gorgée. « *Mon ami s'appelle Rex*, annonça-t-il fièrement.

— *Il est très beau, Rex*, lui assurèrent les sœurs.

— *Il veut dormir avec sa mère.*

— *Ah ! bon !* s'écrièrent les sœurs, ravies. *Elle est ici sa mère ?* » Et parcoururent des yeux la pièce en quête d'une candidate possible.

«Elle n'a jamais tenu de pub, n'est-ce pas, trésor? lui demanda Shamus à l'oreille, vous savez ces deux gouines me rappellent beaucoup...

– Taisez-vous, dit Cassidy. Taisez-vous et sortez-moi d'ici.»

Et les doubles rideaux qui donnaient sur la rue s'écartèrent. Trois hommes, aussi bruns que Shamus mais plus petits, entrèrent et s'assirent à une table. Les filles autour du bar ne bougèrent pas. Les sœurs arboraient un sourire plus large que jamais.

«Vous êtes une paire de ravissantes», leur affirma Shamus, et ayant soigneusement terminé son whisky, il lança son verre sur le sol.

«Maintenant je vais vous dire ce que nous allons faire, murmura Shamus, l'attirant encore plus près jusqu'au moment où leurs visages se touchaient presque. Nous allons prendre ça très tranquillement, d'accord? Pas de bousculade, pas de saut, pas de drame.

– Est-ce qu'on ne pourrait pas tout simplement les payer? chuchota Cassidy. Franchement ça m'est égal, je suis sûr qu'elles accepteraient de l'argent liquide.

– Vous voyez, je sais pertinemment où elles veulent en venir. Ces deux gouines là-bas, regardez leur tête. Vous savez ce qu'elles sont? Des kidnappeurs. Ce qu'elles ont fait c'est transformer – par la chirurgie esthétique vous comprenez –, elles ont avec une astuce diabolique transformé notre Ella en une personne d'aspect absolument différent.

– Shamus, dit Cassidy, prononçant son nom comme une prière.

– Ça ne fait rien, ne vous en faites pas, nous allons être plus malins qu'elles. J'ai commis une terrible erreur quand je suis arrivé ici en proclamant notre intérêt, voilà tout. Maintenant ne dites pas un mot, ne vous arrêtez pas.» Tordant encore plus fort le poignet de Cassidy, se servant des deux mains pour augmenter la pression, il se mit à marcher le long de la ligne des filles, effleurant leurs dos nus l'un après l'autre tout en examinant leur visage blanc dans le miroir.

« Elles sont droguées, expliqua Shamus du même ton de conspirateur. Regardez-moi ça, droguées jusqu'aux ouïes, toutes. »

Il tira une tête en arrière pour que Cassidy pût mieux la voir : une Allemande peut-être, avec des dents solides et des yeux bleus. Ses lèvres s'écartaient sous la souffrance tandis que Shamus lui tirait les cheveux.

« Vous voyez ? dit-il, comme si le silence de la fille ne faisait que confirmer ses dires. Elle est apathique. Elle pourrait aussi bien être empaillée. »

Il lâcha la tête qui se pencha en avant vers le miroir.

Un verre contenant un breuvage blanchâtre, un cocktail sans doute, peut-être de l'avocat, encore une boisson qu'aimait beaucoup le vieil Hugo à une certaine période de son développement, était posé devant elle sur le comptoir. Shamus le but.

« Les femmes, déclara-t-il du ton d'un universitaire de Dublin, les femmes dont les amours naturelles ont été éteintes par de fortes potions. N'importe, nous vaincrons encore. Quelle mère au monde n'irait pas reconnaître le désir de son fils chéri ? N'irait pas ouvrir les yeux en criant... » (pour imiter une femme il avait besoin d'un volume sonore plus grand :)

« *Mon Rex ! Mon amour ! Ma passion !* »

Prenant la main de la fille, il la tendit à Cassidy et la fille suivit, s'efforçant de se libérer.

« Tenez, prenez-la, offrit-il. Vous ne voudriez pas qu'avec ses doigts rabougris elle aille fouiller dans tous ses jupons pour tripoter un peu son petit organe, hein Cassidy ? »

La tenant toujours par la main, il la fit brutalement pivoter sur son tabouret. Deux yeux mornes, aux paupières peintes, les dévisagèrent sans expression, cherchant d'abord du secours chez Cassidy, puis des renseignements chez Shamus.

« *Tu veux ?* demanda-t-elle.

— Maintenant, insista Shamus. Embrassez-la ! Embrassez-la, appelez-la maman ! Ella, Aldo est ici ! Rex est rentré chez Mme Édith. »

Se penchant brusquement, Shamus enfouit sa tête contre l'épaule nue, noir sur blanc, comme une publicité.

Il sembla un moment que la fille allait l'accepter. Coincée en avant, une main levée pour le toucher, elle le regardait d'un air curieux paître sur sa chair. Soudain son corps se crispa. Parvenant à se dégager, elle lança un brusque cri de douleur, lui empoigna les cheveux et de l'autre main – les ongles, remarqua Cassidy, étaient rongés très court – le frappa, lui fendant la lèvre.

« Ça a marché ! s'écria Shamus. Nous avons un impact, Cassidy ! Une réaction ! » Se reculant, un doigt sur sa lèvre ensanglantée, il toisa fièrement son assaillante. « C'est elle ! C'est Ella ! C'est vous qu'elle veut, pas moi. Son Aldo ! Allez, trésor. Rien qu'un petit baiser, c'est tout. »

Les lumières s'éteignirent, trois torches électriques se braquèrent sur eux et un homme leur adressa poliment la parole en français.

« Ils veulent que nous suivions les torches », expliqua Cassidy.

Le taxi attendait au bord du trottoir. Ils firent d'abord monter Shamus et Cassidy suivit. Il leur donna cent francs.

« Bon sang ! cria Shamus. Pourquoi ne nous ont-ils pas frappés ? »

C'est un endroit très agréable, songea Cassidy, c'est l'établissement le plus agréable où je sois jamais allé, et si j'arrive à en retrouver le chemin, je retournerai présenter mes excuses et proposer le chalet à ces deux sœurs.

« La fille vous a frappé, dit-il pour le consoler.

– Bon Dieu, une femme est-ce que ça compte ? »

« Shamus, au nom du ciel, dites-moi ce que vous avez ?

– Il y a un endroit qui s'appelle chez Lipp, dit Shamus. On me frappera là-bas, c'est le paradis des écrivains. Chez Lipp, dit-il au chauffeur.

– Shamus, je vous en prie.

– Taisez-vous.
– C'est à propos de Dale. Vous lui avez téléphoné pendant des heures, j'ai vu les messages et tout.
– Si je voulais, lui promit Shamus de son ton le plus détaché, en se tamponnant la lèvre avec le mouchoir de Cassidy, je vous tuerais. Vous savez ça, trésor ?
– Chez Lipp, répéta désespérément Cassidy au chauffeur en français. La brasserie Lipp.
– Je vous garde en vie pour une seule raison : parce que vous êtes un lecteur. J'espère que vous vous en rendez compte. Comme vous êtes un péquenaud, vous êtes l'arrière-pays commercial de mon génie. Vous savez ce que Luther disait ?
– Qu'est-ce que disait Luther ? demanda Cassidy d'un ton las.
– Il disait : Si j'étais le Christ et que le monde m'ait fait ce qu'il Lui a fait, je le mettrais en morceaux à coups de pied !
– Mais Shamus, fit doucement Cassidy, quand Shamus se fut plus ou moins calmé, qu'est-ce que le monde vous a fait ? »

Shamus semblait sur le point de dire quelque chose de sérieux. Il contempla Cassidy, fixa le sang sur le mouchoir, les lumières qui défilaient, et écarta ses lèvres fendues comme pour parler, les referma et soupira. « Seigneur Dieu, dit-il enfin, c'est plein de demi-sang comme vous. »

Ils avaient déjà dîné une fois ce soir-là, fait que Shamus semblait avoir oublié. Cassidy n'était pas d'humeur à le lui rappeler. Il était fils d'hôtelier et d'innombrables mères lui avaient appris voilà longtemps qu'il n'y avait pas de meilleur calmant que de la bonne nourriture simple, servie bien chaude.

En dînant chez Lipp, Shamus était calme et conciliant.
Il caressait le bras de Cassidy, le gratifiait de petits sourires fugitifs, donna au garçon dix francs pris dans le portefeuille de Cassidy et, dans l'ensemble de ses paroles et

de ses gestes, donna tous les signes d'avoir retrouvé son humeur légère et affectueuse. Observant cela, Cassidy estima préférable de prendre la direction de la conversation jusqu'au moment où le bon bourgogne et l'atmosphère apaisante et démodée du restaurant auraient achevé la convalescence de Shamus.

« Le paradis des écrivains, hein ? dit-il en regardant autour de lui. Ma foi je ne suis pas surpris. C'est exactement l'endroit où l'on peut ne pas être reconnu. Vous pouvez m'en désigner un ? demanda-t-il dans un murmure respectueux. Est-ce qu'il y en a ici de votre classe, Shamus ? »

Shamus regarda autour de lui. Un gros couple d'un certain âge, qui mangeait lentement et apparemment sans râtelier soutint son regard. Une jolie fille qui sortait avec son petit ami rougit et le garçon se retourna d'un air furieux vers Shamus qui lui fit un pied de nez.

« De ma classe, répéta-t-il. Non, je ne crois pas. Il y a Sartre là-bas dans le coin... » et se levant, il s'inclina gravement devant un monsieur minuscule à la peau tachetée d'environ quatre-vingt-cinq ans... « mais je crois que nous pouvons raisonnablement dire que je suis plus fort que Jean-Paul. Est-ce que M. Homère est arrivé ? demanda-t-il au garçon, avec cet air de complicité sans effort à quoi Cassidy était maintenant habitué.

— Monsieur... ?

— Homère. Un vieux Grec avec une longue barbe blanche, qui ressemble au Père Noël.

— Non monsieur, déplora le garçon. Pas ce soir. » L'ombre d'un sourire, trop fugace pour manquer de respect, anima ses traits vieillissants.

« Voilà, dit Shamus en secouant la tête d'un air résigné. Je crois malheureusement que c'est une soirée calme. Ils sont tous chez eux.

— Shamus, dit Cassidy, qui s'en tenait avec difficulté à sa politique de propos joviaux et désinvoltes, et mon âme ?

— Je croyais que vous vous l'étiez fait ôter », dit Shamus.

Des éclats de rire jaillirent brusquement de la cuisine.
« Non, sincèrement. Écoutez, trésor. Je crois vraiment que la rédemption est possible pour moi, vous ne pensez pas? Je veux dire maintenant. Depuis que je vous ai rencontré. Je ne trouve plus que ce soit une quête désespérée, n'est-ce pas? Je sais que j'y répugne. J'ai un tas de mauvaises habitudes mais quand même vous m'avez montré la voie, n'est-ce pas? » Faute d'encouragement il ajouta : « Après tout, il doit bien y avoir quelque chose là. »

Shamus jouait avec la carafe d'eau, y trempant son doigt et regardant tomber les gouttes.

« Enfin, vous ne croyez pas? Voyons.
— Je suis la lumière, dit Shamus. Je suis la lumière et le chemin. Suivez-moi et vous terminerez sur le cul », et, tendant la main, il tourna la tête de Cassidy vers le haut, et un peu de côté, l'ajustant pour l'examiner de plus près.

« Shamus ne...
— Vous savez ce qui émane de vous, n'est-ce pas? La triste allure d'un absolu pas encore découvert. Chaque pauvre crétin qui vous ramasse s'imagine qu'il est votre premier ami. Ce dont ils ne se rendent pas compte, c'est que vous êtes né les jambes croisées. La pénétration, conclut-il en le lâchant, ne peut jamais avoir lieu. »

Dieu merci un garçon leur apporta leur commande.

« Je ne vous ai jamais dit, reprit Cassidy, en servant les légumes à Shamus, en emplissant son verre et en essayant maintenant par tous les moyens de l'arracher à son état de mélancolie hostile. J'ai toujours été un peu dingue à propos des écrivains depuis l'école. J'écrivais des nouvelles au lit une fois la lumière éteinte. J'ai même gagné des prix. Tiens, au fait... », fit-il avec un effort vers l'enthousiasme courageux encore qu'un peu forcé... « Pourquoi est-ce que je n'essaierais pas? Je lâche la boîte, je lâche Sandra, je lâche mon argent, je dépéris dans une mansarde... Comme Renoir.
— Ça n'était pas Renoir. C'était Gauguin.
— Peut-être que j'y arriverais... Que la faim ferait sortir de moi le talent... »

Shamus était revenu à la carafe, il promenait son doigt sur la surface comme ils avaient joué avec les petits poissons dans la rivière. Un peu agacé, Cassidy reprit – c'était un argument qu'il avait exposé à Sandra il n'y avait pas si longtemps: «Mais si je suis tellement vide, pourquoi donc vous embarrasser de moi?

— Dites-moi, trésor, fit Shamus, très sérieux, soulevant la carafe à quelques centimètres au-dessus de la table. Est-ce que ce sourire est imperméable?»

Se levant, il se mit à verser lentement l'eau sur la tête de Cassidy, commençant par un petit filet juste sur le dessus du crâne, puis augmentant le débit à mesure qu'il se prenait au jeu. Cassidy restait assis parfaitement immobile, pensant très nettement à absolument rien; car rien est également un concept, puisque ce n'est ni un endroit ni une personne mais un blanc, un vide et une aide considérable en période d'ennui. Il nota toutefois que l'eau ruisselait sur son cou et le long de son dos. Il la sentit également qui se répandait sur sa poitrine, sur son ventre et à l'aine. Il avait également les oreilles pleines d'eau, mais il savait que toute conversation dans le restaurant avait cessé car il entendait la voix de Shamus et celle de personne d'autre, et l'accent était très fort.

«Butch Cassidy, fils de Dale, vous repentez-vous sincèrement de vos façons de lourdaud et promettez-vous de suivre toujours les chemins de la vertu, de l'expérience et de l'amour, et nous vous baptisons donc au nom de...»

Il s'arrêta de verser. Croyant que la carafe était vide, Cassidy leva la tête, mais Shamus était toujours planté au-dessus de lui et il y avait encore un bon demi-litre à verser.

«Allez, Butch. Frappez-moi avec votre sac à main.

— Je vous en prie, n'en versez plus», dit Cassidy.

Il commençait à se sentir très en colère, mais il n'y avait, semblait-il, rien à faire. Cette injonction, toutefois, provoqua inexplicablement la fureur de Shamus.

«Bon Dieu, cria-t-il en versant le reste d'un long mouvement continu, pousse, petite mauvaise herbe, pousse donc!»

Le serveur était un vieil homme compatissant et il avait préparé l'addition. Cassidy rangeait son argent dans sa poche revolver, l'eau s'était infiltrée là aussi et les billets étaient collés ensemble. Le garçon ne s'en offusqua pas car Cassidy lui en donna toute une liasse.

Il y avait dans le coin un vase en cuivre pour les cannes et les parapluies. S'emparant d'une canne à pommeau d'argent, Shamus se mit à jouer de la flûte dessus, en se déhanchant comme un charmeur de serpents et en émettant par le nez une sourde mélopée. Tout le monde attendait, mais aucun serpent ne sortit. Se servant de sa canne comme d'une matraque, Shamus se mit soudain à frapper furieusement.

« Allons, salaud, cria-t-il dans le vase, continue. Boude. Seigneur, trésor, murmura-t-il comme ils sortaient, ô mon Dieu, trésor, pardon, pardon. » Secouant la tête, il prit la main de Cassidy et la posa contre sa joue ruisselante de larmes. « Trésor, ô trésor, pardon ! »

21

« Shamus, dites-moi ! Je vous en prie, dites-moi. Qu'est-ce qui se passe ? Qu'est-ce qui vous a pris ? Qui diable est Dale ?
— C'est le type qui a bombardé Hiroshima », expliqua Shamus.

Shamus ivre.
Pas gris, ni éméché, ni aucune autre épithète charmante, mais abominablement, violemment ivre. Jurant comme un charretier, titubant et trébuchant tout en se cramponnant à Cassidy, refusant d'aller à aucun endroit qu'il connaissait mais demandant toujours à bouger et vomissant.
« *Erre, Juif, erre*, répétait-il sans cesse. *Erre.* »

Son bras passé autour du cou de Cassidy hésitait entre le détruire et l'embrasser. Par deux fois ils étaient tombés, entraînés par sa poigne de fer, et le pantalon de Cassidy est déchiré du genou au pied. Nous sommes tout ce qui reste d'une armée, les autres sont morts. La nuit est morte aussi, et l'aube boitille après eux. Ils se retrouvent sur une place mais ils ne dansent plus, la danse est finie, plus de chevaux non plus, rien qu'une des premières chiennes de Sandra, morte depuis longtemps, qui les regarde sur le seuil d'une porte.

Shamus vomit de nouveau, ponctuant ses spasmes de cris de colère.
« Sacrée carcasse, crie-t-il. Fais ce qu'on te dit ! Com-

ment est-ce que je peux tenir mes promesses si mon cœur ne marche pas? Dites-lui, trésor. Je vous en prie, trésor. Shamus a des promesses à tenir. Dites-lui de me porter!

— Allons, carcasse, dit Cassidy en essayant de soutenir son poids qui sombre, allons carcasse, Shamus a des promesses à tenir.

— Car j'ai des promesses à tenir... »

Shamus essaie de mettre les paroles en musique. Pour Cassidy, dont l'opinion musicale ne vaut pas grand-chose, il chante très bien, dans un style très Shamus, moitié parlant, moitié fredonnant, mais avec une voix pleine de qualité même quand (comme le devine Cassidy) il chante faux.

« Dale, dit soudain Shamus. Bon Dieu.

« La nuit est a-do-ra-ble, sombre et profonde – chantez, salaud de Dale! – la nuit est adorable..., sombre et profonde – chantez donc!

— Je ne connais pas les paroles, Shamus, fit Cassidy en le rattrapant au moment où il trébuchait. Je ne suis pas Dale mais je chanterais bien si je connaissais les paroles, je vous promets. »

Shamus s'arrêta net.

« Qui refuserait de chanter? dit-il enfin. Seigneur, qui refuserait? » Prenant à deux mains le visage de Cassidy, il le souleva vers le sien. « C'est chanter quand on ne connaît pas les paroles qui vous déchire les tripes, trésor?

— Mais vous, Shamus, vous connaissez les paroles.

— Oh! mais non. Oh! non, pas du tout, Dale, mon trésor. Vous croyez que oui. C'est pour ça que je vous aime: vous êtes un péquenaud plein de vénération. Qu'est-ce qu'un homme peut demander de plus? Le rugissement des péquenauds à la porte, des visages qui ont le vertige..., des déclics d'aspirateur..., c'est tout ce qu'on veut. La reine, moi, Flaherty, nous tous. »

Pesant de tout son poids sur les épaules de Cassidy, Shamus l'obligea à s'asseoir sur le trottoir.

« Maintenant, reposez-vous donc un peu, Dale, fiston, dit-il avec un accent irlandais, pendant que votre oncle

Shamus vous dit les secrets de l'univers », et il tira la bouteille de scotch de la poche de Cassidy. Après deux lampées, il se retrouva tout à fait sobre mais son bras retenait toujours Cassidy prisonnier au cas où celui-ci essaierait de s'enfuir.

« Je ne suis pas Dale, répéta patiemment Cassidy. Je suis votre trésor. Cassidy.

— Alors je vais vous appeler Cassidy. Qu'est-ce que nous avons en commun, vous et moi, Cassidy ? Devinez. » Il cria très fort : « Devinez, Cassidy ! Avant que je vous transforme de nouveau en Dale, sale petite larve ! »

Une fenêtre s'ouvrit de l'autre côté de la rue.

« Vous êtes américain ? demanda une voix avec un accent américain.

— Allez vous faire foutre, cria Shamus puis il se tourna vers Cassidy : Eh bien ?

— Eh bien, nous nous aimons, si ça vous sert à quelque chose, suggéra Cassidy, en revenant pour se guider à leur précédent dialogue. Nous avons l'amour en commun, Shamus.

— Mon cul, dit Shamus en essuyant une larme. Tout ça c'est de la foutaise romantique, si vous voulez bien me pardonner, ce que vous ferez comme d'habitude. »

Deux putains étaient plantées à quelques pas d'eux. L'une d'elles tenait un pain à la main et en mangeait des bouchées.

« Celle qui bouffe ressemble à votre mère, dit Shamus.

— Je crois que nous avons déjà essayé celle-là, dit Cassidy d'un ton las.

— *Êtes-vous la mère de mon ami ?* » demanda Shamus.

Les putains le foudroyèrent du regard et s'éloignèrent, lasses de cette plaisanterie qui se prolongeait.

« Ma foi, peut-être que c'est ça. Peut-être que nous sommes des pédales, dit Cassidy, partant toujours de l'hypothèse erronée qu'il ferait mieux de compter sur les thèmes de Shamus et de les proposer comme venant de lui.

— Zéro, dit Shamus. Est-ce que j'ai jamais aventuré, ne

fût-ce que le petit doigt sous vos jupes ? Pas l'ombre du plus petit doigt, n'est-ce pas ?

— Non », dit Cassidy, tandis que Shamus le faisait se relever sans douceur. Il n'avait jamais été aussi épuisé de sa vie. « Non, vous ne l'avez jamais fait.

— Alors, voulez-vous m'écouter, s'il vous plaît ? Et voulez-vous cesser d'avancer des arguments de bas étage, je vous en prie ? »

Cassidy n'avait pas beaucoup le choix, car Shamus le tenait dans une cruelle étreinte et leurs visages étaient pressés l'un contre l'autre, joue mal rasée contre joue mal rasée.

« Et voulez-vous, je vous prie, m'accorder toute votre attention, Dale ? Ce que nous avons en commun, c'est le plus terrible, le plus désespérant, le plus abominable pessimisme. D'accord ?

— Bon, je veux bien admettre ça.

— Et l'autre chose que nous avons en commun, c'est la plus terrible, la plus désespérée, la plus abominable... médiocrité. »

Une crainte réelle s'empara de Cassidy ; une inquiétude réelle et sans raison.

« Non, ça n'est pas vrai, ce n'est absolument pas vrai. Vous êtes quelqu'un de spécial, Shamus, nous savons tous ça...

— Ah ! oui, vraiment, trésor ? »

Son étreinte se resserra.

« Je le sais. Helen le sait. Nous le savons tous... » Cassidy avait vraiment peur maintenant, il se cramponnait dans un effort désespéré pour survivre. La Bentley sombrait dans la rivière ; Abalone Crescent s'effondrait à ses genoux. « Enfin, pauvre idiot, vous n'avez qu'à entrer dans une pièce, raconter une histoire, leur faire vos yeux de rat et ils savent, nous savons tous, que c'est vous, Shamus ; votre monde. Vous êtes notre chroniqueur, Shamus, notre mage. Vous avez tout ce que nous désirons, la vérité, le rêve, les tripes. D'accord vous êtes impossible. Mais vous êtes le meilleur ! Vous nous montrez la réalité, nous savons comme vous êtes bon.

– Vraiment?»

C'était le bras gauche de Cassidy dont Shamus maintenant s'était emparé; il le soulevait en arrière et la douleur était comme l'eau chez Lipp, se répandant, s'insinuant et éclatant tout à la fois.

«Shamus, le prévint Cassidy, dans une seconde vous allez le casser.

– Qu'il se casse. Vous croyez vraiment à toutes ces foutaises que je vous raconte? Écoutez, je suis le plus abominable salaud de prestidigitateur dans le métier et vous vous faites posséder par tous mes trucs. Nietzsche. Schiller. Flaherty. Je n'ai jamais lu ces gens-là de ma vie. Ce ne sont que des bouts. Des fragments. Des mégots. Je les ramasse dans le ruisseau pour le petit déjeuner et vous, pauvre couillon, croyez que ça fait un festin. *Je suis un clochard.* Vous voulez me jeter dehors, vendeur de landaus : c'est ce que vous voulez faire. Je ne travaille pas, je n'écris pas, je n'existe pas! C'est ce couillon de public qui crée la magie, pas moi. *Je suis un charlatan.* Vous avez compris? Un escroc. Un prestidigitateur paumé, vidé, avec un public d'un spectateur.

– Non! cria Cassidy. NON! NON! NON!»

«Vous croyez que je suis votre ami.» Shamus avait trouvé un endroit pour s'allonger, aussi Cassidy était-il obligé de s'allonger auprès de lui, en partie pour entendre ce qu'il disait et en partie pour ne pas perdre son bras. «Eh bien, je ne veux pas d'ami. Je ne sais même pas comment faire avec un ami. Je veux un archéologue, voilà ce que je veux. Je suis Troie, et non pas un couillon d'employé de banque. Il y a neuf cités mortes enfouies sous moi et chacune est plus pourrie que la précédente. Et qu'est-ce que vous faites? Vous restez planté là comme un connard de touriste à bêler : *"Non! Non! Shamus, non."* Si, Cassidy, si, Shamus est un clochard. Ça pue ici. Vous savez ce que c'est? L'échec!

– Shamus, fit tranquillement Cassidy. Je donnerais toute ma fortune pour votre talent.

— Très bien, murmura Shamus en le lâchant tandis que les larmes coulaient, très bien, trésor. Si je suis si merveilleux, pourquoi avez-vous refusé mon roman ? »

L'univers de Cassidy se balança puis s'immobilisa.
« Ça va, trésor, murmura Shamus en lui reprenant le bras et en le tordant encore plus fort, je suis votre ami, souvenez-vous. »

Cassidy regarda les yeux désemparés, si pleins de brusquerie et de chaos, il regarda ce visage sauvage, tendu aux joues, nonchalant à la bouche, et il se demanda presque avec détachement comment un seul corps pouvait en contenir tant et ne rien perdre. Tandis que Shamus se relevait lentement, tenant toujours Cassidy par le bras, il semblait y avoir quelque chose de cosmique dans son autodestruction; comme si, sachant que le génie créateur de l'humanité était aussi la cause de sa ruine, il avait décidé de donner à cette vérité un caractère personnel, décidé de la prendre à son compte.
« Il a refusé le dernier aussi », dit Shamus en souriant à travers ses larmes. Et lâchant le bras de Cassidy, il retomba de tout son long sur les pavés de la rue.

22

Aldo Cassidy, ancien élève de l'école de Sherborne et médiocre étudiant du collège d'Oxford, protecteur et amoureux de la vie, à un moment lieutenant Cassidy, dans un régiment d'infanterie anglais anonyme, négociateur secret des invincibles angoisses du monde, possesseur clandestin de comptes en banque à l'étranger, puisa en cet instant dans des ressources d'action positive sur lesquelles il ne comptait plus depuis longtemps.

Saisissant brutalement son cher Shamus par le col de son manteau funèbre, il le tira jusqu'à un banc. Il poussa la tête brûlante et moite entre les genoux écartés, et soutint le visage mal rasé et baigné de sueur pendant que l'écrivain rejeté vomissait de nouveau sur le pavé de Paris. Il desserra la cravate de l'écrivain rejeté pour éviter tout risque de suffocation et, s'étant accroupi auprès de lui, un genou sur le banc afin de l'obliger à baisser la tête une seconde fois, il entra dans une cabine téléphonique de l'autre côté de la place et trouva la monnaie qu'il fallait et le numéro qu'il fallait pour appeler un taxi. L'appareil étant en dérangement, il revint à Shamus, le remit sur ses pieds – la vitalité de l'écrivain rejeté, sinon sa vie elle-même, gisait à ses pieds comme la carte laiteuse de cette Irlande où il n'était jamais né – et le guida jusqu'à une fontaine qui toutefois se révéla asséchée. Au cours de ce bref trajet, il découvrit que Shamus avait perdu connaissance et il ne tarda pas à diagnostiquer un rythme cardiaque trop précipité et à soupçonner une intoxication par l'alcool. Avec l'aide d'un agent de police qui passait et à qui il donna aussitôt cent nouveaux francs – soit huit livres onze shillings cinq pence au taux d'après la dévaluation, mais qu'il pouvait certainement déduire de ses généreuses notes de frais –, le directeur général et fondateur des Fixations universelles Cassidy finit par trouver un moyen de transport sous la forme d'un car de police armé d'une lumière bleue qui tournait semblait-il à l'intérieur de la voiture aussi bien que sur le toit. Affalé dans le compartiment arrière, séparé du chauffeur par un treillage d'acier noir comme on en trouve chez les bijoutiers, Shamus fut de nouveau malade et Cassidy parvint, durant le bref instant où ce dernier était capable de s'exprimer avec cohérence, à obtenir de lui le nom de l'hôtel blanc où, comme l'astucieux lieutenant Cassidy avait l'astuce de s'en souvenir, deux diplomates britanniques disparus n'avaient jamais payé ni abandonné leur appartement de réserve.

Au chauffeur et à son compagnon, qui étaient prudemment restés à l'avant de la voiture, mais qui n'étaient pas disposés à critiquer trop précipitamment Shamus, Cassidy donna un autre billet de cent francs en se répandant en excuses sur l'état dans lequel ils laissaient la banquette arrière. Son ami, expliqua-t-il, avait bu pour surmonter un grand chagrin personnel. Un chagrin d'amour sans doute ? demandèrent-ils en examinant le beau profil. Oui, voulut bien reconnaître Cassidy le sauveur, on pouvait dire que c'était un chagrin d'amour. Eh bien, Cassidy n'aurait qu'à s'occuper de son ami, surveiller sa guérison ; avec des hommes comme ça, la route était ardue et lente. Cassidy promit de faire de son mieux.

L'Algérien, qui surveillait la réception par la porte ouverte d'une chambre sans fenêtres au rez-de-chaussée, où il se remettait d'une nuit d'épuisantes joutes sexuelles avec un collègue qu'il ne présenta pas, reçut un autre billet de cent francs pour passer son pyjama, ouvrir la porte d'entrée, remettre une clef et redonner le courant de l'ascenseur, une vétuste caisse en bois de rose sans fond où Shamus essaya sans succès de vomir encore. Dans le salon de leur appartement, la table avait été remise à sa place devant la fenêtre, mais des traces du parfum bon marché d'Élise s'attardaient encore dans les coussins usés des divans Ancien Régime. Shamus, ayant rejoint maintenant les rangs des blessés capables de marcher, insista pour aller seul dans la salle de bains, où Cassidy le sauveur le trouva peu après endormi par terre. Dans un dernier effort héroïque, Cassidy, l'avant de rugby acceptable, le débarrassa de ses vêtements trempés, épongea le corps nu de son ami hétérosexuel et le souleva, le porta en fait jusqu'au grand lit où il ne tarda pas à se trouver assez bien pour s'asseoir et demander un whisky.

« Trésor, dit gaiement Shamus en battant des mains, que vous êtes débrouillard. Vous avez fait tout ça tout seul ! »

Quelques heures, quelques existences plus tard, le même sauveur s'appliqua minutieusement à la tâche urgente de rendre au personnage nu et dépenaillé qui occupait le lit les idéaux, les dimensions et la gloire de son démon familier déchu.

Le monde alors avait tourné plusieurs fois pour Cassidy. Il s'éveilla tout d'abord pour entendre le hurlement d'une tempête et l'hôtel qui craquait comme un navire, et il imagina le pavé mouillé ruisselant sous les eaux et les vieilles prostituées se cramponnant aux réverbères pour ne pas être emportées. Cette tempête d'une éternité shakespearienne, étant donné l'état d'extrême turbulence où se trouvait l'âme immortelle de Cassidy, éveilla aussi Shamus que Cassidy découvrit à la fenêtre, penché dehors, et regardant la cour trois étages plus bas. Sans faire d'histoire, Cassidy s'approcha de lui et passa doucement son bras autour du dos puissant.

« J'ai laissé tomber mon mégot », dit Shamus.

Quinze mètres plus bas, une braise rougeoyante brûlait miraculeusement dans la pluie qui dansait.

« C'est ce que nous sommes tous, dit Shamus. De pauvres petites lumières dans une immense obscurité. »

Ayant, grâce à ses talents éclatants de mécanicien, réussi à fermer l'antique loquet de cuivre qui par un jeu de barres et de crochets joignait tant bien que mal les châssis rebondis de la fenêtre, Cassidy remit Shamus au lit et y grimpa après lui.

Il ne dormit toutefois pas.

L'orage se termina aussi brutalement qu'il avait commencé, il fut remplacé par une quiétude dominicale qui rappelait la maison d'Abalone Crescent les rares fois où les constructeurs n'étaient pas sur les lieux.

À califourchon sur les jambes du vendeur de landaus, l'écrivain dormait enfin. Paix, songea Cassidy ; Sandra est montée.

Une nuit formidable, dit Shamus sans le regarder – formidable.

Le grand lit. Les œufs et le café apportés par l'Algérien, le soleil sur l'édredon.

« Agréable, enrichissant, élargissant. Trésor, trouvez-moi une situation.

– Non.

– Écoutez, j'ai vendu ces landaus, non ? Je vous rédigerai de ravissantes brochures, trésor, promis.

– Non.

– Tenez j'en ai écrit une l'autre soir, vous voulez l'entendre ?

– Non.

– Je serai votre bras droit. Je porterai vos valises, je répondrai au téléphone... Je vaux mieux à tous les coups que cette pimbêche de secrétaire que vous avez. Je vais changer de nom, marcher droit...

– Mangez vos œufs », dit Cassidy.

Pendant que Shamus sommeillait, Cassidy donna plusieurs coups de téléphone. De temps en temps, en l'entendant mentionner un chiffre – cinq, dix mille, FOB, crédit bancaire –, Shamus grognait ou se couvrait le visage de ses mains. Parfois il pleurait. Et dans l'après-midi, toujours au lit, un Shamus apaisé, reposé et résolument ordinaire donna sa version combien imprécise du maudit Dale.

Comment Dale était un espion, se faisant passer pour un membre de l'élite mais en réalité partisan juré des quidams. Comment sous couvert de l'obscurité il acceptait des pots-de-vin des évêques et des propriétaires de Jaguar et comment il était fidèle à son épouse frustrée. Comment *La Lune* avait rapporté de l'argent, mais pas les autres ; comment les avances de son éditeur avaient diminué à mesure que les avances des éditions de poche baissaient ; et il parla avec une grande compétence d'options, de copyrights et de questions que Cassidy, qui connaissait la loi sur les brevets, comprenait au moins de façon marginale. Comment Dale voulait faire récrire les pages du milieu puis envisageait sérieusement une refonte complète. Et comment Shamus devait se dépêcher de rentrer pour l'abattre, il emprunterait une arme, il n'avait pas un jour à perdre.

« Une autre solution, dit Cassidy d'un ton léger, serait peut-être de récrire le milieu. »

Long silence.

« Je vais vous abattre aussi, dit Shamus.

– Bien sûr, je n'ai pas lu le milieu. Mais si tout ce que vous écrivez est parfait, c'est autre chose. »

Boudeur, Shamus se tourna de l'autre côté du lit. Mais plus tard, alors qu'il s'habillait pour sortir, il retrouva suffisamment d'entrain pour donner à Cassidy quelques utiles conseils sur la façon dont il devait mener sa vie privée.

« Cette bourgeoise.

– Oui, Shamus.

– Vous savez, trésor, vous ne la comprenez pas cette pauvre femme. C'est un élément stable et significatif de votre vie. Il faut qu'elle reprenne sa place dans l'équipe.

— J'essaierai. »

N'essayez pas, disait Mrs. Harabee : faites-le.

« Soyez fidèle, trésor. Vous êtes un tel salaud. Soyez sincère.

— D'accord.
— C'est une sacrée femme, mon garçon.
— Bien sûr.
— Et ne lisez pas. La lecture c'est fini.
— Pas de problèmes.
— Et évitez Dostoïevski. Cet homme était un criminel.
— Un maniaque.
— Il me faut des constantes, trésor. Pas ces sables mouvants. Comment est-ce que je peux écrire si tous les péquenauds se laissent pousser les cheveux ?
— Pas moyen, dit Cassidy.
— Écoutez, trésor, il faut que vous restiez frustré. L'ordre tout entier est en équilibre. Promis ?
— Vous vous sentez mieux maintenant ? demanda Cassidy comme ils sortaient.
— Allez vous faire voir, dit Shamus. Je n'ai pas besoin de votre compassion. »

Ils descendirent la rue de Rivoli, achetèrent un second jeu de vêtements, des terrines pour Helen, un sac à main pour Sandra, et Shamus lui donna des conseils aussi sur la tactique à employer pour amener les bourgeoises à une mentalité plus généreuse.

« Dites-lui que vous êtes fauché, lui conseilla-t-il. Réconfortez-la. Christopher Robin dans Carey Street, tout ce qui me reste, c'est vous.

— Très bien, dit Cassidy.
— L'inondation est arrivée, la flotte tout entière a sombré, pas de vison, pas de diamants, pas de Breughel...
— Pas de corniche, intervint Cassidy. Pas de cheminée XVIIIe siècle.
— Il n'y a rien qui rajeunisse une dame plus vite, qui la titille, qui la stimule, qui l'excite..., qu'une catastrophe. Mon Dieu, trésor, je suis bien placé pour le savoir.

— Et vous allez revoir les pages du milieu, n'est-ce pas ? dit Cassidy. Et vous allez vous calmer un tout petit peu ?
— Jamais », dit Shamus.

Pour leur dernier dîner, Cassidy choisit de nouveau Allard. En dînant là avec Élise, il avait remarqué un canard qu'on savourait à une table voisine et il avait hâte de l'essayer.

Shamus était totalement rétabli.

« Maintenant, la première chose que vous avez à faire, trésor, c'est de sauter Angie Mawdray, d'accord ? Face à face, en pleine frénésie.
— D'accord, dit Cassidy.
— Et puis il y a cette autre mignonne qui vous plaît bien.
— Ast.
— Correct. Phase deux : opération Ast.
— D'accord.
— Mais ne demandez pas. Prenez. Toutes ces histoires de chercher la femme idéale. Ne faites pas ça. Il y en a un peu dans chacune d'elles et beaucoup dans aucune. Il faut faire une vaste cueillette et tout rassembler vous-même.
— Très bien.
— Quant à votre abominable épouse...
— Oui ?
— Je la déteste, trésor.
— Je le sais, Shamus.
— Elle vous déteste, alors pourquoi est-ce que vous ne la laissez pas tomber dans un trou ?
— Je sais. Je vais le faire, je vais le faire.
— Eh bien, faites-le. Ne tournez pas autour du pot, faites-le.
— Entendu, promis. »

« Vous savez ce qu'on a oublié ? dit Cassidy une fois qu'ils furent au lit au Saint-Jacques.
— Quoi donc ?
— Nous devions construire un cairn pour Flaherty. Nous ne l'avons jamais fait.

– On le fera une autre fois, dit Shamus.
– Bon, dit Cassidy.
– Bonne nuit, trésor.
– Bonne nuit, dit Cassidy.
– Peut-être qu'au lieu de cela je vais m'occuper de ces pages du milieu.
– Formidable, dit Cassidy.
– Je vous aime, dit Shamus tandis qu'ils s'endormaient. Je vous aime et un jour je vous rendrai la foi comme vous m'avez rendu la mienne. »

Souriant dans l'obscurité, Cassidy lui toucha la main.

« Pédale, dit Shamus. Vandale, bourgeois. » Et il imita le train, pouf, pouf, pouf jusqu'au moment où il s'endormit.

Sandra avec le soleil sur elle paraissait très jolie et elle sourit en le revoyant.

« Bonjour, bourgeoise.
– Pauvre amour. Tu as l'air épuisé.
– Ce sont toutes ces Parisiennes, dit Cassidy avec un pâle sourire, humant les odeurs de la maison.
– Comment s'est passée la Foire ?
– En fait assez bien. Tout compte fait nous avons pris pas mal de commandes. » Le mari d'une femme de ménage émergea de la cuisine et s'empara de sa valise. « Tu sais, ajouta-t-il d'un air entendu, en fronçant les lèvres et en baissant les yeux, la réévaluation du mark nous a beaucoup aidés. Ces Allemands sont en train de saboter leur propre marché.
– C'est idiot », dit Sandra, en l'entraînant vers le salon. La corniche contestée était en place. Une fois dorée elle avait assez belle allure. « Ils commenceront l'autre mur dès que le plâtre sera sec, dit-elle.
– Très bien. »

Ils l'ont changée, songea-t-il, comme on fait avec les bébés quand leur sang ne va pas ; ils n'ont gardé que l'aspect extérieur et ont changé tout le reste.

« Je suis navrée pour cette lettre, dit Sandra.
– Ça ne fait rien, dit Cassidy, ahuri.

– *Regarde! Regarde! Regarde!* » Un « Regarde » pour chaque étage. La jambe de Hugo n'était plus dans le plâtre.

LONDRES II

23

Un silence insolite emplit la maison et aucun oiseau ne chante.

Le piano est fermé à clef. La clef, hors de portée de Hugo, partage un crochet avec un maître florentin inconnu dont le vieux Niesthal a garanti la valeur, il ne fait d'affaires qu'avec ses amis. Dans le vestibule, à la cheminée sculptée XVIIIe, il ne manque plus que les derniers raccords de ciment, elle est drapée sous des bâches de Haverdown, comme un monument qui ne sera jamais dévoilé. La partie inachevée de la moulure n'arrive que jusque-là ; on a renvoyé les plâtriers. Du côté de la rue, les fenêtres sont fermées arrêtant le bruit de la circulation et les rideaux en partie tirés en signe de deuil. Les voisins ont été prévenus. Même les femmes de ménage, qui constituent d'ordinaire un élément important de la vie sociale de Sandra, sont domptées. Elles rôdent comme des abeilles qui conspirent derrière les portes closes et prennent le thé sans bruit ; leurs nombreux enfants ont trouvé place ailleurs. La cuisinière autrichienne a pour consigne de ne pas pleurer, sous peine d'être congédiée ; que Hugo l'insulte ou non.

Quant à Mrs. Groat, elle s'adresse au monde auquel elle a renoncé dans un murmure qui passe en bandes de haute énergie jusque dans tous les coins de la maison. À midi son réveil sonne, en quarante ans elle ne l'a pas maîtrisé. Ce signal la fait dévaler au galop les escaliers. Une fois, se trompant, elle fait bouillir de l'eau et Sandra lui en fait le reproche avec une fureur discrète. La lumière aussi est rationnée. Une triste lueur de veilleuse éclaire les couloirs qui sentent le bouillon aussi bien que la peinture. Hugo joue au sous-sol, on interdit la musique pop. Seul John Elderman est le bienvenu. Il vient deux fois par jour à titre personnel, sans s'occuper de la Sécurité sociale ni des dépenses.

Devant la vieille grille en fer forgé (de chez Sotheby aussi, une affaire à quatre cents livres) la presse attend avec déférence.

« Je vous en prie ne faites pas de bruit, dit Sandra en les renvoyant avec dignité. Un bulletin sera publié dès qu'il y aura quelque chose à dire. »

Aldo Cassidy, seul et brûlant de fièvre dans le pavillon des malades de sa somptueuse maison londonienne, est en train de mourir.

Un virus, disait Sandra; un virus spécial qui s'attaquait aux gens surmenés.

Un virus français, précisait Mrs. Groat, elle avait vu ça en Afrique, le frère de Bunny Sleego en était mort en une heure. C'étaient les chrysanthèmes, elle n'avait jamais été d'avis d'avoir des chrysanthèmes dans la maison, le pollen pouvait être fatal. En outre elle accusait l'eau de Londres, que le général de brigade désapprouvait également:

« Mais, bien sûr, il n'est pas ici pour la boire. C'est nous qui devons la boire », déplorait-elle. « Nous », c'était l'espèce femelle, mise au rancart quand elle avait perdu sa beauté. « Lui est là-bas à boire de l'eau pure, ça n'est pas étonnant qu'il soit en bonne santé, mais quand même. » À l'appui de cette théorie, elle se glissa dans la partie de la maison qu'occupait Cassidy pendant que Sandra faisait les courses et versa du désinfectant dans le tuyau d'écoulement du lavabo.

« Ne dites rien à Wiggie, n'est-ce pas, chéri ? » supplia-t-elle (Wiggie était le patronyme dont elle gratifiait sa fille), et, après l'avoir embrassé de ses lèvres fripées, elle s'en alla promener les chiennes dans Primrose Hill pour qu'elles soient tranquilles et en bonne santé.

« Il est vidé », dit avec admiration Snaps, la sœur cadette de Sandra mais sexuellement de beaucoup son aînée.

Venue de Newcastle, elle s'était installée à un étage vide où elle écoutait jusqu'à une heure avancée de la nuit des disques provocants. Comme c'était une fille pleine de vie et d'entrain, elle remontait de temps en temps le moral de Cassidy. « Chérie tu vas bien, n'est-ce pas ? » lui demandait sa mère dans un murmure terrifié entre des portes à demi ouvertes, comme si elle voulait dire « Est-ce que tu es enceinte ? » ou tout aussi bien « Tu n'es pas enceinte ? »

Car bien que Mrs. Groat n'eût pas d'opinion particulière sur ce que devrait être sa fille cadette, ces deux états étaient étroitement liés dans son esprit. Au cours de ces dernières années Snaps avait eu plusieurs grossesses ; ou bien elle appelait Cassidy et lui empruntait cent livres ou bien elle se rendait dans une clinique de mères célibataires qu'elle aimait bien à Bournemouth pendant que Sandra lançait une enquête nationale pour retrouver le père. Ces tentatives portaient rarement leurs fruits ; et quand c'était le cas, le coupable se révélait trop souvent indigne de tous ces efforts.

« Tu as fait la fête, n'est-ce pas ? lui demanda Snaps plus directement, alors qu'elle était assise sur son lit à lire des bandes dessinées. Le petit Aldo a fait la tournée des grands-ducs à Paris, je ne pensais pas que c'était ton style. La prochaine fois c'est à moi que tu vas t'en prendre.

— Sûrement pas », dit Cassidy, qui depuis quelques années se demandait de temps en temps si ce serait là de l'inceste.

C'était le cancer, disaient les femmes de ménage ; où iraient-elles donc après cette place-là ? Et la pauvre Mrs. Cassidy, comment s'en tirerait-elle, avec une grande maison comme ça pour elle toute seule ?

Mal au ventre, disait Hugo. Papa a mal au ventre, alors il ne peut pas aller travailler.

« J'aime bien quand tu as mal au ventre, papa.

— Moi aussi », dit Cassidy.

Ils jouaient beaucoup aux dominos, et Hugo gagnait.

« Il joue la comédie, dit le père de Cassidy, en téléphonant du penthouse, car il avait grand besoin d'argent. Il a toute sa vie joué la comédie, bien sûr. Demandez-lui donc de vous parler de ses spasmes à Cheltenham. De sa hernie à Aberdeen ! Ce garçon n'a jamais eu de vraie maladie de sa vie, il est aussi faux qu'un billet de sept livres...
— Vous êtes bien placé pour le savoir », dit Sandra en raccrochant.

En confidence, John Elderman diagnostiqua une dépression nerveuse bénigne.

Il l'avait vue venir, murmura-t-il, mais il était impuissant à l'empêcher ; et il gonflait le brassard de caoutchouc autour du bras de Cassidy.

« Appelez ça psychosomatique, appelez ça ce que vous voulez, c'est un de ces cas où l'esprit ordonne au corps de se coucher et le corps est bien obligé de faire ce que lui dit l'esprit. Hein ?
— Je pense que vous avez raison, reconnut Cassidy avec un faible sourire.
— Vous n'avez pas eu d'histoires, mon vieux ? demanda le médecin, qui pour le troisième jour consécutif lui trouvait une tension normale.
— Un peu », avoua Cassidy, évoquant des épreuves surmontées, des efforts cérébraux qui sont le lot des esprits brillants.

Avec tact John Elderman s'abstint de le questionner plus avant.

« Enfin, remarqua-t-il, vous avez Sandra pour s'occuper de vous, c'est une bonne chose, mon vieux. Elle connaît son Aldo, n'est-ce pas ? »

« Pauvre Pailthorpe, soupira Sandra, en posant sur ses genoux la main de Cassidy et en regardant son enfant adulte avec un amour éternel. Pauvre idiot de Pailthorpe, qu'est-ce qui t'a pris ? Tu n'as vraiment pas besoin de courir comme ça après l'argent : nous nous en tirerons bien. »

C'était la balance des paiements, expliqua Cassidy ; il avait fait des efforts si désespérés pour améliorer les importations. Pas pour les Établissements Cassidy. Pour la nation.

« Je voulais donner un coup de main à l'Angleterre, déclara-t-il.

— Mon chéri, dit Sandra, en lui octroyant de nouveau un baiser léger afin de ne pas l'exciter. Tu te donnes tellement de mal. Et je suis si assommante. »

Pendant une bonne heure elle resta assise avec lui, à étudier son effigie dans la pénombre. Son silence était très réconfortant et Cassidy l'aima à son tour.

La maladie l'avait pris par surprise. Elle s'était abattue sur lui la nuit et à l'aube l'avait accablé. D'abord un cauchemar, puis dans la journée des visions l'avaient assailli ; des hallucinations, des dialogues entre les nombreux personnages de son esprit. Leur thème était le châtiment. Il arpentait les places herbeuses et désertes de Londres, en traînant par la main des enfants sans poids ; il flottait rue de Rivoli au volant de la Bentley, qu'il conduisait du toit ; il fonçait à travers des rues bruyantes de femmes et tout d'un coup – ça aurait pu être n'importe où – il se trouvait confronté avec une alpe près de Sainte-Angèle, l'Angelhorn. Entrée interdite, sans issue. Une alpe de clochers tordus et déchiquetés, comme la truie retournée de Wilde ; de sentiers vertigineux et d'embarras incalculables, où des prostituées, des hôteliers, des inspecteurs du fisc, des policiers et des cochers ricanaient et gesticulaient du fond de cavernes fumantes ou s'étreignaient au bord de lits de rivières desséchés. Parfois, s'approchant nerveusement de ses plus bas contreforts et sentant déjà les assauts de son vertige, il se voyait ouvrir un exemplaire du *Daily Express* pour y lire tout haut : *Le fabricant de landaus est-il le quatrième homme ? L'écrivain anarchiste serait également compromis. Le concierge algérien raconte une nuit d'orgie dans la tempête ; un couple en voyage de noces affirme : Nous les avons entendus à travers la cloison. La femme de l'écrivain totalement innocente. De notre envoyé spécial Chapman Pincher.*

Dans les pages intérieures on parlait aussi de sa banqueroute : *Les Établissements Cassidy sont-ils finis ? Les fixations se sont détachées ? Le fils du parlementaire répond au fisc : « J'ai tout dépensé en pourboires. Mon crime est d'avoir été généreux. »*

« Courage ! criait le malheureux pécheur aux prostituées. Regardez ce qu'il est advenu de moi ! » Mais avant qu'il ait pu se débarrasser de sa soutane (un pécheur bien monacal, ce Cassidy), elles s'enfuyaient en courant, leurs fesses blanches tressautant dans le couloir d'avalanches où Shamus, déjà armé et débarrassé de ses fardeaux, attendait pour profiter d'elles.

Une pareille vision n'était pas entièrement l'invention de Cassidy. Son prototype existait dans les chambres à jamais éclairées de son enfance, à l'époque où Dieu était encore satisfait de laisser le vieil Hugo lui nourrir l'esprit, dans la cuisine bleue de sa première mère, où elle soupirait et repassait les surplis dessinés par son mari : une alpe nommée Hadès dessinée par de pieux artistes, imprimée en polychrome grâce à une vieille technique et encadrée dans du bois inflammable. À ses pieds étaient dépeintes toutes les horreurs que les petits garçons brûlent d'envie de commettre ; le vol et l'incendie ; le jeu et la concupiscence voilés. Sur le pic redoutable, des anges noirs brûlaient les délinquants.

Il fut arraché à ce tourment par Ast qui le remerciait pour les fleurs.

Ast dans une robe jaune moisson, aux plis vagues là où besoin en était.

« Vous le pensiez vraiment, demanda-t-elle doucement, ce que vous avez écrit ? »

Sandra était allée acheter des pieds de cochon, leur sauce le nourrirait.

« *Avec toute ma tendresse*, récita Heather, *et tout mon*

chagrin. Aldo, vous n'avez pas pu inventer ça. Et vous l'avez envoyé de Paris, occupé comme vous étiez.»

Elle aussi lui prit la main; mais elle la tenait pliée, et l'amena jusque sur les plus hautes rondeurs de ses cuisses; jusqu'à ce point de sa propre personne qu'au dîner chez les Elderman elle avait atteint sur la personne d'Aldo. Non sans avoir fermé tout d'abord la porte pour prévenir toute invasion extérieure.

«Vous avez eu tellement raison de me gronder, murmura-t-elle. Et j'étais si pompeuse, n'est-ce pas?»

Juste après ces premières visions se présentèrent leur contrepartie physique: des accès de brusques suées accompagnées de battements de cœur désordonnés, inflammation des oreilles et de la gorge avec les yeux secs et brûlants; Sandra faisait des calculs pour convertir des Fahrenheit en centigrades.

«Il a quarante, annonça-t-elle à John Elderman lors de sa seconde visite. Il est très, très bas», lui assura-t-elle la troisième fois. Là-dessus ils discutèrent de son état lors de dîners au sous-sol car John Elderman aimait venir à cette heure quand le reste du monde était guéri.

Pendant un moment, alors qu'il oscillait encore au bord de la mort et qu'il protestait vigoureusement de son innocence dans les nombreux crimes dont l'autre moitié de son esprit ne cessait de l'accuser, Cassidy décida que Shamus était un mythe. «Il n'a jamais existé», se dit-il et, tirant les couvertures jusqu'à son nez, il fit semblant d'être dans un traîneau.

Consterné par le souvenir d'abominables hérésies commises au Sacré-Cœur, il puisa dans l'abondante bibliothèque de Sandra sur les vies des saints et pris la résolution, au cours de merveilleux moments de détente passés aux toilettes, de suivre leur exemple.

«J'ai mûri, lui annonça-t-il. J'aimerais envisager de revenir dans le giron de l'Église, c'est un peu une façon de se trouver une place.»

Et plus tard : « Abandonnons pour un moment cette existence infernale, allons quelque part où nous pourrons réfléchir. »

Sandra suggéra Oxford, ils avaient été heureux là-bas. « Ou bien nous pourrions essayer l'Écosse, les chiens adoreraient ça.

– L'Écosse, ce serait très bien », dit Cassidy. Utilisant le téléphone posé sur sa table de chevet il retint une chambre à Gleneagles. Mais seulement dans son imagination, car l'Écosse ne l'attirait pas. Il y manquait la compagnie qu'il recherchait.

Répondant aux appels du patient, Angie Mawdray lui rendit visite. Elle apporta le courrier et douze petites roses dans du papier blanc.

« Elles sont pour vous, dit-elle à voix basse, pour répondre à celles que vous m'avez envoyées de Paris. »

Fouillant dans son sac grec, elle en tira une lettre de province qu'il dissimula sous les draps. Elle ne le regarda pas durant cet échange et l'expression qu'elle avait décourageait toute conversation.

« C'est Faulk qui les envoie, dit Cassidy à Sandra pour expliquer la présence des fleurs. Eux tous en réalité, mais c'est Faulk qui les a choisies.

– Les gens tiennent vraiment à toi, dit Sandra généreusement en humant leur parfum fugace. Les gens t'aiment vraiment, n'est-ce pas ?

– Oh ! dit modestement Cassidy.

– Nous t'aimons tous », insista Sandra.

Et s'installant, elle reprit sa veille d'adoration immobile.

Pour sa convalescence, Cassidy portait une robe de chambre en cachemire bleu que Sandra lui avait achetée tout exprès chez Harrods ; la maladie est un cas d'urgence, on pouvait dépenser de l'argent. Au début il déjeunait au lit et ne descendait que pendant une heure pour jouer avec Hugo.

« Ça n'est pas du vrai billard, dit Hugo avec mépris, et il

rapporta à Sandra les étranges règles édictées par son père.

— Maintenant, écoute-moi bien, jeune homme, dit Sandra avec une indulgence sereine. Si ton papa veut jouer au billard avec une bougie, alors c'est sa façon à lui de jouer.

— C'est la meilleure façon aussi, n'est-ce pas, papa? dit fièrement Hugo.

— Ça s'appelle le Papillon, expliqua Cassidy. On y jouait dans l'armée pour passer le temps.»

Le lendemain matin, inspectant le tissu du billard, Sandra se montra extrêmement mécontente.

«Comment veux-tu que j'ôte les taches de cire?

— Elle n'est pas contente parce que tu t'es levé, expliqua Hugo. Elle aime mieux que tu sois au lit.

— Allons donc», dit Cassidy.

Poursuivant son prudent retour à la vie normale, l'invalide se donna beaucoup de mal pour éviter tout choc. Par exemple, pour téléphoner à Helen à la campagne, il utilisa sa carte de crédit afin d'éviter sur la note des mentions embarrassantes; pour parler avec miss Mawdray à South Audley Street, il choisit des moments où Sandra était sortie faire des courses. Malgré ces précautions, il dut se livrer à de rudes discussions.

«Mais Cassidy, insista Helen, pas encore en chair mais qui avait au téléphone une excellente personnalité; un ange, elle aussi. Vous ne pouvez absolument pas vous le permettre!

— Au nom du ciel, Helen, à quoi sert l'argent?

— Mais Cassidy, réfléchissez à ce que ça va vous coûter.

— Helen, écoutez. Qu'est-ce que vous feriez si vous étiez à ma place et que vous l'aimiez à ma façon? Alors?

— Cassidy», dit Helen vaincue.

Pour ces mêmes raisons, Messrs. Grimble et Outhwaite de Mount Street avaient pour consigne de ne l'appeler sous aucun prétexte à son domicile. Ne traiter qu'avec miss Mawdray, leur dit-il, miss Mawdray c'est exactement ce qu'il faut.

C'était néanmoins Cassidy qui devait les talonner.

« De l'eau », insista-t-il en s'adressant sous les couvertures au vieux Grimble. La maison, malgré ses murs épais, avait d'étranges particularités acoustiques, les cheminées notamment transmettaient dangereusement le son d'un étage à l'autre. « Il faut absolument que ce soit auprès de l'eau. D'accord, utilisez des sous-agents, bien sûr que je paierai une double commission. Bonté divine, c'est un appartement de fonction, n'est-ce pas ? Payez ce qu'il faut et envoyez la note à Lemming. Vraiment, c'est quelque chose. »

Ce genre de conversations lui rappelait qu'il n'était pas totalement guéri, car elles éveillaient en lui des réactions de colère qu'il regrettait ensuite. Parfois, s'effondrant de nouveau parmi ses oreillers, le cœur battant de colère, le visage rouge, il pleurait tout seul devant la glace. Il ne restait pas un homme sain d'esprit en ville, se disait-il. Et pire encore : ils sont tous contre moi.

« Celui de Chiswick n'est pas mal, dit Angie d'un ton las, alors qu'elle venait le voir après une longue journée de recherches. Si vous n'avez rien contre Chiswick. Voilà quelque chose d'extraordinairement mélancolique et ça donne juste sur le fleuve.

– C'est bruyant ?

– Ça dépend. Ça dépend de ce qu'on appelle bruyant.

– Écoutez : vous pourriez travailler là ? Je veux dire un travail créateur... Quelque chose pour lequel il faut de l'inspiration ? »

C'était le troisième jour que Angie passait en expéditions et elle commençait à en avoir assez.

« Comment voulez-vous que je sache ? Je ne peux pas compter les décibels tout de même ? Dites-lui d'aller écouter elle-même. »

Agacée, elle alluma une cigarette.

Elle ? se répéta Cassidy ; quelle idée ridicule et déplaisante ! Bon Dieu, elle croit que je...

« Il ne s'agit pas d'*elle*, dit-il d'un ton très ferme. Mais de *lui*. D'un écrivain si vous tenez à le savoir. Un écrivain marié qui a besoin d'un coup de main à un tournant critique de sa carrière. Pas simplement sur le plan moral mais sur le plan pratique. Il a eu un coup dur dans sa profession qui risque d'affecter sérieusement le cours de... Qu'est-ce que vous avez à rire comme ça?»

Ce n'était pas un rire mais un sourire; un brusque sourire très joli; le regarder c'était sourire soi-même.

«Ça me fait plaisir, voilà tout. Je sais que je suis idiote, je n'y peux rien, n'est-ce pas? Je croyais que vous étiez en train d'installer une intrigante. Voilà. Une rousse en manteau de léopard... Buvant du Martini...»

Si grands étaient sa joie et son ravissement qu'elle dut prendre la main de son patron alité pour se calmer; et lui emprunter son mouchoir pour se sécher les yeux. Qu'elle remit à sa place sous l'oreiller. Et prendre congé de lui affectueusement, comme l'imposait le côté bonne franquette de la situation. Elle le quitta en fait sur un baiser, un baiser bref, sec, doux et très tendre, comme les filles en donnent à leur père lorsqu'elles sortent.

«J'aime bien cette dame, dit Hugo, en parlant d'Angie, qui s'attardait encore avec nostalgie à la grille comme si elle répugnait à s'en aller. Elle m'embrasse tout le temps. Papa.
— Oui, Hugo.
— Tu crois qu'elle est plus gentille que Heather?
— Peut-être.
— Plus gentille que Snaps?
— Peut-être.
— Plus gentille que maman?
— Bien sûr que non, dit Cassidy.
— C'est ce que je pense», dit Hugo loyalement.

De bonne heure le lendemain matin un violent bruit de marteau emplit la maison d'Abalone Crescent. Du vestibule et du salon partaient des voix mâles et peu classiques, qui souvent improvisaient. Accompagnés du gémissement des perceuses électriques, les ouvriers étaient revenus.

24

Extérieurement, Helen n'avait pas changé.

Au regard en tout cas, elle était la même : les bottes à la Anna Karénine étaient un rien plus éraillées, le long manteau brun un tout petit peu plus usé, mais pour Cassidy ces signes de pauvreté ne faisaient que rehausser sa vertu. Elle descendit sur le quai la première portant à deux mains un paquet enveloppé de papier comme si c'était un cadeau pour lui, et elle avait cette même gravité, ce même air essentiellement sérieux qui pour Cassidy était l'attribut indispensable des mères et des sœurs. Sa coiffure non plus n'avait pas changé et c'était tant mieux puisque les variations énervaient Cassidy ; il les considérait franchement comme frauduleuses.

Certes, elle avait quelques dizaines de centimètres de moins qu'il ne s'y attendait et le nouvel éclairage de Euston Station la privait de cette luminosité angélique que répandent les bougies et la lueur du feu. Certes sa silhouette, qu'il se rappelait comme fluide et noble sous la robe d'intérieur sans complication quelle portait à Haverdown, avait un certain air de mondanité quand on la voyait au milieu des quidams avec qui elle avait été contrainte de voyager. Mais dans sa voix, dans son étreinte lorsqu'elle l'embrassa par-dessus son paquet, dans son rire nerveux lorsqu'elle jeta un coup d'œil derrière elle, il discerna aussitôt une intensité nouvelle.

« Il se languit littéralement de vous, dit-elle.

— Regardez-moi ça, dit Shamus de sa voix de tapette en

l'écartant, un peu comme il l'avait fait à Haverdown. Quelle idée de porter de la peau d'anguille à cette époque de l'année.

— Seigneur, dit Cassidy. Je ne savais pas que *vous* veniez. »

Dans l'instant où Cassidy l'aperçut, avant de se trouver longuement serré dans ses bras, il crut que c'était le col du manteau funèbre. Et pourtant, il se rappelait en y réfléchissant, tandis que les bras vigoureux l'attiraient, que le manteau n'avait pas de col, en tout cas pas un col qu'on pouvait retrousser si haut. Puis il crut que c'était un oiseau, un crave des Alpes d'un noir de jais, qui fondait sur lui pour lui arracher les yeux. Puis la barricade de petits piquants se brisa devant lui et il pensa : *C'est Jonathan parce qu'il est brun, il s'est laissé pousser la barbe pour être comme Dieu.*

« Il a décidé qu'il avait un menton sans caractère, dit Helen, en attendant qu'ils aient fini.

— Ça vous plaît, trésor ?

— C'est formidable. Magnifique. Qu'est-ce qu'en pense Helen ? »

Ils firent en taxi le court trajet. La Bentley était trop voyante, avait décidé Cassidy ; mieux valait prendre un simple taxi londonien qui ne les embarrasserait pas.

Comme il fallait s'y attendre, une fois passée l'excitation qu'éprouvait Cassidy à les voir, sans parler des innombrables menus préparatifs de caractère administratif et domestique — les rideaux seraient-ils prêts à temps, avaient-ils bien pris l'adresse chez Fortnum ? —, inévitablement ce premier jour fut un peu une déception. Cassidy savait que Helen, après leurs nombreuses conversations téléphoniques clandestines dans l'intérêt de Shamus, avait beaucoup à lui dire ; il savait aussi que son premier devoir était envers Shamus, qui était la raison et la force vive derrière leur réunion.

Mais Shamus imposait à leur patience de bien lourds fardeaux.

Ayant installé Helen sur le strapontin de façon que Cassidy et lui puissent se tenir les mains confortablement, Shamus commença par montrer à Cassidy comment se lisser la barbe, il fallait le faire de cette façon, vers le bas, et jamais à rebrousse-poil. Il se livra ensuite à un examen approfondi de Cassidy, cherchant sur ses bras et ses jambes des signes de dégât, lui caressant les cheveux et étudiant les paumes de ses mains. Enfin satisfait, il se remit à admirer le costume de Cassidy, qui était en Harris tweed, non pas en peau d'anguille, un chevron gris choisi pour les occasions semi-habillées. Était-ce français ? Était-ce imperméable ?

« Comment va le travail ? demanda Cassidy, cherchant à créer une diversion.

— Jamais essayé, dit Shamus.

— Il s'en tire magnifiquement, dit Helen. Les nouvelles sont absolument merveilleuses, n'est-ce pas, Shamus ? Franchement Cassidy, il travaille admirablement depuis qu'il est rentré, n'est-ce pas, Shamus ? Quatre, cinq heures par jour. Quelquefois davantage, c'est fantastique. »

Ses yeux en disaient plus : Nous vous le devons, vous avez fait de lui un homme nouveau.

« J'en suis ravi », dit Cassidy pendant que Shamus, léchant un coin de son mouchoir, essuyait une marque sur la joue de Cassidy.

La meilleure nouvelle de toutes, confia Helen, c'était que Dale était venu de Londres et que Shamus et lui s'étaient magnifiquement entendus pendant toute une journée.

« Formidable, dit Cassidy en souriant, écartant doucement des étreintes plus intimes.

— Pas jaloux, trésor ? demanda Shamus avec inquiétude. Pas vexé ? Vrai, trésor ? Vrai ?

— Je pense que je survivrai, dit Cassidy, avec un nouveau coup d'œil entendu à l'adresse de Helen.

— En fait, dit Helen, Dale n'est pas Dale du tout, n'est-ce pas, Shamus ? Il s'appelle Michaelovitsch, il est juif, tous les bons éditeurs sont juifs, n'est-ce pas, Shamus ?

Au fond c'est bien normal, ils ont le goût le plus extraordinaire en art, en littérature, en tout, c'est toujours ce que dit Shamus.

— C'est parfaitement exact, convint Cassidy, en pensant aux Niesthal et se rappelant quelque chose que Sandra avait dit récemment. C'était tout à fait vrai, répéta-t-il, heureux d'avoir un sujet de conversation où il pouvait briller. C'est parce que historiquement les Juifs n'avaient pas le droit de posséder de la terre. Pratiquement dans toute l'Europe, et pendant tout le Moyen Âge. Les Hollandais ont été merveilleux avec eux, mais les Hollandais sont de toute façon des gens merveilleux, regardez la façon dont ils ont résisté aux Allemands. Alors bien sûr, qu'est-ce qui se passe? Les Juifs ont dû se spécialiser dans des domaines internationaux. Comme les diamants, les tableaux, la musique et tout ce qu'ils pouvaient emporter quand on les persécutait.

« Trésor, dit Shamus.

— Oui.

— Allez vous faire foutre. »

« Parlez-moi davantage de Dale, dit Cassidy à Helen, en essayant de ne pas rire. Quand compte-t-il vraiment publier? C'est là la question. Quand devrons-nous commencer à regarder la liste des best-sellers? »

Mais Helen fut empêchée de répondre par un brusque hurlement inhumain qui emplit le taxi et les fit tous deux, Cassidy et elle, violemment sursauter. Shamus faisait fonctionner une machine à rire : c'était un petit cylindre en papier japonais, avec des côtes d'acier à l'intérieur. Chaque fois qu'il tournait la manivelle, l'appareil émettait un ricanement desséché, qui, si on le contrôlait avec soin, ralentissait pour devenir une toux de tuberculeux qui s'étouffait.

« Il l'appelle Keats, dit Helen, d'un ton qui suggérait à Cassidy que même les anges maternels n'ont pas une patience sans limites.

— C'est fantastique, dit Cassidy, reprenant ses esprits. Continuez, fit-il au chauffeur. Ne vous inquiétez pas, nous étions simplement en train de rire. » Il ferma la vitre de séparation. « Nous arrivons bientôt », annonça-t-il avec un sourire rassurant pour Helen.

Elle est fatiguée par le voyage, pensa-t-il. Shamus a dû lui jouer plus d'un tour.

Personne ne mentionna Paris.

C'était un appartement indépendant au-dessus d'un entrepôt, avec un escalier extérieur en acier qui menait à la porte d'entrée rouge. Un endroit très nautique, juste sur la Tamise, avec vue sur deux centrales électriques et un terrain de jeux d'un côté. Cassidy l'avait loué meublé pour une forte somme et avait changé le mobilier parce qu'il était trop ordinaire. Il y avait des fleurs dans la cuisine et d'autres auprès du lit, et il y avait une caisse de scotch dans le placard à balais, du Talisker 54 de chez Berry Brothers and Rudd. Il y avait une roue de gouvernail fixée au mur et une corde en guise de rampe, mais ce qu'on remarquait surtout c'était la lumière, une lumière à l'envers qui venait du fleuve et qui éclairait le plafond et non pas le plancher.

En faisant admirer chaque détail choisi avec goût – la machine à laver toute neuve, le congélateur modestement dissimulé derrière ses boiseries, les aérateurs, le chauffage à air chaud, les couverts scandinaves en acier inoxydable, sans parler des fermetures des fenêtres tout en cuivre et qu'il avait dessinées lui-même, Cassidy éprouvait l'orgueil d'un père qui donne au jeune couple un bon départ dans la vie.

C'est ce que le vieil Hugo aurait fait pour Sandra et pour moi, songea-t-il, s'il n'avait pas eu ses capitaux immobilisés par une affaire. Enfin, espérons qu'ils vont s'en montrer dignes.

« Regardez, Cassidy, il y a même du sucre de canne pour le café. Et des serviettes, Shamus. Regarde, de la toile d'Irlande. Oh ! mon Dieu, oh ! non, oh ! non...

– Quelque chose qui ne va pas ? demanda Cassidy.

– Il a fait marquer nos initiales dessus », dit Helen, pleurant presque de la joie de sa découverte.

Il avait gardé la chambre à coucher pour la bonne bouche. Il en était particulièrement fier. Il l'avait voulue verte. Bleue, avait insisté Angie Mawdray. Est-ce que le bleu n'était pas un peu froid ? répliqua Cassidy, citant Sandra. Chez Harrods ils trouvèrent la solution : des fleurs bleues retombant mollement sur un fond très vert, qui depuis des années lui plaisaient tant dans la nursery de Hugo à Abalone Crescent.

« Mettons-en sur le plafond aussi, insista Angie, avec une compassion toute féminine pour Helen, pour qu'ils aient quelque chose à regarder quand ils seront allongés sur le dos. »

Pour aller avec le papier, il avait choisi un dessus-de-lit espagnol dans la plus grande taille disponible pour recouvrir le plus grand lit disponible. Et des draps avec un motif imprimé bleu fabuleux et des taies d'oreiller fabuleuses dans le même imprimé. Et des rideaux blancs bordés d'un liseré vert-bleu. Et une descente de lit blanche fabuleuse pour compléter le tout.

« Cassidy, murmura Helen, c'est le plus grand lit que nous ayons jamais eu. » Et elle rougit, comme il convenait à sa modestie.

« Par ici la salle de bains, dit Cassidy, s'adressant davantage à Shamus cette fois, d'une voix très pratique, comme si les salles de bains étaient le domaine des hommes.

— Il est assez grand pour trois », dit Shamus, en regardant toujours le lit.

Plantés auprès de la longue baie, ils regardaient les péniches, Helen à son côté et Shamus de l'autre.

« C'est l'endroit le plus ravissant que j'aie jamais vu, dit Helen. C'est l'endroit le plus ravissant que nous ayons jamais eu ou que nous aurons jamais.

— J'aime assez les vues, dit Cassidy, en faisant tout ce qu'il fallait pour les mettre à l'aise. En fait c'est ce qui m'a d'abord attiré ici.

— Et l'eau », dit Helen, d'un ton compréhensif.

Un long train de péniches passait, dans un lent désordre,

l'une dépassant l'autre en défilant devant la fenêtre, puis reprenant la file en disparaissant.

« En tout cas, dit Cassidy, ça devrait pouvoir aller un moment.

— Il ne s'agit pas que ça puisse aller, trésor », lui rappela tranquillement Shamus. Cela faisait un moment qu'il n'avait rien dit. « Ça n'a jamais été le cas, ça ne sera jamais le cas. Ce que nous voulons c'est le soleil, pas un crépuscule à la gomme.

— Oh! mais il y a plein de soleil ici, dit Helen avec entrain en jetant un nouveau coup d'œil complice à Cassidy. J'adore les grandes baies vitrées, c'est si moderne.

— Ça donne de l'espace, dit Cassidy.

— Exactement, dit Helen.

— Il faut du mouvement », dit Shamus.

Croyant qu'il parlait du fleuve, et qu'il apportait dans leur conversation une objection d'ordre esthétique, Cassidy pencha la tête de côté et dit :

« Oh !... vous... ?

— Tous les trois, dit Shamus. Ou alors on va s'enliser. »

Se tournant vers Cassidy, il le serra dans ses bras.

« Cher trésor, murmura-t-il doucement, c'est charmant et gentil ce que vous avez fait. Béni soyez-vous. Je vous aime. Pardon. »

Par-dessus l'épaule de Shamus, il vit Helen hausser les siennes. *Une de ses humeurs*, disait son sourire, *ça passera*. S'approchant, elle l'embrassa à son tour, là où il était, dans les bras de son mari.

Après le « shampooing », rangé par Cassidy dans le réfrigérateur, celui-ci les pria poliment de l'excuser et les laissa défaire leurs bagages. Avec le même tact, Helen laissa les deux amoureux se dire au revoir. Shamus descendit les marches avec lui.

« Vous ne savez pas où je pourrais acheter un ballon, non ? » demanda-t-il en regardant le terrain de jeux.

C'était un de ces jours sombres et mornes, où l'herbe était très verte, et il y avait du rose derrière la centrale électrique comme si les briques avaient déteint sur le ciel. Un groupe d'enfants noirs jouaient à la marelle.

« Vous pourriez essayer le bazar, dit Cassidy, un peu déçu de penser qu'il avait oublié quelque chose. Shamus, il n'y a rien qui cloche, n'est-ce pas ? Rien qui n'aille pas...

— Vous voulez un jugement moral ?

— Seigneur non... », dit précipitamment Cassidy qui connaissait les règles.

Shamus redevint silencieux.

« Dieu a mis six jours, trésor, dit-il en souriant enfin. Même Butch ne peut pas faire ça en un matin. »

Un taxi arriva.

« Et vous vous êtes vraiment mis à ces pages du milieu ? demanda Cassidy souhaitant terminer la conversation sur une note optimiste.

— Tout ça pour vous. Je suis un amoureux très docile aujourd'hui. Pas d'alcool, pas de putain. La modération dans tous les domaines : demandez à Helen.

— Elle m'a dit, fit Cassidy mal à propos.

— Au revoir, trésor. Formidable la crèche. Soyez béni. Tiens, comment va la bourgeoise ? Je me suis dit que j'allais lui téléphoner un de ces jours.

— Elle n'est pas là en ce moment. Elle est allée habiter quelques jours avec sa mère. »

Helen du balcon les regarda s'embrasser, comme une princesse sur sa tour neuve, les larges douves derrière elle. La dernière image qu'il eut de Shamus ce fut pour le voir au milieu des enfants à attendre son tour pour jouer à la marelle.

Chez lui cependant, et contrairement à ce petit détail de licence artistique que s'était permis Cassidy, tout était bonheur et activité. Les actions de Cassidy avaient monté : sa maladie lui avait fait du bien, disait-on, John Elderman était un génie. Aldo mange bien, Aldo a l'œil plus vif, on sent qu'il a un but : la rumeur passait d'une bouche féminine à une autre, avec quelques modifications selon le statut domestique. Les femmes de ménage se cotisèrent pour lui acheter un appui-tête pour la Bentley ; les chiens le reconnaissaient, Hugo lui dessinait des pancartes de bienvenue. Heather Ast venait presque chaque jour suivre la convalescence d'Aldo tout en discutant avec Sandra la façon de ressusciter des épaves humaines.

« Nous devrions ouvrir une maison de repos à la campagne, disait-elle, ravie du temps estival. Un endroit où ils pourraient tous sécher. »

Cet éclaircissement du ciel domestique de Cassidy n'était pas sans cause ; car Cassidy avait fini par reconnaître sa vraie vocation et Sandra notamment en était enchantée. Les terrains de jeux devaient passer aux profits et pertes, déclara-t-elle ; on pouvait gaspiller des années entières sans arriver nulle part ; les conseils municipaux étaient incroyablement corrompus.

« C'est exactement ce qu'il te faut, dit-elle. Ça te donnera un véritable intérêt dans la vie. »

C'était la solution idéale, ajouta-t-elle : le compromis naturel entre l'Église et la Boutique : « Je n'arrive pas à comprendre pourquoi tu n'y as pas pensé plus tôt, mais quand même.

— Ça m'est venu pendant que j'étais malade, avoua Cassidy. J'avais cet affreux sentiment d'avoir perdu tant d'années de ma vie quand j'étais couché là et je pensais : *Qui es-tu ? – Pourquoi es-tu ? – Que dira-t-on de toi quand tu seras mort ?* Je ne voulais tout simplement pas te donner de soucis avant d'être sûr, ajouta-t-il.

— Chéri », dit Sandra, un peu honteuse tout de même, comme elle l'avoua plus tard à Heather, de n'avoir pas joué un rôle plus actif dans la tempête intérieure où se débattait son mari.

À titre de précaution toutefois il consulta John Elderman. On aurait dit que c'était un problème d'ordre conjugal. Ne serait-ce pas un trop grand effort pour lui ? Cela ne risquait-il pas de l'abattre comme l'avait fait Paris ? Cela voulait dire de nombreux voyages, des nuits solitaires. De tristes auberges du Nord. John était-il absolument sûr que le physique de Cassidy pourrait le supporter ? Après avoir fait quelques réserves, John Elderman donna le feu vert.

« Mais surveillez-moi ce cœur, conseilla-t-il. Au moindre frémissement vous m'appelez. Qu'il ne le cache pas, d'accord ?

— Il le cachera s'il en a l'occasion, dit Sandra, connaissant son Aldo.

— Alors surveillez-le », dit John Elderman.

Sanctifiés maintenant par un sentiment profond du sacrifice, ils se mirent au travail avec acharnement. La première chose était de se décider pour un parti. Bien que le siège de Sandra fût fait, Cassidy, avec son expérience plus concrète du monde, sa compréhension légendaire des faiblesses de la chair chez les hommes, n'avait pas encore pris de décision ferme. Sandra estimait capital de ne l'influencer d'aucune façon, et donc (comme elle lui raconta plus tard) elle assista en silence au dialogue entre sa conscience et sa bourse.

« Je ne peux pas me faire à l'idée d'être socialiste et riche, dit-il. Je trouve que ça ne va pas ensemble.

— Tu n'es pas si riche, dit Sandra pour le consoler.

— Ma foi si. Si la Bourse tient.

— Alors donne ton argent, répliqua-t-elle, si c'est ça ton problème. »

Mais Cassidy estimait que le donner était trop facile.

« Je suis désolé, Sandra, mais ça n'est pas la solution ; je ne peux pas m'échapper comme ça. Il faut que je supporte ce que je suis, lui dit-il au dîner, la veille de l'arrivée de Helen et de Shamus. Non pas ce que je devrais être. La politique reflète la réalité.

— Tu disais toujours qu'on nous jugeait sur ce que l'on cherchait.

— Pas en politique, s'empressa de répondre Cassidy.

— Alors pourquoi pas les libéraux ? Il y a des tas de riches libéraux, regarde les Niesthal.

— Mais les libéraux ne sont jamais au pouvoir », protesta Cassidy.

Mieux valait être un indépendant libre qu'un libéral pieds et poings liés, dit-il.

« Tu veux dire que tu ne soutiendras que les vainqueurs ? demanda Sandra, gardienne comme toujours de la probité de son mari.

— Ça n'est pas ça. C'est simplement... Les libéraux parlent avec trop de voix différentes. Je veux un parti qui sache ce qu'il veut.

— En tout cas en ce qui me concerne, dit Sandra, les conservateurs sont absolument hors de question. »

Les conservateurs détestaient les pauvres, déclara-t-elle, ils n'avaient absolument aucune passion pour les déshérités. Les conservateurs étaient stupides, son père en avait été un et si Cassidy s'approchait seulement des conservateurs elle le quitterait aussitôt.

« Je ne veux à aucun prix être l'épouse d'un député *tory*, dit-elle. Sauf à la campagne. À la campagne c'est différent, on est plus traditionnel. »

Pour la calmer, Cassidy lui expliqua son plan de campagne. Il le fit de façon fort judicieuse, en lui faisant peu à peu partager un secret complexe et délicat. Promettait-elle de n'en parler à personne ?

Oui.

En était-elle sûre ?

Elle l'était.

Peu lui importait si elle en parlait à Heather et aux Elderman et aux femmes de ménage parce que de toute façon eux le sauraient ; oui, et les Niesthal s'ils demandaient, mais pas autrement.

Elle comprenait.

Eh bien, il avait fait place nette au bureau. C'était la morte-saison, les affaires s'étaient tassées après la Foire de Paris, une bonne partie du personnel était en vacances. Cela fait il avait pris contact avec les syndicats...

« Les syndicats, répéta Sandra, très excitée. Tu veux dire que tu vas t'inscrire...

— Les syndicats, reprit patiemment Cassidy, écartant sa vertu. Maintenant veux-tu me laisser terminer ? »

Sandra ne demandait pas mieux, elle n'avait pas voulu l'interrompre.

Très bien, il y avait eu des discussions. Se rappelait-elle ce mercredi où il avait dû aller à Middlesborough et où Beth Elderman disait l'avoir vu chez Harrods ?

Sandra s'en souvenait parfaitement.

Eh bien, c'était une des discussions

Sandra était toute contrite.

À la suite de ces discussions qui s'étaient poursuivies pendant plusieurs semaines, les syndicats l'avaient invité maintenant à examiner de très près toute l'organisation du mouvement travailliste du point de vue de l'homme d'affaires.

« Oh ! mon Dieu, murmura Sandra, mais c'est de la dynamite ! »

C'était en fait (mais c'était tout à fait confidentiel) une analyse de productivité. Au terme de ses recherches, il rédigerait un rapport et s'ils lui plaisaient encore et s'il leur plaisait encore, eh bien, peut-être pourrait-on trouver un siège syndicaliste sans histoire...

« Peut-être même qu'ils publieront ton texte, dit Sandra, encore tout excitée tandis qu'ils se déshabillaient pour se coucher. Alors tu serais un écrivain aussi. Le rapport Cassidy... Quand commences-tu ?

— Première étape demain », dit Cassidy étalant enfin ses cartes.

« Et pas question de compromis, insista Sandra. Ne va pas dire des choses simplement pour leur faire plaisir. Ces syndicats sont une véritable plaie.

— J'essaierai, dit Cassidy.

— Bonne chance, papa, dit Hugo.

— Vraiment », insista encore Sandra.

« Politique mon cul, dit le vieil Hugo dans le penthouse, recevant son fils pour sa visite secrète bimensuelle et son chèque bimensuel. Politique, tu parles. Crois-moi, tu n'as pas les tripes pour ça. Il faut les tripes d'un lion pour faire de la politique aujourd'hui, d'un lion, Blue ! » Une certaine Mrs. Bluebridge habitait là, conseillère du vieil Hugo et qui dans l'enfance de Cassidy lui avait longtemps servi de mère. Elle avait installé une machine à écrire sur la table du salon – sa façon à elle d'établir sa respectabilité – et son sac de toilette dans une salle de bains séparée, Cassidy l'avait vue en allant se brosser les cheveux. «Qui est Bluebridge? demandait-il toujours. C'est ta femme? Ta sœur? Ta secrétaire?» Un jour, pour lui tendre un piège, il lui avait parlé français, mais bien que surprise elle n'avait pas réagi de façon coupable.

«Oh! je pense, Aldo...», commença Bluebridge, sur quoi elle se perdit dans le problème de comprendre les besoins des jeunes gens dans le monde actuel.

Un léger accent écossais la distinguait des autres membres de son équipe. Sa bouche était au centre même de ses lèvres peintes, une ligne noire éraillée dont les bords s'écartaient et se rejoignaient comme une modeste couture sous la pression. Il lui doit de l'argent, se dit Cassidy; il donne de l'amour à la place. Bientôt c'était lui qu'elle viendrait trouver, elles le faisaient toutes. Elle arriverait à South Audley Street un lundi matin après avoir ruminé pendant tout le week-end, elle s'assiérait dans le profond fauteuil de cuir auprès de la tasse de café apportée par Angie Mawdray, en tripotant de vieilles enveloppes pleines de promesses non tenues.

Vous savez, je ne veux rien dire contre votre père, Aldo. Votre père est un homme adorable à bien des égards...

Elle s'intéressait toujours aux jeunes. Lui ayant montré qu'elle savait raisonner, elle entreprit d'annoncer sa conclusion:

«C'est le sexe, le sexe, le sexe, tout le temps, il ne pense qu'à ça, je vous assure, Aldo. La politique ou les filles, c'est pareil. J'ai vu ça toute ma vie.

– C'est un découpage, s'écria le vieil Hugo plein d'entrain, en désignant au loin les contours de Westminster. C'est un découpage de vices, de cupidité et d'influences, la politique ça n'est que ça, je t'assure. Écoute Blue, Aldo; cette femme a vu le monde.

— Vous n'êtes pas de mon avis au fond, Aldo ? demanda la bouche mal cousue. Aldo a vu le monde aussi, Hugo, ce n'est plus un bébé.»

En le raccompagnant elle lui pressa la main en lui souhaitant bonne chance.

«Je suis si contente que vous deveniez conservateur, chuchota-t-elle, mais ne le faites pas dans le dos de votre papa, mon cher enfant, ça ne dure jamais.

— Il était conservateur, lui ? demanda Cassidy, en parlant du vieil Hugo et souriant encore de leur avoir fait si grand plaisir.

— Chut», fit Blue qui sentait la galette d'avoine.

Au bureau de South Audley Street aussi tout était ensoleillé, tout allait bien. Meale, prenant trois semaines de vacances d'une traite, s'était retiré dans un monastère à Leeds ; Lemming était dans les îles Scilly ; Faulk avait loué une villa à Selsey et vivait dans un bonheur dont on n'ignorait rien avec un sergent de ville. De son entourage, seule miss Mawdray était noblement restée pour veiller aux désirs du président. Elle passait le plus clair de son temps à faire des courses. Si elle ne commandait pas des ouvrages reliés sur la Révolution, l'hygiène et le Marché commun (soit pour envoyer à Abalone Crescent soit pour orner la table à abattants de la salle d'attente), elle s'adonnait à de nombreuses menues tâches qu'exigeait le bien-être des protégés de son maître. Elle prit un abonnement de bibliothèque chez Harrods et des dispositions pour qu'un marchand de journaux les servît quotidiennement ; elle leur fit ouvrir un crédit dans une agence de locations théâtrales, les notes devant être envoyées à la société. Tout cela sur les instructions de Cassidy, tout cela avec un grand aplomb. Elle fit chercher du papier chez Henningham and Hollis et veilla à ce que des dactylos fussent prêtes dans une agence de Pimlico.

Ayant persuadé Helen (à l'insu de Shamus) d'accepter une petite pension pour leur permettre de tenir le coup jusqu'à la parution du nouveau livre, Cassidy décida également qu'elle devrait avoir une carte de crédit et après quelques difficultés et une grande obstination animale, Angie Mawdray réussit à parrainer son inscription pour lui en faire obtenir une.

« Seigneur, dit-elle en riant, elle va vous ruiner, moi je le ferais. »

Jamais elle n'avait eu meilleur moral. Jadis elle n'aimait pas égarer Sandra sur de petits détails, par exemple qu'il était à Londres, à Manchester, s'il était encore à Paris. Maintenant, ses scrupules s'étaient envolés, et bien que Cassidy ne lui eût rien confié de ses projets syndicalistes, elle en savait assez et elle en devinait assez pour protéger ses intérêts quand le besoin s'en faisait sentir. Quant à son apparence, elle rayonnait du plus pur bonheur. Ses seins, souvent libres sous son corsage, demeuraient fermes malgré la chaleur estivale ; ses jupes d'été, qui n'avaient jamais été longues, s'étaient rétrécies pour être d'une brièveté de fête, et ses mouvements semblaient calculés pour solliciter plutôt que pour détourner son regard.

Une fois, pour la récompenser de ses efforts, il l'emmena au cinéma et elle lui tint la main dans une soumission muette, regardant Cassidy plutôt que l'écran, son petit visage éclairé par les reflets d'encens de la lumière bleutée.

Quant à ses rapports avec Helen et Shamus, Angie Mawdray ne s'en montrait ni scandalisée ni curieuse.

« Si vous les aimez bien, ça me suffit, dit-elle. Et lui c'est vraiment un écrivain formidable. Aussi bon que Henry Miller, malgré tout ce que disent ces crétins de critiques. »

Quelques jours après leur arrivée elle avait appris à reconnaître leurs voix au téléphone et passait la communication sans rien demander. Une fois, prenant son accent russe, Shamus lui demanda de coucher avec lui. Il était le révérend Raspoutine, dit-il, et il en avait par-dessus la tête des princesses.

« Il ne demanderait pas mieux, dit Cassidy en riant, si jamais l'ombre d'une occasion s'en présentait.

– Qu'est-ce que ça a de si drôle ? » fit Angie, piquée.

Mais en général il disait qu'il était Flaherty, un fanatique irlandais en quête de modération.

25

Shamus appelait ça chez Hall.

Ils allaient là-bas pour l'Impact, c'était encore mieux que l'eau. Ils y allaient pour l'abstinence, c'était la nouvelle marotte de Shamus; être en forme et se conserver jusqu'à un bel âge biblique. Ils y allaient en autobus, montant sur l'impériale, après six heures, quand les bus allant vers l'est étaient presque tous vides. Ils allaient jusqu'à un entrepôt en briques noircies derrière Cable Street, avec des cordes qui se balançaient aux poutrelles et un vieux trampolino tendu au-dessus du sol de ciment, et un ring de boxe disposé sous des lampes à arc, le tapis maculé de taches de sang. Cassidy était en survêtement avec un petit laurier bleu sur le sein gauche, mais Shamus insista pour garder son manteau funéraire, il ne voulait pas s'habiller pour l'Impact. Hall portait un pantalon blanc aussi large aux revers qu'à la ceinture et un maillot de coton avec des plis repassés à la hauteur des épaules. Hall était un petit homme rond et édenté avec des yeux bruns vifs, des poings rapides et un teint découpé en carrés comme un vieil édredon marron. Cassidy lui trouvait l'air d'un aumônier de la marine, avec la même philosophie impeccable, une façon de boire dévote, un air dévot quand il buvait et la même façon de vous serrer la main tout en cherchant Dieu derrière vous.

Il appelait Shamus Beau.

Pas mon Beau ou le Beau, mais simplement Beau comme si c'était un prénom. La première fois que Cassidy l'entendit cela lui parut très Régence. Avant l'Impact ils regardaient les espoirs de Hall s'entraîner, ils jouaient sur le trampolino et chevauchaient la bicyclette fixée au sol. Après l'Impact ils allaient chez Sal, c'était le nom que Hall donnait à l'endroit où il vivait. Sal était la petite amie de Hall, le corps de Hall; il l'aimait plus que la vie. Elle avait dix-neuf ans et un cœur simple, putain de son état mais présentement à la retraite sur l'insistance de Hall.

Pour cette raison, Hall la laissait rarement sortir, mais il bouclait la lourde pour la garder à l'abri.

« *La lourde ?* » demanda Cassidy.

La lourde c'était de l'argot de prison, expliqua fièrement Shamus; Hall était allé en taule. Boucler la lourde signifiait verrouiller la porte de la cellule la nuit.

C'est pour ça que Hall a l'air d'un ecclésiastique, songea Cassidy, à qui il rappelait le vieil Hugo; il a appris la piété des murs de granit.

Pour l'Impact, Shamus se battait avec Hall, quand il ne restait personne dans le gymnase que Cassidy et un nommé Ming, sourd comme un pot et chargé d'essuyer le sang.

Hall n'acceptait que quand le gymnase était vide; c'était sa règle, c'était son orgueil, cela correspondait au sens qu'avait Hall de ce qui devait se faire dans une salle de gymnastique bien tenue, car Shamus n'avait aucun art et refusait d'apprendre.

« Attendez, disait Hall d'un ton ferme, en verrouillant les portes. Attendez, Beau, je vous dis », puis il plongeait rapidement sous les cordes et surgissait dans le ring avant que Shamus ait pu le toucher.

Shamus dans l'attaque ne comptait que sur la charge. Il chargeait en brusques assauts, poussant des cris, agitant ses bras sous son manteau funéraire : « Salaud, pédé, péquenaud ! » Et s'il atteignait son adversaire, il l'étreignait, lui serrant les côtes et le mordant jusqu'au moment où Hall était obligé de se dégager à coups de poing. Parfois, prenant un style japonais, il essayait de lui donner des coups de pied, alors Hall lui prenait le pied et le renversait sur le dos.

« Doucement, Beau, doucement, je ne veux pas vous faire mal », disait Hall, se méprenant totalement sur les raisons du combat.

Très rarement, provoqué au-delà de ce qu'il pouvait supporter, Hall le frappait à la joue, le plus souvent du revers de la main pour détourner son attaque. Shamus alors reculait, très pâle, l'air furieux et souriant tout à la fois, sentant la douleur et se frottant la joue de sa manche noire.

« Mon Dieu, disait-il, fichtre. Tenez, allez donc faire ça à Cassidy. Sentez-moi ça, Cassidy, c'est fantastique !

— Je l'imagine très bien, disait Cassidy en riant. Merci beaucoup quand même, Hall. »

« Il pourrait être un grand champion, déclara Hall de retour chez Sal, tandis qu'ils buvaient le Talisker que Cassidy avait sorti de sa serviette. C'est son jeu de jambes qui ne va pas, il n'est pas assez en ligne, n'est-ce pas, Beau ? Mais quand même vous êtes un massacreur, vous savez ?

— Je trouve qu'il est charmant », dit Sal qui était très collet monté pour son âge et qui disait rarement grand-chose d'autre.

Hall buvait son whisky sec, dans un grand verre si plein qu'on aurait dit de la bière.

« C'est comme ça que nous devrions le boire, expliqua Shamus tandis qu'ils rejoignaient Helen. Si seulement je n'étais pas dévoué à une cause. »

« Je dois dire », expliqua Sandra à John Elderman. Heather était présente et le raconta à Cassidy. « Je dois dire qu'il est en pleine forme. Il a perdu quatre livres en une semaine.

— C'est toute cette nourriture des syndicats, dit John Elderman, qui connaissait son bas peuple.

— Il prend de l'exercice aussi », dit Sandra, avec (selon Heather) un sourire fort insolite.

Observer, Helen appelait ça.

C'était son idée ; elle l'avança un matin où Cassidy était

assis au pied du lit bleu à finir leurs toasts. Il était passé de bonne heure en allant à South Audley Street. C'était la saison des vacances et le monde des affaires était pratiquement paralysé.

Les tasses comme l'assiette étaient en poterie : une céramique d'une grande délicatesse, il avait pensé que cette forme simple la séduirait.

« Franchement, Shamus, dit-elle. Il n'a tout simplement jamais vécu, n'est-ce pas, Cassidy ? Il a passé toute sa vie à Londres et il ne sait rien de sa ville. Franchement, on lui demande où se trouve quelque chose, quand ç'a été bâti, construit... N'importe quoi et je parierais qu'il est incapable de répondre. Cassidy, est-ce que vous êtes jamais allé à la Tate Gallery ? Écoute ça, Shamus. Alors, Cassidy ? »

Alors cet après-midi-là pendant que Shamus travaillait, ils allèrent à la Tate Gallery, s'arrêtant en chemin pour que Helen achète des chaussures de marche. Trouvant la Tate fermée ils prirent au lieu de cela le thé chez Fortnum et Helen insista ensuite pour visiter le rayon des voitures d'enfant afin d'inspecter un des landaus de Cassidy. Le vendeur était extrêmement respectueux et, sans savoir que Cassidy faisait partie de son public, il vanta l'excellence de ses inventions. Il supposa aussi que Helen et Cassidy étaient mariés et que Helen était enceinte, et cela provoqua chez eux bien des rires étouffés, des serrements de main et des regards complices. Là-dessus Helen dit qu'en fait ce pourrait bien être des jumeaux, il y avait beaucoup de jumeaux dans la famille, surtout de son côté à elle.

« Mon père est un jumeau, tout comme mon grand-père et mon arrière-grand-père... »

Et Cassidy d'intervenir : « Ça a fait des histoires épouvantables avec le titre, n'est-ce pas, chérie ? »

Le vendeur leur montra donc une voiture Cassidy Duplex avec une capote en Banburn Cassidy et Helen la fit gravement rouler de long en large sur le tapis jusqu'au moment où elle eut le fou rire et où il fallut l'emmener.

Au zoo, Helen alla droit jusqu'aux vautours, les étudiant gravement et sans crainte apparente. Les gorilles de Hugo l'amusèrent particulièrement, la faisant rire tout haut. Non, corrigea calmement Cassidy, ils ne faisaient pas l'amour en l'air, c'était le bébé gorille qui se cramponnait par-dessous, c'était comme ça qu'ils transportaient leurs petits un peu comme les kangourous.

« Allons donc, Cassidy, ne soyez pas si collet monté, bien sûr qu'ils...

– Non, dit Cassidy fermement, absolument pas. »

Dans le pavillon des animaux nocturnes, ils regardèrent des blaireaux qui préparaient un nid et des chauves-souris qui se nettoyaient les oreilles et des petits rongeurs qui creusaient contre la vitre. Non, dit Cassidy, répondant à la même question, ils se faisaient simplement la courte échelle. Dans le couloir obscur, entourée d'une foule d'enfants aux yeux chassieux, Helen entraînée par la gratitude embrassa Cassidy pour toutes les merveilles qu'il avait faites pour Shamus; et elle promit à Cassidy qu'elle l'aimait, aussi fidèlement au fond que Shamus, et qu'il aurait toujours un foyer chez eux si tout allait mal ailleurs dans sa vie.

Et quand enfin, après avoir fait étape dans plusieurs pubs, ils arrivèrent au Water-Closet (c'était le nom que Shamus donnait à l'appartement) et qu'ils le trouvèrent encore au travail, toujours coiffé de son béret, installé devant la fenêtre qui donnait sur le fleuve, ils lui racontèrent tout ce qu'ils avaient observé, tout ce qu'ils avaient vu d'amusant; tout en fait sauf le baiser, parce que le baiser était quelque chose de personnel et, comme les actions de certains animaux, aisément susceptible d'être mal interprété.

« Formidable, dit Shamus tranquillement quand il eut entendu leur récit. Formidable », et ayant affectueusement étreint chacun d'eux, il revint à son bureau.

Quelques jours plus tard les deux hommes allèrent chez Hall pour l'Impact et Shamus réussit à assener à Hall un coup douloureux sur l'œil. En représailles, Hall lui allongea un coup de poing à l'estomac, un rude coup, juste sous la cage thoracique, à l'endroit que les boxeurs appellent la marque, et Shamus devint pâle, pris de nausée et plus silencieux encore qu'avant.

Avec Shamus tout entier pris par son travail, l'abstinence et la contemplation, Helen et Cassidy en vinrent inévitablement à passer beaucoup de temps à observer tout seuls. Tantôt dans son manteau funéraire, tantôt tout nu devant la fenêtre, le béret tiré bas sur son front sombre, il restait assis des heures d'affilée, la tête basse, à faire courir sa plume sur le papier. Même pour *La Lune*, disait Helen, il n'avait jamais fait montre d'un tel zèle, d'une telle application.

« Et c'est vous qu'il doit remercier pour ça, cher Cassidy.

— Il récrit tout ? demanda Cassidy qui déjeunait avec elle chez Boulestin. J'ai eu l'impression de voir tout un nouveau roman. »

Helen dit que non, elle était sûre que c'étaient seulement les corrections. Il avait promis à Cassidy de le faire, il avait fait la même promesse à Dale : Shamus n'oubliait jamais, jamais une promesse.

« Il paye toujours ses dettes. Je n'ai jamais rencontré personne qui ait un plus grand sens de l'honneur. »

Elle dit cela sans effet dramatique, c'était une déclaration concernant quelqu'un qu'ils aimaient tous les deux ; et Cassidy savait que c'était vrai, que c'était un fait établi.

Londres, c'était sa ville à elle.

Pour Shamus c'était Paris. Le Celte, le nomade, le rêveur, le praticien : tous se retrouvaient dans l'insondable génie artistique de Paris. Mais Helen était Londres et Cassidy l'aimait pour ça. Elle en adorait la dignité, la pompe crasseuse et la poussière. Et s'ils souscrivaient tous deux à l'affirmation de Shamus qui déclarait que le passé ne valait pas la peine d'être discuté, Cassidy maintenant la connaissait assez pour savoir que c'était à Londres qu'elle avait passé le plus clair de sa vie.

Elle le guidait. Elle le guidait le long des quais, le long des entrepôts hollandais où étaient peints des noms de professions impossibles : importateur de sucre de canne, baleinier, broyeur de curry. Elle le guidait dans de dangereuses ruelles à la Dickens, éclairées au gaz et hérissées de bornes d'amarrage, où pendant vingt secondes il frémissait à l'idée d'être jeune, bien habillé et désirable aux yeux des malfaisants. Elle lui montra les églises de la cité avec leurs bords crénelés comme des timbres, elle l'emmena dans des synagogues et dans des mosquées, lui tint la main à l'endroit où les poètes étaient enterrés dans l'abbaye de Westminster. Elle lui montra des marchés déserts où des chiens bruns dévoraient des choux de Bruxelles à la lueur des réverbères et la statue de Mussolini à l'Imperial War Museum. Elle l'emmena à l'Ancre et le fit s'arrêter sur une estrade pour regarder Saint-Paul se découper sur le ciel du couchant de l'autre côté du fleuve ; et elle lui demanda de devenir lord-maire tout en fourrures et en chaînes pour qu'elle puisse aller lui rendre visite et manger du rosbif à la lueur des bougies. Et Cassidy savait qu'il n'avait jamais vu aucun de ces endroits auparavant, aucun d'eux, pas même la Tour de Londres ni Piccadilly Circus, jusqu'au jour où Helen les lui avait montrés.

Comme sujet de conversation ils avaient Shamus : leur enfant, leur parent, leur amoureux et leur protégé. Comment ils l'aimaient plus qu'eux-mêmes ; il était leur lien. Comment son talent était leur responsabilité, leur don au monde. Que lui causer tort en aucune façon serait violer une promesse.

Shamus cependant avait taillé sa barbe en carré afin d'avoir l'air d'un rabbin.

« C'est parfait pour l'Ancien Testament », expliqua-t-il, écrivant toujours.

À Abalone Crescent, Sandra fut extrêmement impressionnée par la description que lui fit Cassidy de la situation qui régnait sur les docks.

« Quand se rendront-ils compte que c'est la qualité de la vie qui compte et non pas les sommes que les gens gagnent ? demanda-t-elle.

— Seigneur, dit Snaps. Ce qu'il faut entendre.

— Quand même, chérie, l'argent est bien agréable, répliqua Mrs. Groat, qui s'était récemment mis le bras en écharpe en prétextant que cela lui faisait mal quand il n'était pas soutenu.

— Allons donc, dit Sandra. L'argent n'est qu'un symbole. C'est le bonheur qui compte, n'est-ce pas, Aldo ? »

Pour compenser ses absences prolongées, Sandra avait eu la sagesse de développer de nouveaux intérêts :

« Que font les dockers pour le contrôle des naissances ? » voulut-elle savoir. Y avait-il des centres de consultations pour les épouses ? Sinon Heather et elle allaient en ouvrir un aussitôt. Ou bien – idée raisonnable – ne devraient-elles pas remettre cette décision jusqu'au jour où Cassidy aurait son siège ?

« Je crois, dit habilement Cassidy après quelque réflexion, que tu ferais peut-être mieux d'attendre de voir où nous allons. »

Le changement chez Shamus, quand il se produisit, fut tout d'abord difficile à discerner de la tension provoquée par un emploi du temps sévère et n'avait que de vagues rapports avec les événements extérieurs. Hall y était pour beaucoup ; pourtant le rôle qu'il jouait était sans doute en fin de compte d'apporter une analogie plutôt qu'une contribution.

Depuis plusieurs semaines maintenant, Helen, Cassidy et Shamus menaient une vie de bonheur tout à fait insolite. À mesure que Shamus ajoutait page après page au tas bien net de papier devant lui, Cassidy avait l'impression que sa propre satisfaction grandissait dans un constant épanouissement d'une amitié parfaite. Cassidy venait le plus souvent après le déjeuner, lorsque Helen s'était débarrassée de la plus grande partie de ses devoirs domestiques. Parfois elle était encore en train de laver – la machine, malgré toute sa simplicité, l'avait vaincue – et dans ce cas Cassidy essuyait la vaisselle pour elle pendant qu'ils faisaient le plan de leurs distractions pour l'après-midi. Ils consultaient souvent Shamus. Croyait-il qu'il allait pleuvoir ? Que pensait-il d'une excursion à Hampton Court ? Devraient-ils prendre la Bentley ou louer une voiture chez Harrods ? Quand ils revenaient ils s'asseyaient à la table la main dans la main et, devant un petit verre de Talisker ou une bouteille de « shampooing », ils lui racontaient tout de leurs nombreuses aventures et impressions.

De temps en temps, en échange, Shamus leur lisait des passages de son manuscrit et bien que Cassidy dans ces cas-là s'abandonnât délibérément à une sorte de vertige intérieur qui ne lui laissait qu'une vague impression de génie, il reconnaissait volontiers que c'était mieux que Tolstoï, même mieux que *La Lune*, et que Dale était l'éditeur le plus chanceux du monde.

De temps en temps Shamus ne disait rien mais se balançait dans son fauteuil, en laissant Keats crier pour lui aux passages drôles.

Mais quelquefois, si Cassidy n'avait pas tout simplement passé la nuit là, il venait le matin, assez tôt pour partager leur petit déjeuner dans la chambre aux fleurs bleues et à cette heure de fraîcheur il discutait avec eux les problèmes du monde ou mieux encore les leurs. C'était une époque de franchise exceptionnelle dans tout ce qui affectait leurs relations collectives. La vie amoureuse de Helen et de Shamus, par exemple, était entre eux un livre ouvert. Bien qu'on ne parlât jamais de Paris – Cassidy à vrai dire se demandait parfois s'ils y étaient jamais allés –, Helen avait clairement laissé entendre qu'elle connaissait Shamus dans cette humeur-là aussi et que Cassidy ne lui cachait rien qui risquât de blesser son orgueil. Il n'était pas rare non plus pour Shamus ou pour Helen de faire allusion à de récents ébats sexuels, souvent avec des sous-entendus pleins d'humour.

«Seigneur, dit-elle à Cassidy une fois où ils se levaient après un déjeuner prolongé au Silver Grill, il m'a pratiquement brisé le dos», et elle lui confia qu'ils avaient lu le Kamasutra et suivi l'une de ses plus ambitieuses recommandations. Au hasard d'autres remarques qui leur échappaient au fil de la conversation, Cassidy apprit qu'ils avaient l'habitude d'utiliser aux mêmes fins les cabines téléphoniques et autres lieux publics, et que leur exploit le plus remarquable avait eu lieu sur une Lambretta garée dans une petite rue derrière le palais de Buckingham. Et d'une façon plus générale, il ne pouvait s'empêcher de remarquer (puisqu'il dormait souvent dans la chambre voisine) que ses amis avaient au moins un échange de vues quotidien, et assez souvent deux ou trois.

Le premier indice d'une imperfection dans cette relation idyllique se manifesta avec leur excursion à Greenwich. Comme un jour d'été parfait en suivait un autre, il était bien naturel pour Helen et Cassidy de s'aventurer toujours plus loin en quête de plaisirs et d'informations. Tout d'abord ils se contentèrent des jardins publics du Grand Londres, où ils faisaient voler des cerfs-volants et des planeurs et lançaient des bateaux sur les étangs. Mais les parcs étaient pleins de quidams et de péquenauds en rut dans leurs sous-vêtements roses, et ils convinrent que Shamus préférerait qu'ils se trouvent un endroit à eux, même si cela prenait plus longtemps pour y aller. Ils prirent donc la Bentley pour aller à Greenwich, et alors qu'ils étaient là ils se prirent à regarder le yacht dans lequel sir Francis Chichester avait fait le tour du monde en navigateur solitaire. Il n'était pas dans l'eau mais dans du ciment; embaumé là à jamais, à quelques pas du quai.

Pendant un moment ils ne parlèrent ni l'un ni l'autre.

Cassidy en fait ne savait pas très bien quelle devrait être sa réaction. Que le bateau avait des lignes superbes, mon Dieu! regardez-moi ces proportions? Que cela semblait un horrible gaspillage de ne plus utiliser un bateau en parfait état, l'argent du contribuable n'y participait-il pas?

Ou bien devait-il dire qu'il aurait voulu qu'ils puissent appareiller dedans, rien qu'eux trois, peut-être pour aller sur une île.

« C'est la chose la plus triste que j'aie jamais vue, dit soudain Helen.

— Moi aussi, dit Cassidy.

— Penser que jadis il était libre... Que c'était une chose vivante, sauvage... »

Cassidy aussitôt fit chorus. C'était en fait un spectacle tragique et infiniment affligeant, il allait écrire au Conseil du Grand Londres dès qu'il aurait regagné son bureau. Enchantés par la similitude de leurs réactions à chacun, ils se hâtèrent de rentrer pour faire partager leurs sentiments à Shamus.

« Allons là-bas un soir, proposa Cassidy, avec des pioches et libérons-le !

— Oh ! oui ! faisons ça, dit Helen.

— Bon Dieu », dit Shamus et il s'en alla aux toilettes, de toute évidence pour y vomir.

Plus tard il s'excusa : une pensée indigne, dit-il, pardon, trésor, pardon. Il s'était imaginé Christopher Robin, tout ça n'était pas bien, pas bien.

Mais quand Cassidy, qui rentrait chez lui, descendit les marches d'acier, il reçut une averse d'eau qui ne pouvait venir que de la fenêtre de la chambre ; et il se rappela la brasserie Lipp à Paris, son baptême et la douleur de Shamus.

Le nuage, semblait-il, avait passé, jusqu'au jour – une semaine plus tard, peut-être deux – où le gymnase de Hall ferma. Cassidy et Shamus s'y rendirent un lundi et trouvèrent la porte de fer fermée à clef, aucune lumière ne brillant derrière la verrière bleutée.

« Il a dû aller à un combat », dit Shamus, alors pour remplacer ils jouèrent au football.

Ils y retournèrent le jeudi et la porte était toujours fermée, maintenant avec une barre de fer et un cadenas à l'air étrangement officiel avec de la cire à cacheter dessus.

« Il est parti en vacances », dit Cassidy, en pensant à Angie Mawdray, qui était partie pour la Grèce la veille avec un billet acheté par la société. Ils allèrent donc courir dans Battersea Park et jouer sur la balançoire.

La troisième fois qu'ils y allèrent, il y avait une pancarte disant « Fermé », alors ils allèrent sonner chez Sal jusqu'à ce qu'elle leur ouvrît. Hall était en taule, annonça-t-elle, très effrayée, il avait assommé un maître d'équipage américain qui s'était montré grossier et il tirait trois mois aux Scrubs. Elle avait un œil au beurre noir et une main bandée et elle leur referma la porte au nez dès qu'elle leur eut annoncé la nouvelle. Mais il y avait des relents de cigare dans le salon et on entendait une radio en haut, alors ils se dirent que le maître d'équipage américain n'avait pas été irrémédiablement blessé.

Cette nouvelle eut sur Shamus un effet curieux. Tout d'abord il se montra furieux et, comme le Shamus d'autrefois, élabora des plans compliqués pour faire évader son ami ; par exemple kidnapper l'ambassadeur des États-Unis ou mettre sous séquestre le bateau du maître d'équipage. Il réunit toute une armurerie d'armes secrètes : collets métalliques, limes et fragments de chaînes de bicyclette attachés à des manches de bois. Son plan était une révolte massive comprenant tous les prisonniers.

À cette humeur agressive succéda une période de mélancolie profonde et de déception. Pourquoi Hall s'était-il laissé capturer ? Shamus allait commettre un crime pour le rejoindre. La prison était le seul endroit pour les écrivains, et il reprit les exemples familiers de Dostoïevski et de Voltaire.

Mais comme les semaines passaient et qu'on ne relâchait toujours pas Hall, Shamus cessa peu à peu de parler de lui. Il semblait plutôt pénétrer dans un monde de rêve bien à lui et les comptes rendus excités que lui faisait sa femme de ses exploits avec Cassidy ne l'en tiraient plus. Mais il ne se détournait pas de Hall ; au contraire, il en était plus proche, et d'une façon que Cassidy n'arrivait pas à bien comprendre, une association profonde se nouait entre eux, une sorte d'union secrète; il languissait avec lui en attendant un certain jour.

Confiné et immobile pendant des heures de suite dans la prison de son roman, il acquit même, et l'œil entraîné de Cassidy le remarqua, une pâleur de prisonnier et certaines façons de prisonnier, il traînait les pieds, il avait les épaules voûtées, manifestait à table une avidité furtive, avait des attitudes de servilité nerveuse quand on lui parlait, de même qu'il les suivait dans la pièce avec des yeux cernés et qui ne semblaient pas les regarder. Dans la conversation, quand on pouvait l'y faire participer, il avait tendance à faire des références incongrues au repentir, à l'arrogance et au contrat social, à la fidélité à ses propres préceptes. Et en une regrettable occasion, il laissa échapper une comparaison fort désobligeante entre la sublime Helen et Sal, la mignonne de Hall.

Cela arriva tard un soir.
Sur la proposition de Cassidy ils étaient allés au cinéma – Shamus aimait bien le théâtre aussi, mais il avait tendance à interpeller les acteurs – et ils avaient vu un western avec comme vedette Paul Newman, dont Helen avait récemment comparé les traits à ceux de Cassidy. Ayant fait halte dans deux ou trois pubs, ils marchaient bras dessus bras dessous comme ils en avaient l'habitude, Helen au milieu, quand Shamus interrompit soudain Cassidy qui entonnait avec entrain la scène clef du film en criant :
« Oh ! regardez, voilà Sal ! »
Suivant la direction de son regard, ils tournèrent les yeux de l'autre côté de la rue vers une femme d'un certain âge plantée seule au coin d'une rue, sous une lanterne, dans l'attitude classique d'une putain d'avant-guerre. Irritée par leur intérêt, elle les foudroya du regard, tourna les talons et fit quelques pas chancelants sur le trottoir.
« Allons donc, dit Helen. Elle est bien trop vieille.
– Mais toi tu ne l'es pas, n'est-ce pas ? Tu as encore quelques années devant toi, non ? »

Pendant un moment aucun d'eux ne parla. Pour regarder Sal ils s'étaient arrêtés et ils étaient plantés là, toujours bras dessus bras dessous, devant ce qui devait être l'hôpital de Chelsea. Il y avait des lumières aux fenêtres et pas de rideaux. Cassidy sentit le bras de Helen se raidir au creux du sien et sa main nue devenir froide.

«Bon Dieu, murmura Shamus. Bon Dieu.

— Veux-tu me dire ce que ça signifie?» demanda-t-elle.

Les plantant là, il se précipita dans une petite rue, et quand il rentra très tard dans l'appartement, il était tout pâle.

«Pardon, trésor, pardon», murmura-t-il, et, ayant souhaité bonne nuit à Cassidy, il passa son bras autour de la taille de Helen et la guida doucement, avec respect, jusqu'à la chambre.

Le lendemain l'incident se produisit pendant qu'ils jouaient au football.

Ce fut pour tous deux édifiant. Shamus était surmené; l'abstinence avait été poussée trop loin.

En l'absence d'Impact, le football était devenu leur principale récréation. Ils y jouaient deux fois par semaine : le mardi et le vendredi. Toujours à la même heure, à quatre heures. Lorsque quatre heures sonnaient, Cassidy retroussait son pantalon aux genoux, jetait sa veste sur le lit bleu, embrassait Helen et traversait en courant la rue pour aller sur le terrain de jeux réserver le but. Quelques instants plus tard, vêtu de son inévitable manteau funéraire, Shamus descendait les marches de fer et après quelques exercices préliminaires aux agrès prenait sa position soit comme buteur soit comme gardien selon son humeur. Ils utilisaient un système de points rigide et Shamus gardait toutes sortes d'archives dans un tiroir de son bureau, y compris les diagrammes de manœuvres compliquées qu'il avait exécutées. Il parlait même de publier un livre sur une méthode de football; il allait en parler à Dale, ce salaud. En général il était meilleur en attaque qu'en défense. Son coup de pied avait un brio sauvage et indiscipliné qui envoyait souvent la balle au-dessus de la barre et une fois même dans le fleuve, ce pour quoi il réclama un prix, un après-midi d'échanges de vues avec Helen. Comme goal il avait tendance à compter sur une tactique visant à énerver l'adversaire et qui comprenait des cris de guerre japonais perçants et de nombreux jurons exotiques à propos du caractère bourgeois de Cassidy.

Le jour en question c'était au tour de Shamus d'attaquer. Posant la balle tout près des buts, il édifia un monticule, posa la balle dessus, puis recula lentement pour se préparer au coup de pied de pénalité dont il s'était gratifié. Comme le ballon n'était pas à plus de cinq mètres de lui et que la ligne de tir de Shamus semblait dirigée sur sa tête, Cassidy décida de tenter une charge défensive, qu'il exécuta sans difficulté, expédiant le ballon à l'autre bout du terrain où il fut intercepté par un vieux monsieur qui le renvoya. À peine était-ce fait que Cassidy constata que Shamus l'avait frappé sur le nez, très fort, et qu'un filet de sang tiède ruisselait sur sa bouche et qu'il avait les yeux qui pleuraient abondamment.

« Mais c'est le jeu, protesta Cassidy en s'essuyant le visage avec son mouchoir. C'est comme ça qu'on joue, bon Dieu !
— Vous n'avez qu'à vous acheter votre ballon ! lui cria Shamus furieux. Et ne touchez plus au mien. Salaud. »

« À l'absence de règlement, dit Helen, quand ils eurent regagné le Water-Closet, en les observant tranquillement par-dessus son verre de Talisker.
— À mon règlement à moi, dit Shamus, nullement radouci.
— Eh bien, j'aimerais bien que vous me disiez ce qu'il est, dit Cassidy, le nez toujours endolori.
— C'est le livre, lui assura Helen comme il partait. Juste au bord. Il est toujours comme ça à la fin. »

« Je trouve que tu es absolument merveilleux, dit Sandra les yeux brillants d'excitation tandis qu'elle nettoyait la plaie ce même soir. Tu ne l'as pas blessé grièvement, n'est-ce pas ?

— Si oui, tant pis, répliqua Cassidy avec irritation. S'ils veulent une politique brutale, voilà à quoi ils doivent s'attendre. »

Le lendemain Helen et Shamus disparurent.

26

Attendre encore.

Se rendant à Birmingham pour discuter du Marché commun avec la section locale du parti libéral, Cassidy emmena Angie Mawdray, mûrie par les soleils grecs, dîner à Soho.

« Vous savez ce que j'exige d'une femme ? lui demanda-t-il. Un pacte pour vivre pleinement.

— Fichtre, dit Angie. Comment ?

— Ne jamais s'excuser, ne jamais regretter. Boire ce que la vie apporte » – ils avaient bu pas mal de retsina, la boisson favorite d'Angie – « prendre ce qui s'offre, sans jamais penser au prix.

— Qu'est-ce qui vous en empêche ? » demanda-t-elle doucement.

« Je veux partager, expliqua-t-il à Heather Ast chez Quaglino le lendemain soir, un mardi, où il revenait de Birmingham en passant par Hull. Aimer, être aimé. Oui, admit-il, mais ne jamais... vivre sur mon second estomac comme une vache. Quelques aperçus de l'infini, c'est tout ce que je demande. Alors je mourrai heureux. Vous savez ce que disent les Italiens : un jour comme lion vaut toute une vie comme souris.

— Pauvre Sandra, dit calmement Ast. Elle ne comprendrait jamais.

— C'est la vertu, insista Cassidy. La seule vertu, la seule liberté, la seule vie. Faire du désir la justification. De tout.

— Ô Aldo, dit Ast avec regret en lui touchant la main. C'est un tel voyage, un voyage si salutaire.»

« Les heures ordinaires ne suffisent pas, déclara Cassidy à Sandra le mercredi, revenant d'un dîner tardif à travers les rues désertes. J'en ai par-dessus la tête de ce qui suffit. J'en ai assez de faire de la convention une excuse pour m'ennuyer.
— Tu veux dire que tu t'ennuies avec moi, dit Sandra.
— Bon Dieu, bien sûr que non!
— Ne jure pas, dit-elle.
— Je suis sûre qu'il ne le pensait pas, ma chérie, dit sa mère dans son dos. Tous les hommes le font.»
«Qu'est-ce qui te prend tout d'un coup? murmura Snaps tandis que, les femmes d'abord, elles montaient se coucher. Tu es comme une chienne en chaleur.»

«Nous sommes de retour, dit Helen en l'appelant à son bureau. Nous vous avons manqué?
— Certainement pas, dit Cassidy. J'ai des substituts illimités.
— Menteur», dit Helen en envoyant un baiser dans l'appareil.

Hall était libéré: c'était cela l'occasion. Non pas évadé, comme le voulait Shamus, non pas échangé contre l'ambassadeur des États-Unis, mais libéré, honorablement, avec la totale coopération des autorités de Wormwood Scrubs, après une réduction de peine pour bonne conduite. Sa sortie de prison avait coïncidé presque avec le jour du retour de Shamus et de Helen: deux causes valables pour une fête.

Mais quand même pas au Savoy? Au Sac de Clous, oui. Au Victoria Palace, à l'un de ces pubs de tantes que Helen aimait bien, de l'autre côté de la Tamise à Battersea ou Clapham. Mais – en tout cas pas pour Cassidy – pas dans un cas comme ça son cher Savoy.

Était-ce l'idée de Helen? Cassidy en doutait. Helen,

malgré toute son intrépide vertu, avait un sens profond des convenances.

Shamus alors ? Était-ce l'idée de Shamus ?

Tout le désignait. Grandement stimulé par son voyage à la campagne – une petite défaillance, disait vaguement Helen, il commençait à craquer sous le fardeau du livre, mieux valait ne pas en parler –, il était revenu plein de suggestions sur la façon dont ils devraient fêter ça. Sa première idée fut un feu d'artifice tiré sur les docks, le plus grand que Londres ait jamais vu, plus grand que celui de la Grande Exposition ; tout l'argent de Cassidy devrait y être consacré. Mais Cassidy prétendit se souvenir avoir vu des pétroliers dans le port, alors on renonça au feu d'artifice en faveur de la danse. Pas n'importe quelle danse, mais un ballet, écrit par Shamus pour célébrer les vertus du crime passionnel. Chacun y aurait un rôle, ils loueraient l'Albert Hall et en interdiraient l'entrée aux péquenauds de Gerrards Cross.

Contre ce projet, Helen avait les plus vives objections. Il devrait terminer les pages du milieu, disait-elle, avant même de penser à écrire autre chose. D'ailleurs il ignorait tout de la chorégraphie. Si Shamus voulait danser, pourquoi ne pas aller quelque part où on dansait déjà… ? Et ce fut en partant de là on ne sait comment qu'ils se mirent d'accord sur le Savoy.

Il était donc infiniment probable, mais non pas prouvé, que Shamus avait déclenché le mouvement et que Cassidy et Helen, comme c'était si souvent le cas, lui avaient aussitôt emboîté le pas.

La question réglée, cela devint aussitôt leur principal et pour tout dire leur seul souci. Toutes les réserves que Cassidy et Helen avaient pu partager en secret se trouvèrent dissipées par l'excitation des préparatifs. Ils s'y préparaient, ils vivaient pour ça. Pendant que le naïf Shamus coiffait son béret et se plantait de nouveau tout nu devant la fenêtre ouverte, le sentimental club des supporters s'installa dans la cuisine pour rédiger les menus et dresser le plan de table.

« Oh ! Cassidy, comment est-ce que ça va être ? Je parie que c'est absolument formidable. Cassidy, on pourra avoir du caviar ? Hein ? Oh ! Cassidy. »

Des nouvelles de l'agent de Shamus leur fournirent de nouvelles raisons de se réjouir : on lui avait offert un contrat lucratif, sinon glorieux pour aller passer trois semaines à Lowestoft afin d'écrire un documentaire sur les chalutiers pour le Bureau central d'information. Le Bureau paierait ses dépenses et lui proposait des honoraires de deux cents livres. Helen était ravie. L'air de la mer était exactement ce qu'il fallait à Shamus.

« Et vous viendrez nous voir, n'est-ce pas, Cassidy ?
– Bien sûr. »

Ils partiraient le matin d'après la fête, et ils auraient le week-end pour s'installer, Shamus commencerait à travailler le lundi. Shamus appelait cela l'Opération Haddock et laissa Helen prendre toutes les dispositions.

« Mais ça ne va pas le gêner pour écrire son roman ? » demanda Cassidy, très intrigué.

Helen se montra étrangement indifférente : « Pas tellement, dit-elle. D'ailleurs j'ai envie d'y aller et pour une fois il peut bien faire quelque chose pour moi. »

Ce qui les laissait devant la question vitale de savoir ce que Helen devait acheter.

« Oh ! mon Dieu, j'emprunterai quelque chose à maman, quelle importance ?
– Helen.
– Cassidy, je vous en prie... »

Alors, un après-midi, pendant que Shamus était encore en train de travailler, ils retournèrent chez Fortnum où, dans une certaine mesure, ils avaient commencé. Le choix était absurde, car elle donnait du style à tout ce qu'elle essayait.

« Vous décidez, Cassidy, c'est vous qui l'achetez.
– La blanche, dit Cassidy, avec le décolleté dans le dos.
– Mais Cassidy, ça coûte...
– Je vous en prie, dit Cassidy, avec impatience.

— C'était celle-là qui me plaisait», dit Helen.

De Piccadilly ils allèrent au Savoy et choisirent une table pour cinq, puis ils commandèrent un gâteau avec «Bienvenue à Hall» en sucre glacé, un cake aux fruits parce que Helen disait que cela se conserverait, qu'ils pourraient emporter à la maison ce qu'ils n'auraient pas mangé. Se retrouvant dans le taxi, Helen devint soudain très grave.

«Shamus ne doit jamais savoir, dit-elle, jamais de la vie. Promis, Cassidy?

— Savoir quoi?

— Pour cet après-midi. Pour ma robe. Tout ce que nous avons fait, la façon dont nous nous sommes amusés, les rires, et votre bonté. Promis?

— Mais mon Dieu, protesta-t-il, c'est nous, c'est l'amitié, ça pourrait être aussi bien vous deux, ou bien Shamus et moi ou bien...

— Quand même», dit Helen; et Cassidy, s'inclinant devant sa grande sagesse, promit.

«Mais comment expliquerez-vous la robe?»

Helen éclata de rire. «Mon Dieu, vous ne croyez quand même pas qu'il compte mes affaires?

— Bien sûr que non», dit Cassidy, honteux de sa propre vulgarité.

27

Tout d'un coup c'était vendredi, et ils roulaient dans la Bentley vers l'entrée de l'hôtel qui donnait sur le fleuve.

La nuit était aussi douce qu'à Paris, des bougies allumées attendaient sur la table ; la berge du fleuve était parsemée de joyaux blancs dont les reflets pâles miroitaient dans l'eau noire.

« Regardez, Shamus, lui souffla Cassidy à l'oreille. Vous vous souvenez ?

– Miaou », dit Shamus.

Rien, dit-on, dans l'accomplissement d'un désir, n'égale l'excitation de l'attente, toutefois lorsque Cassidy prit place à la gauche de Helen, au meilleur endroit d'ailleurs pour admirer les fleurs qu'il lui avait fait envoyer ce matin-là et le parfum qu'il lui avait offert la veille, pour étudier avec un respect fraternel la longue chute de son cou blanc et les discrètes rondeurs de ses seins blancs, pour admirer en ayant à peine à tourner la tête le beau profil de son bien-aimé Shamus, il se sentit de nouveau envahi de cette joie céleste, de cette extase fugitive, si brève qu'elle fût toujours, qui depuis Haverdown était devenue le but et de temps en temps la récompense de tous ses efforts. Quel moment, songea-t-il ; maintenant tout est là, retenu sous un même charme, tout est là de ce qui manquait à Paris.

Sal semblait être venue contre son gré. Elle se tenait tout près de Hall et tremblait en mangeant. Elle avait choisi une robe vert pâle et elle avait une bague d'argent au petit doigt. Quand quelqu'un d'autre que Hall lui adressait la parole, elle saisissait la bague et la tournait comme un anneau enchanté, mais cela ne donnait guère de résultat.

« Allons Sal, vous n'allez pas boire à la santé de Hall ? » demanda Cassidy d'un ton badin, pour se mettre au diapason.

Haussant les épaules, elle but à la santé de son homme, mais sans lever les yeux.

Mais Hall l'adorait. Il était assis auprès d'elle avec un orgueil de montreur de foire, tenant son couteau et sa fourchette comme le guidon d'une bicyclette d'entraînement, souriant chaque fois qu'il la regardait. Le smoking ne changeait rien pour lui. Hall était un boxeur ; il avait été un boxeur en prison, maintenant il était un boxeur en smoking ; seule une toute petite flamme dans chaque œil derrière les lourdes paupières laissait entendre que provisoirement il n'était pas de service.

« Ça va, Hall ? »

D'un poing serré, un gros pouce se dressa dans l'air.

« Très bien, mon vieux », dit Hall avec un clin d'œil.

Quant à Shamus, la soirée arrivait vraiment à temps pour lui. La tension du départ du lendemain, la perspective d'interrompre, ne serait-ce que quelques semaines, son travail sur le roman, avaient une fois de plus mis son humeur à rude épreuve. Malgré ses airs bienveillants, il était lointain et préoccupé ; la libération de Hall, maintenant que c'était chose faite, ne l'intéressait plus. Surprenant le regard de Cassidy, il le fixa d'un œil vide avant de lever son verre.

« Bonne soirée, trésor, murmura-t-il avec tout d'un coup un sourire tendre. Dieu vous bénisse, trésor.

— Dieu vous bénisse », dit Cassidy.

Il ne pouvait quand même pas s'empêcher de regretter que Shamus ne fût pas en smoking. Il l'avait même pris à part la veille pour lui proposer de lui en acheter un, mais Shamus avait refusé.

« Il faut que je me mette en uniforme, trésor, avait-il insisté. Je ne peux pas laisser tomber le régiment. »

L'uniforme, c'était le manteau funéraire et une cravate taillée dans Dieu sait quel tissu, une ceinture provenant peut-être d'une vieille robe de Helen. Il le portait en silence, mousquet renversé.

C'était donc sur Helen et Cassidy que retombait le poids de la conversation; ils s'acquittaient noblement de cette tâche. Helen, passant les olives et souriant aux serveurs toujours attentifs, discourait brillamment sur l'état du théâtre.

« Enfin, comment peut-il vivre ? Combien de gens comprennent Pinter, combien, je vous le demande ?

— Je ne le comprends pas, déclara hardiment Cassidy. J'y vais, je m'assieds, j'attends le rideau et tout ce que je pense c'est : Mon Dieu, je ne suis pas à la hauteur.

— Si seulement ils pouvaient être plus explicites, déplora Helen – tout cela pour faire participer Hall et Sal à la conversation –, enfin, Shakespeare atteignait les masses, pourquoi pas eux ? Et après tout, quand il s'agit d'art nous appartenons tous aux masses. Je veux dire, pour que quelque chose ait de l'intérêt, il doit avoir un caractère universel. Alors pourquoi ne peuvent-ils pas, ma foi, être universels ?

— Prenez *La Lune*, dit Cassidy. *La Lune* est universelle. »

Ne parvenant pas par ces subtiles excursions à faire participer ni Shamus ni leurs invités d'honneur à la conversation, Helen sagement changea de sujet.

« Parlez-nous de votre plus grand combat, dit-elle à Hall par-dessus le saumon fumé. Celui dont vous souhaiteriez le plus qu'on se souvienne.

— Ma foi, dit Hall, je ne sais pas.

— Le jour où il a fallu ôter sa culotte à Sal », suggéra Shamus. Et au sommelier, dont les attentions l'agaçaient depuis un moment : « Apportez-nous donc une bouteille à chacun et allez vous faire voir.

— À Hall et Sal, dit précipitamment Helen en levant sa coupe de champagne.

— À Hall et Sal, dirent-ils.
— Shamus, bois à la santé de Sal. »

Docilement, Shamus vida sa coupe. L'orchestre jouait quelque chose d'un peu enlevé pour réchauffer la soirée.

« Il va bien ? demanda Cassidy sans que Hall pût l'entendre.
— Dale a appelé, dit Helen.
— Oh ! mon Dieu. Pas à propos des pages qu'il a récrites ?
— Ça n'est pas encore assez vulgaire.
— Je déteste cet homme, dit Cassidy. Je le déteste vraiment.
— Cher Cassidy. Vous êtes si loyal.
— Et vous alors ? »

Shamus et Sal dansaient. Sal dansait très droite, comme les gens dansent sur les bateaux, loin de lui, regardant les autres couples comme pour les copier. Shamus au contraire avait un style de danse très personnel. Ayant atteint le centre de la piste, il entreprit de consolider sa position grâce à une série de grandes virevoltes, pendant que Sal attendait patiemment son retour.

« Il a cet instinct territorial, expliqua Helen. Il a la nostalgie de la terre. Autrefois il a acheté un champ, dans le Dorset. Nous allions nous y promener quand il était déprimé.
— Qu'est-ce qu'il est devenu ?
— Je ne sais pas. » La question parut la déconcerter, car elle fronça les sourcils et détourna la tête. « Il est toujours là je suppose. » Cassidy attendit, sachant que ce n'était pas tout. « Il y avait une petite maison dessus. Nous allions la transformer. C'est tout.
— Helen.
— Oui.
— Vous allez utiliser le chalet ? Aller là-bas comme mes invités ? Vous me laisserez bien faire ça ? »

Son sourire était infiniment las.

« Écoutez, poursuivit-il. Je lui prêterai l'argent du voyage, il pourra me rembourser avec l'Opération Haddock quand il aura touché son chèque...

— Tout ça il le doit déjà, dit-elle. Tout est dépensé.

— Helen, je vous en prie. Ça vous ferait tant de bien. Vous adorerez les montagnes.»

La musique s'était arrêtée mais Sal et Shamus s'étreignaient sous le projecteur. Sal n'offrait ni résistance ni coopération. Shamus l'embrassait sur la nuque, un long baiser comme s'il lui broutait les cheveux qui captivait l'attention de l'orchestre et rappelait à Cassidy la recherche de Madame Œdipe.

«Sal aime bien danser», dit Hall lorsqu'ils finirent par regagner leurs places.

Impossible de dire, d'après l'expression de Hall, s'il était content ou pas; son visage était plissé ainsi depuis des années et la prison ne l'avait pas rendu plus expressif.

«Moi aussi», dit Cassidy.

La musique reprit. Aussitôt, Helen l'entraîna sur la piste.

«Est-ce que je ne devrais pas danser avec Sal? demanda-t-il.

— Elle est à Hall», dit Helen sans le regarder; et Cassidy avec un petit frisson se souvint du maître d'équipage américain.

«En tout cas Shamus a l'air de bien meilleure humeur», dit-il, mais pour une fois Helen ne réagit pas à son ton optimiste.

Dansant avec la femme de Shamus, il dansait beaucoup mieux qu'il ne l'avait fait avec Shamus à Paris, et il était en butte à moins de critiques. Il l'avait tenue comme ça à Haverdown quand elle s'était précipitée vers lui dans la fumée du feu de bois; il l'avait tenue sans musique, et il se rappelait comment ses seins s'étaient blottis contre sa chemise et comment il avait senti sa nudité à travers son peignoir.

«Vous ne m'avez jamais vraiment parlé de Paris, n'est-ce pas? fit Helen, pourquoi?

— Je pensais que je laisserais ça à Shamus.»

Helen eut un petit sourire triste. «Je savais que vous diriez ça, dit-elle. Vous avez vraiment appris les règles, n'est-ce pas, Cassidy?»

Elle l'attira plus près, le serrant comme une sœur.

«*Trésor*, dit-elle. C'est comme ça qu'il vous appelle. Appelons Trésor. Vous êtes si sûr. Un vrai roc.»

Prudemment, il pivota. Cassidy n'avait jamais si bien dansé. Il se savait mauvais danseur; il n'avait pas eu besoin des admonitions des anges de Kensal Rise pour le lui dire; il savait qu'il n'avait aucune oreille et qu'il était lourd sur ses pieds; il était également persuadé au fond de son cœur qu'il souffrait d'une rare déformation du bassin qui le mettait pratiquement dans l'impossibilité d'exécuter les pas même les plus élémentaires; et pourtant Helen, à sa stupéfaction, lui donnait l'assurance d'un expert. Il reculait, il avançait, il tournoyait sans qu'elle tiquât ni criât mais elle le suivait avec une docilité pleine de talent qui le laissait stupéfait de sa propre dextérité.

«Comment pourrons-nous jamais vous remercier? demanda-t-elle. Cher Cassidy.

— Vous êtes la créature la plus ravissante de la terre, dit Cassidy, après s'être livré à de rapides comparaisons.

— Vous savez ce que je voudrais? dit Helen. Devinez.»

Cassidy essaya, mais en vain.

«Que nous puissions vous rendre vraiment heureux. Vous êtes si seul. Je vous regarde quelquefois et... on sait qu'il y a des choses qu'on ne peut jamais atteindre. Ça n'est que du muscle, dit-elle en lui touchant la joue. C'est tout ce qu'il y a pour maintenir ce sourire en place. Cassidy.

— Oui.

— Comment ça va avec la bourgeoise?

— C'est gris, avoua Cassidy, d'un ton qui dissimulait plus qu'il n'était prêt à livrer.

— C'est le pire, dit Helen. La grisaille. C'est ce que Shamus a combattu toute sa vie.

— Vous aussi, lui rappela Cassidy.

— Ah oui?» Elle sourit comme si son propre état était

plus un souvenir qu'une réalité. « Shamus dit que vous avez peur d'elle.

— Balivernes, dit sèchement Cassidy.

— C'est ce que je lui ai dit. Cassidy, est-ce que Shamus... » Ils firent un autre tour, cette fois guidés par Helen, mais elle le conduisait si doucement, si discrètement, si différemment de Sandra, que Cassidy ne s'en formalisa pas le moins du monde. « Est-ce que Shamus, reprit-elle, a eu beaucoup de filles à Paris ?

— Mon Dieu, Helen... »

Elle sourit de nouveau, ravie sans doute de se heurter au solide fronton de l'amitié des deux hommes. « Cher Cassidy, répéta-t-elle, en l'écartant d'elle mais en gardant ses mains gantées sur la partie la plus charnue de ses bras. Vous n'avez pas besoin de répondre. Je sais simplement qu'elles l'ont rendu heureux, voilà tout. » Elle revint vers lui, appuyant sa joue contre le devant de sa chemise. « N'est-ce pas que Hall est formidable ? demanda-t-elle d'un ton rêveur en regardant derrière lui vers la table.

— Formidable », reconnut Cassidy.

Mais Hall avait disparu. Shamus était assis tout seul au milieu des bouteilles. Il était calé dans le fauteuil de Cassidy, fumant un cigare, et le béret noir était tiré par-dessus ses yeux, enfermant ses oreilles et son nez si bien qu'il devait être plongé dans une obscurité totale. Il avait les pieds sur la table et la fumée du cigare montait de lui comme s'il était en feu.

« Je crois que nous ferions mieux de revenir », dit Cassidy.

« Salut, dit Cassidy.

— Qui est-ce ? dit Shamus.

— C'est ton trésor, dit Helen d'un ton cajoleur.

— Entrez donc, dit Shamus en soulevant son béret. Vous avez bien dansé ?

— Admirablement. Où sont-ils partis ?

— Qui sait ? dit Shamus d'un ton vague.

— À votre tour de danser avec elle, dit Cassidy.

– Merci, dit Shamus. Merci beaucoup. » Et il remit le béret sur son nez.

Ils attendirent un moment de voir s'il allait bouger, mais il n'en fit rien, alors ils se remirent à danser, histoire de poursuivre la soirée.

« Ils mettent bien longtemps, dit Cassidy d'un ton sceptique et en se demandant s'il ne devrait pas aller les chercher. Vous ne croyez pas qu'ils...
– Qu'ils quoi ?
– Eh bien, c'est un peu un effort pour eux...
– Allons donc, dit Helen, ils sont ravis », et elle lui pressa la main. « Et même si ce n'est pas le cas... »

Une expression très dure s'était peinte sur son visage. Chez Sandra ç'aurait été de la colère mais Helen était au-dessus de la colère. Chez Sandra ç'aurait été de la détermination, une brusque envie de s'affirmer contre un monde oppressant encore qu'apathique ; mais Helen, il le savait, était en paix avec le monde.

Il allait s'enquérir de ce changement d'humeur inattendu – une crise presque par rapport au contentement radieux qui l'avait précédée – quand la musique s'arrêta au milieu de la mélodie et qu'ils entendirent Shamus qui hurlait.

En le cherchant, Cassidy se retrouva planté auprès des Niesthal. La vieille dame était vêtue de noir, peut-être était-ce une mantille. Elle tenait le bras de son mari et tous deux tendaient la tête pour voir d'où venait le bruit. Et tous deux arboraient l'expression triste et sagace de gens qui dans leur vie avaient beaucoup entendu crier.

« Tiens, dit Mrs. Niesthal en remarquant Cassidy. C'est Aldo dont la femme fait de la musique.

– Bonjour, dit Cassidy.

– Mon Dieu le pauvre diable », dit le vieil homme en désignant Shamus.

Celui-ci était debout sur une table tout au fond de la salle, pas leur table mais celle de quelqu'un d'autre ; il avait ôté sa veste. Par-dessus sa chemise de tennis à manches courtes il était drapé dans un bout de tissu rouge, une sorte de ceinture qui lui allait de l'épaule à la taille comme une bandoulière, et il était en train d'exécuter une danse du sabre au milieu des couteaux et des fourchettes.

« Oh ! mon Dieu », fit Helen, affolée.

Il avait la nappe enroulée autour d'un pied et semblait sur le point de s'effondrer d'une minute à l'autre. Il avait le visage cramoisi et frappait des mains au-dessus de sa tête. Lorsque Cassidy arriva près de lui, plusieurs serveurs convergeaient vers la table et ni Hall ni Sal n'avaient réapparu.

« Shamus ! cria Cassidy. Hé ! trésor ! »

Shamus interrompit sa danse. Il y avait dans ses yeux cette folie sans espoir que Cassidy se souvenait lui avoir vue chez Lipp.

« Laissez-moi essayer un peu, dit Cassidy.

— Quoi donc ? » fit Shamus.

Tout le monde maintenant regardait Cassidy, et on comprenait qu'au fond c'était Cassidy qui avait la clef de la situation. Même les serveurs l'observaient avec respect.

« Je veux faire la danse du sabre, dit Cassidy.

— Vous n'êtes pas foutu de faire la danse du sabre, répliqua Shamus en secouant la tête. Vous vous casserez la gueule.

— Je veux essayer. »

Avec un brusque sourire attendri, Shamus se pencha en avant et jeta ses bras autour du cou de Cassidy.

« Alors, essayez. Oh ! doux Jésus, essayez, je vous en supplie, trésor, je vous en supplie.

— Vous n'avez pas besoin de supplier », dit Cassidy, en le descendant avec douceur de la table. Quelqu'un s'avança, le vieux Niesthal, habitué aux catastrophes ; quelqu'un d'autre passait le manteau funéraire à Helen.

« Prenez vos affaires, murmura Cassidy à Helen. Nous vous retrouverons à la porte. »

Une fois de plus, il avait conscience de la grande force physique de Shamus. Moitié le portant, moitié le soutenant, il l'entraîna dans le hall.

« Je veux une putain, dit Shamus.

— Excellente idée, dit Cassidy. Et s'adressant à Helen : Prenez-lui la tête. »

Le réceptionniste tout pâle les accompagna jusqu'à l'ascenseur. Quatorzième étage, dit-il. Il y avait par hasard un appartement de libre. Cassidy le connaissait bien et lui avait une fois proposé le chalet. C'était un homme tendre et patient qui avait appris que les riches étaient très humbles dans leurs besoins.

« Voudriez-vous un médecin ? demanda-t-il en ouvrant une porte.

— Il ne croit pas aux médecins, chuchota Helen.

— Non merci, répondit Cassidy. Moi non plus, ajouta-t-il, pensant à John Elderman sans savoir pourquoi.

— Espèce de menteur, murmura Shamus. Vous ne ferez jamais votre danse du sabre. »

L'appartement donnait sur le fleuve ; la coupe de fruits comprenait des pêches et du raisin noir, mais il n'y avait pas de carte pour Monsieur et Madame ; il y avait un téléphone dans la salle de bains. Shamus ne voulut pas se laisser mettre au lit alors ils l'allongèrent sur le divan, le déshabillant ensemble, Shamus leur enfant commun. Dans la chambre, Cassidy trouva un édredon qu'il étendit sur le corps tremblant. Retirant les fruits, il posa la coupe sur le plancher au cas où Shamus serait pris de nausées. Il alla chercher dans la salle de bains une serviette humide et épongea le visage de Shamus, puis il lui prit la main.

« Où est Helen ?

— Ici.

— Seigneur, murmura-t-il. Oh ! Seigneur. »

Le téléphone sonna, c'était Niesthal. Il avait trouvé un médecin, un excellent ami, un vieux docteur qui n'exerçait plus, d'une discrétion parfaite, fallait-il le faire monter ?

« C'est très aimable à vous, dit Cassidy. Mais il va très bien maintenant. » *Je suis à Bristol*, faillit-il dire, mais il n'en eut pas le courage. Il faudrait lui téléphoner demain matin, peut-être l'inviter à déjeuner.

« Vous pourriez me commander quelque chose à boire ? » dit Helen, toujours sans bouger.

Cassidy commanda deux scotches, oui, des doubles, merci. Sans trop savoir pourquoi il jugea prudent d'inclure Shamus et rappela. Montez-en trois.

« Vous avez cinq shillings ? demanda-t-il à Helen.
— Non. » Il donna une livre au serveur et referma la porte derrière lui.

« De l'eau ?
— Non.
— De la glace ?
— Non. »

Ils buvaient le whisky à petites gorgées tout en surveillant Shamus. Il était allongé exactement comme ils l'avaient installé, un bras nu par-dessus le couvre-pieds safran, la tête tournée vers eux, les yeux fermés.

« Il dort », dit Cassidy.

Helen ne dit rien, elle se contentait de boire son whisky à petites gorgées, en picorant dans le verre comme un oiseau. Elle était encore impeccablement peignée, plus prête à sortir, aurait-on cru, qu'à rentrer à la maison.

Cassidy éteignit le plafonnier. Avec l'obscurité vint le silence. Shamus gisait immobile, si jeune pour mourir ; seule sa poitrine se soulevait, au rythme de son souffle rapide.

« Il était comme ça à Paris, n'est-ce pas ? demanda Helen.
— Quelquefois.
— Ça n'est pas étonnant qu'il vous aime, observa-t-elle d'une voix morne. Autrefois c'était drôle. Il appelait ça faire l'enfer. Pas faire le diable. Faire l'enfer. On crée le paradis. On crée l'enfer. Quelquefois au même endroit, en même temps. Dès l'instant qu'on crée quelque chose. Il y a des moments où j'aimerais bien qu'il ne crée rien pendant quelque temps. Je dois vieillir.
— S'il ne faisait pas l'enfer, il ne ferait pas de livres, dit Cassidy, toujours loyal.

— D'autres gens se débrouillent, dit Helen.
— Oui, mais regardez ce qu'ils écrivent.
— Vous ne savez pas vraiment ce qu'ils écrivent, Cassidy. Vous ne lisez pas et moi non plus. Nous n'en savons rien, il peut y avoir des centaines d'écrivains qui produisent des livres formidables en buvant de la citronnade. Nous n'en savons rien.
— Allons donc, fit doucement Cassidy. Vous ne le pensez pas vraiment. »

Sur le fleuve une péniche solitaire lança un coup de sirène.
« Allons, dit Helen, le voilà qui a retrouvé son eau », et tous deux éclatèrent de rire, soulagés.

« Pourquoi ? fit-elle soudain.
— Pourquoi quoi ?
— Pourquoi ce coup de sirène ? Il n'y a pas de brume. Pourquoi est-ce qu'une péniche donne un coup de sirène à onze heures et demie par une belle nuit d'été ?
— Je ne sais pas », dit Cassidy.
Son verre à la main elle s'approcha de la fenêtre et regarda dehors, ses épaules nues se découpant sur la nuit de Londres.
« Je ne la vois même pas. Mon Dieu... dit-elle regardant toujours. L'air ne lui vaut rien. L'air est trop doux pour lui, vous savez ? Pas assez de choc.
— Comme le Nouveau Testament, dit Cassidy.
— Exactement comme le Nouveau Testament. Masochiste, bourrelé de remords et...
— Et totalement rewrité, dit Cassidy terminant pour elle la formule de Shamus.
— Il y a le héros d'un de ses livres qui se baignait dans les fontaines. Il vous en a parlé ?
— Je ne me souviens pas, dit Cassidy.
— Un poète allemand. Spink ou Krump ou je ne sais quoi. *L'impact confirme la forme*, c'est ce qu'il disait ou ce que disait Shamus, je ne sais plus. Croyez-vous qu'il invente ces personnages ?

– Ça n'a pas vraiment d'importance, n'est-ce pas ? Il m'a bien dit un jour qu'il m'avait inventé moi.

– Encore un coup de sirène, dit Helen d'un ton accusateur.

– C'était peut-être un hibou, suggéra Cassidy.

– Ou un rossignol, dit Helen, toujours prête à lancer une référence érudite.

– Krump, dit Cassidy la tirant de sa rêverie. Vous parliez de Krump.

– *L'impact confirme la forme*. C'est pour ça que nous devons nous heurter tout le temps. Pour confirmer notre forme. Pour sentir nos contours. » Elle but une gorgée. « L'ennui avec ça c'est que, si on subit trop d'impacts, on perd complètement sa forme. On est complètement bosselé. Jusqu'à ce qu'il ne reste rien à confirmer.

– Ça ne lui arrivera pas, dit Cassidy sévèrement. Pas tant que nous serons là.

– Non, reconnut Helen après une longue réflexion. Non. Il ne faut pas, n'est-ce pas ? Je regrette que vous ne sachiez pas chanter. J'aimerais le faire avec vous. Chanter avec Trésor.

– Mais je ne sais pas », dit Cassidy.

Comme une nageuse elle leva les bras jusqu'à la hauteur de ses épaules, d'abord en avant puis de côté, puis elle se souleva sur la pointe des pieds comme si elle s'apprêtait à plonger dans la mer.

« C'est drôle de penser qu'ils sont en train de danser en bas, dit-elle. De dormir pendant que les autres dansent. Nous n'étions pas comme ça autrefois, Shamus et moi. »

Sans avertissement, sa voix changea. « Cassidy, pourquoi est-ce que je suis si misérable ?

– C'est la réaction, suggéra Cassidy. Le choc.

– Parce que je suis vraiment misérable, je suis une vieille peau misérable et geignarde. »

Elle tira une bouffée de sa cigarette, puis renifla son haleine pour voir si elle ne sentait pas l'alcool.

« Misérable, geignarde, vieille et saoule, confirma-t-elle. Mon Dieu quelle stupidité !

— Helen... »

Elle parlait trop fort, en fait assez fort pour le réveiller.

« Je suis assise là, dans le somptueux *Savoy Hotel*, dans une somptueuse robe blanche et qu'est-ce que je fais ?

— Helen, commença Cassidy, mais trop tard, elle ôtait déjà ses chaussures.

— Tout ça parce que mon foutu mari pique une crise. Faites-moi danser.

— Helen, je vous en prie, nous allons le réveiller... »

Elle avait déjà passé les bras autour de lui, cherchant sa main, guidant son épaule. À pas légers, hésitants, les yeux toujours fixés sur la silhouette allongée de leur prophète endormi, les deux disciples suivant le rythme lointain de l'orchestre. La moquette était très épaisse et ils évoluaient sans un bruit.

« Ô Cassidy, murmura-t-elle, quelle imbécile j'ai failli être. »

Elle avait la joue contre la sienne, les cheveux dans ses yeux et il sentait tout le long de lui son corps qui oscillait et tremblait contre le sien.

« Après tout, remarqua-t-elle, c'est ce qu'il voudrait sûrement s'il était réveillé. »

Finalement, sans trop bien savoir comment – une volonté commune les poussait mais aucun d'eux ne gouvernait –, finalement ils se retrouvèrent dans la chambre. La porte de communication était sans doute ouverte : Cassidy avait les yeux fermés, il n'aurait pas pu le dire ; et s'éveillant en fait et trouvant l'ange Helen dans ses bras et l'énorme lit derrière elle (dépouillé de son édredon safran), il constata que ses yeux à elle aussi étaient fermés. C'était donc le destin qu'il fallait tenir pour responsable : il n'y avait pas d'auteur humain.

« C'est le courant, annonça Helen. Cassidy c'est vous ? » Et pour confirmer l'identification, elle tendit la main vers son visage comme si elle flattait le museau d'un chien.

« Aboyez, dit-elle.

— Je ne sais pas », fit Cassidy.

S'installant plus confortablement dans ses bras, elle prit affectueusement possession de ses oreilles et se mit à les caresser entre le pouce et l'index.

« Cher Cassidy. Comme votre pelage est doux. Embrassez-moi.

– Non, dit Cassidy.

– Séduisez-moi.

– Non, dit Cassidy. Absolument pas », et il referma les yeux.

Le baiser semblait approcher de très loin. Il partit de loin sur le fleuve parmi les forêts d'acier noir du fond des docks, effleura les lignes pures des ponts suspendus qui bordaient la berge, frôla la surface lisse de la marée qui allait s'élargissant et s'épanouissant ; jusqu'au moment où à la fois chaleur, liquide et lumière, il escalada les quatorze étages du Savoy pour trouver enfin sa place dans les élans enflammés d'Aldo Cassidy et de la femme de son meilleur ami.

« Cassidy, dit Helen sévèrement, lâchez-moi » et l'écartant, elle s'attela à la tâche domestique de donner au lit un aspect respectable cependant que Cassidy passait dans la salle de bains au cas où il aurait sur le visage des traces de rouge à lèvres.

« Je regrette de ne pas être une putain, remarqua-t-elle, en frappant les oreillers pour leur redonner une forme. Je parie que je me débrouillerais bien mieux que Sal. Pourquoi est-ce que je ne peux pas être une putain ? J'aime bien cet hôtel, Cassidy. J'aime ce qu'on y mange, ce qu'on y boit et j'aime bien les gens. Beaucoup. Et puis j'ai un corps formidable aussi. Robuste, bien roulé, du ressort. Alors pourquoi pas ?

– Parce que vous l'aimez, dit Cassidy.

– Et lui, est-ce que ça l'arrête ? Il couche à droite et à gauche. Lui séduit les gens, lui s'en va baiser aux quatre coins de l'Europe, alors pourquoi pas moi ?

– Je vais aller voir comment il est, dit Cassidy. Ensuite peut-être que nous pourrons rentrer. »

Il se trouvait de nouveau dans la chambre, mais uniquement en transit, se dirigeant vers le salon et la sécurité, quand, à sa consternation, Helen bondit soudain en l'air pour atterrir à quatre pattes sur le lit.

« Qu'il aille se faire foutre, déclara-t-elle exaspérée, les cheveux dans les yeux, moi Helen je me fous de Shamus. Je me fous de lui, totalement. C'est un réactionnaire, vous ne vous en rendez pas compte. Un vieux gâteux de Victorien, collet monté comme il n'est pas permis. Une loi pour lui, une autre pour nous. Shamus nous a roulés, Cassidy. Shamus nous a joué le plus grand tour de salaud qu'on ait jamais joué à personne. Shamus a horreur de la convention. C'est ça le message. Mais nous, nous ne devons pas, oh! non! Nous, il faut qu'on l'adore. J'ai faim, reprit-elle en repoussant ses cheveux. Il a gâché notre dîner, notre dîner, Cassidy, il a tout bousillé.

— Shamus, murmura Cassidy à genoux auprès du corps, réveillez-vous. Je vous en prie, réveillez-vous. » Et sans l'entendre il le secouait avec force.

« Les écailles, annonça Helen de la chambre, me sont tombées des yeux. Une révolution pour moi toute seule, voilà ce qui m'est arrivé. Sa liberté pour ma liberté et je me fous des conséquences.

— Shamus, insista Cassidy, bonté divine. Nous avons besoin de vous. »

Mais Shamus refusait de s'éveiller. Il était allongé à plat ventre, mort pour le monde. Le couvre-pieds était tombé sur le sol et son dos nu luisait de sueur.

« Cassidy, cria Helen. C'est vrai ? Est-ce que les dames perverses se font vraiment sauter par les garçons d'hôtel ? Est-ce qu'elles sont là allongées quand leur petit déjeuner arrive, exposant leurs charmes irrésistibles sous des chemises de nuit diaphanes ?

— Passez-moi une serviette, dit Cassidy. Et taisez-vous. Écoutez, trésor, il faut partir. »

Une serviette humide atterrit à ses pieds.

« Écoutez, j'ai fait des choses pour vous, toutes sortes

de choses. Je vous ai tiré du ruisseau, n'est-ce pas? Je vous ai habillé, nourri, j'ai nettoyé vos vomissures... Je crois en vous. Vraiment. Plus qu'en personne au monde. Enfin, j'essaie en tout cas. Shamus vous me devez bien ça... Réveillez-vous!

– Audacieux, continuait Helen toujours dans la chambre. C'est ce que vous avez été ce soir. Audacieux, impitoyable et résolu. Le vaillant Cassidy. Vous avez eu du cran. J'admire le cran chez un homme. Bonsoir, poursuivit-elle dans l'appareil. Ici l'appartement 14-38. Y a-t-il la moindre possibilité d'avoir un petit rien à manger, une simple collation? Deux steaks, une bouteille de... » Elle continua à énumérer des victuailles en quantité suffisante pour soutenir un siège.

« Ne commandez rien pour moi, cria Cassidy. Je ne veux rien. Shamus.» Le retournant, il posa la serviette froide sur son visage, l'appuyant sans douceur contre son front, ses joues.

« Vous n'avez pas de *crackers*, par hasard? demandait Helen. Pas de gâteaux, de pétards... »

Il entendit le froissement de sa robe, tandis qu'elle s'installait confortablement sur le lit.

« Vous êtes bronzé, Cassidy? Je pense toujours que vous devez être doré. Un derrière bien blanc et le reste tout doré. »

Nouveaux froissements sur le lit. « Je suis dans un traîneau, expliqua-t-elle, enveloppée dans des peaux d'ours. *Swish, swish*, avec des loups de Sibérie tout autour de moi. » Hurlements de loups : « Ouououuuu. C'est une belle vie là-bas. Cassidy.

– Oui, dit Cassidy qui nourrissait un rêve similaire.

– Vous me protégeriez, n'est-ce pas, Cassidy? Un loup n'aurait qu'à vous regarder et... » Elle perdit le fil. « Le bois aux loups, répéta-t-elle. On dirait un nom de gare. Cassidy, qu'est-ce que vous préféreriez? Être violé par des Cosaques ou mis en pièces par des loups?

– Ni l'un ni l'autre, dit Cassidy.

– Moi non plus, affirma Helen. Vous savez que les gorilles violent. Je n'aimerais pas ça. Cassidy.

— Oui.

— Vous avez des poils sur la poitrine? Les poils c'est viril, n'est-ce pas?

— Il paraît.

— Vous savez que beaucoup de petits garçons ont des érections. Même des bébés, c'est étonnant. Cassidy.

— Oui.

— Je me sens très naïve. Pas vous?» Un silence. «Ou bien simplement sentimentale?

— Bonjour, trésor», dit Shamus en ouvrant les yeux.

L'empoignant par les épaules, Cassidy se mit au travail, lui tapotant les joues, l'aidant à s'asseoir, essayant de se rappeler ce que les soigneurs des boxeurs faisaient pour faire repartir leurs champions sur le ring.

«Shamus, écoutez, écoutez-moi. Shamus, elle prépare un meurtre, emmenez-la. Il faut...

— Où est Hall? dit Shamus.

— Il a disparu. Tiens, allons le chercher, qu'est-ce que vous en dites? Si on descendait à Cable Street? Se saouler la gueule, se bagarrer un peu, une vraie virée pour une fois, pourquoi pas? Cable Street? C'est la réalité là-bas, pas comme ici, où tout est hygiénique, impeccable...

— Pourquoi est-ce qu'il ne m'a pas frappé?

— Pourquoi voulez-vous? Il vous aime bien. Il est votre ami. Comme moi. On ne frappe pas ses amis, on frappe ses ennemis.

— Elle lui a raconté, commença Shamus se souvenant brusquement. Elle était assise là et elle lui a tout raconté. "Hall, Shamus m'a offert cinq livres pour coucher avec lui et je veux rentrer." Il s'est contenté de me regarder. Pourquoi a-t-il fait ça, trésor? Bon Dieu, il aurait pu me tuer d'une seule main. Rappelez-vous ce qu'il a fait à ce maître d'équipage, ce type en est resté infirme. Qu'est-ce que j'ai donc? Un boxeur, vous vous rendez compte! Si un boxeur ne veut pas me frapper qui donc le fera?»

N'obtenant pas de réponse, mais voyant peut-être le visage de Cassidy, tout frais et bien nettoyé par le savon, il décocha son poing dans cette direction mais manqua son but.

« Bon Dieu ! cria-t-il. Il n'y a donc personne qui me frappera ? » Et il retomba en arrière en plein sur l'oreiller et ferma les yeux, consterné.

« Cassidy, appela Helen.
— Oui.
— Vous ne m'avez pas entendue ?
— Je ne sais pas. Non.
— J'ai cessé d'être une putain.
— Bon. »
Shamus fronça les sourcils. « On aurait dit Helen, fit-il.
— C'était elle. Elle prend un bain. »
Tendant l'oreille, Cassidy entendit le bruissement de l'eau claire ruisselant sur la lune et de la musique de danse arrivant d'on ne sait où, quelque chose dans le style de Sinatra.

« Bon sang, mais qu'est-ce que Helen fout à Paris ? demanda Shamus avec agacement.
— Ça n'est pas Paris. C'est Londres. »
C'est bien ça l'ennui, songea Cassidy. À Paris, tout ça aurait été tolérable au fond. À Londres, ça n'est malheureusement pas le cas ; pas vraiment.

Le bruit de l'eau cessa.
« Cassidy, appela de nouveau Helen.
— Oui.
— Simplement Cassidy, dit-elle, avec la profonde satisfaction de quelqu'un allongé tout nu dans un bain chaud. C'est un joli nom, voilà tout. Cassidy. J'aime bien le dire, vous comprenez. Parce que c'est un joli nom.
— Très bien, dit Cassidy.
— Une sacrée femme, mon garçon, dit Shamus, et roulant sur le côté il se rendormit.
— Cassidy, disait Helen, Cassidy. Cassidy. Cassidy. »

À Sherborne, Shamus, on appelait ça le bizutage.
Nous n'avions peut-être pas une très haute opinion de

nous-mêmes – ç'aurait été de l'arrogance ou quelque chose qu'il ne fallait absolument pas encourager – mais je crois que nous nous respections mutuellement. En tout cas les meilleurs d'entre nous. Voilà, me semble-t-il, Shamus, la définition d'un homme raisonnable. Peu lui importe ce que vous lui faites, mais il se soucie de ce que vous faites aux autres. Pardonnez-moi de ne pas être plus clair, mais je vais y arriver lentement, je ne suis pas très rapide à certains égards, je ne vais pas droit au but comme vous, j'ai peur, Shamus.

Asseyez-vous, voulez-vous ?

Il y a certaines choses qu'il faut que je vous explique, puisque je vois que vous êtes nouveau ici et pas tout à fait de notre monde. Une brute c'est quelqu'un qui s'attaque à ceux qui sont plus faibles que lui. Pas nécessairement plus faibles physiquement : spirituellement aussi. Peut-être même affectivement. Une brute commet des actes de brutalité envers ceux qui ne peuvent pas répliquer. Notre code n'aime pas les brutes. Les drapeaux des régiments de l'Abbaye, par exemple, n'avaient pas été marqués dans les combats injustes, mes ancêtres n'avaient pas attaqué des villes sans défense pour les conquérir. Enfin peut-être, mais pas souvent. En tout cas ils ne le feraient plus maintenant.

Alors, Shamus, je crains que nous n'approuvions pas. Sal est peut-être une traînée. D'accord. Mais Hall a été votre ami. Il vous aimait et il aimait Sal, et c'est pourquoi il ne vous a pas frappé.

Peut-être même qu'il aimait Helen aussi, en toute pureté.

« Cassidy », dit Helen. Elle essayait différentes prononciations, avec le *dy* plus ou moins long. « Cassidy, dit-elle, en imitant inconsciemment Élise. Cassidy, grogna-t-elle avec un accent à la Sinatra. Vous êtes une taupe, vous vivez dans un trou. Comment va le malade ?
— Il tient le coup, dit Cassidy.
— Il va s'en tirer ?

– Peut-être. »

Hall, vous comprenez, Shamus, avait une double raison de ne pas se méfier. Vous avez lu *Macbeth*, n'est-ce pas ? C'est au programme de toutes les classes d'anglais. Hall était votre allié et votre sujet, je ne sais pas comment il disait. Vous l'avez fait accéder aux rangs de l'élite, même s'il n'était pas tout à fait un membre à part entière ; même si l'élite par nature se recrute par cooptation. Vous lui avez donné des ailes et puis vous l'avez abattu. Ce qui est assez bas et mesquin, vous ne trouvez pas ?

C'est pourquoi vous méritez d'être battu, je le crains ; c'est pourquoi, dans une minute, vous allez être prié de baisser votre belle tête brune dans le troisième lavabo à partir de la gauche, de vous tenir solidement aux robinets et d'offrir une cible passive aux coups que nous allons vous assener, mes sous-préfets et moi. Vous comprenez ? Y a-t-il quelque chose que vous aimeriez dire pour votre défense ?

Parce qu'en fait, en cet instant précis, j'ai grande hâte de vous détester.

Oui trésor, dit Shamus, mais pas tout haut. Bien sûr que j'ai quelque chose à dire. Des tas en fait.
Prêt ? Vous avez de quoi écrire ?
Shamus, le grand gourou, vous parle :

Ne jamais regretter, ne jamais s'excuser. C'est la haute société.

Soyons Ancien Testament, trésor ; l'Ancien Testament, c'est pour la haute, le Nouveau Testament pour ceux qui acceptent les compromis.

Vivre sans se soucier des conséquences ; donner tout pour aujourd'hui et se foutre du lendemain : voilà la haute société.

Un jour comme un lion vaut toute une vie comme une souris : voilà la haute société.

Ne jamais regretter, ne jamais s'excuser.

Il faut trouver une nouvelle innocence, trésor, la vieille est usée.

Ceux qui aiment le monde s'en emparent; ceux qui ont peur édictent des règles.

Il faut poursuivre toutes les relations jusqu'à leur terme. C'est là que pousse la fleur bleue.

L'immoralisme, trésor, est un préalable nécessaire à la création de valeurs nouvelles...

Quand je baise, je me révolte... Quand je dors, j'acquiesce.

Ne vous cramponnez pas aux mobiles, trésor, jamais. Agissez d'abord, trouvez la justification après, voilà mon conseil.

Les actes sont la vérité, trésor. Le reste, c'est sans intérêt. C'est de la merde.

Et enfin, trésor, vous êtes le plus grand menteur de la profession, vous traitez votre femme avec une indifférence dégueulasse et vous n'êtes en mesure de frapper personne, voyez le portrait que j'ai fait de vous après Haverdown. – Bien le bonjour.

« Je ne suis pas brune, dit Helen dans la salle de bains. Je suis blanche.

– Je sais, dit Cassidy, toujours auprès de Shamus. Je vous ai vue à Haverdown. Je me suis toujours demandé comment vous chauffiez l'eau.

– Dans des bouilloires, expliqua Helen. On préparait le bain, mais le temps qu'on ait fait l'amour c'était de nouveau froid. Alors il fallait réchauffer l'eau. C'est pour ça que le feu était encore allumé quand vous êtes arrivé.

– Je vois.

– Il y a une explication pour tout si on la cherche. »

Prenant sa main, Cassidy se pencha vers l'oreille de Shamus.

« Shamus. Trésor, réveillez-vous ! »

Shamus vous êtes une vraie merde mais vous êtes notre prêtre et si vous ne faites pas attention vous allez nous marier.

Shamus, je vous aime et vous m'aimez, je le sens chez vous même quand vous me détestez, vous avez besoin de moi. Mort ou vif, Shamus, tout nu ou drapé dans votre manteau funéraire, en train de baiser dans le bordel vert ou de porter des cierges au Sacré-Cœur, vous êtes notre génie, notre père, notre créateur. Donc si vous m'aimez, réveillez-vous et libérez-moi de cette situation invraisemblable.

« Shamus. Réveillez-vous ! »

Je ne suis pas comme vous, Shamus, je ne suis pas émotif, je ne suis pas radical. Je suis le fils d'un hôtelier. Je ne suis rien de plus que ça. Je suis rationnel et j'aime les choses comme elles sont dès l'instant qu'elles m'arrangent. J'aime non pas les gens mais les compromis et l'orthodoxie. Vous pourriez très bien m'appeler l'archétype de la victime de la Mouche. Je suis un conducteur de Jaguar, quelqu'un de Gerrards Cross, un médecin et très souvent un évêque en travesti. Je tiens beaucoup au passé et si je savais d'où je venais je retournerais là-bas tout de suite. Et puis, vous avez raison, je suis un enfant de salaud.

Maintenant Shamus, après m'avoir prouvé tout cela, me l'avoir prouvé de façon très concluante, voulez-vous avoir la bonté de vous réveiller et de me tirer d'ici !

« Cassidy ? *Ici parle Helen. Bonjour.*
— *Bonjour* », dit poliment Cassidy.

Il n'aurait pas dû me verser de l'eau chez Lipp.
Il n'aurait pas dû me frapper au football.
Il n'aurait pas dû faire des propositions à Sal simplement parce qu'il avait besoin d'un choc.

« Pardon, trésor. Pardon. Je vous en prie, pardon. »

Sans ouvrir les yeux, Shamus prit la main de Cassidy et la pressa contre sa joue brûlante.

« Il n'y a rien à pardonner, murmura Cassidy. C'est très bien. Vous voulez encore un peu d'acide formique ? »

Se levant, il s'apprêtait à allumer le plafonnier quand Shamus reprit d'une voix forte :

« Des tas, trésor. Des tas de choses à pardonner.
— Quoi donc ?

— J'ai prêté la Bentley à Hall. Il n'était pas content, vous comprenez. D'ailleurs on ne pouvait pas le laisser rentrer en taxi ; n'est-ce pas ? Il faut voyager en style. Vous n'êtes pas en colère, trésor ?
— Pourquoi voulez-vous que je le sois ?
— Vous n'allez pas me frapper ?
— Dormez donc », dit Cassidy.

«*Je m'appelle Hélène*», annonça Helen, toujours de la salle de bains. Elle prenait depuis peu des leçons de français dans une académie de Chester Street.
«*Hélène est mon nom. Hurrah pour Hélène. Hélène est beau. Belle.* Merde. Beau-Belle. Beau bon, bon bon, bong-bong !»

Il était assis dans le noir. Il avait éteint la lampe auprès du canapé si bien que seule un peu de lumière venait de la chambre et indirectement par la porte ouverte de la salle de bains.
«Cassidy, je sais que vous écoutez.»
C'est une chance que j'aie acheté la maison à ce moment-là, vraiment. Maintenant qu'il faut que j'y vive. Les éléments essentiels de la vie, disait le vieil Hugo. La nourriture, la boisson et maintenant ça. Une chance que le marché penchait de l'autre côté.
«Vous avez vu beaucoup de filles à Paris ? demanda Helen, dans un doux clapotis d'eau
— Non.
— Pas même une ou deux ?
— Non.
— Pourquoi ?
— Je ne sais pas.
— Je l'aurais fait si j'étais un homme. Bang, bang bang. Nous sommes si belles. Je ne demanderais rien, je ne m'excuserais pas, je m'en ficherais pas mal. Malheur aux vaincus. Merde ! » Elle avait dû se cogner contre quelque chose.
«Pourquoi est-ce qu'ils mettent une poignée sur la porte ?
— De la négligence, dit Cassidy.

— Prenez Sal par exemple. Elle est idiote. Complètement. Alors pourquoi ne pas être une putain ? C'est amusant, ça rapporte. En fait c'est amusant de faire une chose bien, vous ne trouvez pas, Cassidy ? »

Elle sortait du bain, une jambe, deux jambes ; il entendait le frottement de la serviette.

« Oui.

— De quoi est-ce que vous avez le plus envie au monde ? » demanda-t-elle.

De vous peut-être, pensa Cassidy, peut-être pas.

« De vous », dit-il.

On frappa à la porte. Le garçon d'étage arriva poussant une table roulante. Un homme d'un certain âge d'une grande courtoisie.

« Ici, monsieur ? demanda-t-il sans s'occuper de la silhouette allongée sur le divan. Ou dans l'autre pièce ?

— Ici si vous le voulez bien. »

Il disposa la table parallèlement à Shamus, comme une table roulante d'hôpital attendant le chirurgien. Cassidy signa la note et lui donna un billet de cinq livres.

« Voilà, ça couvre tout ce dont nous pourrons encore avoir besoin. Je veux dire le pourboire. »

Le garçon avait l'air malheureux.

« J'ai de la monnaie, monsieur.

— Très bien, alors donnez-moi trois livres. » Échange d'argent. « Ils dansent encore en bas ?

— Oh ! oui ! monsieur.

— À quelle heure terminez-vous ?

— À sept heures, monsieur. Je suis le garçon de nuit, monsieur.

— Ça n'est pas drôle pour votre femme, dit Cassidy.

— Elle s'y fait, monsieur.

— Vous avez des enfants ?

— Une fille, monsieur.

— Qu'est-ce qu'elle fait ?

— Elle est à Oxford.

— C'est bien. C'est formidable. J'y étais moi-même. Quel collège ?

— À Somerville, monsieur. Elle donne des cours de zoologie. »

Sur le moment Cassidy faillit lui demander de rester ; de s'asseoir avec lui pour le long rite d'un dîner, de partager le vin avec lui et le steak, et de parler avec lui de leurs familles et des complications de l'hôtellerie. Il voulait lui parler de la jambe de Hugo et de la musique de Mark, et avoir son avis sur l'encorbellement qu'il se proposait de rajouter. Il voulait lui demander ce qu'il pensait du vieil Hugo et de Blue ; s'il avait entendu parler de lui, si on connaissait encore le nom du vieil Hugo...

« Est-ce que je débouche la bouteille, monsieur ? Ou bien voulez-vous le faire vous-même ?
— Vous n'avez pas une brosse à dents, Cassidy ? appela Helen dans la salle de bains. On pourrait croire qu'ils les fournissent, vous ne trouvez pas, pour des gens comme nous ?
— Vous n'avez qu'à laisser le tire-bouchon ici, dit Cassidy, et une fois de plus il lui ouvrit la porte.
— Le concierge doit avoir une brosse à dents, monsieur ; je peux vous en faire monter une si vous voulez.
— Ça va très bien, dit Cassidy. Ne vous donnez pas la peine. »

La population mondiale augmente de soixante-dix millions, trésor. Ça fait un tas de gens à qui donner des pourboires, trésor ; un tas de gens.

« Le vôtre est dur ? demanda Helen.
— Non, il est très bien. Comment est le vôtre ?
— Très bien. »

Ils étaient assis chacun à un bout du lit à manger leur steak, Helen enveloppée dans un drap de bain et Cassidy en smoking. Le drap de bain était très long, d'un vert pâle, et d'une qualité somptueuse. Elle s'était peigné les cheveux qui tombaient en tresses châtaines bien lisses sur la blancheur de son dos nu. Sans son maquillage elle avait un air très enfantin ; sa peau avait cette innocence lumineuse qui chez certaines femmes apparaît lorsqu'elles viennent d'être nues. Elle sentait le savon, un savon d'homme insensé, comme ceux que Sandra glissait dans sa chaussette de Noël et elle était assise comme elle l'était à Haverdown, sur le Chesterfield dans la lumière du petit matin.

« Quand vous dites *avoir envie*, fit-elle, est-ce que vous voulez dire *aimer* ?

— Je ne sais pas, dit Cassidy. C'est vous qui avez posé la question, pas moi.

— Quels sont les symptômes ? poursuivit Helen. À part le désir qui, s'il est tout à fait charmant, ne dure pas en fait jusqu'au bout, n'est-ce pas ? »

Cassidy versa encore du vin.

« C'est du bordeaux ? demanda-t-elle. Ou du bourgogne ?

— Du bourgogne. Ça se voit à la forme de la bouteille. Les épaules carrées c'est du bordeaux, rondes, c'est du bourgogne. Vous êtes tout ce dont j'ai envie. Vous êtes spirituelle, belle, compréhensive... et vous adorez les hommes.

— Vous voulez dire que nous avons ça en commun ? » demanda Helen.

Il aurait beaucoup aimé avoir Shamus là pour lui répéter tout ça. Helen est notre vertu ; ça il s'en souvenait, ça il y croyait : Helen ira là où est son cœur, elle ne connaît pas d'autre vérité. Helen est notre territoire ; Helen est... Et puis il y avait une formule. Shamus la lui avait écrite sur le papier du mur, au cours d'une beuverie à Pimlico, le même soir où il lui avait parlé du Steppenwolf, qui arrivant des confins de sa solitude de loup adorait la sécurité de la vie bourgeoise. La formule comprenait une fraction ; pourquoi n'arrivait-il pas à s'en souvenir ; lui, Aldo Cassidy, l'inventeur de gadgets de fixations et d'attelages ? *Cassidy divisé par Shamus égale Helen.* Ou bien était-ce le contraire ? *Helen sur Cassidy égale Shamus ?* Essaye encore. *Cassidy sur Helen...* Quelque part dans la loi de la dynamique humaine de Shamus, son amour pour elle était inévitable. Mais où ça ?

«Cassidy, vous aimez encore Shamus, n'est-ce pas? J'essaie seulement de poser un diagnostic, vous comprenez. Pas de rédiger une ordonnance.
— Oui. Je l'aime aussi.
— Vous n'avez pas mouchardé?
— Non.
— Ce qui signifie, observa-t-elle avec satisfaction, que vous nous aimez tous les deux. C'est excellent. Nous devrions avoir des bons points pour ça. Vous comprenez, Cassidy, je n'ai jamais eu d'amant à part Shamus. Vous non plus, n'est-ce pas?
— Non.
— Alors je crois qu'une certaine dose de prévoyance est à conseiller. C'est du café?»

Il la servit, ajoutant du lait mais pas de sucre. Il versa le lait comme Sandra, la cuiller renversée à la surface pour l'empêcher de descendre trop profondément.

«Croyez-vous qu'une épreuve concluante serait: qu'est-ce que nous serions prêts à abandonner? suggéra Helen. Par exemple est-ce que j'abandonnerais Shamus? Est-ce que vous seriez prêt à abandonner la bourgeoise et les deux petits? Vous voyez, Cassidy, nous parlons de ruines tout autant que d'amour.»

Cassidy prit soudain conscience, mais avec prudence, d'un profond instinct de protection. Un enfant aurait aussi bien pu parler de l'économie mondiale que Helen de ruines: car elle lui imposait une paix qui était comme une trêve après une longue guerre. Il devinait chez elle, même si elle ne le sentait pas vraiment, les possibilités d'une franche amitié qui jusqu'à maintenant, dans tous les méandres de sa solitude, dans toutes ses tentatives pour vivre tout seul, avait paru impossible.

Le rire qu'il avait partagé avec Shamus n'avait pas disparu; mais chez Helen il pouvait le posséder, s'y fier, le purger de sa violence. Elle lui souriait, et il savait qu'il sourirait en retour. En la regardant, il savait aussi que c'était le passé qui n'était que ruines et non pas l'avenir:

et il voyait les cités vides de l'automne, les entrepôts goudronnés, la route nue devant le capot de sa voiture, et il comprenait que c'étaient les endroits où il avait en vain cherché Helen.

« Je vous aime, dit Cassidy.
– Parfait, dit Helen avec entrain. J'éprouve exactement la même chose. »

La table roulante grinça quand elle la poussa. Assurant mieux le drap de bain autour d'elle, elle guida habilement l'engin par la porte ouverte, jusque dans le salon.

Assis tout seul sur le lit en attendant son retour, Cassidy était en proie à des humeurs contradictoires. Mais ce qui dominait dans l'ensemble, c'était la terreur.

Tout d'abord le vieil Hugo s'adressa à son divin employeur.

Bonjour Seigneur, dit-il gaiement du haut de la chaire en bois de pin, quelque part en Angleterre, ses énormes mains croisées dans un geste de piété athlétique, *comment allez-vous? Ici Hugo Cassidy et ses ouailles qui présentent leur rapport depuis le tabernacle de Sion à East Grinstead dans le Sussex, en vous offrant la prière de nos cœurs en ce beau minuit de vendredi saint. Veillez dans votre bonté sur le jeune Aldo qui est ici, voulez-vous, Seigneur? En ce moment il est très déconcerté entre le péché et la vertu. Mon avis, et je vous le donne pour ce qu'il vaut, Seigneur, c'est qu'il a plongé la main dans un nid de serpents, mais seul Toi, ô Seigneur, dans Ta sagesse peux lui donner un avis là-dessus; ainsi soit-il.*

Il y avait encore le temps. S'il jouait bien ses cartes, s'il freinait un peu, invoquait un petit malaise peut-être, comme une migraine ou un embarras gastrique, il pourrait encore fort bien s'en tirer. Il y aurait peut-être une conversation un peu délicate au début – ma foi, il se débrouillait en général assez bien dans ce domaine –, un échange de baisers amicaux, de phrases de politesse, et puis on s'habillait, on se serrait la main et on en riait plus tard comme d'une erreur stupide qu'ils avaient failli faire tous les deux.

Ne jamais regretter, ne jamais expliquer, ne jamais s'excuser...

Allait-elle revenir? Un espoir soudain le réconforta. Elle a filé. Elle l'a regardé, un peu prise de remords et elle a décidé de fuir...

Drapée dans une serviette de bain? La logique est mon ennemie, songea Cassidy; je n'aurais jamais dû faire d'études.

Il entendit la porte se fermer doucement et le loquet glisser; il l'entendit retourner dans la salle de bains et il sut qu'elle accrochait la serviette car elle avait de l'ordre. Soudain, pris de panique, il imagina l'échec total. Il vit un autre Cassidy se tordre, bomber le dos, se détendre, *lutter avec sa virilité incapable de se dresser; il entendait* le rire de Shamus qui retentissait à travers la cloison et celui de Helen, et le grognement d'irritation étouffé de Sandra devant son insuffisance.

Les grandes décisions sont prises pour nous; je n'ai aucune part dans celle-ci. Je nage, je n'ai pas d'effet sur le courant.

La lumière de la salle de bains ne brillait plus; elle l'avait éteinte. Il vit le pâle rectangle disparaître du mur devant lui. De l'économie; Seigneur, croit-elle que je paie l'électricité aussi? Je n'ai pas acheté l'hôtel, vous savez.

Heu, Sandra, Helen, quel que soit votre nom, il y a quelque chose que vous devez savoir, je le crains : je ne connais rien à rien, si vous croyez que je puisse faire quoi que ce soit pour vous dont Shamus est incapable, eh bien (comme dirait Sandra), je ne peux pas terminer la phrase. Je ne sais pas comment vous êtes faites, c'est la vérité; c'est vrai pour vous toutes. Je n'ai absolument aucune idée de la façon dont vous êtes faites ni de ce qui vous satisfait. Puis-je être absolument précis sur ce point?

Elle était au lit. Cassidy n'avait pas bougé, n'avait pas regardé ; il préparait un discours pour l'assemblée annuelle des actionnaires.

« Nombre d'entre vous sont venus ici avec les plus grands espoirs, ça je le sais. Voilà des années je nourrissais moi-même des espoirs analogues. Il y a toutefois certaines choses que vous devriez savoir, et pour vous éviter toute perte de temps inutile je vais être très franc. En tant qu'amant, votre président a de mauvais démarrages. Navré, mais c'est comme ça. Ses joutes sexuelles avec sa femme ont toujours été essentiellement du genre formel, et limitées à ce que l'on appelle dans le métier la position du missionnaire anglais. Elles n'ont souvent pour ainsi dire pas dépassé le stade de la planche à dessin. Votre président sait parfaitement qu'il y a une certaine distance à descendre et un point par où entrer. Il sait également que toute tentative au-dessus ou au-dessous de ce point provoque l'inconfort et la critique. La pratique n'a rien fait pour accroître ses connaissances, à vrai dire, vous devriez savoir qu'après quinze ans de relations sporadiques votre président peut encore causer à Mrs. Cassidy des souffrances bien déraisonnables en pénétrant par le mauvais canal, si bien qu'on l'a déjà vue assez souvent crier son indignation et se rajuster sans aménité ; et ensuite ne plus émettre aucun son mais accepter la gaucherie de votre président comme étant le lot de toute femme mariée dans la profession. » Un temps. Le ton devient plus intime.
« J'ai parfaitement conscience de ces déficiences. J'ai lu en mon temps des livres, étudié des photographies, crayonné sur des blocs-notes, suivi des cours dans l'armée ; j'ai même, dans de rares moments de sincérité réciproque avec Mrs. Cassidy, exploré subrepticement des doigts le labyrinthe de ses replis. Pourtant le terrain ne cesse de m'échapper. Dans mon imagination, il a les sillons et les courbes d'une empreinte digitale : on n'en trouve jamais deux tout à fait identiques. Je me rends très bien compte qu'il y a ici des feux croisés d'interprétations

psychologiques – le Dr John Elderman, notre conseiller médical, se fera un plaisir de vous distribuer une brochure sur ce sujet – et j'ai lutté dur, avec vos autres directeurs, pour arriver à un meilleur sens de l'orientation. En vain. Vous penserez peut-être qu'un homme plus jeune, moins – je crois que le mot à la mode est inhibé, n'est-ce pas, Mr. Meale ? – moins inhibé pourrait mieux vous servir. Dans ce cas laissez-moi vous assurer que vous aurez la plus totale coopération de tout le conseil et qu'aucun sentiment de rancœur ne viendra s'opposer à une solution saine, satisfaisante... »

Toujours planté devant un public attentif, encore qu'absent – à une largeur de tapis en fait du bord du grand lit –, il sentait le regard de Helen et il entendait le silence de sa contemplation.

« Vous n'êtes pas très fort pour ça, Cassidy ? dit tranquillement Helen.
– Non.
– Eh bien, nous allons tout simplement nous donner un peu de mal, n'est-ce pas ?
– Oui, je pense.
– Vous ne pouvez pas le faire en smoking », dit-elle.

Il se déshabilla.

« Maintenant l'étape suivante : vous m'embrassez. »

Il l'embrassa, en se penchant sur elle, si bien que leurs lèvres se rencontrèrent à angle droit.

« Je crois quand même qu'il va falloir que vous approchiez un peu plus », dit-elle. Et comme si c'était une inspiration qui la frappait : « Tiens, si vous vous mettiez au lit avec moi ? »

Il entra dans le lit.

« On appelle ça les préliminaires, expliqua-t-elle. Ensuite il y a la consommation... », un peu du ton sur lequel elle avait commandé le dîner... « et ensuite l'épanouissement. »

Suédois.

Un épisode suédois. Elle ne se rend probablement même pas compte qu'elle est nue, aujourd'hui un tas de gens ne font aucune attention à la nudité, c'est à peine s'ils savent s'ils sont habillés ou pas. C'était une des choses qu'il aimait dans les films de Cinéphone, en fait, on pouvait les regarder dans leur état naturel. Tiens, il pourrait y passer demain ; voir ce qu'on jouait.

Avec beaucoup d'hésitation, guettant toujours les bruits venant de la porte voisine, il risqua sa première reconnaissance. Sa peau, observa-t-il, avait une texture étrangement flasque, une liquidité au toucher qu'il trouva soudain peu appétissante. Ses seins notamment, qui au repos avaient dans l'ensemble une forme très acceptable – et qui vêtus étaient fort distingués –, cédaient trop facilement à sa main, trahissant dessous la présence des os. Et puis elle était trop blanche, d'une blancheur qui n'était pas tant lumineuse que végétale, elle donnait plutôt l'impression d'un légume poussé en cave, qui allait tout à l'encontre de ses appétits. Momentanément révolté par un corps si dénué d'ombres et d'une nudité obscène dans sa blancheur, il s'écarta d'elle pour s'escrimer sur la lampe de chevet tout en essayant de trouver quelque chose à dire.

« Vous ne l'éteignez pas, non ? demanda sèchement Helen du même ton qui tout à l'heure lui avait rappelé Sandra.

– Bien sûr que non. »

C'est sa pureté, se dit-il ; c'est ce qu'on éprouve quand on couche avec une femme totale.

« Vous réfléchissez, n'est-ce pas ? fit Helen avec compassion.

– Oui.

– À quoi ?

– À l'amour, à la vie... À nous, je suppose, répondit prudemment Cassidy en reposant sa tête sur l'oreiller avec un soupir à demi dissimulé. À Shamus, ajouta-t-il dans un ultime appel à sa conscience.

– Vous vous sentiriez mieux si vous le détestiez ? demanda-t-elle.

– Ce serait davantage Ancien Testament, vous ne trouvez pas ?

— C'est ce que lui pense? Et vous?
— Ma foi..., non.
— Vous n'avez pas de remords, non, Cassidy? Parce qu'il vous aime et qu'il est mon mari?»

Cassidy ne comprenait peut-être pas tout, mais il savait fort bien qu'entre Shamus et Helen les scrupules moraux n'étaient pas un argument qu'on accepterait pour sa défense.

«Bien sûr que non.
— Alors qu'est-ce qu'il y a? Touchez-moi.
— Je l'ai fait.
— Touchez-moi encore.
— Je vous touche.
— Rien que ma main.
— Je vous aime, Helen, dit Cassidy, en laissant son ton donner l'impression que ce n'était là qu'un aspect d'un argument profond.
— Mais vous ne me désirez pas, suggéra Helen. Vous avez changé d'avis. Permettez-moi de vous dire que vous avez drôlement choisi votre moment.»

Cassidy sourit. «Mon Dieu, si seulement vous saviez, dit-il, dans un pauvre effort pour paraître blasé.
— C'est vraiment si difficile à accepter? demanda Helen, après toutes les leçons que nous avons prises?»

N'obtenant pas de réponse, elle décida apparemment de renoncer à toute initiative et ils restèrent de nouveau allongés en silence un long moment, cependant que Cassidy prenait conseil de ses proches.

«Papa.
— Oui. Hug?
— Tu sais, papa.
— Qu'est-ce que je sais, Hug?
— J'aime bien cette dame.
— Bon.
— Quand même elle n'est pas aussi gentille que Heather, n'est-ce pas?

— C'est simplement que tu connais mieux Heather. Et Heather nous connaît mieux aussi.
— Heather est plus discrète. Papa.
— Oui, Hug.
— J'aime mieux Angie. Papa.
— Oui, Hug.
— Est-ce que Angie Mawdray a vu ton pipi ?
— Certainement pas. Pourquoi veux-tu qu'elle l'ait vu ?
— Maman l'a vu.
— Maman ça n'est pas pareil.
— Et Snaps ?
— Non.
— Maman est adorable, dit Hugo. Bonsoir.
— Bonsoir, Hug. »

« Un tas de gens le font, dit Sandra, plantée sur le pas de la porte dans l'obscurité et soupirant pour le réveiller. Et c'est parfaitement naturel. Ça n'est pas parce que tu n'aimes pas ça que ça veut dire qu'il en est de même pour tout le monde, mais quand même.
— Je sais.
— Alors continue.
— C'est simplement que je suis impuissant.
— Allons donc tu es paresseux et tu manges trop. Ce sont tous ces ridicules dîners conservateurs. Ça ne m'étonne pas que tu sois bouffi. Les socialistes n'ont pas de dîners. Ils servent du thé et des sandwiches.
— Je crois que je suis pédale aussi.
— C'est complètement idiot. Quand nous étions jeunes nous le faisions exactement comme les autres et nous aimions beaucoup ça. C'est simplement que je t'ennuie. Je suis désolée, mais ça je n'y peux rien.
— Sandra, je t'aime. »
Long silence.
« Je t'aime aussi, dit-elle. Mais quand même. »

N'importe quel imbécile peut donner, trésor. C'est ce que nous prenons de la vie qui compte.

«Est-ce qu'il faut que j'aille le voir? suggéra Cassidy.
— Pour avoir sa bénédiction?
— Je suis sûr qu'il est réveillé.
— Mon Dieu, fit Helen en s'asseyant, sa colère cette fois éclatant. Quelle idée répugnante! Il vous tuerait s'il découvrait la vérité, vous ne vous en rendez pas compte? Il sera bien pire que Hall avec le pauvre Américain.
— Oui, j'imagine, reconnut Cassidy.
— S'il savait que vous et moi étions dans ce lit, tout nus, amants...» Son indignation ne parvenait pas à s'exprimer. «Bon Dieu! conclut-elle en se recouchant avec un bruit sourd.
— Mais nous ne sommes pas amants, n'est-ce pas? demanda prudemment Cassidy. Pas encore.» Ce qui voulait dire: la pénétration n'a pas encore eu lieu, mon avocat pourrait encore invoquer d'assez solides arguments, c'est elle qui m'y a forcé.

«Croyez-vous que ça l'intéresse ce que nous *faisons*? Ce sont nos *sentiments* qui comptent.» Elle se tourna vers lui presque avec désespoir. «Et des sentiments nous en avons, n'est-ce pas, Cassidy? N'est-ce pas? Cassidy, j'ai joué mon va-tout. Et vous, dites-moi donc ce que vous mettez là-dedans?
— Tout», dit-il après avoir brièvement passé en revue tout ce qui faisait son bonheur. Hugo, Mark, la Bentley, le pavillon des animaux nocturnes et Sandra de bonne humeur. «Tout ce que j'ai jamais aimé.»

Et tout d'un coup il l'embrassait, la prenait; il était son maître, il faisait des tours de passe-passe en elle et au-dessus d'elle; et Helen, son Helen habile, palpitante, mourante, comme une brillante conjonction de tous ses rêves. En touchant elle ne prenait rien, elle guidait et dansait, restait passive, galopait au-dessus de lui, mais en même temps elle ne faisait que donner et pendant tout ce temps elle semblait le suivre; à l'affût de ses oui et de ses non, éprouvant les limites de sa tolérance, créant chez lui la docilité, une obligation croissante de l'aimer en retour.

« Un répit pour souffler », chuchota-t-elle et elle s'allongea auprès de lui, ses yeux fixés sur les siens.

« L'amant audacieux, dit Helen.

— J'ai envie de rire, dit Cassidy.

— Il faudra que je propose une motion au conseil, murmura-t-elle, la passion frémissant dans son sourire.

— Je vous aime, dit Cassidy.

— Alors au travail », dit Helen.

Élise et Mrs. Bluebridge flottaient la main dans la main, en chantonnant de douces phrases de la Bible du vieil Hugo, des serveurs respectueux l'applaudissaient en mesure ; les pêcheurs et les gens de bonne volonté gravissaient la colline de Dieu, se tournaient pour le regarder avec approbation. Le chœur se multipliait. Oui, Burgess, oui. *Ça te fait plaisir ? Beaucoup de plaisir, Élise.* À Kensal Rise les lumières vertes s'allumaient tandis que l'orchestre jouait un chant de Sherborne : *Vivat Rex Edwardus Sextus ! Vivat !* Les filles regardaient, elles ne dansaient plus, elles observaient avec respect la technique sans effort du maître. Puis des mères avec des landaus apparurent au milieu de la foule, agitant la main, le remerciant, c'était à lui qu'elles devaient leurs bébés.

« Sandra ! » cria-t-il pour l'accueillir.

Elle avait amené ses alcooliques : en crocodile, habillés pour l'église, rasés de frais.

« Les gars ! leur cria-t-il, en arrêtant leurs mouvements, regardez-moi ça, ça vous plairait ; sortez-vous de vous-mêmes !

Ça leur apprendrait », acquiesça Sandra et elle soupira comme elle le faisait lorsqu'elle mettait son linge dans le mauvais panier.

Pousse, petite herbe, pousse.

Ô Seigneur, mais je pousse. Croyez-moi, trésor, j'ai poussé. Je pousse, vous m'avez enseigné la colère, vous avez allumé une flamme en moi, qui brûle tout au fond, le feu s'étend depuis la racine ; un feu qui court, un feu rapide, l'eau ne servira à rien maintenant, mon trésor, je suis là avec ce qu'il y a de meilleur en vous, tout trempé ; mieux que le meilleur de vous ; je fais la cuisine à votre place, dans votre grotte, dans votre four ; réveillez-vous si vous le voulez. Bonté divine, trésor, comment pouvez-vous dormir quand on est en train de commettre un meurtre ? Elle lui disait : « Cassidy vous êtes le meilleur, ô Seigneur, ô Cassidy, ô mon amour ! »

Des lumières éclataient dans ses yeux ; elle en appelait à Dieu et à Cassidy, à Shamus et à son père. Elle avait les jambes largement écartées comme celles d'un Bouddha, elle remuait dans une lente transe, le caressant de chaque côté de ses genoux repliés. Commandant, dors-tu là-bas ? J'aimerais être avec vous maintenant, Shamus ; elle s'en est allée rejoindre ses compagnons de l'ombre, elle est là-bas en proie à des sentiments obscurs. En fait, Shamus, je voudrais que vous reveniez.

C'était terminé. Un étirement du dos, deux chats sur une planche à repasser. C'était terminé. Allez donc et bang : une fin réconfortante après l'attente, les chaises et les miroirs qu'on disposait au clair de lune, l'esprit qui s'éclaircissait tandis qu'elle le laissait mourir en elle, son corps encore avide de boire. Il restait là, par politesse, attendant le passage des années et le moment où le garçon sortirait de l'eau. Il pensait à la Bentley et avait-il entendu la collision ? Il pensait à Shamus et guettait-il de la porte ? Il pensait qu'il était le Christ pris entre deux larrons, il pensait qu'il était un larron entre deux Christ, qu'il était un enfant en train de dormir avec ses parents, un parent dormant avec ses enfants ; il pensait qu'il fallait être trois et il pensait aux signes du zodiaque d'Angie Mawdray : « Le sept et le trois, disait-elle. Ce sont les chiffres magiques. » Il pensait aux enfants biafrais qui hurlaient sur le piano et à la chaloupe neuve dans le vestibule presque terminé, à droite en entrant, sur la table Sheraton en bois de santal à six cents guinées. Une chaloupe en carton, fournie par l'association, avec une petite fente pour glisser les pièces; Sandra s'était découvert une affection toute neuve pour les gens qui se noyaient.

Pourquoi ne peut-on pas être une seule personne? se demanda-t-il. Pourquoi faut-il être si nombreux, mélangés dans une seule matrice?

Libéré par elle, assumant le rôle du père plein de prévenance en lui tenant la main parce qu'elle pleurait, Cassidy s'adressa au conseil pour la dernière fois durant son mandat de président.

Considérez, messieurs, l'arithmétique de cette situation insolite. (Miss Mawdray, encore un peu de café peut-être pour Mr. Meale, il a l'air un peu fatigué.) Vous avez tous lu Nietzsche bien sûr; ceux qui ne l'ont pas fait se rappelleront sans doute le poète allemand Un tel. Ces hommes, messieurs, ont avancé une explication remarquable pour notre comportement. Ils nous disposent comme des étoiles dans un horoscope. Eh bien, regardons-nous. On peut en trouver un exemple dans l'arrangement parfait de nos trois corps parallèles. Voici comment, dans cette hypothèse mystique, nous finirons par trouver notre place au firmament. Alignés, les pieds braqués vers l'est. Dépouillé de son smoking, allongé dans son propre hôtel, voilà un bourgeois qui a donné sa vie à la recherche d'un rêve. Ce soir, en me fondant sur l'habituelle classification du Michelin, je lui donnerai deux étoiles en tant qu'amant; bon, mais il ne vaut pas tout à fait le voyage. À ma gauche, séparé de moi par son épouse et une cloison heureusement bien insonorisée, gît un artiste brisé sur la roue de son génie; une véritable galaxie humaine, mais inorganisée.

Et entre nous, trésor, entre nous gît la vérité. Nue et un peu épuisée, pleurant comme une enfant.

La laissant dormir, il poussa le verrou de la porte et revint sur la pointe des pieds dans le salon. L'édredon était tombé par terre. Shamus était allongé, encore plus nu que Helen, encore plus enfantin, plus jeune. Avait-il les yeux ouverts ou fermés ? Il n'y avait pas assez de lumière pour savoir. Se penchant sur lui, Cassidy approcha l'oreille aussi près qu'il osait de sa poitrine nue et perçut le battement inlassable et inégal de son cœur.

Pose la couverture sur lui, mais seulement jusqu'au cou, assieds-toi dans le fauteuil et contemple Jonathan, mon ami. Prends la serviette et essuie-le.

Qui a écrit ça ? C'est dans mon livre ou dans le sien ? Dors.

Derrière la fenêtre une étoile brûlait, mais ni Élise ni aucun autre fantasme n'était là pour souhaiter la bienvenue à Cassidy. De Kensal Rise à Abalone Crescent, de South Audley Street au fleuve là où il passe devant Pimlico, il n'y avait personne qui ne pensait pas à l'aube.

Cher Cassidy,

L'enveloppe était couverte de timbres verts représentant des palmiers et des singes. Le cachet de la poste datait de plusieurs mois. Il avait dû la fourrer dans sa poche et oublier de l'ouvrir. L'écriture, comme celle de Sandra, était infantile mais obstinée.
Cher Cassidy, lut-il, tout en s'habillant dans la salle de bains.

Votre chèque mensuel avec mes remerciements. Ma fille me dit que vous avez choisi de devenir un politicien et que vous vous adonnez à une politique de gauche, y compris le communisme et les bagarres dans les docks. Ne faites pas ça. Votre devoir est d'être attentif et chevaleresque envers votre femme et vos enfants à tout moment, et non pas d'aller frayer avec des pédales marxistes de Balliol et de traiter votre belle-mère comme une crétine. Je suis en correspondance avec Mrs. Groat sur ce sujet et je compte avoir des nouvelles d'une amélioration générale compte tenu du fait qu'elle est myope comme une taupe.

C'était signé bizarrement général de brigade en retraite P. Groat, et il y avait un P.-S. conseillant à Cassidy de faire attention à sa raquette de tennis.

Et faites bien attention que la presse soit serrée.
P. G. (gén. brig. ret.).

La Bentley était à l'emplacement où il l'avait garée. Non, dit le concierge en lui tendant les clefs d'un air jovial, bien sûr que non, personne ne l'avait prise; pas sans le consentement de Mr. Cassidy, bien sûr que non.

LONDRES III

28

Une période de temps froid, avec de la pluie et des vents qui n'étaient pas de saison, coïncida avec la descente de Cassidy en enfer. Chez lui pendant le week-end ce fut à peine s'il parla ; bien qu'il se montrât tendre envers son enfant et remarquablement protecteur envers sa femme, il restait réservé, préoccupé.

« J'ai des ennuis avec le rapport, dit-il à Sandra. Les syndicats sont de médiocre humeur. »

Soucieuse, elle l'accompagna jusqu'à la voiture.

« S'il y a quoi que ce soit que je puisse faire pour t'aider, dis-le-moi. Parfois une touche féminine est utile.

– Je te le dirai », fit Cassidy en l'embrassant tendrement, mais d'un air un peu absent.

Seul au volant de sa Bentley, le louche criminel parcourait les rues de Londres, évitant les grandes artères et le regard inquisiteur des policiers. Il roulait distraitement, examinant avec mépris ses yeux de traître dans le rétroviseur, des yeux rouges, cernés par la débauche. Aldo Cassidy, cinquante mille livres de récompense, recherché pour innocence. Je l'aurais mieux dessiné, songea-t-il, je me serais fait plus méprisable.

« Vous nous téléphonerez bientôt, n'est-ce pas ? avait dit Helen sur le pas de la porte, en le regardant dans les yeux. Cassidy.

– Ça ne sera jamais assez tôt, trésor, murmura Shamus

en montant lourdement devant eux les marches de fer. Venez jouer au football.

— Je n'y manquerai pas.

— Maintenant ?

— Il faut que je passe un peu de temps avec la bourgeoise.

— Je parie que ces dames de mauvaise humeur sont formidables au lit, dit Shamus en ouvrant la porte de la cuisine. Helen minaude trop. Elle est trop heureuse. Tiens, Helen, peut-être qu'on devrait devenir misérables pendant un bout de temps.

— Au revoir, Cassidy, dit Helen en souriant.

— Bonne chance avec l'Opération Haddock, dit Cassidy.

— Nous écrirons », dit Helen.

Shamus se retourna aussitôt. « Vraiment ? Tu peux faire ça ? Peut-être que tu pourrais faire l'Opération Haddock aussi.

— Je parlais des lettres, dit Helen. Pas de script. »

Changeant de costume, Cassidy laissa sa veste de smoking à repasser pour Helen.

Un aéroport l'attira, peut-être Heathrow. Garé sur une petite route, le méprisable pécheur regarda de grands jets décoller dans la brume. Si seulement il avait son passeport. Il n'avait qu'à téléphoner au bureau, Mawdray pourrait le lui apporter en taxi. Pendant un moment, passant à petite allure devant les stations d'essence et les motels, il chercha une cabine téléphonique isolée, puis renonça. Je ne m'en tirerais jamais, on intercepterait la communication, on m'arrêterait au contrôle. *Le mari infidèle du West End tente de s'enfuir par avion.*

Windsor, où le pavillon de saint George pendait tout mouillé sur la pierre historique. La chèvre obscène passait dans une honte anonyme, contemplant les gens dans les boutiques, convoitant leur air morne. La tradition ; qu'est-ce que Cassidy avait jamais connu de la tradition ? Où était Cromwell Cassidy maintenant, ce vaillant guerrier puritain ? Au Savoy Hotel, merci, dix livres de supplément pour le personnel et envoyez la note à la société, à dormir avec la femme de son meilleur ami.

Pourquoi la foudre ne l'avait-elle pas frappé ? Ce camion, dévalant ce petit pont : pourquoi sa remorque n'avait-elle pas heurté son capot bien astiqué, fracassé le verre de son immunité naturelle ? Peut-être devrait-il tuer quelqu'un ; ce serait une solution. Un cycliste esseulé, par exemple, en route pour aller travailler aux champs, en train de gravir justement cette côte au terme d'une longue journée de labeur, son esprit simple pensant à la cheminée et aux enfants ?
Se calant plus confortablement sur son siège, Cassidy laissa son imagination lui peindre un tableau plus complet de la catastrophe : l'église de granit, la simple dalle, le petit groupe tragique qui ne se souciait pas de la pluie. La veuve s'arrête à la grille. Cassidy, hagard et pas rasé, pose une main sur son bras :

« *Envoyez les enfants à Harrow*, la supplie-t-il, *j'ai une certaine influence auprès du proviseur. J'aimerais m'occuper d'eux comme si c'étaient les miens.* »

Elle ne pleure pas mais se contente de secouer la tête :

« *Rendez-moi mon Harry*, murmure-t-elle. *C'est tout ce que je demande.* »

Il ne promettrait jamais. La vie comme il l'avait vécue jusque-là serait finie pour lui. Rien de dramatique ni de forcé, rien qu'une retraite progressive loin de tout ce qui lui avait été cher jusqu'à ce moment. Il vendrait ses actions, sa voiture, ses tableaux, démissionnerait des Inclassables, irait peut-être voir un ami ou deux, prendrait certaines dispositions et ferait certains cadeaux personnels, puis s'éclipserait pour aller diriger un orphelinat ou pour ouvrir une bibliothèque au Botswana. Son aspect physique changerait aussi ; il n'y pouvait rien. Il négligerait sa toilette, donnerait ses costumes à d'anciens prisonniers. Désormais il devrait voyager avec ses bagages, toujours en route, jamais tranquille, recherchant sans cesse l'expiation. En quelques mois ses cheveux seraient parsemés de gris, ses épaules seraient voûtées et son visage avenant arborerait l'air mûr et boucané d'un homme de vingt ans son aîné. Seulement de temps en temps, par hasard sous les lointains tropiques, on le verrait et on le reconnaîtrait à moitié, on évoquerait son histoire dans un murmure compatissant : « Il ne s'en est jamais remis vous savez. Il a bien dû perdre douze kilos. » Ou même : « Ça l'a eu. »

L'ennui c'est que je conduis trop prudemment.

À Aylesbury, une jolie bourgade que ne fréquentent généralement pas les maris adultères, l'infâme débauché acheta à sa femme un sac à main en crocodile et, dans une auberge du bord de la route, composa tout en buvant un café une lettre d'adieu à son ancien ami Shamus, le prophète bien connu.

Vous m'avez donné les moyens d'aimer et j'ai grossièrement abusé de votre offre, j'en ai fait une arme pour vous trahir. Il n'y a pas de mots pour décrire mon égoïsme, comme vous m'aviez hissé très haut, la chute n'en a été que plus rude. Je joins un chèque de cinq mille livres pour solde de tout compte. Gardez je vous prie ma veste de smoking et toutes les petites choses que j'ai pu laisser traîner chez vous. J'ai donné des instructions à la banque pour qu'on paie votre loyer.

Votre ami d'autrefois et éternel admirateur.

A. CASSIDY.

À la réflexion il ajouta à cette lettre un prudent post-scriptum :

J'aurais dû vous dire voilà longtemps que je suis sujet à des crises d'épilepsie. Elles sont d'une forme très rare. Dès l'instant où j'en suis victime, je suis incapable de résister et je perds toute responsabilité de mes actes. Si vous ne me croyez pas, n'hésitez pas à consulter le Dr John Elderman d'Abalone Crescent à qui j'ai donné l'autorisation de vous communiquer tous les renseignements dont vous pourriez avoir besoin. Jusqu'alors personne sauf lui et Sandra n'a été au courant du mal secret qui m'afflige. Je vous en supplie donc, quoi qu'il arrive, de considérer cela comme strictement confidentiel.

Ayant cacheté l'enveloppe, collé un timbre et l'ayant mise dans sa poche, il commanda une nouvelle assiette de galettes qu'il se mit à croquer dans un désespoir gris. Maintenant vous savez tout, songea-t-il; faites de moi ce que vous voulez.

Dans le café il confia la lettre à une corbeille à papier. N'y pense plus, se dit-il. Ne mets rien par écrit.

Ça n'est jamais arrivé.

Ils n'ont jamais existé, se dit-il. C'est moi qui les ai inventés. Allons, sois franc, est-ce que j'aurais pu m'en tirer si longtemps. Allant jusqu'à la Direction des transports, il demanda à la réception quelles formalités il devrait remplir pour être admis comme candidat. La fille n'en savait rien mais promit de se renseigner.

« C'était du travail que vous vouliez, n'est-ce pas? demanda-t-elle d'un ton un peu hésitant, regardant derrière lui par la fenêtre la Bentley récemment lavée.

— S'il vous plaît », dit Cassidy en laissant sa carte.

Ça n'est jamais arrivé, n'y pense plus.

Shamus est mort.

Helen est morte.

Ils n'ont jamais existé.

Je les ai rêvés.

Pour rien.

Et pourtant, du fond de son angoisse, du fond de son sentiment de culpabilité, de ses remords, du fond de sa fourberie et de ses regrets, la petite herbe – comme aurait dit Shamus – continuait à pousser. Car son angoisse était également tempérée par une volonté insistante de vivre :

dons de certains amis anonymes dont l'influence sur lui n'avait nullement diminué. Rentrant le lendemain d'un débat qui avait duré toute la nuit au quartier général des dockers, il se rendit à une invitation à dîner chez les Elderman où il s'acquit le respect de tous ceux qui l'entendirent. En fait, dit-il, le rapport était extrêmement confidentiel ; il n'estimait sincèrement pas qu'il pouvait en dire beaucoup là-dessus. Oui, cela s'appellerait le rapport Cassidy. L'objet ? Ça couvrait à peu près tout depuis les formalités de réception à la Direction des transports jusqu'aux possibilités de distraction dans les entrepôts de Cable Street. Les termes de référence ? À peu près ce qui avait été cité dans la presse (habile : personne n'avoua ne pas avoir remarqué cet avis) avec quelques ajouts sur lesquels il avait insisté pour se protéger.

Au lit, armé d'une virilité provoquée par une extrême anxiété – et stimulée peut-être par certains souvenirs confus d'événements qui ne s'étaient pas encore produits –, il stupéfia son épouse par une succession de prouesses sexuelles.

« Et débarrasse-toi de ta mère, lui dit-il, j'en ai assez de la voir traîner ici.

– Je le ferai, dit Sandra.

– Je te veux à moi toute seule, dit-il.

– C'est tout ce qui compte, acquiesça Sandra. *Cher Pailthorpe.* »

L'herbe poussait, bourgeonnait et même fleurissait mystérieusement.

Et éprouvait, parmi bien d'autres émotions contradictoires – comme la terreur, comme la haine de la prostituée Helen, comme une profonde sympathie pour l'extrême droite du parti conservateur, qui protège les gens de bien des honteuses attaques d'écrivains dans le dénuement et de leurs femmes sans principes –, cette supériorité particulière qu'on ne trouve que chez ceux qui vivent en regardant le Destin droit dans les yeux : les alpinistes, les gens atteints d'une maladie mortelle et les nombreux héros de la guerre qu'il avait manquée. L'herbe enfin appartenait à la fraternité; à l'élite. Il comprenait pourquoi Helen et Shamus parlaient tant de mortalité. La mort est la propriété de ceux qui vivent, il leur faut l'étudier à chaque heure. Et puis l'herbe dormait moins; mangeait moins, travaillait mieux et avec plus d'entrain.

Et constatant après le passage de cette quinzaine qu'il n'avait pas attrapé la lèpre, qu'il n'avait pas été arrêté par la police, pas plus qu'il ne s'était vu notifier de ces avis toujours menaçants du fisc ou du ministère du Commerce; n'ayant aucune nouvelle ni de Helen ni de Shamus et n'ayant pas fait un geste pour les contacter, les ayant donc supposés d'abord disparus et plus tard tués, il décida qu'il pouvait se permettre discrètement de pousser un peu plus avant sa nouvelle politique de responsabilité.

« Tu sais..., commença Sandra un soir avec gratitude.
— Qu'est-ce que je sais?
— Même si tout ça était un mensonge, tout... le rapport, le parti, le siège assuré... Je t'aimerais encore. Je t'admirerais encore. Quelle que soit la vérité. » Mais Cassidy dormait, elle le devinait à sa respiration.

« La vérité c'est toi, murmura-t-elle. Pas ce que tu dis. Toi. »

29

Du temps hors du temps, du temps de rabiot; un passé non vécu, trop longtemps imaginé et tardivement rendu réel; un encaissement avant le règlement final; une escalade de la gamme affective; la revendication de ses droits légitimes; une quête renouvelée pour la fleur bleue: qui ça intéresse-t-il? Cassidy, tout nu, était debout dans la fontaine et tâtait les contours de son existence.

« Vous savez ce que je voudrais, Aldo?
– Qu'est-ce que vous voudriez?
– Je voudrais que toutes les étoiles soient des gens et que tous les gens soient des étoiles.
– Ça vous avancerait à quoi?
– Parce que alors nous aurions tout le temps le visage éclairé par des sourires. On scintillerait et on ne serait plus jamais malheureux.
– Je ne suis pas malheureux, dit Cassidy d'un ton ferme. Je suis heureux.
– Et tous les gens qu'on n'aime pas seraient à des millions de kilomètres, n'est-ce pas, parce qu'ils seraient dans le ciel au lieu des étoiles.
– Nous avons toute la nuit, dit Cassidy. Je ne suis pas fatigué ni rien. Je suis simplement heureux.
– Je vous aime tant, dit Angie. J'aimerais vous voir sourire.
– Faites-moi sourire, dit Cassidy.
– Je ne sais pas. Je ne suis pas assez intelligente. » Elle

l'embrassa avec une sensualité tranquille et experte. «Je ne le serai jamais.»

Il sourit. «Et ça?

— C'est bien, dit-elle. Très bien pour un début.»

Avec dans la bouche les relents d'ail des escargots de l'Épicure, surveillés par un chien blanc du nom de Laitue, ils étaient allongés nus tous les deux sur le lit maigre et osseux de l'appartement qu'elle occupait sous les toits à Kensington, près des étoiles. Laitue était née sous le signe du Sagittaire, dit-elle, et c'était le plus sexy de tous les signes.

«Ça signifie queue, expliqua-t-elle. Julie me l'a dit. Au fond tout est phallique, n'est-ce pas?

— Je pense que oui», dit Cassidy.

Un *poster* de Che Guevara était fixé au mur auprès d'une tapisserie tissée par des primitifs crétois.

«Laitue vous aime aussi, dit Angie.

— Je l'aime bien, lui aussi.

— Elle, dit Angie. Voyons.»

Hier il ne savait rien d'elle; aujourd'hui tout.

Elle croyait à l'esprit et portait des rangs de perles mystiques sur sa poitrine nue et extrêmement belle. Elle croyait en Dieu et, comme Shamus, détestait plus que tout ce foutu clergé; elle était végétarienne mais pensait qu'on pouvait faire une exception pour les escargots parce qu'ils ne sentaient rien et que d'ailleurs les oiseaux en mangeaient; elle était tombée amoureuse de Cassidy dès les premiers jours où elle était entrée dans la maison. Elle l'aimait comme elle n'aimait personne au monde; Meale était un stupide petit crétin. Elle avait identifié les étoiles qui déterminaient le destin de Cassidy et elle les contemplait pendant des nuits entières. Elle avait des cuisses larges et dures et sa toison descendait bien nette, elle l'appelait sa barbe et elle aimait bien qu'il mette sa main là, elle ne s'en lassait pas. Elle avait une zone érogène au sein droit, elle désapprouvait l'avortement. Elle adorait les enfants et détestait son salaud de père. En règle générale, Cassidy n'aimait pas la grossièreté chez les femmes et il avait nourri l'espoir de la maîtriser chez Helen lorsque l'occasion s'en présenterait. Mais il y avait dans la verdeur de langage d'Angie une audacieuse familiarité, une sublime indifférence à ce qu'évoquait son vocabulaire qui dans une certaine mesure les purifiaient de tout caractère sensationnel.

Elle avait vingt-trois ans. Elle adorait Castro, mais son grand, son unique regret c'était de ne pas avoir fait l'amour avec Che Guevara avant sa mort, c'était pour cette raison qu'elle l'avait le plus près possible de son lit. La Grèce était fabuleuse, et un jour quand elle aurait gagné des tas d'argent elle allait retourner vivre là-bas et avoir des tas de bébés. « Moi toute seule, Aldo, des petits bébés bruns qui jouent tout nus sur le sable. »

Il savait aussi que nue elle était très belle. Et qu'elle n'était ni timide ni effrayée, et il était stupéfait à un point indicible qu'elle eût vécu si longtemps tout habillée à portée de sa main et qu'il n'eût pas fait un geste pour ouvrir la fermeture Éclair de sa robe.

« Vous écoutez ?

— Oui, dit Cassidy. Allez-y.

— Et les Poissons, vous connaissez ? Les Poissons rejoints par le cordon ombilical astrologique, l'un qui nage dans le courant et l'autre à contre-courant.

— Comme nous, proposa modestement Cassidy.

— Pas nous ; moi, bêta. J'ai une double personnalité. C'est ce que signifie une personnalité double : deux êtres complètement différents à l'intérieur d'une seule tête. Je ne suis pas un poisson, je suis deux, c'est ça le truc. » Elle continuait à lire. « Des événements décisifs vous attendent cette semaine. Votre plus grand désir sera à portée de votre main. N'hésitez pas. Saisissez l'occasion mais seulement avant le 9 ou après le 15. Merde. Quel jour est-on ? »

Je t'aime, pensa-t-il. J'aime la façon dont tes oreilles pointent à travers tes longs cheveux bruns ; j'aime les lignes pures, la souplesse et l'aisance de ton jeune corps, je veux t'épouser et partager la plage grecque avec tes bébés.

«Le 13, dit-il en regardant la date sur sa montre en or.
— Je m'en fous, dit Angie avec détermination. Ils se trompent quelquefois, alors qu'ils aillent se faire foutre.»

Elle était allongée sur le dos, examinant Che Guevara d'un air pensif.

«Je m'en fous, je m'en fous, je m'en fous complètement, répéta-t-elle d'un ton farouche en regardant droit dans les yeux le grand révolutionnaire. C'est un nuage. Un jour le vent viendra le pousser et je m'en foutrai encore. Vous faites l'amour souvent, Aldo? Vous baisez beaucoup de filles?

— Je n'y peux rien, dit Cassidy, c'est ma nature, et il poussa le soupir du voyageur évoquant la route solitaire, les longues chevauchées et les rares moments de consolation.

— Allons, Garbo», dit Angie.

Toujours nue elle lui fit du cacao, déesse mal embouchée agitant des soucoupes dans la minuscule cuisine; une enfant, éclairée par la lueur orange de la fenêtre, préparant un festin de dortoir. Ensuite, lui promit-elle, ils recommenceraient. Elle l'aimait, il pouvait recommencer chaque fois qu'il en avait envie. Ses seins remuaient avec elle sans un frémissement; sa haute taille avait l'autorité d'une statue. Elle se jucha à califourchon sur lui, genoux écartés, comme pour bâtir un château de sable: se penchant en avant, elle l'embrassa longuement tout en l'agitant lentement dans le vaste bassin de ses hanches.

«C'est un tel salaud, mon père, dit-elle ensuite, toujours rêveuse, sa joue ronde se pressant avec gratitude contre l'épaule de Cassidy, sa main le tenant toujours légèrement. Mais vos gosses vous aiment vraiment, n'est-ce pas, Aldo?

— Et moi, je vous aime», dit Cassidy, n'éprouvant pour une fois aucune difficulté à le dire.

Ast, une femme plus âgée, trois bonnes années de plus que Cassidy mais pas encore complètement infirme, vivait plus près du sol, mais dans une prospérité plus grande. Au lit elle était très vaste, environ deux fois son poids habillée, lui semblait-il, en pensant vaguement à Cassius Clay; et quand elle s'installait sur le côté pour lui parler, son coude épais le clouait au matelas.

Les murs de la chambre d'Ast étaient décorés de toiles non encadrées de peintres que la gloire n'avait pas encore atteints; ses fenêtres donnaient sur un musée et l'intérêt qu'elle portait à Cassidy, après le premier round, était essentiellement d'ordre historique.

« Quand vous avez su ? demanda-t-elle d'une voix qui donnait à penser qu'on pouvait faire la preuve de l'amour dans la recherche. Franchement Aldo. Quand vous en êtes-vous douté pour la première fois ? »

Franchement, pensa Cassidy, jamais.

« Était-ce, proposa-t-elle pour éveiller ses souvenirs, à cette soirée chez les Niesthal, quand il y avait le récital de harpe ? Vous m'avez regardée deux fois. Vous ne vous en souvenez probablement même pas.

— Bien sûr que si, dit poliment Cassidy.

— En octobre. Ce magnifique mois d'octobre. (Elle soupira.) Mon Dieu on dit des choses si mélos quand on est amoureux. Je croyais que vous n'étiez qu'un... commerçant..., ennuyeux..., coureur. » Cassidy partagea l'amusement qu'elle éprouvait à l'idée des images si ridiculement erronées qu'elle se faisait de lui. « Comme je me trompais. Mais comme je me trompais. (Long silence vide.) Vous aimez la musique, n'est-ce pas, Aldo ?

— La musique c'est ce que je préfère, dit Cassidy.

— Je l'aurais deviné. Aldo, pourquoi n'emmenez-vous pas Sandra au concert ? Elle a tellement envie de comprendre l'esprit. Il faut l'aider, vous savez. Sans vous elle n'est rien. Absolument rien. » La signification de ce qu'elle venait de dire la consterna tout d'un coup. « Oh ! mon Dieu, qu'est-ce que j'ai dit ! Pardonnez-moi, dites que vous me pardonnez.

— Mais oui, mais oui, lui assura Cassidy.

— Mon Dieu qu'est-ce que j'ai dit ? (Elle roula vers lui.) Aldo, je vous en prie, ne m'en veuillez pas, je vous en prie. *Je vous pardonne*. Dites : *Je vous pardonne*.

— Je vous pardonne », dit Cassidy.
La paix revint.
« Et puis vous m'avez cherché querelle chez les Elderman. Je n'en croyais pas mes oreilles. Personne ne m'avait parlé comme ça depuis des mois. Vous étiez si disert, si sûr. J'avais l'impression d'être une enfant. Une petite fille. (Elle rit à ce plaisant souvenir.) Nous autres stupides femmes, tout ce que nous pouvions faire c'était de prendre un air insulté pendant que vous nous faisiez la leçon. J'avais la bouche desséchée, le cœur serré et je pensais : Il a raison. Il s'intéresse à l'artiste. Les éditeurs, ricana-t-elle. Qu'est-ce qu'ils savent ?
— Rien, dit Cassidy, pensant à Dale.
— Quant à ces fleurs..., ma foi, je n'avais jamais reçu autant de fleurs de ma vie. Cassidy ?
— Oui.
— Qu'est-ce qui vous a incité à me les envoyer ?
— Paris, dit Cassidy, retombant habilement sur ses pieds. Tout d'un coup..., vous..., vous m'avez manqué. J'ai regardé partout... mais vous n'étiez pas là. »
Il a dû filer du jour au lendemain, songea Cassidy, en inspectant subrepticement tout ce qui traînait, les cintres pour ses vêtements, le fauteuil de cuir pour refuser des manuscrits. Quel maître. Comment a-t-il fait ? Est-ce qu'il a écrit ou téléphoné ? Ou bien comme Hercule, lui a-t-il dit ?
Ils étaient encore allongés côte à côte et entre eux un petit gouffre d'environ quinze mille kilomètres de large.

Des housses blanches recouvraient le plancher de la chambre et une forte odeur d'huile de lin imprégnait les couvertures. Allongés sur le dos, Mr. et Mrs. Cassidy admiraient le plafond nouvellement peint.
« Ce sera vraiment ravissant quand ce sera terminé, dit Cassidy. Un vrai palais.
— Tu devrais le voir, dit Sandra, parlant de Mr. Monk le maçon, il est si appliqué. Si loyal et si convenable. Pendant la guerre il était dans les sapeurs.

— Les sapeurs étaient un corps d'élite, remarqua habilement Cassidy, l'expert en questions militaires.

— Il croit se souvenir de papa. Il n'est pas sûr mais il le croit. Il a été un moment dans une section de pontonniers à Bolton. En 39.

— Je ne me rappelle pas quelle unité était cantonnée à Bolton», dit Cassidy comme s'il s'était posé la question. Ils avaient récemment vu le film *Patton* et Cassidy savourait encore les reflets d'un certain prestige.

«Et il tient ses hommes ainsi, dit Sandra d'un ton approbateur. L'un d'eux faisait de l'œil à Snaps.

— Je ne veux pas de ça chez moi, dit sèchement Cassidy.

— Allons, dit Sandra, avec un froncement de sourcils complice, en regardant le plafond.

— Enfin, franchement, la façon dont elle est là à se dandiner.

— Aldo!» – elle l'apaisait à coups de petits baisers – «Pailthorpe le Grizzly... Aldo..., c'est de son âge. Ça lui passera... D'ailleurs, elle a un nouveau flirt, un concepteur publicitaire du nom de Mel.»

Ils se mirent à rire tous les deux.

«Oh! Seigneur, dit Cassidy. Faut-il vraiment des concepteurs?» Nouvel échange de baisers. «Comment Grans prend-il ça?

— Qu'est-ce que ça fait?»

Ils restent silencieux à écouter le rythme lent et copulatif de la musique de Snaps.

«Il n'est pas là-haut, non? demanda Cassidy dans un brusque élan.

— Bien sûr que non», fit-elle en le retenant.

Il se recoucha, apaisé, gardien encore d'un certain niveau de vertu.

Quelques jours plus tard, pour célébrer les bonnes nouvelles qu'avait reçues Cassidy, sa femme et lui dînèrent au White Tower. Ce fut Angie qui téléphona, une table pour deux, pour huit heures.

Ce qu'ils préféraient, c'était le canard. Ils le mangèrent bien rôti avec un bourgogne assez lourd que Cassidy avait appris à se rappeler et pendant un bref instant, sous les influences conjointes de la viande et du vin, ils recréèrent l'illusion de leur amour. D'abord comme de vieux amis qui se retrouvent, ils échangèrent des renseignements sur le monde où chacun d'eux vivait. Sandra dit que Mark allait demander un nouveau violon : le professeur de musique avait écrit qu'il n'était pas un virtuose de l'instrument mais que son violon était certainement trop petit. Cette discussion, malgré sa banalité, déconcertait personnellement Cassidy car une fois de plus il avait récemment perdu son sens du temps. Mark avait passé le dernier week-end à la maison, mais Cassidy aurait été bien en peine de dire s'il arrivait du collège ou de quelque autre activité.

« Essayons la taille au-dessus, proposa-t-il et Sandra sourit de son acquiescement.

— Peut-être que ça l'encouragera, dit-elle, avec la récente expérience du piano. N'importe quel instrument est assommant au début.

— Ce serait formidable si vous pouviez jouer ensemble tous les deux, dit Cassidy. Hugo aussi, ajouta-t-il, et une aimable vision lui traversa l'esprit d'un salon, tous les trous comblés, avec Sandra assise à un piano bien plus petit pendant que ces jeunes Haydn jouaient du violon et de la flûte pour leur père. Je suis sûr que je pourrais apprendre la musique, dit-il.

— Tu as simplement besoin d'en entendre davantage. Des gens qui n'ont vraiment pas d'oreille, ça n'existe pas, c'est ce que dit John. »

Ensuite à l'ordre du jour du président, cette extension de la maison projetée depuis longtemps. La phase actuelle de reconstruction étant presque terminée, il était temps de songer à ce qu'ils allaient faire ensuite. Ajouter une aile était la solution naturelle, surtout si Heather devait vraiment venir habiter avec eux de façon permanente. Cassidy était partisan d'une construction sur pilotis qui n'abîmerait pas le jardin. Sandra disait que cela ferait trop d'ombre.

« À quoi bon avoir des massifs, fit-elle observer, si le soleil ne les atteint jamais ? »

Ils pouvaient également réviser leur plan original pour la transformation du sous-sol.

« Si on installait un sauna ? » suggéra Cassidy.

Ce ne fut pas une suggestion bien accueillie. Les saunas étaient un jouet de riches, dit sévèrement Sandra, les saunas remplaçaient l'abstinence et l'exercice physique. Ils se mirent d'accord pour envisager l'extension sur pilotis.

« Bien sûr on pourrait construire une piscine dessous, dit Sandra d'un ton songeur, si nous avions davantage d'enfants.

— Les enfants, il faut les prévoir », s'empressa de dire Cassidy, jouant sur les récentes explorations de Sandra dans le domaine du planning familial. Un petit silence suivit cette objection.

Les parents discutent maintenant un grave problème. Le dernier bulletin de Mark : faut-il le prendre au sérieux, faut-il le punir ? C'était un terrain dangereux. Sandra croyait aux châtiments comme elle croyait à l'enfer ; jusqu'à une époque récente Cassidy avait manifesté un certain scepticisme vis-à-vis de l'un comme de l'autre.

« Je ne vois vraiment pas ce qu'il a fait de mal, commença prudemment Cassidy.

— Il ne travaille pas », répliqua Sandra, sur quoi elle ferma résolument la bouche.

Mais ce soir c'était la nuit de l'harmonie et Cassidy refusa de se laisser entraîner.

« Donnons-lui encore un trimestre pour s'y mettre », proposa-t-il, et pour parler d'autre chose il lui donna les dernières nouvelles de South Audley Street.

« J'ai décidé de mettre une bombe sous leur bureau.

— Il est grand temps.

— Depuis Paris je ne les tiens plus du tout. Il n'y a pas d'entrain, pas..., comment dirais-je ? pas de sens d'une mission ni... de loyauté. Dieu sait qu'ils sont intéressés aux bénéfices : pourquoi ne pas travailler et partager ? C'est tout ce que je demande : du dévouement.

— Pendant que tu y es tu pourrais mettre dehors cette réceptionniste qui a l'air d'une gourgandine, dit Sandra en se servant de crudités.

— Ça t'ennuie ? dit sèchement Cassidy.

— Pardon. »

Avec un sourire espiègle, elle reposa sa carotte et lui toucha la main pour sentir sa colère.

Il y avait de bons côtés. Malgré la menace d'apathie, il avait l'impression que les efforts pour l'exportation en valaient la peine et d'ailleurs qu'on avançait à grands pas dans ce domaine. Paris, contrairement à ses craintes initiales, avait été une opération payante. En outre, c'était une excellente façon d'ouvrir l'esprit de ses collaborateurs, et puis l'économie nationale avait besoin de chaque penny qu'on pouvait trouver.

« Ils devraient dépenser moins pour l'armement », déclara Sandra.

Se doutant qu'ils avaient déjà eu cette discussion et inquiet à la perspective d'un nouveau débat sur la politique britannique de défense, Cassidy s'empressa de revenir au problème plus facile à cerner de la direction des hommes.

Faulk devenait impossible, il menaçait sans cesse de donner sa démission ou de s'ouvrir les veines, une vraie reine de tragédie.

« Tu ne dois pas avoir une attitude de discrimination envers les homosexuels, dit Sandra.

— Mais pas du tout.

— C'est parfaitement naturel.

— Je sais. »

Meale lui aussi posait des problèmes. Capricieux, brillant, difficile : que fallait-il faire avec lui ?

« Oh ! Meale, dit Sandra d'un ton badin. En voilà un que je vois tous les ans !

– Il n'est avec nous que depuis neuf mois, répliqua Cassidy, non pas pour la contredire mais parce que cela lui était venu tout naturellement.

– Ha! ha! dit Sandra, furieuse, sur quoi elle but un peu de vin, se tachant la bouche.

– Mais tu as parfaitement raison: il a beau ne pas être avec nous depuis longtemps on a l'impression de l'avoir toujours vu; je n'ai jamais connu personne qui ait aussi mauvais caractère. Tu savais qu'il a passé ses vacances dans un monastère?»

L'air toujours maussade, Sandra prit une bouchée de canard.

«Tu ne vois pas d'inconvénients à ce qu'il soit pratiquant, non?

– Pas si ça lui fait plaisir. Mais ça n'est pas le cas. Il est revenu pire que quand il était parti.

– C'est sans doute ta secrétaire qui le mène en bateau. L'amour a cet effet-là sur les gens, tu sais.

– Allons donc», dit Cassidy d'un ton sévère, et puis il retourna au domaine plus tranquille de la politique.

Harold Wilson l'avait impressionné, dit-il. Certes le fardeau du pouvoir l'avait vieilli, comme cela nous vieillit tous, mais cela n'avait pas émoussé son intelligence. En bref, Cassidy le considérait comme un homme brillant, sincère et bien informé, même s'il était un peu Gerrards Cross. Wilson, pensait-il, avait éprouvé la même estime pour Cassidy: ils s'étaient bien entendus.

«Gerrards Cross? reprit Sandra, faisant une grimace amusée par-dessus son verre. C'est une expression très bizarre. Tu l'as déjà utilisée: où diable l'as-tu entendue?

– On l'emploie beaucoup à la Direction des transports. Ça désigne une sorte de... bourgeoisie aisée.

– Comme nous?

– Non.

– C'était censé être une plaisanterie.

– Excuse-moi.»

Barber d'un autre côté était d'un genre difficile à

manier, extrêmement aimable, mais il ne donne absolument rien, ce qui était sans nul doute une façon saine de régler les problèmes parlementaires, mais qui ne convenait pas si bien aux discussions officieuses.

« Alors, il faut le briser, dit Sandra.
— Je sais. L'ennui c'est qu'il est si...
— Il est incapable de mentir.
— Ça n'est pas tout à fait ça, c'est simplement qu'il vous donne de ces réponses charmantes dont on n'arrive pas à sortir. »

Et puis mystérieusement, au moment du *balaklava*, elle le quitta.

Il courait, faisant de son mieux, mais elle s'éloignait de plus en plus. Un silence plein d'ombres descendait sur elle de l'intérieur, vieillissant soudain et attristant ses traits, cependant que ses yeux cherchaient un objet à sa gauche et que ses mains s'unissaient comme des amies désemparées devant une catastrophe.

Il cherchait à faire rire, il imitait des voix, il peuplait la Direction des transports de toute une fête foraine de personnalités exotiques. Le vieux Un tel était une sorte de Hemingway de Carnaby Street, qui prenait des airs de dur tout en faisant les livraisons de sa femme, mais au fond ce n'était qu'une baudruche que Cassidy avait dégonflée en dix minutes. Il y avait quelqu'un aussi qui volait toujours le thé du réfectoire ; les secrétaires traversaient les couloirs en redoutant de tomber sur Un tel, il se précipitait toujours pour leur pincer les fesses. Il essaya de jouer sur son inquiétude ; très peu de gens se rendaient vraiment compte de la gravité de notre situation économique. Qu'est-ce que le gouvernement pouvait bien nous raconter ? Il venait un moment où en disant la vérité on la rendait plus réelle et plus terrible : « Enfin, bon sang, nous connaissons tous ce problème.

— Oui, répondit Sandra, toujours dans l'ombre, nous le connaissons tous. »

« Et les gens ailleurs ? demanda-t-elle, l'air toujours absent, dans le Nord, là où tu es allé ? Comment étaient-ils ? C'étaient aussi des imbéciles, des coquins ?

— Oh ! les barons des syndicats, ah ! ils ne sont vraiment pas commodes : ce voyage m'a vraiment ouvert les yeux. Crois-moi. Tu comprends, si on aime le réalisme, voilà des gens qui savent ce que c'est.

— Je suis heureuse que quelqu'un le sache », dit Sandra le regard toujours au loin.

Il ne lui restait que des promesses.

« Écoute, dit-il, maintenant que c'est fait, terminé...

— Quoi donc ?

— Le rapport. Je te l'ai dit. C'est pour ça que nous sommes ici.

— Je sais. Je sais bien. Tu me l'as dit.

— Je pensais que nous pourrions prendre des vacances. Aller dans un bled perdu. Laisser les garçons avec John et Beth » — pour une fois il se rappelait son nom à elle — « et partir. Où tu voudras. Pendant que nous sommes encore jeunes. »

Il avait l'impression de suivre un feuilleton à la télévision. Quel effet cela lui faisait-il à elle ? Il n'en savait rien.

« Rien que toi et moi », dit-il.

Et cela la fit revenir.

Pas complètement peut-être mais une bonne partie du chemin. Lentement, peu à peu, les ombres se dissipèrent sur son visage et un sourire espiègle se peignit sur ses traits d'enfant perdu. Un rire lui échappa, ne raillant personne qu'elle-même, elle lui prit la main, la toucha plutôt, passant dessus le bout de deux très jolis doigts.

« Nous pourrions prendre un château en Espagne », suggéra-t-elle. Et là-dessus, ce qui le consterna car il n'était nullement d'humeur ce soir-là à discuter de graves problèmes : « Tu es vraiment Dieu, n'est-ce pas, Aldo ? Après tout, si on ne croit pas en toi, en quoi peut-on croire ? »

« Écoute. Nous commencerons par donner une soirée. Dès que nous aurons terminé le salon. Ensuite nous partirons. Dès le lendemain. On s'en ira. Voyons, pour quand a-t-on promis le salon ? »

Des détails maintenant, les détails donnaient de la réalité aux choses. Qui ils inviteront : rien que des gens qu'ils aimaient bien, pas d'officiels, pas de gens de la profession ni de politiciens. Peut-être quelques-uns des amis de Heather pour un peu d'animation. John bien sûr, peut-être une salle séparée pour les enfants, oui, Sandra, ce serait amusant d'avoir un goûter d'enfants en même temps.

Les vacances. Problème numéro un : où ? Si elle avait renoncé à Tito que dirait-elle des Bahamas, il était même disposé à assumer les frais d'un voyage aux Bermudes.

Sandra compta toutes les promesses qu'elle s'était juré de tenir ; et une par une elle les viola.

Ce n'était pas tout, ajouta Cassidy : ils devraient en faire plus ensemble.

« C'est peut-être une des choses auxquelles nous pourrions réfléchir en vacances. »

Il en parlait encore hier à Lacon et à Ollier, les gens de son agence de location de théâtre.

« Je croyais que tu étais à Leeds hier », dit Sandra, presque comme si elle pensait à autre chose.

C'était au téléphone. En fait il les avait appelés à propos d'un voyage, puis ils s'étaient mis à parler de théâtre, y avait-il une pièce qui valait la peine d'être vue à Londres en ce moment ?

« Ce que j'allais dire c'est…
— Excuse-moi, dit Sandra.
— De quoi ?
— De douter de toi. »

Échec, Cassidy lui jeta un coup d'œil pour s'assurer qu'elle parlait sérieusement, mais il n'y avait sur son visage aucune trace d'ironie ni le moindre autre signe d'insurrection : rien que cette même tristesse intérieure, qui revenait comme un enfant devenu adulte visiter les maisons abandonnées de sa jeunesse.

« Ce que j'allais dire c'est ceci : Pourquoi ne pas aller *automatiquement* au théâtre une fois par semaine, histoire de se mettre une pièce sous la dent pour ainsi dire ? Comme ça nous aurions au moins quelque chose de quoi parler. »

Ils se mirent d'accord sur le mercredi.

« Et je veux recommencer à pratiquer.

– Pour moi ?

– Oh ! pour toi et pour les enfants. Même s'ils rejettent la religion plus tard, c'est une bonne chose pour eux d'en avoir maintenant.

– Oui, dit Sandra, de nouveau très songeuse. Ça fera toujours partie de leur existence, qu'ils la rejettent ou non. Après tout… » Il crut qu'elle avait fini mais pas du tout – « mais après tout, si on vit assez longtemps avec un rêve, il est réel, n'est-ce pas ? »

Il fouilla désespérément son imagination en quête de remèdes plus énergiques. Il avait entendu dire par le vieux Niesthal qu'il y avait une vente extraordinaire chez Christie's la semaine prochaine, et qu'il n'y aurait pas de marchands à cause des fêtes. Pourquoi ne pas y aller ?

« Il y aura des verreries du XVIIIe siècle absolument fabuleuses. Tu as toujours eu envie de verres anciens.

– Ah ! oui ? »

Il parla du chalet de Sainte-Angèle. Peut-être devraient-ils y passer en allant aux Bermudes pour s'assurer qu'il était toujours là ; comme les enfants l'avaient adoré l'hiver dernier, mais il se demandait quand même s'il ne valait pas mieux passer Noël à la maison.

« Ça dépend de toi, dit-elle. Nous le passerons où tu voudras. »

Il s'apprêtait à poursuivre sur le sujet de la Suisse, il avait beaucoup de choses à dire. Il allait proposer qu'ils se retirent là-bas, dire que c'était un bon endroit pour mourir, l'éternité des montagnes donnait une sorte d'apaisement, il allait l'entraîner dans une discussion académique : les montagnes existaient-elles davantage dans le temps ou dans l'espace ? quelque chose d'aussi massif par définition ne devenait-il pas quelque chose d'une grande longévité ? Mais au lieu de cela ce fut elle qui reprit la parole, pour évoquer des pensées profondément enfouies en elle.

« Aldo.
— Oui.
— Tu sais que je t'aime, n'est-ce pas ?
— Oui, bien sûr.
— Je le pense vraiment, répéta-t-elle en fronçant les sourcils. Je t'assure que je t'aime. C'est tout un état d'esprit. Ça ne laisse pas de place à... »

Comme elle ne savait pas très bien s'exprimer, elle ne trouva pas de fin à sa phrase, alors elle se leva et disparut dans les toilettes. Cassidy régla l'addition et appela un taxi. Cette nuit-là ils firent l'amour. Pour des raisons qui lui étaient personnelles, Sandra mit très longtemps à jouir. Enfin, quelque part dans l'obscurité, elle cria, mais était-ce de douleur ou de joie, il n'était plus capable de le dire.

Le lendemain matin, elle pleurait de nouveau et il n'osa pas lui demander pourquoi.

30

«Elle est ici», dit Angie Mawdray d'une voix sépulcrale, peut-être le lendemain; c'était peut-être en automne, puisque le temps avait perdu beaucoup.
Plusieurs éventualités se présentèrent à l'esprit de Cassidy, seules étaient exclues les certitudes. Heather Ast, par exemple, passant lui dire bonjour en allant chez le coiffeur; Bluebridge qui réclamait de l'argent, la scène obligatoire; Mrs. Groat, Snaps, venues discuter d'une nouvelle grossesse. Heather Ast de nouveau, à propos d'un point de détail concernant le bien-être de Sandra.
«Qui est ici?» demanda-t-il avec un sourire tolérant.
Le visage d'Angie, en général véritable collection de sourires séduisants et de regards pétillants, était de cendre.
«Vous ne m'aviez jamais dit qu'elle était belle», murmura-t-elle.

La réceptionniste, une amie de Lemming, fut impressionnée également, car elle fit un clin d'œil à Cassidy quand il passa devant elle pour se rendre au salon d'attente, et Cassidy nota dans son esprit de la congédier très prochainement. Il y avait eu, se rappela-t-il, un incident au cours du dernier match annuel de cricket pour lequel elle n'avait pas encore payé: une histoire de vestiaire fermé à clef et de joueur absent – et ce clin d'œil faisait maintenant du châtiment une certitude.

La porte de la salle d'attente était entrebâillée. Elle était assise dans le fauteuil le plus profond, un grand fauteuil de cuir noir, et elle s'y était renversée, les genoux un peu écartés. Elle avait les yeux clos et souriait.

« Grognez comme un cochon », ordonna-t-elle.

Cassidy grogna.

« Paresseux qui se vautre dans la boue, qui ne téléphone pas et qui n'écrit pas. »

Il grogna de nouveau.

« C'est assez authentique », reconnut-elle, puis elle ouvrit les yeux, et ils s'embrassèrent et allèrent prendre le thé chez Fortnum's parce qu'elle mourait de faim après cette marche.

Elle est ici.

Elle a marché, se rappela-t-il, tandis que les souvenirs se précipitaient, l'amusement, le rire, les corps enlacés. Elle a fait des kilomètres à travers la campagne depuis le pays de la morue jusqu'à South Audley Street dans ses bottes à la Anna Karénine délabrées. Elle a fait du stop, un magnifique camionneur du nom de Mason. Mason s'était arrêté pour la laisser cueillir des fleurs bleues, lui avait offert le thé, avait enveloppé ses fleurs dans l'*Evening Standard* : elle les avait toujours sur ses genoux, elle les poserait auprès du lit ce soir – Mason avait proposé qu'ils couchent ensemble.

« Mais j'ai refusé, Cassidy, parole, rien qu'un baiser et un *Merci Mason, je ne suis pas de ces filles-là*.

– C'est très louable, dit Cassidy. En fait c'est exemplaire, et il lui commanda pour la seconde fois des œufs.

– Cher Trésor, vous êtes en forme ? Je peux vous embrasser ou bien ils vont faire venir la rousse ? C'est comme ça que Mason les appelle, Cassidy : la rousse, c'est la police. Vous saviez ? Cassidy, je vous aime *énormément*, c'est ma grande nouvelle. Je vous aime de la plante des pieds à la racine des cheveux. Dites-moi Cassidy, et vous ? Je veux dire vous m'aimez vraiment ?

– Vraiment.

– Mon Dieu, quel soulagement. C'est ce que j'ai dit à

Mason, j'ai dit : Mason, s'il me plaque il faudra que vous couchiez avec moi, que ça vous plaise ou non c'est l'instinct territorial ; c'est bien comme ça qu'on dit ? Comme Schiller. Pour restaurer mon orgueil. »

Elle se pencha en avant, débordant d'informations importantes :

« Cassidy, vous m'avez fait m'épanouir. C'est grossier ? J'étais un têtard quand je vous ai rencontré. La servante. Une bête de somme bourgeoise. Vous m'avez transformée en suffragette. Sans blague. Cassidy, dites que vous m'aimez.

— Je vous aime.

— Il m'aime, déclara Helen à la serveuse. Lui, et mon mari et un nommé Mason, un conducteur de camion.

— Fichtre, dit la serveuse, et ils éclatèrent tous de rire.

— Cassidy, vous êtes infâme de ne pas téléphoner. Shamus était très vexé. *Où est trésor ? Pourquoi est-ce que trésor ne téléphone pas ?* Ç'a été comme ça jour et nuit jusqu'au moment où j'en ai eu absolument par-dessus la tête. "Il est mon trésor, pas le tien", lui ai-je dit...

— Helen, vous n'avez pas...

— Et je cherchais partout la Bentley. J'ai dit à Mason : Mason, si nous voyons la Bentley de Cassidy, il faut vous arrêter tout de suite parce que Cassidy et moi nous sommes amants et... Cassidy, embrassez-moi ; vous êtes abominable.

— Vous auriez pu me téléphoner, vous, lui rappela Cassidy, après avoir exaucé ses désirs du moment.

— Cassidy c'est ce que j'ai fait. Pendant tout le week-end et vous vous êtes contenté de laisser sonner sans rien faire. Vous êtes resté là à regarder vos pantoufles en tapisserie.

— Pendant le week-end ? répéta Cassidy, tandis que des barres de fer se rassemblaient autour de sa poitrine.

— Oui, mais chaque fois je suis tombée sur la bourgeoise, alors j'ai raccroché. En tout cas je suppose que c'était la bourgeoise, elle avait une voix *terriblement* grise, neutre. » Elle prit un air bourru. « Si vous me dites qui vous êtes, peut-être que je vous dirai où est mon mari, dit-elle en imitant avec une gênante perfection la voix de Sandra.

– Je croyais que vous deviez appeler au bureau, dit Cassidy. Je croyais que nous en étions convenus.
– Mais Cassidy c'était le week-end.
– Comment va Shamus ? » demanda-t-il en la regardant manger le saumon fumé.

« Il est en pleine forme et je l'adore, et l'Opération Haddock s'est passée comme un rêve. Je vous assure, Cassidy, ce type est vraiment dans une bonne passe. Enfin tous les deux, n'est-ce pas ? Et tout ça grâce à vous. »
Que lui était-il arrivé ? Qu'est-ce qui l'avait libérée ? C'est moi qui ai fait ça ?
« Ces pêcheurs sont fabuleux, il faudrait que vous les sentiez. » Elle prit ce qui sembla être à Cassidy un accent du Suffolk. « *Té ma petite dame*, c'est ce que l'un d'eux m'a dit. Il a fallu que je lui explique, Cassidy. Je lui ai dit : "Je suis prise. J'ai un riche amant qui a inventé le frein à disque et il me regarde comme un lémure." Ça vous plaît qu'on vous décrive comme un lémure, Cassidy ? » Sans reprendre haleine elle revint à son autre sujet d'intérêt. « On l'a même payé, c'est vous dire que l'Opération Haddock a bien marché. Pas de rewriting, pas de Dale, rien en fait... » ajouta-t-elle en désignant d'un air un peu coupable son manteau neuf... « C'est son cachet que je porte. Ne vous en faites pas, Cassidy (elle se pencha d'un air intense), dessous, je suis nue, ma parole.
– Helen. Écoutez : vous avez complètement perdu la tête. Qu'est-ce qui vous prend ? Vous n'êtes pas ivre, non ?
– Ça s'appelle l'amour, dit Helen un peu sèchement, et ça n'est pas alcoolisé. »

Un mannequin passa lentement autour d'eux, une fille squelettique à l'air boudeur et sans aucune séduction.
« En tout cas, je suis mieux qu'elle.
– Beaucoup mieux, reconnut Cassidy.
– Il parle tout le temps de vous, reprit-elle. Et vous lui manquez terriblement. Il n'arrête pas de dire : "Est-ce qu'il va bien ? Tu crois pas que tu devrais l'appeler." À

moi ! Et il me répète qu'il a gardé confiance en vous parce qu'il vous aime et vous vous lui avez fait confiance et qu'il ne faut pas briser le cercle. (Elle baissa la voix.) Et il est terriblement honteux de ce qui s'est passé au Savoy, Cassidy.

— Oh ! je ne trouve pas qu'il devrait.

— Il est revenu à l'abstinence totale. Pas d'alcool, pas d'amour, rien... Oh ! Cassidy, vous lui avez tant manqué. Il avait simplement envie de vous entendre parler, Cassidy, il voulait vous entendre parler, Cassidy, il voulait entendre votre voix et cette façon onctueuse dont vous alignez les phrases l'une après l'autre quand vous faites le conseil d'administration.» Elle regarda autour d'elle au cas où on les aurait entendus. «Il l'a imaginé, Cassidy. Il a tout imaginé, n'est-ce pas qu'il est malin ? Comme s'il nous avait créés. Mais, Cassidy, ces fleurs sont vraiment bleues.

— Je vois», dit Cassidy, et il s'en alla téléphoner.

Le ministre du Travail, dit-il à Sandra. Une convocation extrêmement mystérieuse de son cabinet ; il se demandait si ce n'était pas ce qu'ils attendaient ; il avait entendu dire qu'il y avait un siège pour lequel on cherchait un candidat dans une des circonscriptions du Suffolk.

«Ça va te prendre toute la nuit, j'imagine, dit Sandra.

— Ça m'en a l'air, reconnut-il. Nous nous retrouvons à Lowestoft, je pars dans deux minutes.»

«Que vouliez-vous dire ? demanda-t-il à Helen, tandis qu'ils déambulaient au bord de la Tamise. Il a *imaginé* tout ça ? Qu'est-ce que vous entendez exactement par tout ça ?

— Que vous et moi soyons amants et que lui soit mon mari. C'est le thème de son nouveau livre, et c'est fabuleux, Cassidy, franchement, infiniment supérieur au dernier, il faudra que vous le lisiez. C'est si *violent*, Cassidy, franchement.

— C'est merveilleux, dit Cassidy avec entrain. En fait qu'est-il advenu du rewriting ?

– Oh! c'est sur l'étagère marquée *fragments*. Vous n'aurez qu'à l'inclure dans ses écrits posthumes. Il dit que vous lui survivrez plusieurs décennies. C'est ce que vous ne manquerez pas de faire, n'est-ce pas, Cassidy? parce que vous êtes si malin. Dale en est malade.

– Je veux bien le croire.

– Le livre est pratiquement écrit. Il a rédigé une esquisse complète et il y en a des morceaux entiers qui sont finis. Il n'a plus qu'à les rassembler. Je pourrais presque le faire pour lui, mais vous savez comment il est... Un saut en Suisse, le temps d'enregistrer cette vision fugitive, puis le retour triomphal en Angleterre. C'est ça le plan. Oh! au fait, nous aurons besoin de ce chalet que vous avez là-bas, Shamus dit que les montagnes, c'est exactement ce qu'il lui faut. Je dois vous demander la clef.

– Ah! oui?

– Voyons, Cassidy, il n'imagine pas que je fais tout le trajet jusqu'à Londres sans voir Trésor? » Elle baissa de nouveau la voix.

« Qu'est-ce qu'il y a dans le livre? » demanda Cassidy. Le contenu jusqu'à maintenant ne l'avait pas préoccupé; en fait ça l'avait empêché de savourer la joie pure et céleste des ouvrages de Shamus qu'il n'avait pas lus; mais maintenant, pour des raisons trop proches de lui encore pour qu'il pût les définir – l'excitation de Helen peut-être, l'imminence d'une mort certaine –, il décelait des signes et souhaitait qu'on les lui montrât clairement.

« Cassidy, il y a le meurtre le plus fabuleux à la fin, tout ça se passe à Dublin. Shamus achète un fusil, il devient fou et fait toutes sortes de choses, c'est vraiment formidable... » Elle se mit à rire en remarquant son expression. « Ne vous inquiétez pas, lui assura-t-elle. C'est vous qui tuez Shamus, mais ne vous en faites pas. Cassidy, je suis heureuse. Pas vous?

– Bien sûr, dit Cassidy.

– Comment va la bourgeoise?

– Bien.

– Pas de soupçons?

— Qui ça ?
— La bourgeoise.
— Non. Bien sûr que non.
— Je veux que tout le monde soit heureux, Cassidy. Shamus, la bourgeoise, les gosses, tout le monde. Je veux qu'ils partagent tous notre amour et... »

Cassidy tout d'un coup riait.

« Seigneur, dit-il, ça sera quelque chose. »

Mais la laissant l'embrasser – ils étaient au milieu de la chaussée, pas loin de l'aiguille de Cléopâtre –, il fut satisfait de ne voir personne qu'il connaissait, pas même les Niesthal.

« Et puis après que vous l'avez tué, reprit Helen dans le taxi en lui tenant le bras à deux mains, vous êtes envoyé jusqu'à la fin de vos jours dans une prison irlandaise et vous écrivez un roman de plusieurs milliers de pages. *Son* roman. C'est comment les prisons irlandaises, Cassidy ?
— Je pense que ça doit sentir la bière.
— Et qu'elles sont très peu sûres. Quand même, vous pourrez bien m'en faire visiter une, n'est-ce pas ? La prison centrale de Dublin, c'est son ambition pour vous. Je dois faire tous ses travaux de documentation, j'ai promis et il faut que ça soit absolument authentique. Il m'a fait la plus formidable dédicace, Cassidy, à nous deux en fait.
— Merveilleux.
— C'est seulement imaginé, Cassidy, dit-elle en l'embrassant abondamment. Je n'ai pas soufflé un mot de ce qui s'est vraiment passé, je vous promets. Cassidy c'était bien vous, n'est-ce pas, ça n'était pas un garçon d'étage ? Je n'ai pas pu arriver à me rappeler si nous avions fait ça dans le noir ou pas.
— Nous avions laissé la lumière allumée, dit Cassidy.
— C'était bien moi en dessous ?
— Incontestablement.
— Vous comprenez, le tuer est la seule façon dont vous pouvez survivre, c'est comme ça qu'il vous a conçu. Il faut que vous l'abattiez, pour assurer votre souveraineté.

C'est lui l'original et vous êtes l'imitation, c'est comme ça qu'il raisonne. Alors si vous le tuez, vous deviendrez un original à votre tour, c'est extrêmement classique. À ce moment-là votre génie sera libéré, mais enfermé en prison si bien que vous ne pourrez pas le gaspiller, et toute cette admirable discipline que vous avez sera encore renforcée par...

— Je n'ai aucun génie. Je suis un bouffon. J'ai de grandes mains, de grands pieds et...

— Ne vous inquiétez pas, Shamus vous donne un peu du sien. Après tout, quiconque couche avec moi doit absolument être un génie, n'est-ce pas ? En tout cas dans le livre de Shamus. Je veux dire, ça ne peut pas être simplement une histoire sordide et bourgeoise, ou alors il n'y a pas d'art. Oh ! au fait, Cassidy, je vous ai écrit une lettre. »

Ouvrant son sac à main elle la lui remit et attendit pendant qu'il la lisait. L'enveloppe disait : *pour Trésor*. La feuille était lignée, arrachée d'un des blocs de Shamus.

Vous m'avez donné plus en une nuit que personne d'autre en toute une vie.

HELEN.

« J'ai trouvé que ça avait du rythme, expliqua-t-elle en l'observant pendant qu'il lisait. J'ai beaucoup travaillé dessus. Je voulais en fait demander son avis à Shamus et puis j'ai pensé qu'il valait mieux pas. Après tout, je ne suis pas sa créature, non ?

— Bon Dieu, non, cria Cassidy en riant. C'est plutôt le contraire à mon avis.

— Cassidy. Ne tapez pas dessus.

— Mais non.

— Vraiment. C'est votre ami.

— Helen...

— Il faut que nous le protégions dans la mesure du possible. Parce que si jamais il découvre la vérité ça le détruira. Totalement. »

Le terrain de football était vide, les enfants étaient partis. C'était un jour paisible pour le fleuve aussi, un jour férié peut-être. Un jour de prières.

Rien n'avait changé mais l'endroit appartenait déjà au passé. Sa veste de smoking était accrochée dans l'autre chambre. Un peu de poudre, humaine ou minérale, en faisait grisonner les épaules. La cuisine sentait les légumes. Elle avait oublié de vider les ordures, la grande baie vitrée était embuée d'une trace brune. Le bureau était exactement comme le grand écrivain l'avait laissé, sauf le papier jauni, racorni par le soleil, et la poussière assez épaisse pour qu'on pût dessiner dessus. Keats était posé sur le bureau. Le béret accroché au coin de la chaise.

Ils s'étreignirent en s'embrassant; en s'embrassant dans la lumière grise, la bouche fermée puis leurs lèvres s'écartèrent; Cassidy la caressant, surtout sur le dos; suivant son épine dorsale jusqu'au bout et se demandant si elle verrait un inconvénient à ce qu'il continuât. Le rouge à lèvres a un goût différent à la lumière du jour, pensa-t-il : c'est tiède et collant.

«Cassidy, murmura-t-elle. Oh! Cassidy.»

Elle prit ses doigts et les embrassa puis les posa sur son sein et jeta un coup d'œil à la porte de la chambre, puis ses yeux revinrent à Cassidy et elle soupira.

«Cassidy», dit-elle.

Ils avaient laissé le lit défait, les draps tirés pour aérer, les oreillers entassés au milieu comme pour une seule personne. Le couvre-pieds gisait sur le sol, jeté là en hâte et les rideaux étaient à moitié fermés du côté où les voisins dominaient. Dans la piètre lumière le bleu semblait très sombre, plutôt noir ou gris que bleu, et le papier à fleurs avait un air échevelé et automnal qui n'avait jamais été un problème dans la nursery. Enjambant le couvre-pieds, Cassidy se dirigea vers la fenêtre et tira les rideaux.

«J'aurais dû envoyer quelqu'un pour faire le ménage, dit-il. C'est stupide de ma part.»

En lui faisant l'amour, Cassidy retrouva l'odeur familière de la sueur de Shamus et il entendit le bruit des tapis qu'on battait dans la cour de l'hôtel blanc.

Ensuite, ils burent du Talisker dans le salon et Helen se mit à frissonner sans raison, comme Sandra parfois quand il lui parlait de politique.

« Vous n'avez pas un autre nid d'amour, n'est-ce pas ? » demanda-t-elle.

Pendant le déjeuner chez Boulestin, leur moral tout à fait remonté, ils conçurent un plan merveilleux. Ils n'utiliseraient que des pensions un peu louches, comme de vrais amants clandestins.

L'Adastras Hotel, dans le quartier de la gare de Paddington, écrivit Cassidy dans son baedeker secret, *peut se comparer à un certain hôtel blanc de Paris que vos chroniqueurs ont encore à découvrir... Il a la même grâce vieillotte et sans prétention et on y trouve de nombreuses vieilles plantes entretenues depuis longtemps par la direction. Les épaves de la gare trouveront là un havre ; les chambres donnent directement sur les hangars de triage et offrent un spectacle permanent et inédit d'un aspect peu connu du système des chemins de fer britanniques. L'hôtel est particulièrement fréquenté par des amants clandestins : ses belles corniches rongées par l'humidité datent du XIX*[e] *siècle, ses cheminées de marbre bourrées de papiers jaunis, sans parler de ses serveurs d'une scandaleuse impertinence qui veillent sur ces faux couples venus satisfaire leurs besoins sexuels, tout cela donne un arrière-fond d'une désolation incongrue qui incite à des exploits exceptionnels.*

« Shamus me paralysait. Il a fait de moi une telle poseuse. Il faut *observer*. Qui donc a envie d'observer ? Il n'est pas un instituteur et je ne suis pas son élève. C'est fini tout ça et il faut qu'il s'en rende compte. Fi donc.
– Fi donc.
– Pouah.
– Pouah.

— Miaou.
— Miaou.
— Vous êtes un ours, Cassidy. Un gros ours velu. Cassidy j'ai envie d'être violée.»

Un ours *Pailthorpe*, songea Cassidy.

Bonjour bonjour, avait dit le concierge en les escortant jusqu'à leur chambre, j'espère que vous en aurez pour votre argent.

Les gares ne dorment donc jamais? se demanda-t-il. Clang, clang, clang. Il faut que vous dansiez mais moi je dois dormir.

Il faut que je sois comme un lion ce soir, trésor; bientôt ce sera de nouveau le temps des souris.

«Cassidy.
— Oui.
— Je vous aime.
— Je vous aime.
— Vrai?
— Vrai.
— Je pourrais faire de vous l'homme le plus heureux sur terre.
— Je le suis déjà.»

«Encore, Cassidy.
— Je ne peux pas. C'était tout le menu. Franchement.
— Allons donc. Vous n'avez qu'à vous concentrer, vous pouvez faire n'importe quoi. Ce qu'il y a chez vous c'est que vous avez des possibilités absolument pas réalisées.»

Un haut-parleur annonçait le train de nuit pour Penzance. Départ à minuit, songea Cassidy; un peu après, il avait les paupières très lourdes. Des bandes claires de lumière provenant des quais s'inscrivaient à l'envers sur le papier du plafond.

«Promis ? demanda Helen.
— Promis.
— Pour toujours et toujours et toujours et toujours ?
— Et toujours.
— Je promets ?
— Je promets.»
Faute de sang, ils burent du Talisker.
«Qu'est-ce qu'il y a d'autre dans ce livre ?
— Je vous ai dit. Vous écrivez le grand roman en prison.
— Mais comment l'apprend-il ?
— Apprendre quoi ?
— Qu'ils sont amants, vous et moi.
— Il m'a lu ce passage-là, dit gravement Helen. C'était très spectral.
— Qu'est-ce que ça veut dire ?
— Ça n'a jamais vraiment été dramatisé. Ça arrivait simplement.
— Comment ?
— Dans le livre il s'appelle Balog. Shamus s'appelle Balog. *Peu à peu Balog en vint à soupçonner ce qu'il savait déjà. Que sa vertu était passée chez son ami et que son ami avait pris Sandra comme maîtresse.*»

Découvrant en lui-même des ressources physiques qu'il croyait depuis longtemps épuisées, Cassidy se redressa brusquement dans le lit.

«Sandra ? répéta-t-il.
— Il aime bien ce nom-là. Il pense que ça me va bien.
— Mais c'est absolument répugnant. Je veux dire tout le monde va...» Il se maîtrisa. Mieux valait en parler directement à Shamus. C'est vraiment trop fort. Tout de même, j'emmène ce type à Paris, je l'habille, je lui paie son loyer et la première chose qu'il fait c'est de se payer la tête de ma femme, de la ridiculiser en public. «D'ailleurs, reprit-il d'un ton pincé d'universitaire, comment peut-on soupçonner quelque chose qu'on sait déjà ?»

Il y eut un long silence. «S'il y a une chose que Shamus comprend, dit Helen d'un ton ferme, c'est la structure du roman.

— Eh bien, c'est ridicule, voilà mon avis. Vous comparer à Sandra, c'est insultant.

— C'est de l'art, dit Helen, et lui tournant le dos elle s'allongea très loin de lui.

— Vous ne croyez pas que vous devriez téléphoner à Lowestoft ? suggéra Cassidy, au cas où il serait rentré ?

— Qu'est-ce qu'on ferait s'il était rentré ? demanda sèchement Helen. On l'inviterait à venir nous rejoindre ? Cassidy, vous n'avez pas peur de lui, n'est-ce pas ?

— Si vous tenez à le savoir je me fais du souci pour lui. Il se trouve que je l'aime.

— Nous l'aimons tous les deux. »

Doucement elle se mit à l'embrasser. « Grinch, murmura-t-elle. Une barbe comme une râpe, c'est tout rugueux. »

Oxford, dit le haut-parleur. Dernière occasion de monter.

Mais à ce moment-là elle avait décidé qu'il avait besoin des derniers réconforts.

Le jour se leva très lentement, une aube intérieure d'une brume jaune peu à peu naissait sous les verrières encrassées du toit de la gare. Tout d'abord, en regardant par la fenêtre, Cassidy crut que c'était la vapeur des locomotives. Puis il se souvint que les locomotives n'avaient plus de vapeur, et il se rendit compte que c'était le brouillard, un brouillard épais, venimeux. Helen dormait, séparée de lui par cette paix intérieure qui vient avec la foi. Pas un froncement de sourcils, pas un cri, pas un murmure d'angoisse contre l'abominable Dale : un repos profond, la vertu récompensée.

Helen est notre vertu ; Helen est éternelle.

Helen peut dormir.

Ils se levèrent tard et passèrent la journée dans leur lieu de promenade favori, mais les gorilles n'aimaient pas le brouillard et le buste de Mussolini avait été ôté pour être nettoyé.

« Il a dû être volé par des fascistes de Gerrards Cross.

— Probablement », acquiesça Cassidy.

Ils n'allèrent pas à Greenwich.

L'après-midi ils virent un film français qu'ils trouvèrent tous deux fabuleux et ensuite ils retournèrent à l'Adastras pour un nouvel échange de vues.

Ensuite, dans l'intimité d'un repos partagé, elle lui raconta sans se faire prier comment Shamus et elle s'étaient séparés.

« Je veux dire c'était si facile, bon sang. J'ai simplement dit : Je crois que je vais aller en ville faire des courses et voir comment va Sal, mettre de l'ordre dans l'appartement, téléphoner à Dale et voir Trésor, et il a dit : Très bien, vas-y. Vous comprenez, il le fait, alors pourquoi pas moi ? D'ailleurs il était très content. J'ai dit que je lui téléphonerais et il m'a dit ça n'est pas la peine, combien de temps me faudrait-il ? J'ai dit une semaine et il a dit très bien. C'était parfait comme ça, n'est-ce pas ?

– Parfait, dit Cassidy. Bien sûr. Absolument parfait. Vous l'avez déjà fait ?

– Fait quoi ? demanda sèchement Helen.

– Partir pour faire des courses. Pour aller à Londres. Pour voir Sal et des gens. Toute seule. »

Elle réfléchit un long moment avant de parler.

« Cassidy, il faut essayer de comprendre. Il y a une édition de moi ; et une seule. Elle vous appartient. Une partie de moi appartient à Shamus, c'est vrai. Mais pas ce qui est à vous. Pas d'autres questions ?

– Non. »

Pour lui faire plaisir toutefois elle appela Lowestoft, mais on ne répondait pas.

Sandra, elle, répondit aussitôt au téléphone.

« On m'a offert Lowestoft, lui dit-il.
– Oh !
– Tu n'es pas contente ?
– Si, naturellement. Très.
– Comment vont les invitations ? »

Pour la soirée. Pour la fête. Pour je ne sais quoi que nous fêtons.

Sur une centaine d'envoyées, dit Sandra, il y avait jusqu'à maintenant une vingtaine de réponses. «Nous espérons beaucoup que vous pourrez venir.
— Merci, dit Cassidy en plaisantant, moi aussi.»

31

Durant cette période astreignante de la vie de Cassidy – le lendemain matin peut-être, le matin suivant –, il se produisit un de ces petits incidents qui n'avaient pas beaucoup d'influence sur le destin du grand amant mais qui illustraient néanmoins avec une vigueur déplaisante le sentiment d'expiation imminente qui lentement l'envahissait. Arrivant au bureau vers l'heure du déjeuner, l'une des rares fois où il s'arrachait à la scène plus vaste sur laquelle il avait choisi d'exercer ses talents – un rendez-vous impossible à décommander, avait-il expliqué à Helen, une affaire politique à un assez haut niveau –, il fut accueilli par le regard insolent de la réceptionniste et par une enveloppe mauve qui lui était adressée de l'écriture d'Angie Mawdray.

Il la trouva au lit avec la fièvre, Laitue sur ses genoux et Che Guevara au mur.

« Mais comment le savez-vous, insista-t-il en lui tenant la main.
— Je le sens, c'est tout.
— Mais vous sentez quoi, Angie ?
— Je le sens qui grandit dans mon ventre. C'est comme d'avoir envie d'aller aux toilettes. Si je reste suffisamment immobile, je sens son cœur qui bat.
— Voyons Angie, mon petit, avez-vous vu un médecin ?
— Je ne veux pas de ça, dit-elle.
— Je veux dire pour une analyse simplement.

— Sentir c'est savoir. C'est vous qui m'avez dit ça. Si on sent quelque chose c'est vrai. Et puis mon horoscope me le dit. On m'a prédit que j'allais donner mon cœur à un étranger. Eh bien, si j'ai un bébé, c'est bien vrai que je lui donne un cœur, n'est-ce pas ? Alors la barbe.

— Voyons, dit Cassidy, se faisant plus pressant. Vous avez des nausées ?

— Non.

— Est-ce que..., dit-il, essayant de se rappeler l'euphémisme qu'ils utilisaient. Est-ce que le Chinois est venu ?

— Je ne sais pas.

— Bien sûr que si vous savez !

— Quelquefois c'est à peine s'il vient. » Elle se mit à rire, entraînant la main de Cassidy sous les draps. « Il se contente de frapper et de s'en aller. Aldo, elle est vraiment votre maîtresse ? Vraiment, Aldo ?

— Ne soyez pas bête, dit Cassidy.

— Plus haut, murmura-t-elle. Là, c'est ça... Voilà... Seulement, je vous aime, Aldo, et je ne veux pas que vous sautiez d'autres dames.

— Je le sais, dit Cassidy. Je ne le fais jamais.

— Ça m'est égal que vous sautiez votre femme s'il le faut, mais pas des beautés comme celle-là, ça n'est pas juste.

— Angie, croyez-moi. »

Après bien des discussions, il la persuada – un jour plus tard ? deux jours ? – de le laisser envoyer un échantillon de son urine à une adresse de Portsmouth qui faisait de la publicité à la dernière page du *New Statesman* de Sandra. Elle ne voulut pas en envoyer beaucoup, une vraie miniature, pas plus, et elle ne voulut pas lui dire comment elle avait réussi à le faire entrer là-dedans. Il envoya un mandat de six pence et une enveloppe avec son adresse au bureau. L'enveloppe ne revint jamais. Peut-être n'avait-il pas envoyé assez, ou peut-être – horrible vision – le flacon s'était-il cassé dans le courrier. Pendant un certain temps, une partie de lui ne s'inquiéta guère d'autre chose ; il examinait le courrier au bureau dès qu'il arrivait en cherchant son écriture, il fouillait dans la salle d'emballage sous prétexte qu'il avait perdu sa montre. Peu à peu le danger parut s'éloigner.

«On ne vous prévient que si c'est positif», lui expliqua-t-il, et ils en arrivèrent à convenir qu'après tout elle n'était probablement pas enceinte.

Mais de temps en temps, brusquement il se surprenait, durant ses moments de grande passion ailleurs, à imaginer la pathétique offrande d'Angie qui s'assombrissait lentement sur l'étagère de quelque laboratoire marron ou bien, encore munie de son étiquette jaune et verte, flottant sur la mer devant le yacht du duc d'Édimbourg.

32

« À tout moment regarde tout ce à quoi tu tiens comme si c'était la dernière fois, annonça Helen.
— Pourquoi ? Qu'est-ce qui se passe ? »
Ils faisaient des courses dans Bond Street, Helen avait besoin de gants.
« Shamus a téléphoné.
— Téléphoné ? Téléphoné où ? Comment vous a-t-il trouvée ? »
Une amie, dit-elle vaguement ; il avait téléphoné chez cette amie et justement elle était là.
« Comme ça ?
— Cassidy, dit-elle d'un ton las, je ne suis pas une espionne russe.
— Où est-il ?
— À Marseille. À rassembler du matériel. Il va à Sainte-Angèle. Je dois le retrouver là-bas pour le week-end.
— Mais vous disiez qu'il était à Lowestoft !
— Il a fait du stop.
— Jusqu'à Marseille ? Ne soyez pas ridicule ! »
Irritée par cette interjection, Helen consacra son intérêt à une devanture.
« Pardon, dit Cassidy. Quoi d'autre ?
— Il a décidé de situer le livre en Afrique, il pensait prendre un bateau et aller directement là-bas. Mais il a changé d'avis. Au lieu de ça, il va prendre le chalet. »
Dans le magasin une vendeuse mesurait sa main incomparable.

«Il a parlé de moi?
— Il vous envoie toutes ses affections, dit-elle, posant le gant contre sa paume.
— Comment vous a-t-il paru?
— Calme. Je dirais à jeun.»

Avec précaution elle glissa ses doigts à l'intérieur du gant.

«Alors c'est bien, il écrit probablement beaucoup. Et puis?
— Il a demandé si on pouvait lui acheter une robe de chambre, une noire avec un liseré rouge au col. On peut faire ça maintenant, n'est-ce pas?
— Nous allons prendre cette paire», dit Cassidy à la vendeuse en lui tendant sa carte de crédit.

Quand ils se retrouvèrent dans la rue, elle n'ajouta pas grand-chose. Non, il ne partait habituellement pas pour l'étranger sans la prévenir, il est vrai que ce n'était pas quelqu'un qui avait beaucoup l'habitude, n'est-ce pas? Non, il n'avait rien dit qui laissât entendre qu'il avait des soupçons; il avait beaucoup insisté pour qu'elle s'amuse à Londres; mais la semaine était finie et elle devait le rejoindre.

«Un peu comme si c'était ma ration de vous à laquelle j'avais droit. Il y a un magasin qui s'appelle Alderton, si ça ne vous ennuie pas; dans Jermyn Street. Vous n'avez pas changé d'avis sur votre investissement, non, Cassidy? demanda-t-elle dans le taxi.
— Quel investissement?
— Moi.
— Bien sûr que non. Pourquoi?
— J'aimerais beaucoup que vous me serriez dans vos bras. Voilà pourquoi.»

Chez Alderton, tous deux très silencieux, ils choisirent une robe de chambre et Cassidy consentit à l'essayer.

«Est-ce qu'il peut? demanda Helen. Il a exactement la taille de mon mari.»

Ils montèrent ensemble un escalier de fer en colimaçon.

La cabine d'essayage était le long d'un mur, derrière un rideau, dans ce qui semblait être le salon de quelqu'un. Un portrait d'Édouard VII pâli était pendu auprès d'une queue de renard. Il la prit doucement dans ses bras et elle resta contre lui, la tête basse, comme il se souvenait d'elle à Haverdown, au Savoy, comme il avait dansé avec Sandra à Oxford voilà longtemps. Le corps de Helen lui parut soudain très frêle à travers le mohair de la robe de chambre et la passion qu'elle éprouvait n'était plus pour lui une ennemie. Elle lui prit les mains et les replia contre sa poitrine, et pour finir elle l'embrassa, ses lèvres fermées, pendant un long moment. Ils entendirent les pas du vendeur qui montait l'escalier de fer et Cassidy pensa de nouveau à la prison, rien à dire sauf que nous avons encore cinq minutes.

« Est-ce que je vous l'ai donnée, Cassidy ? demanda-t-elle à l'aéroport.
— Quoi donc ?
— La foi.
— Vous m'avez donné l'amour, dit Cassidy.
— Mais vous y avez cru ? demanda-t-elle en pleurant dans ses bras. Cessez de me tapoter le dos, je ne suis pas un chien. Dites-moi. (Elle l'écarta.) Dites-moi : vous y avez cru ? Qu'est-ce que je lui dis s'il me demande ?
— Oui, j'y ai cru. J'y ai cru. J'y crois encore. »

L'hôtesse de l'air l'accompagna jusqu'à la barrière. Elle se servait de ses deux mains, le bras droit soutenant le dos de Helen pour l'aider à marcher et le bras gauche la maintenant dans la position verticale. En arrivant à la barrière, Helen ne se retourna pas pour faire un geste d'adieu ; elle rejoignit la foule et laissa tous ces gens l'emmener.

La soirée avait une ambiance de calme décousu. Comme si la reine était morte, songea Cassidy ; une atmosphère de deuil national. Au dernier étage derrière des portes closes, Snaps, qui avait fait exprès de ne pas s'habiller, faisait passer des disques tristes à un groupe d'amis choisis. Elle ne faisait que de rares apparitions, et encore seulement pour venir chercher davantage de champagne et retrouver d'un air boudeur des distractions invisibles. Aux cuisines, Sandra et Heather Ast, trop occupées pour être présentes, préparaient des canapés chauds que personne ne distribuait cependant que les enfants, pour lesquels on avait disposé au sous-sol des instruments de musique coûteux, ne faisaient pas le moindre bruit.

« Il faut les laisser tout seuls, lui conseilla Ast avec ce bon sens qui n'est accordé qu'aux gens sans enfants, ils seront très bien, vous verrez. »

Les Elderman n'étaient pas venus. Ils étaient contre les grandes soirées qui décourageaient un échange intime.

Les invités déjà arrivés étaient coincés aux étages du milieu comme les victimes d'un ascenseur en panne, attendant docilement de monter ou de descendre.

« Tu leur as donné trop à boire trop tôt, lui souffla Sandra, passant en trombe avec un plateau d'argent supportant un vol-au-vent. Comme d'habitude, ils sont ivres. Tu n'as qu'à les regarder. »

Par-dessus son épaule, Heather lança un sourire éclatant.

« Tout ça est magnifique, lui assura-t-elle quand Sandra eut disparu, et elle lui palpa le coude du bout des doigts. Magnifique », répéta-t-elle.

Plusieurs des amis de Heather étaient arrivés ; la plupart des hommes et la plupart dans l'édition, ils se distinguaient par leurs vêtements de couleurs vives, et ils s'étaient emparés de la nursery, où ils admiraient les tableaux de Hugo. Heather, entre deux passages éclairs, fournissait les renseignements indispensables : oui, Hugo était stupéfiant pour son âge ; Mark aussi d'ailleurs, ils se valaient. Elle avait hâte de les avoir à elle toute seule pendant que Sandra et Aldo seraient en vacances. Pendant qu'elle parlait, son avoué vint se glisser auprès de lui, celui qui s'était occupé de son divorce. Il portait le nom invraisemblable de Pitt et sortait d'Oxford.

« Vous en avez de la chance, dit-il, d'avoir Heather. »

Mais le groupe le plus nombreux entourait Mrs. Groat qui s'était enivrée à la citronnade. Les taches rouges bien connues avaient fait leur apparition au bas de ses joues et ses yeux flottaient désemparés derrière les verres bleutés. Elle était renversée en arrière avec des airs de jeune fille sur un fauteuil Régence assez bas, les mains jointes autour d'un genou soulevé et elle s'adressait à la moulure neuve pour laquelle elle déployait des trésors de coquetterie. Une canne noire était appuyée contre son fauteuil et elle avait un bandage au pied. Elle traitait le thème de la lubricité de tous les hommes, en évoquant les délits qu'ils avaient commis contre sa vertu mystérieusement vaillante. Le pire de tous c'était Colly, un ami d'enfance avec lequel elle avait récemment passé un week-end :

« Donc Colly avait cette Hillman Minx, pourquoi il a acheté une Hillman je ne le saurai jamais, mais c'est vrai que votre père avait une Hillman et que Colly a toujours voulu l'imiter, bien sûr. » Son dialogue s'adressait à ses filles, bien que ni l'une ni l'autre ne fût là pour l'entendre. « Non pas que votre père fût un exemple bien brillant, mais quand même. Nous passions donc un agréable week-end sans histoire à Faulkland Saint Mary, pas extraordinaire mais à quoi peut-on s'attendre, c'était un endroit où sa mère l'avait emmené quand il était enfant ou je ne sais quoi, rien qu'un pub avec les chambres, mais quand même. Colly donc, se montrait parfaitement raisonnable, assommant mais très gentil, et nous avions fait un charmant dîner, ce n'était pas le Claridge, mais quand même, et j'étais tranquillement dans ma chambre en train d'écrire à Snaps quand voilà que Colly débarque en me demandant si j'ai assez chaud en souriant de toutes ses dents. Et moi, ma foi, je n'avais qu'un peignoir. Je m'apprêtais à me coucher. Mais Colly bien sûr était drapé dans une robe de chambre couleur mûre, ma chère, qui descendait jusqu'aux pieds, on aurait dit ton père ou Noel Coward ou je ne sais qui mais lui avait l'air honteux. "Comment ça : assez chaud ? dis-je. On est en plein été, il fait absolument étouffant." Il sait que j'ai horreur de la chaleur. Alors il reste planté là, à haleter. "Enfin, assez chaud, dit-il, vous savez", et figurez-vous, ma chère, il me désigne sa chose à travers sa robe de chambre, comme un soudard, un vagabond ou Dieu sait quoi. "Assez chaud, dit-il. Assez chaud. En bas." Il était complètement ivre, je le voyais bien à la façon dont il me lorgnait, et pourtant je n'y vois rien mais quand même. Ça m'aurait été égal s'il avait été capable de tenir le coup, là c'était tout à fait différent, je suis absolument d'accord avec la jeune génération. Pas sur tout, mais sur ce plan-là en tout cas.»

L'invraisemblable franchise de ce récit laissa tout le monde indifférent; seul Storm, le comptable de Cassidy, se hasarda à faire un commentaire.

«Quelle femme extraordinaire, murmura-t-il. Elle est comme Dietrich, en mieux.

– Oui, dit Cassidy.

– *Cassidy, mon bon, comment va votre pauvre ami?* »

C'était le vieux Niesthal. Sa femme, dans une ravissante robe noire, faisait de petits signes de tête par-dessus l'épaule de son mari. Son long visage bienveillant était ridé de plis soucieux.

«Ma chérie, disait Mrs. Groat, voyant Sandra approcher, je leur parlais de Colly, je ne suis pas une vestale tout de blanc vêtue, quoi qu'on puisse penser, je suis de chair et de sang, ma chérie, après tout, j'ai ma vie à vivre, il est temps que tu le saches. Dis-moi, ces canapés ne sont pas très chauds, ou bien ils se sont refroidis dans l'escalier? Bref, Colly m'a fait des propositions, tout nettement. Il voulait que je quitte ton père pour m'enfuir avec lui. (Elle en appelait à l'assistance.) Mais bien entendu il n'en était pas question, n'est-ce pas? Pas avec Snaps et Sandra que je devais élever.

– Ce pauvre garçon, Cassidy, nous étions si inquiets, vraiment inquiets.»

Sa femme vint ajouter sa propre sollicitude. «Il avait une expression de dément», elle se tourna vers Sandra, en acceptant un vol-au-vent. «Il dansait sur la table, lui dit-

elle, son regard essayant d'évoquer la pitié. Il criait, il hurlait comme si on l'assassinait et les serveurs ne savaient pas comment l'attraper. Et votre mari a été si brave, absolument comme un policeman...
– Téléphone, dit Ast.
– Merci », dit Cassidy.

« Bon Dieu, trésor, dit Shamus, sans autre accent que sa voix ensorcelante, on peut dire que vous en demandez à vos amis. »

Derrière la porte à côté, les enfants avaient commencé à jouer du tambour.

SAINTE-ANGÈLE

33

La façon dont Aldo Cassidy était allé enchâsser une partie de son identité – sans parler d'une partie de sa fortune, qui rapportait dans des conditions tout à fait illicites quatre pour cent nets d'impôts grâce à un emprunt cantonal de père de famille – dans le lointain mais élégant village de Sainte-Angèle était un sujet sur lequel, en des temps moins troublés, il se serait abondamment étendu. «C'est ma part de solitude, se plaisait-il à dire avec un sourire blasé. Ma retraite.» Et de peindre un tableau émouvant du président-directeur général – était-il aussi président du conseil d'administration? Il avait oublié –, bref, de Cassidy, vêtu d'un gros tweed alpin arpentant les vallées, et conférant avec les bergers, chuchotant avec les guides dans les bazars tout en pénétrant toujours plus profondément à l'intérieur d'une Europe inconnue dans sa recherche solitaire en quête de calme loin du tohu-bohu des grosses affaires. «C'est là où je garde mes livres», ajoutait-il, évoquant pour ses interlocuteurs la vision de cabanes de bergers et d'un chalet en gros rondins où Cassidy, l'érudit manqué, trouvait enfin le temps de lire les philosophes grecs.

À Helen allongée auprès de lui dans le luxueux confort de l'hôtel Adastras, il avait souligné l'attrait culturel et historique de la région des Alpes qu'il avait choisie. La beauté de Sainte-Angèle était *légendaire*, disait-il, citant une brochure qu'il avait récemment lue et qui chantait les mérites de son investissement. Il fallait être un poète ou un membre de l'élite pour éprouver les profonds mouvements qui agitent l'âme de l'artiste en contemplant ses pics incomparables, ses chutes d'eau vertigineuses, son architecture noble encore que rudimentaire. Byron, Tennyson, Carlisle et Goethe, pour n'en citer que quelques-uns, tous s'étaient arrêtés là, éperdus d'admiration, pour chanter les beautés de ses falaises d'apocalypse et la chute abrupte des parois de la vallée : Shamus n'y ferait pas exception.

« Mais ce n'est pas dangereux, Cassidy ?

— Pas si on connaît la région. Mais attention, il faut avoir le pied montagnard.

— Est-ce qu'on ne devrait pas faire un peu de bicyclette pour s'entraîner ou quelque chose. Pour nous préparer ? »

Quant aux fléaux de la vie moderne, lui assura-t-il, c'était à peine s'ils avaient empiété sur ce coin isolé. Juché sur les contreforts supérieurs du grand massif, Sainte-Angèle n'était accessible que par un chemin de fer à voie unique. Il n'y avait pas de route. Les Jaguar, même les Bentley, devaient rester à la gare en bas.

« Dans une certaine mesure, c'est symbolique. On laisse ses ennuis dans la vallée. Une fois qu'on est là-haut, on est tout seul. Le monde ne compte plus.

— Et c'est à nous que vous prêtez tout ça, murmura Helen, ce qui lui rappela qu'il devrait dissuader les Elderman d'y aller, sinon ils allaient se rencontrer. Mais, dites-moi, comment fait-on... le ravitaillement et tout ça ? Je suppose qu'on vit simplement de fromage.

— Frau Anni s'occupera de vous », répondit Cassidy avec entrain, omettant de mentionner, dans son évocation d'une fidèle servante étrangère, la douzaine de magasins d'alimentation qui approvisionnaient les cinquante hôtels et les innombrables touristes qui durant les quatre mois d'hiver encombraient les rues éclairées de guirlandes lumineuses en quête de souvenirs rares qu'on ne trouvait pas dans les villes.

Quand il était d'humeur moins romanesque – quand il

mangeait seul par exemple ou qu'il faisait en voiture quelque course clandestine, Cassidy avouait qu'il avait des raisons plus précises de bien aimer cet endroit. Il se rappelait comment le vieil Outhwaite de Mount Street avait mentionné par hasard, le lendemain même du jour où Cassidy avait réalisé une brillante opération en Bourse, que Grimble et lui étaient chargés de vendre une propriété en Suisse pour un client non résident ; une occasion à vingt-cinq mille livres, avec possibilité d'hypothèque, et comment Cassidy quelques minutes plus tard avait téléphoné à son banquier pour acheter à 18 % des titres qui la semaine suivante grimpèrent à 40 %. S'échauffant à mesure qu'il racontait, il revivait son arrivée au village lorsqu'il était venu inspecter son acquisition ; la longue ascension de la colline enneigée, l'instant magique où il avait vu pour la première fois sa maison se découper contre l'Angelhorn, avec ses pignons se dressant comme un écho parfait aux angles du pic derrière elle ; et comment, assis sur le balcon et contemplant les sommets et les crêtes des Alpes, il avait reconnu pour la première fois qu'une certaine atmosphère étrangère le réconfortait ; et il se prenait à se demander si, après tout, il n'y avait pas toujours eu un coin étranger dans son cœur, et si sa mère n'avait pas été suissesse. Les montagnes de Sainte-Angèle étaient impressionnantes même par un après-midi parfait, c'était également un bouclier, qui mettait la nature entre lui et ses semblables et lui rappelait que son cœur avait de plus vastes attaches.

Les conversations qu'il eut le lendemain avec les directeurs de banques, les avocats et les autres hommes de loi du pays, lui révélèrent un autre extraordinaire aspect de la vie montagnarde. Les Suisses révéraient littéralement le succès commercial ! Ils l'admiraient ; ils y voyaient l'actif d'un gentleman ; chose plus étrange encore, non seulement ils tenaient la richesse pour pardonnable, mais pour désirable, voire morale. L'acquérir à leurs yeux candides était un devoir social envers un monde sous-capitalisé. Pour les Suisses, Cassidy riche était positivement plus admirable que Cassidy pauvre, opinion qui dans le milieu britannique où il vivait ne trouvait guère d'adhésion et provoquait beaucoup de dérision.

Intrigué, il décida de rester pour le week-end sous le prétexte d'une complication locale. Il loua donc une chambre à l'Angèle-Kulm, le chalet n'étant pas encore prêt pour qu'il s'y installât. Et ainsi tout seul, il fit d'autres stupéfiantes découvertes. Que son père ne possédait pas d'hôtel à Sainte-Angèle et qu'il n'avait pas un penthouse en nid d'aigle dominant la patinoire de curling. Qu'il n'y avait pas de buveurs d'alcool à brûler à Sainte-Angèle pour troubler le cœur d'un riche, que le salon du chalet ne permettait pas qu'on y apportât un piano à queue. Qu'à Sainte-Angèle, dès l'instant qu'un homme réglait ses factures et donnait des pourboires aux livreurs, sa lutte pour atteindre une position était terminée avant même d'avoir commencé ; que désormais il serait connu, salué et accueilli comme quelqu'un dans la tradition du touriste anglais, comme un amateur des Alpes, collectionnant les gravures de Bartlett et évoquant les fastes de l'empire.

Cassidy ne loua donc pas la maison, comme il en avait d'abord eu l'intention – un petit revenu net d'impôts sur le continent ne faisait de mal à personne – mais il la laissa vide. Le mardi de son départ, il chargea des menuisiers diligents d'installer dans les chambres des placards en bois de pin qui sentaient bon ; il avait acheté des meubles à Berne et du linge à Interlaken ; engagé une gouvernante et fixé des plaques aux portes, cette chambre était celle de Mark et celle-là celle de Hugo. Et désormais, chaque hiver et chaque printemps quand Sandra le permettait, il avait amené sa famille là-bas et emmené ses enfants se promener dans les lumières de la grand-rue où il leur achetait des bottes de fourrure et de la fondue. La première fois Sandra n'était pas venue de bon cœur ; la Suisse était un terrain de jeux pour milliardaires, les femmes n'avaient pas le droit de vote. Mais peu à peu, sur cette terre neutre, ils avaient signé un traité de coexistence provisoire. À Sainte-Angèle, observa-t-il, où elle l'avait à elle la plupart du temps, les angoisses du monde devenaient nettement moins accablantes pour Sandra; en outre, le froid rendait son visage plus joli, elle le voyait dans le miroir.

Enfin, mais il fallut un an ou deux à Cassidy pour le découvrir – Sainte-Angèle était anglais. Était administré par un gouvernement anglais en exil, avec un cabinet anglais recruté principalement dans la région de Gerrards Cross, un gouvernement qui assurait à la fois le législatif et l'exécutif et qui se réunissait chaque jour à une table réservée dans le bar le plus fréquenté, qui se baptisait club et qui gémissait sur le manque de courtoisie des indigènes et le franc suisse qui montait. Dans son esprit, c'était un gouvernement militaire, colonial, impérial, et qui s'était imposé lui-même. Les vétérans portaient des rubans de campagne et des décorations; les plus jeunes les pullovers qui étaient l'uniforme des régiments anglais. Ces gens prenaient des décisions d'une immense importance. Certes, les gouvernés n'avaient même pas toujours conscience de l'existence de ceux qui les gouvernaient; certes, les bons Suisses continuaient à vaquer à leurs occupations dans la douce illusion que c'étaient eux qui géraient leur communauté et que les Anglais n'étaient que des touristes comme les autres, sauf qu'ils étaient un peu plus bruyants et un peu moins prospères. Mais sur le plan de l'histoire il n'y avait qu'à regarder: l'habileté et la puissance qui jadis avaient tenu sous le joug toute l'Inde, l'Afrique et l'Amérique du Nord en un seul empire avaient trouvé une ultime enclave sur ce magnifique petit contrefort alpin. Le village de Sainte-Angèle était la dernière preuve du génie administratif britannique, la dernière manifestation de cette race supérieure d'employés et de commerçants. Ils venaient là tous les ans pour posséder et pour déformer les noms qu'ils ne savaient pas prononcer et peu à peu ils avaient inclus Cassidy dans leurs rangs. Pas tout de suite et sans aucun bruit. Le désir de calme de Cassidy, sa déférence peu britannique envers les habitants indigènes, son désir clairement exprimé d'éviter toute controverse, tout indiquait que son rôle devait être discret ; il l'était donc. Sur les listes des gens en poste, dans les annonces annuelles d'honneurs et de récompenses, ou bien son nom ne figurait pas ou bien il était atténué par des adjectifs ; coopté, *ex-officio*, honoraire. Aux réunions du sénat, le mardi, aux soirées du conseil, le mercredi, aux conférences du praesidium, le jeudi, aux soirées du samedi, à l'église britannique, le dimanche, son influence dans l'ensemble n'était pas reconnue. C'était seulement quand il s'agissait d'un problème important – le recrutement d'un nouveau membre, l'augmentation des tarifs de publicité dans le magazine du club, ou l'achat d'un nouvel article de mobilier pour les locaux du club qui se délabraient avec grâce – qu'un petit groupe nocturne de ministres flanqués de leurs escortes, emmitouflés contre le froid, gravissaient l'étroit sentier pour aller chercher au chalet de Cassidy un peu de punch et de sagesse.

« Il est si généreux, disaient-ils. Et de si bon conseil. » Il y avait beaucoup de dames parmi eux. « Il est si riche », disaient-elles en parlant d'importantes contributions faites en francs suisses.

Dans les salons de thé et dans les dancings de l'après-midi, dans les petits groupes qui se réunissaient autour du tableau d'affichage anglais au terme d'une journée de ski, on admirait avec déférence ses prouesses d'alpiniste. C'était un homme de la Renaissance, disait-on ; il pratiquait tous les sports alpins, il avait fait l'ascension du Matterhorn en hiver, il avait remporté le tournoi des quatre pistes à Val-d'Isère, il avait détenu le record de bobsleigh à Saint-Moritz, il avait participé à une épreuve nocturne de saut à ski en habit au cours de laquelle il avait battu tous les Suisses. Ces exploits ne figuraient dans aucune archive et Cassidy lui-même était trop modeste pour les avouer. Mais d'année en année, modeste ou pas, il était devenu un petit monument à leur grandeur collective. Et si ce n'était pas de sa propre initiative qu'il était grimpé sur le piédestal, il n'avait pas non plus jusqu'à maintenant trouvé de raison d'en descendre.

Telle était donc jusqu'à maintenant la nature du havre étranger de Cassidy. Un repaire, qui conservait à haute altitude et à basse température nombre des visions inoffensives qu'embrassait son âme britannique pleine d'élans; une vie à part, qui n'était pas différente de celle de ses compatriotes anglais, mais que rendait innocente l'immensité du paysage qui l'abritait. Et pourtant en ce matin froid et vide d'un mois anonyme et sans soleil, blotti dans le compartiment du fond du petit train, Cassidy n'éprouvait ni plaisir ni réconfort à la perspective de retrouver son moi montagnard.

Dehors, le paysage était blanc et apathique. Ce qui n'était pas blanc était noir ou bien blanchi par des nuages et par des bourrasques d'une neige crissante qui fouettait la fenêtre mal fermée devant lui. Le brouillard avait vidé les montagnes de leurs couleurs; et quelque chose avait vidé Cassidy aussi, l'avait rendu pâle, avait attaqué l'ultime optimisme qui jusqu'alors avait toujours fini par l'emporter sur ses traits. Il montait parce que le train l'emportait, mais son corps ne bougeait pas, sa silhouette se dessinait en gris sur le grand désert blanc du ciel et des pentes. Parfait, comme s'il obéissait à un ordre que nul n'entendait, il fredonnait une mesure de musique; et se reprenant, il baissait les yeux et fronçait les sourcils. Il avait des gants; son billet de chemin de fer était enfoui dans la paume gauche, ce qui lui rappelait une habitude qu'il tenait d'une de ses mères, quand il prenait des trolleybus dans des villes de la côte. Il s'était rasé de bonne heure, sans doute près de Berne, et il retrouvait sur lui l'odeur des quidams qui avaient partagé avec lui le même train de nuit depuis Ostende.

34

Où avait-il été, pendant combien de temps, quand ?

Il avait remâché ces questions de temps en temps pendant le voyage. Ce n'était pas une obsession mais il restait beaucoup de choses à éclaircir, et Cassidy avait la désagréable impression, surtout juste avant les repas, qu'il pourrait bien être déjà mort. Sur l'écran blanc de la fenêtre, à mesure que le train indifférent l'emmenait plus haut, tout un cortège informe de visions se déployait devant son regard dans l'ensemble bien peu critique. C'était dans son esprit qu'étaient ces images ; sa mémoire ne lui servait plus, elle avait rejoint ses craintes. Je suis extérieur à ma propre expérience, songea-t-il ; je l'observe à travers cette fenêtre. Un wagon nommé Cassidy, peuplé de sièges vides. En dehors de moi, c'est le désert, ma destinée.

Regarde. Ha !

Il se redresse brusquement. Qui est-ce ? Le proviseur de Mark portant un fer numéro quatre, un imperméable militaire par-dessus son abominable costume, un bonnet de fourrure russe surmontant son visage creux, avance d'un pas dégingandé dans les brumes glacées. Les gouttes de pluie coulent sur lui comme sur un monument militaire, entourant ses yeux de fanatique et traçant des lignes plus claires sur la peau de bronze du vétéran. Vous avez été mon professeur aussi, criait Cassidy, et même en ce temps-là vous n'étiez pas d'un jour plus jeune !

« Ils sont coriaces à Marazion. Ils l'ont toujours été. Dommage que votre fils ne joue pas.

— Il joue, dit Cassidy, habitué à ces confusions. Je suis Cassidy, le fils de Mark », expliqua-t-il, voulant dire père mais se trompant.

De la neige ici, de la pluie là-bas. Une pluie violente, roulant au-dessus du terrain de football en nuages glacés qui couraient en tous sens. On ne voit que les joueurs les plus proches, qui trébuchent et tâtonnent pendant l'attaque au gaz. Un sifflet de 1916 : mettez vos masques à gaz, les Boches arrivent au sommet de la crête ; les mains sur les épaules, garçons, et suivez-moi.

« Réfléchissez, réfléchissez bien ! hurlait le directeur. Regardez cet imbécile de Meadows. Meadows, vous êtes un imbécile, un crétin, vous entendez ? Un idiot. Vous n'êtes pas Meadows ? demanda le directeur.

— Non, dit Cassidy. Je suis Cassidy, le père de Mark. »

Un enfant trop gros dans une chemise crottée de boue donnait de grands coups sur un ballon de football détrempé.

« Pardon monsieur, murmure-t-il, en mourant pour le colonel et il s'effondre, avec une balle dans le cœur.

— Servez-vous-en ! hurlait le directeur avec une frénésie qui n'avait rien de dissimulé. Ô bonté divine, doux Seigneur, tapez dessus, servez-vous-en, gardez-le ! Oh ! mon Dieu, mon Dieu, Ô Dieu. »

Quelque part l'alerte au gaz sonna de nouveau et de grêles applaudissements s'éteignirent peu à peu.

« C'était un but ? demanda Cassidy en se déhanchant le cou pour manifester de l'enthousiasme, tandis qu'un filet de pluie ruisselait le long de sa clavicule. C'est très difficile à voir. »

Pendant un moment il n'y eut pour toute réponse qu'un soupir d'angoisse :

« Je leur répète pourtant, murmure le directeur en se tournant derrière lui, les yeux agrandis par la douleur de la défaite. Ils ne comprennent pas et je leur dis pourtant. On ne peut pas gagner sans Dieu. Gardien de but, arbitre, douzième homme. Il est tout à la fois. Bien sûr, ils ne comprennent pas. Mais un jour ils comprendront, j'en suis sûr. Vous ne croyez pas ?

— Je vous croyais, lui assura Cassidy. Vous me disiez la même chose et moi je vous croyais. Voyons, je suis Cassidy, le père de Mark, je me demande si je pourrais vous parler un instant de mon fils. »

Mais le directeur s'est remis à hurler désespérément, réclamant le soutien de Dieu, tandis que de la brume monte une fois de plus le triste crépitement de mains froides et humides qui applaudissent.

« Qui a fait ça ? Qui a shooté droit sur leur ligne avant ? Qui était-ce ?

— Cassidy, dit quelqu'un.

— C'est simplement parce qu'il est plus petit que les autres, explique Cassidy. Il shootera comme il faut quand il sera plus grand, j'en suis sûr. Écoutez, je pars pour quelque temps, je me demandais si je pourrais vous emmener prendre le thé.

— Continuez ! Attaquez, attaquez ! bouffons ! Oh ! stupides petits singes. »

Une fois de plus les yeux caverneux se tournaient vers Cassidy, cherchant en vain sur son visage des traces de dignité.

« Envoyez-le à Bryanston, conseilla-t-il enfin. C'est parfait pour les familles désunies, parfait. »

Tournant son grand dos maigre, le directeur s'éloigna à pas lents et esseulés dans la brume.

Et nous autres Cassidy, c'est une maxime de notre foyer uni, nous voyageons toujours en première. De l'autre côté de la fenêtre, un bouquet de conifères de Haverdown jaillit soudain de la brume ; à leurs pieds se dressait une sinistre pagode peinte en brun foncé et parsemée de vieille neige.

« Unterwald », lut-il tout haut.

Et il se regarda, assis dans le vestiaire, en train de fumer pour lutter contre l'odeur ; il regardait le visage vif et vieillissant d'un garçon de dix ans au terme d'une longue journée de bagarre.

Mark.

Un petit garçon continental, ce Cassidy, confiant et facilement ému ; aimant à toucher les gens quand il leur parlait ; Mark, mon chéri.

« Si j'étais gardien de but, murmura Mark, en délaçant ses chaussures avec des doigts gourds, je pourrais porter des gants.

— Tu t'en es rudement bien tiré », dit Cassidy en l'aidant.

En le revoyant après si longtemps, Cassidy se rappela comme il était petit, comme ses poignets étaient frêles. Les autres garçons le regardaient avec mépris, s'efforçant de surprendre ce que disait le traître.

« J'ai horreur du football. Pourquoi faut-il que j'y joue si j'ai horreur de ça ? Pourquoi est-ce que je ne peux pas faire quelque chose de moins brutal ?

— Je détestais ça aussi, dit Cassidy pour l'encourager, toujours, je te promets. Dans tous les collèges où je suis allé.

— Alors pourquoi m'obliger à y jouer ? »

Suivant son fils nu aux douches, Cassidy pensa : « Il n'y a que l'odeur qui soit tiède. » L'odeur fétide et âcre des maillots de football et de la boue du Somerset, et des tenues de combat séchant au soleil du lendemain. Mark était beaucoup plus petit que les autres enfants et ses organes génitaux étaient moins développés ; froids et ratatinés, comme un sexe éreinté. Les garçons se pressaient, prisonniers tondus, l'équipe tout entière sous un seul malheureux jet.

« Maman dit qu'elle ne m'a pas donné assez d'amour, dit Mark, alors qu'ils prenaient le thé au Rouet qui tourne.

— C'est une idiotie que Heather lui a soufflée », dit Cassidy.

Le jeune garçon mangeait sans rien dire.

« Je pars pour la Suisse, dit Cassidy.
— Avec Heather ?
— Seul.
— Pourquoi ?
— J'ai pensé que j'allais essayer d'écrire un livre, dit Cassidy à tout hasard.
— Tu resteras combien de temps ?
— Quelques semaines.
— Maman ne me manque pas. Toi tu me manques.
— Nous te manquons tous les deux, dit Cassidy.
— C'est sur quoi ? demanda soudain Mark comme s'il savait déjà, comme s'il se doutait.
— Quoi donc ?
— Le livre.
— C'est un roman.
— C'est une histoire ?
— Oui.
— Raconte-la-moi.
— Tu pourras la lire quand tu seras grand. »

Le salon de thé vendait des pâtisseries maison, des fondants et des chocolats fourrés de diverses façons. Cassidy lui donna dix shillings pour faire ses achats.

« C'est beaucoup trop », dit Mark en lui en rendant cinq.

Le garçon attendait à la grille, une créature mince et onduleuse, pelotonné dans son pull-over gris tout en regardant la Bentley tiède glisser vers lui le long de l'allée. Cassidy abaissa la vitre électrique et Mark l'embrassa, ses petites lèvres sur celles de son père, avec dessus des miettes de gâteau et le froid d'avoir attendu dans l'air du soir.

« Je ne suis tout simplement pas fait pour ce genre d'éducation, expliqua Mark. Je ne suis pas costaud et ça ne m'arrange pas de me faire houspiller.
— Je n'étais pas fait pour ça non plus.
— Alors retire-moi de là, ça ne sert à rien. »

Mark n'a qu'une certaine quantité de courage, songea-t-il ; je l'use pour lui, je la lui fais dépenser avant qu'il ait l'âge de la dépenser tout seul.

«Tiens, prends ça, dit-il en lui donnant son porte-mine en or, soixante guinées chez Asprey, un petit cadeau qu'il s'était fait dans une autre vie.

– Avec quoi est-ce que tu écriras alors?

– Oh! un stylo ou quelque chose», dit Cassidy, et il le laissa toujours à la grille, sa tête blonde baissée d'un air concentré.

Parfois c'en était trop pour moi à supporter, ce visage, songea Cassidy, en contemplant derrière lui une vie morte; c'était trop lourd de chagrin, trop jauni par la douleur et par l'effort de comprendre. Je lui ai donc donné des raisons de se détourner de moi. De l'or ou de l'argent, ou quelque chose de tout petit pour le faire se pencher.

Ou peut-être, pensa Cassidy pour se consoler en essuyant les larmes sur la vitre, peut-être que ce n'était pas Mark du tout.

Peut-être – puisque l'objectivité en période de crise demeure le grand atout du directeur général –, peut-être cet enfant était-il Aldo, de retour à Sherborne, le jour où le vieil Hugo était venu le voir en allant à Torquay. Le jour où il avait participé à la grande course à bicyclette, une belle livre sterling pour le vainqueur et un joli billet de dix shillings pour le second.

À cette vision raisonnablement cohérente, raisonnablement concrète de la façon dont il était parti, Cassidy entreprit, tandis qu'il continuait de gravir la montagne, d'en ajouter d'autres plus fragmentaires et moins susceptibles de vérification; et ce faisant, il se posa des questions d'un ordre très métaphysique.

Noël, par exemple, était-il passé? Parfois une ombre traversait la blancheur stérile de la fenêtre, disparaissant dans le coin gauche en bas comme une goutte de sang sur son champ de vision, et il sentait les soirs d'hiver qui venaient, et il apercevait le contour spectral d'un pin éclairé par le crépuscule et couvert de givre, du côté exposé au vent, comme on les voyait à Noël dans les grandes baies vitrées d'Abalone Crescent. À Mittelwald, alors qu'il se posait toujours la question, il ne fut pas surpris de voir le visage de mémé Groat apparaître devant lui, les traits tirés par l'insomnie, et il y vit une preuve supplémentaire que la fête était passée : car seul Noël pouvait l'épuiser à ce point. Sa tête était mal cadrée et elle attendait avec obstination sur le mauvais quai, si bien qu'il sentit sa présence derrière lui et qu'il dut se retourner pour la reconnaître. Ses grands yeux sots, plissés et vulnérables, bleuis par ses verres teintés, brillaient d'une lueur effrayée, mais les petites touffes de fourrure sur son col et le rouge à ses joues annonçaient fort clairement qu'elle se rendait à l'église.

Et puis elle portait un pétard de Noël dans sa main crispée.

Ah! mais pour quelle cérémonie?

Est-ce qu'elle porte du noir par exemple? On sait que les Chinois font éclater des pétards pour les enterrements.

Le train repartit avec une secousse, Groat avait disparu.

Ma foi, ça n'avait rien de si improbable, il pourrait fort bien être mort; d'autres l'étaient bien. Une telle explication était dans l'air depuis quelques jours et depuis bien des nuits. Beaucoup de gens sont morts et c'est parfaitement naturel, mais quand même. Et puis il n'avait pas à aller chercher loin la cause. Imaginez que la grenade verte du vieil Hugo, contrairement à ce que Cassidy avait pu penser sur le moment, ait explosé après tout et l'ait expédié dans une autre vie?

Dans cette vie-ci, en fait?

Et qu'au lieu de simplement se rendre à Sainte-Angèle, il fût en train de monter au ciel; et que les employés des chemins de fer fussent des anges, d'où le nom du village?

Poussé un instant par l'optimisme, par ce frêle espoir de non-existence, Cassidy ferma ses yeux brûlants et de chaque main effleura l'autre pour en délimiter les contours. Un professeur fait des expériences sur son propre corps, dans la tradition de Haldane, je peux encore me faire anoblir. Puis il les porta à son visage – comme quand on se lave, souvent des hommes se déplacent et font de ces gestes –, les deux mains jointes repérèrent sans joie son nez et ses vastes sourcils, le bout de sa langue et la mèche juvénile qui pendait sur son front ; confirmant, si besoin en était encore, que même si son esprit s'élevait, il était encore attaché à son cadre terrestre.

Et que la grenade à main du vieil Hugo, malgré toutes ses vigoureuses affirmations, n'était, comme le reste de l'arsenal de son père, qu'une arme d'exercice.

Cet incident mettant en cause des explosifs du ministère de la Guerre n'apparut pas, pour des raisons de sécurité, sur l'écran blanc, Cassidy en fut informé par l'odeur familière du trèfle humide qu'il sentait quand il était allongé dans un champ quelque part en Angleterre, le nez contre le sol, à tripoter maladroitement l'aiguille de la grenade. Ça aurait pu aussi – mais ça aurait pu seulement – être un rêve. Votre président est prêt à vous l'accorder. Mr. Lemming, vous pouvez ajouter cela au procès-verbal.

Pour reconstruire tout cela : cette grenade est un cadeau, aucun père ne peut en faire davantage. Cette grenade, lui avait assuré le vieil Hugo, en l'ôtant des chiffons graisseux où elle reposait pour l'apporter près de la fenêtre la plus éclairée du penthouse, cette grenade mal peinte, d'un vert terne et qui s'écaillait même sous les chiffons n'est pas seulement un cadeau, un cadeau vraiment merveilleux, c'est une des plus belles grenades qu'on ait jamais fabriquées.

« On ne fait plus de grenades comme ça aujourd'hui. Tu peux chercher dans tout Londres, je t'assure, Aldo : une grenade comme ça est absolument introuvable, n'est-ce pas, Blue ? »

La grenade est également le couronnement des nombreux dons d'un père à son fils :

« Je t'ai donné l'ultime liberté, tu entends ? Regarde-moi ça : la vie et la mort, c'est à moi que tu les dois. C'est le sacrifice le plus fantastique qu'un père puisse faire, et je le fais, n'est-ce pas, Blue ? »

Mais voilà le hic, voilà la malédiction des Cassidy, ils réussissent dans tout sauf dans la consommation : l'aiguille s'est rouillée dans son encoche, le garçon aux doigts sans force n'arrive pas à la déloger.

« Tire, sacré nom de Dieu, Blue, après tout ce que j'ai fait pour lui, après tous les sacrifices fantastiques que j'ai faits pour lui, regarde-moi ça ! Il n'est même pas foutu de tirer l'aiguille !

— Mais ça n'est pas un lion, mon cher, il n'est pas comme vous, roucoula-t-elle en lui tendant la flasque. Allez, Aldo, mon petit, supplie-t-elle en s'adressant à lui à voix basse. Essayez, Aldo, pour faire plaisir à votre papa, je vous en prie, essayez.

— J'essaye », réplique Cassidy d'un ton maussade, mais il n'y a toujours pas d'apocalypse.

Complètement désenchantée, la famille rentre à la maison de mauvaise humeur, la conversation réduite à néant jusqu'au moment où ils arrivent au penthouse.

Pendant un moment à son grand soulagement il ne pensa à rien. Le train s'arrêta à certaines gares intermédiaires, on cria des noms auxquels il ne prit pas garde. Ces gares n'offraient aucun passager et n'en recevaient pas en retour. C'étaient des étapes, les formalités d'une progression religieuse tandis que le petit train poursuivait son pèlerinage aux flancs de la blanche colline.

Atteignant un plateau, la machine ralentit son effort et une impression d'aisance vint remplacer le cliquetis frénétique des pistons. Je suis dans la Bentley, songea Cassidy.

Dans un superlandau.

C'est la Bentley qui a calmé le fracas des attelages et atténué les vibrations des ressorts des coussins sous le mince velours ; le calme britannique de la Bentley qui a fait taire l'hystérie des gardes étrangers.

Je suis inviolé.

Mais à peine avait-il formulé cette plaisante idée que son impression de sécurité se trouva anéantie par l'irruption du petit Hugo qui, nullement impressionné par les coûteuses attaches fabriquées par son père, avait forcé la porte et s'était installé à la place du passager. Soulevant l'enfant, Cassidy le ramena dans la maison.

Hugo tout blanc, sans pleurer, étreignant un sac de voyage de la Pan Am plein des quelques objets dont il aurait besoin : un disque, une corde neuve pour son toboggan.
Hugo qui avait très chaud sous les bras tandis qu'ils s'étreignaient encore sur le pas de la porte.
Hugo tout blanc et qui pourtant ne pleurait pas.
« Viens, Hug, dit Mrs. Groat, maman te réclame. » Au quatrième étage, celui de Sandra maintenant, la silhouette de John Elderman, un tranquillisant pour un cœur brisé.

Heather Ast frappe à la vitre du compartiment.
« Je ne veux pas vous entendre, lui assure Cassidy. Je ne veux absolument pas. Je ne veux jamais vous revoir, Heather, c'est aussi définitif que ça. »
Le verre armé est trop épais, et elle n'entend rien.
Dans dix ans vous serez une Groat ; vous serez tous des Groat. La poussière retourne à la poussière, les Groat aux Groat, c'est la destinée d'une femme, elle n'en a pas d'autre.

Par bonheur, il a pénétré dans un tunnel, le changement le distrait. Au bout du tunnel, à cinq minutes, c'est Oberwald, la forêt supérieure. Après Oberwald, c'est Sainte-Angèle-des-Pics, il n'y a pas de gare entre les deux.
Avec le tunnel, il y a un moment d'obscurité avant que les lampes s'allument. Des palissades, peintes d'un jaune miteux par les ampoules, emplissent la fenêtre jadis blanche, défilent dans un virage ahurissant comme les doigts tout plissés d'une main cassée qui s'agiteraient devant son visage passif. Les sons sont amplifiés dans

cette longue grotte. L'histoire, la géologie, sans parler des innombrables textes des facultés médiévales d'Oxford, ne font qu'approfondir et intensifier cette expérience souterraine. Des Minotaures, des ermites, des martyres, des mineurs, incarcérés depuis les premiers travaux de construction, poussent des hurlements et agitent bruyamment leurs chaînes, car on est là sous terre, là où des vieillards grattent le sol pour trouver la connaissance, l'or et la mort. Jadis, il y a des années, en regardant par la même vitre du train les mêmes madriers ternes, Cassidy s'était surpris à fixer l'œil noir et patient d'un chamois coincé contre la paroi du tunnel ; en arrivant au village il avait aussitôt protesté auprès du chef de gare dans l'intérêt de la vie sauvage de la région. Il n'y avait rien à faire, lui avait dit le fonctionnaire après avoir écouté très attentivement l'exposé de cet homme de bien, le chamois était mort depuis plusieurs jours.

Ces lumières jaunes sont assommantes ; elles me donnent envie de dormir.

Depuis combien de temps dormait-il ? Avait-on noté quelque part combien cela faisait de nuits ? Mr. Lemming, vous pourriez consulter les procès-verbaux.
Ou bien était-ce une nuit passée tant bien que mal entre différents lits et différents planchers ? Le hurlement maintenant, où se situait le hurlement tandis qu'elle me tenait le pied, Sandra ma vieille épouse, pour me garder dans la chambre ? Elle le tenait contre sa tête, étendue de tout son long sur l'exquis tapis bouclé de Wilton, humectant la cheville du Christ de ses larmes ? Était-ce un unique incident dans une nuit pleine d'événements, ou toute une nuit en soi ? Ou bien encore, en prenant la voix militaire de Sandra : *Qui a cassé la pendule ?* La grande horloge. *Qui l'a cassée ?* Quatre cents livres d'incrustations du XVIe siècle effondrées par terre ? *Des aveux ! Ça n'a rien d'extraordinaire de casser une horloge ; je veux simplement savoir qui a fait cela. Je vais compter jusqu'à cinq,*

si aucun coupable ne s'est dénoncé je ne terminerai pas la phrase.
  Un...
Le premier suspect (la classe est bien proche parente du crime), c'est le voyeur libidineux de Snaps qui prêche l'amour libre par-dessus la rampe de l'escalier dans son costume de velours bordeaux. Ce type furieux a poussé la pendule, c'était sa façon à lui de combler le fossé qui sépare les générations.
  Mais attendez, Snaps a fui sa tanière, emmenant son voyeur avec elle. Elle est allée se cacher à Bournemouth ; une grossesse en est la cause, elle aime bien les avoir au bord de la mer, l'eau étant à jamais préférable à l'air.
  Deux...
  Qui d'autre ? Vite, qui d'autre ?
  Mémé Groat, belle-mère putative, jadis mère de l'accusée, trébuchant dans les couloirs sombres pour économiser l'électricité, c'est elle qui l'a fait...
  Pas coupable, hélas ! Les gestes décisifs ne sont pas son style, pas même par erreur.
  Trois. Je vous préviens...
  Très bien, c'est toi qui l'as fait ! Sandra elle-même, le haut de son corsage trempé de larmes, n'ayant plus la force de dormir ; Sandra au comble de l'épuisement a trébuché sur l'horloge, l'a renversée avant de tomber elle-même ?
  Pas coupable. Elle avouerait.
  Quatre...
  Au secours ! J'accuse le vieil Hugo, satanique, lanceur de sorts, possesseur du mauvais œil ! En regardant par la fenêtre du penthouse, tout en sirotant une goutte de cognac, le vieux sorcier a délibérément frappé en l'air d'un geste familier de sa main et lancé des ondes perturbatrices qui ont trouvé leur chemin jusqu'à Abalone Crescent et détruit là-bas l'instrument du temps !
  Je l'ai cassée moi-même. Dans un geste de rage, de tristesse et d'adieu.

«Papa, j'ai besoin d'un lit.
— Alors rentre à la maison, il t'attend, n'est-ce pas?
— Papa, mets-moi au lit. Je t'en prie.
— Rentre! Tu feras un délinquant si tu ne te remaries pas avec cette garce, fiche le camp, fiche le camp, fiche le camp!»

Le tunnel continuait; danser mais ne pas dormir.

«Angie, j'ai besoin d'un lit.»
Angie Mawdray, plantée sur le pas de sa porte, était vêtue d'une légère couverture qui ne masquait qu'un seul côté de son corps.
«Ça ne marche pas, Aldo, dit-elle, franchement pas.
— Mais Angie, je veux seulement dormir.
— Alors allez dans un hôtel, Aldo, vous ne pouvez pas venir ici, vous le savez bien, pas maintenant.
— Mais Angie.
— Je suis mariée, lui rappela-t-elle d'un ton assez sévère. Vous vous en souvenez, Aldo, c'est vous qui avez organisé la souscription pour le cadeau de mariage.
— Bien sûr, dit Cassidy. Bien sûr que c'est moi, j'en suis navré. Bonsoir, Meale, comment ça va?»
Sous le regard sans concessions de Che Guevara, le pâle visage de Meale salua respectueusement son maître. Il se serait sans aucun doute levé, mais sa nudité l'en empêchait.
«Bonsoir, monsieur Aldo, entrez, monsieur, je vous en prie. Pardonnez le désordre.
— Venez l'après-midi, chuchota Angie. Je ne travaille que le matin, n'est-ce pas, bêta?»
Il était allé chez Kurt? Ou bien resté chez Angie après tout? Assurément il éprouvait une mollesse dans les reins, une sensation d'après plutôt que d'avant. Avait-il après tout savouré les étreintes fort adroites de miss Mawdray, la célèbre secrétaire de direction, cependant que, en s'excusant, le regard de Meale se détournait pour la visite du président?

« *Vous avez été très bon avec nous, monsieur Aldo, nous ne savons pas comment vous remercier, je vous assure.*

— *N'y pensez pas*, dit le vieux boulevardier, plaisamment installé parmi les replis humectés de rosée. *Vous autres jeunes gens vous avez besoin d'un départ dans la vie.* »

Un hurlement de la machine. Le jour si tôt ? Pas dans les chambres grises et inconfortables de Kurt, même les fenêtres sont fumées contre le soleil.

« Kurt, j'ai besoin d'un lit. »

Kurt n'avait personne dans son appartement, ni Angie Mawdray, ni Lemming, ni Snaps, ni Blue, ni Faulk, ni même Meale. Il portait une robe de chambre grise suisse de la meilleure soie suisse, et quand Cassidy fut installé de façon bien précaire dans la chambre d'ami toujours prête, il vint le voir avec une grande tasse d'Ovomaltine suisse.

« Non, Kurt.

— Mais Cassidy, mon cher ami, vous savez bien que vous êtes l'un de nous. Écoutez. *Primo*, vous préférez la compagnie des hommes, exact ?

— Exact. Exact, mais...

— *Secundo*, vos rencontres physiques avec les femmes ne vous ont apporté aucune satisfaction. Écoutez Cassidy, enfin mon Dieu je m'en rends bien compte. Je le vois dans vos yeux, n'importe qui le pourrait. *Tertio*...

— Kurt franchement, je le ferais si j'en avais envie, je vous promets. Je n'ai plus honte. J'en avais envie au collège mais c'était simplement parce qu'il n'y avait pas de filles. C'est la vérité. J'ai trop le sens de l'humour, Kurt. Je pense à vous couché là tout nu, en train de le tenir et ça me fait pouffer. Je veux dire pourquoi... Vous voyez où je veux en venir ?

— Bonne nuit, Cassidy.

— Bonne nuit, Kurt. Et merci.

— Et dites donc, un jour on fait l'ascension de l'Eiger, d'accord ?

– D'accord. »
En s'assoupissant, il espérait que Kurt allait revenir : l'épuisement dérobe la volonté morale aussi bien que le sens de l'humour. Mais Kurt ne revint pas. Alors Cassidy écouta la rumeur de la circulation en se demandant : est-ce qu'il dort ou est-ce qu'il rêve de moi ?

La lumière du jour et un nouveau cri d'alarme de la petite machine incorruptible : le train s'est immobilisé. Dans un sifflement les portes s'ouvrent. Le porteur crie Sainte-Angèle.

Il le cria en patois, ça aurait pu être Michel-Ange ou Angleterre. Il criait fort, pour dominer le fracas des trois tonnes de la cloche de montagne ; il le chantait pour Noël passé ou à venir, d'une voix mâle et vibrante qui retentissait dans la gare vide. Il le criait vers Cassidy à travers la vitre barbouillée de son compartiment de première classe ; et si vous voulez aller plus loin il faut changer. Il le criait comme si c'était le nom de Cassidy, sa dernière promenade et sa dernière halte. Le porteur était un homme barbu qui portait une plaque sur sa blouse. Ses yeux étaient masqués par d'épais sourcils noirs et par l'ombre noire de la visière de sa casquette. Répondant à ses appels, Cassidy se leva aussitôt, descendit d'un pas léger sur le quai désert, son sac de voyage se balançant au bout de sa main robuste.
« Demain, dit le porteur d'un ton consolant, nous aurons plein de neige.
– Ah ! mais demain ne vient pas souvent, n'est-ce pas ? » répondit Cassidy, jamais en peine pour amorcer une plaisanterie.

Le temps qui accueillit Cassidy à Sainte-Angèle était comme une extension sur le plan météorologique de la confusion qui s'était récemment emparée de son esprit. La meilleure station de vacances a sa mauvaise saison, et même Sainte-Angèle, si célèbre qu'il puisse être pour son climat constant et tempéré, n'est pas à l'abri des lois immuables de la nature. Généralement en hiver, la rue enneigée de son village est un carnaval exubérant de chapeaux tyroliens, de traîneaux et de vitrines bien éclairées où les bons partis d'Europe côtoient les filles de Kensal Rise, et de nombreux contrats d'amour mensongers se concluent dans les forêts avoisinantes. En été, leurs aînés moins prospères arpentent d'un pas vigoureux les pentes jonchées de fleurs et vont se rafraîchir auprès des torrents bouillonnants de Goethe, pendant que les enfants en costumes traditionnels chantent de vieilles chansons vantant les mérites de la chasteté et du bétail. Le printemps fait une arrivée charmante et brusque, les fleurs impatientes jaillissant à travers les dernières neiges; tandis que l'automne, alors que tombent les premières neiges, ramène les heures oubliées du calme haletant entre l'agitation de deux saisons frénétiques.

Mais il y a des jours, comme doit le savoir tout voyageur qui se rend dans les Alpes, où cet agréable programme se trouve sans raison apparente violemment bouleversé; où les saisons soudain se lassent de leur place dans le cycle naturel des choses et où, utilisant toutes les armes de leur arsenal, elles livrent de violentes batailles jusqu'au moment où l'épuisement les gagne. Au lieu de la magie de l'hiver le village est assailli par des pluies maussades et des nuits moroses et sans chaleur, où le tonnerre alterne avec une pluie qui hésite à être de la neige et où ni les étoiles ni le soleil ne parviennent à percer la couche tourbillonnante des nuages. Pire encore, le fœhn peut se lever, ce pénible vent du sud qui frappe les montagnes comme une peste, faisant pourrir d'immenses plaques de neige et empoisonnant l'humeur des villageois et de leurs hôtes. Et quand enfin il s'en va, les plaques brunes aux flancs des collines sont allongées comme des morts, le ciel est blanc et vide et les oiseaux ont disparu. Ce fœhn est la malédiction des montagnes; nulle part on n'en est à l'abri.

Les premiers symptômes sont extérieurs : de l'eau qui

ruisselle d'on ne sait où, une mystérieuse disparition de l'air et des couleurs. En même temps que cet épuisement de la nature on observe un affaiblissement progressif de l'énergie humaine, une impression d'apathie, comme une constipation des facultés mentales, qui s'étendent progressivement sur tout le psychisme jusqu'au moment où toutes les issues s'en trouvent bouchées. Dans ces moments-là, attendant la tempête, un homme peut fumer un cigare à mi-chemin de la rue du village et la trace en sera encore là le lendemain, la fumée et l'odeur s'attardant dans l'air mort à l'endroit même où il était. Parfois il n'y a pas de tempête du tout. L'accalmie se termine et le froid revient. Ou bien un ouragan surgit : une nuit de Walpurgis, noire et déchaînée avec des vents de cent, cent vingt kilomètres à l'heure. La grand-rue est jonchée de piquets cassés, on aperçoit l'asphalte à travers la neige, et on croirait qu'une rivière est passée dans la nuit en dévalant des pics vers la vallée.

C'était le fœhn qui régnait maintenant.

Le spectacle rappelait à Cassidy les jours humides sur le terrain de cricket de Lord. Les deux portiers du village étaient plantés l'un à côté de l'autre comme des arbitres, serrant leurs blouses à la ceinture et convenant que c'était un temps impossible. Au-dessus de lui, mais très proches, les deux superbes pics jumeaux de l'Angelhorn pendaient comme du linge sale du ciel gris. La neige avait à peu près disparu. La pendule disait dix heures et quart, mais elle aurait aussi bien pu être arrêtée depuis des années. Se dirigeant vers le restaurant, il songea : *Voilà comment nous mourons, seuls, dans le froid et hors d'haleine, suspendus entre des endroits blancs.*

« Bonjour, trésor, dit tranquillement Shamus. On cherche quelqu'un ?

— Bonjour », dit Cassidy.

35

La fumée du feu de bois de Haverdown s'attardait dans l'air humide, les bois de cerfs se dessinaient le long des murs bruns. Un groupe d'ouvriers aux visages sombres buvaient de la bière. À l'écart, cantonnées dans leur tristesse, les serveuses lisaient des magazines allemands, secrètement accablées par le fœhn comme des malades dans la salle d'attente d'un médecin.

Il était assis près du bar, dans une niche, à une grande table ronde qu'il occupait seul sous les fusils croisés du club de tir de Sainte-Angèle. Un fanion de soie, brodé par les dames de la communauté, proclamait la loyauté du village à Guillaume Tell. Il régnait dans la niche une pénombre flamande, qui vous mettait à l'aise et en confiance; l'étain avait des reflets réconfortants, comme une pièce de monnaie bien gagnée. Il buvait un café crème et il avait perdu du poids. Un rai de lumière blanche venant de la fenêtre tombait sur le manteau funéraire. Il était sans chapeau et sans barbe; son visage paraissait nu et vulnérable, et très pâle. Cassidy s'installa auprès de lui, tenant son sac de voyage dans ses bras comme Hugo son crocodile de plage, puis il le fit glisser sur le banc de bois poli avant de le laisser tomber sur le sol entre eux avec un bruit sourd.

En s'asseyant, il vit le pistolet.

Il était posé sur les genoux de Shamus, comme un animal familier, le canon tourné vers Cassidy. C'était une arme militaire, et sans doute un pistolet d'officier datant de la Première Guerre mondiale. Seul un officier aurait pu le porter, parce que le canon avait bien trente centimètres de long. Ou bien ça aurait pu être un pistolet d'exercice de l'époque où l'on calait son arme sur son avant-bras gauche, et où le sergent criait « Joli coup, mon lieutenant » quand on touchait une cible en forme d'homme. Une courroie était fixée à la crosse. À son extrémité pendait une houppe à poudre rose.

Dans la cuisine la radio donnait l'heure et le top-top faisait un bruit très militaire.

Cassidy commanda du café, un café crème comme le monsieur. Le serveur se souvenait très bien de lui. C'est Mr. Cassidy qui donne de bons pourboires. Il apporta une nappe de guingan qu'il déploya avec affection. Il apporta des couverts, de la sauce Maggi et des cure-dents dans une boîte en argent. Et les enfants, demanda le serveur, ils allaient bien ?

Très bien.

Ils ne souffraient pas, par exemple, de cette habitude anglaise de porter des culottes courtes ?

Il ne semblait pas, répondit Cassidy.

Et ils chassaient, ils chassaient le renard et le chamois ?

Pour l'instant, dit Cassidy, ils étaient en classe.

Ah! dit le serveur avec un hochement de tête respectueux, Eton : il avait entendu dire que ce n'était plus comme avant.

« Elle attend », dit Shamus.

Ils se mirent à gravir la colline.

Tirant de toutes ses forces, Cassidy s'aperçut que la corde lui coupait l'épaule. En fait, s'il n'avait pas porté son manteau en poil de chameau, cela lui aurait écorché la peau. La corde était en nylon, il en avait près de deux mètres d'un rouge vif et il la tenait à deux mains, l'une à la hauteur de la poitrine et l'autre à la hauteur de la taille, en faisant un harnais tout en tirant. Par deux fois il avait demandé à Shamus de bouger, mais sans recevoir de réponse valable autre qu'un geste impatient du canon du pistolet et maintenant Shamus était assis avec le sac de voyage de Cassidy sur son genou en train de jeter les choses qui ne lui plaisaient pas. La brosse à cheveux en argent était déjà partie, elle glissait comme un puck de curling le long du chemin glacé, bondissant et tournoyant sur les sillons à demi gelés de neige et de glace. Il s'était cru en forme : du squash à Lansdowne, du tennis à Queen's sans parler des escaliers d'Abalone Crescent. Mais sa chemise de flanelle était trempée lorsqu'ils quittèrent la voie ferrée et son cœur, pas encore habitué au changement d'altitude, battait déjà trop fort. La forme est une chose relative, se dit-il. Après tout, il pèse autant que moi.

Même quand on le descendait, le chemin ne convenait pas au toboggan.

Partant du chalet, il serpentait d'abord à travers des bois clairsemés où la neige couvrait à peine les rochers et où des troncs d'arbres déchiquetés guettaient le navigateur imprudent. Traversant une coulée d'avalanche, il descendait par deux virages très secs jusqu'à une rampe munie d'une mauvaise balustrade qui, comme elle était beaucoup utilisée par les piétons, était jonchée de graviers qui s'accrochaient aux patins et les faisaient dévier. Si d'autres enfants plus audacieux ne se souciaient pas de ces risques, ce n'était pas le cas de ceux de Cassidy, car un des cauchemars qui le hantaient était qu'ils eussent un accident ici, que Hugo glissât sous un train, que Mark se fracassât la tête contre un poteau, et il leur avait totalement interdit ce chemin sous peine de punition. Quand on montait, bien que le sentier fût sans doute plus sûr, il était encore moins séduisant. Shamus avait choisi la luge de Mark, sans doute à cause des marguerites insensées qui étaient collées à son boîtier de plastique. C'était un bon toboggan dans son genre, un prototype envoyé par un correspondant suisse pour une exploitation possible sur le marché anglais. Au premier abord son dessin avait parlé en sa faveur mais bientôt la large quille traînait pesamment dans la neige fondue, et Cassidy se trouva obligé de se pencher très en avant sur la pente afin d'avoir assez de prise. Ses chaussures londoniennes à semelles de cuir glissaient à chaque pas; de temps en temps en tirant sur les cordes, il glissait en arrière sur la proue du toboggan; éraflant ses talons gelés contre la pointe en plastique; et quand cela se produisait Shamus l'incitait à continuer avec un juron discret. Son sac de voyage disparut. Sans doute n'y avait-il rien dedans qu'il estimât utile de garder, aussi l'avait-il jeté par-dessus bord pour améliorer l'équilibre de la luge, et il braquait maintenant nonchalamment le pistolet sur tout ce qui se présentait: un oiseau sur le toit d'un hôtel, un passant, un chien.

«Mon cher monsieur Cassidy, comment ça va?»

Présentations, sherry le dimanche, venez donc après le service. Shamus s'incline et agite son pistolet; des cris joyeux retentissent. Une Mrs. Horegrove ou Haregrabe, un des plus anciens membres du club.

«Quel instrument dangereux!
— C'est à Hugo, expliqua Cassidy, essoufflé derrière son sourire, nous l'avons apporté pour le faire réparer. Vous savez ce que c'est avec les armes.
— Mon cher, mais qu'est-ce que dirait Sandra?»

À propos de Shamus ou du pistolet? avait envie de demander Cassidy, car le regard de la bonne dame allait de l'un à l'autre avec une surprise grandissante.

«Allez-vous-en, lui cria Shamus, perdant soudain patience et, ramassant un bout de bois qui se trouvait là fort opportunément, il le lança à ses pieds. Péquenaud. Allez-vous-en ou je vous tire dessus.» La dame s'éloigna.

Un tas de crottin de cheval entravait leur marche. Cassidy prit sur la gauche, choisissant le bord du précipice.

«Tirez, flemmard, ordonna Shamus, toujours en colère, allons, allons, tirez donc.»

Dans le bois ça allait mieux. La neige piétinée, abritée par les arbres, n'avait ni fondu ni gelé; parfois, sur de courtes distances, ça descendait même un peu, si bien que Cassidy devait courir en avant pour rester couvert par le pistolet. Dans ces moments-là, Shamus devenait nerveux et donnait des ordres contradictoires : levez les mains, baissez-les, à gauche, à droite, et Cassidy obéissait à tous les ordres, sans penser à rien, pas même au trou dans son dos. Les arbres s'écartèrent, laissant apercevoir la vallée brune et les bancs de brouillard qui s'élevaient comme de la fumée de son étroit couloir. Il distinguait l'Angelhorn dans un fragment de bleu parfait, sa neige fraîche étincelant dans le brillant soleil.

Et ils s'arrêtèrent.

« Dites donc, dit tranquillement Shamus.
— Oui ?
— Venez donc nous embrasser. »

Les mains toujours au-dessus de sa tête, Cassidy revint vers la luge, se pencha et embrassa Shamus sur la joue.

« Encore », dit Shamus. Et enfin : « Ça va bien, trésor, ça va bien, murmura-t-il en chassant ses larmes. Shamus va arranger ça. Promis. Nous sommes assez grands, trésor. Nous pouvons y arriver.

— Bien sûr que nous pouvons, dit Cassidy.

— Nous pouvons faire l'histoire, dit Shamus. Ça va être une grande première, trésor. On va démolir toute cette saloperie de système.

— Vous voulez marcher maintenant ? demanda Cassidy, après d'autres étreintes essoufflées. En fait je suis un peu fatigué. »

Shamus secoua la tête. « Trésor, il faut vous endurcir, c'est un entraînement très rigoureux, très très rigoureux. Il faut du cran. De la foi, vous vous souvenez ? Pour nous deux.

— Je me souviens », dit Cassidy en ramassant la corde dans la neige.

Ils étaient dans les nuages. Ils avaient dû quitter l'abri des arbres sans s'en apercevoir et s'avançaient aveuglément dans la brume qui les guettait. Ne voyant rien, Cassidy perdit l'équilibre et tomba en avant. Même le sentier n'existait plus, car ses bords étaient perdus dans le brouillard humide qui dévalait la pente, et les mains de Cassidy, cherchant à tâter la pente devant lui, se resserraient sur un ennemi invisible. Il reprit péniblement sa marche en avant.

« Où êtes-vous ?

— Ici.

— Tirez, trésor, fit Shamus, continuez à tirer, trésor, ou bien je fais bang-bang. »

Aussi brusquement qu'il s'était abattu le nuage se dissipa et la maison se dressa bien nette, les attendant sur son coûteux lopin de terre enneigé, à quinze livres sterling le mètre carré, « Mr. et Mrs. Aldo Cassidy » gravé sur une plaque auprès du bouton de sonnette et Helen, la femme de Shamus, peinte sur le balcon.

Peinte sur la toile blanche de la brume qui se dissipait, dans des demi-teintes mates, un rien décalées.

D'en bas elle paraissait grande ; elle avait sur la tête un foulard de Sandra ; les mains posées sur la balustrade, le visage tourné vers le sentier, elle ne les voyait pas mais entendait leurs pas dans la neige fondante, et peut-être l'écho en zigzag de leurs voix.

« Cassidy ?

— Elle a des bleus, annonça Shamus dans un murmure en s'approchant de lui. Là où je l'ai cognée. Je suis désolé, je ne voulais pas abîmer la marchandise.

— Cassidy ? » répéta-t-elle, toujours aveugle mais se guidant au son.

Pendant un moment encore, elle scruta le sentier, sans se rendre compte qu'ils étaient en dessous d'elle. Elle attendait comme toutes les femmes attendent. En utilisant son corps pour capter les sons. Attendant un navire, un enfant, ou un amant ; bien droite, tendue, vibrante.

« Nous sommes juste en dessous de vous », dit Cassidy.

Le bleu était sous son œil, l'œil gauche, remarqua-t-il ; Shamus l'avait frappée de la main droite, un crochet probablement; un crochet vigoureux, qui n'était pas sans rappeler la marque sur la joue de Sal le soir où ils étaient allés chez elle à Cable Street. Le temps d'ouvrir la porte et elle était déjà dans le vestibule. Elle ferma les yeux un long moment avant qu'il la touchât, le bon œil et l'œil au beurre noir, et il l'entendit murmurer «Cassidy» tandis qu'elle l'entourait doucement de ses bras; et il la sentit trembler comme si elle avait la fièvre.

«Sur la bouche, cria Shamus par-derrière. Bon Dieu. Où est-ce qu'on est, dans un couvent, nom de Dieu?»

Il l'embrassa donc sur la bouche; il trouva sur ses lèvres un petit goût de sang comme si on lui avait arraché une dent.

Le salon – c'était lui qui en avait fait le plan – était long et peut-être trop étroit pour être confortable. Le balcon courait sur toute la longueur, offrant les trois paysages : la vallée, le village et la chaîne de montagnes. À l'extrémité, près de la cuisine, se trouvait un coin salle à manger en pin et Helen avait dressé la table pour trois, utilisant le plus beau linge de table et les bougies en cire du tiroir du haut à gauche.

«Elle est un peu maigre, expliqua Shamus, parce que je l'ai enfermée en attendant votre arrivée.

— Vous m'avez raconté, dit Cassidy.

— Il ne faut pas nous en vouloir, trésor. Les princesses, il faut bien les enfermer dans les tours, n'est-ce pas? On ne peut pas laisser les garces faire les putains dans tout le royaume.»

Qu'elle eût perdu du poids ou non, il y avait dans le regard de Helen une lueur de défi, comme le courage des gens très malades.

«J'ai réussi à trouver un canard, annonça-t-elle. Je crois me souvenir que c'est votre plat favori.

— Oh! dit Cassidy. Oh! merci!

— Vous l'aimez toujours, n'est-ce pas? demanda-t-elle avec ferveur, lui offrant des bretzels dans le plat rouge à compartiments que Sandra utilisait pour le curry.

– Mais oui, dit Cassidy.
– Je pensais que ça vous avait peut-être passé.
– Non, non.
– Il est congelé. J'ai essayé d'en trouver un frais, mais il... (Elle s'interrompit puis reprit:) C'est si difficile au téléphone, tout ça dans une langue étrangère... Il n'a pas voulu me laisser sortir, absolument pas. Il a même brûlé mon passeport.
– Je sais», dit Cassidy.

Comme elle pleurait un peu, il l'entraîna dans la cuisine en la soutenant sous le coude. Elle s'appuya contre lui, la tête sur son épaule, et respira très profondément, emplissant ses poumons de la force de sa présence.

«Bonjour, monstre.
– Salut.
– Il savait. Il n'a pas deviné, il n'a pas eu de soupçon ni rien de ce genre, il savait. Comment dit-on quand on absorbe par les pores?
– L'osmose.
– Eh bien, c'est ça. Une double osmose. Je pleure parce que je suis fatiguée voilà tout. Je ne suis pas triste, je suis fatiguée.
– Je sais.
– Vous êtes fatigué, Cassidy?
– Un peu.
– Il ne voulait pas me laisser m'allonger. Il fallait que je dorme debout. Comme un cheval.»

Elle pleurait beaucoup; il se disait qu'elle avait dû pleurer pendant plusieurs jours et que maintenant c'était une habitude, elle pleurait quand le vent tournait et quand le vent s'arrêtait, quand il reprenait, et comme c'était le fœhn, ça changeait tout le temps.

«Cassidy.
– Oui.
– Vous seriez venu de toute façon, n'est-ce pas? Qu'il vous l'ait dit ou non?
– Bien sûr.
– Il riait. Chaque jour où vous ne veniez pas, il riait en

disant que vous ne viendriez jamais. Et entre-temps il était triste. *Venez, trésor*, disait-il, *on est un grand garçon maintenant, où êtes-vous ?* Et puis il se mettait à m'aimer et me disait de prier pour vous.

— J'avais beaucoup de choses à faire de mon côté aussi.
— Comment est-ce que la bourgeoise a pris ça ?»

À travers ses larmes il entendit le cri de Sandra retentir dans la cage d'escalier, du haut en bas, comme le ballon magique de Hugo, qui rebondissait entre la moulure du plafond et le sol dallé. «Très bien. Aucun problème. Elle était plus heureuse en fait... de savoir.

— C'était facile ici aussi, vraiment... Dès l'instant où il a su que je vous aimais.
— Je ferais mieux de revenir maintenant, dit Cassidy.
— Oui. Oui, il a besoin de vous.»

Avec une petite tape d'encouragement elle le poussa vers le salon.

Shamus était près de la longue baie vitrée. Il avait découvert les jumelles de Cassidy et essayait de les braquer sur les chambres d'un lointain hôtel. Lassé, il les jeta par terre et revint vers les rayons de livres. Le pistolet était enfoncé dans sa ceinture ; la houppe à poudre se balançait nonchalamment entre ses doigts.

«Il y a quelqu'un qui a un penchant pour Ibsen, observa-t-il d'un ton distrait.

— Sandra.
— J'aime bien cette dame. Je l'ai toujours aimée, plus que Helen en tout cas.»

Pendant que Helen faisait la cuisine, les deux hommes jouèrent au jeu de la souris de Mark. On introduisait dans une rainure la souris, qui était en matière plastique. Après avoir couru, franchi un vide, s'être faufilée par plusieurs petits trous, elle pénétrait dans une cage étroite et actionnait une sonnette. Celle-ci se déclenchait, la porte se refermait, la souris était prise. Ce n'était pas un jeu de compétition, puisqu'il n'y avait pas moyen de perdre, et donc pas moyen de gagner non plus, mais c'était un bon jeu étant donné les circonstances car il permettait à Shamus de garder une main sur le pistolet. Ils n'y avaient pas joué longtemps toutefois que Shamus en avait déjà assez et, prenant le pique-feu près de la cheminée, il fracassa le fond de la cage.

Après cela la souris s'échappa et Shamus se calma, il sourit, tapotant Cassidy sur l'épaule pour l'encourager.

« Je vous aime, trésor.

— Je vous aime, répondit Cassidy.

— Shamus a parcouru toute l'Europe, annonça Helen en émergeant de la cuisine avec un plat. N'est-ce pas, Shamus? De Marseille il est allé à Milan, à Rome... » Elle répétait ces noms de ville comme si cela allait l'exciter, un peu comme elle pourrait chanter les louanges d'un enfant maussade, mais Shamus ne réagissait pas. « Et son livre marche admirablement, il y travaillait encore quand vous êtes arrivé, n'est-ce pas, Shamus? Il écrit, écrit, écrit du matin au soir.

— Va chercher cette saloperie de canard, dit Shamus. Et boucle-la.

— Cassidy, le vin, lui rappela Helen avec un sourire discret. Je pense qu'avec de la volaille nous devrions avoir du rouge.

— Je vais le chercher, dit Cassidy en se dirigeant vers la porte.

— Attrapez », dit Shamus en lui lançant un grand trousseau de clefs.

Il les avait lancées fort, si bien qu'elles allèrent se fracasser contre le bois à côté de sa tête et une seconde fois sur le parquet.

Il y avait beaucoup de doubles, remarqua Cassidy en les ramassant. Il avait dû toutes les rassembler quand il l'avait enfermée dans le grenier.

Le four posait un problème. Il ne semblait pas chauffer comme les fours anglais, expliqua Helen, ça ne s'allumait pas à l'intérieur quand on tournait le bouton.

« C'est aux infrarouges », dit Cassidy en lui montrant comment ça fonctionnait.

Néanmoins le canard n'était toujours pas cuit.

« Oh ! mon Dieu, dit Helen, je vais le remettre. »

Cassidy protesta : allons donc, le canard devait être saignant, c'était exactement comme ça qu'il l'aimait.

Shamus protesta aussi, mais pour des raisons différentes. Non elle n'allait pas leur casser les pieds avec ça. Il voulait faire l'histoire, il n'allait pas se laisser retarder par un canard pas cuit.

Ce fut donc à Cassidy, avec son instinct mondain finement aiguisé, que revint une fois de plus la tâche de diriger la conversation au déjeuner. Choisissant un thème au hasard – cela faisait plusieurs années qu'il n'avait lu de journaux anglais –, il s'entendit discuter de la montée de la violence en Angleterre, et tout particulièrement de l'attentat à la bombe récemment perpétré contre un ministre conservateur. Il n'avait rien à faire des nihilistes, déclarat-il. Si un homme avait des reproches à formuler, qu'il les exprime tout haut, Cassidy serait le premier à écouter. Et, après tout, à quoi donc servait le système parlementaire s'il devait être soumis à un chantage de la part du premier zouave venu qui serait d'un autre avis ?

« Je veux dire : à quoi veulent-ils aboutir, bon sang ? Sinon à la destruction de la société. C'est la seule question à laquelle ils ne peuvent répondre. "Très bien, leur dirais-je, très bien : le monde est à vous, maintenant dites-moi ce que vous allez en faire. Comment allez-vous guérir le malade, entretenir les vieux et nous défendre contre ces fous de Chinois ?" Alors, vous n'êtes pas d'accord ? » demanda-t-il, en se demandant s'il ne pourrait pas laisser ce qui lui restait de canard.

Shamus et Helen s'étaient rapprochés, et Helen l'embrassait et le réconfortait, lui lissant les cheveux et posant sa main sur son front.

« Nous avons pas mal perdu le contact avec ce qui se passe en Angleterre », dit-elle par-dessus l'épaule de Shamus. Elle était en train de lui couper sa viande pour qu'il puisse continuer à tenir le pistolet. « Shamus a essayé votre poste de radio, mais je crois bien qu'il est cassé, n'est-ce pas, chéri?

— Ça ne fait rien», dit Cassidy avec générosité.

Il leur offrit de la purée de pommes de terre, mais ils refusèrent.

«Dites donc, Cassidy, fit Shamus qui se rassérénait sous les soins de Helen, qu'est-ce que vous pensez de sa cuisine?

— Ma foi, à en juger par cet échantillon, elle est excellente, dit Cassidy. Mais après tout je l'ai goûtée à Londres aussi.

— Elle est meilleure que celle de la bourgeoise?

— Bien meilleure», fit Cassidy, mentant avec entrain.

Pendant que Helen débarrassait, Shamus fouillait dans sa poche et en exhiba un petit volume relié en cuir qu'il ouvrit sur son genou. Il avait la taille d'une revue, mais en plus gros, et c'était doré sur tranches. L'étudiant, il parut tomber sur des passages qui lui semblaient fort à propos, car il les souligna à l'encre, en se servant du pistolet pour maintenir les pages à plat.

«Il est chargé, n'est-ce pas? demanda Cassidy, en s'efforçant de poser la question d'un ton aussi désinvolte que les circonstances le permettaient.

— Bien sûr, cria fièrement Helen de la cuisine. Shamus n'a jamais tiré à blanc de toute sa vie, n'est-ce pas, chéri?»

C'est le vin, songea Cassidy, ça l'a calmé. Il avait choisi un bourgogne lourd, à vingt-huit francs la bouteille, mais renommé pour ses qualités soporifiques.

En attendant une fois de plus Helen, les deux hommes sortirent sur le balcon pour s'entraîner au pistolet. Les munitions ne posaient pas de problème, car les poches du manteau funéraire étaient emplies de balles de différents calibres, et bien qu'un grand nombre d'entre elles parussent de trop grande taille, beaucoup semblaient convenir.

Tout d'abord, à la demande de Shamus, Cassidy lui montra le fonctionnement du cran de sûreté.

«C'est ici, dit-il en le désignant. Vous le repoussez.
— Est-ce que le coup va partir?
— Pas quand le cran de sûreté est mis, non.
— Il y est comme ça?
— Non. C'est le contraire.»

Braquant le pistolet sur la tête de Cassidy, il pressa la détente mais rien ne se passa.

«Et si je fais comme ça...
— Alors le coup part. Shamus, vous ne croyez pas que nous devrions attendre que la brume se dissipe?»

La brume en fait s'était épaissie; au-delà, pas loin, il entendait la pluie tomber et cette mystérieuse rumeur des machines agricoles qui semblait toujours emplir la vallée dans les moments de silence inexplicable. Pendant qu'ils étaient là, deux skieurs, emmitouflés comme des abbés fantômes, descendirent la piste en direction de la gare et disparurent, leurs skis crissant sur la neige fondante. Shamus, qui les visait déjà au moment où ils disparaissaient, abaissa son pistolet avec une exclamation d'agacement et scruta les parages en quête d'autre gibier.

«Quelle est la portée de ce truc, d'ailleurs?
— Environ quarante mètres pour la précision. Mais ça tue encore à trois cents.
— Ça ne tire pas rapidement?
— Non.
— J'ai essayé d'avoir des balles dum-dum, mais ils n'en avaient pas.» Il visa de nouveau, cette fois une cheminée de l'autre côté du sentier. «Elle vous a dans la peau.
— Je sais.
— Et vous êtes tout aussi passionné. Vous dépérissez à chaque minute que vous passez sans la voir. Vous n'arrivez pas à vous endormir assez vite pour rêver d'elle, vous n'arrivez pas à vous réveiller assez tôt pour venir l'arracher à mes bras. L'épouse, les gosses, la Bentley ne sont rien auprès de cette passion envahissante, dévorante, ennoblissante que vous éprouvez pour elle.»

Tournant la tête il contempla Cassidy par-dessus le canon de son pistolet.

« Pauvre cher trésor, qu'est-ce que nous pouvions faire d'autre ? On ne pouvait pas vous laisser dépérir là-bas, tout de même, tout seul dans le froid ? Pas quand nous passons toute notre foutue existence à rechercher précisément ce que vous avez trouvé. Je veux dire... quelle sorte d'homme creuserait pendant vingt ans pour chercher de l'or pour ne plus en vouloir le jour où il tombe sur un filon ? Hein ?

– Personne. »

Shamus le dévisageait toujours.

« Personne, répéta Cassidy.

– Voilà », dit Shamus, le gratifiant soudain d'un éclatant sourire.

Le prenant par le bras il le ramena dans le salon.

« Helen, cria-t-il, tenant toujours le bras de Cassidy, apprête-toi, lambine ! Du courage, trésor, murmura-t-il, il faut être un brave soldat maintenant. »

Cassidy acquiesça.

« Sinon papa sera obligé de vous abattre. »

Il acquiesça de nouveau.

« J'en ai pour cinq minutes », cria Helen de la chambre.

À eux deux ils remirent la table au milieu de la pièce.

« Il nous faut des témoins, dit Shamus à Cassidy. Comment voulez-vous que je sois la sage-femme de l'histoire quand il n'y a pas de témoins ? » Il apparut avec une nappe, en soie damassée blanche, qui faisait partie du trousseau de Sandra. « Bon Dieu, un petit coup ne leur ferait pas de mal je dois dire, fit-il en examinant d'un œil critique les chaussures de Cassidy, lesquelles avaient considérablement souffert de la marche depuis la gare. Et qu'est-ce que c'est que ce pantalon en linoléum, qu'est-ce que ça veut dire ?

– C'est du twill de cavalerie, dit Cassidy. C'est ce que j'ai trouvé de mieux ici. »

Il l'avait acheté après son suicide, l'autre s'était abîmé dans le trèfle.

« C'est dommage que nous n'ayons pas tous la tenue qu'il faut », dit Shamus en soupirant.

Helen portait un nouvel ensemble gris, un de ceux que Sandra avait achetés à Berne l'an dernier tout exprès pour les cocktails au club; un peu démodé pour certains goûts mais tout de même très net, avec des touches vertes au col et une écharpe assortie pour lui couvrir la gorge. Elle entra d'un pas assez lent, les yeux brillants; elle avait remis de la poudre sur sa meurtrissure et elle portait un petit bouquet de cyclamens prélevés sur le pot de la cuisine. Elle avait la bouche tirée, sans doute par un sourire. Les fleurs tremblaient et elle était nerveuse.

« C'est elle, n'est-ce pas ? » demanda Shamus, comme s'il était tout d'un coup devenu aveugle.

Il regardait par la fenêtre, en leur tournant le dos. Il avait les épaules très droites. Ni Helen ni Cassidy ne pouvaient voir son visage, mais ils l'entendaient fredonner d'une voix sourde.

36

Shamus avait changé de couleur.
Il n'avait pas rougi ni pâli, il n'était pas passé du blanc au rouge, ni du rouge au blanc suivant les prétendues lois de la ballade médiévale ; simplement toute sa personne semblait avoir pris les couleurs plus sombres, les couleurs de tempête de la ferveur qui l'habitait. En l'observant, Cassidy reconnut ce qu'il avait toujours su et qu'il n'avait pas compris jusqu'à maintenant : que Shamus n'avait pas de constante physique, pas de forme ni de profil dont on se souvînt ; qu'il était aussi changeant que le ciel derrière la fenêtre ; aussi tonitruant, aussi calme, aussi clair ou aussi sombre, aussi impétueux ou aussi mobile ; et aussi que Cassidy dans son esprit avait passé trop de temps à le définir, en prenant sa présence pour une sorte de familiarité ; et qu'il aurait aussi bien pu essayer d'aimer le vent que d'apprivoiser cet homme aux salons où Cassidy était à l'aise. Il avait connu Shamus quand celui-ci avait un mètre quatre-vingts et la douceur d'un danseur ; quand il était trapu et violent et qu'il avait les épaules voûtées comme celles d'un lutteur ; il l'avait connu mâle et femelle, enfant et homme, amoureux et brute ; mais jamais il ne le connaîtrait sous un seul jour. C'est pour ça qu'il écrivait, songea Cassidy, le plaçant déjà dans le passé, il devait faire une seule personne de toute cette armée. C'est pour ça qu'il était si jaloux de Dieu : Dieu a un royaume et peut nous absorber tous, Dieu se réjouit dans la variété de ses images. Dieu a des cathédrales pour abriter ses innom-

brables apparences ; mais Shamus n'a que ce seul corps et doit se traîner à travers le monde en faisant semblant d'être une seule personne, c'est le prix que l'on paye d'être Shamus, de ne jamais capituler devant un endroit ou devant une femme.

Shamus avait aussi des ennuis avec le pistolet.

Sa nouvelle robe de chambre noire, que Helen lui avait apportée, lui allait bien, mais la ceinture n'était pas assez solide pour supporter le poids d'une arme aussi lourde. Ayant essayé sans succès de la fixer à sa hanche, il ordonna à Helen de la lui nouer à l'épaule. Mais le pistolet, en se balançant, le gênait pour lire son livre doré sur tranches, et il finit par le laisser tomber d'un geste irrité sur la table entre les bougies allumées.

« Maintenant asseyez-vous, leur ordonna-t-il en désignant le sofa. Tout près. Tenez-vous les mains et taisez-vous tous les deux. » Sur le point de continuer, il surprit le sourire béat de Helen ce qui déclencha chez lui une brusque colère.

« Cesse de ricaner ! lui cria-t-il en brandissant le pistolet.
— Je ne ricanais pas. Je t'aimais. »

Replaçant le pistolet, il se drapa dans la nappe damassée, la pliant dans le sens de la longueur et l'enroulant autour de son cou si bien que les deux bouts pendaient devant comme une longue écharpe.

« Qu'est-ce que c'est que ce foutu ronflement ? murmura-t-il en regardant vers la fenêtre.
— C'est le chauffage central. Il s'arrête et repart automatiquement. Le vent du sud dérègle le thermostat.
— Maintenant faites attention, dit Shamus, pendant que je vous donne une définition de l'amour. »

Il tenait le petit livre serré dans sa main gauche, la dorure vers l'extérieur.

« L'amour, proclama Shamus, tandis qu'ils observaient un silence nerveux, l'amour est le pont entre ce que nous sommes et ce que nous pouvons devenir. L'amour, poursuivit-il en regardant Helen, est la mesure de notre potentiel. Je t'ai dit de cesser de ricaner !

— C'est nerveux, insista Helen d'un ton pitoyable. C'était exactement la même chose à notre mariage, tu te rappelles. »

« Shamus, murmura Helen. Shamus. »
Il avait le regard tourné vers la longue fenêtre maintenant complètement bouchée par le brouillard. Des gouttes de pluie éclataient sur la vitre comme si c'était une réaction intérieure du verre, venant de nulle part, et restaient là sans couler.

« Trésor ? fit-il la tête toujours détournée, avec la vivacité des aveugles.
— Oui.
— Pourquoi David et Jonathan ont-ils rompu ?
— Je pensais que vous le saviez.
— Je vous l'ai dit, reprit-il toujours tourné vers la fenêtre, je vous ai dit que je ne lisais jamais ces trucs-là.
— La raison d'État, j'imagine. Ils se sont séparés.
— Pour une histoire de déclaration d'impôts, suggéra Shamus.
— Quelque chose comme ça. Shamus ?
— Un cas de force majeure ?
— Oui. Oui, je crois.
— Pas à cause d'une querelle à propos d'une concubine de trente-sixième ordre, par exemple ?
— Shamus nous pouvons arrêter maintenant si vous voulez Ce n'est pas la peine de célébrer un service.
— Pas la peine ?
— Je veux simplement dire que les formalités sont inutiles. Aucun de nous n'est très religieux. »

Shamus ne parut pas l'entendre, il avait toujours le regard perdu dans le brouillard, et sur les gouttes de pluie immobiles, gelées sur la vitre.

« Les circonstances, dit-il, c'est de la merde. Il n'y a que les gens. *Des gens charmants*, reprit-il de la voix d'une maîtresse de maison américaine du Middle West. *Et si tout le monde était charmant il n'y aurait pas de guerre, n'est-ce pas, mes chéris ?* Je n'ai jamais rêvé que vous y arriveriez, Cassidy, c'est la vérité. Je n'ai jamais rêvé que vous en aviez le cran. J'ai dû devenir fou avec l'âge. Je suis content que vous m'ayez sauvé, trésor; ça ne rime à rien d'être amer. Après tout, est-ce qu'on le rencontre souvent, l'amour vrai, total? Une fois dans une vie si on a de la chance. Deux fois si on est Helen.»

Se retournant, il l'examina de loin, mais sa silhouette se découpait si noire contre la vitre que Cassidy n'aurait pas pu dire, s'il ne l'avait pas su, s'il les regardait ou pas.

«Bon Dieu, dit-il, avec ce calme extraordinaire, regarde-moi cet œil que tu as: c'est dégueulasse. Tu ne peux pas mettre un bout de steak dessus ou quelque chose? Cassidy est très délicat.»

Là-dessus on sonna à la porte; un carillon à trois notes qui rappelait un peu le joyeux appel au culte.

«Dieu merci, murmura Cassidy. Enfin Flaherty est arrivé.»

Ouvrant la porte toujours sous la menace du pistolet – remarquez les attaches impeccables, les gonds sciés à la main, les serrures polies au tour –, Cassidy aperçut un grand nombre de gens de connaissance, à commencer par Mark et Hugo, qui avaient voyagé de leur côté et comprenant aussi McKechnie de Baby-Roule et le chef de la police. Mais la vue des Elderman, en chair et en os, et pas des Elderman imaginaires, chargés de paquets, fatigués par leur marche depuis la gare et les sourcils couverts de glace, cette vue le surprit grandement.

Je suis certain de les avoir décommandés, songea-t-il. Il avait téléphoné: *John, mon vieux, il y a des complications, est-ce que vous ne pourriez pas remettre ça à une autre fois ou bien est-ce que ça brisera le cœur des gosses?* Il avait écrit une lettre: *Circonstances indépendantes de ma volonté, le chalet a été détruit par un incendie, nul n'en est plus navré que moi.* Il avait câblé: *Chalet détruit dans une avalanche.* Mais de toute évidence il n'avait rien fait de tout cela, car ils étaient là sur le pas de la porte, toute la tribu, coiffés de bonnets de laine assortis comme une famille de supporters de football, les quatre petites filles couvertes de chocolat et les parents portant les bagages. Ils étaient plantés dans la lumière qui venait de dehors, avec un sourire plein d'espoir comme s'il était le topographe, leurs douze joues rouges de froid.

« Aldo, mon vieux, dit John Elderman.

— Nous avons deviné à la lumière que vous étiez là », dit sa femme, dont une fois de plus il ne se rappelait pas le nom. Elle ajouta, reprenant une de ses expressions vulgaires destinées à la mettre sur un pied d'égalité avec les hommes : « C'est pour ça qu'on s'est manié le train.

— Tiens, il a un pistolet, annonça un des enfants, en apercevant Shamus à l'arrière-plan. On peut jouer, monsieur ? »

Ils étaient toujours sur le pas de la porte, et un hôte a ses obligations.

« Entrez donc », dit Cassidy avec un entrain forcé, et il se précipita pour les aider à porter leurs bagages

Derrière lui, Shamus attendait sur la dernière marche, blotti dans un coin, les couvrant de son arme qu'il faisait lentement tourner tout en surveillant chacun de leurs mouvements.

« Qui sont-ils ? demanda-t-il, tandis qu'ils s'entassaient, heureux de quitter l'air humide et glacé.

— Un docteur et sa famille, dit Cassidy, oubliant dans sa confusion la haine que Shamus portait à la profession médicale. Des amis. » Et il prit quelques-uns des bagages de la femme.

« Des amis à vous ?

— De Sandra.

— Bonjour, dit Mrs. Elderman, en lui adressant un sourire jovial à travers le vestibule, quel superbe pistolet. Vous donnez un bal costumé ? interrogea-t-elle, en remarquant également la robe de chambre et l'étole damassée. On dirait le dalaï-lama, ajouta-t-elle en éclatant d'un rire mal avisé.

— Allez vous faire foutre, dit Shamus.

— C'est Shamus, expliqua Cassidy, il séjourne ici aussi.»

Et il s'affaira au milieu des cartons noués de ficelle et des bagages habituels du commun.

«Bonjour, mon vieux», dit John Elderman avec beaucoup d'entrain en s'extirpant de son duffle-coat.

Mrs. Elderman dévisageait toujours Shamus et ni l'un ni l'autre n'avait fait un geste.

«Nous sommes un peu entassés pour l'instant, murmura Cassidy en confidence à son mari. J'ai eu un peu de visite. Si cela ne vous ennuie pas de vous installer en haut, rien que pour ce soir…, demain nous arrangerons quelque chose.»

La voix parfaitement calme de Mrs. Elderman vint interrompre leur conversation.

«Chéri, dit-elle, c'est un vrai pistolet», et tous regardèrent Shamus.

«C'est malheureusement vrai», dit Cassidy.

Les enfants, experts en armes de poing, avaient également constaté l'authenticité du pistolet. Ils étaient plantés autour en un groupe admiratif; le plus petit jouait avec la houppe à poudre. D'un geste de dégoût, Shamus les éloigna et s'empressa de gravir une marche plus haut.

«Ils sont abominables, murmura-t-il. Ils sont absolument terribles.

— Je ne sais pas, dit Cassidy embarrassé.

— Ils vont nous tuer tous, trésor. Bon Dieu, trésor, comment pouvez-vous leur parler?

— Nous avions une sorte de mariage, expliqua Cassidy à ses nouveaux invités. C'est la raison pour laquelle il a cette tenue.

— Un mariage, répéta Mrs. Elderman, sur qui tombait tout le poids de la question évidente à poser. Ici? À cette heure?» Et sans lui laisser même le temps de répondre, s'il en avait eu envie: «Allons donc. Le mariage de qui?

— Le sien, dit Shamus, en désignant Cassidy. Il épouse ma femme.»

John Elderman ôta sa pipe de sa bouche. Un sourire lisse vint plisser son visage infantile.

«Mais mon vieux, objecta-t-il après un fort long silence, ce bon Cassidy est déjà marié, n'est-ce pas, Aldo?

— À Sandra qui plus est, ajouta Mrs. Elderman en regardant Shamus d'un air accusateur. Aldo, il ne vous attaque pas, non? Il ne me paraît pas normal.

— Hugo dit que sa maman et son papa sont divorcés, annonça une fille un peu plus grande, en offrant à Cassidy un caramel en partie utilisé.

— Tais-toi», dit sa mère en s'avançant pour la gifler.

Si Shamus connaissait le moins du monde la peur, il en avait sous les yeux l'essence même, et ces gens en étaient l'objet. Pâle et méfiant, il s'était installé dans une position fortement défensive en haut de l'escalier où il était tapi, enveloppé dans sa robe de chambre, la nappe damassée jetée autour de son cou comme une écharpe de collège. Ils l'observaient tous, attendant de lui des ordres, mais il fallut un long moment avant que leur attention le poussât à agir. Se levant brusquement – il avait les jambes nues sous sa robe de chambre, ses jambes de Haverdown, et dans les ombres plus haut on n'apercevait rien de blanc –, il fit un geste nonchalant du canon de son pistolet en direction des chambres du haut.

«Allons. Là-haut vous tous. Un par un, les mains sur la tête, en avant marche. Vous!

— Moi? demanda John Elderman.

— Foutez-moi cette pipe en l'air. On ne va pas vous laisser fumer dans l'église.»

En quelques secondes il les avait poussés, parents, bagages et enfants, vers le salon en haut. Ce n'était pas seulement le pistolet qui les faisait obéir; il avait l'air de les connaître parfaitement. De savoir comment les commander, comment les faire taire, quelle nourriture donner aux enfants. En quelques minutes leurs bagages se trouvèrent soigneusement entassés le long du mur du palier; les enfants avaient bu, mangé, s'étaient soulagés, et toute la famille était assise en ordre décroissant sur le sofa, au premier rang face à l'autel.

«C'est absolument répugnant, déclara Mrs. Elderman

en regardant Helen d'un air très critique. Bonté divine, qu'est-ce qui lui est arrivé à l'œil ? John…

— Taisez-vous, lui ordonna Shamus. Gourde de chamelier ! Yahoo ! Taisez-vous ! Vous êtes un témoin et pas un arbitre ! »

John Elderman, qui était assis exactement dans la ligne de tir du pistolet, semblait peu disposé, malgré les exhortations de sa femme, à exercer ses offices de praticien.

« C'est extrêmement bizarre, se contenta-t-il de dire du ton de quelqu'un qui fait une étude anthropologique. Ça explique beaucoup de choses. »

Il avait fourré sa pipe dans sa poche.

Helen cependant, laissée seule, n'avait pas changé de posture. Elle était assise là où ils l'avaient laissée, arborant un sourire de mariée sans nuages, comme si elle contemplait dans le bouquet de fleurs fanées qu'elle tenait encore à la main les tendres bouleversements de passion que l'avenir lui réservait. Son autre main était grande ouverte, attendant le retour de son fiancé. Quand les Elderman étaient entrés, elle s'était levée d'un air absent pour les accueillir, mais elle restait sur une réserve hautaine comme il convenait car c'était son grand jour.

« Ah ! oui ! dit-elle en entendant leur nom, Aldo m'a parlé de vous. »

Elle laissa son mari les faire asseoir. Seuls les enfants la firent un peu changer d'expression.

« Comme ils sont gentils, remarqua-t-elle à l'adresse de leur mère. Comme ils sont mignons. »

37

L'absence de cette congrégation plus vaste avait eu sur Shamus un effet remarquable. Tous les doutes qui l'avaient jusqu'à maintenant assailli, tout ce qui restait de mystère et de confusion, l'invasion inattendue de son ennemi, de son ennemi juré et éternel, avait tout balayé. Jusqu'alors, semblait-il, ses devoirs pastoraux pesaient lourdement sur lui. Il y avait même des moments où il avait paru mettre en question sa propre foi; des moments où la façon désordonnée dont il changeait de style et ses fréquents recours au pistolet avaient beaucoup réduit l'impact de ses paroles. Mais c'était fini. Une fièvre d'activité l'envahissait maintenant. Le diable était dans la maison; Shamus avait besoin d'herbe et il fouilla les buffets de la cuisine jusqu'au moment où il tomba sur une boîte de thym dont il saupoudra abondamment l'autel improvisé. Des bougies, davantage de bougies; le Seigneur de l'Ombre était prêt à empiéter, Shamus avait besoin de lumière pour le tenir en échec. On rassembla précipitamment les réceptacles et tandis que les Elderman observaient la scène avec une morne stupeur, on distribua en hâte une boîte de bougies de ménage, la provision de Sandra en cas de coupure d'électricité. La pièce s'emplit bientôt de l'odeur de la cire qui brûlait; la table devint une barrière allumée derrière laquelle Shamus pouvait trouver refuge à l'abri des terreurs et des contagions de la médiocrité bourgeoise.

« Il est fou, dit Beth Elderman.

— Tais-toi, chérie, dit son mari nerveusement. Il est peut-être simplement surmené.

— Faites-les taire! hurla Shamus. Vous connaissez leur langage, raisonnez-les!

— Je vous en prie, taisez-vous, dit poliment Cassidy. Ça le dérange.»

Dehors, le brouillard s'était momentanément levé. Dans le ciel qui s'assombrissait, les pics soudain découverts de l'Angelhorn étincelaient comme des diamants géants. Les premières lumières s'allumaient dans le village ; mais les sommets avaient encore leur soleil et baignaient dans un jour incongru au-dessus de l'obscurité de la vallée.

Les échos grêles d'une sonnette annoncèrent le début de la cérémonie.

«Avant de reprendre, commença Shamus, j'ai une ou deux déclarations à faire. Reste tranquille, dit-il à une petite fille, en agitant d'un air menaçant le pistolet dans sa direction. Installe-toi et cesse de remuer.»

Sa mère tira sur la jupe de l'enfant, l'installant sur son siège, puis se retourna vers Shamus, se tenant plus droit, maintenant.

«Tout d'abord, poursuivit-il, du ton voluptueux et pseudo-intellectuel d'un pasteur à la mode du West End, laissez-moi vous dire combien je suis heureux de pouvoir accueillir des enfants à notre service. C'est un des agréables signes du pouvoir permanent de la religion que les parents» — ici un sourire indulgent à l'adresse des Elderman — «amènent leurs chers petits en cet endroit. C'est tout à l'honneur des enfants et aussi des parents.»

Il jeta un coup d'œil au morceau de papier qu'il tenait à la main. «Le communiqué suivant, pour ceux qui n'ont pas encore entendu la tragique nouvelle, concerne un holocauste dans les parages de la Thaïlande. Hier soir, par suite d'une négligence dans une des bases stratégiques américaines, quatre millions d'Asiatiques ont été anéantis.»

Il attendit, une assiette dans une main, le pistolet dans l'autre.

Un bref silence surpris fut rompu par le tintement d'une pièce tandis que Mrs. Elderman ouvrait son sac à main et distribuait de la menue monnaie à ses filles.

« N'importe quelle monnaie ira. Merci. Merci beaucoup, ma chère. Vous êtes chrétienne, je pense, murmura-t-il à Mrs. Elderman en acceptant son offrande.

— En fait je suis une humaniste, répondit-elle. Mon mari et moi trouvons malheureusement impossible d'accepter l'existence de Dieu. Pour des raisons scientifiques aussi bien que psychologiques, ajouta-t-elle avec un joli mouvement de la mâchoire.

— Vous me semblez avoir des opinions très modernes, dit Shamus avec indulgence.

— Oh! elles ne sont manifestement pas aussi modernes que les vôtres, répondit Mrs. Elderman avec entrain.

— Depuis quand connaissez-vous le fiancé?

— Oh! depuis plus longtemps que je n'aimerais le dire, gloussa-t-elle, plaisantant nerveusement sur son âge: elle avait trente ans.

— Bon, bon, bon, bon. Le troisième communiqué, reprit Shamus en s'adressant au couple, concerne les dispositions que nous avons prises pour votre voyage de noces. Il y a un train à neuf heures quarante avec correspondance pour le train de nuit de Spiez. Alors tâchez de ne pas déconner pour le manquer. Compris, Cassidy?

— Oui bien sûr.

— Voulez-vous tous vous lever? »

Helen et Cassidy partageaient le fauteuil de cuir, que Shamus avait tiré au centre de la longue pièce afin de faire de la place pour les nouveaux venus. Helen était juchée sur le bras et Cassidy sur le coussin, mais la différence de niveau rendait les communications difficiles. Cet arrangement ne gênait pas Cassidy. L'ombre supplémentaire que lui apportait le corps de Helen, la possibilité de s'imaginer ailleurs lui avaient donné une aisance provisoire dont il se trouva tiré par la main de Helen qui l'incitait à se lever.

« Aldo, dit Shamus.

— Oui.

— Helen?
— Oui.
— Avant de vous unir Aldo et vous, Helen, par les saints liens du mariage, je pense qu'il m'incombe de risquer une ou deux observations d'un ordre général – sourire aux Elderman – à propos du service auquel vous allez assister. » En termes simples convenant à une brève allocution, Shamus expliqua brièvement aux nouveaux venus la différence entre le mariage social, qui était le genre de mariage des Elderman, fort justement conçu pour contenir les quidams, et le vrai mariage, qui était quelque chose de très rare et qui n'avait aucun rapport avec eux. Il leur parla de Flaherty et de la différence entre vouloir *mourir* ensemble, qui était le mariage dans le Nouveau Testament, et vouloir *vivre* ensemble, qui était le mariage dans l'Ancien Testament. Cela fait, il entonna quelques phrases du *Nunc dimittis* et s'inclina à plusieurs reprises devant la gravure de Bartlett accrochée au-dessus de la cheminée.

« La passion totale, annonça-t-il avec un fort accent irlandais, citant, soupçonna Cassidy, une des brochures de Flaherty, exige le sacrifice total... »

Sur le point de continuer il fut interrompu par un « Amen », chuchoté par Beth Elderman et suivi par les murmures dociles et plus bruyants de ses nombreuses filles.

« Bouclez-la, lui dit-il avec une fureur contenue. Restez tranquille ou je vous abats. Bon Dieu, trésor...
— Elle n'y entendait pas malice », dit Cassidy.

Prenant le livre de prières maintenu ouvert par le poids du pistolet, il lut tout haut :

« *Je demande et j'exige de vous deux, comme vous aurez à répondre au jour terrible du jugement quand les secrets de tous les cœurs seront révélés* – en fait, trésor, c'est maintenant. Pas demain, pas après-demain, pas la semaine des quatre jeudis, mais maintenant... Oui ou non ?
— Oui, dit Helen.
— C'est à lui que je parle ! En ce qui te concerne, putain, je sais, alors tais-toi ou tu vas récolter encore un gnon.

C'est de lui que je parle. De Cassidy. Notre trésor. Voulez-vous ou ne voulez-vous pas prendre cette femme pour votre épouse illégale, que vous soyez malade, emmerdé, blessé, imbécile, ou bien qu'elle coure partout ? Voulez-vous, en abandonnant tous les autres, y compris la bourgeoise, les gosses, la Bentley et... (ajouta-t-il en reposant le livre de prières), et moi, trésor, fit-il très bas, parce que c'est comme ça. »

La main de Helen était dans celle de Cassidy. Derrière lui il entendit la toux persistante de sa mère française et le crissement des chaises sous la voûte. Ces gosses, songea-t-il ; et la femme d'Elderman ? Pourquoi ne font-ils pas quelque chose ? Ce sont mes amis, pas les siens.

« Trésor.
— Oui.
— Ce pistolet est pour abattre les traîtres, pas les amants.
— Je sais.
— Si vous dites non je vous abattrai sûrement, parce que je vous déteste. On appelle ça la jalousie, c'est aussi une émotion. D'accord ? Mais si vous dites oui et que vous ne vouliez pas d'elle, croyez-moi c'est..., ça n'est vraiment... pas poli. »

Helen le regardait et il connaissait ce regard parce que c'était celui de Sandra, il couvrait tout, tout le contrat pour vivre et pour mourir.

« Ce qu'il y a, trésor, c'est qu'une fois que vous l'aurez traînée jusque dans votre caverne, papa ne sera pas là pour vous aider. Vous pouvez l'avoir si vous la voulez. Mais dès cet instant, il faudra que vous trouviez votre propre raison de vivre. Je ne peux plus rien pour vous et vous ne pouvez plus rien pour moi.

— Non.

— Comment ça : non ? demanda Helen en lui lâchant la main.

— Je veux dire qu'il ne peut plus rien faire. Je suis d'accord.

— Vous comprenez, expliqua Shamus, bien que ce soit une stupide petite garce, je l'aime. C'est pour ça qu'elle a tant de culot. Elle nous a eus tous les deux. Alors je vous offre tout ce que j'ai, tout ce dont j'ai envie : et naturellement, je serai vexé si vous le refusez. Mais c'est à vous de décider. Ne vous laissez pas mener par cette garce. Je vous aime, trésor.

— Je vous aime », répondit Cassidy machinalement.

Pendant tout ce temps Shamus l'observait intensément derrière les bougies, et la sueur perlait sur son visage pour couler comme des larmes tortueuses sur ses joues bien rasées ; mais son regard restait noir et ferme, comme si ni la souffrance ni la chaleur de sa torture n'avait de rapport avec ses paroles. À la gauche de Cassidy, Helen chuchotait, insistant et se plaignant, mais il n'entendait que Shamus ; c'était Shamus assurément qui retenait son attention.

« Dites oui, imbécile », cria soudain Beth Elderman du fond de la pièce, et Shamus prit son pistolet et l'aurait peut-être abattue si Helen n'était pas intervenue. Il se contenta de faire le tour de l'autel, de prendre Cassidy par le bras et de l'entraîner au fond de la pièce, dans le coin où se trouvait la table avant qu'ils ne l'eussent bougée ; dans un endroit si sombre qu'on pouvait à peine les entendre.

« Elle mange beaucoup, mon garçon, lui murmura-t-il. Ça vous fera de grosses notes d'épicerie. Et aussi des robes, des voitures ; elle voudra tout ça.

— Cassidy ! cria Helen furieuse.

— Elle peut avoir tout ce qu'elle veut, dit loyalement Cassidy.

— Pourquoi ne pas lui donner simplement l'argent : vous n'aurez pas à la supporter elle en plus. Avec cinq mille livres vous devriez vous en tirer. »

Avec un bref regard complice à la congrégation, Shamus avait attiré Cassidy vers lui, si bien qu'il avait les lèvres contre l'oreille de Cassidy et le bas de sa joue contre la tempe de Cassidy. Maintenant que brusquement il était si près de lui, Cassidy retrouva l'odeur de Paris et des vers, et des ordures dans les rues ; l'odeur du feu de bois dans la cheminée qui imprégnait sa robe de chambre et la sueur qui le baignait sans cesse; et le détachement auquel il avait réussi à atteindre avait disparu, parce que c'était Shamus, qui jadis avait été la liberté de Cassidy; et qui l'avait aimé; qui avait besoin de lui et qui s'était appuyé sur lui; qui se reposait sur lui dans sa quête désespérée; qui avait joué avec lui au bord du fleuve.

« Bon Dieu, trésor, insista Shamus. Pourquoi bousiller une amitié comme la nôtre pour un simple con ? »

Ses lèvres s'immobilisèrent, leur souffle tremblant sur le tympan de Cassidy. La mâchoire de Shamus était appuyée contre la tête de Cassidy et il avait les mains autour de son cou. Repoussant doucement Cassidy, il le toisa de son air familier, lisant (sembla-t-il à Cassidy) toute sa vie là, tous ses paradoxes, ses faux-fuyants et ses heurts insolubles. Pendant un moment le ciel s'éclaircit pour Cassidy et il vit le sommet de la colline là où ils avaient lancé leur planeur et il pensa : *Retournons là-bas. De la colline je comprends tout*.

Puis Shamus sourit : le grand sourire douteux du vainqueur.

« Alors ?
— Ça ne rime à rien, dit Cassidy.
— Comment ça, ça ne rime à rien ? Vous êtes ici justement parce que ça rime à quelque chose ! Il faut bien que ça ait un sens ! Je vous avais et je vous donne à Helen. Je l'avais et je vous la donne à vous !
— Je veux dire que ça ne rime à rien d'essayer de m'en dissuader, je l'aime.
— Qu'est-ce que vous avez dit ? dit Shamus très doucement.
— J'ai dit que je l'aimais.
— Et vous l'aimez encore ?
— Oui. Plus que vous.
— Plus que vous ne m'aimez, ou plus que je ne l'aime ?
— Les deux, dit Cassidy d'un ton morne.
— Encore, répétez ça, insista Shamus en l'empoignant.
— Je l'aime.
— Criez-le ! Son nom. Tout.

— J'aime Helen.
— Aldo aime Helen!
— Moi Aldo j'aime Helen. Moi Aldo j'aime Helen. Moi Aldo j'aime Helen!»

Soudain, sans que Cassidy comprît pourquoi, le cérémonial, le rythme des mots s'emparèrent de lui. Plus il criait, plus le sourire de Shamus s'épanouissait: plus il criait, plus la pièce devenait grande, plus elle s'emplissait et retentissait. Shamus versait de l'eau sur lui, comme chez Lipp, toute une carafe, purifiante au nom de l'élite, Helen l'embrassait en sanglotant et en demandant pourquoi cela lui avait pris si longtemps. Le bruit montait; quelques enfants battaient des mains mais il y en avait une qui criait, tandis que dans l'œil de son imagination, Cassidy distinguait son propre corps stupide et trempé, dressé dans une flaque d'eau bénite, proclamant son amour à un monde qui riait.

«Moi Aldo j'aime Helen! Vous m'entendez! Moi Aldo j'aime Helen!»

John Elderman est debout, battant des mains, sa femme avait porté à son menton ses gants de fil, elle pleurait et riait tout à la fois.

«C'est ça, s'écriait John Elderman. Mon Dieu, ça c'est du vrai. Jamais je n'aurais cru à ça, jamais.
— Si seulement davantage de gens pouvaient le voir», dit Mrs. Elderman.

Mais ils peuvent, criait Cassidy, ils peuvent. Pourquoi ne tournez-vous donc pas la tête, pauvre idiote? La famille de Sandra occupait les bancs derrière elle. Mrs. Groat, vêtue de fruits et de fleurs, escortée par ses diverses sœurs et cousines; Snaps en velours beige, exposant en vain son décolleté. De l'autre côté de la travée on entendait la toux déchirante de l'abandonnée et les sanglots du vieil Hugo debout auprès de la place vide réservée à A. L. Rowse. Les accents d'un orgue emplissaient la pièce. *Protégez-moi* et *Que les moutons puissent paître en paix.*

«Moi Aldo j'aime Helen. Moi Aldo j'aime Helen. Moi Aldo j'aime Helen.

— Ô mon amour, ô mon amour », sanglotait Helen ; elle se séchait avec une serviette à thé, son bleu apparaissait de nouveau là où ses larmes avaient dilué le maquillage. « Et il ne nous a fait aucun obstacle, sanglote-t-elle, ô Shamus ! mon chéri.

— Vous voyez, trésor, expliqua Shamus, vous êtes le seul que j'ai jamais eu. Je veux dire, le Christ en avait douze, n'est-ce pas, onze bons et un mauvais. Mais moi je n'ai que vous, alors il faut que vous soyez bon, n'est-ce pas ? »

Les lumières étaient éteintes. Shamus faisait circuler le Talisker. Helen, très fière et silencieuse, au bras de Cassidy, recevait les félicitations des invités. En fait, racontait-elle, ils s'étaient rencontrés dans l'ouest de l'Angleterre ; il y avait environ un an ; ils étaient véritablement amoureux depuis lors, mais ils étaient convenus pour Shamus de garder le secret. Les speeches furent brefs et fort pertinents, personne ne devenait assommant ni maladroit. Shamus, qui buvait de bon cœur, ce qui lui colorait les joues, était l'essence même du contentement. S'ils avaient des enfants, il faudrait les élever dans la religion catholique, disait-il, c'était la seule condition qu'il avait posée.

« C'est un écrivain, expliquait Beth Elderman aux filles, le visage empourpré d'orgueil maternel. C'est quelqu'un de très spécial, c'est pour ça qu'il connaît tout de la vie. Il ne faut jamais, jamais accepter de compromis, vous comprenez ? Sally, écoute, qu'est-ce que maman a dit ?

— J'en rencontre si souvent, disait John Elderman d'un air entendu derrière sa pipe. Tous les jours en chirurgie, trois, peut-être quatre cas, vous seriez surpris. On en voit tant qu'on aurait pu éviter, disait-il à Shamus d'un ton de confidence, si seulement on les avait aidés.

— Et, bien sûr, comme il a supporté l'autre longtemps, racontait Beth Elderman à qui voulait l'entendre, Dieu seul sait. Je veux dire que c'était un désastre total. »

38

Les hôtes étaient assemblés sur le pas de la porte, les enfants devant, les adultes derrière. La luge était prête, de nouveau celle de Mark, John Elderman et Shamus avaient fixé les bagages à la proue. Un léger vent assez vif s'était levé du nord. Le brouillard avait disparu pour de bon, la pluie s'était transformée en neige, une neige fine et rude qui s'installait déjà sur le rebord des fenêtres.

Pour le voyage, la jeune épouse portait un manteau en peau de mouton qu'elle avait trouvé dans la penderie de Sandra, et un charmant bonnet de fourrure blanche que Mark appelait les oreilles de lapin de maman.

« N'est-ce pas que c'est drôle, disait-elle, dans son excitation, comme tout me va, comme ça ? »

Elle avait des bottes en phoque, bien qu'elle désapprouvât le massacre des phoques. Elle couvrit les petites filles de baisers et leur conseilla d'être bonnes et charitables et de devenir de charmantes épouses.

« Ce que vous ferez, je le sais, dit-elle en pleurant un peu. J'en suis convaincue. »

À Beth Elderman, elle donna un conseil domestique de dernière minute : le système du chauffage à mazout était impossible à comprendre, la meilleure chose à faire était de donner des coups de pied dedans.

« Et puis il y a du canard froid dans le réfrigérateur et d'autre lait dans le placard. Et surtout n'achetez pas du beurre de la coopérative, il n'est pas meilleur marché et il est abominable.

— Nous estimons que vous avez choisi la bonne solution, dit Beth.

— Nous le savons, dit son mari.

— Au revoir », dit Shamus.

Il s'était placé modestement au bout de la rangée, dans l'ombre des autres ; il tenait une torche dans une main et un verre dans l'autre, il était ému et le bas de sa robe de chambre aurait pu être un rideau emprunté à la fenêtre du vestibule.

« C'est tout ce que tu as à dire ? dit enfin Helen. Au revoir ?

— Fais attention aux trous de lapin.

— J'aimerais t'embrasser, dit Helen.

— Les baisers ça ne dure pas, dit Shamus, avec un accent du Somerset que Cassidy n'avait pas encore entendu. Mais la cuisine reste. »

Un peu désemparée elle se tourna vers John Elderman.

« Ne vous en faites pas, dit le grand psychiatre. Nous le ramènerons. »

Soulevant un peu maladroitement ses jupes et avec un dernier regard à Shamus, elle prit place dans la luge, s'asseyant bien en avant avec les bagages de façon que Cassidy pût prendre la position de responsabilité à l'arrière.

« Tu vas divorcer ? demanda une petite fille.

— Tais-toi, dit Beth Elderman.

— Hugo dit que oui, dit la même petite fille.

— Aldo, dit Beth Elderman, avec son sourire figé. Donnez-nous un coup de fil. Nous sommes dans l'annuaire. » Elle l'embrassa et il flaira un très léger parfum d'éther. « Souvenez-vous que vous êtes un ami tout autant qu'un client », ajouta-t-elle.

Son mari lui donna une poignée de main virile.

« Dieu vous garde, Aldo. Ne vous surmenez pas. Nous vous admirons. »

Sur le point de dire adieu à Shamus, Cassidy parut se rappeler quelque chose.

« Bon sang, fit-il, l'air très juvénile. Une seconde. » Et passant devant eux, il se précipita dans la maison.

Il faisait très froid dans la chambre de Hugo. Il tâta le radiateur : il était allumé mais glacé. Il devait y avoir un bouchon d'air dans les canalisations. Ses jouets étaient rangés ; seul un anorak rouge, en ciré comme on les portait cette saison, pendait comme un vêtement de poupée au cintre peint.

La chambre de Mark était tapissée de photos découpées dans des magazines, surtout dans les annonces publicitaires. La plus grande était une double page représentant toute une famille souriant à la caméra pendant qu'on chargeait du matériel de pêche dans une Range Rover. C'est comme ça qu'il nous voulait, songea Cassidy, en scrutant le visage bronzé et impassible du père. Monsieur et Madame Angleterre pêchent au bord de la rivière.

« Vous avez perdu quelque chose ? » demanda Shamus sur le pas de la porte en lui tendant son verre de whisky. Il était très détendu. Le pistolet, plié comme un fusil de chasse, pendait vaguement sur son avant-bras et il avait mis la houppe à poudre derrière son oreille comme une fleur tahitienne.

« Ma montre en fait. Elle doit être dans la salle de bains. » Il lui rendit le verre, vide.

« Trésor.
— Oui.
— Écoutez... Je sais que vous allez la faire vivre dans le style auquel vous êtes habitué. Mais ne..., ne la laissez pas avoir à sa disposition trop d'argent. Vous savez. »

Ils regardèrent dans les deux salles de bains, mais la montre n'était ni dans l'une ni dans l'autre.

« Et... pour l'autre chose.
— Quelle autre chose ?
— L'autre chose, vous savez. » Il bomba le bassin. « Ce que nous avons fait à Paris, vous savez. Surveillez-la. Elle fera n'importe quoi pour être enceinte, n'importe quoi. Nous avons eu un appartement autrefois à Durham où il y avait des travaux. Elle s'est tapée tous les ouvriers qui tra-

vaillaient là, à tout hasard: les peintres, les plâtriers, les maçons, toute la bande.

— Je ne vous crois pas », dit Cassidy.

Ils revinrent à la porte d'entrée.

« Mais quand même vous ne m'avez pas frappé, n'est-ce pas?

— Qu'est-ce que vous allez faire? demanda Cassidy après un assez long silence. Je veux dire maintenant.

— Aller me saouler. Boire un petit coup avec les Elderberry.

— Dépêchez-vous! cria Helen. Voyons, nous allons manquer le train.

— Vous n'arriverez pas à le changer, disait Beth Elderman. Il a toujours été un traînard, il le sera toujours. Il rendait Sandra littéralement folle.

— C'est pour ça que Mark est une telle poule mouillée, dit la plus grande des filles.

— Des gens formidables, dit Shamus. Je les adore. Honnêtes, sincères. On pourrait jouer au Papillon avec eux. J'apprendrai aux enfants.

— Et le nouveau livre, ça va?

— Il est fini, dit Shamus sans expression. Il ne parle que de vous en fait. De l'immortalité. L'éternelle survie d'Aldo Cassidy.

— Je suis content d'avoir fourni le matériel.

— Je suis content de l'avoir fourni aussi.

— Cassidy! cria Helen furieuse.

— Il faut que je m'en aille maintenant, dit Cassidy, sinon nous allons manquer le train.

— Mais oui. Du courage.

— Au revoir.

— Allons, allons, dit Shamus de sa voix de tante. Bien des choses à la Bentley. Dites donc, trésor.

— Oui.

— Je ne veux pas vous faire manquer le train, mais expliquez-moi une chose, voulez-vous? Cette serveuse au buffet de la gare. Celle qui a du monde au balcon.

— Maria, dit Cassidy machinalement.

— Dites donc, est-ce qu'elle marche, vous ne savez pas ? J'ai eu la nette impression hier qu'elle me tripotait la main quand je lui ai réglé les cafés.

— Oh ! on dit qu'elle est assez facile.

— Combien ?

— Cinquante francs. Peut-être plus. »

Shamus avait déjà la main tendue.

« C'est pour quand je serai tout seul, vous comprenez. Je vais avoir besoin d'un peu de distraction. » Cassidy lui tendit cent francs. « Merci. Merci beaucoup. Je vous rendrai ça, trésor, promis.

— Ça n'a pas d'importance.

— Et... voyons... sur le plan général.

— Lequel ? » demanda Cassidy, ne pensant absolument pas au train qu'il avait pourtant absolument l'intention de prendre, mais absolument. Le plan général de Dieu peut-être ? Ou de l'union des âmes ? De Keats, de la mort, de prendre et de ne pas donner ? Des cerfs-volants, ou de Schiller, ou de la menace chinoise contre le commerce des landaus ? Ou quelque chose de plus personnel peut-être, comme la lente atrophie d'une âme aimante usée jusqu'à n'être plus grand-chose ?

« L'argent », dit Shamus.

Cassidy tout d'abord ne reconnut pas son sourire. Il appartenait à d'autres visages ; des visages qui n'étaient pas présents jusqu'alors dans les mondes que Shamus et lui avaient explorés ensemble. Des visages affaiblis par le besoin, par l'échec et par la dépendance. C'était un sourire qui accusait même en suppliant ; qui hantait dès sa première apparition, rayonnant tout à la fois de loyauté et de mépris ; un sourire de vaincu à vainqueur, quand tous deux avaient participé à la même course aux finances. *Aldo, mon vieux*, disait-il, *Cassidy, mon vieux. Avec une brique je serai paré*. Un sourire roublard, fuyant, qu'on portait avec un bon costume élimé aux manches et une chemise de soie usée au col. *Après tout, mon vieux, nous étions au coude à coude autrefois, n'est-ce pas, avant que vous ayez eu ce coup de chance ?*

«De quoi avez-vous besoin?» demanda Cassidy. Son habitude jusqu'alors avait été de déterminer le minimum et de le diviser en deux. «Il va falloir faire vite.

— Deux mille?» dit Shamus, comme si ce n'était rien pour eux; un petit détail qu'on arrangeait entre amis et qu'on oubliait.

«Disons cinq cents», fit Cassidy en lui rédigeant un chèque, rapidement à cause du train.

Il ne regarda pas Shamus en lui remettant le chèque, il avait trop honte; et il ne fit pas attention à ce que Shamus en faisait, s'il le pliait, à la Kurt, comme un mouchoir propre, ou s'il le lisait à la façon du vieil Hugo, de la date à la signature, et puis au dos, à tout hasard. Mais il l'entendit quand même murmurer le seul mot que Cassidy priait le ciel de ne pas lui entendre dire:

«Merci.»

Et il comprit qu'il avait vu son premier cadavre, il représentait tout ce qu'il verrait jamais: rêves morts, vie terminée, sans raison.

«J'arrive, cria-t-il à Helen.

— Je vous rembourserai un de ces jours, trésor.

— Ça n'est pas pressé», dit Cassidy, et pourtant ça l'était dans une certaine mesure car les trains suisses sont ponctuels.

Il prit place dans la luge.

«Elle est à votre poignet», lui cria Shamus, parlant de la montre.

Il ne pouvait pas l'avoir vue, car Cassidy avait abaissé ses manchettes, dans le style de Christopher Robin.

«Qu'est-ce que vous fabriquiez? demanda Helen. Ça fait des heures que je suis assise là à geler. Regardez mes cheveux.»

Un des enfants avait trouvé un sac de riz et leur en lançait des poignées. La neige tombait drue, les flocons étaient plus épais.

«J'ai perdu ma montre, dit Cassidy.

— J'aurais cru que pour une fois vous auriez pu vous en

passer, dit-elle. Étant donné que ça nous a fait manquer le train.»

Un instant plus tard, une douzaine de mains pleines de bonne volonté les propulsaient dans la nuit, les joyeux «Bonne chance» des enfants s'effacèrent derrière eux, et le joyeux couple dévalait toujours plus vite la pente, aveuglé déjà par le flot glacé des flocons.

La gare était déserte et glaciale et le train était incontestablement parti. Le suivant aurait peut-être du retard, annonça l'employé barbu, il y avait beaucoup de neige plus haut.

«Il y en a pas mal ici aussi», répliqua Cassidy d'un ton jovial, encore en train de s'épousseter – de s'épousseter aussi du remords d'avoir traîné –, mais le cheminot apparemment n'aimait pas les plaisanteries, il ne faisait pas non plus partie des gens à qui on pouvait donner des pourboires. C'était un grand gaillard bourru qui rappelait un peu Alastair, mais son visage hirsute semblait fermé à toute plaisanterie.

«Il faut lui demander combien de retard, dit Helen.

— Combien de retard?» demanda Cassidy en français.

Le cheminot ne fit aucun geste, ni pour répondre ni pour refuser de répondre. Mais, après avoir contemplé Helen pendant un long moment, il referma silencieusement le guichet et le verrouilla de l'intérieur.

«Quel retard? cria Helen en frappant à la petite porte. Le salaud, regardez-moi ça.»

Ils étaient tombés à plusieurs reprises en descendant, cinq fois avait compté Cassidy. La première fois ils avaient trouvé que c'était drôle ; la seconde fois la valise s'était ouverte et Cassidy avait dû patauger dans la neige comme un explorateur arctique, pour rechercher les affaires de Sandra. Après cela, ce n'était plus drôle du tout de tomber. Helen disait que c'était une mauvaise luge et Cassidy répondait qu'on ne pouvait vraiment pas la rendre responsable : Helen déclarait qu'elle avait cru que lui savait la conduire, que sinon elle n'aurait jamais consenti à prendre place dessus; elle serait allée à pied et au moins elle serait restée sèche. Les vraies luges étaient en bois, affirma-t-elle, elle en avait une quand elle était enfant. Elle frappa de nouveau, cria «Salaud» par l'entrebâillement bien que Cassidy proposât qu'ils aillent prendre un verre et essaient de nouveau dans quelques minutes.

«On peut toujours aller à Bristol, dit-il.
— Où ça?
— C'était une plaisanterie, fit Cassidy.
— Traîner comme ça, dit Helen avec mépris. Si vous aviez vraiment voulu partir avec moi vous n'auriez jamais lambiné à ce point-là.»

Mais quand même.

Au buffet, un groupe de dames anglaises en pull-overs à bandes bleues étaient assises à la table des Anglais. Voyant entrer Helen et Cassidy, une belle dame maigre avec un appareil pour sourds leur fit signe de s'approcher.

«Petit démon, dit-elle gaiement à Cassidy, en lui enfermant le poignet dans sa main maigre et sèche. Vous ne nous aviez même jamais dit que vous veniez. Vous êtes un monstre, répéta-t-elle, comme si c'était lui et pas elle qui était sourd. Bonjour, Sandra, ma chérie, vous avez l'air absolument glacée.»

Mais sa préférence allait aux hommes. «Mon cher, lui demanda-t-elle d'un ton de confidence, avez-vous entendu parler de ce que Arnie essaie de faire avec les championnats cette année?»

Folle de rage, Helen accepta un verre de vin chaud et le but très lentement tout en fixant la pendule.

«Il veut un slalom géant à Mürren, mon cher, vous vous rendez compte? Enfin, vous savez bien ce qui s'est passé la dernière fois que nous sommes allés à Mürren...»

Parvenant enfin à s'échapper, Cassidy revint au bureau des billets. Le guichet était toujours fermé, il n'y avait personne en vue et la neige tombait beaucoup plus fort, masquant les lumières du village et enveloppant d'un épais silence le vaste monde blanc.

«Ils parlent d'une demi-heure», dit-il à Helen qui était allée s'installer à une table inoccupée. Il jugeait inutile de lui donner de mauvaises nouvelles, alors il avait inventé un petit espoir. «Ils travaillent à déblayer la voie mais pour le moment la tempête est presque plus forte qu'eux.»

Il commanda d'autre vin chaud.

«Vous avez votre passeport? demanda-t-il en essayant de la réconforter.

— Bien sûr que non. Shamus l'a brûlé.

— Oh!

— Comment ça: oh! On peut se procurer un duplicata. N'importe quel consulat ou légation m'en fournira un. Nous pourrons aller à Berne. Quand le train arrivera, s'il arrive jamais.

— Nous en ferons faire un demain, lui promit Cassidy.

— J'aurais besoin d'autres bagages aussi: tout ça est trempé.»

Elle se mit à pleurer dans ses mains.

«Oh! non! murmura Cassidy. Oh! Helen, je vous en prie.

— Qu'est-ce que nous allons faire Cassidy, qu'est-ce que nous allons faire?

— Faire? dit-il vaillamment. Nous allons faire exactement ce que nous avons dit que nous ferions. Nous allons prendre de merveilleuses vacances et puis je ferai de la politique et vous serez la femme d'un membre du Parlement et...»

De la table des Anglais, la belle dame les regardait avec une grande compassion.

«Est-ce qu'elle attend un bébé? lança-t-elle aimablement. En général ça les rend bizarres.»

Cassidy ne répondit rien.

«Ce n'est que la réaction, lui promit Cassidy, en lui tenant la main et en s'efforçant de lui arracher un sourire. Je suis désolé..., ça n'est pas parce que vous êtes triste.

— Ne vous excusez pas, dit Helen en tapant du pied. Ça n'est pas votre faute.

— Ma foi si dans une certaine mesure, insista Cassidy. C'est moi qui vous ai entraînée là-dedans.

— Pas du tout. L'amour n'est la faute de personne. Ça

arrive simplement. Et quand ça arrive il faut faire ce qu'il dit. Il y a les gagnants et les perdants. Comme pour tout. Nous sommes les gagnants, voilà tout. Bien que nous ayons manqué le train.

— Je sais, reconnut Cassidy. Nous avons beaucoup de chance.» Et il lui fourra son mouchoir dans le creux de la main.

«Ça n'est pas de la chance non plus.

— Alors qu'est-ce que c'est? demanda Cassidy.

— Comment voulez-vous que je sache? Pourquoi avez-vous mis si longtemps?

— À quoi faire?

— À dire oui. C'était exactement la même chose que manquer le train. Nous étions tous là à attendre, c'était vous l'amoureux ardent et Dieu sait quoi et Shamus qui faisait de son mieux, et tout ce que vous avez été capable de faire ça a été de traîner pendant que je restais assise là à avoir l'air d'une parfaite idiote devant un médecin par-dessus le marché et sa brillante épouse. Pourquoi faut-il que vous connaissiez des gens aussi intelligents?»

Se séchant les yeux, elle aperçut le cheminot assis à une table auprès de la porte, en train de boire du schnaps et du café.

«Qu'est-ce qu'il fiche ici? demanda-t-elle. Il est censé attendre le train.»

Quand il n'était pas de service, le cheminot était un tout autre homme. «Hello, cria-t-il en levant son verre. Hello, santé. Hello, *ja*. Bonjour.

— Santé, dit Cassidy. Vous parlez anglais? Très bien. Très bon, dit-il en français.

— Pas de train, dit le cheminot avec une grande satisfaction tout en buvant. Trop de neige.»

Il but de nouveau, comme si une nouvelle petite dose ne risquait pas de lui faire de mal. Tout en buvant, il s'approcha, avec l'intention de faire la conversation, il se dressait très grand et très ivre, et son regard était sur Helen, pas du tout sur Cassidy. Si bien que quand le coup de pistolet claqua ce fut presque un soulagement.

Il n'y eut aucun autre bruit. Aucun. Il n'était absolument pas question de distinguer ce bang d'autres bruits analogues : le claquement d'une porte, un raté de voiture, une ardoise du toit qui tombait. La neige avait étendu sur toute chose une couverture ; seuls les pistolets y échappaient. Et puis la détonation était proche. Ça n'était certainement pas au buffet, mais pas loin, et tout de suite après il y eut un hurlement à vous glacer le sang, à mi-chemin entre la douleur et la fureur ; un long hurlement comme ceux dont la tradition dit qu'ils hantent les marécages déserts et se terminent, comme celui-là, sur un sanglot d'angoisse étouffé qui s'éteignit à son tour, un hurlement à vous glacer le sang et à arrêter les cheminots ivres au milieu de leur geste.

« Mon Dieu, remarqua-t-il en mettant l'accent sur le pronom possessif. Ils ont dû tirer sur la garce. »

Il riait encore de cet américanisme bien de circonstance lorsque Cassidy passa en courant devant lui pour sortir dans la cour de la gare.

Une neige de Berezina tombait follement dans les faisceaux des lampes éclairant les voies. Les rails étaient recouverts. Une route, un sentier, une barrière, une maison, tout était déjà enterré par une nouvelle génération. Je suis Troie. *Il y a sept saloperies de civilisations enterrées en moi et chacune est plus pourrie que l'autre*. Même les bâtiments les plus proches cédaient. Le kiosque à journaux était sur les genoux, les yeux de l'hôtel Angelhorn étaient fermés et saignaient ; dans la grand-rue, pas une boutique, une église ni un palais de glace, mais la neige impitoyable frappait aux portes, effaçant les toits, combattant dans les cours. L'air égaré, la main en visière au-dessus des yeux, Cassidy regardait autour de lui. Des empreintes, se dit-il, il faut chercher des empreintes de pas. Il n'y avait que les siennes.

« Shamus ! cria-t-il. Shamus ! » répéta-t-il.

Utilisant trop tard son intelligence, il se retourna vers la fenêtre du buffet en essayant de réfléchir à la direction d'où venait le bruit quand ils étaient assis là-bas. Helen arrivait en trébuchant, enveloppée dans la peau de mouton. Seigneur, songea-t-il, elle l'a mise avant de sortir à sa recherche. Derrière elle, mais ne s'aventurant pas plus loin, Raspoutine le cheminot regardait du pas de la porte, son verre toujours à la main.

« Allez regarder en bas, lui dit Cassidy en désignant une allée où une très vieille jeep s'enfonçait lentement dans le sol. Cherchez des empreintes, appelez-le.

— Qu'est-ce qu'il a fait? murmura-t-elle. Cassidy, qu'est-ce qu'il a fait?

— Qu'est-ce qui se passe? demanda une dame anglaise derrière le porteur. J'ai cru entendre un bang.

— Dites donc, fit une autre, vous avez entendu ce bruit? »

Helen ne bougeait pas Elle serrait le manteau autour d'elle.

« Allez le chercher! » lui cria-t-il.

Ah! mon Dieu, elle est paralysée de peur; c'est pour ça qu'elle a enfilé le manteau, elle avait besoin d'une excuse pour attendre. La prenant par les épaules il la secoua; sa tête bringuebalait stupidement d'un côté à l'autre.

« Il est en train de la frapper, dit une dame anglaise.

— Pauvre petite, elle est enceinte, dit la sourde tandis qu'elles avançaient toutes dans la neige.

— Nous l'avons tué », chuchota Helen.

La plantant là, il se précipita dans l'allée en appelant Shamus. Il courait droit contre la neige maintenant, il devait baisser la tête pour voir quoi que ce soit.

Il s'était enfoncé dans une congère, il avait de la neige dans son pantalon, dans le cou, elle était plus froide que l'eau, plus froide que la peur, il avait les pieds engourdis. En pataugeant il arriva jusqu'à une pile de bûches appuyées contre un toit de zinc et la neige était éraflée là où quelqu'un avait grimpé. Il crut tout d'abord que c'étaient des marques de mains, chaque empreinte de doigts séparés, et il eut la folle vision de Shamus debout sur les mains tout en essayant de se tirer une balle à l'envers. Puis il se rappela que Shamus était pieds nus, et qu'il aimait le choc et un peu de souffrance ; et puis il l'aperçut assis à califourchon sur le toit de la gare, étreignant la pendule comme si c'était sa dernière amie, et le visant avec soin, sous un angle difficile, si bien que Dieu merci il le manqua.

« Bang bang, dit Shamus.

— Bang bang, acquiesça Cassidy.

— J'ai entendu un coup de feu ! Un autre coup de feu, un second ! cria Helen en le prenant par le bras. Au nom du ciel, Cassidy, il faut trouver quelqu'un qui puisse faire quelque chose !

— Il est là-haut, expliqua Cassidy en le montrant du doigt, c'est lui qui me tire dessus. »

La balle était passée très près ; il avait cru l'entendre siffler à son oreille, mais la neige donnait à tout cela un caractère irréel, il avait froid et peu lui importait tout ça.

Arrivant du buffet, le cheminot Raspoutine criait dans son français maternel. Tirer des coups de feu dans l'enceinte de la gare était absolument interdit, disait-il, c'était doublement interdit aux étrangers.

« Faites attention, lui dit une dame anglaise, ou bien il va vous tirer dessus aussi, je vous assure. »

Helen escaladait la pile de bûches.

« Attendez que je vous aide », dit-il machinalement en lui tendant la main, mais Shamus descendait déjà. La robe de chambre remontée jusqu'à la taille, il glissait sur son derrière tout nu.

En un seul groupe, les dames anglaises battirent en retraite.

« Désolé, trésor, je ne me rappelais plus comment elle s'appelait, celle qui a du monde au balcon.

— Maria, dit Cassidy.

— C'est ça, Maria. J'avais besoin d'une putain, vous comprenez.

— Je comprends », dit Cassidy.

Le cheminot vociférait toujours. Agacé, Shamus lui vida un chargeur autour des pieds et il repartit en courant vers le buffet, retrouvant à la porte les mères anglaises de Cassidy.

Ils étaient tous les trois dans la cour de la gare, Shamus frissonnant dans sa robe de chambre, mais la neige était si épaisse qu'ils auraient pu être n'importe où : à Paris, à Haverdown ou ici.

« Il faudra que je fasse l'histoire du monde une autre fois, dit Shamus.

— Entendu.

— Comment ça ? demanda Helen. Que dis-tu ? »

Cassidy se crut obligé d'expliquer.

« Ça n'est rien, Helen. C'est simplement que l'acte principal est entre vous deux. Je ne suis... » Il reprit : « C'est peut-être entre nous deux, lui et moi. Seulement... Shamus, fit-il d'un ton désespéré.

— Oui, trésor ?

— Je n'arrive pas à le dire, je ne connais pas les mots. C'est vous l'écrivain, dites-le-lui.

— Désolé, trésor. C'est votre monde : à vous de le terminer.

— Vous voulez dire que vous ne m'aimez pas, dit Helen.

— Non, dit Cassidy, ça n'est pas du tout ça...

— Vous aimez la bourgeoise.

— Non. Non, il ne s'agit pas de choix non plus.

— C'est moi qu'il n'aime pas, expliqua Shamus très simplement. Il m'a plaqué et tu ne lui suffis pas à toi toute seule. » Il était en train de déchirer le chèque et d'en jeter les morceaux dans la neige. « Question d'argent, expliqua-t-il. Il s'est lancé là-dedans les yeux fermés. Si tu veux je pourrais l'abattre, proposa-t-il galamment à Helen.

— Ça m'est égal, dit Cassidy. Comme vous voudrez.

— Ça lui est égal, dit Shamus.

— Cassidy ! cria Helen.

— Ce match est annulé en raison de la pluie, dit Shamus. Alors cesse de pleurnicher ou bien je te botte les fesses. Je me fais des reproches, trésor. J'avais vraiment l'intention de vous laisser partir. J'avais tout combiné. J'allais faire des études pour être médecin, vous voyez. Elderberry allait me donner des leçons. Et puis le salaud m'a dit que ça prenait dix ans. Trésor, je n'ai pas dix ans devant moi N'est-ce pas ?

— Non, je pense que non.

— Il n'arrêtait pas de me parler de la bourgeoise, de me dire quelle garce c'était. Il est abominable, cet Elderberry, un triste clown.

— Je le détestais aussi.

— Et sa femme est une horreur. Je ne peux pas supporter les gens qui hurlent. Ya, ya, ya, et tout ça. Comme les concierges suisses. »

Cassidy acquiesça. « Il y en avait une comme ça à Paris.

— Tenez, dit Shamus en lui tendant le revolver. Un souvenir. Vous l'utiliserez peut-être un jour.

— Merci », dit Cassidy.

Shamus contempla ses jambes nues là où elles disparaissaient dans la neige. Il portait une couronne blanche ; une bordure de blanc s'était déposée sur ses sourcils noirs.

« Bon Dieu, murmura-t-il, on est loin de chez nous.

— Oui alors.

— Désolé, trésor, répéta Shamus. Ça a presque marché. Viens, salope, dit-il à Helen en la secouant sans affection. J'ai froid aux pieds.

— Ça n'était pas votre faute, dit Cassidy à Helen. Je vous en prie, n'ayez pas de regret. Ça tient uniquement à moi, pas à vous.

— Calmons-nous, trésor. Calmons-nous. C'est l'heure d'aller au lit maintenant. »

S'avançant, Shamus l'embrassa pour la dernière fois. Le baiser terminé, Shamus se détourna. Helen le tenait toujours. Puis il s'éloigna d'un pas vigoureux, la traînant derrière lui, et ils avaient commencé à gravir la colline quand elle parla.

« Pendant un moment, dit-elle, puis elle recommença parce qu'elle pleurait. Pendant un moment vous y teniez vraiment.

— Bien sûr que oui. Tout le temps...

— Je ne parle pas de moi, idiot. De vous. Vous vous étiez donné une valeur.

— Helen, je vous en prie, ne pleurez pas...

— Taisez-vous et écoutez ! Vous vous étiez donné une valeur à vous-même, répéta-t-elle. C'est une chose qui ne vous était jamais arrivée. » Shamus la tirait, elle tomba et se redressa.

« Au nom du ciel, cria-t-elle. Trouvez quelqu'un d'autre. Ne retournez pas dans cette horrible nuit.

— Essayez encore, trésor, renchérit Shamus avec un dernier geste d'adieu nonchalant. Jamais de regret, jamais d'excuses. »

La neige les avait presque recouverts. Tantôt il les voyait, tantôt il n'y avait rien. On ne pouvait plus rien dire. À un moment, à la faveur d'une éclaircie, il distingua deux silhouettes, l'une bien droite et l'autre voûtée, ou bien c'étaient des piquets le long d'une barrière ou bien deux personnes qui se penchaient en luttant contre la neige maintenant très dure. Mais lorsqu'ils finirent par disparaître dans le néant qui s'étendait au-delà du blizzard, il crut entendre – mais il ne put jamais en avoir la certitude –, il crut pourtant l'avoir entendue dire « Adieu, Cassidy », comme un murmure, comme si elle disait adieu à l'an passé, à une décennie ou à toute une vie, et puis enfin ses yeux à lui s'emplirent de larmes et il baissa la tête. Ce faisant, il eut l'impression qu'ils descendaient avec lui, tous les deux ensemble, comme deux piétons sous la pluie, devant le capot de sa voiture de riche.

Épilogue

La presse financière a noté avec intérêt et avec une certaine admiration la retraite de Mr. Aldo Cassidy, le fondateur, président-directeur général et principal actionnaire des Fixations Cassidy. Un bel exemple, disait-on, d'un jeune et brillant homme d'affaires qui avait beaucoup apporté au commerce, qui en avait retiré beaucoup et qui se retirait maintenant pour en savourer les fruits. L'attrait des affaires allait-il le ramener ? L'ancien enfant prodige allait-il se lasser des charmes de la campagne ? Seule l'histoire en déciderait.

Ceux qui le connaissaient bien parlaient avec chaleur de son grand amour de la campagne :

« C'est un perfectionniste, déclara un agent immobilier du West End. Nous ne lui avons jamais offert que ce que la Grande-Bretagne a de mieux à vendre. »

On savait que le manoir de Haverdown dans le Somerset était depuis longtemps son ambition, et notamment pour des raisons familiales : un lointain ancêtre de Mr. Cassidy avait fait étape là avec un détachement de cavalerie de Cromwell : « Nous autres, Cassidy, nous avons toujours été des combattants », rappelait le président au milieu des rires et des applaudissements, lorsqu'il expliqua sa décision aux actionnaires et il accepta avec les larmes aux yeux la belle flasque d'argent achetée par souscription publique.

La fusion avec les accessoires Baby-Roule était depuis longtemps dans l'air : les chroniqueurs financiers étaient convaincus que cet inévitable arrangement était à long terme dans l'intérêt des actionnaires. Pour le nouveau président, Meale, on n'avait que des éloges : le produit type de la rude école Cassidy, disait-on ; un homme à suivre.

On remarqua également dans la rubrique immobilière la vente de la maison d'Abalone Crescent : une *Vision inachevée*, disait la légende. Les gens informés citaient un prix de quarante-deux mille livres.

Comment vivaient-ils, là-bas, Sandra et Aldo, pour les jours qui leur restaient à vivre ? Leur mariage prospérait-il ? Tout d'abord ils parlaient de leur problème avec une grande franchise. Le Dr Elderman et sa femme étaient une aide précieuse, ils venaient souvent et restaient longtemps. Sandra accepta le fait que Cassidy avait souffert une mort spirituelle, mais, dans l'intérêt des enfants, elle était prête à passer là-dessus.

« Il n'aurait jamais dû avoir d'argent, conclut-elle. S'il avait été pauvre, il n'aurait pas pu se permettre d'être infidèle. »

Pour avoir de la compagnie, elle invita Heather à venir s'installer définitivement à Haverdown, et Heather, bien qu'elle se demandât s'ils faisaient ça uniquement par bonté d'âme, consentit finalement à accepter une aile inoccupée. Quand Sandra faisait des cornichons, Heather faisait des cornichons aussi. Lorsqu'elle préparait son pâté de foie, Heather l'aidait ; lorsqu'elle allait à des ventes dans la campagne, Heather l'aidait à garder la tête froide ; et quand elle se rendait à Londres pour voir comment progressait la clinique, Heather et Cassidy couchaient ensemble et discutaient des limites de Sandra. Sandra ne savait rien de ces ébats, et si elle l'avait su elle en aurait été extrêmement contrariée.

Pour se distraire, Cassidy fouinait à la bibliothèque locale, que les jeunes filles fréquentaient après l'école ; ou bien sous un prétexte quelconque il se rendait en voiture à Bristol pour aller dans un cinéma improvisé dans un tunnel de chemin de fer où l'on projetait des films brûlants à des paysans besogneux. Les premiers temps, attiré par l'apparence d'un bonheur partagé, il flirtait parfois avec un couple marié. Le pasteur avait récemment importé une épouse dodue du Nord; un couple d'antiquaires ouvrit un magasin. Mais bien peu de chose sortait de ses avances, et avec le temps il y renonça.

Les trois partis politiques envisageaient sa candidature pour le conseil local, mais on ne lui fit jamais d'ouverture précise.

Il devint un prédicateur laïque mais on faisait rarement appel à ses services, bien qu'on reconnût qu'il avait une bonne voix et une nature agréablement pieuse.

On acheta des poneys mais les garçons ne les aimaient pas vraiment et un soir on les vendit à un gitan.

De temps en temps, durant les heures de loisir qu'il passait dans sa bibliothèque, Cassidy s'essayait à écrire. Les histoires d'espionnage étaient fort en vogue à cette époque et il pensa qu'il pourrait se lancer dans cette voie. Il nourrit même un moment un début de roman pas mal du tout – il pensait à congeler un assassin professionnel puis à le lâcher sur les dirigeants d'une nouvelle époque – mais peu à peu l'idée se fana en lui et il y renonça. Il y avait autre chose aussi à propos du phénomène même de l'écriture qui le troublait. La façon dont ses pensées l'entraînaient dans des directions déplaisantes : le faisant revenir, par exemple, vers certains événements qu'il avait par nécessité bannis de sa mémoire; ou pire encore, l'entraînant vers des possibilités qu'il ne devrait pas envisager. Il se rendit compte aussi qu'écrire était une occupation solitaire, et à quel point c'était une chose évidente et pourtant péniblement fugitive; il reposait alors sa plume et passait dans la cuisine où Sandra faisait des confitures. Sans rien dire il la serrait dans ses bras, généralement par-derrière.

« Qu'est-ce qui se passe ? demandait-elle, comme s'il avait un rhume.

— Rien, répondait-il, tu me manquais, c'est tout. »

Sandra dormait beaucoup, souvent douze heures par nuit.

On racontait que les travaux de construction à Haverdown dureraient indéfiniment. Quelques mois après leur arrivée la maison était enfermée dans le même bon vieux corset de fer d'Abalone Crescent, et des couvreurs s'étaient emparés du toit. Ce qu'on ne pouvait pas restaurer devait être démoli et rebâti pour devenir plus durable. Tantôt les Cassidy disaient qu'ils avaient un devoir envers le passé, tantôt envers l'avenir ; du présent on ne parlait pas. Un jardinier paysagiste, mandé de Cheltenham pour juger de la qualité du sol, déclara qu'il était acide et prescrivit des adoucissants. Un second le déclara trop doux, un troisième ordonna de la chaux. Il y avait beaucoup à creuser.

L'enterrement du vieil Hugo se déroula avec tous les honneurs dus à un membre du Parlement ; un pasteur baptiste parla longuement d'une vie consacrée au service de Dieu. Mais Cassidy n'était pas convaincu, et il entendit dire quelques années plus tard que son père avait ouvert un nouvel hôtel sur la route d'Inverness, un établissement qui s'appelait l'Ideal Star et dirigé par une certaine Mrs. Bluebridge.

De Cassidy lui-même, on savait qu'il éprouvait une vive aversion pour la neige. On ne soufflait plus mot de la maison en Suisse, sans doute était-elle vendue. Mark et Hugo en grandissant s'éloignaient de plus en plus l'un de l'autre. Avec le temps ils tombèrent amoureux et devinrent fort désagréables.

Cassidy pensait-il jamais à Helen et à Shamus ? Précisément et nommément ?

Tout d'abord, des bribes de nouvelles lui parvinrent, encore qu'il n'allât jamais les rechercher. Par Angie Meale, née Mawdray, avec laquelle il cohabitait de temps en temps sous le prétexte d'aller consulter un cardiologue, il apprit que Shamus avait une pièce d'avant-garde qu'on jouait au Royal Court ; mais cette nouvelle ne fut jamais confirmée. La pièce n'eut ni critique ni publicité. À la même époque, une caisse de champagne arriva à Haverdown, avec un exemplaire d'un roman intitulé *Three for the Road*. Les deux semblaient venir de Shamus. Cassidy ne lut jamais le roman, et quand vint Noël, il envoya le champagne au commissariat de police en guise d'assurance contre les persécutions.

« Vous connaissez le jeune Cassidy de Haverdown ? dit un jour le commissaire de police. Un garçon remarquable. Une affaire florissante à Londres, il a renoncé à tout ça pour venir s'installer ici et il nous a envoyé du champagne pour Noël... »

Et en hiver, quand le feu se consumait doucement dans la cheminée, au dîner peut-être, coupé de Sandra et de Heather par la belle argenterie et la porcelaine ancienne, il imaginait parfois Helen debout dans l'allée de châtaigniers, chaussée de ses bottes à la Anna Karénine, et contemplant de l'avenue bordée d'arbres les fenêtres allumées. Ou bien Sandra jouait Beethoven au piano – elle ne jouait rien d'autre en ce temps-là – et il se rappelait, au fond de son oreille si peu musicale, le poste à transistors dans la poche de son peignoir lorsqu'elle était venue ce premier matin lui apporter son petit déjeuner sur le Chesterfield. De temps en temps, après ces moments d'évocation, des cauchemars l'assaillaient ; un fouet de bouvier claquait au-dessus de son crâne ; on l'obligeait à boire de l'essence à haut degré d'octane ; ou bien les rues de Paris s'étaient fendues et les vapeurs de l'enfer jaillissaient par les crevasses.

L'alcool ne suffisait pas à dissiper de telles visions, qu'il ne racontait à personne.

Quant à Shamus, avec le temps Cassidy l'oublia totalement.

L'oublier devint tout d'abord un exercice, puis un accomplissement.

Shamus n'existait pas.

Même pas durant les longs trajets de retour à travers la lande, quand les bouffées de brouillard glissaient vers lui par-dessus le long capot de la Bentley ; pas même quand on mentionnait expressément son nom aux dîners des dames du comté, qui avaient des prétentions artistiques, Cassidy n'avouait connaître Shamus, l'homme qui prenait la vie et qui la mettait au défi.

Car en ce monde, où qu'il pût encore porter ses pas, Aldo Cassidy n'osait plus se souvenir de l'amour.

DU MÊME AUTEUR

AUX ÉDITIONS GALLIMARD

Chandelles noires, *1963*
L'Espion qui venait du froid, *1964*
L'Appel du mort, *1973*

AUX ÉDITIONS ROBERT LAFFONT

Le Voyageur secret, *1991*
Une paix insoutenable (essai), *1991*
Le Directeur de nuit, *1993*

et en collection « Bouquins »
tome 1
L'Appel du mort
Chandelles noires
L'Espion qui venait du froid
Le Miroir aux espions
La Taupe
Comme un collégien

Tome 2
Les Gens de Smiley
Une petite ville en Allemagne
La Petite Fille au tambour
Le Bout du voyage (théâtre)

Tome 3
Un amant naïf et sentimental
Un pur espion
Le Directeur de nuit

AUX ÉDITIONS DU SEUIL

Notre jeu, *1996*
et *« Points », n° P 330*

Le Tailleur de Panama, *1997*
et « Points », n° P 563

Single & Single, *1999*
et « Points », n° P 776

La Taupe, *2001*
nouvelle édition
et « Points », n° P 921

Comme un collégien, *2001*
nouvelle édition
et « Points », n° P 922

Les Gens de Smiley, *2001*
nouvelle édition
et « Points », n° P 923

Un pur espion, *2001*
nouvelle édition
et « Points », n° P 996

La Constance du jardinier, *2001*
et « Points », n° P 1024

Le Directeur de nuit, *2003*
nouvelle édition
et « Points », n° P 1024

La Maison Russie
nouvelle édition
2003

Une amitié absolue
2004

Le Miroir aux espions
nouvelle édition
2004

COMPOSITION : PAO EDITIONS DU SEUIL

GROUPE CPI

Achevé d'imprimer en octobre 2004
par **BUSSIÈRE**
à Saint-Amand-Montrond (Cher)
N° d'édition : 47995. - N° d'impression : 044132/1.
Dépôt légal : novembre 2004.
Imprimé en France